인문학과 소설 텍스트의 해석

인문학과 소설 텍스트의 해석

■ 서정철 ■

민음사

들어가면서

　필자는 약 20년 전에 옥스퍼드 대학 출신의 영국 초등학교 교장 버철(Birchul) 선생과 아동 교육에 대하여 이야기를 나눌 기회가 있었다. 그는 학교 교육에서 가장 중점을 두고 지도하는 것은 어린 학생들로 하여금 "이야기(story) 책을 많이 읽게 하는 것"이라고 강조했다. 그 첫번째 이유는 다양한 이야기를 읽으면서 역사와 인간 사회에 대한 폭넓은 지식을 얻을 수 있다는 것이었고, 두번째 이유는 어떤 생각이나 구상을 할 때 처음 시작 단계와 그 다음 발전 단계, 마지막 도달하는 결론 단계를 포괄하는 종합적인 사고를 배우게 된다는 것이었다. 그리고 세번째 이유로, 그러한 사고 방식은 일상적인 언어 구사에서는 물론 의사소통에서 보다 논리적이고 설득력 있는 언어 습관을 길러준다는 것이다.

　버철 교장과의 대화는 필자로 하여금, 인간이 만들어내는 모든 언어 행위는 텍스트적이고 모든 텍스트는 이야기의 성격을 띠고 있으며, 민담·전설·역사·신화로부터 전기나 주변의 일상사에 이르는 광범위한 이야기들 가운데 소설로 대표되는 문학적 이야기 ──픽션——에 대한 연구가 다른 모든 이야기 연구의 토대가 될 수 있다는 생각을 갖게 했다. 그러한 관점에 입각하여 1차적으로 쓴 것이 1998년에 출간한 『기호에서 텍스트로』이고, 이번의 『인문학과 소설 텍스트의 해석』은 이야기 텍스트에 초점을 맞추어 다양한 소설 텍스트들을 분석하고 있는 이야기에 대한 담론의 관점에서 해석하고 분석하고자 한 것이다.

그중에는 주네트(G. Genette)나 바흐찐(M. Bakhtine)처럼 이야기와 직접 관련된 담론도 있고 혹은 벨멩노엘(J. Bellemin-Noël)이나 라캉(J. Lacan)처럼 정신분석과 관련된 이론도 있다. 그런가 하면 푸코(M. Foucault)의 경우에는 『말과 사물』의 거대 담론이 문학 텍스트에 대한 관점과 직결되고 종합된다. 특히 강조하고 싶은 것은, 다양하고 다변화된 이들 담론 이론들이 모두 언어에 대한 고찰을 토대로 하고 있으며 그것이 사고의 틀을 범주화하는 단계로 발전한다는 점이다. 따라서 언어에 대한 관점은 상이한 이론적 배경에서 비롯되는, 이야기에 대한 저마다의 특이한 담론들을 서로 이어주는 연결 고리 역할을 한다고 볼 수 있다.

창작으로서의 요건을 갖춘 이야기들이 모두 한 가지 의미를 담은 텍스트로 분석되거나 해석되는 것은 아니다. 우선 독자의 읽기 능력에 따라 그 속에 담긴 메시지를 이해하거나 깨달음을 얻는 정도가 달라진다. 생 텍쥐페리의 『어린 왕자』는 어린이들을 위한 동화로 읽힐 수도 있고 그 속에서 인생과 사회를 깊이 있게 이해하는 열쇠를 찾아낼 수도 있다. 어느 평범한 프랑스 독자는 사르트르의 『닫힌 방(Huis-clos)』을 읽고 깊은 충격과 함께 깨달음을 얻어, 평소에 전혀 생각하지 않았던 철학을 공부하여 이름 있는 철학 교수로 변신했다는 일화도 있다.

대체로 고전이나 고전적인 작품일수록 그 속에 담긴 내용이 깊고 복합적이어서, 어떤 접근 방법이나 관점을 택하느냐에 따라 매우 상이한 결과에 도달하게 된다. 미셸 푸코는 철학적인 독해를 통하여, 황당무계한 재미만으로 읽히기 쉬운 세르반테스의 『돈 키호테』가 16세기의 종말을 예고하는 작품임을 보여준다. 그런가 하면 라캉은 에드거 앨런 포의 「도둑맞은 편지」에서 자신의 정신분석 이론의 토대를 발견한다. 그런가 하면 말로의 『희망』은 두 가지 다른 접근 방법에 따라 두 가지 매우 다른 해석을 낳기도 한다.

　이러한 사실에 유의하여 필자는 몇 년 동안, 소설을 중심으로 이야기 텍스트에 접근한 여러 저자들의 다양한 이론서들을 학생들과 함께 읽었고, 그것을 정리하여 라캉에서 주네트에 이르는 이론들을 책으로 엮고자 했다. 대부분의 이론 텍스트들은 원어로 읽기에 난해한 편이어서, 이해하는 데 상당한 시간과 노력을 필요로 한다. 그러한 점을 감안하여 필자는 원어 텍스트들의 핵심을 손쉽게 이해할 수 있도록 소개하려고 한다. 그러나 필요한 부분에 대해서는 주의를 기울여 필자 나름대로의 비판적인 논평을 첨가하고자 했다.

2002년 10월
서정철

일러두기

용어 사용의 혼란을 피하기 위하여 통일시키는 것이 바람직하지만, 한 가지 용어가 부득이 두 가지로 옮겨지는 경우도 있고, 이제까지 통용되던 용어와 다르게 번역되는 경우도 있다. 이 책에서는 프랑스어 'discours' 와 영어 'discourse' 를, 화자의 일상적인 생각을 표출한다고 판단되는 때에는 '담화' 로, 그리고 이론적인 배경을 전제로 할 경우에는 '담론' 으로 표현했다. 프랑스어 'énonce' 는 구어적인 문맥에서는 '발화' 로, 문어적인 언어 행위는 '언술' 로 나타냈으며, 같은 관점에서 'énonciation' 도 '발화 행위' 또는 '언술 작용' 으로 옮겼다. 프랑스어 'narratologie' 와 영어 'narratology' 는 '서사학' 으로 통용되었으나, 이 책에서는 보다 알기 쉬운 '이야기학' 으로 옮겼고, 같은 이유에서 'texte narratif' 도 '이야기 텍스트' 로 표현했다. 프랑스어 'récit' 와 영어 'narrative' 는 일반적인 의미에서 '이야기' 로 사용되지만, 'histoire' 또는 'story' 와 함께 쓰이는 경우에는 전자를 '이야기-형식', 후자를 '이야기-내용' 으로 차별화했다. 다른 용어들도 문맥에 따라 직역을 피하고 의역한 경우들이 있다.

차 례

제2부 역사적 접근

시작하며 : 이야기 텍스트로서의 소설

1 소설에서 이야기 텍스트로

소설은 하나의 묵계를 토대로 존재한다. 그것을 쓰는 작가는 사실이 아닌 이야기를 꾸며내고 그것을 읽는 독자는 그것이 진실이 아닌 거짓 이야기임을 알고 읽기 때문이다. 그래서 흔히 소설을 픽션, 곧 허구라고 부른다. 그런데 이상하게도 독자는 소설을 읽어가면서 그것이 거짓 이야기라는 사실을 잊어버린 채, 그러한 것들이 실제로 벌어진 일이라는 환각과 함께 그 이야기 속에 빠지게 된다. 그렇지 않은 경우에는 읽기를 중단할 것이다. 그러면 어째서 많은 독자들이 거짓 이야기를 좋아하고 소설이 문학 장르 가운데 가장 인기 있는 보편적인 장르가 되었을까? 아마도 그것은 소설을 읽으면서 느끼는 재미 때문일 것이다. 그 재미의 성격은 작품마다 다르겠지만, 기본적으로 우리가 남의 이야기를 엿보고 엿듣기를 좋아하는 것과 관계가 있지 않을까 생각된다. 우리는 남의 이야기를 읽으면서 그 목소리를 듣게 되고 또 그 장면 하나하나를 머릿속에 그려보게 되며 우리 내면의 스크

린에 영상을 떠올린다. 그러다보면 등장인물에 대한 사랑과 미움이 생기고 주인공의 감정을 자기 것처럼 느끼면서 어느덧 자신과 주인공을 일치시키기도 한다. 그의 욕망 속에서 자신의 억제된 욕망을 보기도 하고, 그의 성취를 통하여 자신이 대리 만족을 느끼기도 한다. 그러면서 잠시 자신의 현실을 벗어나 타인의 세계 속으로 도피하게 된다.

그런데 소설 속에 주인공이 혼자서 등장하는 경우는 거의 없다. 그는 어떤 가정, 환경, 사회, 조직 속에서 다른 사람들과의 관계를 형성하면서 자신의 삶을 영위하고 있다. 그렇기 때문에 우리는 그의 이야기를 읽으면서 그가 살고 있는 사회에 대하여 알게 되고, 나아가서는 그것이 우리가 살고 있는 사회와 상통하는 성격이 있음을 알게 된다. 그럼으로써 우리는 삶과 사회에 대하여 보다 폭넓은 지식을 얻을 수 있고 더욱 확대된 세계 속에 자신을 자리매김하며 삶에 대한 다양한 성찰을 하게 된다. 소설을 통하여 이해의 지평을 확대할 수 있게 된다.

이처럼 소설은 일정한 시대와 사회 속에서 다른 사람들과 유기적인 관계를 맺으면서 살아가는 주인공과 등장인물들의 삶을 재구성함으로써 이루어진다. 그렇기 때문에 그러한 소설을 조명하기 위해서는 다양한 분야에 대한 이론적인 토대를 필요로 한다. 물론 소설은 일차적으로 수사학이나 시학 또는 이야기학(narratologie)의 관점에서 접근할 수 있다. 그와 동시에 등장인물의 움직임과 동기를 깊이 있게 이해하기 위해서는 심리학·정신분석학·철학의 도움을 필요로 하고 주위 환경과의 관계는 사회학적·인류학적 관점을 도입하는 것이 바람직하다. 또한 소설 속의 시대와 사회는 역사적인 맥락 속에서 그 특징을 살펴볼 수도 있다. 그리고 소설의 텍스트가 언어로 씌어지기 때문에 그것은 언어와 언어학적인 분석의 대상이 된다. 그렇기 때문에 소설을 깊이 있게 이해하고 조명하기 위해서는 인문학 전반의 협력과 뒷받침이 필요하다.

필자는 프랑코 모레티(F. Moretti)의 소설관에 상당한 공감을 느낀다. 저명한 영문학자로서 현재 미국 스탠퍼드 대학의 소설연구센터 소장을 맡고 있는 그는 인류학자·정치학자·역사학자 등과 함께 기획 총서 『소설(*Il Romanzo*)』를 편집·발간하고 있다. 그는 소설을 "단순한 미학적 형식이 아니라 사회적 현상, 인간의 정서와 행동을 철저하게 변형시키는 현상"[1]으로서 탐구한다. 그는 '문화의 역사'란 곧 '문학의 역사'이고 넓은 의미의 소설이 문학의 핵심이라고 본다. 그렇게 볼 때, 소설이 그리는 세계가 하나의 층위를 이룬다고 하면, 그 세계를 조명·분석·이해하는 층위가 또 하나 있는 셈이다. 그 층위 역시 언어적인 텍스트로 이루어지기 때문에 롤랑 바르트는 그것을 '담화에 대한 담론(discours sur discours)'이라고 불렀지만, 필자는 그 층위의 담론이 인문학을 중심으로 하는 여러 가지 학문 분야의 이론으로부터 나온다고 말하고 싶다. 왜냐하면 소설이라는 텍스트에 대한 담론은 소설의 형식과 내용, 주제, 플롯, 기법, 서술 방식, 문체 등에 대한 고찰과 함께 다양한 학문 분야의 이론적인 접근을 통하여 그 의미와 해석이 확연히 달라지기 때문이다. 그런데 필자는 그런 고찰을 수행하는 과정에서 '소설'을 '이야기 텍스트(le texte narratif)'로 환원하여 살펴보고자 한다. 기본적으로 이 책에서는 고대 그리스 소설, 『돈 키호테』, 『잃어버린 시간을 찾아서』, 말로의 『희망』 그리고 누보로망에 이르기까지 다양한 작품이 분석·논의되고 있다. 물론 루카치와 골드만은 소설이라는 명칭을 사용하여 그에 대한 이론을 제시하기 때문에 필자 역시 그 용어를 그대로 사용할 것이고, 또 일반화된 장르 개념을 부정하는 입장은 아니다.

그럼에도 필자가 장르 개념의 소설을 이야기 텍스트로 대체하고자 하는 몇 가지 구체적인 이유를 들면 다음과 같다. 첫번째 이유는 소설에 대한 논의를 서구 중심으로 보는 경우에도 나라마다 용어의 개

---

1) 2001년 10월 30일자 《중앙일보》 참조.

넘 구분이 다르고 전통 역시 다르다는 점이다. 조동일은 "소설이 근대 유럽 문명권에서 시민 계급의 서사시로 태어났다."[2]고 하고, 노스롭 프라이도 소설을 18세기와 19세기에 특수하게 얻어진 형식의 사실적인 장르로 간주하고 있다.[3] 그러나 이탈리아에서는 14세기의『데카메론』을 근대 소설의 효시로 보고 있고, 소설을 단편과 장편(novel)으로 나누는 영국에서는 18세기 리처드슨의『파멜라』가 주인공의 성격을 그렸다는 점에서 이를 근대 소설의 시작이라고 보고 있다. 스턴의『트리스트럼 샌디』는 자유분방하고 무정형적인 파격을 통하여 조이스나 울프 등의 소설 혹은 반소설 같은 실험적 소설의 선구자 역할을 했다. 소설, 특히 단편소설에 대하여 나름대로의 관점을 가졌던 괴테는『빌헬름 마이스터의 수업 시대』를 통하여 교양소설이라는 새로운 소설 형식을 선보였다. 소설을 중·단편(nouvelle)과 장편(roman)으로 나누는 프랑스는 근대 소설의 첫 작품으로 17세기에 라 파예트 부인이 쓴『클레브 공작부인』을 꼽는다. 그러나 본격적인 소설의 시대를 맞이하기 위해서는 발자크, 스탕달, 플로베르 등이 대작을 내게 되는 19세기까지 기다려야 하는데, 그 뒤로 졸라, 프루스트 등의 대하소설은 프랑스 소설의 진면목을 보여주게 된다. 19세기 후반에 들어 러시아는 고골, 투르게네프, 톨스토이, 도스토예프스키 등을 배출하면서 소설의 황금시대를 열었다. 미국 또한 호손과 멜빌에서부터 헤밍웨이에 이르는 빛나는 전통을 세우게 된다. 그런데 역설적이게도, 17-18세기의 작가들은 자신들이 쓴 작품을 '~사', '~생활', '~회고록'이라고 명명하면서, 소설이나 로망이라는 명칭을 회피했다. 예컨대 리처드슨은 자신의『클라리사 할로』를 가리켜 "가벼운 소설도 덧없는 로망도 아닌, 삶과 양식의 역사"라고 했고, 필딩은 자기 작품을 '코

---

2) 조동일,『소설의 사회사 비교론 I』(지식산업사, 2001), 36쪽.

3) W. Martin, *Recent Theories of Narrative*(Cornell University Press, 1986), 김문현 옮김,『소설 이론의 역사』(현대소설, 1991), 48쪽.

믹 로망스' 또는 '산문으로 된 코믹 서사시'라고 불렀다고 한다.[4]

소설을 이야기 텍스트로 대체하고자 하는 두번째 이유는 장르로서의 소설 분류에 일정한 원칙을 적용하기가 힘들다는 점 때문이다. 가령 중세의 소화(笑話), 동물 우화, 교훈담, 기독교 전설, 민담 등을 소설의 범주에서 제외시켜야 할 것인가, 로망스라는 명칭을 단 이야기들을 소설의 범주에 포함시켜야 할 것인가 등의 문제는 그리 간단하지만은 않다. 명칭의 구분과 관련하여 마틴은 과학 소설과 고딕 소설의 경우 이야기의 주제를 가지고 그 명칭을 결정하고, 장편·중편·단편 등의 경우 형식적 자질 내지 길이로 그 명칭을 결정한다고 지적한다. 또한 작품이 환기시키는 반응(우스운 또는 진지한 등)을 토대로 분류하기도 하고 의미를 창조해 내는 방식(알레고리나 예시법 같은)에 따라 분류하기도 한다.[5]

2000년 판 『로베르 프랑스어 역사사전(*Dictionnaire historique de la langue française le Robert*)』은 소설 항목에서 풍속소설, 건달 소설, 서간체 소설, 교육소설, 실험소설, 모험소설, 심리소설, 탐정소설, 범죄소설, 누보로망, 가정소설, 반소설 등의 분류를 제시한다. 이명섭은 『세계 문학비평 용어사전』[6]을 통하여 소설을 20여 가지로 분류하는데, 가령 장편소설 항목에서 언급되는 종류로는 건달 소설, 서간체 소설, 성격 소설, 고딕 소설, 사회소설, 역사소설, 교양소설, 예술가 소설, 지역 소설, 누보로망, 반소설 등을 들고 있다. 그러나 이런 분류에는 고전주의 소설, 계몽주의 소설, 낭만주의 소설, 사실주의 소설, 자연주의 소설 등, 더 많은 종류가 추가될 수 있을 것이다.

더욱이 각 유형에 속하는 작품들을 보면 더욱 당혹감을 갖게 된다. 가령 마크 트웨인의 『톰 소여의 모험』, 토마스 만의 『사기꾼 펠릭스

---

4) 같은 책, 61쪽.

5) 같은 책, 43쪽.

6) 이명섭, 『세계 문학비평 용어사전』(을유문화사, 1985), 425–431쪽 참조.

크룰의 고백』, 세르반테스의『돈 키호테』, 디포의『로빈슨 크루소』 등이 모두 건달 소설에 속하게 되고, 지드의『위폐범들』은 예술가 소설에 속한다고 분류된다. 소설의 종류를 어떻게 나눈다고 하더라도 문제는 생기게 마련이고, 또 위대한 작품일수록 다양한 특징을 지니고 있기 때문에 어느 한 가지 종류의 작품으로 분류되기 어렵다. 그러한 사실을 고려할 때, 이 책에서 분석 대상이 되는 라블레나 세르반테스를 비롯하여 발자크, 플로베르, 도스토예프스키, 프루스트에서 말로의 작품에 이르는 소설들을 하나의 동질적인 범주에 포함시키는 것은 어려운 일이다.

무엇보다 작품에 대한 다양한 접근 방법을 적용하여 조명하기 위해서는 소설 작품을 이야기 텍스트로 볼 필요가 있다. 바르트도 '작품'이라는 용어를 '텍스트'로 대체했지만, 수사학, 사회 비평, 대화성, 정신분석에서 역사적 담론으로서의 텍스트 분석에 이르기까지 다양한 방법론을 수용하기 위해서는 소설을 '이야기 텍스트'로 대체하여 살펴보는 것이 바람직하다고 생각된다. 최근의 이론에서도 그러한 경향을 찾아볼 수 있다. 예컨대 토론토 대학에서 발간한『현대 문학이론 백과사전』[7]에서는 장르 개념이 제외되었고, '소설(novel)' 또는 '단편소설(short story)'은 한번도 언급되지 않았다. 저명한 프루스트 연구자인 장 미유도 소설을 중심으로 하는 다양한 이야기들을『텍스트의 시학』[8]이라는 제목의 저서에서 다루고 있다.

필자가 이야기 텍스트를 강조하는 세번째 이유는 조동일의 주장과 맥을 같이한다. 거시적으로 보았을 때 소설이 근대 이후의 서구 중심 소설의 지평에서 탈피해야 한다는 조동일의 주장은 상당한 설득력과 함께 앞으로의 연구 방향을 제시해 주는 관점이다. 문제는 서구의 테

---

7) I. R. Makaryk, *Encyclopedia of contemporary literary theory*(University of Toronto Press, 1995), 656쪽.

8) J. Milly, *Poétique des Textes*(Nathan, 1992).

18

두리 안에서도 역사적으로 볼 때 소설은 근대 이전으로 확대해서 고찰해야 한다는 점인데, 조동일은 그럴 경우 "소설의 기본 특징은 소설이 서사문학[9]의 하위 갈래라는 데서 찾아져야 한다."는 점과 "서사문학 일반의 특징과 소설 나름대로의 특징을 문학 갈래론 전개의 일관된 이론을 갖추어 제시하는 것이 그 해답"[10]이라는 자신의 견해를 제시하고 있다. 같은 맥락에서 프라이는 "산문 픽션에 해당하는 올바른 용어가 없었기 때문에 소설이라는 용어가 산문 픽션을 지칭하게 되었다."[11]고 했고, 스콜스와 켈로그는 "소설은 일반적으로 받아들이는 것처럼 로망스의 대립물이 아니라 서사문학에 경험적이며 허구적인 요소가 재결합된 산물이다."[12]라고 규정한다. 뿐만 아니라, 주네트와 바흐찐도 역사적인 고찰을 통하여 소설이 서사물——즉, 이야기——에서 출발했다고 말하고 있다.

이러한 연구를 통해서 볼 때 소설은 역사를 통하여 반복적으로 나타나는 서사적 이야기이고, 성질상 본질적인 정체성을 갖지 않는다는 점이 그 장르의 본질이 되는 셈이다. 그러한 의미에서 마틴은 "소설은 자연적이거나 긍정적인 실존을 갖지 못한다. 그러면서도 이질적인 시간에 이질적인 장소에서 발흥하고 부흥된 것이며, 그래서 소설은 지속적인 역사를 통한 변별적 종류가 아닌 '가족 유사성을 상호 담보한' '일련'의 작품으로 받아들여진다."[13]고 단언한다. 그런 의미에서 프라이는 『비평의 해부』를 통하여, 소설은 고유한 장르로서의 의미를 잃었고, 일반적으로 받아들여지는 시나 소설이나 극의 분류는 분명히

---

9) 영어로는 'narrative literature'인데, 이는 근본적으로 그것이 이야기임을 드러내는 것이다.

10) 조동일, 앞의 책, 38쪽.

11) N. Freye, *Anatomy of Criticism*(Princeton University Press, 1957), 13쪽.

12) R. Scholes & R. Kellog, *The Nature of Narrative*(Oxford University Press, 1966), 15쪽. W. Martin, 앞의 책, 49쪽에서 재인용.

13) W. Martin, 앞의 책, 62쪽.

잘못되었다고 지적한다. 왜냐하면 "허구적인 시적 이야기체(fictional poetic narrative)가 근대 이전에는 공통적이었고", 작품이 관람객들 앞에서 행위된다면 그 작품은 극이 되고, 이야기되거나 노래로 불리어진 혹은 음송된 작품은 서사시(epos)가 되고, 읽기 위해서 씌어진 것은 허구가 되기 때문이다.[14] 다른 한편으로 현대 소설의 실험적인 글쓰기는 통상적인 소설의 성격을 과감하게 변모시키고 있고, 결국 소설은 끝없는 미완성의 과정을 모색하는 형식에 지나지 않는다. 장르적 통념을 벗어나는 글쓰기로 알려진 블랑쇼는 소설을 비롯한 문학 장르의 개념과 구분이 아무런 소용이 없다고 하면서, "책[15]이란 장르와 관계없이 산문, 시, 소설, 탐방 기사 등의 꼬리표와는 별도로 존재하기 때문에 책 그 자체만 문제가 된다. 그렇기 때문에 책은 그러한 범주화를 거부한다. (……) 책이란 더 이상 어떤 장르에 속하는 것이 아니다. 모든 책은 오로지 문학에서부터 유래한다."[16]고 말한다. 토도로프는 문학 장르 개념을 근본적으로 부정하지는 않으면서도 장르 개념을 자연과학의 '종' 내지 '속' 개념에서 빌려온 개념으로서 문학에 적용할 경우 여러 가지 문제를 야기시킨다는 점을 지적하고 있다.[17] 아마도 그러한 문제에 대한 성찰을 바탕으로 마틴은 자기 관점의 핵심을 담은 『소설 이론의 역사』, 제2장의 제목을 「소설에서 서사로」[18]라고 명명했을 것이다.

그러면 명칭이야 무엇으로 부르든 간에 우리가 이제까지 '소설'이

---

14) 같은 책, 45쪽 참조.

15) 이때의 '책'이란 문학적 작품이라는 의미로 말한 것이다.

16) M. Blanchot, *Le Livre à venir*, T. Todorov, "Literary Genres", Lambropoulos et al., *Twentieth Century Literary Theory*(State University of New York Press, 1987), 194쪽에서 재인용.

17) T. Todorov, 같은 책, 192-193쪽 참조.

18) 필자는 'narrative'를 '이야기'로 번역하고, '이야기 텍스트'와 같은 개념으로 간주한다. 'narratology'도 '이야기학'으로 옮긴다.

라고 부르던 장르를 어떻게 이해할 수 있을까? 이 문제에 대하여 종합적인 견해를 제시한 연구자로 데이비스(L. Davis)를 들 수 있을 것이다. 그는 『사실적인 픽션 : 영국 소설의 기원』[19]에서, 소설은 로망스로부터 점차 사실적인 것이 되었다는 점에서 진화적 산물이고, 사회 변화가 문학 속에 수용되어 소설이 나오게 되었다는 점에서 삼투적이며, 또한 여러 종류의 서사적 이야기들이 모여 하나의 장르를 만들었다는 점에서 수렴적이라고 본다.[20] 이렇게 볼 때 소설은 특유의 서술적 기능과 함께 대화를 통한 연극적인 면, 그리고 정치·사회를 보는 작가의 독창적인 주관, 그리고 시적인 서정성까지를 포함하는 종합적인 성격의 생성적 혼합물이라고 이해될 수 있다. 그것은 결국 작가의 글쓰기를 통하여 언어적 구성체로 재현된 가상 현실, 즉 이야기 형식의 텍스트라고 할 수 있다.

　‘이야기 텍스트’라는 말 속에는 세 가지 개념이 들어 있다. 형용사로 쓰인 ‘이야기’, 본체 명사인 ‘텍스트’, 그리고 그 두 가지가 합하여 이루어진 ‘이야기 텍스트’이다. 이야기 텍스트는 소설 작품을 대신하는 용어이고, 그 개념은 이야기와 텍스트의 결합으로 이루어진다. 이야기는 매우 광범위한 개념을 포괄한다. “이 세상의 모든 것은 이야기로 환원된다.”고 하는 화두를 놓고 생각할 때, 비단 소설뿐만 아니라 연극, 영화, 시 등의 문학 장르들은 물론 미술과 예술 전반, 역사, 신화, 전설, 나아가서는 일상적인 인간사, 인간 개개인도 이야기로 환원될 수 있는 소재인 것이다. 방대한 이야기 가운데 주로 소설의 범주에 속하는 이야기를 살펴보고자 하는 것은, 중요한 이론들이 문학적인 이야기에 집중되었고 그에 대한 연구가 다른 형식의 이야기에 대한 연구에 토대를 제공할 수 있다고 믿기 때문이다.

---

19) L. Davis, *Factual Fiction : The Origins of the English Novel*, 1983.
20) L. Davis, 같은 책. W. Martin, 앞의 책, 64쪽 참조.

　영어는 이야기(story)와 역사(history)를 구분하지만, 프랑스어는 그 두 가지를 모두 'histoire'라고 한다. 프랑스어에는 또한 'histoire'와 유사한 용어로 'récit'가 있다. 그 두 가지의 차이에 대해서는 주네트를 논의하면서 자세히 언급하겠으나 기본적인 차이만을 지적한다면, 'histoire'는 '내용으로서의 이야기'를 그리고 'récit'는 '모든 형식을 갖춘 이야기'를 의미한다. 이 경우 구술이냐 글로 된 텍스트냐 하는 구분은 중요하지 않다. 그러나 어떤 용어를 놓고 본다고 하더라도 '이야기'는 한 가지 전제에서 출발한다. 말로든 글로든 그것을 들려주는 사람(＝작가)과 읽거나 듣는 독자가 있다는 점이다.[21] 말하자면 이야기는 의사소통 상황에서 화자(＝작가)가 청자(＝독자)에게 보내는 메시지가 된다는 것이다. 그 메시지는 언어적인 담화(discours)로 구성되고 담화는 보다 작은 단위인 언술(énoncé)로 이루어진다. 언술 중에는 이야기의 해설과 관계되는 언술도 있고, 대화 상황에서 등장인물들의 대화로 이루어지는 언술도 있다. 등장인물 가운데는 이야기의 전개를 진술하는 서술자가 있고, 등장인물들 사이에서는 누가 말하느냐에 따라 화자와 청자의 역할이 바뀌게 된다.

　등장인물들이 서로 인간관계를 형성하면서 활동하는 이야기 속의 세계는 시공간적인 특성을 지니고 있고, 그러한 특성을 토대로 이야기가 구성하는 세계가 정확하게 정의될 수 있다. 플라톤과 아리스토텔레스는 '미메시스' 개념을 가지고 이러한 문제를 논의하지만, 이야기 속의 세계 그리고 그 세계가 반영하고 있다고 생각되는 실제 세계와의 관계에 대해서는 오해를 불러일으키기 쉽다. 흔히 '미메시스'를 '모방'으로 번역하면서 실제 모델 역할을 하는 사회나 세계를 작품이 모방한다고 이해하기 쉬우나, '미메시스'는 언어에 의한 '재현'으로서

---

21) 독자는 텍스트 밖에 있지만, 『마농 레스코』에서는 텍스트 속에 이야기를 듣고 반응하는 독자가 있다.

문학적인 창조를 의미한다. 물론 문학 창작에 어떤 모델이 없을 수는 없겠으나, 중요한 것은 문학이 어떤 현실을 반영하는 것이 아니라 오히려 문학적인 창조가 어떤 현실을 재구성하고 재현함으로써 그 현실을 새로이 조명하는 기능을 맡는다는 사실이다. 말하자면 문학적 이야기가 세계와 사회를 이해할 수 있는 가능성을 제시한다는 것이다. 따라서 이야기는 실제 세계와 직접적인 관계가 없는 텍스트에 의하여 구성되는 세계로서, 독자성과 자율성을 지닌 채 실제 세계를 창조적으로 보여준다.

2 텍스트로의 접근

소설을 이야기의 생성적 혼합체로 보는 관점은 독일 낭만주의 작가 프리드리히 슐레겔에서부터 바흐찐, 프라이, 스콜스, 켈로그 등이 공유하고 있는 것이다. 이러한 관점에서 보면, 장르로서의 소설은 이야기와는 다른 형식적 특징을 지니고 있지만, 이야기라는 양식(mode)의 하위 구분으로서 문학적·미학적 특성과 함께 언어학적·화용론적 개념을 끌어들인다.[22] 주네트는 '소설이란 무엇인가'라는 질문 자체를 '무익한' 질문이라고 보면서, 우리가 연구해야 하는 것은 일반적인 소설이 아닌 '이 소설', 즉 특정 소설일 뿐이며, 그것을 '텍스트', 즉 '이야기 텍스트'로서 분석하고 고찰하는 일만 있을 뿐이라고 말한다.[23]

소설을 이야기 텍스트로서 보고자 하는 움직임은 장르 개념을 'narrative'(영·미), 'récit'(프)로 바꾸어놓으면서, 'narratologie'라는 분야를 만들어내게 되었다. 토도로프가 1969년 그의 『데카메론의 문

---

22) G. Genette, *Introduction à l'architexte*(Seuil, 1979), 68-69쪽.
23) 같은 책, 같은 쪽.

법』[24]에서 처음으로 도입한 이 분야는 '설화학' 또는 '서사학'이라고 번역되기도 하지만, 필자는 '이야기학'으로 번역하고 싶다. 이야기학은 종래의 소설 연구에서도 분석된 플롯, 성격 묘사, 시점, 목소리 등의 문제들을 아우르지만, 언술 작용, 묘사하기, 시간, 공간 등 언어학적인 관점이 강화되는 경향을 띠고 있다. 필자는 주네트의 연구에서 그러한 문제를 살펴보게 될 것이다. 그와 함께 '소설'을 '이야기 텍스트'로 바꾸어보면서 중요하게 드러나는 것은 텍스트가 담고 있는 의미의 복합성을 이해하기 위하여 심리학·역사학·사회학·철학·정신분석 등의 분야의 조명을 끌어들일 수 있고, 또 그러한 작용을 통하여 텍스트에 대한 해석의 지평을 넓힐 수 있다는 사실이다. 필자는 그러한 점에 유의하면서 이 책을 통하여 '이야기'와 '텍스트'의 기본적인 성격에 대하여 지속적으로 살펴볼 것이다.

텍스트의 접근은 크게 두 가지 관점으로 나누어볼 수 있다. 우선 기호학적인 관점에서 기호와 텍스트의 관계를 고찰할 수 있다. 이러한 관점은 기호 중심적인 관점과 언술 중심적인 관짐으로 나누어볼 수 있다. 전자는 계열의 축과 통합의 축을 중심으로 기호들의 결합을 통하여 텍스트에 이를 수 있다는 유럽 대륙적인 관점으로서, 소쉬르와 옐름슬레우가 대표적이다. 그리고 둘째는 영국의 경험론적인 관점을 토대로, 언술은 단순한 기호의 결합을 넘어서는 언어적 단위라고 보면서, 언술 작용과 의미 작용의 문제를 분석한 벵베니스트의 접근 방법과 관련된다.

현재 언어학에서는 일반적으로 텍스트의 개념이 담화(discours)나 언술(énoncé) 등의 개념과 일치한다고 정의하고 있다.[25] 그러나 아당(J.-M. Adam)은 담화와 언술 그리고 텍스트를 분명하게 구분짓고 있

---

24) T. Todorov, *Grammaire du Décameron*(Mouton, 1969), 10쪽.

25) C.-D. Farcy, *Lexique de la Critique*(PUF, 1991), 97쪽.

다.[26] 그 뒤를 이어 장디유(Jendillou)는 담화를 보다 폭넓은 개념으로 이해하면서 텍스트와 문맥(contexte)을 합친 것으로 보고, 같은 방식으로 담화에서 문맥을 제거한 것을 텍스트라고 본다. 즉, '담화=텍스트+문맥'이며, '텍스트=담화-문맥'인 것이다.[27] 멩그노 역시 같은 관점에서, 텍스트는 문맥 개념과 직접 관련이 없으며 자율적인 구조화(structuration) 개념을 토대로 구성된다고 설명하고 있다.[28]

문학과의 관계에서 텍스트를 가장 명확하게 설명한 비평가로는 바르트를 꼽을 수 있다. 그는 텍스트의 어원이 '직물(texture)'의 개념과 관련 있다는 점에 착안하여 텍스트를 거미집 만들기에 비유한다. 또한 그는 '작가적 텍스트(le scriptible)', '독자적 텍스트(le lisible)', '즐거움의 텍스트', '희열의 텍스트' 등의 신조어적 개념을 만들어내기도 한다. 그는 특히 작품(œuvre)과 텍스트의 차이를 대조하면서, 텍스트의 특성을 부각시킨다.[29] 그러면 그의 텍스트에 대한 관점을 요약해 보자.

(1) 작품은 눈으로 확인하고 손으로 잡을 수 있는 책이며, 텍스트는 언어를 통하여 포착되고 오로지 담화의 움직임 속에서만 존재할 수 있다.

(2) 텍스트는 단순한 장르 개념으로 포착될 수 없고, 통상적인 분류를 뒤집어엎는 특성을 가졌다. 텍스트는 한계 상황의 체험을 수용한다.

(3) 작품은 한 가지 접근 방법에 의하여 한 가지 해석을 받을 뿐이다. 그러나 텍스트의 의미는 단번에 결정되지 않고 끝없는 지연의 과정을 겪는다. 왜냐하면 텍스트는 시니피에가 아닌 시니피앙의 놀이이기 때문이다. 그 의미는 환유적이다. 말하자면 한 용어를 그와 인접 관계나 공존 관계 또는 의존 관계에 있는 다른 용어로 바꾸는 작용을 한다. 낭만

---

26) J.-M. Adam, *Eléments de linguistique textuelle*(Liège, 1990), 19쪽.

27) Jendillou, *L'analyse textuelle*, 1997, 109쪽.

28) D. Maingueneau, *Les termes*.

29) R. Barthes, trans. S. Heath, "From work to text", *Image, Music, Text*(The Noonday Press, 1988), 155-164쪽.

주의와 상징주의 시가 은유를 널리 활용하는 데 비하여 사실주의는 환유를 주로 사용한다.[30]

(4) 텍스트의 의미는 복수적이다. 그것은 다양한 의미의 공존이 아니라 한 의미에서 다른 의미로의 전이를 통한 의미의 산종(dissemination)을 가리킨다.

(5) 작품은 작가의 소유물이고 작가는 작품의 아버지로서 그 의미를 결정한다. 그러나 텍스트는 작가의 지배에서 벗어나 자유롭게 뻗어가는 '유기체'와 같다. 작품은 의미의 망에 갇혀 있지만, 텍스트는 의미의 통신망(network)에 비유될 수 있다.

(6) 작품은 일회용 소비 대상의 물품과 같지만, 텍스트는 글쓰기와 글읽기의 거리를 폐지하는 활동이고 실천이다.

(7) 프루스트, 플로베르, 발자크, 뒤마의 작품을 읽고 또 읽는 것은 즐거움이 될 수 있다. 그러나 그 작품들을 텍스트로서 읽는 것은 글읽기를 통하여 그 텍스트들을 다시 쓰기 하는 실천으로서 무한한 창조적 기쁨을 안겨줄 수 있다.

(8) 마지막으로 텍스트는 열린 사회적 공간으로서, 거기에는 어떤 독단적인 심판관이나 해설자 또는 지배자도 있을 수 없다. 텍스트 이론은 오로지 글쓰기의 실천과 일치할 수 있을 뿐이다.

텔 켈(Tel Quel) 그룹의 대표로서 새로운 텍스트 개념을 진수시키는 데 크게 기여한 솔레르스(Philippe Sollers)는 바르트의 입장과 같은 맥락에서 보다 종합적인 견해를 제시하고 있다. 텍스트가 글읽기(lecture)와 글쓰기(écriture) 개념을 내포하고 있다는 '열린 텍스트' 개념을 토대로 한다고 지적하면서, 그는 텍스트가 심층 층위와 중간 층위 그리고 표층 층위라는 세 가지 층위(niveaux) 개념을 지니고 있다고 본다. 심층 층위는 글쓰기 작용의 연출 효과와 작가 특유의 흔적·표지·맥박 등을 담고 있는 층위이고, 중간 층위란 이야기 등을

---

30) 로만 야콥슨, 신문수 옮김, 『문학 속의 언어학』(문학과지성사, 1989), 112쪽.

발전시키는 질료적 실체로서 텍스트 사이의 연결 관계를 담당하는 층위이며, 표층 층위란 단어·운(rime)·문장·연쇄(séquence)·주제(motif) 등을 담고 있다고 설명한다. 이때 심층에서 표층으로 이어지는 구성은 역동적 움직임을 보여주며, 반대로 표층에서 심층에 이르는 과정은 텍스트의 심도 있는 해독을 가능하게 한다고 설명한다.[31]

　1960년대 이후 문학 텍스트에 대한 이론은, 하나의 이론이 지배적인 이론으로 부각되고 나서 어떤 한계에 부딪히게 되고 그러한 한계를 지양하는 새로운 사조가 그것을 대체하면서, 계속 변증법적인 발전을 이루게 된다. 그 흐름을 개괄적으로 살펴보면, 작가와 작품의 의미를 결부시키는 이른바 강단 비평은 러시아 형식주의의 재발견과 언어학과의 접목을 통하여 구조주의 이론을 낳는다. 저자를 배제하고 텍스트 중심적인 접근을 강조하는 구조주의 이론은 의미 작용 개념을 토대로 텍스트를 보다 체계적으로 분석하는 기호학 이론으로 발전한다. 그러나 구조주의나 기호학 이론은 조직적인 분석을 통하여 하나의 의미를 드러낼 뿐이라는 한계를 노출한다. 그리하여 후기구조주의라는 이름의 움직임이 생겨난다. 바르트를 중심으로 후기구조주의는 텍스트를 폐쇄적인 공간이 아닌 열린 공간으로 보면서 텍스트에 대하여 단일 의미를 피하고 복수 의미를 탐색한다. 아울러 언술(énoncé) 중심에서 언술 작용(énonciation) 중심으로 옮겨가면서 담화 분석에 무게가 실리게 된다. 그러한 움직임과 함께 텍스트에 대한 새로운 접근 방법들이 태동한다. 한편으로는 문학 텍스트와 인간의 무의식을 연결시키는 정신분석적인 이론이 대두되는가 하면 푸코를 필두로 하는 역사적 접근이 이루어지기도 한다. 그러한 과정을 거쳐 장르별 칸막이 개념이 약화되면서 장르별 작품은 텍스트 개념으로 바뀌게 되

---

31) P. Sollers, "Niveaux sémantiques d'un texte moderne", *Théorie d'ensemble*(Seuil, 1968), 318쪽, 324쪽.

고, 비평 또한 글읽기로 대체된다. 또한 창작에서 대작이 별로 없는 시대를 만나, 문학적·문화적 담론이 풍성한 시기를 맞게 된다. 그러나 어느 한 가지 이론에 집착하는 것은 막다른 골목으로 들어서는 결과를 낳기 때문에, 필자는 열린 광장에서 이야기에 대한 다양한 이론과 분석의 면모를 두루 살펴보고자 한다.

제1부
이야기와 정신분석학적 접근

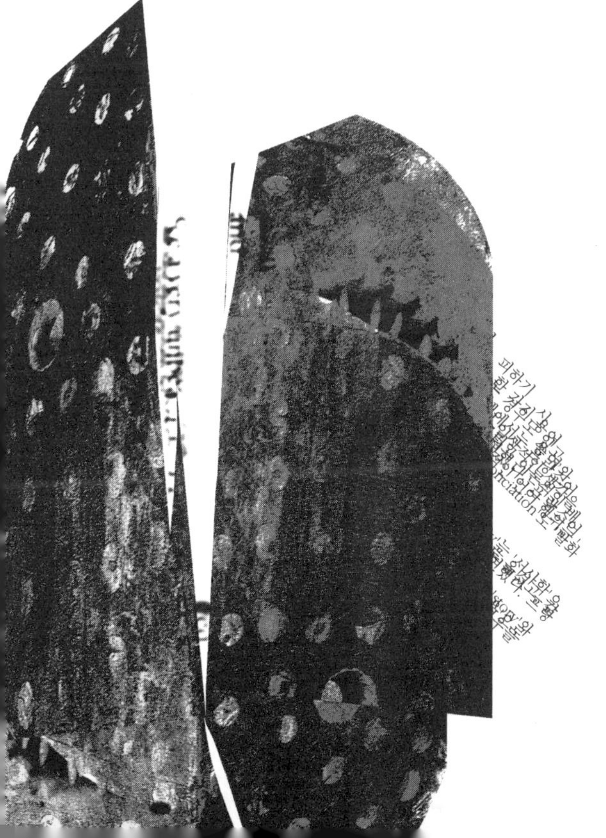

제1장 벨멩노엘 : 이야기 속의 꿈의 해석

1 서론

정신의학(psychiatrie)의 한 분야로서 정신질환을 연구하는 정신병리학에서 출발한 정신분석학은 프로이트의 창조적 역할에 의하여 20세기 초반부터 인간에 대한 지식의 구도를 바꾸어놓았다.

프랑스를 비롯한 유럽의 과학계에는 정신분석학의 영향이 확대되고 있다.[1] 임상치료 부분에서는 정신의학이 효과적이지만 인간과학의 테두리 내에서 인간을 이해하고자 할 때는 정신분석학에서 축적된 지식이 유효하다고 볼 수 있다. 특히 프랑스 지성계의 면모를 볼 때 이러한 상황의 일면을 찾아볼 수 있다. 정신병리학과 실험심리 등을 전공한 적이 있는 푸코는 누구보다도 정신분석 담론과 가까이 있고, 크

---

1) 그런데 미국의 경우는 정신장애 치료에서 정신분석학이 퇴조하고 정신의학에 대한 의존이 지배적이라고 한다. 실제로 미국에서는 정신장애 환자의 20퍼센트만이 정신분석의에게서 치료를 받고 있다. T. Bonfanti & M. Lobrot, *La Psychanalyse*(Hachette, 1995), 144쪽 참조.

리스테바는 현재 분석의로 활동하고 있으며, 데리다는 10여 년간 정신분석을 받았고, 바르트는 라캉의 영향을 많이 받았다.

정신분석학과 문학은 일찍부터 특별한 관계를 가지고 있다. 초현실주의의 기치를 높이 들었던 앙드레 브르통, 크레벨, 데노, 수포 등은 정신분석의 연구 결과에 상당한 관심을 갖게 되어 1937년에는 브르통이 프로이트에게, 물론 성사되지는 못했지만,『꿈의 역정(*Trajectoire du rêve*)』이라는 책을 공동으로 제작하자고 제의한 바 있었다. 본래 프로이트는 문학과 예술에 대하여 폭넓은 이해를 가지고 있었음은 물론 여러 언어를 유창하게 구사했으며, 심지어 고대 그리스·로마의 골동품 수집가이기도 했는데, 실제로 그의 오이디푸스 콤플렉스나 나르시시즘 개념은 모두 고대 문학과 그리스 신화에 대한 그의 해박한 지식에서 비롯된 것이다. 게다가 그는 직접「엔센의『그라디바』에 나타난 정신착란과 꿈」(1907),「레오나르도 다 빈치의 유년 시절의 추억」(1910), 그리고「미켈란젤로의 모세상」(1914) 등 문학·예술에 관련된 연구를 발표했다.[2]

정신분석학과 문학의 관계에 대한 이러한 개괄적인 배경 아래, 필자는 여기서 프로이트 정신분석학의 테두리 안에서의 작품 분석이 어떠한 흐름을 형성했는가를 살펴본 뒤, 그중 가장 괄목할 만한 성과를 보여준 벨멩노엘의 분석의 예를 살펴보고자 한다.

2 정신분석학과 문학

마리 보나파르트는 정신분석의로서『에드거 포, 정신분석학적 연

---

2) 프로이트의 정신분석학과 문학자들의 관계에 대해서는 루디네스코(E. Roudinesco)
   의 *Histoire de la psychanalyse*(Seuil, 1986), 제2권 참조.

구』[3]의 저자이다. 그는 프로이트의 꿈 이론을 토대로 포의 작품을 분석하며 작가의 무의식 세계를 재구성했다. 특히 그는 마치 정신분석 치료에서처럼 환자(작가)의 언어(작품)에 귀를 기울이며 작가의 무의식을 어머니의 이미지가 갖는 세 주기(cycle), 즉 '살아 있는 죽은 어머니(la Morte vivante)', '어머니 전경(la Mère paysage)', 그리고 '살해당한 어머니(la Mère assassinée)'를 중심으로 분석하고 재구성하는 가운데 '듣기(écoute)'와 '글쓰기(écriture)', 즉 독자와 저자 사이의 진정한 전이(transfert)의 전형을 보여준다.

또한 프로이트의 제자였던 르네 라포르그는 『보들레르의 파경』[4]을 썼다. 그는 임상의학자의 입장에서 작품 속에 드러난 보들레르의 신경증 분석을 통하여 시인의 영혼 깊숙이 자리한 정신적 질환의 원형을 밝히고자 했다. 그리고 정신의학자 장 들레는 『앙드레 지드의 젊은 시절』[5]에서 작가와의 직접 인터뷰를 토대로 작가의 의식적·무의식적 심리 현상을 연구하여 작가의 창조 활동의 조건을 밝히고자 했다. 또한 도미니크 페르낭데즈는 「심리 전기 서론」[6]에서 작가와 작품의 상호 작용을 연구하여 그 상관적 일치 관계의 열쇠를 작가의 무의식 속에서 찾아내고자 하는 심리 전기(psychobiographie)의 개념을 창안했다. 그는 그러한 방법을 줄리앙 그린, 지드, 파스칼, 반 고흐 등에 직접 적용했다.

정신분석학의 이론을 도입하여 작가와 작품의 관계를 본격적으로 연구한 학자는 샤를 모롱이다. 그는 심리 비평(psychocritique)의 기치를 들고 작가의 대외적인 생활을 깊이 고찰하고자 했다. 하지만 그는

---

3) M. Bonaparte, *Edgar Poe, étude psychanalytique*(Denoël, 1933).

4) R. Laforgue, *L'Echec de Baudelaire*(Denoël, 1931).

5) J. Delay, *La Jeunesse d'Andre Gide*(Gallimard, 1956-1957).

6) D. Fernandez, "Introduction à la psychobiographie", *Nouvelle Revue de la Psych-analyse*, no. 1, *Incidences de la psychanalyse*(Gallimard, 1970).

작가의 무의식이 작품의 근원이라는 주장에는 동조했지만, 단지 무의식의 구조를 밝히는 일만이 자신의 목표라고 생각하지는 않았다. 그는 무의식에 대한 연구를 바탕으로 한 걸음 더 나아가 텍스트의 의미 작용, 주요 노선, 텍스트 상호 간의 관계 등을 밝히고자 했다. 그런 면에서 그의 작업은 이전의 연구보다 진일보한 면모를 보여주었다. 『강박적 은유에서 개인적 신화로』[7]는 그의 대표적 저서이다. 벨멩노엘에 따르면,[8] 이 저서의 두 중심 개념은 '은유'와 '신화'이다. 이 두 개념을 통하여 모롱은 텍스트에서 드러나는 현실에서 출발하여 작가의 정신적 상황에 도달하는 길을 모색한다. 그러면 여기서 간단하게나마 벨멩노엘이 지적하는, 모롱의 비평이 지닌 문제점을 살펴보도록 하자.

무의식의 핵심은 강박적 은유의 형태로 텍스트에 표출된다. 따라서 그러한 강박적 은유가 어떻게 텍스트화되느냐를 관찰함으로써 무의식의 핵심들을 포착하는 방식이 모롱의 접근 방법이다. 이러한 접근 방법을 그는 '중첩적 방법(la méthode des superpositions)'이라고 불렀다. 정신분석 치료에서는 우선 피분석자에게 머리에 떠오르는 대로 꿈을 기술하게 한다. 그리고 환자가 분석자의 지시에 따라 어떤 기호—단어, 이미지, 장면—를 다른 기호와 결합시키면 분석자는 부분과 부분을 서로 연결시켜 가능한 의미 작용을 정립시킨다. 그런데 문제는 이런 분석 치료 방법을 작품 분석에 도입하여 적용하는 것이 거의 불가능하다는 점이다. 피분석자의 언어와 달리 텍스트는 어떤 의도에 따라 잘 짜이고 조직화된 언술로 구성되어 있기 때문이다. 그래서 모롱의 심리 비평은 작가의 모든 작품들을 서로 중첩시켜 핵심 요소들을 찾아내고 다시 그것들을 결합시키려고 한다.

이상의 방법을 라신의 비극에 적용해 보자. 『앙드로마크(*Andromaque*)』,

---

7) C. Mauron, *Des Métaphores obsédantes au mythe personnel*(José Corti, 1963).

8) J. Bellemin-Noël, *La Psychanalyse du texte littéraire*(Nathan, 1996), 62쪽.

『브리타니쿠스(*Britannicus*)』, 『베레니스(*Bérénice*)』, 『바자제(*Bajazet*)』의 주요 등장인물들을 중첩시켜 보면 다음과 같은 사실을 공통분모로 얻을 수 있다. 즉, 남자 주인공은 자기가 볼모로 잡고 있는 여인에게 사랑을 느끼게 되어 본래의 합법적인 부인을 쫓아내고자 한다. 그러면 그 부인은 남자 주인공을 해치려고 한다. 『미트리다드(*Mithridate*)』부터는 아버지 상(象)들이 등장하여 여자에게 죽음의 위협을 가하게 되고 아들을 응징하고자 한다. 『이피제니(*Iphigénie*)』에서는 아가멤논-이피게네이아-에리필이 그러한 상황을 보여주며, 『페드르(*Phèdre*)』에서 테세우스-파이드라-히폴리토스 역시 이와 유사한 관계를 연출한다. 결과적으로 드러나는 사항은 다음과 같이 두 가지로 정리할 수 있겠다. 첫째, 오이디푸스적 인물이 아버지의 자리를 차지하지는 않은 채 어머니 위치에 있는 여인과 미묘한 연정 관계에 서게 되고, 결국은 그 수수께끼 같은 여인의 박해 대상이 된다. 둘째, 정작 공포의 대상은 아버지이다. 아버지는 아들의 근친상간 시도를 응징하고자 한다.

벨멩노엘은 모롱을 읽으면서 라신의 작품을 구조적으로 새롭게 이해할 수 있는 즐거움에도 불구하고 그러한 시도에 대해서 일정한 의문을 제기한다. 먼저 모롱의 심리 비평은 작품의 중첩을 통하여 하나의 구조를 발굴해 내지만 그것은 무의식의 언어와 관계가 없으며, 따라서 그러한 시도는 해석(interprétation)이 아니라 고문서 연구에서 볼 수 있는 주석(exégèse)에 다름 아니라는 것이다.[9] 모롱의 비평 방법론은 작가의 어느 한 작품에서 추론한 구조에 근거하여 그 작품과 질적으로 명백히 다른 작품들을 중첩시킴으로써 결국 서로 다른 텍스트들을 모두 동질화시키게 되고, 결과적으로 텍스트의 단위가 너무 확대된다는 문제를 지니고 있다는 것이다. 하지만 적어도 모롱이 프로이트의 무의식이나 오이디푸스 콤플렉스 등의 이론을 문학작품 분

---

9) 같은 책, 65쪽.

석에 응용하여, 인간 본성(무의식) 속에 잠재해 있는 금지된 사항에 대한 욕망을 밝혀냈다는 점은 인정해야 할 것 같다.

벨멩노엘에 따르면, 모롱은 작품 속에 '작가의 무의식의 초상(portrait)'이 구성되고, 창조적 자아(작가의 자아)와 사회적 자아(인간적 자아)는 모두 개인적 신화에 의하여 움직인다고 본다. 여기서 '신화' 란 바로 주체의 무의식을 의미한다. 여기서 벨멩노엘은 다음과 같은 의문을 제기한다. 만일 두 개의 자아가 합일된다면 그것을 두 가지로 구분할 필요가 있겠는가? 작품과 생애가 동일한 핵 —— 신화 내지 무의식 —— 에서 비롯된다면 그 두 가지를 나눈다는 것은 너무나 인위적인 구분이다. 더구나 작품과 작가의 사회적 삶을 서로 참조·비교하면서 개인적 신화의 윤곽을 '조절'하려는 시도는 더욱 더 받아들이기 힘들다.[10] 물론 이러한 논리가 모롱의 엄청난 업적을 일거에 평가절하할 수는 없다. 그러나 적어도 "생애의 어떤 정황이 경우에 따라서 보충 자료, 생생한 조명, 작가에 대한 인간적인 친근감의 계기가될 수는 있지만 그러한 요소가 작품에 대한 해석을 정당화할 수는 없다."는 벨멩노엘의 생각에는 전적으로 공감한다.

1970년대 이후 정신분석을 토대로 하는 비평 활동이 활발해진다. 이런 활동을 하던 비평가 군에는 앙드레 그린, 베르나르 펭고, 세르주 두브로프스키, 필립 르죈느, 줄리아 크리스테바 그리고 장피에르 리샤르도 포함된다. 그 밖에도 정도의 차이는 있으나 정신분석에 의존하는 비평가들은 많이 있다. 그러나 문학의 관점에 입각하여 정신분석 이론을 체계적으로 적용하고 그 분야에서 일가를 이룬 비평가를 든다면 아마도 벨멩노엘이 손에 꼽힐 것이다. 평생을 문학작품 분석에 집중하면서도 독선과 극단적인 평가를 피하고 언제나 열린 마음으로 텍스트를 이해하려고 한 태도는 후학들의 귀감이 된다. 무엇보다

---

10) 이에 대해서는 각주 7, 8번의 문헌을 참고하라.

그는 '텍스트 분석(textanalyse)'이라는 이론적인 틀을 바탕으로 일관성 있는 분석을 하고 있다. '분석'은 '정신분석(psychanalyse)'을 줄인 것으로, 요컨대 '텍스트 분석'은 텍스트에 대한 정신분석을 의미한다.

벨멩노엘은 상관텍스트성(intertextualité, 혹은 상호텍스트성) 이론에 의문을 제기하면서, 텍스트란 모두 구상과 집필 면에서 각기 통일성을 가지고 있기 때문에 자율성을 지닌다고 주장한다. 따라서 그에게서 텍스트를 읽는다는 것은 그 특이성(singularité)를 파악하는 것이다. 그래서 그는 "모든 텍스트는 무의식의 힘에 의하여 이루어졌고 그 힘은 감지되고 기술될 수 있다."[11]라는 텍스트 분석 이론의 전제를 제시한다. 그의 전제를 받아들이면 텍스트에 담긴 욕망은 작가의 생애나 다른 작품들과의 관계를 고려하지 않고 그 자체로서 분석될 수 있다. 작가가 텍스트의 구성 요소일 경우에는 작가도 당연히 고려의 대상이 되지만 그러한 경우를 제외하고는 작가는 하나의 서술자에 지나지 않는다.[12]

벨멩노엘의 이러한 설명은 아주 명료하지만 심리 비평의 경우와 마찬가지로 몇 가지 문제점을 안고 있다. 우선 텍스트 속에 들어 있다고 파악되는 욕망 혹은 무의식이 텍스트만의 무의식(욕망)인지, 작가의 무의식(욕망)인지, 독자의 무의식(욕망)인지 명확하게 구분되지 않는다. 아마도 그러한 문제 제기를 의식했음인지 벨멩노엘은 그의 『행간(*Interlignes*)』에서 그에 대하여 보다 자세히 논하고 있다.[13]

우선 분석의 유일한 대상인 텍스트는 "글쓰기와 글읽기를 맺어주는 힘"[14]으로서 그것은 "프레그넌시의 차원을 지닌 구조[15]를 내포하고

---

11) J. Bellemin-Noël, 앞의 책, 75쪽.

12) 이러한 관점은 주네트, 바흐찐, 푸코의 관점과 상통한다.

13) J. Bellemin-Noël, "Textanalyse et psychanalyse", *Interlignes*(Presse Universitaire de Lille, 1988).

14) 같은 책, 24쪽.

있는 담화로 자율적이고 풍요로운 의미를 지닌다.”[16] 텍스트의 단위
에 대한 규정은 내리고 있지 않지만, 주어진 텍스트는 하나의 ‘총체
(tout)’로서 다루어야 하고, 이론적인 면에서 텍스트는 꿈의 형성이나
분석 상담 치료와 같은 특정한 경험과 상통하는 담화라고 할 수 있다.
비록 시공간적으로 한정되어 있지만, 그것을 진술하는 쪽(작가)에서나
그것을 듣는 쪽(독자)에서나 그것은 ‘진실의 낟알(un grain de vérité)’[17]
을 둘러싸 감추고 있는 하나의 자족적인 이벤트라고 간주되고 있다.
그러나 하나의 담화 또는 텍스트의 의미는 그것을 발화하는 사람과
듣는 사람에 의하여 달리 해석되는 경우가 허다하다. 친구가 “담배
있어?”라고 할 때 그것은 단순한 의문문이 아니라 “담배를 달라고”
하는 문장에 해당한다. 그러한 문제를 규명하는 분야가 화용론이라는
사실을 고려하여 벨멩노엘은 화용론에 관련된 이론을 소화해서 『듣
기 작업을 위한 프라그마티크』[18]라는 글을 쓴다.

　벨멩노엘은 그 글에서 발화적 언술(l’énoncé locutionnaire)과 언표내
적 언술(l’énoncé illocutionnaire)을 구분하며 오스틴(J. L. Austin)의 ‘수
행문(Phrase performative)’을 설명하고 언술 작용(énonciation)과 상황
과의 관계에 대해서 언급하기도 한다. 그리고 그라이스(H. P. Grice)
의 ‘대화의 금언(Maximes conversationnelles)’을 소개하기도 한다. 그러
나 언어학이나 화용론적 지식이 텍스트의 정신분석에 도움이 되는 경
우는 극히 제한되어 있다. 이른바 ‘패러다임’이 다를 뿐만 아니라 목
표도 다르며, 정신분석에서는 발화된 것보다 발화되지 않고 숨겨져
있는 것을 찾아내는 것이 더 중요하기 때문이다. 벨멩노엘 자신도 그
러한 실례를 들고 있다. 가령 스탕달이 자신의 자전적 소설에서 “나

---

15) 심리학에서 독자적인 지각, 감성 기억 작용을 수행하는 구조를 의미한다.
16) J. Bellemin-Noël, 앞의 글, 25쪽.
17) 프로이트의 표현임.
18) J. Bellemin-Noël, “La pragmatique au service de l’écoute”, *Interlignes*, 195–222쪽.

는 어머니를 몹시 사랑하고 아버지를 증오한다."고 한 것을 그대로 받아들여 오이디푸스 콤플렉스와 연결시키는 것은 곤란하다고 말한다. 왜냐하면 작가는 내관(introspection)을 통하여 무의식이 아닌 전의식(preconscient)에 도달할 수 있을 뿐이고, 무의식에 틀어박힌 것을 끌어내기 위해서는 다른 탐사 방법이 필요하기 때문이다.[19]

벨멩노엘은 분석자가 텍스트를 대할 때 즉석에서 무의식 형성의 현장이나 근원적 몽환(fantasme) 혹은 신경증세 등을 찾아내어 섣불리 '진단'하려고 하면 함정에 빠지기 쉽다는 점을 강조한다. 그의 접근 방법은 선입관 없이 "문장과 페이지를 따라 읽으면서 덜거덩거리고 혼돈스러운 어떤 사행이나 전개의 우여곡절의 소용돌이를 따라가는" 방식이다. 그러므로 이러한 접근 방법의 "핵심은 그러한 사행들이 어떻게 텍스트화되는가를 포착하는 것이다."[20]

그는 텍스트화를 포착할 때에는 우선 뚜렷한 사물이나 대상, 명사와 같은 실사(substantif)에 초점을 맞추어 판단하지 말고 연결고리와 이끌어가는 힘에 주의를 기울이되, 특히 동사의 양상을 주목해야 한다고 지적한다.[21] 왜냐하면 명사 단어들은 실체론(substantialisme)과 관념주의를 끌어들이는 상징 이론으로 흘러갈 위험이 높기 때문이다. 동사를 통하여 문장화되지 않은 명사는 해석자의 주관적 평가를 유도하기 쉽다. 가령 '아이'와 '주먹'은 동사를 가지고 문장으로 표현되어야 '아이'가 '주먹'을 휘두른 것인지 '주먹'으로 얻어맞은 것인지 알 수 있다. 벨멩노엘은 명사 단어는 명사 영상으로 되기 쉽기 때문에 명사의 이미지화가 어떤 현상(무의식)의 실상을 고정화하여 왜곡시킬 수 있음을 경고하면서, "시각적 차원은 움직일 수 없는 양상을 내포하는데, 그에 비하여 언어적 차원은 다양한 연결대(zones)를 제공한다."[22]

---

19) J. Bellemin-Noël, "Textanalyse et psychanalyse", 24쪽.
20) 같은 글, 23쪽.
21) 같은 글, 26쪽.

고 주장한다. 왜냐하면 무의식이란 "이것저것 잡동사니로 가득한 다락방이 아니라 뒤틀림(torsion)의 현장이고 따라서 명사 단어를 가지고는 아무것도 할 수 없고 동사의 힘을 필요"로 하기 때문이라는 것이다. 그러므로 그는 "무의식이란 눈에 보이는 사물로 구성되는 것이 아니라 '언술화된 행동'[23]으로 구성된다."[24]고 말한다.

텍스트의 이해와 해석의 관건이 되는 글쓰기-글읽기의 중심은 작가의 이야기하기(raconter)로 옮겨가게 된다. 벨멩노엘은 자신의 임무가 "텍스트 속의 무엇을 보여준다는 생각은 할 수 없고 자신이 '작품 속의 목소리에' 귀기울여 들은 그 울림을 전달하고 들리게끔 하는 것"이라고 규정한다. 그에게 시각이란 허상을 보여줄 뿐이다. 그러한 맥락에서 그는 "우리가 눈으로 사물을 보는 데 비하여 의미를 눈으로 볼 수는 없고", "의미란 상황 속에서 구축되는 것이고 우리의 경우 그것은 귀기울여 듣기를 통하여 이루어진다."고 강조한다. 벨멩노엘에 의하면, 결국 "정신분석의 핵심은 보기/듣기의 구분에 있다."[25]

벨멩노엘의 설명에는 일관성과 설득력이 있지만, 몇 가지 문제점을 안고 있기도 하다. 첫째, 명사-실사보다 동사-문장이 중요하다는 점은 타당하다고 할 수 있는 견해이지만, 명사-실사만이 영상 내지 이미지로 고정된다는 주장은 납득하기 어렵다. 왜냐하면 우리가 텍스트를 읽을 때 그 속에 있는 명사-실사만 떼어내어 이미지화하는 경우는 별로 없기 때문이다. '읽기'란 문장을 읽는다는 것이지, 어느 구체적 사물이나 대상만 따로 떼어내어 머릿속에 영상을 만든다는 것은 아니기 때문이다.

둘째, 텍스트 속에서 작가의 목소리를 듣는 것은 종합적인 지각 작용을 통한 글읽기 방법이라고 생각된다. 그러나 단순한 글읽기이든

---

22) 같은 쪽.
23) 강조는 벨멩노엘의 것임.
24) 같은 글, 27쪽.
25) 같은 글, 29쪽.

작가의 말을 귀기울여 듣는 읽기이든 결과적으로 우리의 뇌리에 남는 것은 우리가 흔히 '인상'이라고 하는 영상을 통해서이다. 우리가 읽는 것은 우리가 경험한 모든 것과 마찬가지로 영상의 상태로 번역되어 우리의 내면에 저장된다. 우리는 한 장의 사진을 보면서 지나간 순간의 모습과 심정을 다시 느끼게 된다. 그 사진에 대한 평가가 달라질 수 있는 것은 그것을 대하는 우리의 마음, 정신분석의 용어를 빌리면, 곧 욕망 아니면 무의식 때문이지 그 사진 자체가 허상이기 때문은 아니다.

셋째, 영상은 일정한 시간과 공간 속에서 있었던 모든 것을 담고 있는 종합적인 재현·표상 작용의 결과이다. 영상은 이야기로 풀어서 쓸 수 있고 모든 이야기는 영상으로 환원되어 '디스켓'의 상태로 보관된다. 시인 폴 클로델이 암스테르담의 미술관에서 명화들을 보며 그것이 들려주는 이야기를 듣는다고 표현한 것은 영상과 이야기의 상관 관계를 잘 보여주는 예이다.

넷째, 어릴 때 보았거나 경험한 것은 영상으로 남아 성인이 된 뒤에도 행동이나 사고에 큰 영향을 미친다는 것은 널리 알려진 사실이다. 프로이트는 그의 『인간 모세와 일신교(*L'Homme Moïse et la religion monothzéiste*)』(1939)에서 "자기 표현 능력이 갖추어지지 않은 유아 시절에 받은 인상은 성인이 된 뒤 어느 날 갑자기 의식화되지 않은 채 강박적 효과를 유발시킨다."고 주장하는데, 이는 아주 어릴 때의 인상이 무의식 속에 영상으로 각인되어 후일 갑작스런 행동의 원인이 된다는 점을 일깨워주는 것이다. 그러한 프로이트의 지적은 유아기에 받은 감성적 자극의 영향에 대한 많은 연구를 고무시켰다.

융의 이마고(imago, 라틴어로 '이미지') 이론은 유년 시절의 이미지의 중요성을 한층 강조한다. 스위스의 작가 스피틀러(C. Spitteler)의 소설 『이마고』는 상상을 통해서 자신의 몽환을 지배하는 여인을 만들어내는 주인공을 그리고 있는데, 융을 비롯한 정신분석학자들은 그 소설에 큰 관심을 갖게 된다. 융은 이마고란 무의식의 표상으로서 부모의 이미지로 나타난다고 주장하면서, 어릴 때 아버지-어머니의 영상이 인간의 평생에서 차지하는 절대적 중요성을 강조했다.[26] 또한 라캉은 상상계·상징계·실재계의 구분을 통하여, 어릴 때 사물의 영상을 자기 안에서 표상하는 기능과 상상계를 결부시켰다.[27] 언어학적인 면에서 영상은 시니피앙의 기능을 맡는다. 비록 시니피앙이 일정하더라도, 그것의 시니피에는 관점과 상황에 따라 언어적 해석에서 유동적으로 된다.

다섯째, 듣기의 문제이다. 텍스트를 읽으면서 환자, 그러니까 작가의 목소리라고 상정되는 소리를 듣는다고 믿는 것은 일종의 환각 작용이다. 물론 이러한 노력은 작가의 심상과 일치하거나 가까워질 수 있는 가능성을 준다. 그러나 그러한 듣기가 정신분석적 해석의 충분한 요건은 아니다. 왜냐하면 무의식의 진실은 의식을 전적으로 초월할 수 없는 정교한 작업의 결과인 텍스트의 글쓰기 속에 그리고 동시에 그 너머에 있기 때문이다. 따라서 작가의 목소리 너머에 있는 진실에까지 도달해야 한다. 정신분석에서 상담 치료를 할 때 분석의는 피분석자의 저항을 약화시키고 자신을 피분석자가 가진 유년 시절의 이마고에 접근시킴으로써 조금씩 그의 무의식 속에 들어 있는 진실을 캐낼 수 있게 된다. 그렇기 때문에 일반적인 대화와는 달리, 분석의와 피분석자 사이의 대화를 전이(transfert)라고 한다. 따라서 정신분석적 해석이 가능하려면 텍스트를 통하여 분석자가 저자의 무의식과 전이적 대화를 할 수 있어야 한다.

벨멩노엘은 이상에서 지적한 문제들 가운데 특히 듣기의 문제를 심도 있게 다루고자 '자기 전이(auto-transfert)'라는 개념을 이론적으로 정립한 바 있다.

---

26) E. Roudinesco et M. Plon, *Dictionnaire de la Psychanalyse*(Fayard, 1997), 483-484쪽.

27) J. Lacan, "Le stade du miroir comme formateur de la fonction du Je", *Ecrits*(Seuil, 1966), 93-100쪽.

3 자기 전이

텍스트 읽기는 몇 가지 서로 다른 전망을 보여줄 수 있다. 저자의 생각을 단순히 집약하고 간단한 살을 붙여 이해에 도움을 주는 환언적 설명(paraphrase), 그리고 박식한 독자가 자기 지식을 모두 동원하여 텍스트를 세세히 파헤치고 새로운 조명을 비추는 주관적인, 경우에 따라서는 해석학적인 주석(exégèse)이 있다. 그런가 하면 텍스트를 통하여 작가의 무의식을 재구성하는 심리 전기나 심리 비평도 있다. 그런데 이러한 관점을 지양하고 정신분석적인 텍스트 분석을 위해서는 전이가 필수적이다. 하지만 이미 글로 씌어진 텍스트와 독자 사이의 온전한 전이란 원론적으로 불가능해 보인다. 그러한 문제를 의식하고 있는 벨멩노엘은 텍스트를 통한 전이를 다음 다섯 단계로 나누어 고찰한다.

첫째, 텍스트를 통한 전이적 관계는 텍스트를 매개로 하는 작가와 독자의 단순한 관계라기보다는, 글쓰기와 글읽기에서 동시에 '타자'[28]로 기능하는 텍스트의 '무의식적 주체'로서의 작가와 독자가 제각기 나름대로 창출하는 전이 행위들의 '이중주(duo)'와 같은 것이다. 벨멩노엘이 '이중주'라는 음악적인 비유를 사용한 이유는 작가와 독자를 이분법적으로 나누는 독단을 피하기 위해서이다. 여기에는 작가가 글을 쓰는 주체이자 동시에 자신의 일차적 독자이며 또한 독자 역시도 글을 읽는 동시에 그 자신의 몽환을 통하여 글을 쓰는 작가 역할을 한다는 의미가 내포되어 있다. 결국 독서를 통한 무의식적 전이 속에

---

28) 정신분석에서 '타자(autre)'는 내 속에 있으면서 내 마음대로 할 수 없는 '무의식적 무엇'이다. 라캉은 타자를 '대타자(A : Grand Autre)'와 '소타자(a : Petit autre)'로 나누는데, 대타자는 근본적인 타자성으로 곧 언어와 동일, 따라서 상징계의 장(場)이며, 소타자는 상상계적인 자아의 (거울)상(像)내지, 욕망의 대상 혹은 원인으로 설명한다.

서 작가 내지 텍스트는 단순한 피분석자가 아니다. 마찬가지로 독자 또한 분석의의 역할만 하는 것은 아니다. 그러한 의미에서 "텍스트는 두 극이 함께 상호 작용하여 일구어낸 이중적인 실현체"[29]이다.

둘째, 벨멩노엘은 모든 무의식이 본래 '자기 전이적' 성질을 가진다고 주장한다. 그래서 그는 꿈, 백일몽, 신화, 환상적 조정, 물신숭배 등을 예로 들어 그러한 관점을 합리화하고자 한다. 만노니(O. Mannoni)가 전이를 좁은 의미에서 "분석의와의 관계에서 (자신의) 무의식을 동원하기"라고 정의하는 데 비하여 벨멩노엘은 전이를 넓은 의미에서 "드러나고 있는 무의식적 욕망의 현장, 양태 그리고 내용"[30]이라고 정의한다. 또한 그는 정신적인 영역에서 '나(je)'와 '자아(moi)'의 두 가지 심역(instances)이 있음을 상기시키며, 프로이트가 친구 플리에스(W. Fliess)에게 보낸 편지에서 "객관적인 지식을 통하여 나 자신을 마치 타인처럼 간주하고 자기 분석(Selfstanalyse)을 하지 않으면 안 되었다."[31]라고 말한 예를 들고 있다.

셋째, 독서를 통한 자기 심미적 전이는 상담 치료의 전이가 서로 마주한 두 주체를 통하여 이루는 것을 각 주체의 내부에서 이루어낸다. 벨멩노엘의 관점에서, 텍스트는 저자가 알고 있으면서 독자에게 전달하고자 하는 지식의 총체이며 또한 텍스트의 언술은 작가의 언술 작용(énonciation) 행위의 결과라는 것을 상기한다면, 글읽기는 '전이의 전이(transfert du transfert)'이다. 텍스트는 일종의 '전이의 타자'이고, 이는 상담 치료의 경우 정신분석의에 다름 아닐 것이다. 그리고 또 다른 타자는 '작가' 또는 '책의 증여자', 아니면 '비평 독자' 등이 된다.[32]

---

29) J. Bellemin-Noël, "Perspective : le travail inconscient de la lecture. Pour l'auto-transfert", *Interlignes 3*(Presse Universitaire du Septentrion, 1996), 209쪽.

30) 같은 글, 211쪽.

31) 자기 분석에 대한 자세한 설명은 *Dictionaire de la Psychanalyse* 참조.

32) J. Bellemin-Noël, 앞의 글, 214쪽과 E. Roudinesco의 앞의 글 79-82쪽 참조.

넷째, 문학에서의 전이가 정신분석 치료에서의 전이와 같을 수는 없다. 왜냐하면 문학에서 일어나는 전이는 현존하는 두 주체 사이에 이루어지는 것이 아니기 때문이다. 게다가 글쓰기 행위와 글읽기 행위는 가역성(reversibilité), 즉 상호 교류 가능성이 없기 때문에 독자는 읽기를 통하여 느낀 자기 전이적 즐거움을 작가를 향하여 또는 그 책을 읽게 해준 사람에게 반향한다. 나에게 즐거움을 주는 텍스트는 은폐되어 있던 나의 몽환, 결국 내 속의 '타자' 아니면 나의 오랜 자아를 (재)발견하게 해준다. 나의 무의식 속에 억압되어 있던 욕망이 텍스트를 통하여 수면 위에 떠오름으로써 나는 그 진실의 이야기에 귀기울이며, 나의 정체성을 확인하게 된다. 벨멩노엘은 읽기를 통하여 일어나는 현상을 다음과 같이 집약한다. "텍스트는 내게 나의 담화를 돌려보내는 타자이고, 이는 내가 '나'에 다름 아닌 '그[타자]'에게 그의 담화를 돌려보내 주는 타자인 것과 같은 이치이다. 이는 일종의 이중 전이 혹은 교차 전이이다."[33]

다섯째, 글읽기는 비록 실제 '대화'를 조성하지는 못하지만, 대신에 꿈꾸기나 몽환에 빠지기(fantasmer) 또는 놀이하기 등과 같은 즐거움을 줄 수 있기 때문에, 정신적 고통이 유발하는 폐색(blocage) 현상과는 반대로 자기 전이 속에서 유연성과 자유로움을 가져다준다. 읽기는 마음대로 제어할 수 없고 표현할 수 없는, 해제(abréagir)할 수 없는 정신적 어려움을 지워버린다. 그러한 의미에서 읽기는 우리가 필경 겪어야 하는 충격을 비켜 지나갈 수 있게 해주고 우리를 동심으로 돌아가게 해주는 심미적 환각(illusion)을 안겨준다. 실제 정신분석 상담이 진실을 밝혀주는 기능을 위한 것이라고 한다면 읽기는 재미와 웃음을 보장하는 것이다.[34]

---

33) 같은 글, 217쪽.
34) 같은 글, 205-207쪽. 그리고 이후의 보충 설명 참조.

벨멩노엘이 제시한 다섯 단계를 다시금 요약한다면, 독서 '삼매경'은 우리로 하여금 자신의 참모습을 발견하게 해주고 현실의 질곡으로부터 우리를 해방시켜 관조의 세계에서 지닐 수 있게 하는 일종의 '신선놀이'이다. 우리는 글과의 '이심전심'의 교류를 통하여 자아의 세계를 한층 풍요롭게 한다. 이러한 독서 철학은 동서양을 막론하고 보편적으로 공감하는 것이기 때문에 벨멩노엘의 기본적인 생각에는 별다른 이견이 있을 수 없으나, 다만 다음과 같은 약간의 재론은 필요한 것 같다.

첫째, 벨멩노엘은 텍스트 읽기가 우리에게 줄 수 있는 것을 심미적 즐거움 위주로 보기 때문에, 일견 모든 것을 자아의 발견과 관련하여 고려하게 되고 따라서 자아 환원적인 관점만 강조한다는 느낌을 받는다. 물론 책은 자아 발견을 통하여 그 책이 자신에 관한 것이라는 느낌을 많이 줄수록 보편성이 큰 책일 것이다. 그러나 모든 책이 그러한 성격을 가진 것은 아니다. 가령 고전극이나 낭만주의, 사실주의, 19세기 후반의 러시아 소설 등은 그 주인공들이 지닌 성격이나 행동 방식이 자기와 유사하고 상통한다는 느낌 때문에 우리는 그것들을 읽게 되지만, 동시에 그런 작품들은 우리에게 그 이상의 것을 준다. 예컨대 인간성의 다른 면을 발견하게 하고 인간과 인간의 관계를 새롭게 이해하게 하며 사회와 세계에 대한 새로운 비전을 갖게 해준다. 한마디로, 경험할 수 없는 것을 실제 경험하는 듯한 환상을 통하여 자신의 한계를 벗어나 자아와 자신의 정신적인 영역을 확대할 수 있게 해준다. 그러니까 벨멩노엘이 말하는 '훌륭한 책'이란 실은 세계, 때로는 우주 정신과의 만남과 대화를 가능하게 하는 텍스트일 것이다.

둘째, 벨멩노엘의 텍스트 분석 이론에서 핵심이 되는 것은 결국 '전이'와 관련된 문제이다. 물론 텍스트 읽기가 직접 대화와는 원론적으로 동일할 수 없다는 점은 명백한 사실이다. 그러나 벨멩노엘은 아마도 '텍스트 정신분석을 합리화하려는 의도에서인지 전이의 성격을 지나치게 확대하고, 라플랑슈의 '원초적 전이'의 개념을 나름대로 해석하여, '꿈, 백일몽, 신화, 환상적인 감정 현상들'[35]까지 전이의 범위에 포함시킨다. 일례로 꿈의 경우를 살펴보자.

꿈은 무의식 속에 억눌려 있던 욕망의 충족(accomplissement)이라는 것이 프로이트의 생각이다. 그러나 꿈에서 꿈의 내용(le contenu du rêve), 꿈의 형성에 관여한다고 생각되는 꿈의 사고(la pensée du rêve), 그리고 꿈(사고로부터 꿈)의 내용이 만들어지는 과정을 가리키는 꿈의 작업(le travail du rêve)[36] 등을 나누어, 그중 어떤 것이 어떤 의미에서 전이라고 할 수 있는지를 밝혀야 할 것이다. 프로이트는 그의 『꿈의 해석』에서, "꿈은 어린 시절 한 장면의 대용물로 최근의 경험의 전이에 의하여 수정된 것이다."[37]라고 말하면서 '전이'라는 단어를 사용하고 있다. 그러나 비에데르의 설명에 따르면, 이 당시 프로이트는 별다른 생각 없이 심리학에서 일반적으로 사용하는 '전치(déplacement)'나 '이행(passage)'의 의미로 이 말을 사용했을 뿐 특별히 정신분석학적 의미로 쓰지는 않았다고 한다. 그러니까 현재 우리가 알고 있는 프로이트의 '전이' 개념은 그 이후에 정립되었다고 보아야 할 것이다. 따라서 벨멩노엘의 작업은 아마도 꿈(내용으로부터 꿈)의 사고를 추적하고 분석하는 과정, 환언하면 꿈의 해석과 밀접하게 관련된 것이라고 생각한다.

셋째, 문학 텍스트와 전이의 관계에 대하여 벨멩노엘은 '문학적 활동은 이중적'[38]이라고 하면서, 이를 작가와 독자의 이중주(duo) 또는

---

35) 같은 글, 206쪽.

36) 지그문트 프로이트, 임진수 역주, 『꿈과 정신분석』(계명대학교 출판부, 1999), 11-74쪽 및 역자 해설 참조.

37) S. Freud, *L'Interpretation des rêves*, in Wieder, Catherine, *Elements de psychanalyse pour le texte litteraire*(Bordas, 1988), 85쪽.

38) J. Bellemin-Noël, 앞의 글, 207쪽.

양자 간의 메아리(écho)라고 말한다.[39] 그리고 다른 한편으로는 독서를 '전이의 전이' 또는 '자기 전이의 재전이'라는 복합적인 개념으로 설명한다.[40] 작가의 자기 전이가 텍스트에 귀기울이는 독자에 의하여 재전이된다는 것이다. 그러한 '전이의 전이'는 내게 나의 담화를 돌려보내는 텍스트라는 타자와, '나'에 다름 아닌 '그[타자]'에게 그의 담화를 돌려보내 주는 나라는 타자 간의 일종의 이중 전이 혹은 교차 전이, 그리고 '이중주'의 개념과[41] 정확히 일치하지는 않는다. 물론 이해할 수는 있지만 벨멩노엘의 논리대로 단계적으로 설명한다면 먼저 '이중주'와 '이중 전이'의 개념을 설명한 뒤 보다 깊이 들어가 그것은 '전이의 전이'가 될 수 있다고 하는 편이 좋지 않을까 생각된다.

넷째, '전이의 전이'를 '이중 전이'라고 부르든 혹은 '교차 전이'라고 부르든 간에 벨멩노엘은 문학을 포함한 심미적 전이에서는 그 모든 것이 "주체의 내부에서 일어난다."[42]고 하고 이를 '자기 전이'라 부른다. 그리고 바로 이러한 '자기 전이'가 텍스트 정신분석의 기본 방법론이 될 수 있다고 말한다. 하지만 벨멩노엘의 말처럼 '자기 전이'가 "주체 내부에서 일어난다."면 주체 내부에서의 기능에 어떤 역할 분담의 문제가 제기되며, 따라서 이러한 문제에 대한 보다 심도 있는 논의가 수반되어야 하지 않을까 하는 생각이 든다. 예컨대 우선 분석자와 피분석자 사이의, 영역 설정 그것이 (초)자아([sur]moi)와 무의식적 그 무엇(ça)이든, 어쨌거나 두 심급 사이의 경계 문제를 생각해 볼 수 있겠고, 이와 더불어 한편으로 텍스트 속에서 무의식과 관련되는 사항들을 캐내고 인지하는 기능과 그리고 그 캐낸 것이 정신분석 이론에 비추어 무의식의 보물인지 아닌지를 분석·평가하는 기능을

---

39) 같은 글, 219쪽.
40) 같은 글, 206쪽, 219쪽.
41) 같은 글, 217쪽.
42) 같은 글, 214쪽.

또한 나누어 생각해 볼 수 있을 것 같다. 이러한 일련의 기능들이 유기적으로 그리고 기능과 역할을 교대하면서 작용할 때 효과적인 분석이 가능하지 않을까 하는 의견이다. 그러나 이러한 기능은 모두 동일 주체의 기능과 관계되기 때문에 그것을 어떤 단계적인 개념으로 볼 수 있으며, 비유적이긴 하지만 '자기 전이'라는 명분을 유지할 수 있을 것이다.

4 「스완의 꿈의 정신분석」

벨멩노엘은 1971년 프루스트의 『잃어버린 시간을 찾아서』에 대한 정신분석적 연구의 일환으로 『스완네 쪽으로』에 나오는 스완의 꿈에 대한 정신분석을 시도한 이후 같은 글을 몇 번에 걸쳐 다듬은 바 있는데, 가장 최근에 수정 보완된 글이 1996년 판 『텍스트의 무의식을 향하여』[43]에 실린 것이다. 그의 「스완의 꿈의 정신분석」은 여러 가지 면에서 중요하다. 우선 대상 작가와 작품도 중요하지만, 무엇보다 텍스트 속의 꿈이 과연 정신분석 이론에 적합한 소재인가 하는 문제와 더불어 "텍스트의 무의식을 향하여"라는 책의 표제가 격렬한 논쟁을 일으켰기 때문이다.

텍스트에 대한 정신분석 가능성의 전제는 텍스트 속의 무의식이다. 벨멩노엘은 텍스트가 주체의 심역을 지닌다고 말한 바 있다. 그것은 텍스트에 들어 있는 무의식은 텍스트의 무의식이라는 말이다. 그렇다면 텍스트의 의식과 전의식도 있다는 말인가? 아마도 그러한 문제가 제기되어 그는 '텍스트의 무의식적 작업'이라고 수정한 듯하다.[44] 이

---

43) J. Bellemin-Noël, *Vers l'inconscient du texte*(PUF, 1996).

44) J. Bellemin-Noël, "Textanalyse et Psychanalyse", 23쪽.

를 통해서 그는 잠재적 과정을 대상화(chosifier)한다는 비난을 피할 수 있고 동시에 텍스트 속에 어떤 자율적 현실(la réalité autonome)이 존재한다는 생각이나 인상을 피할 수 있는 장점이 있다고 생각한다.[45] 사실상 텍스트의 무의식과 '텍스트의 무의식적 작업'에는 커다란 차이가 있다. 전자는 텍스트가 지니고 있는 무의식이 주체로 기능하고 후자는 텍스트의 담화에 글쓰기 행위를 통한 작가의 무의식이 개입한다는 것을 의미한다. 앙지외(D. Anzieu)는 그러한 사실을 다음과 같이 확실하게 지적한다. "텍스트에 생명과 독창성을 부여하는 것은 바로 생생하고도 개인적인 저자의 무의식이다."[46]

벨멩노엘은 앙지외의 이론에서 시사 받은 바를 바탕으로 "텍스트의 무의식적 작업" 개념을 정립한 것으로 보인다. 그러나 텍스트 속의 무의식과 저자의 인지와 확인은 간단한 문제가 아니다. 무의식은 대명사로 지시되는 경우가 거의 없다. 벨멩노엘은 텍스트 속의 '무의식'을 '욕망의 효과'[47]로 설명을 하기도 하지만, 이는 동시에 그러한 욕망이란 무엇이냐 하는 문제를 제기한다. 저자 내지 작가는 텍스트에서 '나'라고 스스로를 지시하지만 '나'도 여러 가지 경우가 있다. 그 문제에 처음으로 관심을 가지고 연구한 이는 러시아 형식주의자와 바흐찐이라고 할 수 있지만, 벵베니스트의 언술 작용(énonciation)과 언술(énoncé)의 구분은 연구의 지평을 한층 열어놓았고 그의 이론은 프루스트의 텍스트 연구에도 큰 도움이 된다. 예를 들어 『잃어버린 시간을 찾아서』의 그 유명한 첫 줄을 보자. "오래전부터 나는 일찍 잠자리에 들었다." 이는 아주 단순한 문장이다. '나'라고 지칭하는 사람이 삶의 어느 시점에서 그동안의 습관을 서술한다. 그런데 언술 작용 이론에 비추어보면 이 '나'는 언술의 주어로서 서술자 역할을 한다.

---

45) 같은 쪽.

46) D. Anzieu, *Le Corps de l'œuvre*(Gallimard, 1981), 12쪽.

47) J. Bellemin-Noël, *Vers l'inconscient du texte*, 240쪽.

그런데 이 언술이 문장으로 나오기 위해서는 그 언술을 머릿속에서 생각하는 언술 작용의 주체인 '나'가 있어야 한다. 그러므로 전자를 '나1'이라고 하고 후자를 '나2'라고 해보자. 그러나 여기에서 그치지 않고 또 하나의 '나'가 있다. 그것은 실제 소설의 작가로서 현실을 살아가는 프루스트를 지칭하는 '나3'이다. 그래서 벨멩노엘의 전(avant) 텍스트를 토대로 위의 문장을 다시 써보면 다음과 같이 된다. '나3' 마르셀 프루스트는 여러분에게 소설 형식의 이야기를 해드리겠는데, 그 소설 속에서 '나2'는 '나3'을 대신하여 이야기를 꾸려나가는 인물이고 실제 텍스트에서는 '나1'이 '나'의 기능을 맡는 주어로 나타난다. 따라서 '나3'은 '나2'에게, '나2'는 '나1'에게 '나'를 위임한다. 그러한 절차에 따라 씌어진 언술 "오랫동안 나는 일찍 잠자리에 들었다."는 소설의 시간과 공간의 지평을 여는 문 역할을 하게 된다. 벨멩노엘은 텍스트 이전의 '나3', 즉 마르셀 프루스트를 논의에서 제외시킨다.[48] 텍스트에 초점을 맞추기 위해서이다. 또한 그는 독자가 글의 첫 줄을 읽으면서 자신을 텍스트의 '나'와 일치시킨다고 설명한다. "나는 소설 첫 줄의 그 '나'를 읽을 때, 나 자신을 그와 동일시하게 되고, 그의 발언을 책임지게 되며, 급기야 그를 나로 동일화해 버린다."[49] 이러한 설명은 일반적으로 글읽기에서 일어나는 심리적 움직임의 핵심을 포착한 것이다. 글을 읽으면서 나의 자아는 의식의 도움 없이 어느새 서술자의 위치로 옮겨가 그 '나'를 채운다. 나는 '나'의 시각에서 주변의 인물들을 관찰하고 자연과 사물을 바라보며, '나'의 시간적인 과거를 거슬러올라가 회상에 잠기기도 하고 '나'의 아픔을 나 자신의 아픔으로 느끼기도 한다. 그러나 글읽기의 주체인 나와 텍스트 속의 '나'의 일치는 텍스트에 대한 정신분석의 필요조건이기는 하지만 충분조건

---

48) 같은 책, 245쪽.
49) 같은 책, 246쪽.

은 아니다. 왜냐하면 '나'에 대한 이해를 통하여 나의 정신 속에서 그 '나'를 분석할 수 있는 또 하나의 나가 있어야 하기 때문이다. 앞에서 말한 것처럼, 내 속에서 '나'를 대변하는 나와 또 하나의 나 사이에 상담 치료적인 대화가 성립되어야 하기 때문이다. 또 한 가지 벨멩노엘이 지적하지 않은 것은 서술자인 '나'가 나타나지 않는 문장들에 대한 문제이다. 『잃어버린 시간을 찾아서』 가운데 유일하게 「스완의 사랑」만은 3인칭을 주어로 하는데, 그런 문장들을 문법에서는 자유간접화법이라고 한다. 자유간접화법은 직접화법의 진술동사 없이 표현성과 간접화법의 경제성을 겸비하기 위하여 인칭과 시제 그리고 부사적 표현을 3인칭 중심으로 전환하는 화법이다. 그러나 정신분석적인 테두리에서 문법과 문체론적 설명만으로는 충분하지 않다. 이러한 자유간접화법은 서술자가 없는 문장으로서 그것은 언술자(énonciateur)의 언술 작용에 의한 언술이고, 이때 언술자는 '나2'에 속한다. 물론 궁극적으로 '나2'는 작가 자신과 일치하지만 글쓰기와 글읽기에서의 나의 진행 방향과 전개를 극복해야 할 필요가 있다. 전자에서는 작가인 '나3'→'나2'→'나1'의 방향과 순서로 '나'의 위임이 이루어지면서 실제로 텍스트에 등장하는 것은 '나1'이고 '나2'는 텍스트 뒤에 숨어서 '나1'을 움직여 텍스트화한다. 그리고 그 보이지 않는 언술자 '나2'의 존재는 이러한 자유간접화법을 빌린 언술을 통하여 자신의 존재를 알린다.

독자의 상황은 그와 반대 방향을 취하게 된다. 먼저 '나1'의 위치로 이동하여 '나1'과 자신을 동일화시킨 뒤 '나1'이 나오지 않는 3인칭 주어의 언술에서는 '나2'와 일치를 이룬다. 그것은 '나2'와 같은 시각에서 등장인물과 사물들을 조명한다는 것을 의미할 뿐만 아니라 언술자가 가지고 있는 모든 지식과 정보를 그와 함께 공유한다는 것을 의미하며, 한 걸음 나아가 결국 작가와 정신적으로 일치한다는 것을 의미한다. 따라서 독자는 '나1'→'나2'에서 결국은 '나3'으로 진행하게 된다. 그러나 텍스트에 대한 정신분석은 한편으로는 서술자, 언술자, 작가와 일치하면서 텍스트를 안으로부터 이해할 수 있어야 하고, 그와 동시에 텍스트와 일정한 거리를 두고 그에 대해서 의문을 제기하고 또한 가능한 해답을 들을 수 있어야 하며, 그리고 그것을 올바르게 평가할 수 있어야 한다.

이러한 전제들을 토대로 텍스트를 볼 경우, 텍스트의 외면에 빙산의 일각으로밖에 드러나지 않는 이른바 텍스트 속의 등장인물들의 무의식 내지 무의식적 작업에 잠입해야 그 내부로의 접근과 이해가 가능해진다. 아울러 둘로 분화된 내면의 정신적 기능들 사이에 전이적 대화가 이루어질 수 있다. 그러나 텍스트에 따라 무의식이나 욕망은 다양한 형상을 지니고 있다. 소설의 경우 작가의 작품 전반을 다루느냐, 한 작품을 다루느냐, 아니면 작품의 일부만을 다루느냐를 선택해야 한다. 모롱이 라신의 작품 전체를 거시적으로 다루었다면, 벨멩노엘은 프루스트의 『잃어버린 시간을 찾아서』 가운데 첫 권인 『스완네 쪽으로』의 제2부 「스완의 사랑」에 나오는 스완의 꿈을 미시적으로 정신분석한다.

자신의 꿈에 대한 분석을 기록하면서 환자들에게 최면술 대신 꿈을 이야기하도록 하여 그에 대한 연구를 계속한 프로이트는 1900년 『꿈의 해석』을 출판하여 꿈을 해몽의 대상이 아닌 해석의 대상으로 만든다. 그는 역사상 최초로 꿈을 체계적이고 학문적으로 접근함으로써 정신분석학의 토대를 구축하게 된다.[50] 꿈은 말실수(lapsus)나 실착행위(l'acte manqué) 등과 함께 무의식에 이르는 왕도인 것이다. 하지만 실제의 꿈이 꿈꾼 사람의 무의식을 이해하는 데 중요하다는 점에는 재론의 여지가 없다 하더라도 문학작품 속의 꿈을 실제 꿈과 등가물로 간주할 수 있느냐에 대해서는 논란의 여지가 있다. 그러나 이에 대

---

50) 1926년 Ignace Meyerson은 프랑스어판 제목을 *La Science des rêves*로 달았고 1976년에야 Denise Berger에 의하여 *L'Interprétation des rêves*로 수정되었다.

한 평가는 문제가 되는 꿈을 분석한 뒤에 내리는 것이 합당할 것이다.

　스완의 꿈을 간단히 요약해 보자. 미술 애호가 스완은 화류계 출신의 정조 개념이 희박한 오데트에게 매력을 느끼고, 베르뒤렝 부인의 만찬에서 연주된 뱅퇴유의 소악절을 감상하면서 공감을 느끼며 육체적으로 결합한다. 스완은 오데트에 대한 사랑에 빠지지만 오데트는 포르슈빌 백작과 밀회를 즐긴다. 질투와 고뇌 속에 빠진 그는 점차 자신의 현실을 고통 없이 받아들이게 되고 오데트와 헤어지기로 마음먹는다. 그가 그녀를 다시 본 것은 꿈속에서이다. 황혼 녘에 그는 베르뒤렝 부인, 코타르 박사, 터키모자를 쓴 어느 젊은이, 화가, 오데트, 나폴레옹 3세 그리고 할아버지와 함께 바다가 내려다보이는 길을 산책한다. 그 길이 오르락내리락해서 오르막길에 있는 사람은 내리막길을 가는 사람을 볼 수 있다. 바닷물이 튀어 스완의 뺨을 적신다. 오데트가 닦으라고 했지만 왠지 닦을 수가 없다. 게다가 그는 긴 잠옷을 입고 있었는데, 어두워서 사람들이 눈치 채지 않기를 바란다. 그런데 베르뒤렝 부인이 놀란 시선으로 그를 한참 응시한다. 그러자 그 부인의 얼굴이 일그러지기 시작하더니 코가 길어지고 콧수염까지 난다. 오데트를 보니 창백한 뺨에 붉은 반점이 돋았고 지친 것 같았지만 애정 어린 눈으로 그를 보면서 금방이라도 달려와 안길 것 같다. 그녀에 대한 사랑과 함께 어딘가 멀리 데려가고 싶은 생각이 든다. 그런데 갑자기 오데트가 가야 할 일이 있다고 아무런 기약도 없이 가버린다. 그러자 그녀에 대한 증오를 느끼면서 조금 전까지 그처럼 사랑스러웠던 그녀의 눈알을 뽑아버리고 파리한 뺨을 뭉개버리고 싶어진다. 동행하던 화가는 나폴레옹 3세도 빠져나갔고 그가 그녀의 정부라고 알려준다. 그때 터키모자의 청년이 울기 시작한다. 스완은 만사가 다 그런 것이라고 위로한다. 그러면서 스완은 그 청년이 바로 자기 자신임을 깨닫는다. 그리고 나폴레옹 3세가 포르슈빌이라는 사실도 알아차린다. 그 순간 갑자기 요란한 북소리가 나고 불길에 휩싸인 집에서 사람들이 뛰쳐나온다. 자신의 심장 맥박이 빨라지고 고통과 함께 구토 증세를 느낀다. 그때 온몸에 불이 붙은 농부가 오데트가 어디 갔는지 샤를뤼스는 알고 있고 그도 전에 그의 애인이었으며 그 연놈들이 불을 지른 것이라고 소리친다. 그때 하인이 와서 깨운다.

꿈은 두 쪽 반밖에 안 되지만 벨멩노엘은 다각도로 세밀한 분석을 한다. 소설의 주인공에 지나지 않는 스완에게 무의식을 적용하는 것은 말이 안 되는 것처럼 보일 수도 있다. 그러나 한편으로 스완은 욕동에 의하여 움직이고 몽환을 만들어낸다. 그는 세련된 감성과 나름대로의 생각이 있고, 우리는 읽어 나가면서 그의 인간성을 느끼게 된다. 실존하는 인물은 전달하고자 하는 메시지를 지니고 있지만, 그것은 시간과 상황에 따라 계속 변한다는 점에서 총체화될 수 없고 단일하게 집약될 수 없다. 그에 비하여 스완과 같은 등장인물의 정신분석은 그가 보여주는 시니피앙들의 해석 여하에 따라 풍부한 의미의 효과들을 드러낼 수 있다. 실존 인물들의 경우 그들의 의미는 과거 속에 들어 있으면서 무엇인가 '말하고자'하고 스완의 경우 텍스트를 통하여 '말하며', 그것이 의미하는 바는 텍스트 자료와 문맥에 대한 고려를 통하여 해석될 수 있다.[51]

스완의 꿈의 의미는 분명하다고 벨멩노엘은 지적한다. 우선 두 남녀가 만났던 시절의 여건들을 살펴보면, 스완은 오데트가 그를 애정 어린 눈으로 바라볼 수도 있고 아울러 포르슈빌의 연인이 될 수도 있음을 알고 있다. 그의 감정에는 애매모호한 부분이 있다. "여자란 다 그런 거지……. 슬퍼할 필요가 없어."라는 이 말은 울고 있는 터키모자를 쓴 젊은이에게 한 것이지만, 결국 스완이 자기 자신에게 한 것이다. 그러니까 자기 속의 두 자아가 서로 대화를 한 것이다. 한 자아는 자신을 위로하지만 또 다른 자아는 '심장의 강한 박동'과 함께 '구

---

51) J. Bellemin-Noël, 앞의 책, 42쪽.

토 증세'를 보이며 고통을 느끼는데, 그것은 오데트에 대한 사랑이 화재의 불길과 관계가 있다는 것을 말해 준다. 바닷가의 산책은 꿈 이전에 오데트가 베르뒤렝 일가와 약 1년 동안의 유람선 여행을 한 것과 관련된다. 그러한 즐거움이 자신에게는 허용되지 않았기 때문에 마음속에 앙금이 남은 것이다. 또 터키모자의 남자는 아마도 북아프리카나 중동 지역에서 오데트가 만났을 남자를 연상시킨다. 얼굴에 튀긴 바닷물은 질투의 눈물이기에 오데트의 '파리한 양 볼'은 스완이라 페르주에서 그녀를 처음 만났을 때 받은 인상 그대로이고, 그때 그녀는 그에게 자신을 모두 바치고 싶은 심정이었으며, 꿈에서 본 그녀의 눈동자가 그 심정을 표현한 것이다. 스완의 잠옷바람은 그의 욕망이 자제력보다 앞서 있음을 보여준다. 그렇기 때문에 무조건 오데트를 어디론가 즉시 데려가고 싶었던 것이다.

그러다가 상황이 갑자기 급변한다. 오데트가 떠나는 것이다. "그는 그녀를 따라가고 싶었지만 그럴 수 없었다." 사랑은 증오로 변하여 그녀의 눈을 뽑아내고 싶고 두 뺨을 뭉개버리고 싶어진다. 또 스완이 오르막길을 가고 그리고 오데트가 내리막길을 가는 장면도 두 사람의 심리적 거리를 보여주면서 한편으로는 고통과 고난의 길을 통하여 정신적으로 스완은 상승하고 그와 반대로 배반자는 나락으로 추락함을 드러낸다. 나폴레옹 3세가 사라졌음을 귀띔해 준 화가 비슈는 그 전에 누군가가 익명의 편지를 보내어 스완에게 오데트의 부정을 알려준 에피소드를 연상시킨다. 그런데 그 편지에는 화가 비슈도 오데트와 밀회를 즐긴 것으로 되어 있다. 역설적이지만 그러한 연유에서 그는 오데트의 마음을 꿰뚫어 볼 수 있는 입장이고 나폴레옹 3세의 작전 또한 누구보다 잘 파악할 수 있는 것이다. 스완이 젊은이의 터키모자를 벗기는 장면은 오데트의 유람선 여행과 관련된 회상으로부터 벗어나고 질투의 감정을 지워버리고 체념의 마음을 갖는 것과 관계가 있다. 꿈에서 스완은 나름대로 현실을 분석한다. 그는 우선 나폴레옹 3세는

'포르슈빌'이고, 불길에 휩싸인 '농부'는 어쩌면 마음이 벌써 콩브레에
가 있는 자기 자신일 수도 있다. 그런데 그 농부는 과거에 오데트와
함께 지낸 샤를뤼스에게 도움을 청하라고 한다. 그러나 샤를뤼스와
오데트 사이에 무슨 일이 있었으리라고는 아무리 생각해도 납득이 가
지 않는다. 그에 대한 가능한 해답으로는, 꿈에서 정보 제공자 역할을
한 화가 비슈도 스완에게 샤를뤼스가 오데트와 어떤 관계가 있다고
한 농부와 같은 인물이 아닐까? 또 한 가지 열쇠는 『스완네 쪽으로』
의 제1부에서 마르셀의 부모가 오데트와 샤를뤼스의 관계는 온 동네
가 다 알고 있는 이야기라고 말한 점이다. 그리고 화재는 오데트와
포르슈빌의 불륜과 스완의 파국을 가리키는 것이다.

꿈 내용을 해명할 수 있는 열쇠의 대부분은 꿈이 있기 전의 약 30여
쪽에 들어 있다. 벨멩노엘은 그 부분을 꿈의 재료로 간주하고 스완의
꿈을 분석한다.

생 튀베르트 백작 집에서의 야유회가 있고 난 다음부터 스완은 마
음속으로 일이 여의치 않다는 것을 깨달았던 것이다. 그때 그는 파리
를 떠날 것인가 아니면 그대로 눌러앉을 것인가 고민한다. 그런데 그
무렵 오데트는 1년 동안의 유람선 여행을 떠나게 된다. 그래서 그는
"그녀가 차라리 사고로 죽기나 했으면" 하고 바라게 된다. 그러면 베
르뒤렝 부인이 코가 커지고 콧수염이 달려 남성화되어 꿈속에 등장한
이유는 무엇인가? 그 해답은 베르뒤렝 부인이 스완 앞에서 오데트와
이야기하면서, "나는 당신을 녹여버릴 수도 있다고. 당신은 차가운 사
람은 아니거든!" 하고 말한 대목에서 찾을 수 있다. 이 말은 성(sexe)
과 관계 있는 암시로서, 그 말을 통하여 베르뒤렝 부인은 마치 남근
을 부여받은 것과 같은 여가 작용(與價作用, valorisation)의 효과를 얻
은 것이라고 볼 수 있다.[52]

---

52) 같은 책, 45–50쪽.

스완의 꿈을 프로이트의 꿈의 이론에 비추어보면 꿈을 두 부분, 즉 시현된 내용(le contenu manifeste)과 잠재적 내용(le contenu latent)으로 나눌 수 있다. 전자는 꿈에서 드러난 내용인데, 프로이트는『꿈의 해석』에서 단순히 '꿈-내용'이라고 하기도 한다. 후자는 꿈의 시현된 내용의 원천 내지 재료로서 최근 경험의 잔영(les restes diurnes), 어린 시절의 추억, 신체적 상황 등으로 구성된다.[53] 이렇게 볼 때 스완의 꿈, 곧 시현된 내용은 대체적으로 잠재적 내용에 의하여 설명되고 해석된다. 그러나 프로이트의 이론은 꿈의 작업, 곧 꿈의 재료나 잠재적 내용이 어떻게 시현된 내용으로 나타나게 되었는가의 문제를 설명할 수 있어야 하는데, 이 경우 꿈의 작업은 전치(déplacement), 응축(condensation), 형상화(figuration), 그리고 이차 가공(l'élaboration secondaire)이 된다. 그 문제와 관련된 핵심 문제는 성적(érotique) 욕구의 표출에 대한 것이다. 응축은 꿈속에서 무의식으로부터 비롯되는 여러 가지 관념이 하나의 단일한 이미지로 압축되거나 혹은 하나의 관념이 여러 가지 다른 이미지로 반복 형상화되는 것을 말한다.[54] 따라서 스완의 꿈속의 등장인물은 어떤 분열의 양상을 보여줌으로써, 응축의 두 경우 가운데 후자에 해당한다고 볼 수 있다. 꿈속의 스완과 터키모자의 젊은이는 스완의 분열된 양상이다. 또한 꿈속에서 스완은 나폴레옹 3세가 곧 포르슈빌임을 알게 된다. 그러나 벨멩노엘은 포르슈빌이 나폴레옹 3세로 변형되는 것에 대해서는 "그 변형은 이동이 아니라 단순한 바꾸기(substitution)이다."라고 해석하는데, 하지만 라플랑슈와 퐁탈리스의 지적대로[55] 대체 이미지는 이동에 의하여 이루어지고 이동은 형상화 작용의 논리가 조정한다고 하면, 그 역시 이동의 경우로 해석될 수 있다.

---

53) J. Laplanche, et J. B. Pontalis, *Vocabulaire de la psychanalyse*(PUF, 1978).
54) 같은 책, 89-90쪽 참조.
55) 같은 쪽.

그리고 화자는 이상의 현상들을 설명해 보려고 애쓰는데, 말하자면 스완이 꿈을 꾸면서 자신의 꿈을 해석하려고 했듯이, 잠자는 스완이 자신 앞에 투영되는 불완전한 상태의 변화하는 이미지들을 곰곰이 생각해 보도록 하고 있다. 하지만 꿈이 본래 비합리적인 추론을 따르듯이 꿈속에서 스완은 "잘못된 결론을 이끌어내는데",[56] 마찬가지로 졸린 채 생각에 잠긴 스완은 여러 인물과 상황들의 관계를 여러 가지로 숙고해 보지만, 이러한 생각은 곧 주체와 대상의 구분이 불분명해지는, 예컨대 동일화의 특이 과정에 다름 아니며, 더구나 꿈속에서 미묘하게 반응하는 신체의 의식은 하부적인 내부 감각의 작용에 따른 환영을 보기도 한다. 예를 들어 우리는 자신의 손바닥이 뜨거운지는 모르고서 다른 사람과 악수하면서 그의 손이 따뜻하다고 착각한다. 더불어 화자는 암묵적으로 신체 외부의 상황 또한 꿈에 영향을 미친다고 말하고 있다. 하인이 이발사가 왔다고 한 말은 "스완의 잠결 속에 파고들면서", "물 속에서 한 줄기 햇살이 태양처럼 나타나는 듯한 굴절"을 야기시키고 있다. 그러나 벨멩노엘은 '굴절'에 의한 응축 작용과 '햇살'이 '태양'으로 바뀌는 이동 작용은 서로 다른 범주에 속하는 것임에도 그 두 가지를 혼합함으로써 적합치 않은 이미지를 만들었다고 분석한다. 또한 초인종 소리가 경종의 울림으로 전환되어 화재 에피소드를 만들어냈다는 점도 납득하기 어렵다고 말한다.[57] 그러나 필자의 생각으로는 꿈의 논리가 지극히 주관적인 연상 작용을 통하여 이루어지기 때문에 객관적이거나 상식적인 관점에서 평가할 수 없고, 화재를 알리는 경종 소리의 광경을 목격한 사실이 있다면, 잠결에 들린 종소리가 화재경보에서 화재현장으로 발전하여 꿈에 나타날 수 있는 가능성은 충분히 있다고 생각된다.

---

56) J. Bellemin-Noël, 앞의 책, 53쪽.
57) 같은 책, 53-54쪽.

이제까지 스완의 꿈에 대한 분석은 꿈에서 드러난 내용을 현실과
의 대응을 통하여 꿈의 요소를 현실 속의 요소나 인물과 일치시키는
수준에서 이루어졌다. 바꾸어 말하면 응축과 이동 개념도 현실 속에
서 확인되어 식별될 수 있는 수준을 벗어나지 않았고, 따라서 설명은
의식 이전의 전의식의 수준에 머물러 무의식에까지는 이르지 못한 것
으로, 결과적으로 정신분석에 의한 분석 이전의 해명이라고 할 수 있
다. 왜냐하면 정신분석적인 분석은 프로이트의『꿈의 해석』이 보여주
듯이 꿈속에 잠겨 있는 무의식적인 성적 욕망의 언어를 드러낼 수 있
어야 하기 때문이다. 그러한 전망 속에서 벨멩노엘은『꿈의 해석』에
서 프로이트가 제시한 이른바 제1차 지형학(topique)에 따라 무의식
(inconscient, Ics)과 전의식(préconscient, Pcs) 그리고 의식(conscient, Cs)
의 세 심역(instances)[58]의 구분을 도입한다.

스완의 꿈이 진실임 직한 것은 1차 과정[59]의 특성이 설득력 있게
잘 묘사되었기 때문이다. 그러나 꿈이 이미지의 연쇄를 통하여 하나
의 이야기를 전개시키고 있기는 하지만 그 이야기가 하나의 맥락을
통하여 하나의 일관된 이야기의 시니피에를 드러낸다고 속단하면 무
의식이 심층 속에 담고 있는 메시지를 포착할 수 없게 된다. 그러므
로 꿈의 표층적인 전개를 통합체라고 보고 그것을 구성하는 계열체들
을 시니피앙이라고 보면서 프로이트 이론에 비추어 그에 대한 해석을
생각해 보자.

꿈에 나타난 인물들에 대하여 벨멩노엘은 구조적으로 파악한다.[60]

---

58) 프로이트는 신경학, 정신생리학, 정신병리학 등에 대한 연구를 바탕으로 제
　　1차 지형학을 1900년의『꿈의 해석』, 제7장에 도입했으나 1920년경부터 보
　　다 역동적인 관점에서 제2차 지형학으로 알려진 구분에 의하여 이드(Ça),
　　자아(Moi), 초자아(Surmoi)로 나눈다.
59) 1차 과정은 전의식, 의식을 특징짓는 2차 과정과는 달리 무의식의 자유로
　　운 활동을 보장한다.
60) J. Bellemin-Noël, 앞의 책, 58쪽.

거기에는 여자가 오데트와 베르뒤렝 부인 두 사람뿐이고, 장년층의 남자 두 사람, 나폴레옹 3세와 할아버지, 그리고 네 명의 젊은 남자, 즉 코타르, 화가, 터키모자를 쓴 남자 그리고 스완이 있다. 구조화하면 1F＋(젊은) 4M/1F＋(장년의) 2M으로 나눌 수 있다. 먼저 두 여인 가운데 누가 젊은이들 그룹과 함께하느냐를 정해야 한다. 그에 대하여 벨멩노엘은 베르뒤렝 부인이 꿈 이야기 속에서 젊은이들과 함께 있고 또한 남자로 변모한다는 점을 지적한다. 그에 비하여 오데트는 꿈속에서 가장 중요한 위치를 차지하고 있고 나폴레옹 3세와 특수한 관계에 있기 때문에 장년 그룹과 함께한다고 설명한다. 그 다음 단계에서 등장인물을 어린이, 어머니, 아버지 등 가족을 이루는 세 범주로 다시 분류한다. 그러니까 젊은이들과 베르뒤렝 부인까지도 모두 어린이가 된다. 오데트가 어머니로 확인되기 전에 몇 가지 징검다리가 있다. 우리의 일상 문화에서 '어머니'의 사랑이 '바다'에 비유되기도 하지만 프랑스어에서 '어머니(la mère)'와 '바다(la mer)'는 서로 발음이 같으므로 꿈이 전개되는 바닷가는 어머니와 관계가 있다. 또한 『잃어버린 시간을 찾아서』의 첫 권의 제1부 「콩브레」에서 어린 주인공 마르셀을 찾아 층계를 오르내리는 것은 '어머니'이다. 저녁 때 어머니가 층계를 올라와 아들 마르셀에게 입맞춤해 주는 것은 그에게 더 이상 바랄 것 없는 기쁨이고 행복이다. 그에 비하여 어머니가 층계를 내려가는 것은 어떤 슬픔이다. 꿈에서 시간적으로 황혼 무렵은 어떤 희망이 있는 시간이지만 "해가 희미해갈수록" 그 희망은 사라지고 "어두운 밤"은 어머니가 찾아올 것이라는 희망이 절망으로 바뀌는 것을 의미한다.

뺨에 튀기는 차가운 바닷물은 즐거움과 행복이 이루어지지 못하여 흘러내리는 눈물이다. 어린 마르셀에게 그 열쇠를 쥐고 있는 것은 어머니이고 스완에게는 오데트가 그 역을 맡고 있다. 오데트가 스완에게 뺨에 묻은 물을 닦으라고 하는 것은 이제는 즐거움과 행복에 대하여 체념하라는 의미이다. 그 대목은 「콩브레」에서 마르셀의 아버지가 연약한 마르셀의 의지, 남성다움의 결여에 대해서 매우 못마땅하게 생각하여 "눈물 좀 짜지 말고 남자가 되거라, 이 녀석아." 하던 대목 과 대응된다. 이러한 사실은 오이디푸스적인 면을 상당히 함축하고 있음을 보여주는 것이다.

스완이 잠옷을 입었다는 사실은 침대 속에 들어가 엄마가 오기만 을 기다리고 있는 마르셀의 상황과 연결된다. 꿈속의 스완에게는 남 근의 상징이 없는 대신 그의 분신인 터키모자를 쓴 젊은이가 그 대신 남근을 가졌다. 모자가 바로 그것을 상징한다. 그러니까 텍스트 현실 속의 인물 스완이 꿈속에서 두 인물로 분열된 것이다. 젊은이에 대하 여 스완이 모자를 벗기며 하는 위로도 새로운 각도에서 해석되어야 한다. 그것은 결국 자기가 자신에게 아버지에 의한 거세(castration)를 받아들이라고 타이르는 의미로 볼 수도 있다. 남자의 거세는 아버지 가 보기에 적합하지 않은 아들의 성적인 활동에 대한 응징과 위협을 의미한다. 꿈속에서 아버지는 나폴레옹 3세인 것이다. 프로이트는 『꿈의 해석』에서 꿈속의 황제나 제후는 '아버지' 내지 '부권'을 상징 한다고 말한다.

벨멩노엘은 베르뒤렝 부인의 변신을 새롭게 검토한다. 앞서의 구조 화에서 그는 부인을 젊은이들과 함께 '어린이'로 분류했다가 다시 오 데트와 함께 '모성적인 인물'로 다시 분류한다. 물론 일차적인 분류가 임시적인 것이라고 이해될 수도 있지만 일관성 면에서 볼 때 문제가 있다. 여하튼 벨멩노엘은 오데트와 베르뒤렝 부인이 동성애적 욕망이 라는 차원에서 서로 환유적이라고 본다. 그 다음 단계에서의 꿈의 내 용, 즉 "코가 길어지고 콧수염이 나는" 변신은 남자의 성기를 갖게 된 것을 상징하기 때문에, 베르뒤렝 부인은 '남근적 어머니(la mère phallique)'가 된다. 정신분석에서 남근을 가진 여자의 이미지는 꿈이나 몽 환을 통하여 자주 등장한다. 본래 남근 개념은 구순기(le stade oral)와 항문기(le stade anal) 다음에 오는 남근기의 설정과 관련이 있다. 이 시기에는 남녀의 성별을 불문하고 남근 중심으로 성적 충동(libido)이 이루어진다. 그 뒤 잠재기를 지나 사춘기에 이르면 남녀 모두 인간에게 성기는 남근밖에 없고 남근이 없는 사람은 거세되었기 때문이라는 무의식적 몽환을 하게 된다. 그러한 몽환을 바탕으로 어린이는 활동적인 어머니에게는 틀림없이 남근이 있다고 잠재적으로 믿게 된다.[61]

오데트는 '아들', 즉 스완의 남근보다 '아버지', 즉 나폴레옹 3세의 남근을 선호했지만, 그 다음 단계에서는 오데트도 '남근적' 여성이 된다. 일견 논리적으로 이해하기 어렵지만, 텍스트에 나온 표현들을 정신분석의 틀 속에서 좀더 면밀히 검토해 볼 필요가 있다. 우선 정신분석에서 남근의 특징은 '떨어져 나갈 수 있음'에 있다. 예컨대 남근에서 떨어져 나간 '정액'이 '아이'를 만들며, 더 나아가 '대변'도 같은 범주에 속한다. 따라서 벨멩노엘은 '남성의 성기=대변=선물=신생아'[62]라는 표준 정식이 형성된다고 말한다. 그런데 그는 "눈이 눈물방

---

61) 유교 영향을 받은 동양 문화권 특히 한국에서는 전혀 상황이 다르다고 할 수 있다. 남녀는 태어나면서부터 엄격히 차별화되기 때문이다. 그러나 남아의 경우 장난이 심할 때 어른들이 "불알을 깐다."라는 표현을 농담 삼아 한다. 즉, '거세하여 생식 기능을 박탈하겠다.'는 말이 된다. 또한 여자가 남자를 제쳐놓을 정도로 적극적인 활동을 할 경우 '여장부'라고 부른다. 결과적으로는 정신분석의 '거세'나 '남근적 어머니'와 상통하는 면이 없지 않다. 단지 '거세'가 동양적인 맥락에서는 농담의 차원이지만 서구의 경우에는 병적인 증상으로 발전될 수도 있기 때문에 심각한 면이 있다. '여장부'는 한의학적 인간관과 관계가 있다. 한의학에서는 남녀를 포함하는 모든 개체는 양과 음으로 구성된다고 설명한다. 즉, 남자나 여자 모두 양과 음 두 요소를 지니고 있는데 남자의 경우 일반적으로 양이 강하고 음이 약하다. 그러나 남자중에 음이 더 강한 경우가 있고 여자의 경우도 양이 더 강한 여자가 있다. 그 결과 여자보다 더 여성적인 남자가 있고 남자보다 더 남성적인 여자가 있다. 남자이면서 여자에게서 성적인 매력을 느끼지 못하는 동성애도 음, 양이 한쪽으로 치우쳐 오히려 이성보다 동성에게 끌리는 것이라고 할 수 있다.

울처럼 떨어져 나올 것 같았다.”는 표현은 바로 오데트가 남근적인 성격을 지니고 있음을 보여주는 구절이며, 오데트는 스완에게 남근을 부여할 수도 있고 거절할 수도 있는 권한을 쥐고 있다고 설명한다. 그러한 사실을 분명하게 보여주는 것이 “갑자기 오데트가 손목을 돌렸다.”라는 구절이다. 손목시계를 보기 위하여 손목을 돌리면서 팔을 앞으로 내민다. 벨멩노엘은 이를 “남성 성기의 제의와 상황역전”[63]이라고 해석한다. ‘상황역전’이란 베르뒤렝 부인이 남근을 부여받고 그것을 스완에게 줄 수 있는 권한을 갖게 된 것을 의미한다. 오데트의 어머니적 남근에 대한 질투는 스완으로 하여금 오데트를 증오하게 만들고 그의 눈을 뽑아버리고 싶을 정도까지 이르게 한다. 이는 ‘현실거부(le déni de la réalité)’를 나타낸다. 결과적으로 베르뒤렝 부인과 오데뜨는 모두 남근을 갖게 된 것이다.

꿈속의 산책에서 베르뒤렝 부인이 올라가고 오데트가 내려가는 것은 모성적 인물이 둘로 분열됨을 나타낸다. 바로 그 시점에서 나폴레옹 3세가 ‘아버지’의 형상으로 나타나자 ‘어머니’는 ‘사라진다(s'éclipser)’. ‘사라지다’의 시니피에를 나타내는 시니피앙이 여럿 있는데, 그중에서 ‘일식·월식으로 보이지 않다(s'éclipser)’의 동사로 표현한 것은 ‘별(astre)’→‘해(soleil)’의 속성을 가졌음을 보여준다. 그 ‘어머니’가 ‘아버지’와 재회하기 위하여 ‘바닷가’로 간 것은 그곳에 ‘욕망의 파도’와 ‘기쁨의 분출’이 있기 때문이고 그곳에서 그들은 ‘화

---

62) J. Bellemin-Noël, 앞의 책, 62쪽. 대변과 신생아를 동일시하는 것은 일반적인 사고에서, 특히 우리 동양적인 사고에서 볼 때 논리적인 비약이 될 수도 있지만. 기린과 같은 동물은 대변과 마찬가지로 태어나는 새끼를 선 채로 자궁에서 땅으로 떨어뜨림으로서 새끼의 다리가 부러지기도 한다. 결국 동, 서양의 관점의 차이로 인정할 수밖에 없다.

63) 같은 책, 같은 쪽. 우리나라에서 오른손 주먹을 쥐고 팔을 내밀거나 왼손으로 오른 손목을 잡고 주먹을 쥐는 것은 남성의 성기를 상징하면서 상대방을 조롱하는 것을 의미했다.

재'를 일으킬 것이다.

스완과 터키모자를 쓴 젊은이에 대해서도 새로운 조명이 필요하다. 스완이 그 젊은이를 '위로'하는 것은, 그가 스완의 자아(moi)로서 버림받은 희생자이기 때문이다. 그 젊은이의 "터키모자를 벗기는 것"은 "남근을 제거하는 것"을 의미한다고 분석된다. 이 경우 스완과 젊은이는 '자아＋남근'과 '자아－남근'을 의미하는 존재가 아니라, 전자는 이드(Ça) 그리고 후자는 초자아(Surmoi)라는 주체의 두 가지 심역을 표명하고 이드와 초자아는 사회생활 속에 통합될 수 있는 자아를 추구하며 이 경우 사회생활이란 '근친상간의 금기'를 토대로 하는 사회생활을 의미한다. 따라서 그것은 거세 콤플렉스의 발현과 오이디푸스 콤플렉스의 초월을 나타내며, 성적 충동을 지양하고 상징계로 진입한다는 의미를 함축한다. 이러한 상황에서 특히 모자를 쓴 젊은이의 존재 이유가 약화되어 그는 사라지게 된다.

나폴레옹 3세가 실제로는 포르슈빌이라는 사실은 재론의 여지가 없어 보인다. 그러나 벨멩노엘은 그가 '아버지' 지위를 얻게 된 뒤 다시 스완의 대타자(Autre)가 된다고 가정한다. 그러나 그에 대한 구체적 설명은 하지 않고 단지 '막연한 연상 작용(la vague association)'에 의해서라고 말한다. 라캉의 개념인 대타자는 주체의 외부 또는 욕망과의 관계 속에서 주체의 내부로부터 주체를 결정하는 무의식, 언어, 법칙, 때로는 신 등을 가리킨다. 라캉은 「정신분석과 정신분석교육(La psychanalyse et son enseignement)」(1957)에서 "무의식은 대타자의 담화"라고 말했고 「치료의 방향과 치료의 힘의 원칙(La direction de la cure et les principes de son pouvoir)」(1958)에서는 "인간의 욕망은 바로 대타자의 욕망이다."라고 규정했다.[64] 이렇게 볼 때 포르슈빌이 스완의 무의식을 결정하는 힘이라고 본다면, 그가 스완의 대타자라 할

---

64) E. Roudinesco 외, 앞의 책, 참조.

수도 있을 것 같다. '밤', '불꽃', '파도', '가슴 두근거림' 등은 '아들'에 의하여 목격된 혹은 몽환된 원초적 장면(la scène originaire), 즉 부모들의 성관계 현장임을 뒷받침한다. 또한 에로틱한 화제에서 빠져나온 "불길에 휩싸인" 농부는 초자아를 의미한다. 왜냐하면 그는 에로틱한 현장, 즉 이드에서 벗어나 스완에게 샤를뤼스를 찾아가 '오데트＝어머니', '포르슈빌＝아버지'의 원초적 현장이 어디인지를 물어보라고 충고하는 위치에 있기 때문에 초자아의 위치에 있다고 유추될 수 있다. 또한 샤를뤼스는 과거에 '오데트＝어머니'와 관계를 가졌기 때문에 출생 이전의 '아버지'가 된다는 것이다. 이러한 관점에서 벨멩노엘은 스완에게는 제1대 샤를뤼스, 제2대 포르슈빌, 제3대 농부, 이렇게 '아버지'가 세 사람이라고 주장한다. 그러나 마지막 제3대 농부와 관련해서는, '농부'가 초자아에서 '아버지'가 되는 것은 단순히 그 농부가 "현실을 인정하고 받아들이기 때문"이라고만 말하고 있다.[65] 초자아에서 아버지가 된다는 것이 쉽게 이해되기는 어렵지만, 두 가지 기능 혹은 역할에는 공통점이 있기 때문에 그렇게 본 것이 아닌가 생각된다.

결과적으로 스완의 꿈은 프로이트가 구상했던 정신분석의 핵심 구조를 대부분 포용하고 있는 셈이다. 우선 오이디푸스 콤플렉스를 상징하는 세 인물, 즉 아들, 어머니, 아버지가 모두 들어 있다. 또한 원초적 장면, 유혹(seduction),[66] 거세(castration) 등의 원초적 몽환(les fantasmes originaires)도 모두 볼 수 있다.

---

65) J. Bellemin-Noël, 앞의 책, 66쪽과 *Dictionnaire de la Psychanalyse*, 83-84쪽 참조.

66) 정신분석에서 '유혹'은 프로이트의 개념으로 주체, 특히 미성년자가 실제로 또는 몽환에 의하여 다른 사람의 적극적인 성적 공세를 수동적으로 받아들이는 경우를 가리킨다. 프로이트는 실제적인 유혹의 현장 목격이 정신신경증 형성에 결정적인 역할을 한다고 생각했으나 그 뒤 그에 대한 관점에 변화가 생겨 '유혹'에 관련된 이론을 포기하게 된다.

5 결론

「스완의 꿈」은 비록 짧은 텍스트이지만 정신분석의 핵심적 개념을 실증적으로 생생하게 드러내 보여준다. 그럼으로써 텍스트가 무의식의 활동의 장이라는 사실을 증명하고 있고 또한 텍스트 속의 꿈도 다른 텍스트들과 마찬가지로 텍스트라는 점을 설득력 있게 입증한다. 프로이트가 옌센의 『그라디바』에 대한 연구를 통하여 작가의 작업과 정신분석의의 작업을 동일시한 것은 그의 선견지명을 보여준 것이다. 특히 벨멩노엘은 문학 텍스트의 분석에 정신분석이 이용된다고 하기보다는 오히려 문학 텍스트가 정신분석의 이론에 명분을 주고 그것을 정당화시켜 준다는 것을 명증하게 확인해 준다. 거기에 도달하기 위해서 그는 스완의 꿈을 현실과의 관계를 통하여 전의식의 수준에서 읽었다. 그 다음 단계에서 꿈에 나타난 요소들을 꿈의 재료의 발현으로 간주하며 그에 대한 정신분석을 통하여 원초적 각본(scénarios)을 추적하여 상상계에서 상징계에 이르는 무의식의 형성과 검열 그리고 이드와 초자아 사이의 자아의 문제 등을 검토했다. 아울러 정신분석의 기본 체제라고 할 수 있는 거세, 원초적 장면, 나르시시즘, 유혹 등을 찾아내었다.

꿈 재료와 텍스트 속의 현실과의 일치 관계를 고찰하고 전의식 수준으로부터 무의식과 관련된 문제를 규명하는 차원으로 이행하는 과정에서 벨멩노엘은 섬세한 분석과 함께 몇 가지 무리하다고도 보이는 환원 작용도 보여주었다. 예컨대 베르뒤렝 부인이 어린이로 환원되는 것이라든지 포르슈빌이 스완의 타자가 된다는 것은 쉽사리 납득이 가지 않는 부분이다. 그러나 정신분석에서 동일요소의 끊임없는 변신과 변모(métamorphose)를 배제할 수 없기 때문에 그러한 분석이 큰 걸림돌은 아니라고 할 수 있다. 벨멩노엘의 가장 큰 장점은 스완의 꿈이 실제의 꿈과 다름없이 꿈꾸는 사람의 의도나 생각을 현실과의 관계에서 단순한 옮겨놓기(transposition)가 아니라 꿈이야말로 억압된 욕망이 비유법을 사용하여 자신의 모습을 드러내는 공간임을 보여주었다는 점이다.

꿈의 비유법이란 응축과 이동을 통한 꿈의 작업을 가리키는 것으로서 작가는 텍스트 속의 스완의 꿈을 실제의 꿈속에서 볼 수 있는 요소들을 도입하여 전개시켰고, 벨멩노엘은 그 꿈을 프로이트의 이론에 입각하여 응축과 이동 개념을 중심으로 분석했다.

라캉은 이동의 개념을 야콥슨의 환유와 부분적으로 접근시킨 바 있다. 그러나 실제 정신분석을 보면, 이동은 특히 꿈과 관련된 무의식의 형성에서 강세의 정도에 따라 나타나는 차이의 관계와 거리가 있고 그보다는 정신분석의 경제적인 관점에서 투여된 에너지가 표상 작용에서 유리되어 연상적 노선(la voie associative)을 따라 어떻게 흘러가느냐 하는 문제와 관계가 있다. 그렇기 때문에 실제 정신분석에서 구체적으로 이동과 환유의 성격을 완전히 동일한 개념으로 보기는 어렵다. 그러한 의미에서 벨멩노엘은 "은유는 응축과 은유적인 관계에 있고", "이동과 환유는 위치 변화의 개념에서 공간적 인접성의 관계로 옮겨간다는 의미에서 환유적 관계에 있다."[67]고 말한다.

문학 텍스트에 대한 정신분석이 출발부터 어떤 한계를 안고 있음은 앞에서 지적한 바 있다. 한마디로 분석의와 등장인물과의 직접 상담 치료와 전이가 불가능하고, 또 유년 시절의 정신적인 외상(trauma)이나 욕망 그리고 가족 관계에 대하여 아는 데는 한계가 있다. 단적인 예로 베르뒤렝 부인의 변신이나 포르슈빌과 스완의 무의식의 관계 등에는 이해되기 어려운 점이 있고, 또한 한 가지 대상에 대한 분석이 계속 달라지는 것도 납득하기 어렵다. 그러나 동일 요소의 상황과 관점에 따라 그에 대한 평가와 분석이 달라질 수밖에 없는 것도 사실

---

67) J. Bellemin-Noël, 앞의 책, 72쪽.

이다. 정신분석은 가시적인 현상 너머에 있는 상징적인 의미를 메타 언어로 포착하여 정신분석적인 이론의 틀 속에 위치시키는 것을 전제로 성립된다는 사실을 유념하지 않으면 안 된다. 물론 스완의 꿈이 비교적 짧고 분석에 적합한 재료를 담고 있다는 점, 그리고 벨멩노엘의 방법론이 보다 긴 텍스트에도 적용될 수 있느냐 하는 점 등은 여전히 문제로 제기된다. 그러나 분명한 것은 그가 여러 가지 제약에도 불구하고 스완의 꿈에 대한 분석을 통하여 문학 텍스트에 대한 정신분석의 도입의 성공적인 가능성을 보여주었다는 사실이다.

제 2 장 라캉 : 이야기의 정신분석

1 라캉의 발자취

라캉(J.-M. E. Lacan)은 1901년 부유한 중산층 가톨릭 집안에서 태어났다. 아버지는 심약한 편이었고 제1차 세계대전 참전 뒤 성격이 변하여 별로 대화가 없었다. 지적인 어머니는 종교에 몰두해 있었다. 가족에 대한 정을 느끼지 못한 라캉을 돌봐준 것은 이모였고, 이모 덕분에 파리의 명문 스타니슬라스 고등학교에 입학했다. 라캉은 수학에 특히 뛰어났고 일찍부터 스피노자와 니체에 심취했는데, 학교에서는 모든 학과에서 수석을 차지하고자 했으며 교사들의 두려움의 대상이었다. 동급생들과는 거리를 두고 같이 노는 법이 없었고 프랑스어 논문에서는 언제나 수석을 놓치지 않았다.[1] 그는 가까운 친구들과 함께 유명한 문학서점 아드리엔 모니에를 자주 찾았다. 그곳은 당대의 유명 작가 지드, 클로델, 줄 로맹들이 만나던 장소였고 그곳에서는 자

---

1) E. Roudinesco, *Jacques Lacan*(Fayard, 1993), 29쪽 참조.

주 공개 독서회가 열렸다. 라캉은 다다이즘과 초현실주의를 좋아하게 되었으며, 앙드레 브르통이나 필립 수포와 같은 초현실주의 작가들과도 만났다. 1923년 프로이트 이론에 대하여 관심을 가졌으나 그보다 극우적이고 반유대적인 샤를 모라스(C. Maurras)가 그의 주의를 더 끌었다. 그는 장래를 놓고 정치와 의학 사이에서 고민하다가 결국 의학 쪽으로 기울어졌다. 원서로 니체를 읽으면서 종교와 가족으로부터 멀어졌고 그 반작용으로 그의 손아래 동생 마르크는 수도원에 들어갔다.

　1925년 학술지 《정신의학의 진화》를 창간하고 그 다음해 파리 정신분석학회를 창립했으며 1927년에는 생탄(Sainte-Anne) 병원에서 수련의 과정을 밟았다. 당대 유명한 교수들의 지도를 받은 그는 1932년 「편집증과 인성의 관계(De la psychose paranoïaque dans ses rapports avec la personnalité)」라는 제목의 논문으로 학위를 통과했는데, 그의 학위논문은 학계에서 커다란 호응을 얻었다. 그 뒤 그는 헤겔 철학에 관심을 갖고 쿠와레(A. Koyré), 바타유(G. Bataille), 크노(R. Queneau) 등과 함께 헤겔 연구로 유명한 코제브(A. Kojève) 교수의 강의에 참석했으며, 특히 하이데거의 철학도 연구하고 그와 만나는 기회도 가졌다. 1936년에는 독일 마리엔바트에서 열린 국제 정신분석협회 주최의 프로이트 세미나에 참석하여 거울 단계에 대한 이론을 발표했는데, 이 이론은 그 뒤 약간의 수정·보완을 거쳐 1966년 『에크리(*Ecrits*)』에 실렸으며 이후 라캉 이론의 기초가 되었다.

　프로이트의 이론은 『꿈의 해석』 시기에 무의식 중심에서 점차 생물학적 발전을 반영하는 방향으로 나갔다. 라캉은 아직 자유로운 신체 통제가 불능한 6~18개월 된 유아는 자신의 신체를 조각난 것으로 인식하면서 상상을 통하여 자신의 신체를 알고 또 제어하고 싶어하는데, 이러한 상상적인 신체의 통합 혹은 단일화가 바로 유아로 하여금 자아(moi)라는 자기 정체성을 획득하게 하는 동일화 과정(identification)을 이룬다고 주장한다. 다시 말해서, 유아는 거울에 비친 자신의 몸 전체 이미지를 통하여 신체의 단일화를 구체적으로 경험하게 되는 것이다. 그리고 유아는 그 거울 속의 이미지가 자기 자신이라는 것을 직감하게 되는 순간 환희를 느끼게 된다. 환언하면, 거울 단계는 바로 자아가 태동되고 그 모태가 형성되는 시기로, 결국 자아는 거울 속의 타자에 의하여 형성된다는 말인데, 이는 그 타자가 자아의 자리를 차지하게 된다는 뜻이기도 하다.

라캉은 코제브 교수의 강의에 참석하면서 헤겔의 주체 개념에 대하여 특히 관심을 가지게 되었고, 그것이 발롱(H. Wallon)의 거울 실험을 수정하는 계기가 되었으며, 곧 거울 단계 이론으로 제시되었던 것이다. 그런 와중에 당시 부부 생활이 조화롭지 못하던 라캉은 별거 상태에 있던 바타유 부인과 가까워졌고, 그 두 사람은 각기 자신의 아내·남편과 이혼을 하고 서로 재혼하게 되었다.

1950년부터 라캉은 '프로이트로 돌아가기'라는 구호와 함께 침체되고 중심을 잃은 정신분석학에 새로운 바람을 불어넣는다. 그러나 라캉의 정신분석이 프로이트와 맺는 관계는 보완적이면서도 상반적인 두 개의 면모를 동시에 보여준다. 그 대표적인 예가 정신분석학자들로부터 멀어지고 산발적으로 수행되어 가던 프로이트 연구를 다시금 원래의 출발점으로 되돌려놓은 것이다. 라캉은 정신분석과 관련된 거의 모든 문제를 통해서 프로이트를 다루었고, 그에 대한 적절한 방안을 그의 저서 속에서 제시했다. 프로이트가 연구하고 취급한 문제들은 매우 방대했기 때문에 분명히 면밀하게 재해석되어 집약·정리될 필요가 있었다. 특히 후반에 가서 생물학에 치우쳤던 프로이트의 이론을 인간적으로 재조명할 필요가 있었다. 라캉은 누군가 해야 할 이러한 작업을 맡은 것이었다. 그는 헤겔과 하이데거의 철학 그리고 레비스트로스의 인류학에서 시사받은 바 컸으며, 무엇보다 언어학은 그의 정신분석을 모형화하는 데 크게 이바지했다. 사실 라캉의 작업이 프로이트의 계승이냐 제2의 혁명이냐를 논하는 작업은 별반 의미가 없다. 왜냐하면 그의 작업은 그 두 가지 면을 동시에 지니고 있기 때문이다. 중요한 것은 그가 무의식 혹은 이드를 강조하면서 철학·인류학·언어학 등을 도입, 다른 학문과의 연대를 통하여 정신분석을 시대적 지식의 중심으로 보다 풍요롭게 재정립했다는 점이다. 그런 이유 때문에 그의 연구는 이른바 정신분석 제1세대 관학 풍의 프로이트 학파에 염증을 느낀 새로운 세대의 열렬한 호응을 얻었다. 하지만 동시에 그의 배타적인 성격 때문에 그의 열렬한 추종자들은 그로부터 점차 멀어져 새로운 모임을 만들게 되었다. 그는 자기가 회장직에 있던 파리정신분석학회(SPP)를 그만두고 프랑스정신분석학회(SFP)에 가입하지만, 이 학회는 국제정신분석협회(IPA)로부터 회원 자격을 인정받지 못했기 때문에, 라캉은 로마 학술 대회에서 발표하기로 예정되었던, 이른바 '로마 강연'이라고 알려진 「정신분석에서의 파롤과 언어의 기능과 영역」을 별도로 발표하게 된다. 그 논문은 정신분석의 실체와 관련되었기 때문에 논쟁의 대상이 되었다. 의료계에서는 의사만이 정신분석의가 될 수 있다고 했던 데 반하여 의대 교수들은 의사가 아니더라도 일정한 수련 과정을 거치면 분석의가 될 수 있다고 주장했고, 라캉은 후자에 속했다. 가장 큰 쟁점은 상담 치료 시간을 자유자재로 늘리고 줄일 수 있느냐 하는 문제였다. 라캉은 국제정신분석협회의 규정에 따르지 않고 일정한 시간을 정하지 않은 채 상담 치료 시간을 자유롭게 정함으로써 국제정신분석협회와 계속 대치 상태에 있게 되었다.

  1953년 1월부터 라캉은 생탄 병원에서 월 2회의 일정으로 그 유명한 세미나를 개최했는데, 10년 동안 계속된 세미나에서 그는 프로이트의 텍스트에 주석을 가하면서 프로이트의 이론을 새롭게 재정립했다. 바르트와 크리스테바를 비롯하여 구조주의 및 후기 구조주의의 주역들 대부분이 그 세미나에 참석하여 직·간접적으로 라캉의 영향을 받게 되었다. 바르트가 사용하는 '위반(transgression)'과 '희열' 또는

‘환희(jouissance)’ 그리고 ‘도착(perversion)’ 등은 라캉의 개념들을 은유적으로 받아들인 것이다. 그러나 1963년 라캉이 가입한 프랑스정신분석학회는 다시 위기를 맞게 되어 그 다음해에 결국 해산되었고, 대부분의 회원들은 프랑스정신분석협회(APF)를 결성했다. 그러나 라캉은 다시 파리프로이트학파(EFP)를 창설했다. 그때 고등사범학교(ENS) 교수로 재직하고 있던 알튀세르는 강의실을 제공하여 라캉이 고등사범학교에서 세미나를 계속할 수 있도록 해주었고, 그러자 새로운 젊은 층들이 세미나에 몰려들었다. 1966년에 출판된 그의 『에크리』는 선풍적인 인기를 끌었으며, 푸코나 들뢰즈 같은 철학자들이 그의 열렬한 독자가 되었다. 그러나 분석의 통과 제도(la Passe)와 관련된 문제가 제기되어 라캉을 따르던 주요인사들은 그와 결별하고 새로운 학회를 세우게 되었으며, 더불어 1980년에는 결국 파리프로이트학파도 해산되었다. 이에 라캉은 같은 해 자신의 학파인 ‘프로이트주의(Cause freudienne)’를 설립하고, 이듬해인 1981년 뇌질환으로 사망했다.

2 무의식 : 프로이트에서 라캉으로

우리는 모두 좋아하고 싫어하는 것이 있다. 사람이든 일이든 음식이든 간에 무엇이든 본능적으로 끌리는 것이 있고 피하고 싶은 것이 있다. 그러한 좋아함이나 싫어함은 이성적인 것을 넘어서는 것이기 때문에 깊이 생각하려고 하지 않는다. 따져봐야 뚜렷한 해답도 득도 없기 때문이다. 또 ‘이 말’을 한다는 것이 ‘저 말’을 하기도 하고, 밤이면 기이한 꿈을 꾸기도 한다. 그런 일들은 모두 우발적이기 때문에 역시 별 의미가 없다고 생각한다. 그러나 이런 현상들은 정신분석의 입장에서 보면 우리의 심층에 감추어진 무의식과 관계가 있고, 그리고 그런 현상들을 체계적으로 해석하고자 하는 것이 정신분석이라고 할 수 있다.

알려진 것처럼, 무의식에 대한 연구는 프로이트가 『꿈의 해석(*L'Interprétation des rêves*)』(1900)에서 우리의 정신 활동을 무의식·전의식·의식으로 구분하면서 시작된다.[2] 프로이트는 신경증 치료에서 최면술 대신 도입한 '자유연상(la libre association)'을 통하여 억압되어 있는 무의식에 접근한다. 그러나 꿈이야말로 무의식에 이르는 왕도라 보고 『꿈의 해석』을 통하여 무의식을 체계적으로 정의하고 정리하게 된다. 꿈은 의식에 의하여 억압되어 있던 것을 드러내어 보여준다. 그리하여 『꿈의 해석』, 제2장에 따르면, 꿈은 억압된 욕망이 위장되어 나타나는 것으로, "꿈을 해석한다는 것은 꿈이 지니고 있는 의미를 가르쳐 주는 것"이다. 제6장에서는 꿈의 작업은 무엇보다 '응축'과 '이동'이라고 말한다. 제7장에서는 꿈에 대한 연구를 통하여 의식보다는 무의식의 역할을 강조하며, 무의식이야말로 인간의 정신적 삶의 바탕이 된다고 말한다.[3] 그러한 전제하에서 우리 마음의 공간은 가장 큰 위치를 차지하고 있는 무의식을 비롯하여 전의식과 의식으로 나누어진다고 설명하는데, 이것이 이른바 프로이트의 제1차 지형학(topique)이다. 『꿈의 해석』은 인간의 정신 현상 내지 주체가 의식을 중심으로 하나인 것이 아니라 실제로는 무의식의 비중이 가장 크며, 따라서 주체가 통일된 것이 아니라 탈중심화되고 분열되어 있음을 보여준다.

프로이트는 무의식 개념이 환상(fantasme)의 토대로서 억압에 의하여 설정된다고 하는 점을 견지하지만, 1919년경 메타심리학에 대한 글을 쓰면서 무의식은 너무 넓기 때문에 억압은 무의식의 일부만을

---

2) 지그문트 프로이트, 장병길 옮김, 『꿈의 해석』(을유문화사, 1997), 443-444쪽, 501쪽. 무의식, 전의식, 의식의 구분은 이른바 1차 지형학(topique)적 구분에 의한 것이다. 그 뒤 프로이트는 1923년부터 그 구분을 자아, 초자아, 이드 또는 거시기로 대체한다. 이를 2차 지형학이라 부른다.
3) 같은 책, 443쪽.

설명할 수 있을 뿐이라는 견해를 밝힌다. 그 뒤 1920년부터 1923년 사이에 그는 무의식에 대한 이론적 수정을 통하여 이른바 이드·자아·초자아 개념을 토대로 한 제2차 지형학을 제시하게 된다. 제2차 지형학의 요소들은 제1차 지형학의 요소들과 일정한 차이를 지닌다. 하지만 프로이트는 변함없이 무의식에 상당한 비중을 두고 있었다. 그러나 차후 안나 프로이트나 에고 심리학은 무의식의 위상을 하향 조정하게 되고 대신 자아에 보다 큰 비중을 두게 된다. 다른 한편으로 멜라니 클라인(M. Klein), 칼렌 허니(K. Honey) 등은 프로이트적 무의식 개념을 유지하면서도 프로이트의 성욕 내지 아버지 개념에서 탈피하여 어머니와의 관계, 모성성 등에 더 중점을 두기도 한다.

라캉은 프로이트의 이론에 대한 열기가 식어가고 정신분석학 자체가 몇 가지 갈래로 나누어지던 1950년경부터 '프로이트로 돌아가기'의 기치를 높이 들고 정신분석이 그 출발점인 프로이트로 다시 돌아가야 한다는 운동을 전개한다. 그는 '자아'보다 '이드' 혹은 '무의식'을 중심으로 정신분석에 새로운 활력을 불어넣는다. 정신분석가들은 그의 업적을 정신분석 제2의 혁명이라고 평가한다. 그가 이러한 운동을 전개한 데는 몇 가지 이유가 있다. 첫째, 프로이트 사후 정신분석학계는 자아 심리학과 멜라니 클라인 학파 그리고 대상관계 이론 등으로 다양하게 분화되어 가면서 오히려 프로이트의 이론을 조금씩 왜곡해 가는 경향이 있었다. 둘째, 프로이트 이론에 대한 오해는 프로이트를 잘못 해석한 데서 비롯된다고 보았다. 너무 다양한 사례들을 설명하다보니 프로이트의 이론 자체가 자칫 모순적인 면이 있는 이론으로 간주될 수 있고, 어느 한 부분만 가지고 프로이트를 이해했다고 주장할 수 있다. 따라서 원전을 철저하게 읽고 오히려 그 내재한 모순 속에서 프로이트 이론의 일관성을 정립해야 한다. 셋째, 프로이트 이론의 독창성을 이해하기 위해서는 프로이트의 이론과 다른 학문 분야에서 이루어진 새로운 연구 성과들을 유기적으로 연결시켜서, 프로이트의 이론을 새롭게 조명하고 해석해야 한다. 이 점에서 라캉은 철학·언어학·인류학 쪽의 연구에서 많은 영향을 받는다.

라캉은 셋째 문제와 관련하여 철학·언어학·인류학 쪽의 연구에서 많은 영향을 받는다. 구체적으로 하이데거의 진리와 존재에 대한 성찰, 메를로퐁티의 현상학적 고찰과 소쉬르의 구조언어학적 이론, 특히 시니피앙 관계 이론, 야콥슨의 은유·환유 이론, 레비스트로스와 마르셀 모스의 인종학에 대한 연구 등을 들 수 있는데, 이러한 여러 부문의 비판적 섭렵을 통하여 자신의 이론을 구축해 나가게 된다.

라캉의 프로이트 재해석은 프로이트의 무의식 개념과 지형학적 모델에 대한 재검토를 중심으로 이루어진다. 프로이트는 꿈의 해석을 통하여 무의식을 발견하게 되고, 그것을 계기로 1900년에는『꿈의 해석』, 제7장에서 주체의 심적 장치가 의식·전의식·무의식의 세 단계로 구성된다고 하는 1차 지형학적 모델을 제시한다. 그것을 토대로 프로이트는, 그 세 가지 체계는 전개 과정과 에너지의 집중 그리고 표상 내용이 각기 다르며, 하나의 체계에서 다른 체계로 넘어갈 경우 검열을 거쳐야 한다고 보았다. 1차 지형학적 모델에서 전의식은 의식으로의 전환이 가능한 요소이고 의식은 외부 세계와 접촉하고 지각 기능을 형성하지만, 실상은 억압된 것이 모두 축적되는 무의식이 인간의 행동을 결정하는 핵심 요소로 부각된다.

그러나 1차 지형학에서 각각의 체계들이 맡고 있는 기능들이 명확히 규정되지 않는다고 불만스럽게 생각하던 프로이트는「자아와 이드」(1923)에서 이드,[4] 초자아, 자아의 세 가지 심역(instance)으로 구성되는 2차 지형학——구조적 체계——을 형성한다. 이드는 욕동(pulsion)의 심역이고 자아는 이드와 초자아로부터 비롯되는 욕망과 제약들을 통합·조정하면서 주체의 일관성과 균형을 유지하게 하고

---

4) '거시기'라고 번역되기도 한다.

초자아는 감시 기능을 맡는다. 이 세 가지 심역 중에서 무의식은 주로 이드의 영역에 속하지만, 자아와 초자아 역시 무의식의 영향을 받는다.

라캉은 프로이트의 1·2차 모델이 위상학적으로 완전한 적합성을 갖추지는 못했다고 보고, 무의식을 중심으로 프로이트의 정신분석을 구조화한다. 무의식은 이드와 가깝지만 그것과 동일시될 수는 없다. 무의식은 단순히 억압된 것과도 일치하지 않으면서 프로이트 추종자들이 생각하는 것처럼 '원초적인 것'이나 '본능적인 것'으로 환원될 수도 없다고 생각한다. 왜냐하면 무의식은 기본적으로 언어적이기 때문이다. 1953년에 라캉은 유명한 '로마 강연'[5]을 통하여 주체·상상계·상징계·현실계·시니피앙 등으로 이루어지는 자신의 이론적 토대를 제시한 뒤 계속 그에 대하여 보완해 나간다. 무의식에 대한 그의 관점은 "무의식은 대타자[6]의 담론이다."[7]와 "무의식은 언어처럼 구조화되어 있다."[8]라는 두 가지 명제로 집약된다.

무의식에 대한 그 두 가지 명제는 적어도 두 가지 사항을 함의한다. 첫째, 무의식은 주체에 미치는 언어를 통하여 주체에 작용하는 시니피앙의 효과에 다름 아니라는 것을 의미한다. 프로이트도 무의식을 말실수·건망증·농담 등 언어적 사실과 연결하여 설명했지만, 라캉에게서 억압된 것은 기표들의 체계를 이루고 있고 기표들은 은유적이고 환유적인 연상 작용에 의하여 지배되는 조직망을 형성한다.[9] 둘째, 무의식과 언어의 관계에 대한 문제이다. 라캉의 제자 라플랑슈는 「무

---

5) J. Lacan, 「정신분석에 있어서 파롤과 언어의 기능과 영역」, *Ecrits*(Seuil, 1966), 237-322쪽.

6) 대타자는 대외적으로 그리고 주체 내부에서 주체를 결정하는 상징적 심역으로, 언어·법·권위·신 등을 표상한다.

7) J. Lacan, 앞의 책, 16쪽.

8) 같은 책, 23쪽.

9) A. Lemaire, *Jacques Lacan*(Mardaga, 1977), 32쪽.

의식에 대한 정신분석」에서 "무의식은 언어의 조건이다."[10]라고 주장하지만, 라캉은 "언어가 무의식의 조건이다."[11]라고 단호하게 확언한다. 왜냐하면 무의식이 있어야 언어가 존재할 수 있는 것이 아니라, 무의식은 언어를 통하여 알 수 있고 언어가 무의식의 열쇠가 되기 때문이다.

그러면 어째서 언어가 정신분석학에서 그처럼 중요할까?

첫째, 모든 인간관계는 의사소통을 통하여 이루어지고, 의사소통은 언어적 구조의 형식으로 드러난다. 신체적 표현도 언어로 환원되어 해석된다. 둘째, 정신분석 치료는 분석의가 피분석자의 무의식 속에 담긴 충족되지 않은 욕망을 표출시켜 분석의에게 전이하게 한 뒤 그것을 언어로 치유하는 과정을 거치게 된다. 셋째, 언어는 사회 · 문화 · 법을 규정하는 도구이고, 무의식, 즉 대타자의 담론은 상징계를 구성한다. 인간은 상징계에 진입하지 못하면 개별성이나 사회 구성원으로서의 지위를 얻을 수 없다.

본래 상징계는 프로이트의 『꿈의 해석』, 제6장 5절 「꿈에서 상징에 의한 형상화」[12]와 관계 있다. 그러나 다른 한편으로는 레비스트로스의 『구조인류학』, 제10장 「상징적 효율성」[13]에 나오는 개념이다. 인류학에서 친족 관계와 교환은 가장 기본적인 의사소통 형식이기 때문에 상징계는 언어적 영역이다. 특히, 레비스트로스는 『마르셀 모스의 사회학과 인류학』 서론에서 "우리가 무의식이라고 부르는 것은 상징적 기능의 자율성이 이루어지는 텅 빈 공간에 지나지 않는다."고 하면서, "상징물들은 그것들이 상징하는 것보다 더 실재적이다. 시니피앙은

---

10) Laplanche et Leclerc, "L'Inconscient, une étude psychanalytique", *L'Inconscient* (Desclée de Brouwer, 1966).

11) J. Lacan, 앞의 책, 301-302쪽.

12) 지그문트 프로이트, 앞의 책, 232쪽.

13) Lévi-Strauss, *Anthropologie Structurale*(Plon, 1958), 213쪽.

시니피에보다 앞서 존재하고 시니피에를 결정한다."[14]고 말한다. 그러니까 라캉의 대타자의 담론으로서의 무의식 개념은 프로이트의 이론에 레비스트로스를 조명함으로써 얻어진 결과이다.

그러나 상징계가 언어의 영역과 동일시될 수는 없다. 왜냐하면 언어는 상상적 영역 그리고 현실적 영역도 포괄하기 때문이다. 단지 상징적 영역의 언어는 시니피앙의 영역일 따름이다. 그러니까 상징계는 타자성의 영역, 다시 말해 대타자가 압도하는, 따라서 온전한 주체가 부재하는 주체성 결여의 영역이기도 하다.

하지만 분명 상징계는 현실계는 물론 상상계와도 불가분의 관계를 맺고 있다. 라캉이 '상상적'이라는 용어를 어떤 상상 내지 상상계라는 의미의 명사로 처음 사용한 것은 1936년 마리엔바트에서의 거울 단계에 대한 발표에서이다.[15] 이 개념은 자아와 거울에 비추어본 자아상 사이의 이자 관계에 토대한다. 이를 자아의 개념에 좀 더 연관시켜 보자면, 자아는 영상 또는 유사자와의 동일시를 통하여 형성되며, 자아가 이러한 소타자[16]와의 동일시에 의하여 구성되는 관계는 본원적으로 자아와 상상계가 자기 소외의 장이 된다는 것을 의미한다. 다시 말해 주체는 자아와 유사자의 분열에 의하여 자신으로부터 소외된다는 말이다. 따라서 상상계는 자아가 유사자와의 동일시를 통하여 자신을 소외시키게 되는 소외의 영역이 된다. 이는 결국 자아와 유사자로 구성되는 상상계는 나르시즘적인 영역, 이미지와 상상 그리고 기만과 현혹의 영역이라는 말이기도 하다. 이러한 상상계는 오로지 상징계에 의해 구조화되고 해독될 수밖에 없다. 그러므로 상징계의 언

---

14) Lévi-Strauss, "Introduction à l'œuvre de Marcel Mauss", *Marcel Mauss, Sociologie et anthropologie*(PUF, 1950), IX쪽.

15) J. Lacan, "Le Stade du miroir comme formateur de la fonction du Je", 앞의 책, 93-100쪽.

16) 소타자(autre)는 자아의 반영에 의한 타자, 즉 유사자인 거울상을 나타낸다.

어가 앞에서 언급한 바와 같이 대타자의 담론으로서 시니피앙의 영역
이라면, 상상계의 언어는 유사자와의 관계를 통한 시니피에의 영역인
것이다.

1953년경부터 도입된 현실계는 상징계 너머에 위치한다. 상징계와
는 달리 현실계에는 부재가 없다. 부재나 결여를 영원히 초월할 수
없는 상징계와는 달리 현실계에서 그것은 "언제나 제자리에 있다."[17]
그것은 언어를 '초월해 존재하는' 그러니까 상상이나 상징에 의해 포
착되지 않는 '불가능한 것'[18]으로, "우리 경험의 한계에 존재한다."[19]
예컨대 현실계는 "언제나 같은 장소에 나타나지만 그 장소는 사고하
는 주체가 그것을 만날 수 없는 바로 그러한 장소"[20]이며, 어쩌면 그
렇기 때문에 현실적인 것은 "상징적인 질서 속에서 억압받은 것"[21]인
지도 모른다. 하지만 결국 현실계를 재현하고 파악할 수 있도록 하는
매개도 또한 상징계뿐이다.[22]

라캉은 현실계에 접근하기 위하여 한편으로는 수리논리학을 토대
로 하는 형식언어의 개발을 추진했고, 다른 한편으로는 현실계가 상
징계·상상계와 밀접한 관계를 맺고 있음을 나타내기 위하여 1972년
세미나에 '보로메오 매듭(Nœuds Borroméens)'을 도입한다. 밀라노의
명문 보로메오 가문의 문장 속에 있는, 서로 엇갈려 삼각형처럼 하나
로 연결된 세 고리는 1974년부터 위상학적으로 상상계·상징계·현
실계를 표상한다. 이 세 고리는 그 가운데 어느 하나라도 끊기면 세
고리가 동시에 해체된다. 1975년에는 네번째 고리를 부가하는데, 이

---

17) J. Lacan, 앞의 책, 25쪽.

18) J. Lacan, *Le Séminaire XI*(Seuil, 1973), 152쪽.

19) J. Lacan, *Le Séminaire IV*(Seuil, 1994), 31쪽.

20) J. Lacan, *Le Séminaire XI*, 49쪽.

21) J. Lacan, *Le Séminaire III*(Seuil, 1981), 21쪽.

22) R. Chemama, *Dictionnaire de la Psychanalyse*(Larousse, 1993), 239쪽 참조.

는 제임스 조이스의 『피네간의 경야(*Finnegans Wake*)』에 나오는 '병증 (sinthome)'을 상징한다. 이 네번째 고리는 조이스의 창작 이론을 지칭 하는데, 또한 다른 세 고리를 붙잡고 그 해체를 막는다는 의미도 지 닌다.[23]

　한마디로 무의식은 주체에 영향을 미치는 시니피앙으로, 억압을 거 쳐서 말실수·농담·꿈·증상 등을 통하여 다시 나타나며, 그것은 상 징계의 핵심 기능 역할을 맡는다. 그러나 그것의 속성은 확고하게 반 복된다는 사실에 유의해야 한다. 무의식의 반복 현상에 대하여 처음 언급한 인물은 프로이트이다. 1890년대 이래로 히스테리 환자를 치료 하면서 무의식의 반복 현상에 대하여 꾸준히 연구했고, 『쾌락의 원칙 을 넘어서』(1920)에서는 반복(Wiederholung)과 강박(Zwang)을 결합 하여 '반복강박(Wiederholungszwang)'이라는 개념을 제시했다.[24] 그것 은 의식의 통제를 벗어난 무의식의 과정으로서, 주체로 하여금 부정 적인 행위나 생각, 꿈 등을 반복하여 재생시킴으로써 고통을 가중시 킨다. 반복강박은 무의식의 개념을 구성하는 중요한 요소가 된다. 그 러한 맥락에서 나지오도 "무의식은 반복을 보장하는 움직임"[25]이며 "하나의 증상이 일어날 때 그것은 미래의 증상의 반복을 행위로 예고 하는 것이고, 또한 이미 지나간 증상의 반복이라는 것을 상기시켜 주 는 것이다."[26]라고 하면서 증상에 대한 적용을 통하여 그 개념을 확대

---

23) E. Roudinesco 외, *Dictionaire de la Psychanalyse*(Fayard, 1997), 722–723쪽 참조.

24) 프로이트는 외상성 신경증(die traumatische Neurose)의 바탕에는 외상을 가 져다준 순간에 대한 고찰이 깔려 있고, 환자들은 꿈속에서 규칙적으로 외상 적 상황을 반복한다고 지적한다. 이러한 현상을 토대로 반복강박 개념이 형 성된다. 프로이트, 임홍빈·홍혜경 옮김, 『정신분석 강의』 하권(열린책들, 1997), 391쪽 참조.

25) 나지오, 임진수 옮김, 『자크 라캉의 이론에 대한 다섯 편의 강의』(교문사, 2000), 45쪽.

26) 같은 책, 100쪽.

하고 있다.

라캉은 프로이트의 반복강박을 단순히 '반복'으로 표현하면서, 무의식과 반복 그리고 욕동과 전이를 정신분석의 네 가지 핵심 개념으로 설정할 만큼 그 중요성을 강조한다.[27] 그는 반복을 아리스토텔레스의 물리학에서 빌려온 두 가지 '우연'의 개념, 즉 '오토마톤(automaton)'과 '튀셰(tuché)'로 나누어 고찰한다. 튀셰란 순수한 우연에 의한 만남을 가리키는데, 예측 불가능하고 통제 불능한 충격으로서 반복의 근원이 되는 외상 같은 것을 의미한다. "튀셰의 기능은 현실계의 만남으로서, 그것은 본질적으로 결여로서의 만남이다. 정신분석의 역사에서 튀셰는…… 외상의 형태로 등장했다."[28]라고 설명한다. 외상으로서의 "현실은 언제나 그 자리에 (고통을 인내하면서) 미결인 채[29] 대기 중이다. 그리고 프로이트가 '반복'이라고 규정하는 '강박'은 1차 과정[30]의 우회를 명한다."[31]고 덧붙인다. 그 결과, 도서관의 책이 자기 자리에 꽂혀 있지 않으면 주체는 그것을 찾지 못하게 되고, 그 책은 자기를 찾아낼 때까지 미결인 상태로 남아 있게 된다. 따라서 튀셰는 오직 현실계와 관계가 있다.

그에 비하여 오토마톤은 동일자의 반복이 아니라 근원적인 것의 반복으로서, 그것은 기호의 집요한 반복을 나타내고 시니피앙 연쇄의 원칙과 결부된다. 오토마톤이 시니피앙으로서 상징계의 틀 속에서 시니피앙의 연쇄를 이룬다고 하는 것은 주체가 시니피앙의 연쇄 속에서

---

27) J. Lacan, *Le Séminaire XI* 참조. 이 책의 부제가 "Les quatre consepts fondamentaux de la psychanalyse(정신분석의 네 가지 기본 개념)"이다.

28) 같은 책, 54쪽.

29) 프랑스어로 'en souffrance'는 '고통받고', '인내하면서', '미결인 상태로'라는 세 가지 의미를 담고 있다.

30) 프로이트의 개념은 1차 과정에서 무의식의 체계와 관계되는 심적 에너지는 전치와 응축에 의하여 한 가지 표상에서 다른 표상으로 자유롭게 이동한다.

31) J. Lacan, 앞의 책, 55쪽.

차지하고 있는 위치에 의하여 정의된다는 것을 의미한다.

'프로이트로 돌아가기'를 주창하면서 라캉이 무의식과 관련하여 제시한 이론은 포의 「도둑맞은 편지」의 구조를 훌륭하게 밝힐 수 있는 이론적인 틀을 제공한다.

3 라캉과 인문과학

라캉은 1950년대부터 기회가 있을 때마다 '프로이트로 돌아가기'를 주장했고, 말년에 타계하기 직전에 세운 학회 이름도 프로이트라는 이름을 붙였다. 그러나 그 프로이트는 분명 자신의 주관적 해석에 따른 프로이트였다. 라캉은 무의식에 대한 탐구를 토대로 자아와 주체 개념의 분리 그리고 주체의 분열에 초점을 맞춘다. 그러한 전망에서, 프로이트의 텍스트들이 담고 있는 생물학이나 생리학 내지 과학주의적 성향으로부터 일정한 거리를 두면서, 자신의 철학적 소양을 토대로 프로이트를 해석하고 언어학적 틀 속에서 체계화한다.

라캉은 코제브의 강의를 통하여 헤겔의 욕망 이론을 공부하게 된다. 헤겔의 관점에서 보면, 인간은 자신을 살찌우게 할 수 있는 물질만 필요로 하는 것이 아니라 자신에게 그 눈을 통하여 스스로를 볼 수 있고 알 수 있게 해줄 또 하나의 자아(alter ego)를 필요로 한다. 그리고 그 자아를 통하여 자신의 존재 의미를 부여받기를 간절히 바란다. 이 경우 필연적으로 또 하나의 자아는 나의 타자이고 나 역시 반드시 그 자아의 타자가 된다.[32] 이러한 헤겔의 자아와 타자 개념은 라캉이 무의식을 타자로 설정하는 것과 관계가 있다.

한편 라캉의 주체 개념은 현상학과도 관계가 있다. 라캉 자신이 세

---

32) P. Sollers 외, *Dictionnaire de la Psychanalyse*(Albin Michel, 2000), 139쪽.

미나에서 후설을 직접 언급하고 자신의 이론 형성이 일정 부분 후설의 영향을 받았음을 밝힌 바 있다. 후설은 『데카르트적 성찰』에서 "하나의 자아(ego)는 자아(Ich) 자신으로서가 아니라 나 자신의 자아, 나의 모나드 안에서 스스로를 비추는(spiegelndes) 것으로 구성된다. 그러나 그 두번째 자아는 단적으로 존재하거나 원래 스스로 주어지는 것이 아니라…… 또 하나의 자아로서 구성된다. 타자는…… 나 자신을 지시한다. 타자는 내 자신의 반사(Spiegelung)이다."[33]라고 말한다. 후설의 '또 하나의 자아'나 '타자' 개념은 주체 형성에 미치는 이미지의 영향과 함께 라캉의 주체와 자아 개념 형성에 기여했음을 알 수 있다. 그러나 후설의 '또 하나의 자아'와 '타자'는 전통적으로 구분되는 현실적인 자아를 평가하고 판단하는 '내면적 자아' 내지 '양심'을 표상하는 것으로서, 라캉이 말하는 '타자'로서의 무의식과는 거리가 있다.

또한 언어와 언어학은 정신분석과 특별한 관계를 맺고 있다. 정신분석은 프로이트가 파리에서 돌아온 뒤 재회한 브로이어 박사와 함께 베르타 파펜하임[34]이라는 환자를 치료한 것으로부터 시작된다. 그때 '상담 치료(talking cure)'라는 개념이 탄생한 것이다. 프로이트는 언어 기능이 정신분석에서 핵심 분야임을 일찍부터 깨달았다.[35] 그는 분석 치료가 대화의 교환을 통하여 이루어진다는 사실을 제외하고도 일반적인 언어 사용에서의 말실수 등의 언어습관 그리고 정신분석의 연구 대상이며 무의식을 드러내는 기본적 현상인 "꿈이 문장의 구조 내지 문자 그대로 말하자면 글쓰기에 의한 그림 수수께끼의 구조를 보여준다."[36]는 사실을 인식했다.

---

33) 홍준기, 『라캉과 현대철학』(문학과 지성사, 1999), 124쪽에서 재인용.
34) 이 환자는 '안나 O.'로 알려져 있다.
35) 맬컴 보위, 이종인 옮김, 『라캉』(시공사, 1999), 80쪽.
36) J. Lacan, *Ecrits*, 254쪽.

프로이트는 언어학에 대한 직접적인 지식은 없었으나 꿈의 해석에
도입한 그의 방법을 보면 언어학적인 연구 방법과 유사하다는 것을
알 수 있다. 그는 꿈의 해석에 두 가지 방법을 제시한다. 첫째는 꿈을
전체로 파악하여 그 꿈의 의미에 따라 전체적으로 해명하는 작업이
다. 그것을 그는 '상징적 해석 방법'이라고 부른다. 그리고 또 한 가지
를 '해독법'이라고 부른다. 그것은 꿈을 일종의 암호문으로 보고, 그
해독 열쇠를 사용하여 꿈이 지니고 있는 뜻을 풀어낸다는 것이다.[37]
이러한 접근 방법은 소쉬르의 통합체와 계열체의 구분을 연상시키며,
특히 의미 작용 방식과 연관해서는 벵베니스트의 의미론적 방식 및
기호론적 방식의 구분과 유사한 점이 있다.[38] 다만 문장이 기호로 구
성된다고 하는 벵베니스트의 관점과는 달리 프로이트는 이를 상징 내
지 암호로 대체하고 있다. 아쉬운 점은, 프로이트는 아벨(K. Abel)의
역사언어학과 관련된 이론이 정신분석에 효과적으로 적용된다는 잘
못된 편견을 가지고 있었기 때문에 20세기 언어학의 눈부신 발전을
외면하게 되었다는 사실이다.[39] 게다가 후기에 들어 생물학과 생리학
적인 분야에 크게 관심을 가지게 되면서 무의식에 대한 언어적 접근
방식에는 관심을 잃게 되었다.

4 라캉과 언어학

라캉과 함께 언어학은 정신분석 연구에 중요한 분야로 등장한다.
그는 레비스트로스가 언어학 이론을 도입하여 친족과 혈연관계 분석

---

37) 지그문트 프로이트, 앞의 책, 87-88쪽.

38) E. Benveniste, *Problèmes de linguistique générale II*(Gallimard, 1974), 63쪽.

39) E. Benveniste, *Problèmes de linguistique générale I*(Gallimard, 1966), 79-80쪽.

에서 중요한 성과를 거둔 것을 상기시키면서, 언어학이 정신분석의 안내자 역할을 할 수 있다고 주장한다. 그러나 라캉은 언어학자들의 원칙을 그대로 따르지는 않았다. 예컨대 그는 소쉬르 언어학을 공부하면서 소쉬르와는 달리 랑그가 관념적 코드이기 때문에 그보다는 개인에 의한 언어인 파롤과 그 구조 및 법칙을 연구 대상으로 삼는다. 그리고 프로이트의 응축과 이동 개념을 야콥슨의 은유와 환유 개념으로 대치한다. 그는 특히 벵베니스트의 언어학에 많은 공감을 느낀다. 벵베니스트는 프로이트와 라캉의 정신분석에 관심을 가지면서 구조주의 언어학의 전성기에 언어 연구 방법을 신화와 제도 그리고 무의식 연구에까지 확대·적용시키고 있었다.

물론 언어학과 정신분석학 두 분야 사이에는 근본적인 차이가 존재한다. 상징 체계로서의 언어는 학습을 통하여 습득되는 데 반하여 무의식의 상징 체계는 전혀 다른 방식으로 형성된다. 하지만 라캉 역시 "정신분석은 상징에 관한 이론을 토대로 형성된다. 그런데 언어역시 상징 체계이다."[40]라는 말로 정신분석학과 언어학 사이의 어떤 연계성을 논의한 바 있듯이, 두 분야 사이에는 상호 접근할 수 있는 일정한 공통분모가 있다.

벵베니스트의 논리를 좀더 자세히 살펴보면 다음과 같다. 첫째, 상징 체계는 보편성을 지닌다. 꿈과 신경증에 대한 조사에 의하면, 그에 관계되는 상징 체계는 언어와 관계없이 대부분 종족에 공통적이라는 것이다. 둘째, 그러한 상징 체계는 학습에 의하여 습득되지 않는다. 셋째, 그 상징적 기호들과 그것들이 언급하는 것과의 관계적 특징은 시니피앙이 다양성을 지니는 데 비하여 시니피에는 일원성만을 지닌다는 점이다. 그 원인은 전자가 풍부한 유동성과 유연성을 가지는 데 반하여 후자의 내용은 억압되기 때문이다. 결과적으로 무의식의 상징

---

40) J. Lacan, *Ecrits*, 165쪽.

적 기호들이 형성하는 통사 구조는 언어 구조와는 달리 논리적 성격
이 결여되는 것이다. 더불어 벵베니스트는 정신분석의 언어가 일반
언어보다 '하위 언어적' 성격과 함께 '상위 언어적' 성격을 동시에 지
닌다고 말한다. '하위 언어적'이라고 하는 것은 그 뿌리가 언어보다
더 깊은 마음의 심층부에 있으면서 언어 기호처럼 분해될 수 없는 단
위를 기호로 삼고 있고 문화적 환경에 따라 개인적인 변이가 있을 수
있음을 의미하는 것이다.[41] 그리고 '상위 언어적'이라고 하는 것은 정
신분석에서 원용하는 기호들이 의미론적으로 응축된 단위들로서 그
자체가 담화를 구성할 정도로 큰 단위임을 의미하는 것이다. 그러한
기호들은 억압된 욕망에서 비롯되는 동기부여와 관계되기 때문에 특
이한 의미론적 함축을 지니고 있다.

하지만 벵베니스트는 이상과 같이 두 분야의 차이를 논하면서도,
동시에 정신분석의 무의식의 담화와 언어적 담화는 양자 모두 문체를
지니고 있다는 점에서, '수사학적' 공통분모를 가지고 있기 때문에 접
근 가능성이 있다고 말한다.[42]

그러나 그러한 수사학적 관점을 넘어서, 정신분석학과 언어학은 언
어의 주체 문제에서 분명히 근본적인 차이를 보이고 있다. 벵베니스
트의 언어학에서 언어 행위는 언술 작용(énonciation)과 언술(énoncé)
을 함의한다. 언술 작용[43]이란 "개인적인 언어 사용 행위에 의하여 언
어를 가동시키는 것이다."[44] 환언하면, 언술 작용은 화자가 머릿속에
서 문장을 만들기 위하여 주어와 동사·목적어·보어 등을 무엇으로
할 것인가를 구상하고 정하는 것이다. 그에 비하여 '언술'은 언술 작
용의 결과로서 생겨난 통사적 형식을 갖춘 문장 또는 문장들이다. 언

---

41) E. Benveniste, *Problèmes de linguistique générale I*, 85쪽.
42) 같은 책, 85–86쪽.
43) '발화 작용'이라고도 한다
44) E. Benveniste, 앞의 책, 81쪽.

술 작용을 총괄하는 주어는 화자의 정신 내지 실험적인 자아로서 언술의 구성 요소와 생각을 조정하고 통제하는 기능을 담당한다.

그에 비하여 정신분석에서는 그러한 주체는 해체되고 그 권한을 행사하는 것은 무의식이 되며 그것을 라캉은 '타자'라고 부른다. 그러한 의미에서 라캉은 "주체의 무의식이 바로 타자의 담화"[45]라고 하면서 프로이트의 생각 역시 그러하다고 말한다. 그는 "인간이 말을 하는 것은 상징 기호가 인간을 인간으로 만들었기 때문"[46]이라고 말한다. 그것은 '언어가 인간 주체보다 먼저'라는 것을 뜻하는데, 그것은 '생명체로서의 인간'보다 먼저라는 뜻이라기보다는 '언어만이 인간의 성격을 드러낼 수 있다'는 의미일 것이다. 그러니까 언어로 나타나지 않는 인간의 면모를 부인하는 것은 아니되 그것은 어차피 알 수가 없기 때문에 왈가왈부할 성질의 대상이 아니라는 것이다. 그러한 맥락에서 라캉은 "언어가 무의식이 필요조건"이라고 말한다.[47] 텍스트의 차원에서 언어학의 관점은 주어가 주체로서 다른 문장 구성 요소들을 통합하여 의미를 형성하는 데 주도적 역할을 한다고 본다. 그에 비하여 정신분석의 관점은 텍스트란 욕망하는 주체의 감추어지고 잊혀진 감성이 수면 위로 부상하는 공간이라고 보고, 주체와 담화는 상호 포함관계에 있으며 주체의 성격과 언술 의미는 담화 작업의 진행과 함께 점진적으로 드러난다고 본다.

이러한 차이는 언어학과 정신분석이 지니는 패러다임의 근본적 차이 때문에 어쩔 수 없는 것이라고 생각된다. 그러나 그러한 내용상의 차이와는 관계없이 라캉은 언어학적 용어를 빌려 정신분석을 설명하려고 시도한다. 앞에서 언급한 것처럼, 라캉은 소쉬르를 읽고 그의 용

---

45) J. Lacan, *Ecrits*, 265쪽.

46) 같은 책, 276쪽.

47) 반면 벵베니스트는 "무의식이 언어의 필요조건"이라고 하면서 언어에 미치는 무의식의 영향을 수용하려고 한다.

어를 빌려 그 용어의 내용에 자신의 정신분석적인 관점을 주입한다. 그렇기 때문에 '시니피앙'·'기호'·'상징'·'문자'·'편지' 등의 용어는 라캉이 부여한 정신분석의 언어적 가치를 내포하고 있음에 유의해야 한다.

5 포의 「도둑맞은 편지」에 관한 연구

5.1 접근 방법과 목표

에드거 앨런 포는 영미 작가 가운데 프랑스 문인들에게 가장 인기 높은 작가 중 하나이다. 그 인기의 주된 이유는 문체적인 면에서 비롯된다고 평가된다. 다른 영미 작가의 글쓰기와 비교할 때 간결성과 추상성이 그의 가장 두드러진 문체로 지적된다.[48] 미국문학에 대한 관심이 별로 높지 않던 시기에 보들레르가 포에게서 자신의 분신을 발견한 것은 아마도 이러한 이유에서일 것이다. 그는 자기가 왜 포를 번역했느냐고 궁금해 하는 친구에게 다음과 같이 써보냈다. "그가 나를 닮았기 때문이지. 처음 그의 책을 펼쳤을 때 나는 놀라움, 황홀감과 함께 내가 꿈꾸던 주제들 그리고 20년 전부터 내가 생각했고 그가 모방한 문장들을 발견했네."[49] 가장 적합한 어휘를 사용하고자 하는 언어적 완벽주의와 함께 프랑스 역사 및 문화에 대한 폭넓은 교양도 그의 인기와 무관하지 않다고 생각된다. 그에 비하여 영미 쪽의 반응은 상당히 달라서 마크 트웨인은 포를 "읽기 불가능한" 작가라고 혹

---

48) J. Raphanel, *Un modèle de formalisme littéraire, le cas d'Edgar Allen Poe*(non publié), 1쪽.

49) E. A. Poe, *Histoires extraordinaires*, trans. C. Baudelaire(GF-Flammarion, 1965), 89-108쪽.

평했고 헨리 제임스는 포의 영감이 "원시적 지능 상태를 보여주는 확고한 표지"[50]라고 깎아내렸다.

라캉이 어떤 계기와 동기에서 포의 작품, 특히 「도둑맞은 편지」에 대해서 관심을 가지게 되었는지는 확실하지 않지만, 몇 가지 정황으로 볼 때 자신과 대립 관계에 있던 마리 보나파르트의 『에드거 포, 생애와 작품 — 정신분석적 연구 I-III』[51]가 커다란 자극이 되었던 것 같다. 그녀는 「도둑맞은 편지」를 따로 떼어서 연구하지 않고 그 작품이 「모르그 가의 이중 살인」과 상관텍스트를 구성한다고 보는 입장에서 검토한다. 또 두 작품에 공통적으로 나오는 '편지'를 남성의 성기로 그리고 '벽난로'를 여성의 성기로 해석하고, '살인'을 원초적 성행위와 동일시하고 있다. 그녀는 주도면밀한 분석을 통하여 포의 작품이 프로이트의 성욕 이론을 충실히 반영하고 강한 반복강박 개념을 표출한다고 주장한다. 한 걸음 더 나아가 상관텍스트적 관점에서 정신분석을 적용하는 것에 만족하지 않고 포의 생애와 작품을 결부시켜 상통성을 추구한다는 점에서 보나파르트의 비평은 심리 전기비평(la critique psycho-biographique)이라고 불리며, 모롱(C. Mauron)의 라신 연구가 보나파르트의 방법론을 토대로 이루어졌다고 평가된다.[52]

그러나 라캉은 '프로이트로 돌아가기'의 기치를 계속 내걸었음에도 「도둑맞은 편지」를 프로이트 이론의 합리화보다는 프로이트에 대한 자신의 해석과 결부시켜 사용한다. 1956년에 작성된 「「도둑맞은 편지」에 관한 세미나」[53]를 보면, 그는 포의 「도둑맞은 편지」를 분석하기에

---

50) H. James, *Un modèle de formalisme littéraire, le cas d'Edgar Allen Poe*, 18쪽.

51) M. Bonaparte, *Edgar Poe, sa vie, son œuvre-tude analityque I-III*(PUF, 1933).

52) J. Bellemin-Noël, *Psychanalyse et littérature*(PUF, "Que sais-je", 1995), 87쪽. 임진수, 「정신분석에 관한 연구 —「도둑맞은 편지」에 대한 논의를 중심으로」, 서울대학교 박사 학위논문(1994), 17-19쪽.

53) 이하 「세미나」로 약칭.

앞서 먼저 자신의 연구에 대한 입장을 피력한다.

첫째, 자동 반복(l'automatisme de répétition)[54]은 자신이 시니피앙 사슬의 '집요함(insistance)'이라고 부르는 것에 바탕을 두고 있다. 둘째, 시니피앙 사슬의 집요함은 무의식의 주체를 위치시키는 장소인 '바깥-있음(ex-sistance)', 즉 '중심에서 벗어난 장소(la place excentrique)'와 상관적인 개념으로서 프로이트가 발견한 바 있다. 셋째, 정신분석의 체험은 상상계가 어떤 경로를 거쳐 상징계에 영향을 미치게 되는가를 알게 해준다. 넷째, 세미나는 상상계에서 일어나는 일들이 우리 체험의 본질을 드러내는 것이 아니라, 그것을 연결시켜 주고 방향을 정해주는 상징계의 사슬과 연관되는 경우에만 일관성을 띨 수 있음을 밝히면서, 따라서 상징계의 비중이 크다고 강조한다. 다섯째, 물론 상상계가 상징계 형성에 중요한 역할을 하지만 주체에 결정적인 기능을 행사하는 배제(exclusion),[55] 억압(refoulement), 부정(dénégation)[56] 등을 지배하는 것은 바로 상징계 특유의 법칙이라고 설명한다. 그리고 이러한 정신분석적 개념들은 시니피앙의 이동을 충실히 따르기 때문에 상상계는 결과적으로 상징계의 그림자에 지나지 않는다고 못박는다.

라캉은 상징계가 프로이트 사상을 드러내는 진실이고 주체를 구성하는 질서이며, 또한 주체가 시니피앙의 행로(parcours)로부터 부여받는 주요 결정(la détérmination majeure)을 증명하는 것이 상징계의 질서라고 하고, 아울러 상징계의 진실이야말로 보편적 의미에서 픽션의

---

54) 라캉은 프로이트의 반복강박을 '자동 반복'으로 바꾸어 부른다.

55) 프로이트의 '폐기(Verwerfung)'를 대신하여 '배제'를 사용한다. 무의식 속에 억압된 것이 의식의 영역으로 다시 돌아오는 것을 막는 것이 억압이고, 배제는 자아가 용납할 수 없는 시니피앙, 생각, 관념 등을 정동(Affect)과 함께 원천적으로 거부하는 메커니즘을 나타낸다

56) 주체가 무의식 속에 억압된 생각, 욕망, 정동 등을 드러내면서 자신이 그것들과 무관하다고 주장하는 것이다. 그러한 경우 억압된 것은 의식의 영역에까지 도달하게 된다.

존재를 가능하게 한다고 논리를 확대하고 있다.[57]

라캉은 「도둑맞은 편지」야말로 상징계의 필요성을 가장 잘 드러내는 이야기이기 때문에 그 작품을 선택했다고 말한다. 사실 라캉이 1955년부터 1969년까지 근 15년 동안 「도둑맞은 편지」에 대한 세미나를 계속하면서 그에 대한 분석은 한층 정교해졌고 정신분석과의 연관성이 심화되었음은 쉽게 짐작할 수 있다. 그렇기 때문에 그 작품에 대한 관점과 연구 주제도 언제나 일정하지는 않았다.[58] 그러나 『에크리』를 시작하는 첫번째 글이 된 「세미나」의 주목적은 상징계와의 관계를 중심축으로 「도둑맞은 편지」를 보겠다는 것이었다.

5.2 「도둑맞은 편지」의 개요

뒤팽의 서재에서 서술자와 뒤팽이 한가로운 시간을 보내고 있을 때, 뜻밖에도 파리 경찰서장의 방문을 맞는다. 그는 '단순하고도 미묘한 사건'에 대하여 뒤팽과 상의하러 온 것이다. 그것은 왕궁에 있는 여왕의 규방에서 일어난 편지 도난 사건에 대한 것이다.

왕비가 S 공작에게서 받은 은밀한 편지를 읽고 있을 때 갑작스레 왕의 방문을 받게 되고, 편지를 감출 수 없어 당황한 왕비는 편지를 뒤집어놓는다. 그런데 잠시 후 뒤이어 들어온 D 장관은 왕비의 당황해 하는 모습에서 어떤 낌새를 채고 책상 위의 편지가 그 비밀을 가지고 있다고 알아차린다. 그래서 그는 방에서 나오기 전에 왕이 방심한 사이에 그 편지를 자신이 가지고 있는 유사한 편지와 바꿔치기를

---

57) J. Lacan, *Ecrits*, 11-12쪽.

58) 임진수는 학위논문 63-68쪽에서 「도둑맞은 편지」에 대한 세미나가 구술 단계로부터 시작하여 글로 씌어진 세미나, 그것이 『에크리』에 삽입되는 단계 그리고 데리다와의 논쟁을 이끌어내는 단계 등 네 단계로 구분하고 있다. 그 과정에서 라캉의 관점과 연구 주제에도 변화가 일어난다고 주장한다.

하고 밖으로 나온다.

D 장관은 자신이 편지를 훔쳤다는 사실을 여왕이 알고 있음을 충분히 의식하고 있다. 그는 편지 내용을 공개하지 않고 소유함으로써 그것이 자신에게 정치적 힘을 준다는 것을 알고 그것을 활용하고 있다.

불안에 빠진 왕비는 자신의 측근인 경찰서장 G를 시켜 장관 부재시에 3개월에 걸쳐 그의 집을 철저히 수색했으나 찾지 못하게 되자 뒤팽을 찾아온다. 그는 편지의 형태에 대하여 문의한 뒤 다시 한번 장관의 집을 철저하게 수색해 보라는 충고만 준다.

그로부터 한달 뒤, G 서장이 서술자와 함께 있는 뒤팽을 다시 찾아온다. 뒤팽의 충고대로 다시 철저하게 뒤져보았지만 편지를 찾아내지 못했다고 하면서, 그 편지를 찾아주는 사람에게 5만 프랑의 상금을 주겠다고 선언한다. 뒤팽은 그 금액의 수표에 서명을 해주면 문제의 편지를 넘겨주겠다고 하고 드디어 두 가지가 교환된다.

서장이 떠나자 서술자가 뒤팽에게 자초지종을 묻는다. 그는 상대방과 싸우기 위해서는 자신을 상대방과 동일시하는 일부터 시작해야 하고, 상대방의 입장과 지능을 가지고 어떤 전략을 짜느냐 하는 것을 알아낸 다음 그에 맞추어 자신의 대응 전략을 짜는 것이 승리의 비결이라고 하면서, D 장관이 시인이자 수학자라는 점과 그의 사고 능력을 감안했다고 설명한다. 그러한 입장에서 뒤팽은 어느 날 D 장관의 저택을 방문한다. 눈이 좋지 않다는 핑계로 녹색 안경을 착용하고 이야기를 나누면서, 뒤팽은 장관의 방을 두리번거리다가 벽난로 선반 중심부 밑에 있는 싸구려 판지로 된 명함꽂이를 발견한다. 거기에는 명함 몇 장과 함께 구겨지고 찢어진 허름한 편지 한 통이 꽂혀 있다. 그 편지에는 여자의 글씨로 D 장관이 수신인으로 기입되어 있고 큼직한 봉인까지 찍혀 있다. 그것이 문제의 편지임을 확신한 뒤팽은 고의로 코담뱃갑을 놓고 나온다.

그 다음 날, 담뱃갑을 찾으러 왔다는 핑계로 다시 장관 집에 찾아

가 몇 마디 나누는 사이 밖에서 갑자기 총소리가 나고 소란이 야기된
다. 장관이 창가로 간 사이 뒤팽은 미리 준비해 간 편지를 문제의 편
지와 바꿔치기한다. 그는 준비해간 편지에 이번 일이 전에 장관에게
진 빚을 갚는 것이라는 문구를 써 넣었다. 물론 그 소란도 뒤팽이 꾸
민 것이다.

5.3 구조와 언어

라캉의 접근은 구조적이다. 그는 먼저 세미나의 목표를 설명한 뒤
작품의 구조에 대하여 간략하게 집약한다. 그는 "서술 작용(narration)
은 극적 장면(drame)에 해설(commentaire)을 곁들인다. 해설이 없다면
연출도 없을 것이다."[59]라고 설명한다. 그러니까 라캉은 작품을 크게
극적 장면과 서술 작용으로 나누는데, 서술 작용의 주요 기능은 이야
기의 진행 상황에 대하여 해설을 덧붙이는 것이다. 서술 작용은 경찰
국장이 편지의 도난 경위에 대하여 뒤팽과 화자에게 이야기하는 장면
과 뒤팽이 편지의 회수를 화자에게 이야기해 주는 장면 그리고 화자
가 독자를 위해서 이야기를 서술하는 행위로 이루어진다. 경찰국장과
뒤팽의 서술 작용이 대화를 통하여 이루어지는 반면 화자는 해설을
통하여 서술 작용을 수행한다.[60]

작품의 극적 사건을 라캉은 장면(scène)이라고 고쳐 부르면서, 작
품에는 두 장면이 있고, 두번째 장면을 '반복'이라고 부른다.[61]

---

59) J. Lacan, *Ecrits*, 12쪽.

60) 임진수는 두 가지 서술 작용 중에서 전자를 대화 장면, 후자를 서술 장면
으로 나눈다.

61) 원장면은 사건의 발단이 되는 처음 장면이고, 반복은 처음 장면이 같은 구
조를 띠고 다시 재현되는 것을 가리키는데, 특히 정신분석에서 전자는 자신
의 탄생을 가능하게 한 부모 간의 성교 장면의 목격이며, 후자는 그 무의식
적 혹은 강박적 반복을 의미한다.

　원장면은 왕비의 규방에서 일어나는데, 왕이 예고 없이 찾아오게
되어 당황하고 있는 사이 D 장관이 뒤따라 들어온다. 왕이 자신의 거
동에 특별히 관심을 보이지 않는 순간을 이용하여 왕비는 아무렇지도
않은 듯 수신자의 이름이 위에 오도록 편지를 뒤집어놓는다. 그러나
스라소니 같은 장관은 즉각 그 편지가 어떤 말못할 비밀을 담고 있음
을 알아차린다. 그리하여 왕·왕비와 함께 일상적인 대화를 나누는 척
하면서 주머니에서 문제의 편지와 유사한 형태의 편지를 꺼내어 슬그
머니 그 편지를 빼돌린다. 왕은 장관이 무슨 일을 하는지 눈치채지 못
했으나 왕비는 뻔히 보면서도 왕의 눈이 두려워 꼼짝할 수 없었다.

　원장면의 세 사람은 동일한 상황에서 각기 다른 세 가지 시선을 보
여준다. 첫째는 왕이 보면서도 보지 못하는 시선이고, 둘째는 보면서
도 못 본 척하는 왕비의 시선이며, 셋째는 못 보는 척하면서 보는 장
관의 시선이다. 라캉은 장관이 편지를 훔치고 편지가 왕비의 손에서
빠져나감으로써 그 편지가 한편으로는 후자에게 시니피앙이 되고 전
자에게 문자(lettre)가 된다고 지적한다.[62] 편지는 한편으로는 욕망의
대상으로서 현실계에 속하면서 다른 한편으로는 왕비, 장관, 그것을
찾는 경찰국장과 탐정 뒤팽 사이를 오락가락 하는 시니피앙의 사슬
속에 편입됨으로써 언어적 질서를 구성하게 되고 상징계에 속하게 된
다. 동일 요소에 대한 이와 같은 상이한 관점은 신경증적인 증상에
대한 정신분석적 해석과 관련된다.

　도난을 당한 왕비의 명을 받은 경찰국장은 편지를 찾기 위하여 3개
월 동안 장관이 밤에 집을 비우는 때를 이용해서 그의 저택 안팎을
샅샅이 뒤지지만 찾지 못한다. 그리하여 사설탐정 뒤팽에게 도와달라
는 부탁을 한다. 그리하여 뒤팽은 장관의 사무실을 방문한다. 둘째 장

---

62) J. Lacan, *Ecrits*, 13쪽. 프랑스어나 영어는 한 단어가 '편지'와 '문자'를 동시에 의
　　미한다.

면은 장관의 사무실에서 일어난다. 장관은 맥빠진 표정으로 그를 맞이한다. 색안경을 끼고 간 뒤팽은 이리저리 둘러보다가 벽난로 한가운데 매달린 낡은 편지꽂이에 꽂혀 있는 허름하고 구겨진 편지에 주의한다. 그것이 바로 문제의 편지임을 알아차리고서 물러가겠다는 인사를 하고 나온다. 그러나 나오기 전에 자신의 금박 담뱃갑을 테이블 위에 일부러 남겨놓는다. 그 다음 그 담뱃갑을 찾으러 왔다는 핑계로 다시 장관을 찾는다. 찾아가기 전 그는 문제의 편지와 유사한 편지를 마련한다. 장관의 사무실에 들어간 지 얼마 되지 않아 길거리에서 총성과 함께 왁자지껄한 소란이 일자 무슨 일인지 알아보기 위하여 장관은 창가로 간다. 그 사이 뒤팽은 편지를 바꿔치기하고는 천연스럽게 인사하고 물러 나온다. 물론 길거리의 소란도 그가 다 미리 짜놓은 프로그램에 의한 것이다. 그리고 그는 가짜 편지 속에 다음과 같은 문구를 남겨 바꿔치기를 한 사람이 자신임을 알리는 것을 잊지 않는다. "그처럼 음흉한 의도는 아트레(Atrée)에게는 어울리지 않으나 티에스트(Thyeste)에게는 어울린다."[63]

라캉은 「도둑맞은 편지」를 원장면과 둘째 장면을 경계로 1부와 2부로 나눈다. 두 장면 모두 대화로 이루어지지만 원장면과 둘째 장면의 성격은 판이하다고 라캉은 강조한다. 원장면에서 왕비가 편지를 뒤집는 행위나 장관이 왕비가 뻔히 보는 앞에서 편지를 바꿔치는 행위는 모두 아무런 대화 없이 진행된다. 그래서 라캉은 그것을 "파롤이 없는 극적 장면"[64]이라고 부른다. 그리고 그 사건과 관련해서 나누는 경

---

63) 이 구절은 본래 크레비용(Crebillon)이 작품화한 그리스 신화에서 유래한다. 동생의 왕위를 찬탈하고 아내까지 빼앗은 형 티에스트에게 복수하기 위하여 형의 아들들을 죽이고 그 인육으로 음식을 만들어 잔치를 벌려 티에스트로 하여금 그것을 먹게 한 후 아트레는 그 사실을 티에스트에게 말하자 티에스트는 자살한다. 포는 크레비용의 작품인 『운명 destin』을 뒤팽으로 하여금 '의도' '계획'을 의미하는 'dessin'으로 바꾸어 장관에 대한 묵은 원한을 갚게 한다.

찰국장과 뒤팽과의 대화는 '귀머거리와 귀 열린 사람 사이의 대화'의 성격을 띤다고 말한다. 뒤팽의 질문에 대한 경찰국장의 답변은 판에 박힌 고정관념에서 나오는 대답의 수준을 넘지 못한다. 그렇기 때문에 대화는 대화이지만 서로 빗나가는 대화가 되고만다. 그렇기 때문에 다양한 뉘앙스를 포함하는 코멘트는 의사소통이 원활하게 이루어지지 않음으로써 모두 삭제되고 중화되어 단일한 기본 의미만 전달된다. 그것을 라캉은 '정확성의 영역'[65]이라고 부른다.

결과적으로 원장면에 대한 서술 작용에는 세 가지의 주관이 개입될 수 있다고 라캉은 지적한다. 먼저 왕비가 원장면을 경찰국장에게 어떻게 설명하는가의 문제이고, 둘째는 상상력이 부족한 경찰국장이 뒤팽과 서술자에게 한 이야기의 성격이며, 그리고 셋째는 총서술자(라캉은 글쓰기 주체를 그렇게 부른다)에 의한 서술 작용이다. 그렇기 때문에 라캉은, 우리에게 전달된 이야기의 전모는 이 세 가지 주관성의 여과 장치를 거친 간접적인 것으로서, '우연적인 조정(l'arrangement fortuit)'에 의하여 줄거리만 전해진 것으로 보아야 한다고 주장한다.[66]

그에 비하여 2부에 나오는 두번째 대화는 전혀 성격이 다르다. 라캉은 두번째 대화는 "상징계 안에서 이루어지고 있다."[67]고 설명한다. 그 말은 여러 가지 뜻을 담고 있다. 뒤팽과 총서술자 사이의 대화는 생각하고 느끼고 알고 있는 모든 것을 남김없이 털어놓고 교류한다는 의미에서 대타자도 드러나는 대화인 것이다.

---

64) J. Lacan, *Ecrits*, 18쪽.

65) 같은 책, 20쪽. 이 경우 '정확성'이란 긍정적이라기보다 부정적 의미를 내포한다.

66) 같은 책, 18쪽.

67) 같은 책, 같은 쪽.

5.4 상호 주체성과 진실 상관

상호 주체성이란 벵베니스트의 언술 작용 이론에서 나온 개념이다.[68] 벵베니스트는 주체란 언술의 주어 위치를 차지하고 '나(je)'라고 스스로를 지칭하는 존재를 가리킨다고 설명한다. 그런데 그러한 '나'는 언제나 변함없이 '나'가 되는 것이 아니라 다른 사람이 '나'의 위치를 차지하면서 '나'를 가리킬 때 그 '나'는 '너'가 된다고 한다. 왜냐하면 인간이 언어를 사용하는 것은 나 혼자의 독백을 위해서가 아니라 서로의 의사소통을 위해서인데, 상대방이 '나'라고 할 때 나는 '너'·'당신', 즉 2인칭이 되고, 반대로 내가 '나'라고 1인칭으로 말할 때 상대방은 자연적으로 2인칭 '너'가 되기 때문이다. 그리하여, 구조적으로 볼 때 제1부는 왕-왕비-장관으로 이루어지고 제2부는 장관-경찰국장-뒤팽으로 이루어지는데, 각각의 인물들은 사회적 지위와 관계없이 하나의 위치를 차지하고 있고 입장이나 상황이 바뀌면서 그 위치도 변화하기 때문에 단순히 항(terme)의 개념으로 대치할 수 있다는 것이다. 제1부와 제2부의 6인 내지 6항은 세 가지 시선의 순간(le moment d'un regard) 속에 통합된다. 첫째, 아무것도 보지 못하는 시선으로 왕 그리고 경찰이 그에 해당한다. 둘째, 전자가 아무것도 보지 못하리라고 믿은 채 감추고자 하는 것이 드러나지 않을 것이라는 헛된 생각을 품고 있는 시선으로 여왕과 장관이 그에 해당한다. 셋째, 앞 사람들이 감추어야 할 것을 감추지 않고 있음을 보는 시선으로 장관과 뒤팽이 그에 해당한다.[69]

라캉은 이러한 세 가지 시선의 특징을 위기에 직면한 세 마리 타조의 태도에 비유한다. 첫째 타조가 두려움 때문에 모래 속에 머리를 틀어박으니까 둘째 타조는 자기를 아무도 보지 못한다고 좋아하는데, 그

---

68) B. Beuveniste, *Problèmes de linguistique générale I*, 252쪽 참조.

69) J. Lacan, *Ecrits*, 15쪽.

뒤에 있는 셋째 타조는 그 둘째 타조의 엉덩이를 쪼아먹는다. 이러한 타조의 생태를 라캉은 '타조의 정책(la politique de l'autruche)'이라고 부른다.[70] 타조는 서양에서 '바보'라는 부가적 의미를 부여받는다.

그런데 라캉의 세 가지 시점 내지 시선과 세 마리 '타조의 정책'은 성격 자체가 다르다. 먼저 현실을 보면서도 핵심을 보지 못하는 시선과 두려움 때문에 현실을 보지 않으려고 모래 속에다 고개를 파묻는 타조의 태도가 전혀 다른 것이다. 또한 자신의 엉덩이를 다른 타조가 쪼아먹음에도 그 아픔을 느끼지 못하고, 눈앞의 타조가 땅에 고개를 박았다고 이 세상에서 자기밖에 없다고 생각하는 타조와, 자기를 바라보는 적수의 눈을 따돌리기 위하여 한 단계 높은 방어책을 생각해 낸 왕비와 장관의 계산된 의도를 같은 평면에 놓는 데는 무리가 있다.

첫째 장면과 둘째 장면은 구조적으로 상동적(homologique)인 성격과 관계를 보이고 있으며, 그러한 의미에서 무의식에 의한 자동 반복을 설명하는 메커니즘을 보여준다는 점에 대해서는 재론의 여지없이 받아들일 수 있다. 그러한 관점에서 볼 때 세 가지 시선을 구성하는 두 가지 요소는 각기 제1부와 제2부에서 상호 주체성을 구성한다. 첫째 장면의 왕은 둘째 장면의 경찰과, 첫째 장면의 왕비는 둘째 장면의 장관과 같은 위치에 있다. 그리고 같은 인물일지라도 첫째 장면의 장관과 둘째 장면의 장관은 같은 위치에 있지 않다. 다시 말해서, 제1부에서는 왕비와 대결하는 입장이지만 제2부에서는 뒤팽과의 경쟁에서 쫓기는 입장, 환언하면 첫째 장면의 왕비의 입장이 되기 때문이다. 그러한 의미에서 작품은 자동 반복과 상호 주체성을 설명하는 데 적합하다고 할 수 있지만 그러한 관점이 유일한 관점이라고 할 수는 없다. 왜냐하면 왕비와 장관, 장관과 뒤팽은 대립하는 쌍을 이루면서 두 경우 후자가 우세한 입장이고, 작품 전체적으로 보면 주 행위자는 왕비,

---

70) 같은 책, 같은 쪽.

장관, 뒤팽 세 사람이다. 왕은 완전한 방관자이고 경찰은 왕비의 보조
자로서 주 행위자라고 할 수 없다. 그 세 사람의 상호 관계는 왕비가
장관에게 열세이면서 장관은 뒤팽에게 열세인 관계에 있다. 그렇게
볼 때 '왕비〈장관〈뒤팽'과 같은 하나의 부등식을 만들어볼 수 있다.
그러나 결과적으로 뒤팽은 경찰국장을 통하여 왕비의 돈을 받고 왕비
에게 편지를 되찾아줌으로써 결국은 모든 것이 왕비에게로 되돌아가
게 되어 결국 귀결이 일치하기 때문에, 인물명 대신 'A→B→C→A'와
같은 문자식으로 표시할 수 있다.

　이러한 순환 경로는 '편지 ── 즉, 진리 ── 는 언제나 수신자에게
전달되기 마련'이라는 사실을 보여주지만, 복수 주체의 등장이 무의
식의 움직임과 어떤 관계가 있느냐 하는 문제가 제기된다. 그러한 문
제 제기를 의식한 라캉은 이렇게 대답한다. "물론 무의식, 그것은 대
타자의 담화이다라는 우리의 명제가 집약하는 전망에 오래전부터 익
숙한 사람들에게는 주체의 복수성이 문제가 되지 않는다. 그리고 우
리는 지금 '이르마의 주사(l'injection d'Irma)' 꿈[71]과 관련하여 이전에

---

71) 프로이트가 꾼 꿈으로 그가 최초로 자세히 해석한 꿈이다. 『꿈의 해석』
　　(PUF, 1926, 98-109쪽)에 상세히 기술되어 있으며, 이를 다시 라캉은 그의
　　『세미나 II』(Seuil, 1978, 177-204쪽)에서 심화하고 있다.
　　이르마는 프로이트 가족과 친분이 있는 여성으로 프로이트에게서 분석을
　　받은 적이 있으나 완쾌되지 않은 상태로 치료를 중단했다. 그런데 하루는
　　의사 친구인 오토가 프로이트에게 이르마의 근황을 전하는데, 프로이트는
　　그의 질책하는 어조에서 불쾌감을 느낀다. 그리고 그날 밤 "이르마의 주사"
　　꿈을 꾸게 된다. 꿈의 내용은 대략 다음과 같다. 프로이트는 손님을 접대하
　　고 있다. 그런데 이르마가 보인다. 프로이트는 그녀에게 다가가 치료를 성
　　실히 계속하지 않은 것에 대하여 질책한다. 하지만 그녀는 도리어 현재 자
　　기가 얼마나 아픈 상태인가를 이야기하며 불만을 토로한다. 프로이트가 보
　　기에도 그녀는 창백해 보이고 부어 있는 것 같다. 그래서 프로이트는 그녀
　　의 몸 상태를 살피기 위하여 목안을 진찰한다. 문제가 있는 듯하여 급히 M박
　　사를 부르는데, 옆에 오토도 보인다. 이르마는 일종의 전염병에 걸린 것이
　　었다. 프로이트는 속으로 이는 오토가 일전에 이르마에게 프로필제 주사를

우리가 도입한 바 있는 '주체들의 복합(l'immixtion des sujets)' 개념이
부연하는 바를 상기하지는 않을 것이다. 현재 우리의 관심은 주체들이
상호 주체적인 반복 과정에서 이동에 따라 서로 연계되는 방식이다."[72]

라캉의 생각을 정리하면, 「도둑맞은 편지」의 첫째와 둘째 장면의
구조가 무의식의 자동 반복을 보여주는 가운데 거기에 등장하는 주체
들이 타자의 담화로서의 무의식과 무슨 관계가 있느냐 하는 데 대한
질문이 있을 수 있다. 그것은 부분적으로는 주체들의 복합과 관련이
되고 또한 이르마의 주사 꿈과 관계가 있지만, 핵심은 주체의 기능이
시니피앙의 사슬 속에서 이동에 의하여 변한다는 데 있는 것이다. 그
렇게 보면 라캉은 「도둑맞은 편지」와 무의식과의 관계를 직접 해설
한다기보다는 다음으로 미룬 채 결국 시니피앙의 사슬 문제만 남기고
있는 것이다. 그러나 그 문제를 살펴보기 전에 라캉이 미루고 넘어가
는 문제에 대하여 알아볼 필요가 있다.

먼저 "무의식, 그것은 대타자의 담화이다."와 '주체들의 복합'은 직
접적 관련은 없다고 할 수 있다. 후자가 오이디푸스 콤플렉스나 거세
콤플렉스 등과 관련될 수 있는 데 비하여 전자는 타자 주체와 관계가
있는 것이 아니라 주체 내부에서 언어화를 통하여 드러나는 무의식의
문제인 것이다. 그렇다고 그 두 가지가 서로 전혀 관계가 없는 것은
아니다. 상호 주체들의 복합은 주체의 무의식에 영향을 끼치고 그것
이 무의식에 남아 언어화되는 과정을 겪게 되기 때문이다. 그러나 작
품과의 관계에서 가장 중요한 것은 편지가 주체의 욕망을 표상하는

잘못 놓았기 때문이라고 생각한다.
　이 꿈을 해석하면서 특히 프로이트는 이르마를 자신의 아내와, 그리고 마틸
테라는 여성과 대치시키고 있는데, 이러한 관점에서 라캉은 "이르마의 주
사" 꿈을 다양한 개념, 그중에서도 '주체들의 복합(L'immixtion des sujets)'이
라는 개념을 가지고 설명함으로써 '무의식 안에서의 주체의 위상'에 대한
논의를 더 심화시킨다.
72) J. Lacan, *Ecrits*, 16쪽.

물건이고 그것이 현실계에서 문자(lettre)로 기재되지만, 상징계의 시니피앙 사슬 속에 들어가면 하나의 시니피앙이 된다는 점이다. 세미나 서두에서 라캉이 언급한 것도 같은 문제이며, 뒤이어 언급되는 '파롤과 시니피앙의 관계(la relation du signifiant à la parole)'도 같은 맥락이다. 요컨대 포의 작품을 이해하는 관건은 청자가 화자의 말과 그 속에 숨은 의도— 진실— 간의 관계를 포착하는 것이며, 이는 결국 경쟁 관계에 있는 인간 관계에서도 상대방을 이길 수 있는 요체가 된다.

이와 관련하여 라캉은 유대인들 사이에 알려진 이야기를 예로 들고 있다. 통상 두 사람 가운데 한 사람이 다른 사람에게 "어디 가느냐" 하고 물을 경우 상대방은 어디에 간다고 대답하고 그곳으로 간다. 그러나 불신과 경쟁 관계에 있을 경우에는 상대방을 따돌리기 위하여 어디에 간다고 하고 사실은 그와 정반대 되는 곳으로 간다. 그런데 묻는 사람은 상대방의 속생각 훑기(depouillement)를 통하여 그러한 의도를 읽어내고는 상대방의 말과 정반대 방향으로 간다. 그런데 정말 단수가 높은 인물은 그렇게 말할 경우 상대방이 정반대로 행동할 것을 알고 실제로 가는 방향을 말해줌으로써 그 상대방으로 하여금 엉뚱하게 반대 방향으로 움직이게끔 한다. 이렇게 외부에 말하는 것과 실제의 행동이 다른 것은 불신과 경쟁 관계에 있는 사람들에게 관례가 되고 있는데, 상대방을 제압하기 위해서는 그러한 심리적 움직임을 이용하여 오히려 말과 행동을 일치시키게 되면 관례대로 반대로 생각하고 대처하던 상대방이 일격을 당하게 된다. 라캉은 유대인들에게 알려진 다음의 에피소드를 덧붙인다. "어째서 나에게 거짓말을 하느냐? 숨을 헐떡이면서 상대방이 말한다. 그래, 네가 크라코비로 간다고 함으로써 나로 하여금 네가 렘베르크로 간다고 믿게 하는 거짓말을 하고 있으니, 실제로 크라코비로 가면서."[73]

---

73) 같은 책, 20쪽.

5.5 홀짝놀이

위의 에피소드에서 진실이 되는 것은 상대방의 말과 행동이 일치하지 않는 경우이다. 그것이 공식적인 관례이기 때문이다. 그래서 말과 행동이 일치하는 경우가 오히려 거짓이 된다.

게임에서부터 전쟁에 이르끼까지 인간은 이러한 심리적 관계를 이용하여 이기면 승리자가 되고 역으로 상대방에게 나의 생각을 정확하게 읽히면 패자가 된다. 아이들의 홀짝놀이도 같은 원칙에서 이루어진다. 뒤팽은 여덟 살 먹은 어린아이가 홀짝놀이에서 추론을 통하여 친구들의 구슬을 따는 행동을 분석한다. 그는 상대방의 지능에 대한 평가를 토대로 그의 생각을 읽어냄으로써 상대에 대처한다. 가령 상대방이 바보이고 그가 짝수를 쥐고 홀짝을 물어 올 때 아이는 '홀'이라고 하여 일단 한번 잃게 되면, 그 다음 놀이에서 그 아이는 상대방의 사고 범위에서는 먼저 번에 짝을 쥐었으니까 이번에는 홀을 쥐겠다는 정도 이상을 벗어나지 못할 것이라고 추론한다. 따라서 '홀'을 하여 게임을 이긴다. 그러나 만약 상대방이 영리한 경우 생각을 바꾸어야 한다. 내가 첫 게임에서 '홀'하면 그 친구는 다음에는 내가 '짝'이라고 말할 것을 가정하고 있다가 너무 단순한 논리라고 생각한 나머지 처음과 같은 '짝'을 쥐게 된다.[74] 이런 방법을 뒤팽은 "추론자가 자신의 지능을 상대방의 지능에 맞추어 동일화시키는 것"[75]이라고 설명한다.

또한 '편지(lettre)'는 한편으로 그것을 구성하는 단위인 '문자(lettre)'를 통하여 그것을 표상하는 시니피앙 및 시니피앙의 사슬과 관계를 맺는다. 따라서 라캉은 '편지'를 욕망과 탈취의 대상으로서 살

---

74) 야구에서 투수와 타자 사이에도 동일한 두뇌 싸움이 벌어진다. 타자를 삼진시키는 투수, 히트를 치는 타자는 모두 상대방의 수를 읽는 경우이다.

75) E. A. Poe, *Histoires extraordinaires*, 98-99쪽.

피면서, 한편으로는 문자, 시니피앙의 사슬과의 관계를 통하여 고찰한다.

편지는 그 기본적인 성격을 그것을 구성하는 문자로부터 부여받는다. 문자와 편지를 동시에 의미하는 '레트르'[76]는 프랑스어 명사 중에서 분할을 나타내는 부분관사(l'article partitif)를 받아들이지 않는 특성을 가졌다. 따라서 다른 명사들과는 달리 '약간의'를 의미하는 부분관사와 함께 'de la lettre'라는 표현은 할 수 없다. 라캉은 그러한 사실을 토대로 총체성 내지 온전성이 레트르의 특징을 이룬다고 설명한다.[77] 다른 한편으로 그는 '레트르'에는 그 나름대로의 '심역(instance)'이 있다고 본다. 이러한 그의 관점은 「무의식에서 문자의 심역 또는 프로이트 이후의 이성」[78]에서 자세히 언급되고 있다.

프랑스어에서 그 개념이 미묘한 'instance'를 『리트레』 사전에서 찾아보면, '간절한 요청'과 함께 '논지'와 '소송'이라는 뜻으로 나와 있다. '논지'와 '소송'은 서로 밀접한 관련이 있고, 그 연장선상에서 '법적인 권한'이라는 뜻이 생긴다. 『로베르』 사전은 '결정권을 가진 관청'의 의미를 수록하고 있는데, 그 뜻을 바탕으로 'l'instance de la lettre'는 '문자의 권한'이라는 뜻으로 해석될 수 있다. 라쿠-라바르트와 낭시는 라캉의 용법에는 '주장, 고집, 반복'을 의미하는 'insistance'의 의미가 잠재되어 있다고 풀이한다.[79] 그러한 풀이는 '자동 반복'의 개념과 관련이 된다. 우리말 역어인 '심급'이나 '심역'은 '영역'이나 '소관'의 의

---

76) '편지' '문자' 등을 의미하는 'lettre'는 프랑스어로 다양한 의미를 함축하는 까닭에, 우리는 여기서 경우에 따라, 예컨대 'lettre'를 동시에 다양한 의미를 함축하는 개념으로 사용할 경우, 구체적인 역어 대신 '레트르'로 표기하기로 한다.

77) J. Lacan, *Ecrits*, 24쪽.

78) 같은 책, 493-528쪽.

79) Lacoue-Labarthe, Philippe & Nancy, Jean-Luc, *Le Titre de la lettre*(Gaillée, 1990), 38쪽.

미는 있으나 '권위' 혹은 '권한'의 의미는 빠져 있다.

　이처럼 포괄적이고 복합적인 개념인 '레트르'에 대하여 라캉은 "구
체적인 담화가 랑가주로부터 빌려오는 물질적인 토대를 가리킨다."[80]
라고 정의한다. 그 정의를 풀이해 보면, 구체적인 담화란 의사소통 상
황에서 상호 주체성을 토대로 서로 주고받는 언술의 이해를 의미한
다. 언술행위는 초개인적(transindividuel) 성격을 전제로 하고 아울러
물질적 성격을 지닌다. '초개인적'이란 사회 구성원 사이에 공통적으
로 사용되는 랑그를 바탕으로 하는 것을 나타내고, '물질적'이란 담화
가 물리적 음성이나 인쇄된 문자의 성격을 띠고 드러난다는 점을 가
리킨다. 부연하면, 담화는 구조화된 언술 형식을 빌려 그 안에 주체와
대상을 포함하고 있고 그 주체와 대상은 언어 외부에 있는 지시 대상
을 가리킨다. 라캉의 정의에서 '레트르'는 언어적인 속성과 함께 가장
핵심적인 상호 주체성의 개념을 함의한다. 그렇기 때문에 '레트르'는
언어적이면서도 언어적 현실을 넘어서는 개념으로서 '도둑맞은 편지'
와의 관계를 통하여 이해되어야 한다.

　벵베니스트의 설명에 따르면, 언어학적으로 의사소통은 상호적이
어서 화자는 자신의 발언이 끝나면 상대방의 말을 들어주는 청자의
입장에 서고, 따라서 '나'라는 대명사는 그 말을 하는 당사자를 지시
하며 '너'나 '당신'은 그 말을 듣는 상대방을 가리킬 뿐 그 자체로서는
다른 의미를 가지고 있지 않다. 라캉은 그러한 용어 개념을 확대시켜
자신의 설명에 도입한다. 그는 상호 주체성이 우선 관련 주체들 사이
에 일정한 관계를 지니면서 서로 간섭하고 경쟁한다는 의미를 부여하
며, 그와 함께 각 주체는 시니피앙으로 대체되어 시니피앙이 구성하
는 상징계의 사슬에 의하여 규정된다고 말한다.[81] 예컨대 원장면을 구

---

80) J. Lacan, *Ecrits*, 24쪽.
81) 같은 책, 28쪽, 30쪽 참조.

성하는 왕과 왕비, 장관을 A, B, C로 표시한다면 다음의 삼각형 도식
이 나온다.

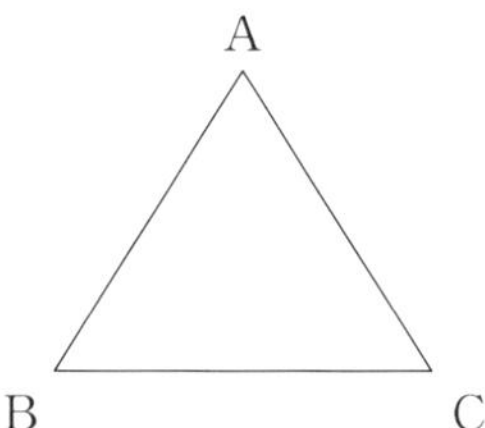

　여기에서 왕은 아무것도 못 보는 인물이고 왕비는 눈으로 보면서
도 가만히 있어야 하고, 장관은 그런 사실을 알고 편지를 탈취한다.
그러나 제2장면에서는 경찰이 A의 위치를 차지하고 장관이 B의 위치
그리고 뒤팽이 C의 위치를 차지한다. 따라서 각 주체는 이와 같은 사
슬에서 차지하고 있는 위치에 의해서만 규정된다. 이러한 상호 주체
성의 문제는 홀짝놀이, 타조의 정책, 진실 상관 논리 등 여러 구체적
인 관점을 통해서도 살펴본 바 있다. 그러나 여기서 보다 중요한 사
실은 상호 주체성이 시니피앙의 사슬 속에서 항상 일정한 위치를 고
수하는 것이 아니라 이동한다는 점이다. 그렇기 때문에 상호 주체성
은 시니피앙의 위치와 그 이동을 통하여 상상계·상징계·현실계의
구분을 만들어낸다.

6 편지의 심역

　그러나 라캉은 「도둑맞은 편지」의 진정한 주체는 편지 그 자체라
는 점을 강조한다.[82] 그러한 관점에서 라캉은 1차적으로 이야기 전개

를 통하여 편지의 역할과 그 상징적 의미를 분석하고, 2차적으로 편지가 문자와 함께 레트르의 심역을 형성하면서 그것이 시니피앙으로 대체되어 시니피앙의 사슬을 형성하며, 그리고 그 속에서 상호 주체성에 의하여 상상계·상징계·현실계를 형성하는 체계를 설명한다.

먼저 편지가 지니고 있는 잠재적 의의에 대하여 살펴보자. 그 내용에 대해서는 아마 여왕과 편지를 작성했다고 추정되는 S 공작 이외에는 아무도 모르고 있고 그에 대한 구체적 문제는 작품에서 언급되지 않고 있다. 편지가 지니고 있는 의미는 사람에 따라 다를 수밖에 없다. 예컨대 그 의미는 장관과는 달리 여왕에게는 훨씬 정념적인 의미를 지닌다. 그러나 의미보다 더 문제가 되는 것이 편지의 내용이다. 경찰국장은 서투르게나마 "만약 그 자료가 제가 이름을 거명하지 않는 제3의 어른[83]에게 밝혀지게 되면 지고한 위치에 계신 분[84]의 명예가 문제될 것이고" 나아가 "지엄하신 분[85]의 안위가 위험해지게 됩니다."[86]라고 한 것으로 보아 그 편지의 중요성이 어느 정도인지를 짐작하게 한다.

그 편지의 내용은 물론 발신인에 대해서도 알려진 것이 없다. 단지 장관이 편지를 탈취하면서 편지의 봉인란에 S 공작의 인장이 찍혔음이 드러났을 뿐이다. 그러나 편지 발신자의 책임은 편지 수신자의 그것에 비하면 2차적일 뿐이다. 그 편지를 소지하게 된 장관은 편지의 힘으로 여왕에 대하여 왕국의 "정치적 목표에 위험할 정도의 영향력을 행사할 수 있게 되었으나"[87] "그 편지의 비밀은 논란의 가능성을

---

82) 같은 책, 29쪽.
83) 왕
84) 여왕
85) 왕
86) E. A. Poe, *Histoires extraordinaires*, 91쪽.
87) 같은 책, 27쪽.

넘어선 것이다."[88] 그 편지가 "사랑의 연서인지, 음모의 서한인지, 밀고의 편지인지, 지령의 편지인지, 독촉의 편지인지, 비탄의 편지인지"[89] 알 수 없다. 확실한 것은 어떤 경우에도 여왕은 그 편지를 자신의 군주이자 주인에게 보여줄 수 없고, 그 편지는 하나의 '협약의 상징'으로서 여왕이 그 협약을 받아들이느냐 아니냐에 관계없이 편지의 소유 자체가 남편에 대한 신뢰의 노선에서 벗어나는 것이다. 아무리 사생활의 특권을 내세운다고 하더라도 사생활의 특권이 명예를 토대로 이루어지고 그 편지의 소유가 그러한 명예에 어긋나는 것이기 때문에 그러한 주장은 할 수 없게 된다.

그 편지의 비밀을 누설한다는 것은 국가원수의 명예를 모독하는 행위이면서 동시에 극도의 반역 행위인 것이다. 그런 사실을 잘 알고 있는 장관은 그 편지를 일반에 감히 공개하지 못한다. 편지는 아무나 소지할 수는 있어도, 손에 넣는다고 해서 누구나 그것을 소유할 수는 없는 것이다. 그 편지는 결국 수신자에게 돌아가야 할 편지이고 그런 점에서 라캉은 '도둑 맞은 편지'라는 보들레르의 번역에 이의를 제기한다. 원명 *Purloined letter*의 'Purloin'은 라틴어 'Pro'에서 온 접두사와 프랑스어 'au long de(~을 따라서)'의 합성어로서, 그 의미는 '행로가 우회에 의하여 연장된 편지'라는 뜻을 잠재적으로 지닌 '빼돌린 편지'라는 것임을 역설한다.[90] '우회', 즉 돌아가기란 본래 편지가 거쳐서 가야 할 길이 있음을 의미한다.

그 편지는 그것을 소유하는 사람과 이상한 관계를 맺게 된다. 우선 "편지가 미궁 상태에 빠지면 그것을 소유한 사람들이 괴로움을 당하게 된다." "그 편지의 그늘 아래를 지나게 되면 그 사람들은 편지의 그림자가 된다. 그것을 소유하는 일이 생기게 되면…… 그 편지의 의

---

88) 같은 책, 28쪽.
89) 같은 책, 27쪽.
90) 같은 책, 30쪽.

미가 그들을 소유하게 된다."[91] 어째서 그런 일들이 생기게 될까?

라캉의 해석은 이러하다. 우선 편지를 소지하게 되면 감추어야 한다. "그것은 왕비의 역할이고 따라서 왕비의 모습을 취하게 된다. 감추는 행위에 그처럼 적합한 여성의 속성과 그림자의 속성에 이르기까지."[92] 그러다보면 "기호와 존재가 기적처럼 분리되는" 상황이 벌어진다. 여기에서 '존재'란 생물학적 존재이고 기호란 그 존재가 띠고 있는 증상을 가리킨다. 그 두 가지는 함께 가는 것이 보통이나 그 두가지가 대립될 때가 있다. 그러한 경우 어느 쪽이 우세할까? 라캉은 "남자가 여자의 두려운 분노를 멸시하듯 밀어붙일 정도로 남자다운 사람은 결국 여성으로부터 탈취한 여성적인 기호의 저주를 받아 변신까지 하게 된다."고 설명하면서 기호 우위 쪽을 택한다.

결국 도둑맞은 편지는 '여성의 기호'로서 '페티시'의 성격을 가지고 있고, 그 결과 "그 편지는 그것을 소유한 남자를 뚜렷한 무력감을 보여주는 지경으로 멍하게 만든다."[93] 장관이 편지를 손에 넣음으로써 정치적으로 상승세를 타는 것 같지만 편지가 그에게 주는 파워는 '잠재적인' 것에 지나지 않는다. 오히려 편지를 손에 넣은 후 장관의 신변에 생긴 변화를 포가 "those unbecoming as well as becoming a man" 이라고 적은 것에 대하여 라캉은 "남성에 어울리는 면과 아울러 남성에 어울리지 않는 면"[94]이라고 해석한다. 그것은 편지의 소지가 그를 여성적으로 만들었음을 암시한다고 할 수 있다. 그는 사실상 자신도 의식하지 못하는 사이에 '나르시스적'으로 되어간다. 편지를 공개한다는 것은 국가적인 모반을 기도하는 것이기 때문에 오히려 그는 편지를 이용하기는커녕 "완전히 편지에 매인" 몸이 되며, 편지와 함께

---

91) 같은 책, 31쪽.
92) 같은 책, 같은 쪽.
93) 같은 책, 33쪽.
94) 같은 책, 같은 쪽.

“권력은 빠져나가고” 그는 오히려 “절대적인 약자의 지위”에 빠지게
된다.[95] 그런 상태에서 그는 편지에 대해서 점차 신경을 쓰지 않게 되
고 편지의 존재조차 잊어버리게 되어, 신경증(neurose) 환자 같은 증
상을 보이게 된다. 하지만 “신경증 환자의 무의식과 마찬가지로 편지
는 그를 잊어버리지 않는다.”[96]

그런데 그가 맡고 있는 편지의 외적 성격은 달라지게 된다. 우선
장관은 겉봉에 자신을 수신인으로 주소를 썼다. 그런데 글씨를 자신
이 쓴 것인지 아닌지는 확실하지 않으나 필체가 섬세하여 여성의 필
체로 보인다. 기이한 것은 거기에 장관 자신의 직인을 선명하게 찍었
다는 점이다. 수신인이 자신의 직인을 찍었다는 사실은 뒤팽도 지적
하지 않았던 사항으로서 납득하기 어렵다. 그러니까 그 편지는 여자
가 보낸 편지가 되고 그것을 장관이 자기 자신에게 발송한 셈이다.
그 편지의 성격에 대해서 라캉은 “그것이 마치 거대한 여자의 육체인
양 장관 집무실의 공간에 매달려 있다.”[97]고 묘사하고 있다.

이러한 라캉의 해석은 프로이트의 오이디푸스 이론을 바탕으로 하
는 마리 보나파르트의 해석과 정반대이다. 임진수의 연구를 참고로[98]
마리 보나파르트의 주장에 대하여 알아보자. 보나파르트는 “어머니의
진정한 상징인 편지가, 벽난로의 아궁이 위에…… (만약 여자가 페니
스를 하나 가지고 있다면) 그것이 매달려 있어야 할 것처럼, ‘매달려’
있다는 것을 알 수 있다. 거기에는 진정한 위상 해부도가 있다. 그리
고 그 해부도에는 클리토리스를 상징하는 핀도 있다.”[99] 보나파르트
의 해석은 오이디푸스를 토대로 한 성욕 중심적 논리이며, 또한 편지

---

95) 같은 책, 34쪽.
96) 같은 책, 36쪽.
97) 같은 책, 같은 쪽.
98) 임진수, 앞의 글, 21-26쪽.
99) 같은 글, 34쪽.

가 벽난로에 매달린 모습에서만 이끌어낸 논리도 아니다. 그녀는 포의 「모르그 가의 이중 살인」을 비롯한 여러 단편에 나오는 편지의 문제를 종합하여 그것들이 공통적으로 보여주는 요소를 상관텍스트적인 테두리 속에 위치시켜 프로이트의 이론에 비추어 해석한 것이다.

편지는 벽난로와 특별한 관계를 맺고 있고 벽난로가 여성의 기관을 형상적으로 상징하고 있지만 편지가 페니스인가 여자의 육체인가는 우선 그 편지의 존재 방식인 '매달리기'와의 관계를 검토함으로써이해될 수 있다. '매달리기'의 문제는 보나파르트에게 가장 중요한 모티브로서 편지가 여성의 불륜 관계를 표상하기 때문에 '매달기'는 거세된 여성의 기관인 벽난로에 페니스를 달아주는 재남근화를 연상시킨다고 주장하는 것은 무리가 아니다. 재남근화의 근거로 목매달아죽은 오이디푸스의 어머니 이오카스테가 제시된다. 근친상간의 벌로오이디푸스는 스스로의 눈알을 파내었고 어머니 이오카스테는 목을매달았다. 목매단 육체 전체는 휴식 상태로 매달려 있는 남성의 페니스와 등가 관계를 이룬다.[100] 거기에는 어머니의 페니스가 다시 자라리라는 기대 심리와 함께 그것이 죽은 남근을 형상화한다는 점에서, 거세되었으면서 거세하는 어머니, 즉 거세와 결부된 어머니에 대한증오심도 동시에 투영된다. 환언하면, 편지의 매달림은 욕망의 환상인 동시에 처벌의 환상이 된다.[101]

이와 같은 보나파르트의 해석에 대하여 임진수는 죽은 페니스처럼매달려 있는 편지가 장관 집에 매달려 있는 것은 그것이 누군가에게복수를 당한다는 것을 의미한다고 해석한다. 다시 말하면, "어머니-왕비의 남근을 거세한 장관-아버지 또는 어머니의 정부 아들-뒤팽에의하여 재거세되면서 복수를 당한다. 그러한 의미에서 편지를 둘러싼

---

100) 같은 책, 같은 쪽.
101) 같은 글, 35쪽.

범인-장관과 탐정-뒤팽과의 싸움은 오이디푸스적인 부자의 싸움을 되풀이한다고 할 수 있다."[102] 그리고 이는 우리가 「도둑맞은 편지」를 여러 가지 오이디푸스적인 이론의 틀 속에서 바라보는 까닭이기도 하다.

7 「도둑맞은 편지」와 라캉의 위상학

7.1 상상계

"편지를 탈취한 장관이 상승세를 타는 것은 피해자의 가해자에 대한 지식에 대해서 가해자 자신이 알고 있는 지식을 토대로 한다."[103]라는 이야기 진술자의 해설을 라캉은 다음과 같이 풀이한다. 장관의 자신감은 그가 상상계적인 영역, 환언하면 그가 나르시스적 관계(la relation narcissique)에 빠져들었음을 보여주는 것이라고 설명한다. 나르시스적 관계는 상상계의 중요한 특징이다.[104] 1936년에 발표한 거울 단계 이론에서 라캉은 6개월 된 유아가 거울 속에서 보는 자신의 영상 앞에서 다양한 표정과 반응을 보이는 데 주목한다. 1단계로는 거울 속의 영상을 타자의 모습으로 보다가, 2단계에서 그것이 현실적인 존재가 아니라는 것을 알게 되고, 3단계에서 타자가 자신과 닮은 꼴, 즉 자신의 영상임을 알게 되면서 그러한 자각을 통하여 자기동일화(identification)를 이루게 된다. 이러한 자기동일화는 다른 사람들에 대한 인식에도 작용하고, 그것은 실체와 그 영상 —— 유아의 경우 자신의 몸과 영상 —— 으로 이루어진다. 자기동일화는 자기애를 바탕으

---

102) 같은 글, 36쪽.

103) E. A. Poe, *Histoires extraordinaires*, 91쪽. 라캉이 지적하는 바와 마찬가지로 프랑스어 번역에 약간의 뉘앙스 차이가 생긴다.

104) J. Lacan, *Ecrits*, 33쪽.

로 하기 때문에 프로이트는 '나르시스적'이라고 했고,[105] 라캉도 같은 용어를 약간 다른 의미로 사용한다.

나르시스적 자기애를 통한 인식은 유혹과 매혹에 빠지게 되고 결과적으로 착각을 일으키도록 한다. 따라서 상상계는 유사성을 토대로 심층 구조를 포착하지 못하는 표면적 외관의 영역으로 불확실하다. 그러한 사실은 다른 사람들에 대한 인식에서도 되풀이된다. 타조의 행동 방식에서 드러나는 양상은 상상계의 특징과 관계가 있고, 「도둑맞은 편지」에서 여왕도 상상적인 경지에 빠져든다. "도둑에게 중요한 것은 도둑맞은 사람이 누가 훔쳤는가를 아는 것이 아니라, 어떤 도둑과 상대를 해야 하는가를 아는 것이다. 그것은 도둑맞은 사람은 도둑이 모든 능력을 갖춘 인물이라고 믿기 때문이다. 바꾸어 말하면, 도둑맞은 사람은 도둑에게 현실적으로 그 누구도 감당할 수 없는 지위, 즉 절대적 지배자의 지위를 부여하지만 그런 지위는 상상적인 것[106]에 지나지 않는다."[107] 연이어 실제에서 도둑의 지위는 '절대 약자의 지위'에 불과하다고 설명한다. 그러한 연유에서 왕비는 사건을 경찰에게 맡기게 된다.

그러한 사정은 장관 역시 마찬가지이다. 그는 여왕이 경찰에게 도움을 요청할 것을 너무 잘 알고 있고 또 경찰의 수사 방식과 행동 방식을 정확하게 알고 있다고 자부하며 그에 대하여 대책을 세운 것이 바로 눈에 띄도록 편지 겉봉만 바꾸어 허름한 봉투에 넣어 걸어둔 것이다. 그는 앞의 타조가 땅에 머리를 쳐 박았기 때문에 아무도 자기를 볼 수 없다고 믿다가 엉덩이를 쪼이게 된 타조 꼴이 된 것이다. 그는 자신의 상상계 속에서 자만에 빠져 뒤팽과의 재회에 대해서는 대처하지 못했다.

---

105) J.-B. Fage, *Comprendre Jacques Lacan*(Dunod, 1997), 16쪽.
106) '상상계의 산물'이라고 풀이된다
107) J. Lacan, *Ecrits*, 33쪽.

114

7.2 현실계

라캉은 수사관들의 철저한 수색이 헛수고가 되는 것은 그들이 현실계에 대하여 잘못 인식하고 있기 때문이라고 설명한다. "그러나 그 수사관들은 현실계에 대하여 확고부동한 개념을 가졌기 때문에 그들의 수색이 현실계를 그들의 수사 대상물로 전환시키고 있음을 알아차리지 못한다. 그들은 그런 방식으로 그들의 대상물을 다른 모든 것으로부터 구별해낼 수 있다고 생각하는 것이다."[108] 라캉은 현실계의 성격을 잘못 이해하고 있으면 현실 전체를 철저하게 수색한다고 해서 대상물을 찾을 수 있는 것이 아니라고 설명한다. 그러한 범주의 인물로 일차적으로 경찰 수사관들을 예로 들고 있다. 그는 "그들의 현실주의적 멍청스러움은 아무리 세상 깊숙한 곳에 무엇을 숨겨놓는다고 하더라도, 누군가의 손이 거기에 미칠 수 있기 때문에, 또한 도서관에서 없어진 책의 수색 리스트가 보여주듯이, 감추어진 것은 결국 그 자리에 결여된 것일 뿐이기 때문에, 결코 그것은 감추어질 수 없다라고 끊임없이 말한다."[109]

라캉은 현실계와 현실주의자들을 구분하면서 전자에 대해서는 "현실계란 어떤 천재지변을 일으킨다고 하더라도 항상 거기에, 아무튼 자신의 자리에 존재한다. 현실계는 그 자리를 자신의 발바닥에 아교풀로 붙여가지고 다닌다. 무엇이 그것을 거기에서 떼어낼 수 있는지는 아무것도 모른 채"[110]라고 할 뿐 현실계에 대한 다른 설명을 하지 않으면서 현실주의자들에 대해서만 말한다.

현실주의자들인 경찰은 문제의 편지를 감추어놓은 곳을 샅샅이 뒤져 그것을 잡고서도 그것을 손에 넣지 못한다. 그것을 손에 잡고도

---

108) 같은 책, 25쪽.
109) 같은 책, 같은 쪽.
110) 같은 책, 같은 쪽.

그것이 가져야 할 특성에 부합하지 않기 때문에 장악하지 못한 것이다. 다른 색깔의 직인을 찍고 수신인의 이름을 여성 필치로 바꾸어 써놓은 것이 그 편지를 감추어놓은 것임을 그들은 보지 못한 것이다. 그들은 편지에 뒷면뿐만 아니라 앞면도 있음을 잊고 있었던 것이다.

그러한 사실은 왕에게도 마찬가지이다. 왕에게 현실주의자라는 푯말을 붙이지는 않지만, 보고도 보지 못하는 일종의 '소경'이라는 점에서는 경찰과 일치한다. 왕은 자기가 규방에 들어갔을 때 왕비가 읽던 편지가 어떤 편지였는지, 어째서 그 편지를 서둘러 감추려다 슬며시 수신자의 이름이 적힌 부분을 위로 해서 그냥 놓아두었는지, 아무것에도 관심을 갖지 않았으며 또 그 순간 왕비의 눈치를 보고 아무것도 눈치채지 못하는 등, 경찰의 행동 방식과 상통하는 점이 있다.

그런 의미에서 왕과 경찰은 시니피앙의 연쇄에서 같은 지점을 점유한다. 그러나 양자 사이에 차이가 없는 것은 아니다. 오히려 상당한 차이가 있다. 경찰의 무능과 무성과는 그들의 현실계에 대한 몰이해로부터 비롯되는 현실주의적 수사 방식에 기인한다. 말하자면 현실계의 성격이 그 원인이 되고 현실주의적 방식으로는 현실계를 이해할 수도 문제를 해결할 수도 없다는 의미이다.

그러나 왕은 어떠한가? 왕이 여왕의 편지를 보고서도 그에 대하여 별다른 관심을 갖지 않았던 것은 아마도 자신과 왕비가 신의에 의한 협약에 의하여 결합되었기 때문에 규방에 관계되는 일에 지나친 관심을 보이는 것이 점잖지 못한 일로 생각했기 때문이었을 것이다. 그러나 기본적으로 왕과 왕비의 관계에 대하여 생각해 볼 필요가 있다. 프랑스에서 16세기 이래 왕실의 결혼은 유럽대륙의 권력 관계와 영토에 의한 고려에 의하여 결정된다. 16세기의 왕비는 이탈리아 지배계급에서 모셔왔고 프랑스혁명 당시의 마리 앙트와네트는 오스트리아 출신이다. 정략결혼에 의한 왕비에 대해서 왕이 극진한 애정을 갖는 경우는 오히려 드물다. 왕은 자기 취향에 맞는 정부를 갖게 마련이고, 그 정부를 명목상의 귀족과 호적상으로만 결혼시킨 뒤 그녀와 왕궁에서 동거한다. 그러니까 조선왕조에서의 후궁 제도와 다르면서도 상통하는 점이 있는 것이다. 그런 상황에서 왕비는 애정의 공백을 체험하지만 그녀에게도 자신을 흠모하는 귀족이 있게 마련이다. 따라서 왕비가 받은 편지의 성격은 자명해진다. 이런 맥락에서 경찰은 현실계에 대한 근본적인 인식능력이 부족하고 그에 비하여 왕은 왕비를 둘러싼 현실에 대해서 별다른 관심이 없기 때문에, 결과적으로 양자는 모두 현실계를 올바로 인식하지 못했다고 볼 수 있다.

그러면 왕과 경찰 모두가 그 문턱을 넘지 못하는 현실계를 어떻게 이해해야 할까? 상상계·상징계와 함께 라캉의 삼계(les trois ordres)를 구성하는 현실계는 그중에서 가장 이해하기 어려운 개념들을 함축하고 있다. 많은 라캉 연구자들이 그에 대하여 별로 언급하지 않고 있고,[111] 언급하는 경우에도 피상적이고 일방적인 경우가 더 많다. 디아트킨은 현실계라는 개념은 '현실(réalité)'과 구분되어야 한다고 지적한다.[112] 그러나 현실계가 현실과 아무런 관계가 없는 것일까? 홍준기는 현실계＝실재가 현실과 관계가 있다는 인식을 토대로 "라캉에게 '실재(réel)'는 사유의 그물에 잡히지는 않지만 의식의 외부에 실재적으로(réellement) 존재하는, 결코 부정될 수 없는 존재의 질서이다."[113]라고 말한다.

라캉 자신도 현실계에 대한 설명에 인색한 편이다. 이는 그 자신의 생각이 확고하지 않기 때문이라고 생각된다. 앞에서 설명한 것처럼, 그는 주로 『세미나 XI. 정신분석의 네 가지 기본 개념』[114] 제5장에서

---

111) 라플랑슈와 퐁탈리스는 그들의 정신분석 사전에서 현실계의 항목을 빼버렸다.

112) 질베르 디아트킨, 임진수 옮김, 『자크 라캉』(교문사, 2000), 54쪽.

113) 홍준기, 앞의 책, 208쪽.

114) J. Lacan, *Le Séminaire XI*, 63~75쪽.

그에 대하여 논의한다. 그는 현실계에 아리스토텔레스의 'tuché(행운)'와 'automaton(우연 또는 자발성)' 개념을 연결시키면서, 결국 'tuché'를 '현실계의 만남'이라는 뜻으로 그리고 'automaton'은 '기호 체계'라는 뜻으로 환원시킨다. 이러한 맥락에서 그는 "현실계는 시니피앙 체계의 너머에 있다. 쾌락 원칙이 우리에게 부과하는 기호의 회기와 재귀, 그 기호의 끈질김 너머에 있다. 현실계는 기호 체계 뒤에 누워 있다."고 말한다.[115]

라캉은 현실계의 실제적 작용에 대하여 언급하면서, "현실계는 그 어떤 것보다 우리의 활동을 지배하고 있으며 그것을 우리에게 지목해 주는 것이 정신분석의 의무이다."[116]라고 주장한다. 그러나 그 자신이 구체적인 설명을 아낌으로써 현실계가 무엇인지 연구자들이 쉽사리 정리하기 어렵게 만든다. 몇 가지 알려진 사실을 통하여 이해해 보자. 먼저 상상계와 상징계로 통합될 수 없고 통합되지 못하는 것은 현실계로 되돌아온다. 둘째, 현실계는 언어 밖에 있고 상징화에 저항하면서 상징화를 넘어서는 영역을 구축한다. 그렇기 때문에 시니피앙으로 구성되는 상징계는 표상의 영역에서 현실계를 축출하고 제외하게 된다.[117] 셋째, 현실계에 부재란 없다. 한번 존재하는 것은 절대로 요지부동이다. 왜냐하면 현실계는 언제나 같은 장소로 되돌아오는 것이다. 단지 사색하는 주체는 그 자리에서 현실계를 만나지 못한다.[118] 환자가 만나지 못한다고 하더라도 그리고 주체가 그 자리로부터 현실계의 표상을 축출했다고 하더라도 그 자리는 엄연히 존재한다. 넷째, 주체에게 현실계가 존재하게 되는 것은 오로지 정신분석의 담화를 통해서이다. 그러한 테두리에서 현실계는 언어를 통해서만 의미를 나타낸

---

115) 같은 책, 64쪽.
116) 같은 책, 63-75쪽.
117) E. Roudinesco 외, 앞의 책, 279쪽.
118) 같은 책, 같은 쪽.

다고 할 수 있다. 그것은 상징계만이 표기를 통하여 현실계를 위치시킬 수 있다는 말이 된다. 다섯째, 주체는 상징계로 하여금 현실계를 축출하게 했으나 현실계의 지각을 위하여 상징계의 틀에 의존할 수밖에 없다. 따라서 주체는 현실계를 직접 포착할 수는 없으나 상징계를 통하여 간접적으로 현실계를 포위하고 망라할 수 있다. 여섯째, 결과적으로 상상계·상징계·현실계 그 어느 것도 다른 것으로 환원될 수는 없다. 현실계는 상상계와 고리에 의하여 연결된 것과 마찬가지로 상징계와 연결되어 동시에 상상계와 상징계 옆에 존재하는데, '보로메오 매듭(le nœud borroméen)'[119]은 그러한 관계를 잘 보여준다. 이처럼 포착하기 어렵고 불가능한 현실계와 '도둑맞은 편지'는 어떠한 관계가 있을까?

앞에서 언급한 것처럼, 현실계의 관점에서 볼 때 편지는 그것을 소지하는 사람에게 하나의 외상(trauma) 역할을 한다. 그렇기 때문에 장관은 신경증세를 보여주고 편지를 읽다가 왕의 갑작스런 방문을 받은 왕비도 순간적으로 비슷한 증세를 보인다. 편지를 뜻하는 '레트르'는 물질성을 토대로 현실계에 속하면서 동시에 '문자'로서 시니피앙으로 전환되어 상징계에도 속하게 된다. 그렇기 때문에 라캉은 '도둑맞은 편지'에 대해서는 다른 물건들에 대해서처럼 "어딘가에 그 편지가 있다거나 없다고 말할 수 없다. 다른 물건들과는 달리 그 편지는 그것이 있는 곳에 있기도 하고 동시에 없기도 하다."[120]고 말한다.

어째서 그런 모순적인 표현이 가능한가 하는 것은 현실계와 상징계의 대비를 통하여 설명될 수 있다. 현실계란 "어떤 변고가 생겨도

---

119) "보로메오 매듭"은 보로메오 가문의 문장에서 나온 세고리의 묶음으로서 그중 하나가 끊어지면 세고리가 모두 분해되고 만다. 세 개의 매듭은 각각 상상계, 상징계, 현실계를 표상하면서 아울러 상호 의존 관계를 잘 보여준다. 그러한 이유에서 1975-1976년의 세미나에서 보로메오 매듭의 해체를 통하여 정신병을 기술한다.

120) J. Lacan, *Ecrits*, 24쪽.

항상 거기에, 아무튼 자신의 자리에 있다. 현실계는 그 자리를 발바닥에 풀로 붙여가지고 다닌다. 무엇이 그것을 거기에서 떼어낼 수 있는지는 아무것도 모른 채 말이다."[121] 그렇기 때문에 감추어놓은 편지는 분명히 그 자리에 있으면서도 결여로서 존재하기 때문에 현실주의자들의 눈에는 띄지 않는 것이다. "무언가를 바꾸어놓을 수 있는 것을 통하여, 즉 상징계를 통하여, 우리는 '문자 그대로' 무언가 그것이 그 자리에 결여되어 있다고만 말할 수 있을 뿐이다."[122] 그 말은 아리스토텔레스의 'tuché'와 'automaton' 개념을 가지고 설명한 것과 마찬가지로 현실계와의 만남은 기호 체계——즉, 상징계——를 통해서만 가능하다는 말이 된다. 상징계의 시니피앙으로 전환된 '레트르'는 시니피앙의 사슬을 구성하고 그 사슬의 위치가 주체를 정의하기 때문에 주체가 상징계에서 차지하는 위치를 찾아냄으로써 우리는 '발바닥 밑에 붙어 있어 보이지 않는' 현실계를 상징적으로 파악할 수 있고 편지를 되찾을 수 있는 것이다. 왜냐하면 상징계는 타자의 무의식의 담화를 드러내는 곳이고 무의식은 반복을 특징으로 하기 때문이다.

7.3 상징계

라캉이 자신의 지형학을 형성하는 상상계·상징계·현실계에 부여하는 비중은 크게 1970년대까지와 그 이후에 약간의 변화가 있다. 후기에는 아마도 신경증의 치료를 목적으로 현실계에 더 중요성을 부여하는 듯한데, 그에 비하여 그 이전에는 상징계를 가장 중요하게 생각했다. 따라서 「도둑맞은 편지」에서 상징계를 통하여 해결의 열쇠를 찾는 것 역시 그러한 시점과 관계가 있다.

---

121) 같은 책, 25쪽.
122) 같은 책, 같은 쪽.

상징계는, 본래 인류학이 원시 부족사회에 대한 연구에서 신앙, 제의(rituels), 결혼 방식 등과 관련된 행위의 상징성에 주목했는데, 라캉이 그 분야에 대한 모스(Mauss), 특히 레비스트로스의 연구를 알게 되어 상징적 질서를 중심으로 프로이트의 이론을 다시 해석하게 됨으로써 그의 이론의 핵심으로 떠오르게 된 것이다.[123] 상징계가 인간의 언어 행위를 바탕으로 이루어지고, 정신분석이 환자와의 전이 관계를 토대로 담화에 의한 의사소통 행위에 의하여 구성되기 때문에 상징계의 위상에 대해서는 별도의 설명이 필요하지 않다. 상징계는 언어적 체계이고 그것은 라캉의 경우 시니피앙 중심의 체계이다.

그러면 먼저 라캉이 어째서 상징계를 기호 체계가 아니라 시니피앙의 체계로 간주하는지에 대하여 알아볼 필요가 있다. 소쉬르에게 기호는 시니피앙과 시니피에로 구성되는데, 그는 그것을 나무(arbre)를 예로 들어 다음과 같이 표시했다. 즉, 기호는 시니피앙과 시니피에의 양면으로 이루어지는 정신적 실체라고 정의된다.[124] 개념의 형식으로 주어지는 시니피에는 외부 세계에 있는 지시 대상을 가리키지 않는 정신적 실체이고, 마찬가지로 시니피앙 역시 정신적 실체로서 입으로 발성하는 물리적 소리가 아니라 그 소리의 청각 영상(l'image acoustique)을 표상한다. 그러나 라캉은 그 도표를 뒤집어 'S/s'와 같은 형식으로 시니피에 위에 시니피앙을 두고 그것을 대문자로 표시하며 그 반면 시니피에는 소문자로 기입한다. 이리하여 시니피에가 시니피앙의 압박을 받는 양상을 띠게 된다. 어째서 그렇게 표시하는 것일까?

우선 라캉은 소쉬르와 생각을 달리한다. 먼저 어린아이들의 언어놀이는 어느 나라에서든 시니피앙 위주로 이루어진다. 둘째, 정신질환자들은 환각 속에서 시니피에와 관계없이 시니피앙 위주로 문장을 듣

---

123) E. Roudinesco 외, 앞의 책, 1043쪽.

124) F. d. Saussure, *Cours de lingustique générale*(Payot, 1973), 99쪽.

는다. 또한 시를 비롯한 시간예술에서는 청각적인 시니피앙이 훨씬 중요하다. 특히 옐름스레우의 공시(connotation) 이론을 보면 시니피앙과 시니피에의 결합은 새로운 시니피앙을 만들면서 새로운 의미, 즉 시니피에를 취하게 된다. 예컨대 '깡통'이라는 기호는 본래 '양철로 만든 용기'를 의미했으나 그것은 새로운 시니피앙으로서 '소식에 어두운 사람', '아무것도 가진 것이 없는 무지한 사람'이라는 시니피에를 갖게 된다. 그러므로 시니피앙은 자율성을 가진 유동적인 단위로서 먼저 시니피앙이 있고나서 시니피에를 나중에 선택한다고 할 수 있다.

한편 라캉은 『늑대인간』 등을 비롯한 프로이트의 여러 가지 예들을 대하면서 인간의 무의식이 시니피앙의 영향을 받는다고 깨닫는다. 그리하여 그는 "시니피앙이란 다른 시니피앙에 대하여 주체를 표상하는 것"이라고 정의한다. 따라서 라캉의 이론에서 시니피앙은 주체를 표상하면서 그를 결정하는 기능을 담당하게 된다. 그러한 표상 기능을 담당하는 시니피앙은 무의식 속에 억압되어 있다가 언어로 다시 나타나면서 타자의 언어가 되고 그것이 상징계를 구조화한다.

『에크리』에 실린 「도둑맞은 편지」에 대한 1955년의 세미나는 무의식의 조명에 의한 라캉의 상징계 이론이 시니피앙 중심의 논리로 바뀌는 결정적인 계기가 된다.[125] 시니피앙은 우선 문자에 의하여 주체를 대신한다. 즉, 주체가 문자 시니피앙으로 표시된다. 그것은 현실 속의 생물학적인 주체와 언어를 통한 심리적 실체에 의하여 표시되는 주체 사이에 분열이 일어난다는 것을 의미한다. 말하자면 시니피앙은 모든 대상을 지시적으로 대신함으로써 부재를 나타낸다. 즉, 시니피앙은 '존재의 결여(manque-à-être)'를 보여준다는 말이다. 이러한 사실은 시니피앙의 구조적인 분석에 의해서도 확인할 수 있다. 구조주의 언어학은 소쉬르의 견해에 따라 어떤 요소를 다른 것과의 관계와

---

125) E. Roudiuesco 외, 앞의 책, 1043쪽.

차이에 의하여 정의한다. 예컨대 /b/ 음은 /p/ 음과의 차이에 의하여 설명된다. 양자는 모두 폐쇄음과 양순음이라는 공통점을 가졌으나, 전자는 유성음으로서 후자의 무성음이 결여되어 있다. 그 차이에 의하여 /b/ 음을 설명한다. 그에 비하여 /m/ 음과 비교해 보면, 같은 양순음이면서 /b/에는 비음이 결여되어 있다. 이러한 차이는 비단 음성의 차원뿐만 아니라 기호의 차원에서도 확인될 수 있다. 가령 영어로 양(羊)은 'sheep'이라고 하지만 양고기는 'mutton'이라고 한다. 전자는 후자에 비해서 '식용 양고기'라는 자질을 결여하고 있고 후자는 전자에 비해서 '생물'의 자질을 결여하고 있다. 시니피앙과 시니피앙의 차이를 표시하는 순수 시니피앙은 존재하지 않는다. 라캉은 순수 시니피앙을 지배 시니피앙(le signifiant maître) 혹은 아버지의 이름(le Nom-du-père)이라고 부른다.[126]

결국 하나의 시니피앙은 다른 시니피앙과의 차이에 의하여 정의되고 그러한 사실은 순환적으로 계속되기 때문에, 그로부터 시니피앙의 사슬이 되고 하나의 시니피앙은 연쇄적 사슬 속에서 차지하고 있는 위치에 의하여 규정된다. 그러한 맥락에서 왕비의 편지는 왕비가 "편지를 어떻게 처리하느냐와 관계없이 왕비로서의 신의 관계를 구성하면서 신의에서 벗어나는 상징계의 사슬에 위치시킨다."[127]고 설명한다. 따라서 각 주체는 각자가 지닌 자질, 신분 능력에 의하여 정의되는 것이 아니라 "시니피앙의 이동이 행위, 운명, 거부, 고집, 성공, 그리고 결과에 의한 주체를 결정한다."[128]고 덧붙인다. 상호 주체성도 이와 같은 시니피앙과 사물의 관계이다. 그 과정 속에서 각각의 시니피앙은 자신의 결여를 드러낸다. 결여는 충족되지 못한 잔여(reste)로서 욕망의 장소가 된다. 상징계의 틀 속에서 구조화되는 그러한 결여는

---

126) 임진수, 앞의 책, 212쪽.
127) J. Lacau, *Ecrits*, 28쪽.
128) 같은 책, 같은 쪽.

정신분석적으로 오이디푸스적 욕망을 나타낸다. 그런데 언어는 구조화와 함께 법을 필요로 하기 때문에 상징계는 오이디푸스를 규제하는 법의 영역이 된다.

시니피앙의 논리를 따르면 그 누구도 지배 시니피앙이 될 수 없다. 이러한 사실을 우리는 「도둑맞은 편지」에서도 확인할 수 있다. 경찰이나 장관의 실패는 모두 각기 자신이 지배자가 될 수 있다는 확신을 가지면서 상대방의 대타자인 무의식의 언어와 논리를 과소평가했기 때문에 벌어진 일이었다. 말하자면 상대방과의 홀짝놀이에서 패한 것은 상대방의 심층 의식을 파악하는 데 실패했다는 말이 된다. 장관이 실패한 것도 그가 다름 아닌 상징계의 상황을 보지 못했기 때문이다.

8 대상 a로서의 편지

라캉은 1966년 문고판 『에크리』의 서문에서 「도둑맞은 편지」로 그의 논문집을 시작하게 된 연유를 설명하면서 그 작품이 자신의 담론에 대한 핵심을 담고 있다고 밝힌다. "왜냐하면, 우리는 수학적인 의미에서 그처럼 막강한 포의 픽션 속에 주체와 대상은 상호 침투되지 않으면서도 대상은 주체를 관통하고 있고 주체는 대상과의 분열을 스스로 확인하고 있기 때문이다. 그 분열은 이 논문집 말미에 가서 '대상 a'라는 이름으로 제기될 원칙과 합류하게 된다."[129]고 하면서 편지가 주체에 대한 대상 a로서 기능하고 있다고 보는 자신의 관점을 피력한다. 따라서 그러한 라캉의 관점이 그의 결론의 핵심이라고 보고, 그에 대하여 살펴보는 것이 필요하다고 생각된다. 그러나 필자는 '소타자'라고도 불리는 '대상 a'가 대타자와 직접 관계가 있다고 하는 관

------

129) J. Lacan, *Ecrits*, 10쪽.

점에서 이 문제를 살펴보고자 한다.

라캉은 세미나 초기에 자아의 대상을 소문자 a로 표시했다. 라캉은 상상계적 차원을 자아의 영상을 토대로 자아가 형성하는 상징계 차원의 대상을 구성하는 자기 상실과 구별하고자 한 것이다. 이 경우 물론 화자 주체는 시니피앙의 장소인 대타자에 지배된다는 것을 의미한다. 라캉은 『정신분석의 윤리』에서 프로이트의 물(物, das Ding)의 개념을 발견한다. 그것은 근원적으로 어머니를 표상하는 대타자로서 주체 내적이면서 외적이기도 하다. 그와 같은 대타자는 언어에 진입하면서 상실된다. 라캉은 위니코트(D. W. Winnicott)가 발표한 중간 대상(l'objet transitionnel) 개념에 공감을 표시하면서, 대상 a가 환각(illusion)의 영역이고 주체의 내부도 외부도 아닌 것이라는 생각을 갖게 된다.

그러므로 대상 a는 물이 아니고 주체와 대타자에게 모두 공통적인 그 무엇인 것이다. 그러므로 주체와 대타자와의 관계를 통해서 대상 a에 대하여 생각해 보자. "대타자는…… 주체가 드러나는 인간의 영역이다."[130] 또한 "주체는 시니피앙에 의존하고 시니피앙은 무엇보다 대타자의 영역"[131]이기 때문에 주체는 대타자에 의하여 지배된다. 이러한 관점을 「도둑맞은 편지」에 적용시켜 보자.

제일 먼저 편지의 수신인인 여왕에게 대타자의 역할을 하는 것은 왕이다. 왕은 그 편지에 관심을 보이지 않지만 여왕은 무엇보다 왕에 대하여 신경을 쓴다. 여왕이 당황한 표정을 짓고 편지를 뒤집은 것을 비롯하여 경찰국장으로 하여금 편지를 찾으라고 명을 내린 것들은 모두 왕에게 발각될지도 모른다는 두려움에서 나온 것이고, 왕은 자기도 모르는 사이에 대타자로서 기능 하게 된 것이다. 이러한 상황은

---

130) J. Lacan, *Le Séminaire XI*, 228쪽.
131) 같은 책, 229쪽.

연쇄적 고리를 형성한다. 말하자면 여왕은 경찰에 대해서 대타자 역할을 하는 셈이다. 경찰국장은 여왕 계열에 속하는 인물로서 무엇으로 보나 여왕의 명을 받들어야 할 입장이다. 경찰국장은 자기 수하의 경찰로 하여금 모든 경찰력을 동원하여 장관의 집을 수색하고 불심검문을 통하여 장관의 몸까지 수색하게 한다. 그런 의미에서 경찰국장이 경찰에 대해서 대타자가 된다고 할 수도 있겠으나 그것은 경찰 내부의 문제이고, 양자는 하나의 주체로서 기능 한다고 볼 수 있다. 경찰국장과 뒤팽의 관계도 대타자의 개념을 통하여 설명될 수 있다. 기본적으로 뒤팽은 경찰국장이 제시한 상금에 의하여 움직이기 때문이다. 그러나 그렇게 볼 때 상금이 원천적으로 여왕에게서 나온다고 한다면 여왕이 뒤팽의 대타자라고 할 수도 있을 것이다. 그러나 그것은 어디까지나 간접적인 관계이다. 실제적으로 뒤팽의 일거수일투족은 장관에 의하여 결정된다. 작품에 뒤팽이 장관과의 과거 관계에서 그에게 갚아야 할 빚이 있기 때문에 이번 싸움에서 뒤팽은 장관이 모르는 사이에 그와 홀짝놀이를 벌리고 있는 것이 된다. 따라서 그의 전략을 좌우하는 것은 예상되는 장관의 책략에 의하여 결정된다. 그러한 의미에서 장관이 뒤팽의 대타자가 되는 셈이다. 장관의 경우는 어떤가? 그는 무엇보다 자신에 대한 여왕의 비판을 중화시켜야 할 필요가 있기 때문에 여왕의 편지를 훔쳤다는 점에서 여왕이 장관의 대타자라고 할 수도 있을 것이다. 그러나 궁극적인 대타자는 무엇보다 왕이다. 근본적으로 자신의 임명권을 가진 사람은 왕이고, 여왕은 왕과 자신(장관) 사이에서 자신에 대하여 부정적으로 개입할 수 있는 존재일 뿐, 장관에게 대타자는 결국 왕인 셈이다. 그러나 왕을 제외한 모든 사람의 움직임을 결정하는 것은 '편지'이기 때문에 결국은 '편지'가 그들 모두에게 대타자라고 하겠다. 주체가 말하는 것은 대타자의 담화이고 주체의 욕망도 대타자의 욕망이다. 포의 작품에서 '편지'는 대타자이면서 욕망의 대상으로서 대상 a의 기능도 맡고 있다. 왜냐하면

왕을 제외한 모든 주체들에게 편지는 욕망의 대상이고 결여이기 때문이다. 이러한 관점은 우선적으로 상징계의 차원과 관계가 있다. 상징계에서 시니피앙은 주체를 형성하고, 또 시니피앙 사슬을 통하여 타자로서 주체를 결정하고 무의식의 대타자로부터 의미 작용을 부여받는다. 따라서 상징계 속의 시니피앙의 기능은 그러한 결여를 지시하고 결여를 토대로 이루어진다.[132] 욕망은 그러한 대상 a의 추구를 통하여 스스로를 충족하고자 한다. 대상 a에 대한 개념을 라캉에 대한 나지오의 논의를 통하여 알아보자.

나지오는 대상 a가 "살아가는 동안 사랑한 모든 존재들의 공통적인 특징을 가졌다."[133]라고 정의하면서, 우선 그것은 내가 사랑하는 나의 이미지로서 상상적이고, 둘째 나의 육체를 연장하는 하나의 육체로서, 환상적 육체로서의 타자이고, 셋째 존재의 역사를 압축한다는 의미에서 상징적 타자로서의 성격을 지닌다고 부연한다.

대상 a는 어떻게 생성되는가?[134] 그것은 기본적으로 자아의 반영과 투사에 의하여 거울상으로서 생겨나지만, 언어가 육체와 대상을 분리하면서 상징계의 진입과 함께 구체화된다.

그러한 관점에서 보면 대상 a는 시니피앙의 이질적인 요소이고 현실적 잉여분이다. 다른 한편으로는 주체와 대타자 사이에서 충족되지 않은 구멍이라고 할 수도 있다. 그러한 구멍을 완전히 충족시키는 것은 절대 불가능하다. 하나의 성취는 시니피앙의 이동과 마찬가지로 계속 새로운 욕망을 만들어내기 때문이다. 그러한 의미에서 포의 단편 속의 편지는 대상 a로서 주체들의 욕망의 대상이 된다.

경찰은 편지를 못 찾을 경우에 받게 될 불이익과 질책, 찾았을 때의 유형·무형의 이익 때문에 편지 수색에 혈안이 된다. 그에 비하여

---

132) E. Roudinesco, 앞의 책, 325쪽.
133) 나지오, 앞의 책, 149쪽.
134) 같은 책, 150-151쪽 참조.

뒤팽의 경우는 편지를 되찾는 것은 보상금과 함께 장관에게 보복적인 일격을 가할 수 있다는 점에서 욕망의 대상으로 기능한다. 따지고 보면, 순수한 동기에서 편지를 욕망하는 경우는 없는 셈이고, 다른 사람들과의 관계에서 그 편지가 필요하기 때문에 그것을 갖고자 하는 것이다. 편지는 대상 a로서 누구보다 먼저 왕비와 관계를 갖는다. 그런데 욕망의 대상으로서의 편지는 왕비에게 이중적 의미를 지닌다. 일차적으로 그것을 도둑맞은 상태에서 왕비의 심리 속에는 편지가 자칫 공개될 경우 야기될 수 있는 사태와 그 파장에 대한 불안이 도사리고 있다. 그리하여 자기 수하의 경찰국장으로 하여금 어떤 일이 있어도 찾아오라는 압력을 넣는다. 그렇기 때문에 여왕은 편지가 공개될 경우에 대한 두려움으로 인하여 편지를 욕망한다. 그러나 원천적으로 그 편지는 자기에게 특별한 관심과 감정을 가졌다고 짐작이 되는 인물이 왕비를 위하여 왕비에게 몰래 보낸 서신이다. 그 자체로서 편지는 편지 이상의 의미, 즉 욕망의 표상으로 기능한다. 그렇기 때문에 그 편지는 자신의 내면 속의 성적인 욕망을 대신 채워줄 수 있는 페티시인 것이다.

그러한 관점에서 편지는 시니피앙으로서 상징적 사슬을 구성하면서 상상계와 관련이 되고 또한 문자로서 현실계에도 속하는 특수한 성격을 지닌 대상 a가 된다고 하겠다.

9 데리다와 「「도둑맞은 편지」에 대한 세미나」의 조명

「도둑맞은 편지」에 대한 라캉의 연구는 그의 정신분석을 이해하는 관문으로서 많은 관심을 끌었다. 그러나 그에 대한 비판을 거론한 글로는 데리다의 글이 대표적이다. 「진리의 배달부」[135]라는 제목으로 발표된 데리다의 논문은 약 50여 쪽에 이르기 때문에 라캉의 것 못지 않은 분량이고, 또한 그의 통찰력을 남김없이 담고 있으면서 분명 쉽게 읽히지 않는 글이다. 필자의 생각으로는 그의 글은 세 가지 문제에 집중되고 있는 것으로 보인다.

기본적으로 데리다는 라캉이 포의 「도둑맞은 편지」가 진리를 담고 있고 자신이 그 진리를 밝힌다고 하는 주장을 비웃기라도 하듯이 라캉 자신의 표현을 인용하면서 다분히 비아냥거리는 의도를 드러내고 있다. 그가 라캉에게서 문제 삼는 것은 그러한 진리의 발굴이 라캉의 시니피앙 이론을 토대로 이루어지고 있기 때문에, 그는 라캉의 관점에서 노출되는 약점과 허점을 최대한 부각시킨다. 라캉의 시니피앙 이론은 남근주의와 연결되고 그것은 다시 음성중심주의와 결부된다는 것이다. 둘째, 라캉은 삼각구조로 등장인물들을 두 개의 삼각형 도상에 배치시키는데, 사실은 그렇게 함으로써 이야기 진행과 서술에서 핵심적 위치에 있는 총서술자를 제외시키는 결과를 낳았다는 것이다. 따라서 데리다는 삼각형 구조에 반대하면서 한편으로는 왕-왕비, 장관-뒤팽, 뒤팽-화자에 의한 이자적 관계로부터 자기분열에 의한 분신의 출현과 삼자 구도에 화자를 포함한 사자구도를 형성해야 한다고 말한다. 셋째, 이야기학적 관점에서 서술 작용에 대한 라캉의 설명이 극히 제한적이고, 특히 집필자(scripteur)와 집필(scription) 등을 비롯하여 파레르곤(parergon)[136]의 개념 등이 거론되지 않았다고 지적한다. 그러면 이상의 비판을 보다 구체적으로 살펴보기로 하자.

라캉은 「도둑맞은 편지」에 대한 「세미나」의 여러 곳에서 "주체에 대한 시니피앙의 지배력"[137]과 "시니피에에 대한 시니피앙의 주도권"[138]에 대하여 말하고 있다. 라캉의 「세미나」는 시니피앙이 형성하

---

135) J. Derrida, "Le facteur de la vérité", *Poétique*, n°21, 1975. 여기서 'facteur'는 '배달부'와 '요인', '요소', '인자'의 뜻을 가진다.

136) 이 책의 138쪽 참조.

137) J. Lacan, *Ecrits*, 20쪽.

는 사슬에 의하여 주체가 규정되고 시니피앙을 토대로 이루어지는 상징계의 질서 속에서 모든 것을 설명한다. 시니피앙은 라캉의 이론에서 핵심을 이루기 때문에 그에 대한 비판은 자연히 라캉 이론의 기본을 흔들어놓을 수 있다.

라캉은 시니피앙의 지배력과 주도권을 전제로 하기 때문에 의미나 주체가 주인이 되지 못한다고 데리다는 풀이한다. "시니피앙의 주체가 있다고 하더라도 그것은 시니피앙의 법칙에 종속되기 위하여 있는 것이다. 그의 위치는 시니피앙의 행로, 분자적인 지형학, 시니피앙 이동의 규칙에 의하여 지정된다."[139] 그 결과 프로이트와는 달리 라캉은 문학 텍스트를 다루면서 정작 그 작가에 대해서는 전혀 언급을 하지 않고 있고, 나아가서는 '편지 작성자'에 대해서도 아무런 언급이 없게 되며, 데리다는 그러한 접근이 바람직하지 않다고 생각한다. "편지는 독자적인 의미가[140] 없고 외면적으로 행로와 관계되는 고유한 내용이 없다. 그렇기 때문에 편지는 구조적으로 날아가버리고 도둑맞을 수밖에 없다."[141] "시니피앙의 이동 역시 소설 속에서 이야기된 대상으로서 분석된다."[142]

우선 라캉이 설명하는 시니피앙의 물질성부터 문제가 된다. 라캉은 '레트르'의 불가분성과 장소와의 특별한 관계에 대하여 언급한 바 있다. '레트르'는 다른 사물들과는 달리 문법적으로 부분관사를 받아들이지 않기 때문에 분할할 수 없는 성격을 가진다. 그리고 다른 한편으로 레트르는 있어야 할 자리에 있지 않고, 즉 "그 자리에 결여되어 있다." 그렇기 때문에 장소는 '비경험적'이고 '비실재적'인 셈이다. 라

---

138) 같은 책, 29쪽.

139) J. Derrida, 앞의 글, 101쪽.

140) 프랑스어로 'sens'는 '의미'와 함께 '방향'도 가리킨다.

141) J. Derrida, 앞의 글, 101쪽.

142) 같은 글, 105쪽.

캉은 "시니피앙이란 오로지 부재에 의해서만 상징이 되는 성질을 갖는 특이한 단위이기 때문"이라고 설명하지만, 데리다는 그것을 납득하기 어렵다고 한다. 왜냐하면 "그 자리에 결여되어 있다(manque à sa place)"라는 말에서 전치사 'à'의 악상을 빼면 "결여는 자리를 갖는다(manque a sa place)"가 되는데, 시니피앙이 특정 장소를 차지하여 주변의 윤곽이 뚜렷해진다고 해서 질서가 흔들리는 것은 아니기 때문이다.[143] 오히려 그렇게 되면 "편지는 자기 고유의 자리에 있고, 편지는 그것이 있었던 자리에, 있어야 했던 자리에…… 있을 것이다."[144] 이와 같은 데리다의 반론을 집약해 보면 다음과 같다.

첫째, 의미와 주체보다 시니피앙이 위주가 된 설명, 둘째 시니피앙의 물질성과 관련된 문제, 셋째 작가에 대한 언급 부재이다. 첫번째 지적에 대해서 살펴보자면, 데리다도 인정하고 있듯이,[145] 라캉은 레트르가 의미를 가지지 않는 것이 아니라 하나 이상의 의미를 가졌다고 말하고 있고, 그 의미는 관계되는 주체에 따라 달라질 수밖에 없기 때문에 그렇게 말한 것으로 이해된다. 그리고 의미와 주체보다 시니피앙이 우선적인 것은 인간이 상징계에 의하여 구성된다는 라캉의 정신분석 이론에서 나온 것이다. 이 경우 시니피앙은 언어 개념을 대신한다고 할 수 있는데, 그 역시 라캉 특유의 관점에서 비롯된 것이다. 그것은 라캉이 시니피에를 부정하기 때문이 아니고 시니피에와의 관계에서 시니피앙이 시니피에를 선택하기 때문에 더 중요하다는 상대성과 관련된다. 어원적인 고찰에서도 시니피앙은 "의미로 충만한(Qui est plein de sens)"[146]을 의미하고 시니피에는 수동적으로 부여된 의미 내용을 가리킨다. 시니피에를 갖지 않은 시니피앙은 순수 시니

---

143) 같은 글, 103쪽 참조.
144) 같은 책, 같은 쪽.
145) 같은 글, 102쪽.
146) *Petit Robert* 사전 참조.

피앙으로서 무의식을 형성하며 주체를 결정하는 작용을 한다.

두번째 지적과 관련하여 중요하게 생각해야 할 점은, 라캉은 정신분석에서 그러한 시니피앙을 증상이나 대상 혹은 존재 등을 표상하는 부호(symbole)로 사용한다는 것이다. 상징계의 법칙에 따라 그 시니피앙은 다른 시니피앙과 함께 사슬을 형성한다. 따라서 모든 요소는 시니피앙으로 표시된다. 레트르는 상상계에서는 실제 편지를 반영하는 하나의 영상에 불과하고, 현실계에서는 그것이 존재하되 감추어져 있어서 현실계를 모두 뒤져봐도 어디에 숨었는지 찾을 수 없다. 따라서 무의식을 언어화한 상징계의 틀 속에서 시니피앙 사슬에 대한 논리적인 추론을 통해서만 그 위치를 알아낼 수 있으며, 또 그것을 토대로 현실계의 '도둑맞은 편지'에서 그 편지를 찾을 수 있고 환자의 증상은 치료될 수 있는 것이다. 따라서 데리다의 비판은 라캉에 대한 오해에서 비롯되었거나 그를 의도적으로 왜곡하여 그의 약점이나 맹점을 표출시키고자 한 것이라고 할 수 있다.

화자——총서술자로 표시된——의 지위와 관계된 논의도 이야기학(narratologie)의 테두리 속에 들어가지만, 서술 작용의 문제와 분리시켜 우선 라캉의 등장인물 구조에 대한 비판을 살펴보자.

라캉은 작품의 원장면이 왕-왕비-장관, 두번째 장면은 경찰-장관-뒤팽의 삼자 구조가 반복된다고 설명한다. 이와 관련하여 데리다는, "(화자는) 이야기에서 중립적이고 동질적이며 투명한 요소"[147]로, "「세미나」는 '서술되는' 두 개의 삼각구도 장면, 두 가지 '실제적 드라마'를 분리시킴으로서 총서술자라고 부르는 제4의 인물을 중립화시키고 동시에 그의 서술 작용과 서술 및 서술자를 등장시키는 텍스트를 중립화시킨다."[148]고 지적한다. 데리다에 의하면 서술자는 "의문의 제

---

147) J. Derrida, 앞의 글, 106쪽.
148) 같은 책, 같은 쪽.

기, 지적, 감탄을 통하여 '1차 대화'에 개입하고 있고 1차 대화가 시작되기 이전에 여러 가지 이야기를 하고 있으며 그 서술자는 자신이 연출하는 장면에 들어 있을 뿐만 아니라 전반적인 서술 작용이라고 부르는 보다 폭넓은 텍스트 속에 등장한다."[149] 데리다는 여러 가지 정황으로 보아 서술자는 매우 특이한 지위를 차지하는 배역으로, 라캉이 "'그의 메시지'가 언어 차원에 속한다."[150]라고 한 것은 그 역시 제4의 위치를 차지하고 있는 화자를 제외시킬 수 없음을 실토한 것이나 같다고 말한다. 또한 데리다는 제1대화와 제2대화 사이의 상당히 긴 서술자의 진술을 주목해야 한다고 지적하고 있다.

라캉이 화자의 역할에 대하여 전혀 언급을 하지 않은 것은 아니다. 그는 우선 서술 작용에서 화자의 주관이 개입될 수 있음을 언급하고 있다. 그러나 서술 작용에서 주관적 여과장치 작용을 한 인물로 라캉은 세 사람을 들고 있다. "뒤팽의 친구이자 측근—— 우리는 이제부터 이야기의 총서술자라고 부르고자 한다—— 에 의한 서술, 경찰국장이 뒤팽에게 알려주기 위하여 했던 이야기, 왕비가 경찰국장에게 들려준 경과 등은 단순히 우연적인 조정에 의하여 이루어진 결과만은 아니다."[151] 그 말은 거기에 세 사람의 주관이 개입했을 가능성을 알려주는 것이다.

그러나 세 사람의 작용은 동일하지 않다. 먼저 극단적인 상황에 처한 왕비가 사건의 전말을 왜곡했을 가능성은 거의 없고, 경찰국장은 널리 알려진 것과 마찬가지로 그 특유의 상상력 부족 때문에 사건을 제대로 이해하지 못하여 엉뚱하게 말하는 경우가 많지만, 이번 경우에 그렇게만 생각할 수 없다고 라캉은 본다.[152] 말이란 한 사람으로부

---

149) 같은 책, 같은 쪽.
150) J. Lacan, *Ecrits*, 19쪽.
151) 같은 책, 18쪽.
152) 같은 책, 18-19쪽.

터 다른 사람에게 옮겨질 때마다 올바로 이해되지 못하고 가감되는
부분이 있을 수 있다. 그런 것은 언어적 차원에서 불가피한 일이다.
그러나 "담화에서 반복되는 것의 범위를 한정하면서, 병적 증상이 반
복하는 것의 문제점을 대비하듯"[153] 간접적인 보고를 잘 검토해 보면
언어적 차원의 진위 여부를 밝힐 수 있으며, "그리고 총서술자가 그
러한 언어적 차원을 다시 녹취하면서 '추측건대' 별로 보태지는 않는
다."[154]라고 라캉은 생각한다.

　결과적으로 라캉은 화자의 주관이 개입했을 가능성을 인정하면서
도 몇 가지 이유에서 그 가능성을 최소화하는 입장을 보이고 있다.
따라서 데리다가 화자의 역할을 지나치게 확대한다고 주장할 수는 없
으나 라캉의 말에도 일리가 있다고 인정된다. 데리다가 언급한 이야
기는 모두 화자의 서술이 「모르그 가의 이중 살인」과 「마리로제의 신
비」 사이에 유추적 관계가 있음을 말하고 있고, 이는 또한 보들레르
가 각주에서 그 두 작품이 「도둑맞은 편지」와 함께 3부작을 이룬다고
한 설명과 더불어 마리 보나파르트의 연구를 합리화해 주고 있다. 그
리고 제2대화에서 경찰국장이 보상금액을 적은 수표를 건네주고나서
화자가 자신의 놀라움과 경찰국장이 보여준 반응을 자세히 서술한 것
은 사건의 결말에 관련된 것이고 사건 자체에 화자가 개입한 것은 아
니다.

　물론 이야기의 전모를 이해하는 데 화자의 서술이 중요하다는 것
에는 이의가 없다. 그러나 데리다가 말하는 것처럼 화자까지 합하여
이야기가 사자구도를 형성해야 한다고 할 수 있을지, 더군다나 그러
한 구도를 원장면과 두번째 장면에 어떻게 반복적으로 도입할 수 있
을지 의문시된다. 삼자 구도는 세 사람 모두 서로 관계를 갖는 구도

---

153) 같은 책, 19쪽.
154) 같은 책, 같은 쪽.

인 데 반해서, 사자구도는 일반적으로 대립과 모순관계를 토대로 성립할 수 있고, 그레마스의 기호 사각형 모델로 구조화한다면 그 정당화의 근거를 인정받을 수 있을 듯하다. 그러나 화자가 어떤 인물과의 관계를 통하여 그러한 구도를 형성하는가에 대해서는 데리다 자신도 구체적으로 언급하지 않고 있다. 그 대신 데리다는 마리 보나파르트가 언급한 분열 현상에 대해서만 언급한다.

또한 데리다는, 라캉은 아마도 그것이 텍스트 외부의 작가와 관련된 일이라 그러한 사실을 외면하고 있지만, 마리 보나파르트는 분석의의 입장에서 작가 포가 작품 속에서 화자와 뒤팽으로 분열된다고 보았다고 지적하며, 화자 역시 두 가지 인물로 구성된다는 것을 인식했다고 지적한다. 단지 마리 보나파르트는 그 화자를 '서술하는 화자'나 '서술되는 화자'라는 용어로 지칭하지 않았을 뿐, 화자의 이분화를 지적했다고 분석한다. 덧붙여 데리다는 뒤팽 역시 분신으로서 스스로 이분화하고 양분된다고 말한다. 뒤팽은 작가의 분신이면서 역시 작가의 분신인 화자의 분신이기도 하며, 나아가 결국 모든 등장인물들과 동일시된다고 설명한다.

분신과 분화 작용은 주체의 심리 속에서 기이한 느낌을 야기시킨다. 이는 "오래전부터 알고 있고 항시 친숙했던 것과 관련된 일종의 두려움"[155]이고 데리다는 프로이트를 따라 이를 '운하임리헤(Unheimliche — 섬뜩함)'[156]라고 부른다. 우리가 익숙해 있던 어떤 존재가 어느 날 갑자기 낯설게 느껴지고, 그로 인하여 형언하기 어려운 어떤 불안을 느끼게 되는 것을 독일어로 '기이한'·'초자연적인' 등을 의미하는 '운하임리헤'라고 부르는데, 데리다는 그것이 분신에 대하여 자신도 모르게

───────────────

155) P. L. Assoun, "Inquiétante", *Les Notions philosophiques*(Encyclopédie philosophique universelle)(PUF, 1990), 1314쪽. 임진수, 「정신분석에 관한 연구 — 「도둑맞은 편지」에 대한 논의를 중심으로」, 182쪽에서 재인용.
156) 프랑스어로는 'Inquiétante Etrangeté', 곧 '불안한 낯설음'으로 번역된다.

느끼게 되는 감정으로 "그러한 이중적 구조에서 비롯되는 '운하임리
헤'적인 관계는 이원적 구조에서 아무런 제한 없이 펼쳐지는 관계임
에도 불구하고 라캉의 「세미나」는 그 문제를 제외시키거나 최소화하
고 있다."[157]고 지적한다.

　라캉 역시 분신과의 관계에 대한 불안에 대하여 알고 있었고 그것
을 언급한 바 있지만,[158] 「세미나」에서는 그와 관련된 언급을 하지 않
았다. 데리다는 라캉이 언급하지 않은 것에 대하여, 그가 그러한 것을
상상계의 이자 관계에서 생기는 문제로 보았기 때문일 것이라고 풀이
한다. 왜냐하면 라캉의 논리를 따를 경우 그러한 이자 관계는 상징계
를 토대로 하는 삼각구도와 배치된다고 볼 수밖에 없기 때문이다. 그
래서 데리다 역시 뒤팽과 화자의 분신화가 "'실제적'이라고 할 수 있
는 '극적 장면'의 삼각구도 설정이나 그 장면 속에서 각각의 위치들과
시선들을 밝히는 데 어떤 혼란을 야기시킬 수 있음"[159]을 인정하고 있
다. 그러니까 데리다는 화자를 포함하는 사자구도의 필요성을 말하면
서도 사실상 등장인물들의 개별적인 분신화 작용과 또한 등장인물 사
이의 분신화 현상에 대해서 언급하고 있는 것이다.

　임진수는 라캉의 삼자 구도와 이자 관계를 토대로 하는 데리다의
관점이 반드시 상충적인 것은 아니라는 입장에서 그 두 가지를 융화
시키고자 한다. 그는 '왕-왕비-국장-장관-뒤팽-화자'가 두 사람씩 하
나의 연쇄적 고리를 형성하면서 분신 관계를 형성한다고 본다. 예컨대
왕과 왕비의 관계에서 왕비의 의식은 상대방을 '복제하는' 의식과 그것
을 반성적으로 바라보는 '자의식'으로 분열되고, 그러한 현상은 왕비와
장관, 장관과 뒤팽, 뒤팽과 화자 사이에서도 일어난다. 그러한 관점에서
그는 그러한 등장인물들의 관계를 하나의 도표로 집약한다.[160]

---

157) J. Derrida, 앞의 글, 123쪽.
158) 같은 글, 124쪽.
159) 같은 글, 123쪽.

<운하임리헤>		불안		불안				
	왕	←	왕비	↔	장관	↔	뒤팽	←	화자
<분신>	복제	분열	복제	분열	복제	분열	복제	분열

결과적으로 모든 등장인물은 분신을 통하여 상대방의 위치를 복제하기 때문에 왕비는 네 사람으로 분화되고 또 네 사람이 하나의 왕비를 이루게 된다. 그러한 분신구조는 모든 등장인물이 대타자라는 왕이 있던 자리로 돌아간다고 보는 라캉의 관점과 상통하는 것이라고 설명한다.[161]

필자의 생각으로는 분열과 복제를 중심으로 보는 관점은 이자적인 인간관계에서 어느 정도 보편적으로 확인할 수 있는 관점이다. 분신과 관련된 관점은 특히 정신분석에서 피분석자와 분석의 간에 이루어지는 전이관계에서 확인되는 것으로 정신분석의 토대를 이룬다. 만일 그러한 전이가 이루어지지 않으면 정신분석적인 치료가 이루어질 수 없기 때문에 이자 관계에서 비롯되는 분신, 분화 작용과 사자구도가 동일하다고 하기는 어렵다. 필자가 보기에 화자가 개입되는 사자구도는 구체적으로 체계화하기 어렵다고 생각한다. 왜냐하면 화자의 기능은 발신자-수신자 모델의 발신자의 역할과 마찬가지로 메시지를 작성하여 보이지 않는 수신자인 독자에게 보내는 것이므로 주체와 그를 도와주는 보조자(adjuvant)-반대자(opposant)가 이루는 행위소 모델 속에 위치시키기 어렵기 때문이다.

라캉의 삼자 구도가 일차적으로 그의 상징계 이론과 관계가 된다는 것은 앞에서 설명한 바와 같다. 그와 함께 그의 도식은 구조주의적 텍스트 분석 방법과 관계가 있다. 구조주의에서 구조는 그것을 구

---

160) 임진수, 앞의 글, 192쪽. 위의 도표에는 왕비와 장관 사이에 개입되는 경찰이 빠져 있다.

161) 같은 글, 193-194쪽.

성하는 요소들의 기능에 의하여 형성되고 그 기능은 대립과 차이에
의하여 이루어진다. 그러한 관점에서 볼 때 화자는 작가를 대신하여
그러한 구조를 가능하게 하는 주체로서의 기능을 맡고 있고 등장인물
의 일원으로 다른 주체와 직접 대립하거나 보조하는 역할을 한다고
할 수는 없기 때문이다.

데리다의 분신과 운하임리헤에 대한 관점은 라캉의 관점과의 차이
에도 불구하고 정신분석과 밀접한 관계가 있고, 포의 「도둑맞은 편지」
를 보다 깊이 있게 이해할 수 있도록 하는 도구 개념이라는 데는 이
론의 여지가 없다. 그러한 이유에서 시니피앙과 상징계 위주의 라캉
의 관점을 보완해 준다고 할 수 있다.

라캉은 구조주의적 관점에서 「도둑맞은 편지」의 이야기학적인 문
제에 대하여 언급하지만, 너무 간략하게 자신이 필요하다고 생각하는
요점만 말하기 때문에 여러 가지 보충되어야 할 사항들을 남긴다. 라
캉은 포의 서술 작용을 극적 장면에 대한 해설로 요약하면서, "서술
작용은 등장인물 가운데 한 사람이 연기를 하면서 각 장면에서 자신
이 보는 관점을 제시한다."[162]고 설명한다. 그리고 장면을 두 장면으로
나누면서 그 장면이 전개되는 공간에 대하여 간단히 언급한다. 그리
고 경찰국장과 뒤팽 사이에 주고받는 제1대화와 제2대화의 차이에
대하여 설명한다.[163]

이와 관련된 데리다의 비판은 화자-서술자의 역할에 대한 것에서
부터 시작된다. 앞에서도 간단히 언급한 것처럼, 우선 화자는 단순히
두 개의 대화를 기록하는 것으로 만족하지 않고 있다고 하면서 화자
가 "서술하는 화자와 서술되는 화자로 분열된다."고 지적한다. 라캉
도 제1대화와 제2대화의 차이에 대하여 언급하고 특히 제2대화의 성

---

162) J. Lacan, *Ecrits*, 12쪽.
163) 같은 책, 19-20쪽.

격을 보다 자세히 설명하기는 했으나 화자의 입장 차이는 그다지 고려하지 않았다. 그에 비하여 데리다는 서술 작용의 차원에서 제1대화의 화자는 경찰국장과 뒤팽의 질문-대화를 통하여 편지 도난에 대한 상황을 맞게 되는 수동적 입장이기 때문에 '서술되는 화자'라고 부른다. 그러나 제2대화의 화자는 뒤팽과의 대화 전개를 통하여 상호 주체성을 비롯한 인간사의 다양한 면에 대하여 깊이 있는 대화를 능동적으로 이끌어간다는 의미에서 '서술하는 화자'라고 부른다.

라캉도 경찰국장과 뒤팽의 제1대화가 '귀가 막힌 사람'과 '귀가 열린 사람' 사이의 대화로 듣는 사람── 독자── 에게도 답답함을 주는 대화임을 지적한 바 있다.[164] 그러나 데리다의 두 가지 화자개념은 서술 작용과 관련된 문제의 지평을 보다 명확히 한다고 생각된다. 단지 데리다는 화자의 문제를 넘어서 라캉의 작품 분석 방법을 형식주의로 규정하고는 그 형식주의의 결함을 신랄하게 비판한다. "자기가 텍스트의 '진리'와 그 완벽한 '메시지'를 '해독'하겠다고 하면서 텍스트의 형식적 구조는 대단히 상투적으로 무시되고 있다."[165] 데리다는 라캉의 형식주의 아닌 형식주의의 주요 결함은 화자의 분열 문제와 함께 저자의 문제를 거론하지 않은 것이라고 말하며, 집필 작용-픽션 그리고 집필자-픽션필자를 언급하지 않고 있고 전반적으로 틀(cadre), 저자서명(signature), 그리고 파레르곤에 대해서도 아무런 설명이 없다고 지적한다. 결과적으로 "형식주의와 해석학적 의미 표현은 상부상조하고 그것이 바로 작품 틀의 문제"[166]인데, 라캉은 의미론적 내용을 기준으로 작품을 간단히 재단한다고 비판했다.

데리다의 비판을 다시 집약한다면, 라캉은 형식주의적 방법을 도입하면서 사실상 내용의 의미 위주로 작품을 재단할 뿐 픽션으로서의

---

164) 같은 책, 18쪽.
165) J. Derrida, 앞의 글, 107쪽.
166) 같은 책, 같은 쪽.

틀과 특성에 대해서, 그리고 다른 작품과의 상관관계에 대해서 아무런 해설을 하지 않고 있으며 파레르곤이 무엇인지 모른다는 것이다.

픽션으로서의 틀은 작가가 보여주는 전략적 구도이고, 그러한 틀은 픽션이 의도적으로 계산된 것임에도 불구하고 모든 것을 자연스럽고 사실임 직하게 보이도록 만드는 데 그 목적이 있다. 픽션의 이야기학적인 문제로는 플롯(plot), 성격묘사, 시점, 문체, 목소리[167] 등이 포함되지만, 데리다는 구체적인 지적 대신 라캉이 픽션으로서 작품을 다루지 않는 점과 아울러 집필 작용에 대하여 모른다고 비판한다. 집필 작용과 집필자에 대한 데리다의 설명을 들어보자. 그것은 독자적인 기능으로서, "작가와 그의 활동, 화자와 그의 서술 작용과도 혼동될 수 없다.…… 정신분석가가 '포의 해독된 메시지'라고 성급히 이해한 '실제적 드라마'와도 혼동될 수 없다. 「도둑맞은 편지」라고 부르는 전체적인 집필 작용은 표면적으로 모두 '나'라고 부르는 화자에 의한 서술 작용에 의하여 이루어지지만, 그렇다고 픽션과 서술 작용을 혼동할 수는 없다."[168] 이러한 설명에 뒤이어 포의 작품이 "지혜에서 지나친 예리함보다 싫은 것은 없다."라는 세네카의 명구에서부터 시작되는지, 아니면 "18**년 바람이 몹시 부는 가을 날"에서부터 시작되는지에 대하여 의문을 제기한다.[169] 그러고 보면, 그 문제가 집필 작용과 서술 작용의 차이를 드러내는 열쇠라 생각된다.

먼저 픽션은 텍스트에 의하여 구성된 허구적 이야기(récit)이고 그에 의하여 성립되는 세계로서, 오로지 조직화된 단어와 문장에 의존해서만 존재할 수 있다. 그것을 쓴 작가는 텍스트 외부의 현실 세계 속에 존재하는 실재 인물로서 작품 속에서 이야기를 엮어가는 화자 내지 서술자와 구분된다. 화자는 서술 작용을 통하여 이야기의 사실

---

167) 이명섭, 『세계 문학비평 용어사전』(을유문화사, 1985), 510쪽.

168) J. Derrida, 107쪽.

169) 같은 책, 같은 쪽.

과 사건들을 제시하고 해설과 평가를 하기도 하며 자신을 포함해서 등장인물들의 대화를 엮어간다. 벵베니스트가 말한 것처럼, 한마디로 담화와 이야기를 이끌고 가는 것이 화자의 역할인 것이다.[170] 화자의 이야기(récit)란 등장인물들에 의한 이야기체(narratif) 담화를 가리키는 것으로서, 서술행위에 의한 통사론적·의미론적 문장에 의하여 이루어진다. 그에 비하여 이야기는 화자의 이야기에서 드러난 사실과 사건만을 연결시킨 것이다. 화자란 작품을 쓰는 순간의 작가를 대신하는 인위적 성격의 심역(instance)으로서, 작가의 세계로부터 작품을 분리하여 작품을 설명하기 위해서 고안된 텍스트 속의 인물이다. 대체적으로 이를 언술자와 일치시키는 경우가 많으나 언술자는 언술 작용을 통하여 언술을 생성하는 역할에 한정되는 개념이기 때문에 화자가 상위 개념이다.

그런데 데리다는 화자 위에 상위 개념으로서 집필자를 두고 집필 작용을 맡긴다.[171] 집필자는 "원초적 심역의 송신을 담당하는 행위소(actant)"[172]라고 규정되고, 실제로 이는 작가-저자와 일치하는 개념이다. 그러면 구체적으로 집필자가 「도둑맞은 편지」에서 하는 역할은 무엇인가? 데리다는 상세한 설명을 하지 않고 있다. 필자가 보기에 이야기를 끌고가는 것은 화자가 맡고 있지만 인용된 세네카와 크레비용의 『아트레와 티에스트』의 인용문의 문구를 바꾸어 쓴 것은 집필자의 집필 작용의 결과라고 생각한다. 세네카의 명구는 이야기에서 얻을 수 있는 교훈을 보여주는 것이고 크레비용의 작품을 끌어들인 것은 그의 작품에도 편지 탈취와 관련된 에피소드가 있기 때문인데, 이는 「도둑맞은 편지」 안에 또 다른 '도둑맞은 편지'의 텍스트가 들어 있다는 말이 된다.[173] 그 인용에서 문구를 바꾼 것은 장관만이 알아볼

---

170) D. Berguez 외, *Vocabulaire de l'analyse littéraire*(Dunod, 1994), 150쪽 참조.
171) 임진수, 앞의 글, 171쪽.
172) J. Mazaleyrat 외, *Vocabulaire de la stylistique*(PUF, 1989), 318쪽.

수 있는 뒤팽의 서명 그 자체인 것이다. 데리다가 라캉을 비판하며 언급하는 파레르곤은 그의 저서 『그림의 진실(*La Vérité en peinture*)』(1978)에서 집중적으로 논의된 사항이다.[174] 이 말은 원래 칸트의 『판단력비판(*Kritik der Urteilskraft*)』의 14절 「실례에 의한 해명(Erläuterung durch Beispiele)」에 대한 데리다의 읽기와 관련하여 나오는 것으로, 칸트가 단지 '부수물' 정도의 의미로 사용한 파레르가(parerga)를 확대하여 작품(ergon)과 동등한 층위의 것으로 격상시킨 것이다. 칸트는 '장식'을 언급하며 이 말을 사용하는데, 특히 그림과 그것을 보조하는 액자를 예로 들고 있다. 그런데 데리다에 따르면, 이 액자가 단지 그림을 돋보이게 하는 장식에 머무르는 것이 아니라 그림과 동등한 차원의 것이 된다. 즉, 그림(작품＝ergon)과 장식(액자＝parergon)이 같은 수준에서 논의되는 셈인데, 데리다의 논의에서 틀(frame)과 틀짜기가 자주 등장하는 것은 칸트의 이 액자에 대한 설명을 염두에 둔 것으로, 데리다의 파레르곤, 곧 틀짜기는 장식과 마찬가지로 텍스트를 계속 에워싸게 된다. 데리다에게 「도둑맞은 편지」의 텍스트가 계속 중첩되는 것은 이러한 이유에서이다. 이렇게 지속적으로 「도둑맞은 편지」의 내용들이 틀 속에 중첩되는 것을 도식으로 나타내면 다음과 같다.[175]

데리다는 라캉의 관점의 핵심이 마리 보나파르트가 도달한 결론과 일치한다고 평가한다. 그는 두 분석가가 모두 도둑맞은 편지의 "최종적인 의미와 고유의 장소를 어머니의 거세"[176]로 해석하고 있다고 본다. 그러나 후자는 언제나 그 문제를 작가의 무의식과 결부시키고 있는 반면, 전자는 진리(verité)와 연결시킨다는 것이다. 데리다에게 그

---

173) 임진수, 앞의 글, 179쪽.

174) 『그림의 진실』의 제1장이 「파레르곤(Parergon)」으로, 데리다는 거의 100쪽에 가까운 분량을 할애하여 이에 대한 논의를 전개하고 있다.

175) 이 도식은 임진수의 앞의 학위논문 171쪽에 나온 도식을 참고한 것이다.

176) J. Derrida, 앞의 글, 124쪽.

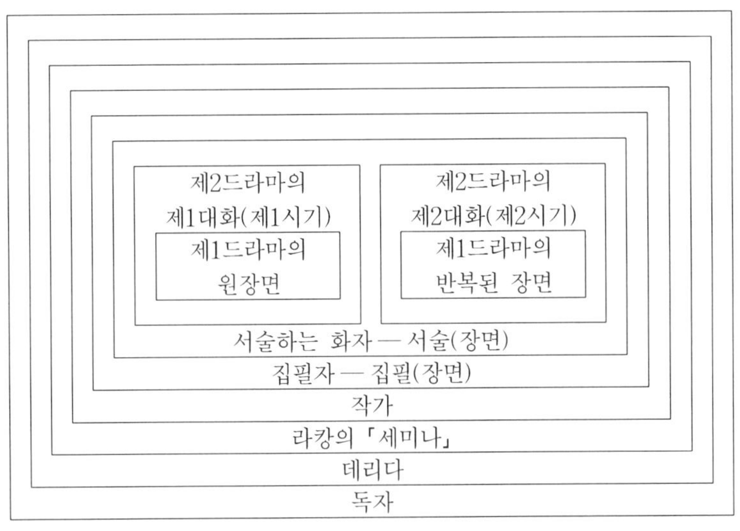

것은 "단순한 텍스트의 진실이 아닌 진리"이다. 데리다는 라캉의 그러한 입장이 『에크리』 이후에 완화되기도 하지만, 이른바 1953의 로마 강연 이후 『에크리』와 논집 『세미나』(1955-1957)가 출판된 뒤 1960년대의 저술까지 일관되게 하나의 체계를 형성한다고 지적한다. 그러한 진리 체계는 시니피앙 논리의 전제 조건이 되는데, 그 특성은 음성중심주의 언어관과 결부된다는 것이다. "꿈과 같은 글쓰기가 형상적 양상을 띨 수는 있지만, 그것은 언제나 상징적으로 분절된 언어 활동인 것이다."[177] 그렇기 때문에, 데리다에 따르면, 라캉의 상징계는 음성을 통하여 이루어지고 시니피앙의 법칙은 오로지 문자의 발성을 통해서만 가능하다는 것이다.

프로이트 이론과 직접관계가 없는 라캉의 음성중심주의가 진리와 무슨 관계가 있을까? 이에 대하여 데리다는 라캉의 관점에 입각하여

---

177) J. Lacan, "Situation de la psychanalyse en 1956", 470쪽. J. Derrida, "Le facteur de la vérité", 125쪽에서 재인용.

합치 및 은폐와 폭로, 이렇게 두 가지로 설명하고자 한다. 첫째 합치
란 순환적인 회로를 통하여 시니피앙이 결국 원위치로 되돌아간다는
것을 의미한다. 다시 말해서, 합치란 '협약, 계약, 서약'과 관계가 있고
상징계를 형성한다. 둘째, 은폐와 폭로는 결여의 구조와 관계가 있다.
시니피앙 고유의 자리는 거세이고 편지는 출발지를 떠나 목적지로 되
돌아가지만, 편지는 자신을 드러내면서도 보여주는 것은 아무것도 없
다.[178] 편지의 수색 과정과 결말이 그러한 모순을 잘 보여준다.

　라캉에 의한 진리의 두 가지 특징은 서로 긴밀하게 연결되어 있다.
그런데 편지가 상징하는 남근이 중도에 산종(dissemination)되지 않고
원위치로 무사히 돌아오기 위해서는 문자의 음성화가 필수적이라고
라캉의 입장을 해석하면서, 데리다는 라캉의 그러한 관점에 문제가 있
다고 이의를 제기한다. 먼저 라캉이 그 근거로 제시하는 시니피앙의
물질성은 그 불가분성을 통하여 관념화로 귀착된다. 왜냐하면 "편지의
관념성만이 파괴적인 분할에 저항하기"[179] 때문에 "그 관념성이 만약
의미의 내용이 아니라고 한다면 그것은 시니피앙의 관념성이거나……
시니피앙을 시니피에에 걸게 하는 '정박지점(le point de capiton)'이어
야 한다. 그런데 사실 그 체계는 시니피앙의 관념성의 체계인 것이다.
라캉이 그 '물질성'을 '특이하다'고 보는 것은 이해할 수 있다. 그런데
그는 단지 그 관념성만을 취한다. 그는…… 의미의 내용, 그 편지가
'유통시키는' 메시지의 관념성, 의미 면에서 분할의 너머에 있는 파롤
에 의하여 편지가 확정된 순간에야 그 편지에 대하여 고려한다. 그
경우 편지는 분리된 장소로부터 본래의 합치지점으로 아무런 손상을
입지 않고 흘러갈 수 있는데, 그 장소는 같은 장소인 것이다."[180] 그러
한 불가분의 성격은 음성화된 '편지'의 경우에도 마찬가지인데, "편지

---

178) J. Derrida, 앞의 글, 125쪽.
179) 같은 글, 126쪽.
180) 같은 책, 같은 쪽.

의 온전성의 확보는 파롤의 통일 속에서 이루어지는 의미의 관념성에 의해서만 가능하다."[181] 데리다는, 시니피앙과 의미 내용의 관념성은 단계적으로 계약 중에서 가장 중요한 계약에 도달하게 되는데, 그 계약은 시니피에의 모든 영향에도 불구하고 언제나 동일한 시니피앙, 즉 시니피앙 중의 시니피앙인 남근의 존재 덕분에 시니피앙과 시니피에의 단일성을 보장할 수 있다고 주장한다. 따라서 편지를 파괴할 수 없는 것은 편지를 의미의 관념성으로 높여주는 그 무엇이고 그것을 데리다는 "생동하는 파롤"이라고 말한다.

데리다는 시니피앙이 지닌 관념성은 필연적으로 시니피에를 필요로 하기 때문에 시니피앙을 토대로 하는 라캉의 음성중심주의는 재고되어야 한다는 결론에 도달한다. 데리다의 추론은 매우 정교하고 논리적이지만 몇 가지 의문을 제기한다. 첫째, 시니피앙이 반드시 음성중심주의를 함의하느냐 하는 문제이다. 시니피앙이 언어와 언어활동을 표상하는 것은 사실이고 그것이 음성 또는 문자로 표시되면서 물질성을 지니는 것도 라캉이 언급한 것이지만, 그 이전에 시니피앙은 상징계의 테두리 안에서 그것이 점유하는 위치에 의하여 현실계의 존재를 표상하는 부호이기 때문에 시니피앙이 반드시 음성적이거나 음성중심주의를 표방한다고 하기는 어렵다. 둘째, 시니피앙과 시니피에의 관계는 시니피앙이 시니피에를 부정하는 것도 아니고 더구나 시니피에를 축출하고자하는 것은 더욱 아니다. 근원적인 시니피앙은 남근이고 그것의 결여는 거세로서 정신분석적인 의미를 부여받지만 시니피앙의 중시가 반드시 남근 중심주의를 의미하는 것은 아니다. 시니피앙은 그때그때 경우에 맞는 시니피에를 영입하게 되기 때문에 언제나 동일한 시니피에와 결합될 수 없다. 그렇기 때문에 관념성의 개념을 도입하여 하나의 시니피앙을 하나의 시니피에와 결합시킨다는 것

---

181) 같은 책, 같은 쪽.

은 라캉의 이론 체계를 충실히 그대로 받아들이는 관점이 아니다. 셋째, 진리 또는 진실(verité)의 문제는 언어활동 내지 의사소통의 문제와 연결된다. 데리다의 인용과 마찬가지로 "담화가 아무것도 전달하지 못하는 경우에도 담화는 의사소통을 표상한다. 자명한 이치를 부정하는 경우에도 담화는 파롤이 진실을 설정한다고 단언하는 것이다."[182] 환언하면, 상징계의 질서 속에서 대타자의 언어만이 감추어진 진실을 드러나게 할 수 있고, 「도둑맞은 편지」에 대한 라캉의 세미나는 자신의 이론의 구체화를 픽션 속에서 발견한 것이다. 라캉이 말하고자 하는 것은 보편적인 의미에서의 진리가 아니고 자신이 이론화하는 문제들이 작품 속에서 진실로서 드러난다고 하는 것을 확인하는 것이다.

마지막으로 데리다가 이의를 제기하는 문제는 편지의 배달과 관련된 것이다. 라캉은 편지가 시니피앙과 마찬가지로 "경우에 따라 우회한다고 하더라도 자기 나름의 행로를 가지고 있으며",[183] '도둑맞은 편지', 한 걸음 나아가 '미결'의 편지도 언제나 목적지에 도달하게 마련[184]이라고 단언하는 데 비하여, 데리다는 "편지는 항상 목적지에 도달하지 않을 수도 있다."[185]라고 하면서 그 불확정성을 제기한다. 이 경우 편지는 시니피앙과 함께 상징계, 거세, 진리, 계약 등의 사항들을 표상한다. 데리다는 "편지가 목적지에 절대로 도달하지 않는다는 것이 아니라 구조적으로 도착하지 않을 수 있다."고 첨언한다. 왜냐하면 계약의 파기와 분열 그리고 남근의 분할에 의한 위험이 뒤따르기

---

182) J. Lacan, "Parole vide et parole pleine dans la réalisation psychanalytique du sujet" (Discours de Rome), 251-252쪽. J. Derrida, "Le facteur de la vérité", 129쪽에서 재인용.

183) J. Lacan, *Ecrits*, 29쪽.

184) 같은 책, 41쪽.

185) J. Derrida, 앞의 글, 115쪽.

때문인데, 만약 여왕이 처음에 남근과의 계약——즉, 왕에 대한 결혼 서약——을 충실히 지켰다면 편지의 행로는 시작되지도 않았을 것이다. 또 이동이 시작된 이상 다시 거세의 장소로 복귀한다는 보장이 없기 때문에 그 문제를 데리다는 자신의 산종 개념과 결부시킨다. "이 경우 산종은 진리의 계약으로서의 시니피앙과 거세의 법칙을 위협한다. 산종은 시니피앙의 통일성, 즉 남근의 통일성을 잠식한다."[186]

산종 개념은 차연(différance)이나 해체(déconstruction) 등과 함께 데리다의 핵심 개념이다. 서구의 전통적인 언어중심주의에 반기를 든 데리다는 하나의 시니피앙은 그것이 속한 체계로부터 물려받은 요소들의 흔적에 의하여 구성되고, 그 흔적은 시니피앙과 시니피앙의 차이에서 온다고 설명한다.[187] 시니피앙과 시니피앙의 차이는 시간적인 차이를 바탕으로 차연을 형성하고, 차연의 움직임은 하나의 시니피앙이 다른 시니피앙의 씨앗이 되도록 하며, 그와 같은 움직임은 결국 어디에서 시작되어 어디에서 끝난다는 확정성을 부인하는 것이다. 그러한 개념에 따르면, 편지는 거세의 자리, 곧 최초의 결여의 자리로 돌아가야 하지만, "산종에서는 그러한 결여의 자리란 없다."[188] 그 논리를 편지에 적용시킨다면, 수표와 맞바꾼 편지가 반드시 여왕에게 전달된다는 보장이 없고 다시 배달 사고에 의하여 영원히 목적지에 도달하지 않을 수도 있다는 말이 된다. 임진수는 이를 보충하여 "경찰국장의 성격이나 여러 가지 정황으로 보아 경찰국장이 그 편지를 왕비에게 전달한다고 보장할 수 없다."고 말하면서, 이는 "편지를 소지한 사람은 누구나 편지의 영향력을 벗어날 수 없고 무의식적인 영향력을 받기 때문"[189]이라고 데리다의 생각을 부연하고 있다.

---

186) 같은 책, 같은 쪽.

187) J. Derrida, *Positions*, Ed(de Minuit, 1972), 17-18쪽. 그리고 J. Russ, *La Marche des idées contemporaines*(Armand Colin, 1994), 174-175쪽.

188) J. Derrida, 앞의 글, 113쪽.

필자의 생각으로는 편지가 전달될 확률과 그렇지 않을 확률이 같은 비율은 아니다. 전자는 일반적인 개연성을 토대로 한 추론이고 후자는 우연적 가능성을 토대로 한 추론이다. 개연성이 필연성은 아니기 때문에 설사 90퍼센트의 가능성을 지니고 있어도 10퍼센트의 우연성에 의하여 뒤집어질 수 있음을 배제할 수 없다. 그리고 모든 현상의 예측에 불확정성과 카오스 이론을 도입해야 하는 오늘날의 상황에서 라캉이나 데리다 어느 쪽이 옳다는 논리를 펴기는 어렵다. 단지 데리다는 개연성을 택한 라캉을 비판하는 입장에서 우연적 가능성을 제기한다. 그러나 라캉으로서는 이동에 의하여 원위치로 돌아간다는 상징계의 이론을 바탕으로 우연성을 배제하고 편지가 최초의 결여의 자리로 되돌아간다고 말할 수밖에 없다.

결과적으로 볼 때, 「세미나」에 대한 데리다의 논의는 데리다 자신의 이론적 틀에 맞추어 라캉의 생각을 해석한 면이 상당 부분 있음을 보여준다. 가령 시니피앙이나 음성중심주의와 관련된 부분이 그에 속한다고 할 수 있겠다. 그런가 하면 라캉이 자신의 생각을 충분히 부각시키지 못한 것에 대하여 오히려 데리다가 역할을 해준 부분도 있다. 예컨대 남근으로서의 편지가 거세로서 최초의 결여로 돌아간다고 설명한 부분을 들 수 있다. 특히 이야기학적인 면에서 부족한 부분을 지적한 점도 긍정적인 작업으로 볼 수 있다. 그러나 결국 「도둑맞은 편지」에 대한 라캉과 데리다가 보여주는 차이는 두 사람 각각의 이론적 틀의 차이에서 비롯되는 것이기 때문에, 그 두 가지 관점을 융합하거나 일방적인 평가를 내리는 데는 상당한 무리가 따를 수밖에 없다. 따라서 경우에 따라 두 관점에 대한 어떤 결론을 내리는 대신 그 차이와 의의를 정리해 보는 것도 한 방법일 것이다.

요컨대 「세미나」는 두 가지 관점과 접근 방법을 보여준다.

---

189) 임진수, 앞의 글, 198쪽.

　한 가지는 「도둑맞은 편지」가 문학 텍스트라는 관점에서 라캉은 구조주의적 방법을 토대로 접근한다. 라캉은 「세미나」 서두에서 자신의 의도를 간략하게 표명한 뒤 작품의 구조를 집약적으로 분석한다. 물론 두 개의 극적 장면과 서술 작용, 그리고 그에 따른 해설과 두 대화의 성격에 대한 논의는 데리다가 지적한 것처럼 이야기학적인 관점에서 충분하지 못한 점이 있다. 그러나 라캉으로서는 작품 분석 그 자체가 목적이 아니었기 때문에 자신의 필요에 부합되는 극히 핵심적인 부분만 압축해서 제시했다고 생각된다.

　다른 한 가지로, 라캉은 포의 작품이 문학텍스트이면서 라캉 자신의 정신분석 이론을 구체적으로 예시하는 데 가장 적합하다고 보았다. "포는 현재 학문 체계를 혁신하고 있는 결합관계에 대한 연구의 훌륭한 선구자로서, 그의 작품에서 그는 우리의 〔이론적〕 구도와 상통하는 의도를 가지고 글을 썼다."[190] 앞에서 살펴본 것처럼, 「도둑맞은 편지」는, 편지가 욕망의 대상으로서 남근·거세·오이디푸스 이론과 연결되어 있고, 그리고 등장인물들은 두 장면을 통하여 구성되는 삼각구도의 반복에 의하여 반복강박을 보여주면서, 상상계·상징계·현실계의 이론과 밀접하게 결부되고 있음을 보여준다. 포의 작품을 통하여 라캉은 시니피앙 개념을 중심으로 한 상징계 이론의 합리성을 성공적으로 확인한 것이다. 말하자면 그는 "(자신이) 주장하는 주체에 대한 시니피앙의 지배를 구체적으로 보여줄 필요가 있었던 것이다……. 그것을 하나의 진실이라고 한다면 그 진실은 도처에 깔려 있고…… 그 진실이 아우어바흐(Auerbach)의 선술집의 포도주처럼 솟구쳐 오르게 만들어야 했던 것이다."[191]

　그리고 이상에 덧붙이자면, 라캉은 「세미나」에서 홀짝놀이, 상호

---

190) J. Lacan, *Ecrits*, 61쪽.
191) 같은 책, 같은 쪽.

주체성, 진실 상관 등의 논리를 통하여 시니피앙을 개념화하면서, 이를 바로 자신 혹은 프로이트를 바탕으로 한 자신의 이론의 주요 개념 및 테마와 직결시키고 있다. 더불어 의사소통에 가장 큰 비중을 두는 프랑스적 라틴 문화의 특성을 표방함으로써 데리다로부터 언어중심주의라는 비판을 받는다. 말하자면 라캉이 시니피앙을 토대로 음성중심주의를 표방한다는 것이다. 그러나 라캉의 시니피앙 개념이 보여주는 다양하고 복합적인 성격을 고려할 때, 그러한 데리다의 지적은 라캉의 이론을 환원적으로 축소하여 단순화시키는 것이라고 할 수도 있을 것이다.

10 결론: 무의식과 언어 혹은 시니피앙

라캉이 「도둑맞은 편지」, 나아가 '레트르(lettre)' 개념과 관련하여 세미나를 15년에 걸쳐 계속 열었다는 사실은 그가 포의 텍스트에 대하여 어느 정도의 중요성을 부여했는지를 잘 보여준다. 라캉은 포의 「도둑맞은 편지」가 자신의 정신분석 이론을 설명해 주기에 가장 적합하다고 보았고, 실제로 라캉의 「세미나」에는 그의 이론적 핵심이 놀라울 정도로 잘 용해되어 수렴되고 있다. 하지만 라캉은 포의 작품에 대하여 정신분석적인 관점과 동시에 문학적인 관점에서, 즉 문학텍스트로서 자기 나름대로 객관적인 접근을 시도한다. 그의 접근 방법은 구조적이고 언어적 문제를 중시한다는 점에서 넓은 의미로 구조주의적이라고 할 수 있다.

우선 라캉의 접근을 이해하기 위해서는 옐름슬레우의 '구조' 개념에 대하여 알아볼 필요가 있다. 옐름스레우는 구조를 "자율적인 단위로서 내적인 상호 관계를 형성하고 있으며 그 관계는 계층적이다."[192] 라고 규정하는데, 이러한 개념에 따르면 문학텍스트는 '하나의 자율적 단위'인 것이다. 이 말은 한 텍스트가 다른 텍스트들—— 예컨대 다른 포의 작품들—— 과 상호 의존(혹은 상관텍스트) 관계를 가질 수 있음을 인정하되, 각 작품 자체는 고유의 내적 구조를 지닌다는 것을 의미한다. 따라서 우리는 라캉이 「도둑맞은 편지」를 포의 다른 작품들과의 관계를 고려하기보다 따로 분리하여 고찰하고 있다고 말할 수 있다. '내적 관계'는 구성 요소 그 자체보다도 그들 상호 간의 관계와 기능에 더 중요성을 부여한다는 의미이고, '위계적 관계'란 내적 관계를 유지하는 하위적 구조의 가능성, 환언하면 자율적 구조 안에 상위적 구조가 있고 또 그와 관계 있는 하위적 구조가 있을 수 있다는 의미가 된다.

이렇게 볼 때 라캉의 분석은 몇 가지 점에서 구조주의적 구조 개념과 상통하는 면이 있다. 앞에서 살펴본 것처럼, 라캉은 포의 텍스트를 두 개의 장면으로 구분했다. 즉, 제1장면은 왕비의 규방을 무대로, 왕비와 갑자기 왕비를 찾아온 왕 그리고 왕을 따라온 장관으로 구성되는데, 장관이 왕비에게 온 연서를 훔치는 장면이다. 제2장면은 훔친 편지를 감춘 장관과 그 장관의 집을 샅샅이 뒤졌으나 편지를 찾지 못한 경찰국장 그리고 뒤팽이 구성하고 있다. 이 두 장면은 서로 닮은 꼴을 이루는데, 왜냐하면 두 장면에서 세 인물은 항상 세 가지 시선에 의하여 구성되고, 그리고 장면이 바뀌면서 인물들 사이의 일정한 역할 교환, 즉 상호 다른 기능의 연출이 이루어지기 때문이다. 다시 말해서, 제1장면에서 왕은 아무것도 보지 못하는 시선이고, 그리고 두 번째, 왕비는 그 첫번째 (왕의) 시선이 아무것도 보지 못하는 시선이라는 환상을 갖는 시선이다. 세번째 시선은 첫번째 (왕의) 시선이 아무것도 보지 못하고, 또 두번째 (왕비의) 시선이 상대방이 아무것도 보지 못하리라 믿는 사이 그것을 알아차리고 감춘 것을 훔치는 장관

---

192) 서정철, 『기호에서 텍스트로』(민음사, 1998), 132쪽 참조.

의 시선이다. 이러한 세 시선의 상호 관계는 제2장면에서 뒤바뀌게
된다. 경찰국장이 아무것도 보지 못하는 역할을 맡고, 장관은 자신이
숨기고자 하는 것을 상대방이 보지 못하리라는 환상을 가진 역할을
맡으며, 그리고 뒤팽은 그러한 장관의 계획을 간파하고 그가 감춘 것
을 빼내는 역할을 맡는다. 따라서 라캉은 포의 텍스트 속에서 두 개
의 동심원적인 장면을 부각시킨 뒤 그 속에 세 가지 시선을 위치시킨
다. 이러한 방법은 텍스트를 구조적으로 접근하여 객관적으로 알 수
있는 구조를 드러내는 분석이다.

　그리고 이러한 구조주의적 접근에서 중요한 것이 바로 언어와 관
련된 문제이다. 언어는 한편으로 분석의 모형을 제공하기도 하고 언
어학적인 개념을 빌려주기도 하면서 현상을 언어의 의사소통형식으
로 파악하게 하기도 한다. 라캉의 분석에서 드러난 세 가지 시선도
야콥슨이 음소에 대한 음향학적인 분석에서 찾아낸 날카로움(l'aigu),
조밀함(le compact), 흐트러짐(le diffus)의 세 가지 자질과 관련시킬 수
있는 여지가 있다.[193] 그러나 라캉은 그러한 사항에 대하여 언급하지는
않았다. 대신 시선의 분석에서 상호 주체성을 거론한다. 이는 벵베니스
트가 언급한 바 있는 속성, 다시 말해서 의사소통 상황에서 화자-청자
의 관계는 고정되지 않고 화자가 청자가 되고 청자가 화자가 되는 속
성을 논한 것으로, 예컨대 첫번째 시선의 삼각구도에서 세 시선의 기
능이 두번째 구도에서 뒤바뀌는 일 등을 설명해 준다.

　더불어 라캉은 언어학에서 가장 중요한 개념인 시니피앙을 차용한
다. 소쉬르에게 시니피앙은 시니피에와 불가분의 관계를 맺고 있다.
시니피앙은 담화를 통하여 소리 또는 문자(lettre)의 형태로 드러나는
물질적 요소이다. 그러한 시니피앙을 라캉은 정신분석에 도입하여 새

---

193) Lévi-Strauss, *Cru et le cuit*(Plon, 1964), 9쪽 참조. 레비스트로스는 이러한 분
　　석 결과를 인류학적 신화 분석에 적극적으로 활용한 바 있다.

로운 의미를 부여했고, 「도둑맞은 편지」 분석에서 시니피앙이 된 편지는 욕망과 무의식 등을 표상한다. 라캉의 독창적 관점은 우선 시니피앙이 의미와는 독립적으로 작용하고 주체가 그러한 사실을 알아차리지 못한다는 사실이다.[194] 편지는 발신자가 수신자에게 자신의 의사를 알리는 수단이다. 통상적인 의사소통에서 그러한 기능을 맡고 있는 기본 단위는 기호이다. 그런 의미에서 기호는 편지와 유추적인 의미 관계를 형성한다. 기호는 시니피앙과 시니피에의 결합으로 이루어진다. 그러나 「도둑맞은 편지」에서는 편지의 내용, 즉 시니피에에 대해서는 아무도 알지 못하고 또 알려고 하지도 않는다.

이러한 사실은 시니피앙/시니피에에 대한 라캉의 이론에 잘 부합하고 있다. 라캉은 시니피앙이 먼저 있고, 시니피에를 만드는 것이 시니피앙이며, 나아가 주체의 행위나 담화는 물론, 주체 그 자체를 결정하는 것이 시니피앙이라고 생각한다. 그러한 의미에서 라캉은 편지를 시니피앙이라고 본다. 시니피앙이 된 편지는 욕망, 결핍의 표상으로서 발신자로부터 출발하여 여왕과 장관에게 넘어갔다가, 뒤팽의 손으로, 경찰국장에게로, 그리고 결국 다시 본래의 수신자인 여왕에게 되돌아간다. 포의 텍스트는 편지가 돌고 돌아 최종적으로 본래의 수신자에게 되돌아가는 과정 그 자체이고, 그리고 라캉은 시니피앙으로서의 편지가 표상하는 욕망과 결핍을 정신분석적으로 분석한 것이다.

이렇게 라캉은 「도둑맞은 편지」의 분석을 통하여 소쉬르로부터의 시니피앙 개념과 더불어 그 고유의 레트르 개념을 논리화하면서, 프로이트를 근간으로 하는 동시에 점차 언어의 문제를 더욱 구조화한 정신분석 이론을 제시하기에 이른다. "무의식은 언어처럼 구조되어 있다."

분명 언어의 문제는 라캉 정신분석의 중심에 있으며, 따라서 그만큼 시니피앙과 레트르의 개념이 중요해진다. 일반적으로 라캉은 레트

---

194) J. Lacan, *Mardaga*, 77쪽 참조.

르를 현실계에 시니피앙을 상징계에 위치시킨다. 현실계란 우리의 상상이나 사고를 넘어서는 곳에 항존하는 절대체의 영역 혹은 체계라고 할 수 있다. 따라서 현실계는 상징계의 영원한 그리고 불가능한 기원이다. 바꾸어 말하면, 현실계는 상징계를 통하여 재현되지만 결코 그 자체로 드러나지 않으며, 단지 상징될 뿐이다. 따라서 상징된 그 현실 혹은 실재는 언제나 차이와 결핍 혹은 부재만을 지시할 뿐이다. 상징계가 영원히 부재를 초월하지 못하는 까닭이 여기에 있다.

이상의 논리로 레트르와 시니피앙의 관계를 서술적으로 기술해 보자. "레트르는 (현실계에) 현존하는 동시에 (상징계에서) 부재한다. 레트르는 '실재로(혹은 문자 그대로[à la lettre])' '그 자신의 자리에' '언제나' '현존'한다. 하지만 동시에, 레트르는 시니피앙으로 상징되는 순간 상징계에서 '부재(결핍)로서 현존'—— 즉, 의미 작용(signification)에서 근원적으로 아무 의미관계 없는 시니피앙과 공존하기에, 결국 상징계는 무의미(non-sens)에 의한 의미를 통해서 구조될 수밖에 없다—— 하는 시니피앙의 토대이다."

결국 시니피앙은 레트르를 토대로 하지만, 레트르는 결코 시니피앙을 지시하지 않는다. 레트르는 절대적으로 자족적일 뿐이다. 그러니까 레트르는 차이만을 허락할 뿐이다. 따라서 시니피앙이 레트르로부터 부여받는 것은 결국 의미가 아닌 어떤 차이·결핍·부재에 다름 아닌 것이다. 라캉이 「세미나」에서 시니피앙이 된 편지 혹은 레트르를 결핍 혹은 욕망으로 분석하는 것도 바로 그러한 맥락에서이다.

요컨대 라캉의 「도둑맞은 편지」에 대한 분석은 언어를 근저로 하는 그의 정신분석 이론의 관문을 형성한다는 점에서 그의 이해에 매우 중요한 위치를 차지한다. 더욱이 라캉의 연구는 이론의 테두리를 넘어 문학텍스트 연구에 새로운 가능성을 열어놓았고, 한 걸음 더 나아가 무의식이나 욕망을 초월할 수 없는 인간 심층의 이해에 훌륭한 도약대를 구축했다고 평가할 수 있을 것이다.

제2부
역사적
접근

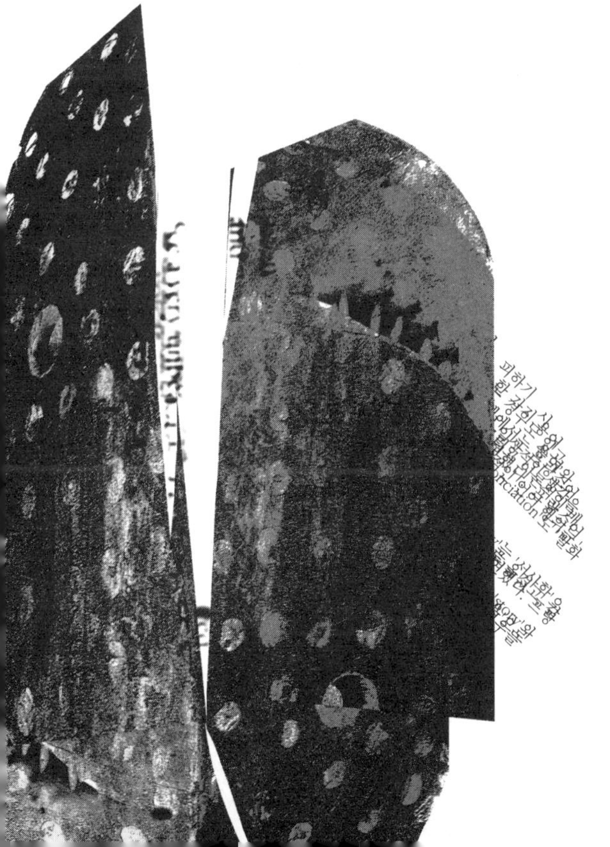

제1장 푸코 : 역사와 문학 텍스트의 겹쳐 읽기

1 미셸 푸코와 그의 연구의 지평

사학자, 철학자, 과학사가, 인식론 연구자, 정치학자, 문학비평가, 사회학자 등, 미셸 푸코에 붙는 호칭은 무척 다양하다. 그러나 그 어떤 칭호도 그에게 꼭 걸맞는 것은 없다. 광기, 성, 병원, 권력, 지식 등, 그가 연구한 주제들을 보면 별로 호감을 느끼기 어렵다. 그럼에도 그가 사망하고 20여 년이 지난 오늘날까지 그의 강의록과 그에 대한 새로운 자료 및 연구서들이 꾸준히 출판되고 있으며 세계 여러 나라에서 그에 대한 연구가 확대되고 있다. 그 이유는 무엇일까? 아마도 역사와 사회에 대하여 만들어낸 방대한 그의 담론이 우리의 인식 지평을 바꾸어놓았기 때문이라고 할 수 있을 것이다.

푸코는 다양한 주제를 연구했다. 그의 박사 학위논문인 「고전시대의 광기의 역사」(1961)에서는 서유럽에서 광인의 소외와 처리 과정을 연구했고, 『말과 사물』에서는 16세기 이래 세계와 인간에 대한 지식이 시대에 따라 어떻게 변모했는가를 고고학적인 방법으로 탐색했으며, 『지식의 고고학』(1969)에서는 고문서와 역사적 자료에 대한 깊이 있는 독해를 통하여 담화의 형성 조건과 규칙 그리고 그 불연속성을 제시했다. 『감시와 처벌』(1975)에서는 권력이 어떻게 과학과 법을 앞세워 처벌을 합리화시켰는가를 분석했다. 그리고 『성의 역사』(1976-1984)를 구성하는 첫번째 권 『지식에의 의지』에서는 성의 억압에도 불구하고 어떻게 성에 대한 담론이 더욱 풍성하게 되었는가를 역사적으로 고찰했으며, 두번째 권 『쾌락의 관행』에서는 고대 그리스 시대에 사람들이 성적 행동을 어떻게 생각했고 그러한 행동이 어떻게 윤리적 심려의 대상이 되었는가를 조명했다. 그 뒤 그의 마지막 출판물이 된 『자기에 대한 배려』에서는 자기 억제를 유지하면서 어떻게 쾌락을 즐길 수 있는가의 윤리적 문제를 연구했다. 이처럼 다양한 연구를 통하여 그가 추적한 것은, 방대한 텍스트들에 대한 뒤집어읽기를 토대로, 유럽인들이 어떻게 지식을 구축했고 권력은 어떻게 스스로를 합리화하면서 강화해 나갔으며 인간은 세계 속에서 어떤 모습으로 존재해왔는가 하는 문제로 집약될 수 있을 것이다. 이러한 문제들에 대해서 알아보기에 앞서 우선 그가 살아간 생의 궤적을 살펴보기로 하자.

2 푸코의 생애와 활동

푸코는 1926년 10월 15일 프랑스 중서부의 유서 깊은 도시 푸아티에에서 태어났다. 그의 집안은 충실한 가톨릭 가정으로 경제적으로도 유복한 편이었다. 부모의 양쪽 집안 모두 의사들을 많이 배출했다. 그의 본명은 폴-미셸이었지만, 그는 나중에 '폴'을 삭제하고 '미셸'만 남긴다. 위로는 누나 프랑신과 아래로 동생 드니가 있다. 제2차 세계대전으로 독일의 점령하에 있던 1943년, 그는 고향에서 중고등학교 과정을

우수한 성적으로 마치고 대학입학 검정시험 뒤에 고등 사범학교 진학
반에 들어가지만, 1차년도에 실패하자 파리로 올라가 명문 앙리4세 고
교에서 재수를 하고 그 다음해 1946년에 드디어 고등 사범학교에 합
격한다.

파리에서의 생활 가운데 주목을 끄는 두 가지 사실이 있다. 한 가
지는 어머니에 대한 각별한 사랑으로, 특히 1959년 아버지가 세상을
떠난 뒤 푸코는 자주 어머니를 보러 고향에 내려간다. 또 한 가지는
앙리4세 고교에서 헤겔 연구의 권위자 장 이폴리트(Jean Hypolite) 교
수의 강의를 듣고 헤겔에 심취하게 된 점이다. 그는 스페인 내란에
충격을 받아 집안에서 기대하던 의사의 길을 포기하고 사학자가 되기
로 결심하게 되는데, 이는 이폴리트 교수의 강의가 철학과 역사학의
중요성을 깨닫게 해주었기 때문이다.

4년에 걸친 고등 사범학교에서의 생활은 그에게 정신적 고통을 주
기도 했지만 지적으로 성장하는 계기가 된다. 그는 자신의 동성애적
성향 때문에 내면적으로 많은 갈등을 겪으며 비사교적으로 되어간다.
특히 전후의 청교도적 분위기는 동성애에 대하여 더욱 질시의 시선
을 보냈는데, 이 때문에 그는 1948년에 자살을 시도한다. 그 뒤 그는
생탄 병원에서 정신분석으로 유명한 들레(Delay) 박사의 치료를 받는
다. 또한 술을 너무 많이 마시게 되어 심리치료도 받는다. 그러면서
도 프랑스 문화계와 지성계에서 큰 활약을 보이게 될 동료 부르디외
(P. Bourdieu), 베인(P. Veyne), 펭게(M. Pinguet) 등과는 가까운 사이
가 된다. 또 철학자 알튀세르(L. Althusser)와 가깝게 지내면서 그의 영
향을 받고 1950년에 프랑스 공산당에 입당하지만 1952년에 탈당한다.

4년의 과정 동안 그는 메를로퐁티(Merleau-Ponty)와 보프레(J.
Beaufret) 교수의 강의를 들으면서 현상학과 마르크스주의 사이를 오
간다. 아울러 헤겔, 후설, 하이데거에 대해서도 깊이 있는 독서를 하
며, 사드, 카프카, 주네(J. Genet) 등의 문학에도 큰 관심을 보인다.

1947년 그는 심리학 학사 자격을 따고 1951년에는 철학교수 자격시험에 합격하는데, 그때 그의 구두시험을 담당했던 교수는 장 이폴리트와 캉길렘(Canguilhem)이었다.

1952에서 1955년 사이에는 모교인 고등 사범학교와 릴 대학에서 심리학을 가르친다. 이 기간 동안 그는 베케트, 바타유(Bataille), 블랑쇼(Blanchot), 클로소프스키(Klossowski), 르네 샤르(Char) 등을 읽으면서 희열을 느꼈고, 특히 니체는 그에게 세상을 보는 관점을 새롭게 해주었다. 1952년에는 정신병리학 자격증을 따고 그 다음해에는 실험심리학 자격증도 획득한다. 점차 정신분석에 대한 관심이 높아지자 들레 박사를 자주 만나고 생탄 병원에서 열리던 라캉의 세미나에도 참석하게 되는데, 1954년에 출간된 그의 첫 저작이 『정신질환과 인격』인 것은 우연이 아니었다. 1953년에는 음악가 바라케(Barraqué)와 동성애 관계를 갖게 되지만 스웨덴으로 떠나면서 그들의 관계는 끝난다.

푸코는 1955년에 스톨홀름 웁살라 대학의 프랑스어 교수로 취임한다. 그는 자유로운 분위기 속에서 웁살라 대학의 풍부한 의학 관계 자료를 마음껏 섭렵하면서 『고전시대의 광기』를 준비한다. 그는 파리에서와는 달리 의상에 신경을 쓰고 재규어 자동차를 모는 등 멋진 생활을 즐긴다. 사드, 샤토브리앙, 베르나노스, 주네 등 프랑스 문학에서 특이한 위치를 차지하는 작가들에 대한 강의로 상당한 인기를 누린다. 강의에서 그치지 않고 한편으로는 카뮈, 이폴리트 등 저명한 프랑스 문화계·지성계 인사를 초빙하기도 하고, 프랑스에 자주 돌아가 롤랑 바르트 등 주요 인사들과의 교분을 쌓기도 했으며, 1957년에는 우연한 기회에 레이몽 루셀의 유작을 발견하기도 한다. 1958년에는 폴란드 주재 프랑스대사관의 문화 담당 참사관으로 발령을 받고 그곳에서 2년간 근무하면서 학위 주논문인 『광기의 역사』를 끝마쳤으나 그의 연구 주제가 알려지면서 문제가 되어 결국 1960년 함부르크로 전근되고 그곳에서 학위논문을 마무리한다. 1962년, 광기에 대한 그의 학위논문이 통과되어 출판되자 롤랑 바르트, 브로델, 블랑쇼 등 대학과 문화계 중요 인사들이 그에게 열광적인 찬사를 보낸다. 그는 뒤이어 1963년『임상의학의 탄생』을 발표한다. 그러나 1960년대 초기 그의 관심은 주로 문학에 있었다. 그리하여 바타유, 블랑쇼, 클로소프스키, 횔덜린 등에 대한 글을 썼고, 1963년에는 레이몽 루셀에 대한 연구를 출판한다. '텔켈' 그룹과 인연을 맺고『크리틱』지의 편집인이 되면서 비평 활동을 활발히 전개한다. 그러면서 그의 주저서가 될 『말과 사물』을 준비하여 1966년에 출판한 뒤 튀니지 대학 교수로 부임하게 되는데, 그곳에서 그는 2년간 철학을 강의하면서『지식의 고고학』을 집필한다. 또한 그곳 학생운동에도 관심을 보이고 체 게바라와 미국의 흑인 인권 운동에 관련된 책들을 읽는다.

1968년에 그는 새로운 형태의 대학인 벵센느 대학 철학 교수로 부임한다. 1968년의 학생운동은 그에게 특별한 의미가 있다. 그것은 계급투쟁의 시작도 아니고 혁명의 좌절도 아니었다. 그는 그 운동을 사회 속에 잠재해 있는 다양한 반체제적인 목소리들의 표출이라고 본다. 벵센느 대학과 교육부와의 갈등이 커지면서 그는 프랑스 교수의 명예의 전당이라고 할 수 있는 콜레주 드 프랑스의 교수직을 희망하게 되고, 드디어 1970년 가을에 그는 교수 취임 강의로『담론의 질서』를 발표한다.

1970년대에는 저술 활동도 활발하여 1975년『감시와 처벌』, 그 다음해에『지식에의 의지』를 출간하지만, 정치사회의 현실적인 문제에도 직접 뛰어들어 많은 활동을 전개한다. 우선 1971년에는 다니엘 르페르와 함께 '수감시설에 대한 정보 그룹', 곧 GIP를 형성한다. 그의 목적은 재소자들의 경험을 수집하여 그들의 요구 사항을 알리도록 하는 것이었다. 그 운동이 활성화되면서 정부로 하여금 재소자들의 요구를 더 수용하게 하는 역할을 했다. 또한 프랑스 내의 주로 아랍 출신을 겨냥한 인종차별에 대한 반대운동에 투신하여 사르트르, 주네,

클로드 모리악 등과 함께 반인종차별운동을 벌인다. 뿐만 아니라 국가의 안보와 질서 유지라는 구실을 내걸고 경찰이 자행하는 여러 가지 불법 구금이나 체포 등을 고발한다. 1972년에는 사르트르, 클라벨 등과 함께 일간신문 《리베라시옹》을 창간하여 경찰과 정부의 권력 남용을 수시로 폭로하고 비판하면서 노동조합 운동의 전략 수립에도 참여한다.

그의 정치적 활동은 프랑스 국내 문제에만 국한되지 않고 국제적인 무대로 활동을 넓힌다. 예를 들면 1979년에는 베트남의 '보트 피플' 기금 마련 모임을 주선하여 배 한 척을 살 수 있는 돈을 모았다. 그리고 폴란드 정부가 비상사태를 선포하고 자유 노조의 민주화 운동을 탄압하자 당시 사회당 정부가 그에 대하여 적극적인 태도를 표명하지 않는다고 비판하면서 폴란드 민주화 운동 지원 위원회를 결성한다. 그의 대외 활동의 절정은 이탈리아 《코리에레 델 세라(*Corriere del Sera*)》지의 특파원으로 이란에 가서 이란 비밀경찰의 탄압 활동을 고발하고 이슬람교의 정신적 가치를 일반에게 알리고자 노력한 것이다.

주로 1970년대에 활발하게 전개한 정치·사회적 운동은 푸코의 학술 활동과 긴밀한 연관 관계가 있다는 점에서 주목할 필요가 있다. 그는 학문적으로 서양의 역사를 뒤집어 읽고 새롭게 해석하고자 하면서 정치·사회적으로 고통받고 불의와 탄압이 있는 곳이면 어디든지 모든 일을 제쳐놓고 달려가 있는 힘을 다하여 도우려고 했는데, 이는 학문과 실천을 구분하지 않고 이것들이 하나라는 사실을 보여준 것이라고 하겠다. 역사적으로 광인들에 대하여 저질러진 박해를 연구를 통해서 고발하는 것과 그가 살고 있는 세계에서 벌어지는 온갖 탄압을 고발하는 것은 그에게 부과된 동일한 임무라고 생각했던 것이다. 차이가 있다면 전자는 책을 통하여 과거를 올바로 인식하도록 하는 것이고, 후자의 경우에는 직접 행동을 전개하여 잘못을 시정하도록 한다는 것이다. 그는 외국 대학에 초청받아 가는 경우에도 그곳 사회의 소외되고 버림받는 사람들에 대한 관심을 늘 가지고 있었다고 한다. 가령 미국 버클리 대학에서는 물질문명의 풍요 속에 소외된 히피족이나 동성애자들에 대하여 이해하고 공감하려고 했으며, 브라질에서는 그곳의 빈곤한 민중들의 생활과 정치적 소망에 귀기울였다고 한다.

말년에 대외적인 활동을 중지한 뒤로 그는 도서관에서 낡은 고문서들을 뒤적이는 일에도 싫증을 느껴 콜레주 드 프랑스 교수직도 사임하고, 미국에 가서 한적하게 살고 싶다는 꿈을 말했다고 한다. 그는 『성의 역사』의 제2권 『쾌락의 관행』과 제3권 『자기에 대한 배려』를 출간하고난 직후 1984년 6월 25일에 살페트리에르 병원에서 에이즈로 사망한다.

3 담론, 작품, 저자

문학과 관련되는, 담론에 대한 푸코의 생각을 집약하는 것이 콜레주 드 프랑스의 교수 취임 강연으로 1970년 발표한 『담론의 질서』와 그보다 1년 전 프랑스 철학회에서 발표한 「저자란 무엇인가」이다. 『담론의 질서』는 문학적 담론뿐만 아니라 담론 전반에 대한 그의 관점을 집약할 글로서 텍스트 연구에 자주 인용된다.

언어와 언어활동은 인간의 사고를 표출하는 분야로서 푸코의 연구에서 가장 기본적인 분야이다. 그가 텍스트와 역사를 '언술'이라는 관점에서 추상하여 읽는다든지 모든 현상을 언어적인 개념으로 환원한다든지 하는 것은 언어가 인간의 사고를 집약하는 틀로서 기능하고 있음을 보여준다.

푸코가 사용한 언어학적 개념과 용어를 정리하는 것은 쉬운 일이 아니다. 가령 담론, 언술, 언술 작용, 텍스트 등 기초적인 용어들에 대하여 그는 필요에 따라서 다양한 설명을 하고 있다. 우선 담론 개념을 살펴보면, "담론은 실재가 언어와 접촉 또는 접합되는 얄팍한 표면이 아니고 어휘와 경험의 얽힘이 아니다……."[1]라고 하면서, 푸코는 담론이 '기호의 총체'로 다루어져야 하는 것이 아니라 "언급되고 있는 대상을 체계적으로 형성하는 실천"[2]으로 다루어져야 한다고 주장한다. 그리고 언술과의 관계에 대하여 "담론은 한정된 수의 언술로 이루어진다……."[3]고 말함으로써 담론이 언술보다 상위 층의 단위임을 분명히 한다. 아울러 그것은 "관념적이고 초시간적인 형식이 아니라"[4] "전적으로 역사적이고 역사의 파편이면서 역사 속의 단위이고 불연속성"[5]이라고 부연한다. 그러한 맥락 하에, 푸코는 『담론의 질서』에서 담론의 행위란 '사고하다'와 '말하다' 사이를 이어주는 '도움(apport)'으로서 "기호의 옷을 입고 단어를 통하여 가시화되는 사고" 또는 "실제적으로 씌어져 의미 효과를 만들어내는 언어의 구조물"[6]이라고 설명한다. 또한 담론과 로고스를 동일시하면서, "담론은 사물 그 자체이고 사건들이다. 그것들은 자기 고유의 본질적인 비밀을 펼침으로써 부지불식간에 담론이 된다."[7]고 말한다. 여기서 담론의 사건이 무엇인지는 분명하지 않다. 이에 대하여 푸코는 다시 그 개념을 설명한다. "물론 사건은 실질이나 돌발사나 자질이나 과정이 아니다. 사건은 본체(corps)적인 것이 아니다. 그렇다고 비물질적인 것은 결코 아니다. 그것은 언제나 물질성의 차원에서 효과를 만들고 그것은 바로 그 효과이다. 그것은 자신의 영역을 가지고 있고 그 영역은 물질적 요소들의 관계·공존·분산·교차·축적·선택으로 이루어진다. 그

---

1) M. Foucault, "Archéologie du Savoir", 66쪽.

2) 같은 책, 66-67쪽.

3) 같은 책, 153쪽.

4) 같은 책, 같은 쪽.

5) 같은 책, 같은 쪽.

6) M. Foucault, *L'ordre de discours*, 48쪽.

7) 같은 책, 51쪽.

164

것은 행위가 아니고 신체의 속성도 아니다."[8]

푸코의 생각을 종합해본다면, 담론은 언술 형식으로 제시되지만, 그것은 욕망까지 포함하는 사고를 드러내는 언어적 실천이다. 실천은 현실 세계의 사물을 대상으로 의미 효과를 만들어내는 사건이다. 사건은 담론의 핵심으로서 자신의 영역 속에서 외부의 물질적 요소들과 다양한 지시적 관계를 형성한다. 담론은 결과적으로 행위에 버금가는 효과를 만들어낸다. 담론은 개인에 의하여 이루어지지만 일정한 역사적·사회적 맥락과 불가분의 관계를 지니게 되고, 따라서 그 해석을 위하여 시대적 에피스테메의 조명을 필요로 한다.

그리스 시대 이래로 참된 담론과 거짓 담론에 대한 차별화와 함께 참된 담론은 사람들을 복종하게 하는 힘을 가졌다. 그러한 담론은 당연한 권리에 의하여 일정한 의식을 갖춘 담론으로서 옳고 그름의 판결이나 미래를 예언하거나 예언이 실제로 이루어질 수 있도록 사람들의 동의와 참여를 이끌어내었다. 중요한 것은, 담론의 핵심이 점차 의식화(ritualisé)된 언술 작용으로서의 담론 행위로부터 담론의 구체적 의미, 형식, 지시 작용, 관계 등으로 옮겨갔다는 사실이다.

푸코가 담론에 대하여 주목하는 것은 서구 문명이 담론에 대하여 보여주는 상반적인 태도 때문이라고 할 수 있다. 그는 묻는다. "어떤 문명이 외관상으로 우리보다 담론에 대해서 경외감을 가졌던가? 어디에서 우리보다 담론을 더 존중했던가? 어디에서 담론을 그처럼 극단적으로 모든 제약에서 해방시키고 보편화시켰던가?"[9] 그에 대한 대답은 자명하다. 그 어떤 문명보다도 서구 문명은 담론에 대하여 깊은 '존경심'을 가져왔는데, 그것은 담론의 영향력 때문이다. 따라서 그 영향력 때문에 서구 문명은 존경심과 함께 그에 대한 두려움을 가지

---

8) 같은 책, 59쪽.
9) 같은 책, 51-52쪽.

게 되었고, 그 두려움은 담론에 대하여 보이지 않는 다양한 제약을 가하게 된다. 금기, 허용 한계, 장벽 등의 다양한 명목으로 행해지는 제약은 모두 담론의 확산을 막음으로써 그 위험한 내용이 최소화되도록 하는 데 그 목적이 있다.

담론에 대한 두려움은 담론이 실제로 드러내 보여주는 "격렬함, 불연속적인 요소, 전투적이고 무질서하면서 위험한"[10] 면에서 비롯된다. 그러한 특성은 담론이 지니고 있는 성격이고 아울러 담론이 갖추어야 할 요건으로, 푸코는 그것을 "일정한 방법적 요구 사항"이라고 부르면서 담론의 원칙으로 제시한다.

그 첫째는 전복의 원칙이다. 전통적으로 담론의 원천으로서 담론을 더욱 풍성하게 하고 그에 대하여 연속성을 부여해야 하는 현상들—저자, 분야, 진리에 대한 의지—등은, 담론에 활력을 불어넣고 담론을 수적으로 증가시키며 연속성을 부여하는 등의 역할과는 반대로, 담론을 잘라내고 그것을 희소하게 하는 부정적인 역할을 한다. 따라서 그러한 경향은 뒤집어져야 하며, 다른 방법론적인 원칙들이 필요하게 된다.[11]

둘째는 불연속성의 원칙이다. 담론의 희소화 현상의 너머에 억압되고 억제된 상태로 있는 무한하고 연속적인 거대 담론이 있을 것이라고 상상한다면 그것은 억측일 뿐이라고 푸코는 설명한다. 그는 "담론은 불연속적인 실천으로서 다루어져야 하고 그 불연속적인 실천은 서로 교차하고 때로는 서로 인접하지만 서로 알지 못하고 배제한다."[12]고 지적한다. 바꾸어 말하면, 서구의 데카르트적 이성주의는 담론과 담론을 잇는 일관성·연속성을 추구하지만, 실제적으로 개별 담론은 불연속적 속성을 가지고 있어서 그러한 시도에 제동을 걸게 된다는

---

10) 같은 책, 54쪽 참조.
11) 같은 책, 53-54쪽.
12) 같은 책, 54-55쪽.

것이다.

셋째는 특유성의 원칙이다. 담론을 미리 짜여진 의미 작용의 틀 속에 넣어 이해하려고 해서는 안 된다. "담론은 우리 인식의 공범이 아니며, 담론은 우리가 사물에 대하여 가하는 강제 행위 내지 사물에 강제로 부과하는 실천으로 간주해야 한다. 그러한 실천을 통하여 담론의 사건들은 그들의 규칙성의 원칙을 찾게 된다."[13] 사물의 본질이 우리의 인식을 위하여 스스로를 드러내는 것이 아니라, 우리의 관점과 해석에 의하여 담론적 사건들이 내포하고 있는 규칙성을 찾아내야 한다는 말이다.

넷째는 외재성의 원칙이다. 우리는 담론이 감추고 있는 깊은 뜻이 무엇인가를 알아내려고 하는 데 관심을 집중하는 습성을 지니고 있다. 그러나 푸코는 그와 반대되는 길을 추적하라고 권한다. 그러니까, "담론 그 자체의 그 출현과 규칙성으로부터 출발하여 가능성의 외부적 조건들, 그 사건들이 우연적인 계열을 만들어내고 사건의 경계를 확정하는 것으로 향하여 갈 것"[14]을 권한다. 그것은 담론 읽기에서 무게중심을 내용보다 외면에 두는 것이 바람직하다는 말로 이해할 수 있다. 이러한 네 가지 원칙들은 담론 분석에서 조절 개념을 만들어내는데, 그것은 사건·계열·규칙성·가능성 조건의 개념 등이고, 그 개념들은 각기 창조·통일·본원성·의미 작용 등의 개념과 대립적인 쌍을 이룬다.

담론 분석에 대한 기본 개념은 푸코가 텍스트 분석에서 실제로 적용하는 분석 원리로서 관여성을 입증하고 있다. 그러나 그러한 담론의 네 가지 원칙이 보편적인 성격을 제시했다고 보기는 어렵고, 그보다는 푸코의 담론에 대한 주관적 관점을 집약했다고 생각된다. 그러

---

13) 같은 책, 55쪽.
14) 같은 책, 같은 쪽.

나 확실한 것은 어느 시대 어느 사회에서든 담론은 힘과 영향력을 행사하게 되고 담론의 확산이 기득권 층에 도움이 아닌 불안을 준다는 사실이다. 그렇기 때문에 담론에는 언제나 다양한 제약이 가해졌고, 언론의 자유가 헌법으로 보장되어 있음에도 모든 사회가 다양한 방법으로 담론을 주축으로 하는 언론을 통제하고 장악하고자 한다는 점에서 그러한 사실을 충분히 인지할 수 있다.

푸코는 서양 사회에서 담론에 대한 무력화 시도를 '배제 방식(procédures d'exclusion)'이라고 부르면서 크게 세 가지를 예로 들고 있다.

첫번째는 금기 방식이다. "대상에 대한 금기(taboo), 상황에서 지켜야 하는 관례, 발언권을 행사하는 주체가 가진 특권적인 권리 내지 배타적인 권리"[15] 등은 서로 교차되고 상보적으로 작용하면서 세 가지 금기 현상을 야기한다. 구체적인 금기는 시대와 사회에 따라 달라지는데, 푸코는 오늘날 대표적인 금기 영역으로 성(sexualité)과 정치의 영역을 들고 있다. 물론 국가 체제와 문화권의 성격에 따라 차이는 있지만, 성과 정치를 주제로 하는 담론의 영향력은 재론할 필요가 없을 정도로 널리 알려져 있다. 이와 관련하여 푸코는 "담론이란 투쟁의 목표이자 투쟁의 수단이 되며 사람들은 그 권력을 장악하고자 한다."[16]고 지적한다.

두번째는 분할과 배제이다. 이것은 광인과 정상인의 담론을 구분하는 문제와 관련된다. 중세 이래 광인의 말은 일고의 가치도 없는 것으로 간주되어 통용될 수 없었다고 한다. 왜냐하면 진실성이나 신뢰성이 없어서 행위나 계약의 근거가 될 수 없을 뿐만 아니라 화체(transsubstantivation)[17]가 불가능하다고 종교적으로 배제되었기 때문

---

15) 같은 책, 11쪽.
16) 같은 책, 12쪽.
17) 성찬의 빵과 포도주가 신자의 믿음을 통하여 예수의 살과 피로 되는 현상을 가리킨다.

이다. 그럼에도 광인의 말은 때로 일반인들이 지니지 못한 신통력이 있어서 미래를 정확히 예언하기도 하고 숨겨진 진리를 말한다고 인정받을 때도 있었다. 그렇기 때문에 오랫동안 광인의 말은 듣지 않았거나, 듣는 경우에는 진리의 말씀으로 경청되었다고 설명한다.[18]

결과적으로 광인으로 낙인찍힌 사람들의 엄청난 담론이 아무런 가치가 없는 '잡소리'로 폄하되어 침묵 속에 잠겨버렸다. 우리는 우리의 시대가 광인과 별다른 관계가 없다고 생각한다. 그러나 푸코는 오늘날에도 기준이 다를 뿐 차별화는 존재한다고 지적한다. 주로 정신과 의사들이 환자들의 말을 듣고 정상 여부를 판정하는 역할을 맡고 있으며 그들은 범죄자의 심리 상태를 판별하기도 한다. 그러나 우리는 일상적으로도 자신이 기대하지 않았던 주장이나 말을 듣게 되면 그것은 '정신나간 소리'라고 간주하고 더 이상 들으려 하지 않는다. 그렇기 때문에 방식이 다르더라도 차별화는 여전히 존재한다고 지적한다.

세번째는 참과 거짓의 대립이다. 담론을 구성하는 명제를 놓고 볼 경우 참과 거짓을 구분할 수 있지만, 그것이 제도적인 것과 어떤 관계가 있는지 잘 납득하지 못한다. 그러나 진리에 대한 의지가 역사적으로 어떤 유형의 분할을 수행했는가를 고찰해 보면, 그러한 의지가 배제의 체계로 기능했음을 이해할 수 있다. 가령 그리스 시대에 소피스트들의 담론을 '궤변'이라고 낙인찍고 그들을 도시에서 추방한 것이 좋은 예가 된다. 진리에 대한 의지는 시대적인 진리의 형식과 밀접한 관계가 있다. 푸코는, 중요한 과학적 변천을 위대한 발견의 결과라고 간주하는 경향이 있으나, 사실 그것은 "진리에 대한 의지에서 새로운 형식의 출현"[19]을 보여주는 것이라고 단언한다. 그리고 그러한 의지가 배제 체계로서 기능할 수 있는 것은 제도적인 뒷

---

18) 같은 책, 13쪽.
19) 같은 책, 18쪽.

받침이 있기 때문이라는 것이다. 예를 들면 교육, 도서와 출판, 도서관, 학회, 실험실 등이 그러한 역할을 한다. 그러한 현상은 문학에서도 목격할 수 있다. 가령 17세기에 자연스러움(le naturel), 사실임 직함(le varisemblable)의 개념, 그리고 그 뒤의 성실성(sincérité) 개념 등은 시대의 문학이 지니고 있는 진실성 여부를 판가름하는 잣대로 사용되었다. 경제학, 법 이론, 사회학, 심리학, 의학, 정신과 등 여러 분야에서도 일종의 진리에 대한 의지가 담론의 진리를 통제하고 있다. 그럼에도 그와 같은 진리에 대한 의지를 따르지 않으면서 그것을 문제 삼는 사람들, 즉 니체에서 아르토와 바타유에 이르는 사람들이야말로 우리가 따라야 할 좌표 역할을 한다고 푸코는 우리에게 다시 상기시켜 준다.[20]

위에서 언급한 금기, 광기의 판정과 분할, 그리고 진리에 대한 의지 등은 담론에 대하여 주로 외부로부터 부과되는 제한과 통제 수단이라고 할 수 있겠는데, 푸코는 담론 내부로부터 유래하는 통제 방식에 대해서도 설명을 하고 있다. "분류, 정돈, 분배 등의 명분을 가지고 기능하는 그 내적 방식들은 담론의 사건과 우연이라는 또 다른 측면을 통제하기 위한 것처럼 작용한다."[21]

첫째로 논평이 제시된다. 담론은 결국 두 가지로 나눌 수 있는데, 그 한 가지는 매일 일상적으로 이루어지고 교환되지만 '일회용'으로 끝나는 담론이고, 다른 한 가지는 새로운 담론을 만들어내게 함으로써 반복되고 변형되기도 하는 담론이다. 종교적인 텍스트나 법률적인 텍스트 그리고 문학 텍스트들이나 과학 텍스트들이 그 좋은 예이다.

문학 텍스트의 경우를 예로 들면, 호메로스의『오디세이아』는 번역이라는 2차 텍스트뿐만 아니라 수많은 텍스트 연구를 낳게 하고, 조이스는 그것을 바탕으로『율리시스』라는 작품을 썼다. 이렇게 볼 때,

---

20) 같은 책, 22-23쪽.
21) 같은 책, 23쪽.

1차 담론은 수많은 2차 담론을 통하여 새로운 의미를 부여받는다는 점에서 열린 텍스트로 작용한다.

그에 비하여 논평은 그 기법에 관계없이 "1차 담론 속에 말없이 분절된 것을 결과적으로 말하는 것"[22]에 지나지 않는다. 결국 1차 담론에서 말한 것을 반복하는 논평은 "담론의 우연에 일정한 몫을 할애하면서 그 우연을 제거하고자 한다. 그럼으로써 논평은 텍스트와는 다른 것이 텍스트 그 자체라고 말할 수 있도록 해준다." "논평의 새로움이 있다면, 그것은 논평이 말하는 것 속에 있는 것이 아니라 근원적 담론이 다시 회귀하는 사건 속에 있다." 이처럼 푸코는 논평에 대하여 지극히 부정적인 생각을 가지고 있으며, 논평의 창의적이고 긍정적인 면을 인정하지 않고 있다. 가령 담론이나 텍스트 속에 들어 있는 저자의 무의식의 목소리처럼 저자 자신이 의식하지 않고 쓴 것을 세밀한 분석을 통하여 논평이 그것을 이끌어낼 수 있는 경우가 있음을 푸코 자신도 잘 알고 있다. 그러나 그러한 가능성에 대해서는 말하지 않고 있다.

둘째로 저자가 제시된다. 논평과 함께 담론을 희소화하는 원칙으로 저자를 들고 있는 것이다. 물론 이 경우 "저자란 텍스트를 말하거나 쓴 화자 개인이 아니라 담론 결집의 원칙으로서, 그 의미 작용의 통일성과 근원으로서 그 일관성의 중심으로서의 저자"[23]를 가리킨다. 이러한 저자의 개념은 논평과 상보적 관계에 있다. 논평이 담론 내용을 반복함으로써 담론의 우연적 의미 작용을 제한하는 데 비하여, 저자는 개성과 자아를 토대로 그러한 우연을 제한한다는 것이다.[24]

역사적으로 볼 때, 중세 문학에서는 과학 분야와는 달리 저자의 이름이 별로 중요시되지 않았다. 그래서 많은 작품들이 익명으로 유통

---

22) 같은 책, 27쪽.
23) 같은 책, 28쪽.
24) 같은 책, 31쪽.

되었다. 그러나 17세기 이후 저자의 기능은 강화되었으며, 저자는 자신의 이름으로 된 텍스트의 통일성을 책임져야 했고 사람들은 그에게 작품의 숨은 뜻을 밝히도록 요청했다. 그러나 저자는 여러 가지 복합적인 문제와 뒤엉켜 있다. 푸코는 "누가 말하는가는 중요하지 않아, 누군가가 말했으면 그만이지"라는 사무엘 베케트의 한 구절을 인용하면서, 그 구절은 "글쓰기를 결과로 보는 것이 아니라 실천으로서 내재적인 규칙을 지배하는 원칙"[25]이라고 해명한다. "글쓰기는 오로지 그 자체만을 지시할 뿐이다. 그것은 내면적 형식에서 취한 것이 아니며, 그것은 그것이 전개하는 외재성(extériorité)과 일치한다."[26]고 부연하면서, 글쓰기의 속성이 "자기가 받아들인 규칙성을 위반하고 전복하는 데 있고",[27] "자신의 규칙을 넘어서 외부로 나아간다."[28]고 설명한다. 아울러 글쓰기의 공간은 주체의 내면성이 드러나는 공간이 아니라 "시간 속에서 전개되는 텍스트가 분산되는"[29] 공간이라고 덧붙인다. 그런데 글쓰기는 작가에게 무상 행위가 아니라 그의 생명의 희생을 요구한다고 말한다. 왜냐하면 글쓰기를 통하여 작가에게 불후의 명예를 안겨준 작품은 이제 "작가를 죽이고 작가의 살인자가 될 수 있는 권리를 얻었기" 때문이라는 것이다. 푸코는 플로베르, 프루스트, 카프카 등이 그 예라고 지적한다. 그의 역설적인 주장에는 몇 가지 생각이 들어 있다. 첫째는 작가가 작품을 남기기 위하여 자신을 바쳤다는 생각이고, 둘째는 그 작품이 작가의 삶과는 별도로 그 자체 생명력을 지닌다는 생각이며, 셋째는 작품이 작가와 결부되지 않고 그 자체로서 분석될 때 올바른 이해에 도달할 수 있다는 생각이다.

---

25) "Qu'est-ce qu'un auteur", *Dits et Ecrits I.*, 792쪽.

26) 같은 책, 793쪽.

27) 같은 책, 같은 쪽.

28) 같은 책, 같은 쪽.

29) 같은 책, 같은 쪽.

그런데 푸코는 작가의 개념 정립에 장애 요인이 되는 것이 바로 작품의 개념이라고 지적한다. 이와 관련하여 그는 우선 "비평의 임무는 작품이 작가와 맺고 있는 관계를 끌어내는 것이 아니고 텍스트를 통하여 작가의 사상이나 경험을 재구성하는 것도 아니다."라고 하면서, "그 임무는 작품의 구조, 그 건축물, 그 내적인 형식 속에서 그리고 그 내적 관계의 놀이 속에서 작품을 분석하는 데 있다."[30]고 비평의 임무를 규정한다. 그러고나서 작품의 정의에 대해서 논의한다. 그는 작가가 출판한 모든 것은 물론이고 그것을 위한 모든 초안 역시 작품에 포함시킨다. 멋있는 아이디어의 초안을 비롯해서 지우고 다시 쓴 부분이나 비망록에 담긴 잡다한 메모, 주소나 전화번호는 물론 심지어 세탁소의 영수증까지 작품으로 간주될 수 있다고 한다. 그러면서도 작품에 관한 이론이 아직 정립되지 않았다는 이유에서 자신의 견해를 확실하게 밝히지는 않는다.[31]

결국 저자를 중심으로 작품과의 관계를 살펴본다면, 저자는 자신의 담론들을 하나로 엮어준다는 의미에서 분류적 기능(fontion classifica-toire)을 수행한다고 말한다. 그러한 기능을 토대로 "저자의 이름은 담론의 존재 양태를 특징짓고"[32] 담론에 일정한 지위(statut)를 부여한다. 한마디로, "저자는 일정한 담론 집합체의 사건을 표명한다."[33] 푸코는 저자 기능의 특징을 다음과 같이 네 가지 성격으로 규정한다.

첫째, 소유화(appropriation) 기능이다. 저자가 자신이 쓴 텍스트, 저서, 담론을 소유한다는 것은 본래 저작권에 대한 권리 보장보다도 자신의 글에 대한 책임 그리고 경우에 따라서는 그에 대한 형법상의 책임을 진다는 것을 의미했다. 이렇게 볼 때 푸코는 담론이란 본질적으

---

30) 같은 책, 794쪽.
31) 같은 책, 794-795쪽.
32) 같은 책, 798쪽.
33) 같은 책, 같은 쪽.

로 하나의 '행위'로서 "재물이 되기에 앞서 위험성을 동반하는 몸
짓"[34]이었다고 설명한다.

둘째, 저자-기능은 보편성을 토대로 이루어지지 않는다는 점이다.
푸코의 설명에 의하면, 역사적으로 저자의 이름 없이 문학작품들이
유통되던 시대가 있었는가 하면, 중세 과학 분야에서는 저자의 이름
이 절대적 권위를 행사했다. 그러나 17세기 이후 문학 분야에서는 저
자의 기능이 강화된 데 비하여 발명가의 이름은 '~의 정리(théorie)'
를 남기는 정도로 약화되었다고 말한다. 하지만 이는 발명가가 특허
권을 통하여 누리는 경제적 특권을 고려하지 않은 것이다.

셋째, 푸코는 우리가 생각하는 저자란, 텍스트에 대한 분석, 다른
작품 저자들과의 대조와 비교 등을 통하여 드러난 변별적 특징의 정
립, 수용할 수 있는 지속성, 배타적 차별성 등을 투영시킨 결과 떠올
리게 되는 인상과 모습을 가리킨다고 설명한다.[35] 그런데 저자를 재
구성하기 위하여 비평에서 적용하는 방식은 사실상 기독교의 전통
이 확립한 원천 해석 방법을 통하여 저자의 성덕(sainteté)을 증명
하는 방법과 상통하는 면이 있다고 주장한다. 그는 성 히에로니무스
(St. Jérôme)의 『유명한 사람들에 대하여(De viris illustrious)』에서 제시
된 네 가지 기준을 예로 든다. 우선 "저자의 것으로 인정되는 저서 가
운데 어떤 것이 다른 것에 비하여 수준이 떨어지는 경우 그의 저서
목록에서 삭제한다." "일부 텍스트가 그 저자의 다른 작품의 교리와
모순되면 그 역시 제거한다." "일상적으로 그 작가의 문체라고 보는
것과 다른 문체나 단어나 표현 등으로 씌어진 작품들도 마찬가지로
제외시킨다." "저자의 사후에 일어날 사건과 작품들도 마찬가지로 제
외시킨다." "저자의 사후에 일어난 사건과 관계되거나 그런 인물들에

____

34) 같은 책, 799쪽.
35) 같은 책, 801쪽.

174

대한 언급이 있을 경우 가필된 것으로 간주한다."[36] 이러한 네 가지 기준은 사실상 저자의 수준이나 일관성, 문체, 시대성에 대한 규정을 전제로 이루어진 것이다.

푸코는 현대 비평에서도 유사한 원칙에 입각하여 저자를 정의한다고 설명한다. "저자의 생애, 그의 개인적인 전망의 탐지, 그의 사회적 소속이나 계급적 위치의 분석 등을 통하여 작품성은 어떤 사건들의 현존뿐만 아니라 그들의 변형, 왜곡, 다양한 변모 등을 설명할 수 있어야 한다. 저자는 또한 글쓰기의 일정한 통일성의 원칙이다. 그리고 저자는 일련의 텍스트에서 전개되는 자가당착을 극복할 수 있어야 한다. 마지막으로 저자는 작품이나 초안, 편지, 단상(fragment) 등에서 완벽한 형식과 함께 동일한 수준의 가치를 실현하는 표현의 중심이 되어야 한다."[37] 결국 푸코는 성 히에로니무스가 제시한 네 가지 기준이 현대 비평에서 저자 기능 정립에 적용하는 방식과 통하는 면이 있다고 생각하는 것이다.

그러나 푸코는 그러한 접근 방법이 만족스럽다고 생각하지는 않는다. 그는 "텍스트란 저자를 가리키는 몇 가지 기호를 언제나 그 안에 지니고 있다."[38]는 점을 강조한다. 그것은 인칭대명사·부사·동사변화 등 일견 문법적인 문제들로 보이지만, 사실은 텍스트 해석에 관계되는 문제들이다. 상식적인 지적이지만, 이야기 형식의 소설에서 1인칭 주어는 작가와는 다른 그의 분신(alter ego)이고, 작품 속의 현재 역시 작가가 작품을 쓰는 시간과는 다른, 작품의 시간을 가리킨다. 한 걸음 나아가 그는 "저자를 실제 작가에게서 찾는 것은 이야기 속의 화자에게서 찾는 것과 마찬가지로 잘못된 것이다. 저자 기능은 양자의 분열 및 그 분할과 거리 속에서 이루어진다."[39]고 강조하면서, 저자

---

36) 같은 책, 801-802쪽.
37) 같은 책, 802쪽.
38) 같은 책, 같은 쪽.

기능과 관계 있는 담론들은 모두 복수 자아를 갖는다고 상기시킨다.

　문학적 담론의 차원에서 저자는 자기 저서가 아닌 그 너머의 저서에 대한 저자가 될 수는 없다. 그러나 푸코에 의하면, 19세기에 들어서서 일부 분야의 저자들은 하나의 창시자로서 새로운 유형의 저자로 등장하게 되었다. 가장 대표적인 예로 그는 프로이트와 마르크스를 들고 있다. 푸코에 의하면, 프로이트는 단순히 『꿈의 해석』의 저자가 아니고 마르크스 역시 『자본론』만의 저자가 아니라는 것이다. 왜냐하면 "그들은 무한한 담론의 가능성을 정립했기"[40] 때문이다. 하지만 프로이트가 정신분석학을 창시했다고 하는 것이 모든 정신분석 학자들이 그의 이론을 그대로 답습한다는 것을 의미하지는 않는다. "그것은 프로이트가 정신분석 담론에 속하는 자신의 텍스트·개념·가설과는 다른 차이들의 출현을 가능하게 했다."[41]는 것을 의미한다. 결국 새로운 담론의 창설은 이론의 일반적인 형식을 고정하거나 그 이후의 변모를 막는다는 뜻이 아니라, "그 분야에 일정한 적용 가능성을 열어 준다."[42]는 것을 나타낸다. 다시 말해서, "창시자들의 작품이 학문과 그 학문에 윤곽을 그리고 공간 속에 자리매김하는 것이 아니라, 그 학문과 담론들이 그 분야의 기본 좌표처럼 그들의 저서와 결부된다."[43] 그렇기 때문에 창시자들의 작품은 계속 그 분야 담론들의 참조 대상이 되고, 그리하여 '～로의 회귀', '재발견', '재현동화(réactualisation)', '재검토' 등의 현상이 일어나게 된다.

　지금까지 살펴본 것처럼, 저자 개념은 작품 내지 담론과 복합적인 관계를 맺고 있다. 그럼에도 우리는 "저자란 용솟음치는 창조적 심급

---

39) 같은 책, 803쪽.
40) 같은 책, 805쪽.
41) 같은 책, 805-806쪽.
42) 같은 책, 806쪽.
43) 같은 책, 같은 쪽.

(instance)으로서 그 작품 속에…… 무한한 의미 작용의 세계를 만드는"[44] 존재라고 생각한다. 하지만 사실 "그는 작품을 메꾸어주는 무한한 의미 작용의 원천이 아니며, 저자는 그의 작품에 선행하지 않는다."[45] 푸코는 계속하여, 그와는 반대로 "저자는 이데올로기적인 현상으로서 그것에 의하여 우리는 의미의 증식을 억제한다."고 설명하면서, 실제로 저자는 하나의 '기능적인 원칙'으로서 그것은 "픽션의 자유로운 유통, 자유로운 처리(manipulation), 자유로운 구성-해체-재구성에 장애가 된다."[46]고 지적한다. 따라서 저자-기능이 사라짐으로써 "픽션과 다의적인 그의 텍스트들이…… 저자에 의한 방식이 아닌 다른 방식으로 새로이 기능할 수 있게 된다."[47]고 주장한다.

논평과 저자 이외에 담론에 제약을 가하는 원칙으로 푸코는 '분야(disciplines)'를 들고 있다. 분야는 대상의 영역, 일련의 방법, 참이라고 간주되는 명제들의 자료집, 규칙, 정의, 기술과 도구 등의 작용에 의하여 정의되기 때문에, 일종의 익명 체계라는 점에서 어떤 의미를 재발견한다거나 동일성을 반복하는 것이 아니라 새로운 명제를 정식화해야 한다. 이런 점에서 분야는 논평과 대립된다.[48] 분야란 참이라고 인정되는 모든 담화의 집합체가 아니다. 왜냐하면 예컨대 식물학이나 의학을 예로 들자면, 그 분야들은 그 분야의 진리들로만 구성되는 것이 아니라 긍정적인 역할을 한 오류들까지 포함하기 때문이다. 그리고 식물학이나 병리학에 속하는 명제가 되기 위해서는 갖추어야 할 일정한 요건이 있다. 그러한 요건들은 기대에 따라 달라진다. 예를 들어 언어의 기원 같은 경우, 19세기까지는 많은 관심을 끄는 연구 분

---

44) 같은 책, 811쪽.

45) 같은 책, 같은 쪽.

46) 같은 책, 같은 쪽.

47) 같은 책, 같은 쪽.

48) *L'ordre du discours*, 32쪽.

야였으나 19세기 후반에는 일고의 가치도 없는 주제의 담론이라는
낙인을 받게 된다.

푸코는 그 밖에도 다른 통제 방식들이 있다고 말한다. 가령 화자의
자격에 제한을 두는 경우가 있다. 또한 의례(le rituel)도 제약적 요소
이다. "그것은 담론에 수반되는 몸짓, 행동, 상황, 그리고 전체 기호
등을 정의한다."[49] 종교적 담론이나 사법적 담론, 치료적 담론, 정치적
담론은 각기 그 나름대로의 의례적인 방식을 갖추어 이루어져야 하
며, 그러한 의례를 익히지 않고서는 해당 담론을 행할 수 없다. 과거
에 존재하던 '담론 서클'들도 회원의 자격에 제한을 두던 폐쇄적인 모
임이었다. 오늘날에는 그러한 서클이 존재하지 않지만 그와 같은 체
계는 여전히 유효한데, 가령 책을 출판하기 위해서는 출판에 관계되
는 폐쇄적인 서클 속에 끼어들어 인정받을 수 있어야 한다. 그 밖에
도 교리 내지 학설도 그러한 제약에 가담한다. 특정한 교리나 학설을
무조건 받아들이지 않으면 그룹에 들어가 활동할 수 없다. 그 경우
교리는 이중적인 복종을 강요한다. "화자는 일정한 담론에 따라야 하
고 담론은 개인 화자들이 구성하는, 적어도 잠재적인 집단에 따라야
한다."[50] 교육도 담론의 사회적 점유와 관계된다. 이상에서 언급한 의
례, 담론 서클, 교리 집단, 사회적 점유 등은 여러 가지 면에서 분리되
지 않고 서로 얽힌 채 작용하는 경우가 많다.

담론이 처해 있는 이와 같은 상황에서 푸코는 자신의 작업을 크게
두 가지 방향에서 전개하겠다고 제시한다. 첫째, '비판적' 작업에서
'전복의 원칙'을 실현하는 것이다. 이는 "배제, 제한, 점유의 형태들을
명확하게 드러내도록 하는 것…… 그것들이 어떻게 형성되었고 어떤
욕구에 부응하기 위한 것인지, 그것들이 어떻게 변모되고 이동하게

---

49) 같은 책, 41쪽.
50) 같은 책, 45쪽.

178

되었는지, 그것이 어떤 제약을 행사했고 어느 정도로 그것을 피할 수 있었는지"[51] 등에 중점을 두고 있다. 둘째, '계보학적' 작업에서 그는 세 가지 원칙을 탐구하고자 한다. 즉, "이러한 제약들의 체계를 통해서, 그 체계들에도 불구하고 아니면 그것들을 토대로, 담론의 계열들이 어떻게 형성되었는가, 각 계열의 특이한 규범은 무엇이고 그들의 출현·성장·변주(variation)의 조건은 무엇인가"[52] 등에 중점을 두고 있다.

비판적 작업은 배제 기능과 관계된다. 푸코는 이미 고전주의 시대의 광기와 이성에 대한 구분, 또 성에 관계되는 언어적 금기에 대한 연구를 수행했다. 그의 관심은 고해성사를 통하여 언어적 금기 대상인 성에 대한 담론이 세부적으로 묘사되다가 그것이 19세기의 정신의학 분야로 어떻게 옮겨가게 되었는가를 살펴보는 데 있었다.

비판적인 작업이 담론의 희소화·재구성·단일화 과정 등을 연구하는 데 비하여, 계보학적 접근은 담론의 분산적·불연속적 그리고 규칙적인 형성을 다룬다.[53] 물론 푸코는 그 두 작업이 완전히 독립적으로 이루어질 수 있다고 생각하지 않으며, 담론의 정상적인 형성이 분야의 경우와 같은 통제 방식을 포함할 수 있다고 생각하지도 않는다. 그는 담론의 정상적인 형성이 분야의 경우와 같은 통제 방식을 포함할 수 있고 문학의 비평이 저자에 대한 담론을 구성할 수 있는 것과 마찬가지로 통제 형태들이 담론 형성 내부에서 구조화될 수 있다고 설명한다. 따라서 비판적 작업과 계보학적 작업의 차이는 대상이나 영역의 문제가 아니라 분석의 초점, 관점, 제한의 문제인 것이다.[54]

예컨대 성의 담론에 대한 금기와 관여된 연구를 수행하기 위해서

---

51) 같은 책, 62쪽.
52) 같은 책, 같은 쪽.
53) 같은 책, 67쪽.
54) 같은 책, 68-69쪽.

는 성 문제가 개입되는 문학·종교·생물학·윤리·의학·사법 등의 담론 등을 모두 검토하지 않으면 안 된다. 그런데 문학이나 의학, 정신의학 분야의 담론들은 형식이나 논의 방식이 각각 다를 수밖에 없고, 단일한 담론을 구성할 수 있을지조차 의심스럽다. 결국, 그에 대한 연구는 각각 다른 금기가 부과되는 복합적인 계열을 중심으로 이루어질 수밖에 없다. 푸코는 복합 계열의 분석이 집약적인 종합을 가능하게 한 예로 16세기 부(richesse)에 대한 담론의 분석을 예로 든다. 가령 부자, 가난한 사람, 학자, 무학, 신교도, 가톨릭, 상인, 도덕가 등의 이질적인 언술들을 검토해 보면 그 나름대로의 공통적인 담론의 규칙성과 제약 체계를 가졌음을 확인할 수 있다는 것이다.[55] 그러한 현상은 개인의 언어적 운용을 나타내는 파롤이 사람마다 다르지만 사회 전체를 놓고 보면 언어적 공동체임을 보여주는 랑그를 공유하고 있음을 확인할 수 있다는 사실과 유추적 성격을 보여주는 것이라고 하겠다.

  결과적으로 비판적인 접근과 계보학적 접근은 서로를 뒷받침하면서 보완적인 면을 가지고 있음을 알 수 있다. 담론의 배열, 배제와 희소화의 원칙들을 탐지하고 명확하게 하고자 시도하는 것이다. 그에 비하면 계보학적 방법은 담론을 실제 형성하는 계열들에 초점을 맞추면서 담론이 지니고 있는 긍정하는 힘을 통하여 담론을 포착하고자 하는 것이다. 이 경우, 그 힘이란 부정하는 힘에 대립되는 개념이 아니라 대상의 영역들을 구성하는 힘을 말한다. 우리가 참 또는 거짓 명제들을 긍정하거나 부정하는 것은 바로 그러한 대상의 영역을 상대로 하는 것이고, 그 대상의 영역은 실증성과 동의어이다.[56] 그는 비판적 스타일을 '학구적인 대담성(désinvolture studieuse)'의 스타일이라고

---

55) 같은 책, 70쪽 참조.

56) 실증성은 의미에 대하여 적극적인 요소의 성격을 가리키는 것이고 따라서 실재성을 구성하는 성격을 의미하며 긍정명제와 동의어처럼 쓰인다.

부르고, 계보학적 기질을 '적절한 실증주의(positivisme heureux)'의 스타일이라고 명명한다.

『담론의 질서』와 「저자란 무엇인가」는 담론과 넓은 의미에서의 텍스트에 대한 역사적 고찰을 곁들이면서 푸코 자신의 담론에 대한 접근 방법과 관점을 집약하고 있다. 비판적 방법과 계보학적 방법을 중심으로 하는 그의 담론 접근 방법은 텍스트의 읽기와 실제 분석에 적용되는 방법으로서 텍스트 연구에 시사하는 바가 크다. 또한 푸코는 그의 텍스트 평가의 기준도 제시하고 있다. 단절과 불연속 그리고 위반을 중심으로 하는 그의 담론과 텍스트에 대한 관점은 담론과 텍스트가 그러한 성격을 갖추고 있을 때 인식론적 발전에 기여할 수 있다는 생각을 제시한다. 그의 주장이 차이·개별성·단절에 지나치게 치우쳐 연속성과 보편성을 부정하는 듯한 인상을 주지만, '부에 대한' 분석의 예를 통하여 보여주듯이 보편성이나 연속성은 객관적으로 수렴에 의하여 자연스럽게 이루어질 수 있다는 점을 인정하고 있다.

앞에서 푸코의 생애를 소개하며 그가 만난 뒤메질, 캉길렘, 이폴리트 등을 언급했는데, 이런 훌륭한 스승들과의 만남은 푸코에게 서구 정신 문화의 전개를 독창적으로 보는 시각을 길러주었고 방법론적으로도 시사해 준 바가 많다. 그러한 영향을 토대로 푸코는 다양한 텍스트를 담론의 차원으로 옮겨와 분석·종합하면서 자신의 담론의 틀 속에 위치시킨다.

그러나 그가 제의한 문제들 가운데 담론에 대한 외부적 제약 요소로 지적한 논평, 저자, 분야 등에 대한 견해는 부정적으로 치우쳤다는 인상을 준다. 적절한 논평은 텍스트의 핵심을 창조적으로 이해할 수 있게 하는 역할을 한다는 점이 인정되지 않았다. 또 분야에서 제시하는 기준이 자유로운 담론을 제약하는 면도 있으나 정합성을 높이고 그 분야의 질적 발전에 기여할 수 있음에도 불구하고 그러한 점이 고려되지 않았다. 저자의 문제 역시 저자의 소멸 내지 죽음이 텍스트의

숨겨진 의미를 드러낼 수 있는 길이라고 생각하는 것 역시 극단적인
면이 있다. 그러한 생각은 저자의 존재를 제외시키고 텍스트의 의미
작용만을 분석하고자 하는 구조주의적 관점과 밀접한 관계가 있으나,
푸코 자신은 구조주의와의 관계를 부정한다.[57] 물론 저자의 존재가 담
론의 의미에 장애가 된다고 보는 것은 저자의 생애 중심으로 이루어
지던 과거의 문학 비평과 문학 교육에 대한 반작용으로서는 의미가
있겠으나, 현실적으로 저자의 문제를 완전히 제거하는 것이 최선의
방법이라고는 할 수 없다. 가령 언어의 자율성을 강조하는 말라르메
의 주장을 볼 때, 어떻게 그러한 주장이 나오게 되었는지, 그의 생애
와 고뇌에 대한 이해를 배제한 채 정확하게 분석할 수 있을지는 의문
이다. 저자에 의한 텍스트 해석이 오류에 빠질 수 있다면 저자 없는
텍스트 해석도 한계에 부딪힐 수밖에 없다. 현실적으로 텍스트 내지
담론과 저자는 상호 왕복 관계를 통해서 서로를 올바르게 해석하고
논할 수 있는 가능성을 준다는 사실을 부정해서는 안 될 것이다.

---

57) 같은 책, 78-79쪽.

제2장 푸코: 텍스트와 문학 텍스트의 상관관계

푸코의 이론을 설명하기 위하여 방법론적으로는 고고학 이전 시기, 고고학 시기, 계보학 시기로 나누어볼 수 있겠으나, 그와 같은 구분은 너무 추상적이고 막연하다. 주제 면으로 볼 때 그의 저서 목록이 보여주는 것처럼, 그는 서구 사회에서 지식과 권력의 형성 및 속성에 대해서 연구했고 사회적인 관점에서 광인의 처리와 관련된 문제를 깊이 파헤쳐보기로 했으며 의학적 제도와 정치적 관계를 중심으로 병원의 역사에 대하여 탐구하기도 했다. 또한 성의 담론과 관련된 문제를 역사적 관점에서 다각도로 조명하기도 했다. 이상의 주제를 종합해서 묶는다면, 서구 사회의 잘 알려지지 않은 어두운 면을 담론과 관련시켜 역사적으로 들추어봄으로써 우리가 지금까지 가지고 있던 지식이나 인식을 뒤집으려고 한 시도라고 이해할 수 있을 것이다. 그런 의미에서 그를 '권력의 분석가', '담론사가'라고 부를 수도 있을 것이다. 하지만 그는 자신에게 따라붙는 다양한 타이틀을 별로 달갑게 생각하지 않으며, 스스로를 '앎의 고고학자' 혹은 '사고 체계의 비판가'라고 부른다.

그런데 이러한 논의는 한 가지 사실을 간과하고 있다. 그것은 문학 연구가로서의 푸코에 관한 문제이다. 알려진 것처럼, 푸코는 주로 초기에 많은 문학비평 활동을 전개했다. 그러나 그와 가까운 들뢰즈는 그에 대한 연구 단행본[1]을 쓰면서도 그 문제를 거론하지도 않았고, 드레퓌스와 라비노[2]도 성격이 불분명하다는 이유로 문학비평을 비롯한 초기의 텍스트들을 고려 대상에서 제외시켰다. 푸코 자신도 문학에 관련되는 글들을 묶어서 출판하고자 하는 시도에 동의하지 않았다고 한다.

푸코는 문학에 관련된 저서로 『레이몽 루셀』 한 권밖에 남기지 않았고, 나머지 글들은 문학과 언어에 대한 성찰을 중심으로 횔덜린, 말라르메, 아르토, 바타유, 블랑쇼, 사드, 클로소프스키 등에 대해서 쓴 단편적인 성격이다. 이것들 대부분 그의 『글과 말』에 실려 있지만, 일관성을 결여하고 있고 체계적으로 분류하기도 어렵다. 그러한 정황을 이해한다고 하더라도, 문학에 대한 푸코의 고찰을 제외하고 그를 이해하는 것은 불가능하다고 생각된다. 왜냐하면 그의 역사적인 고찰에서 문학 텍스트는 시대적인 사고 체계를 표출하는 1차적인 자료 역할을 하며, 그러한 관점에서 문학작품을 조명하기 때문이다. 예컨대 그의 『말과 사물』에 따르면, 『돈 키호테』는 16세기의 종말을 고하는 철학적 의미를 담은 텍스트이고 사드의 『쥐스틴』과 『쥘리에트』는 고전주의 시대가 막을 내렸음을 알려주는 텍스트이다. 말라르메의 시와 언어는 19세기의 새로운 사고를 집약하고 있고, 바타유, 블랑쇼, 루셀 등은 20세기 후반의 인간의 정신적 상황을 드러내고 있다. 그렇기 때문에 문학 텍스트는 시대의 정신적 상황을 조명하는 데 필수 자료 역할을 한다. 따라서 필자는 푸코와 문학의 관계를 비평 활동의 관점보

---

1) G. Deleuze, *Michel Foucault*(Minuit, 1986).

2) H. Drefus & P. Rabinow, *Michel Foucault, un parcoms philosophique*(Gallimard, 1982).

다도 그가 역사와 문학 텍스트를 겹쳐 읽고자 했다는 관점에서 살펴보려고 한다. 그러한 의도에 기본적으로 적합한 저서가 그의 『말과 사물』이다. 그러나 그에게 역사 읽기는 다양한 역사적인 텍스트와 자료들을 담론으로 환원하여 읽는다는 것을 전제로 하고 있고 문학 텍스트 역시 시대 정신을 표출하는 담론으로 읽는 것을 의미하기 때문에, 그 두 가지를 다룬 그의 『담론의 질서』를 예비 작업으로서 앞 장을 통하여 우선적으로 고찰해본 것이다.

1 『말과 사물』과 문학 텍스트

『말과 사물』은 주제의 성격이나 읽기의 난해성 때문에 많은 독자가 읽을 수 있는 책이 아님에도 출판과 동시에 인문과학 분야의 베스트셀러로 우뚝 섰고, 덕분에 푸코는 1960년대를 대표하는 사상가로 자리매김되었다. 전후 세대에게 사르트르의 『존재와 무』가 그랬던 것처럼, 푸코의 『말과 사물』의 인기도 올바른 이해를 바탕으로 한 것이라기보다는 오해 때문이라고 보는 것이 일반적인 견해이다.

『말과 사물』의 내용을 구체적으로 살펴보기에 앞서 우선 책의 제목과 부제에 대해서 살펴보는 것이 필요하다. 『말과 사물』의 '말(les mots)'은 본래 '단어'를 의미한다. 단어 중에서도 실제 세계에서 그것이 지시하는 지시 대상을 갖는 단어를 가리키며 '사물'은 바로 그 지시 대상인 것이다. 따라서 이때 단어는 뜻과 함께 그것이 지칭하는 어떤 대상을 가지게 되며, 그러한 단어와 실제 사물의 관계가 어떠한 것인가를 검토한다는 의미가 되겠다. 이러한 경우 일반적으로 단어 대신 기호라는 용어를 사용하는데, 어째서 기호라는 용어 대신 단어라는 용어를 썼을까? 기호는 의사소통에 쓰이는 언어학적인 요소로서 기표(signifiant)와 기의(signifié)로 구성된다. 그에 비하여 단어는 각 언어의 어휘 체계 —— 구체적으로 국어사전 —— 를 구성하는 요소로서 백과사전에 들어가는 항목들도 모두 그에 속한다. 그렇기 때문에 단어란 폭넓은 학문 분야에서 사용되는 용어들을 망라하며, 특히 역사적 의미 변화와 구체적 사용을 포함한다는 점에서 중요하다. 기호는 시간적으로 공시성을 내포하고 있어서 특정 시기의 전문 분야에 적용될 수 있으나 낱말이나 단어보다는 덜 포괄적이다. 또한 기호의 기의와 낱말의 의미 내용은 모두 '표상(représentation)'의 기능을 수행한다.

'인문과학의 고고학'이라고 붙인 부제도 생각해 보아야 할 것 같다. 우선 역사학, 사회학, 심리학 등과 같은 인문과학은 인간을 특징짓는 학문 분야로서 인간의 심리적 행동 방식, 문화, 언어, 역사, 사회적 존재 등을 탐구한다. 일반적으로 생물학이나 인체생리학 등은 그에 포함되지 않는다.[3] 그러나 푸코는 보다 넓은 의미에서 인간에 관련된 자연과학까지도 인문과학의 범주에 넣는다는 점을 유의해야 한다. '고고학'은 푸코의 초기 방법론을 집약한다. 그러나 단순히 '옛날 유물과 유적에 대한 연구 분야'라는 사전적인 의미가 아니다. 푸코 자신이 설명하는 고고학의 개념이 일정한 것은 아니지만, 그는 세 권의 초기 저작 ——『임상의학의 탄생 : 의학적 시각의 고고학』(1963), 『말과 사물 : 인문과학의 고고학』(1966), 『지식의 고고학』(1969) —— 등에 고고학이라는 명칭을 부여했다.

푸코는 『말과 사물』의 서론에서 "그것 —— 고고학 —— 은 지식과 이론이 어떤 기반을 토대로 가능하게 되었는가를 다시 찾아내고자 하는 탐구이다. 다시 말해서, 지식이 어떤 질서 공간 안에서 구성되었으며 어떤 역사적 '아프리오리', 즉 선험적 추론을 근거로 또 어떤 실증성의 요소 속에서 이념이 출현하고 학문이 구성되며 경험이 철학 속에

---

3) J. Russ, *Dictionnaire de Philosophie*(Bordas, 1991), 260쪽.

반영되고 합리성이 형성되었으며 그 뒤 해체되고 소멸하게 되었는가를 탐구한다.”[4]고 설명한다. 그것은 담화 개념과 관계 있다. 푸코는 “나는 실제로 발표된 담화[5]의 총체라는 의미로 고문서라는 말을 사용한다. 담화의 총체는 실제로 일어났던 사건들의 총체로서 고찰될 뿐만 아니라…… 역사를 통하여 계속 기능을 발휘하고 변화하면서 다른 담화들이 출현할 수 있는 가능성을 주는 총체로서 간주된다.”[6]고 설명한다.

그러니까 푸코의 고고학이란 지식의 담지자로서의 담화 및 그 근거의 출현에 관련된 조건을 파헤치기 위한 접근 방법이라고 할 수 있고, 목표는 지식보다 구체적으로 한 시대를 특징짓는 사고의 틀을 드러내는 것이다. 그것을 푸코는 ‘에피스테메(épistémè)’, 곧 인식소 내지 인식 체계라고 부른다. “우리가 밝히고자 하는 것은 인식론적 영역, 에피스테메이다. 그것은 합리적인 가치나 객관적인 형식에 의존하는 기준과 관계없이 지식이 실증성을 뿌리내리게 하고 점차적 완벽성의 역사가 아니라 그 가능성의 조건으로서의 역사를 드러낸다는 관점에서 고찰된 지식이다.”[7] 달리 말하자면 “우리는 사고의 일반 체계를 재구성해야 하는데, 그 사고의 그물망은 그 실증성 속에서 동시적이면서 명백히 상호 모순적인 견해들의 움직임을 가능하게 하는 것이다. 그리고 지식의 역사성을 지니고 있는 것 또한 그 그물망인 것이다.”[8] 푸코의 에피스테메는 토마스 쿤(Kuhn)이 도입한 ‘패러다임’[9] 개

---

4) *Les mots et les Choses*, 13쪽.
5) 우리는 ‘discours’를 ‘담화’와 ‘담론’ 두 가지로 번역한다. 전자는 형식적인 단위로서 분석 자료를 인식론적으로 환원하는 경우와 언어학적 통사 단위를 가리키며, 후자는 구성된 담화가 내용 위주로 파악되는 경우를 지칭한다.
6) M. Focault, *Dits et Ecrits*, 1994, 772쪽.
7) *Les mots et les Choses*, 13쪽.
8) 같은 책, 89쪽.
9) 에피스테메와 패러다임의 차이에 대해서는 이광래의 『미셸 푸코』, 146-154쪽

념과 상통하는 개념으로, 푸코는 한 시대의 에피스테메는 다음 시대로
바뀌면서 그 에피스테메도 급격한 단절과 변화를 겪는다고 말한다.

　결과적으로 푸코의 목적은 고고학적 방법을 통하여 포착한 에피스
테메를 중심으로 서양의 지적 형성 과정을 문학 텍스트와 겹쳐 읽어
나가는 것이고, 그러한 관점에서 그는 서양의 역사를 다음과 같이 크
게 네 단계로 나누어 고찰한다.

　　제1시기 : 중세와 16세기[10]
　　제2시기 : 17세기와 18세기
　　제3시기 : 19세기
　　제4시기 : 20세기 중반[11]

2　벨라스케스의 「시녀들」과 『말과 사물』의 구도

『말과 사물』에서 푸코는 자기 나름의 고고학적 방법을 통하여 다
양한 텍스트를 읽으면서, 그것들을 담화로 환원시켜 그 시대 지식의
특징을 규정한다. 그리고 한 시대에서 다음 시대로 옮겨가면서 지식
의 성격에 어떤 변모가 이루어지는가를 고찰한다. 유념해야 할 것은,
그의 연구 목표가 인간과 세계와의 관계를 밝히는 것이고 그러한 목
표를 뒷받침하는 수단으로서 몇 가지 학문 분야의 성과를 고찰하지

　을 참조할 것.

10) 이탈리아의 르네상스가 15세기인 데 비하여 프랑스의 르네상스는 그보다
　　1세기 늦은 16세기이다.

11) 푸코는 『말과 사물』의 서론에서 16세기와 17-18세기, 19세기의 세 가지
　　시대 구분에 대해서만 언급했으나, 마지막 10장에서 20세기 중반의 인류학,
　　정신분석학, 언어학 등의 학문에 대하여 논의한다. 이 점을 감안하여 네 가
　　지 시기로 나누었다.

만, 그는 문학·예술작품이야말로 시대의 정신적 성향을 집약한다고 본다는 사실이다. 그러한 관점에서 『말과 사물』의 제1장에서 전개하는 벨라스케스(Velasques, 1599-1660)의 대표작 「시녀들」에 대한 분석은 그림에 대한 깊이 있는 읽기이면서 그가 서양의 정신사를 읽어나가는 방법을 보여준다. 아울러 이 분석은 그의 궁극적 목표가 어디에 있는가를 드러낸다는 점에서 시사하는 바가 크다.

「시녀들」은, 대상을 그리는 것이 아니라 그 대상을 그리고자 하는 화가와 그 대상을 응시하는 들러리들을 그린다. 그러면서 정작 그 대상이 되는 주인공들의 모습은 그림 뒤쪽의 거울에 희미하게 투영하는 것으로 그친다. 말하자면 동양화에서 달 그림을 그리면서 달 주변의 자연을 묘사하되 그림의 주제가 되는 달은 물에 비치는 모습으로만 보여주는 기법과 상통한다고 할 수 있을 것이다.

푸코는 우선 그림의 구도를 세련되게 재구성한다. 캔버스 뒤쪽으로 조금 물러선 화가의 팔과 손을 묘사하면서 그의 섬세한 붓끝과 날카로운 시선을 부각시킨다. 그 화가가 바라보는 지점은 그림에서 비가시적인 부분으로서, 그것은 관객인 우리의 몸과 눈이 있는 곳이다. 그렇기 때문에 화가가 관찰하고 있는 광경은 이중적 의미에서 비가시적이다. 첫째, 그가 관찰하는 대상은 우리가 바라보는 그림의 공간에 포함되지 않기 때문이고, 둘째, 그 대상은 우리의 시선이 포착할 수 없는 사각지대가 되기 때문이다. 만약 우리가 화가의 캔버스를 들여다볼 수 있다면 우리는 화가가 응시하고 있는 것이 무엇인지 알아낼 수 있을 것이다. 그러나 그것은 불가능한 일이다. 화가의 눈에서부터 그가 응시하는 대상을 이어보면 하나의 선이 형성된다. 그 선은 관객인 우리를 관통하면서 우리를 그 그림의 표상 작용과 연결시킨다. 얼핏 보기에 화가의 눈과 우리의 눈은 서로를 응시하면서 마주치고 중첩된다. 단순히 상호 교환을 통하여 시선과 시선 사이에 선을 이어주는 것 같으나, 실제로는 더 복잡한 문제들을 끌어들인다. 우리는 화가의 시선을 응시하지만, 사실상 화가는 우리 자리를 차지하고 있는 현실 속의 자신의 모델을 응시하는 것이다. 따라서 그의 캔버스는 화가의 모델과 관객의 상호 교류성을 인정하지 않는다. 화가의 시선과 화가의 대상인 모델 그리고 캔버스 속에 그려지고 있는 모델의 형상은 삼각구도를 형성한다. 그런데 캔버스 속의 형상이나 모델은 비가시적이고, 가시적인 것은 우리 관찰의 대상이 되는 화가의 시선뿐이다.

화가의 시선은 관객을 자기 시선의 영역에 자리매김하면서 그를 자신의 그림 속으로 끌어들인다. 그림은 관객에게는 그 속에 들어갈 수 있는 특권을 부여하면서 아울러 그 속에 들어가지 않으면 안 되는 의무를 부과하는 공간인 것이다. 오른쪽 창문으로부터 들어오는 빛은 서로 엇물리면서도 환원 불가능한 두 공간, 즉 그림의 화폭과 관객 그리고 모델이 차지하고 있는 공간을 환하게 비춘다. 그와 동시에 그 빛은 관객을 화가쪽으로 그리고 모델은 캔버스 쪽으로 이끌고 간다.

관객의 맞은 편 벽에는 몇 개의 그림이 걸려 있다. 그 그림들 가운데 보다 선명하게 드러나는 그림이 눈에 뜨인다. 그 그림의 액자의 틀은 다른 그림의 액자의 것보다 더 넓다. 그런데 그림의 안쪽에 그어진 백색 선은 그림 전체에 희미한 빛을 뿌린다. 그림 속에는 두 사람의 초상이 보이는데, 그것은 사실상 그림이 아니라 거울이며 그 거울은 관객에게 직접 드러나지 않는 모델의 닮은꼴 모습(double), 즉 표상인 것이다. 벨라스케스의 그림은 인물과 화실의 실재를 직접 표상하지만 모델은 직접 표상되지 않고 거울에 의한 반영으로 표상된다. 그런데 화실의 그 누구도 그 거울에 의한 표상을 처다보지 않는다. 자기 앞에 있는 모델을 그리기에만 열중하고 있는 화가는 물론 그림 속의 다른 인물들도 자기들의 전면에서 전개되는 광경에만 주의를 기울이고 있다.

본래 네덜란드 회화의 전통에서 거울은 그림 속에 그려진 것을 복제하는 것이었지 실제 인물이나 실물을 직접 반영하는 것은 아니었다. 그러나 벨라스케스의 「시녀들」에서는 실제 모델의 모습을 직접 반영하는 것이다. 이처럼 아무도 봐주지 않는 거울은 그림의 정면에 위치하여 그림이 보여줄 수 없는 영상을 표상한다. 그런 의미에서 푸코는 벨라스케스가 "이미지는 액자의 틀 밖으로 나가야 한다."고 말한 스승 파셰로(Francisco Pachero, 1564-1654)의 충고를 따른 셈이라고 지적한다.[12]

「시녀들」은 화가의 화실 혹은 에스쿠리알(Escurial) 궁의 살롱에서 그림을 그리고 있는 화가 자신과 모델이 되고 있는 두 인물 그리고 그들을 보러온 공주와 일군의 무리들을 보여준다. 거울에 비친 두 인물은 다름 아닌 왕 펠리페 4세(Felipe IV)와 왕비인 것이다. 고유명사들은 그들의 신분을 밝혀주기는 하지만, 언어와 회화의 관계는 '하나의 무한한 관계(un rapport infini)'[13]라고 푸코는 지적한다. 무슨 의미인가? 먼저 언어와 이미지는 서로 환원 불가능한 요소이다. 고유명사가 그림을 이해하는 데 도움을 줄 수 있다고 생각한다면 그것은 착각이라고 푸코는 지적한다. 왜냐하면 고유명사는 언어의 공간에서 시각의 공간으로 옮겨가게 하는 기능밖에 수행하지 못하는 인위적 장치이기 때문이다. 따라서 그림이 빛을 발하기 위해서는 고유명사를 잊어버리고 언어에 의존하여 그림의 영상을 풀어나가야 한다. 이러한 푸코의 언어관은 바르트가 생각하는 언어관과 상통하는 것으로, 생각하는 것이나 눈으로 보는 이미지 등 모든 것은 언어에 의하여 표현됨으로써 구체적으로 드러날 수 있다는 것을 의미한다.

그러한 생각을 토대로 푸코는 거울 속에 반영된 것이 누구인가 하는 것은 접어놓고 반영 그 자체를 고찰해야 한다고 말한다. 그 반영은 캔버스의 반대편에 있기 때문에 뒷면이라고 하겠지만, 캔버스가

---

12) *Les Mots et le Choses*, 25쪽.
13) 같은 책, 24쪽.

감추는 것을 정면으로 보여주기 때문에 정면이라고 할 수도 있다. 거울은 그림 앞쪽으로 다가가서는 화가에 의하여 관찰되면서도 관객에게는 비가시적인 이미지를 포착한다. 거울의 반영과 반영되는 것의 사이에 형성되는 점선은 횡적인 빛의 움직임을 수직으로 가르고 있다. 거울은 또한 구멍처럼 뚫린 출입구와 인접한다. 명료한 직사각형의 문 아래로는 계단이 있고 계단은 회랑으로 이어진다. 그러한 배경을 토대로 한 남자의 길다란 옆모습 윤곽이 드러난다. 한 손으로 커튼을 받치면서 한쪽 무릎은 구부려져 있다. 방안으로 들어오려는 것인지 몰래 구경만 하려는 것인지는 알 수 없지만, 아무도 그에게 주의를 기울이지 않는다. 어쩌면 보이지 않는 공간에서 온 밀사일 수도 있을 것이다. 그는 외부로부터 불쑥 나타나서 표상 영역의 경계 지점에 우뚝 서 있다. 그는 자신의 육신을 드러내 보이면서 거울 속에 반영된 희미한 영상들과 대조를 이룬다.

이제 화가의 시선으로부터 출발하여 그의 왼쪽의 캔버스를 거쳐 벽면에 걸린 그림들을 지나서, 그리고 중앙의 거울을 지나서 문과 잘 보이지 않는 오른쪽 벽면의 그림들을 통과하여 빛이 쏟아지는 오른쪽 창문에 이르게 되면, 우리는 조가비 형태의 나선형 움직임 속에 표상된 것의 순환 주기(cycle)를 모두 읽게 된다. 즉, 시선, 팔레트와 붓, 형상들을 보여주지 않는 캔버스, 그림들, 반영과 실제적 인간의 표상을 보게 되며, 그러고나면 표상의 매듭이 풀리면서 액자들과 빛을 볼 수 있게 된다. 그 빛이 화가의 이마와 눈과 시선을 지나면서 나선형은 막을 내린다. 바꾸어 말한다면, 그 나선형은 빛에 의하여 열리고, 그러한 움직임을 통하여 그림의 폭 자체를 드러낸다. 그림의 전면과 중간에는 여덟 사람이 있고, 그중 다섯 사람은 그림의 표면과 수직을 이루면서 응시하고 있다. 중앙에 위치한 공주의 머리는 오른쪽을 향하고 있지만 시선은 전면에 있는 관객을 향하고 있다. 그녀의 얼굴은 그림의 3분의 1 정도 되는 높이에 있으며, 그림을 반으로 나눈다면 그 선은 그녀의 두 눈 사이를 지나게 될 것이다. 그렇기 때문에 그녀는 구성의 중심에 있고 그림의 주제가 되며, 주변은 두 그룹으로 나누어진다. 한 그룹은 뒤쪽에 있고 다른 그룹은 난쟁이를 비롯하여 오른쪽 앞면에 자리잡고 있다. 두 사람으로 형성되는 그룹의 한 사람은 앞쪽을 바라보고 다른 한 사람은 왼쪽이나 오른쪽을 바라본다. 뒤편에 보이는 궁신의 쌍 중에서 여자는 왼쪽을, 남자는 오른쪽을 바라본다. 제일 앞쪽에 난쟁이와 소년이 있다.

여덟 명의 인물들은 두 개의 구도를 이루고 있다. 첫번째 구도는 'X' 자 형의 구도로서, 왼쪽 끝에 화가의 눈, 오른쪽 끝에 남자 궁인의 눈이 있다. 왼쪽 구석에는 캔버스의 발이 있고 오른쪽 구석에는 난쟁이가 있다. 두 선이 교차하는 지점에 공주의 눈이 있다. 둘째 구도는 폭넓은 곡선으로 구성되는데, 그 왼쪽 끝에 화가가 있고 오른쪽 끝에 남자 궁신이 있다. 곡선은 화가의 눈에서 시녀의 시선 그리고 공주의 시선을 지나면서 수반(水盤) 형상을 그리게 되고 거울의 위치를 감싸면서 그것을 드러낸다.

다시 푸코는 이 그림에 두 개의 중심이 있다고 설명한다. 'X' 자 형의 중심에 있는 공주를 축으로 하여 그 주위에 궁신들, 시녀들, 동물과 광대가 위치한다. 공주가 뒤쪽으로 더 들어간다면 공주의 얼굴은 거울 속의 반영과 겹치게 될 것이다. 그러나 원근법으로 보면 공주의 얼굴과 반영은 서로 이웃에 있다고 할 수 있다. 그들로부터 두 개의 선이 만들어지는데, 하나는 거울에서 출발하여 그림의 표상된 공간을 관통하는 선이고, 다른 하나는 공주의 눈에서 시작하여 그림 전면에 이르는 보다 짧은 선이다. 그 두 선은 좁은 예각을 이루면서 우리가 그림을 관찰하는 지점으로 수렴된다.

그러면 공주와 궁신들, 화가의 눈동자들, 그리고 멀리 거울에 반영된 그 인물들을 어떻게 이해해야 할까? 먼저 거울이 반영하는 얼굴이 바로 그 거울을 관조하는 얼굴과 동일하다는 점을 이해해야 한다. 아

울러 그림 속의 모든 인물들이 쳐다보는 인물들, 즉 왕과 왕비 역시
그림 속의 인물들을 쳐다본다. 나아가 그림 전체가 바라보는 장면도
그림 전체를 하나의 장면으로 바라보고 있다. 이러한 현상을 푸코는
'순수 상호성'[14]이라고 부른다. 그것은 동일한 존재가 두 가지 기능을
수행하는 상황을 보여주는 것이라고 하겠다. 구체적으로 말하자면 하
나의 존재가 어떤 다른 존재의 객체로 기능하면서 동시에 다른 존재
에 대하여 주체로서 기능하는 것을 가리킨다. 의사소통이론에서 벵베
니스트가 주장하는 대화 상황의 상호주관성을 보여주는 것이다.[15]

그림 속의 인물들이 존경어린 눈으로 바라보는 왕과 왕비는 거울
속에 드러나는 반영으로서만 존재한다. 그 부부는 그림 속의 인물들
중에서 가장 희미하고 비실재적 인물의 형상을 보여준다. 현실적으로
그림 밖에 자리잡은 그 부부는 그림 속에는 나타나지 않으면서 실제
로 그들 주위에 다른 인물들을 배치하며 그림 속의 표상을 주도하는
중심 역할을 하고 있다. 그 중심은 단지 왕과 왕비가 차지하고 있다는
점 외에도 3중의 기능을 맡는다는 의미에서 중심인 것이다. 그것은 화
가가 그리는 대상인 모델의 시선, 장면을 관찰하는 관객의 시선, 그리
고 자신의 그림을 구성하고 있는 화가가 응시하는 지점과 겹치기 때
문이다. 그림에 나타나지 않는 현장까지 포함하는 실재는 그림의 내부
에 투영되면서 세 가지 형상으로 분산된다. 왼쪽에 팔레트를 들고 서
있는 화가, 오른쪽으로 계단을 딛고 방으로 막 들어선 방문객, 그리고
중앙에 모델 자세를 취하고 있는 국왕 부부의 반영이 그것이다.

국왕 부부의 반영은 화가가 캔버스에서 그리면서도 그림상으로는
보이지 않는 모습을 보여주고 있고, 국왕에게는 캔버스에 그려지고
있으나 자신은 직접 볼 수 없는 자신의 모습을 보여주고 있으며, 관

---

14) 같은 책, 29쪽.
15) 서정철, 『기호에서 텍스트로』(민음사, 1998), 221-224쪽 참조.

객에게는 그림 그리는 현장의 실제적인 중심을 보여준다. 그림에서 실제 국왕의 부재는 그림의 심층부에서 이어지는 선들을 단절시키는 화가의 기교로서, 그 기교는 또 하나의 공백을 은폐하면서 동시에 표출하기도 한다. 그것은 화가와 관객이 그림을 바라보거나 구성할 때 생겨나는 공백(vacance)인 것이다. 그것은 아마도 응시하고 있는 것의 비가시성이 응시하고 있는 사람의 비가시성과 밀접한 관계가 있기 때문이라고 해석된다. 응시자의 비가시성은 거울의 반영에도 불구하고 여전히 비가시적이다. 표상이 한편으로는 모델과 다른 한편으로는 실제의 국왕과 이중적인 관계를 갖게 됨으로써, 그 관계는 불연속적일 수밖에 없게 된다. 지배자로서의 군주와 표상 대상의 국왕을 동시에 보여줄 수 있는 행운을 이미지는 실현할 수 없는 것이다.

결론적으로 푸코는 "벨라스케스의 그림 속에는 고전적인 표상의 표상 방법과 그 표상이 열어놓는 공간에 대한 규정이 들어 있는 것 같다."[16]고 말한다. 그 표상은 이미지, 시선, 얼굴, 몸짓 등의 모든 것을 그대로 재현하고자 시도한다. 그러나 표상은 수용하면서 동시에 분산시키는 상반적 작용을 통하여 하나의 공백을 만들어내고, 그러한 공백이란 "표상이 닮고자 하는 존재 그리고 그 눈이 그 표상이란 단지 유사성에 지나지 않는다고 보는 존재, 즉 표상의 근거 자체가 불가피하게 소멸되는 것"[17]이라고 설명한다. 그러므로 표상은 실물과의 관계에서 벗어나 '순수한 표상'의 문제로 귀착된다고 지적한다.

푸코는 벨라스케스의 「시녀들」을 하나의 이야기를 담은 텍스트로 간주하여 조직적이면서 섬세한 분석을 보여준다. 그러면서도 그는 그 작품을 그림의 차원에서만 언급할 뿐, 『말과 사물』의 구도와 연결시키지는 않고 있다. 그러나 그림의 분석이 저서의 제1장을 차지하고

---

16) 푸코, 앞의 책, 같은 쪽.
17) 같은 책, 31쪽.

있고, 그 다음 장 「세계의 산문」이 16세기 르네상스 시대의 에피스테메를 다룬다는 점에서 벨라스케스의 그림에 대한 분석은 『말과 사물』의 전체적 구도와 불가분한 관계에 있다. 또 한 가지 간과해서는 안 될 것은, 그림의 분석에서 제기되는 개념들이 그 뒤의 각 시대에 대한 연구에서 핵심 화두가 된다는 사실이다. 표상의 문제를 비롯하여 유사성, 반영 등의 개념들은 르네상스 시대와 그 뒤의 시대에 접근하는 데서 중요한 역할을 한다. 거울 속의 국왕 부부의 반영은 보다 중요한 열쇠를 제공한다. 그 두 인물을 인간으로 환원시킬 경우, 그것은 바로 푸코가 탐구하는 대상이 된다. 그 두 인물은 세계의 지배자이면서 사실상 두 인물의 영상＝지식은 거울 속에 반영된 모습을 토대로 이루어질 뿐 직접적인 지식의 대상이 되지 못한다. 그림의 초점이 왕을 둘러싸고 있는 주변 인물들의 모습에만 맞추어져 있듯이, 서구의 지성은 인간을 거울 속에 반영된 존재로서만 이해하고 만다. 따라서 「시녀들」에 대한 푸코의 분석이 비록 그림 자체에만 한정되어 있으나 그 속에는 그의 그림 읽기와 각 시대의 에피스테메에 대한 탐구가 중첩되어 있으며, 전자가 후자의 길잡이가 될 수 있음을 보여준다고 하겠다.

3 르네상스 시대의 세계 읽기

푸코는 16세기 말까지 이르는 기간 동안 지식을 중심으로 하는 서구문화에서 핵심적인 역할을 행한 개념으로 '유사성'을 꼽는다. 그 이유로 그는, 첫째, 유사성은 텍스트에 대한 주석과 해석을 이끌었고, 둘째, 그것은 상징들의 활동을 조직화했으며, 셋째, 가시적이든 비가시적이든 간에 모든 사물에 대한 지식을 가능하게 하고 사물들을 표상하는 기술을 이끌었다고 말한다.[18] 보다 구체적으로 본다면, 땅은 하늘을 반복하고 사람의 얼굴들은 별들 속에 비추어진다는 것이다. 같은 논리에서 회화는 공간을 모방하고 표상 활동 역시 일종의 반복이라는 것이다. '인생의 무대', '세계의 거울' 등의 표현이 의미하는 것은, 인생 그 자체가 바로 연극 무대이고 따라서 무대 위의 세계가 바로 인생이며, 세계는 거울에 반영되고 거울에 반영되는 것이 바로 세계 그 자체라는 것이다.

이처럼 유사성은 르네상스 시대의 지식을 조직화하는 에피스테메로서 기능하게 되는데, 그것은 다음과 같은 네 가지 하위 범주들을 포괄한다.

첫째는 어울림(convenientia)이다. 이것은 "유사성보다도 공간적인 인접성을 더 강하게 지칭한다." "어울림은 '차츰차츰' 접근하는 형식으로 공간과 연결된 유사성이다. 그것은 접속 그리고 맞추기의 차원과 관련된다."[19] 그러한 관점에서 보면 세계는 만물이 한데 어루어지는 공간이다. 기본적으로는 전지전능한 신의 의지는 이 세상 만물 모두에 스며 있고, 모든 것은 연결 고리를 형성한다. 푸코는 포르타(Porta)의 『자연의 마술(*Magie naturelle*)』을 인용하면서, 식물은 야수들과 어울리고 감정적으로 동물은 인간과 어울리는 면이 있으며 지성적인 면에서 인간은 별들과 서로 통한다고 설명한다.

둘째는 반영적 경쟁(aemulatio)이다. 반영적 경쟁은 "세계에 흩어져 있는 사물들이 서로 응답을 주고받는 관계"[20]이다. 이 관계는 "직접적인 유사성은 아니면서" 거울과 그 반영 같은 개념을 포함한다. 그리하여 "인간의 지성은 신의 지혜를 불완전하게 반영"하고 있고 입맞춤과 사랑의 말이 나오는 입은 사랑의 여신 비너스이며 인간의 코는 주피터 신의 권위를 나타내는 지팡이와 그의 아들 헤르메스의 지휘봉에

---

18) 같은 책, 32쪽.
19) 같은 책, 33쪽.
20) 같은 책, 34쪽.

대한 작은 이미지를 상징한다. "반영적 경쟁의 연결 고리들은 어울림의 요소들과는 달리 사슬을 형성하는 것이 아니라 서로를 반영하면서 경쟁하는 일종의 동심원을 형성한다."[21]

셋째는 유비 관계(analogie)이다. 유비 관계는 "어울림과 반영적 경쟁 관계를 중첩시킨다. 말하자면 그것은 반영적 경쟁과 마찬가지로 공간을 가로질러 유사물들 사이의 경이로운 대립 및 합치를 설명한다."[22] 예컨대 별과 하늘과의 관계는 식물과 땅 사이의 관계, 생물과 지구 사이의 관계로 유비적으로 확대될 수 있다. 그러나 모든 유비 관계의 중심에는 인간이 있다. 인간은 동물이나 식물과의 관계에서와 마찬가지로 하늘과의 관계에서 비례와 조화를 이룬다. 가령 하늘과의 관계에서 하늘에 일곱 개의 혹성이 있듯이 인간의 얼굴에는 일곱 개의 구멍이 있다든지, 땅과의 관계에서 인간의 살은 땅이고 뼈대는 바위라든지, 그 주도적인 일곱 기관은 광산 속에 숨겨진 광맥이라든지 하는 식으로 비유되는 것이다.[23]

넷째는 공감(sympathie)이다. "그것은 세계 속에서 사물들의 운동을 유발시키고 먼 곳에 있는 것들을 가깝게 접근시킬 수 있다. 그것은 일종의 운동의 원리로서 무거운 것을 무거운 땅 쪽으로 끌어당기고 가벼운 것을 무게가 없는 하늘로 끌어올린다. 그것은 뿌리를 물 쪽으로 향하게 하며 해바라기의 크고 노란 원반을 태양의 곡선을 따라 돌게 한다."[24] 공감 작용은 "'동화시키는' 위험한 힘을 가지고 있어서 사물들을 서로 동일하게 만들고 그것들을 뒤섞으며 그들의 개체성을 소멸시키고 그렇게 함으로써 본연의 모습과 낯설게 만든다."[25]

---

21) 같은 책, 36쪽.

22) 같은 책, 같은 쪽.

23) 인간의 신체 부분들과 우주와의 관계는 한의학에서 훨씬 조직적으로 연결된다.

24) 푸코, 앞의 책, 38쪽.

그러나 동일화의 방향으로 작용하는 공감 작용은 그것과 반대 방향으로 움직이는 반감(antipathie) 없이 존재할 수 없다. 하나의 극(極)은 그 반대의 극에 의하여 보완되고 균형을 이루기 때문이다. 좋아하는 것이 강하면 반드시 강하게 싫어하는 것이 있다. 푸코는 카르당(Cardan)의 연구[26]를 인용하면서 올리브와 포도나무가 양배추와 상추의 관계를 보여주고 오이는 올리브와 상극이라는 점을 들고 있다. 생물계의 천적 개념도 먹고 먹히는 먹이사슬의 관계를 통하여 생명의 오묘한 원리를 드러낸다. 강자가 절대로 이기는 것이 아니고 약자가 항상 지는 것이 아니기 때문에 절대 강자 혹은 절대 약자란 없는 것이다. 우주를 구성하는 네 가지 원소인 물·공기·불·흙의 관계도 그러한 두 가지 상반적인 작용을 보여준다. 뜨겁고 건조한 불과 차고 습한 물의 반복 그리고 그것을 조화시키는 공기의 역할을 지적하면서 물의 습성은 공기의 열에 의하여 가열되고 흙의 차가운 건성에 의하여 응축됨으로써 물은 흙과 공기를 조화시킨다고 설명한다.[27] 그럼으로써 결과적으로 공감 작용과 반감 작용은 동일화와 이산화를 통하여 어울림, 반영적 경쟁, 유비 관계 등을 모두 포괄한다고 설명한다. 그리고 두 작용이 동시에 일어나기 때문에 동일자(le même)는 언제나 동일자로 남는다고 주장한다. 그러나 푸코는 공감 작용과 반감 작용의 쌍만을 지적하고 그 양자 사이에서 조화와 균형을 이루게 하는 중화 작용은 도외시한 것 같다.

푸코는 이러한 논지를 토대로 유사성이 16세기의 에피스테메를 구성한다고 보는데, 그러한 유사성은 사물에 대하여 그 시대가 지니고

---

25) 같은 책, 39쪽.

26) J. Cardan, *De la subtilité*, 1656.

27) 중국 철학에서는 목(木), 화(火), 토(土), 금(金), 수(水)의 다섯 가지 요소가 인접 관계에서는 상생 작용을 하지만, 한 다리 건너의 요소와는 상극 작용을 일으킨다고 설명한다.

있는 인식 방식을 집약하는 것이다. 그렇다면 그 유사성은 언어 및 기호와 어떤 관계를 갖는 것일까?

이를 알아보기 위해서는 먼저 16세기 에피스테메의 열쇠를 쥐고 있는 유사성의 성격과 문제점을 이해해야 할 것이다. 푸코는 한편으로 "외표적 형식(forme signante)과 내표적 형식(forme signée)[28]은 유사성을 이루지만, 그 두 가지는 인접적"[29]이라고 설명하고 있다. 16세기 사람들은 호두가 인간의 뇌와 비슷한 모양을 하고 있기 때문에 호두가 뇌의 질병이나 두통을 치료하는 데 효험이 있을 것이라고 보았는데, 이러한 닮음의 관계를 유사성과 연관시킨다. 그러나 언어적인 차원에서는 쉽사리 납득할 수 없는 면이 있다. 특히 기호의 경우, 기호의 형식과 내용은 자의적인 결합을 통하여 기호를 구성하고 있기 때문에 양자는 유사성을 공유하기 어렵다. 푸코는 16세기에 기호학과 해석학이 상치되지 않고 서로 일치했다는 생각[30]을 가지고 그렇게 주장하는 것 같은데, 기호학적으로 사물이나 자연물의 명칭이 곧 그것의 성분이나 내용을 가리킨다고 할 수 있을지는 의문이다. 또한 추상적인 개념의 경우, 그 표현이 내포하는 내용은 해석학적 지식을 동원해야만 밝힐 수 있는데, 어떻게 표현과 내용이 일치하고 해석학과 기호학이 일치한다고 할 수 있는지에 대해서 의문이 들 수밖에 없다. 그런 의미에서 "유사성이란 오로지 기호의 다른 끝까지 관통한다."[31]는 푸코의 주장은 재고의 여지가 있다.

다른 한편으로 푸코는 유사성이 "기호와 그것이 지시하는 것 사이의 연결 고리"[32]라고 설명한다. 그러면 기호와 지시 대상물이 유사하

---

28) 외표적 형식과 내표적 형식은 소쉬르의 시니피앙과 시니피에의 개념이다.
29) 푸코, 앞의 책, 44쪽.
30) 같은 책, 같은 쪽.
31) 같은 책, 같은 쪽.
32) 같은 책, 45쪽.

다는 말인가? 푸코는 역사적으로 신이 인간을 창조했을 때는 "언어는 사물과 유사했기 때문에, 언어는 사물들의 절대적으로 확실하고 투명한 기호였다."[33]고 설명하고, 그러나 바벨탑의 붕괴 이후 언어의 투명성이 파괴되었다고 부연한다. 하지만 "언어가 그것이 명명하는 사물과 직접적으로 유사하지는 않다고 하더라도 세계와 분리된 것은 아니다."[34]라고 한 발 물러서면서, 언어는 여전히 '정보의 원천'이라고 지적한다. 이렇게 볼 때, 기호와 지시 대상물의 유사성이란 그 두 요소가 일치하는 것이 아니라 기호 속에 지시 대상물에 대한 정보가 담겨 있다는 말이 된다. 예컨대 '황새'를 히브리어로 'chassida'라고 하는데, 그것은 '온유하고 자비롭고 동정심을 가졌다'는 뜻으로, 그 이름이 그 사물이 지닌 뜻에서 비롯되었음을 보여준다는 것이다.[35] 달리 말하자면 언어 기호는 어원적으로 이해되어야 하고 그것은 지시 대상물에 대한 정보와 지식을 집약하기 때문에 지시 대상물을 지시하는 기능을 한다고 풀이할 수 있을 것이다. 결국, 푸코가 사용하는 '유사성'이라는 용어의 개념은 형태적 유사성이 아니라 '연상 작용'이라고 바꾸어 이해될 수 있는 것이다. 외표적 형식과 내표적 형식의 유사성 관계 역시 양자의 상관관계를 토대로 연상 작용에 의하여 결합되는 셈이다. 그러니까 유사성은 넓은 의미에서 닮았다는 뜻으로 해석될 수 있지만, 실제로 언어 기호적 측면에서는 상관관계와 연상 작용을 가리킨다고 할 수 있다.

결국 유사성은 16세기의 기호 개념과 밀접한 관계가 있다. 스토아학파 이후에 서양에서의 기호는 기표와 기의 그리고 상황이라는 세 가지 요소로 구성된다. 푸코는 16세기에도 기호가 그 세 가지 요소로 정의된다고 말한다. 왜냐하면 "기호 조직은 표지의 형식적 영역, 표지

33) 같은 책, 51쪽.
34) 같은 책, 같은 쪽.
35) 같은 책, 57쪽.

에 의하여 드러나는 내용, 그리고 지시된 사물과 표지를 연결해 주는 유사성을 필요로 하기 때문이다. 그러나 유사성은 기호의 형식을 이루면서 아울러 그 내용이 되기 때문에 그러한 배분에 의하여 구분이 되는 세 가지 요소는 단일한 하나의 문채(figure) 속에 용해된다."[36] 그렇기 때문에 기호는 '삼위일체'의 형식을 취하게 된다. 그러나 이와 같은 단일한 기호로 통합된 언어 형식은 두 가지 담화 형식을 끌어들인다고 지적한다. 그것은 "새로운 화제 속에 주어진 기호들을 새롭게 자리매김하는 주석(commentaire)"과 본래의 텍스트인데, "텍스트의 우월성은…… 가시적인 표지들 속에 은폐되어 있다."[37]고 지적한다.

결과적으로 16세기의 언어 기호 개념은 이중적인 삼원성을 보여준다. 기호-주석-텍스트로 구성되는 언어의 차원과 기표-기의-지시 대상으로 이루어지는 기호 차원이 그것이다. 푸코 자신은 두 차원의 비중에 대하여 직접 언급하지는 않지만, 그의 논지를 따른다면 언어 차원보다는 기호 차원에 더 큰 비중을 두고 있음을 알 수 있다. 왜냐하면 주석과 텍스트는 기호의 내용에 대한 논의와 관계됨으로써 어디까지나 기호가 언어 개념의 핵심이 되기 때문이다. 그리고 주석과 텍스트가 기호 내용에 대한 다양한 논평을 제시할 수 있는 가능성 또한 제한되어 있다. 왜냐하면 그럴 경유 유사성과 동일성을 토대로 하는 16세기의 에피스테메가 파괴되고 해석학이 기호학을 부정함으로써 양자의 일치 관계가 더 이상 지속될 수 없기 때문이다.

이러한 전망에서 볼 때, 16세기 에피스테메의 핵심을 쥐고 있는 것은 기호 내용이다. 유의해야 할 점은 기호 내용이 한 가지 단순 용어로 집약되는 것이 아니라는 사실이다. 물론 그런 경우도 있지만, "지식이란 언어적인 것을 언어로 옮겨놓는 것"[38]이고 내용 또한 담화로

---

36) 같은 책, 57쪽.
37) 같은 책, 같은 쪽.
38) 같은 책, 55쪽.

환원되는 것이라는 점이다. 그러니까 16세기의 에피스테메가 유사성이라고 하는 것은 기호 내용을 담화로 옮기는 방식과 관계가 있다는 말이 된다. 그것은 기호와 사물이 동일성의 원칙을 토대로 언제나 한 가지 방식으로만 규정되고 또한 다수의 기호와 사물이 유사성에 의하여 하나의 기호와 사물로 환원되는 것을 의미한다. 이러한 과정에서 중요한 것이 정의(définition)이다. 아리스토텔레스는 "정의란 사물이 무엇인가를 알게 해주는 것"[39]이라고 했고, 스피노자도 "완전한 정의는 사물의 내밀한 본질을 드러내어야 한다."[40]고 지적했다.

결론적으로, 16세기에 유사성이 에피스테메를 구성한다고 하는 것은 동일성을 토대로 하는 정의가 지식의 바탕이 된다는 것과 그것은 그 당시의 지식을 뒷받침하는 학문적인 수준이 초보적이고 열악한 상태에 머물러 있었음을 의미한다. 종합적으로 볼 때, 16세기의 사고방식 내지 에피스테메에 대한 논의와 이론 전개에서 푸코는 몇 가지 문제점을 드러낸다.

첫째, 시대 구분의 문제이다. 즉, 그는 연구 대상으로 삼는 기간을 1500-1660년으로 했는데, 이는 그 이전의 중세를 제거하면서 17세기 후반부가 시작되기까지의 기간이기 때문에 시대 구분 설정의 기준에 모호한 점이 있어 보인다. 둘째, 푸코는 사고 현상을 언어적으로 환원하여 고찰함에 자신이 만든 용어 개념을 사용하고 있다. 유사성 역시 너무 넓은 의미 영역을 포괄하는 개념으로서, 엄격한 의미로 사용되기보다는 은유적으로 사용되고 있다. 셋째, 유사성의 토대가 되는 동일성(l'identité)과 동일자(le même)의 개념은 스콜라 철학에서 주로 사용된 개념으로서, 푸코는 그에 대하여 전혀 언급을 하지 않았다. 고의적이든 아니든 간에 그에 대한 침묵은 아쉬움을 남긴다.

---

39) Aristotle, *Organon, Seconds Analytiques*, vol. 2(Vrin, 1950), 171쪽.

40) Spinoza, *Traité de la Réforme de l' entendement*(Vrin, 1946), 78쪽.

4 『돈 키호테』 읽기

앞에서 언급한 것처럼, 푸코는 문학 내지 예술작품이 시대 정신 내지 시대적 에피스테메를 예고한다고 주장한다. 그에게 16세기 르네상스의 에피스테메의 종언과 함께 새로운 에피스테메의 출현을 고해준 것은 세르반테스(Cervantes)의 소설 『돈 키호테(*Don Quijote*)』(1605-1615)이다. 푸코의 분석을 알아보기 전에 먼저 그 작품에 대한 기본 골격을 추려보도록 하자.

제1부와 제2부로 나누어진 이 작품에는 모두 607명의 남자와 52명의 여자가 등장한다. 『돈 키호테』는 세계 문학사상 가장 많은 오해와 함께 가장 다양한 해석의 대상이 되는 작품이기도 하다. 줄거리는 대략 다음과 같이 요약된다.

한가로운 시골 귀족인 주인공은 기사 소설을 닥치는 대로 읽으면서 자신이 편력기사라는 환상을 갖게 된다. 그리하여 그는 돈 키호테라는 이름과 함께 중세 무기와 복장을 하고 상상속의 여인 둘시네아의 사랑도 얻고 기사의 숭고한 이상을 실천하기 위하여 길을 떠난다. 그는 라만차의 들판을 가로질러 어느 성에 도착하지만, 사실 그것은 주막이었고 그곳에서 그는 주인과 하녀들의 조소를 받으며 편력기사가 되는 의식을 치른다. 그는 길을 가다가 만난 상인들에게 둘시네아가 이 세상에서 가장 아름다운 여인이라는 사실을 말하도록 강요하다가 몰매를 맞고 길가에 쓰러진다. 마침 같은 마을에 사는 농부가 그를 알아보고 집으로 데려다준다.

기사 소설 때문에 돈 키호테에게 광기가 생겼다고 믿은 그의 주변 사람들은 그의 서재에 있는 책들을 모조리 불태워버린다. 그러나 돈 키호테는 다시 정신을 차리고는 순진한 농부 산초 판사를 설득하여 종자로 삼고 아무도 모르게 두번째 모험을 떠난다. 거인과 맞부닥뜨려 그와 싸움을 벌이지만 그것은 풍차였다. 몇 가지 모험 이야기를 써가다가 아이디어의 고갈로 작가는 글쓰기를 중단한다. 그러나 그는 톨레도 시장에서 아랍어로 씌어진 『라만차의 돈 키호테 이야기』를 발견하고는 그 작품을 스페인어로 번역하면서 돈 키호테의 모험 이야기를 계속한다. 양떼들을 적군이라고 착각하고 벌인 모험에서부터 둘시네아를 위하여 산속에서 고행하게 되는 모험, 포도주 부대를 거인이라고 착각하여 벌이게 되는 모험에 이르기까지 많은 일들이 일어난다. 결국 고향의 신부와 이발사는 그를 유인하여 다시 고향집으로 데리고 간다.

제2부의 서문에서 그는, 『돈 키호테』의 성공을 틈타고 나온 위작에서 자신을 늙고 시기심 많은 외팔이라고 비방한 데 대하여 고상한 유머로 응수한다. 같은 동네에 사는 산손 카라스코가 그의 광기를 고치기 위하여 그에게 길을 떠나도록 부추긴다. 카라스코는 기사로 위장하여 돈 키호테와 마주친다. 저자가 '술의 기사', '거울의 기사'라고 부르는 카라스코는 돈 키호테와 결투를 벌이고 일부러 패한다. 그러나 '백월의 기사'로 위장한 카라스코는 두번째 결투에서 돈 키호테를 보기 좋게 무찌르고는 그에게 고향에 돌아가 1년 동안 편력기사의 모험을 포기할 것을 요구한다. 결국 고향에 돌아온 돈 키호테는 병석에 눕게 되고, 이성을 회복한 후 기독교인으로 생을 마감한다.[41]

『돈 키호테』는 그 이전의 모든 기사 소설들을 수렴·종합한 마지막 기사 소설로서, 주인공의 심리적 배경이나 철학 그리고 작가의 소설 기법 면에서 연구해야 할 문제를 무진장 안고 있는 보물창고와 같다. 작가 생존 시에 작품의 희화적인 재미 때문에 인기를 끌었던 『돈 키호테』는 18세기에 고전 중의 고전이라는 인정을 받았고, 그 뒤 19세기 이후에는 세계 문학사에서 손꼽히는 작품으로 평가된다. 그러한 『돈 키호테』에 대하여 푸코는 17세기의 에피스테메와 연관시키면서

---

41) 박철, 『서반아 문학사』(송산출판사, 1992), 457-461쪽 참조.

독창적인 해석을 시도한다.

푸코는 돈 키호테가 기사들의 무훈담을 너무 많이 읽은 나머지 "책을 증명하기 위하여 세상을 읽는"[42] 인물이라고 규정한다. 말하자면 세상은 책 속의 이야기가 실제로 전개되는 장소라고 믿는 것이다. 그렇기 때문에 그는 정신 나간 듯한 일들을 저지르는 미치광이가 아니라 책 속의 세계와 세상이 유사성을 보여준다고 믿는 순진한 순례자로서, 세상 속에서 책 속의 진실을 찾아내기 위하여 길을 나선 것이다. 환언하면, 그는 책과 세상의 유사성을 확신하는 '동일자의 영웅'이다. 그리하여 그는 유사성이 펼쳐지는 친근한 지평 안에서만 오고갈 뿐, 차이를 노출하는 경계선을 넘어가려고 하지는 않는다. 그렇다고 동일성 내지 유사성의 핵심에 도달하지도 못하지만 말이다. 그는 하품하고 있는 낡은 책에서 방금 빠져나온 길고 깡마른 문자와 같다. 그는 살아서 걸어 다니는 언어요 텍스트이고 인쇄된 이야기의 책장이다. 왜냐하면 그의 움직임 하나하나는 이야기 텍스트를 찍어내기 때문이다. 따라서 그는 엮어진 낱말들로 구성되어 세계 속에서 사물의 유사성 사이를 방황하는 글쓰기 그 자체이다. 그럼에도 기사가 되기 위해서 그는 옛날 영웅담들에 끊임없이 귀를 기울여야 한다. 한 걸음 나아가 자신이 그로부터 방금 뛰쳐나온 텍스트와 자신의 본성이 동일하다는 것을 증명하기 위해서 무엇을 해야 하고 무엇을 말해야 할지, 그리고 자신과 다른 사람들에게 어떤 징표를 주어야 할 지를 알아내기 위하여 책과 상의하지 않으면 안 된다. 기사들의 이야기는 자신의 모험에 대한 처방전이다. 그가 만들어내는 에피소드나 결정 그리고 성공담 하나하나는 그가 모방한 기호들과 자신이 유사하다는 것을 보여줄 징표가 될 것이다.

그러나 한편, 그가 책의 기호들과 닮고자 한다는 것은 이미 책을

---

42) 푸코, 앞의 책, 61쪽.

통하여 읽을 수 있는 기호들이 눈으로 볼 수 있는 존재들과 유사하지 않게 되었음을 반증하는 것이다. 사실 황당무계한 그 이야기 텍스트들은 모두 특수한 성격의 작품들이어서, 이 세계의 그 어느 것도 그 책들과 닮을 수가 없는 것이고, 그들의 무한한 언어는 이제껏 어떤 유사성과도 대응되지 못한 채 허공에 매달려 있게 된다. 그들 책들이 모두 불타 없어진다고 해도 세계의 모습은 한 치도 변함이 없을 것이다. 이러한 상황에서 그 책들을 닮고자 하는 주인공은 그 책들이 말하는 것이 참이고 그것들이 세계의 언어임을 증명해야 한다. 그러한 임무를 수행하기 위하여 그는 영웅담들을 재창조하지 않으면 안 된다. 단, 옛 영웅담들이 기억에 남을 만한 무훈들을 사실처럼 이야기하는 데 비하여 돈 키호테는 이야기 속의 기호들을 현실로 바꾸어놓아야 한다. 그의 무훈만이 그에 대한 증명이 될 수 있다. 이 경우 문제는, 그가 반드시 승리해야만 한다는 것이 아니라, 현실을 징표로 전환시켜야 한다는 것이다. 이는 다름 아닌 언어적 기호를 그것이 사물과 부합한다는 것을 보여줄 수 있는 징표로 전환하는 것이다.

　그러니까 그는 유사성을 찾아나선 것이다. 작으나마 약간의 유비 관계라도 보여주는 것이 있으면 그는 그것을 일깨워 유사성을 증명하도록 만들고자 한다. 양떼·하녀들·주막집을 보면서 그는 그것들이 책에 나오는 성·귀부인·군대와 닮았다고 보는 것이다. 그렇기 때문에 그가 추구하는 유사성은 언제나 그에게 실망을 안겨줄 뿐이고 그는 비웃음의 대상이 된다. 결국, 책 속의 언어는 텅 빈 공허에 지나지 않게 되고 남은 것은 마술 행위에 의하여 도입된 것 같은 '차이'뿐이다.

　그러한 의미에서 푸코는 "『돈 키호테』는 르네상스 세계에 대한 부정을 그린다."[43]고 규정한다. 유사성과 기호는 과거의 유착 관계를 해체했고, 글쓰기는 더 이상 세계의 산문이 아니다. 유사성의 추구는 환

---

43) 같은 책, 같은 쪽.

상이나 광기로 치닫게 할 뿐이다. 그러한 상황에서 사물은 사물일 뿐이고 낱말은 사물들을 채워줄 유사성을 상실한 채 먼지에 뒤덮여 책갈피 속에서 깊은 잠에 빠진다. 기호 속에서 숨겨진 유사성을 찾아내던 마술은 이제 유비가 더 이상 존재하지 않는다고 외쳐댄다. 자연과 책을 하나의 동일한 책으로 읽어내던 박학(érudition)은 이제 망상이라고 간주된다. 그리하여 돈 키호테는 유사성을 상실한 기호와 사물 사이에서 갈피를 못 잡고 방황해야 하는 처지가 된 것이다.

그렇다고 언어가 완전히 무력화된 것은 아니다. 왜냐하면 언어는 자신에게 고유한 새로운 힘을 갖게 되었기 때문이다. 그러한 변화와 새로운 가능성을 푸코는 『돈 키호테』의 제2부에서 찾아낸다. 제2부에서 돈 키호테는 소설 제1부를 읽은 인물들을 만나게 되는데, 그들은 그가 책의 주인공임을 알아본다. 이러한 기법은 허구 속에 현실적인 요소——물론 그 역시 본질적으로는 허구적이기는 하지만——를 도입하여 작품의 사실성을 높이려고 하는 근대적인 소설 기법이다. 푸코는 세르반테스의 독창적인 소설 기법에 주목하면서, 그것을 자신의 철학적인 관점과 접목하여 소설의 제2부를 해독한다. 소설의 제2부는 그 전의 기사들의 영웅담들이 돈 키호테에게 수행했던 역할을 담당하게 된다. 특히 그의 소설 제1부의 성공을 보고 그의 작품을 위조·날조 또는 훼손시키기 위한 위작들이 나오게 되자 돈 키호테는 자신의 책에 대한 책임감을 느끼게 된다. 그는 자신이 몸과 마음으로 실현한 그의 책에 충실하지 않으면 안 된다. 그것은 그 이전에는 세계 속에서 방황하던 그를 세계가 알아보지도 못했으나, 이제는 세계가 그를 알아보게 되었고 그럼으로써 그는 자신도 모르는 사이에 자신의 진실을 담고 있는 책이 되고말았기 때문이다. 이제 그의 책은 그가 행하고 말하고 생각한 것을 정확하게 표출하고 있으며, 자신이 만든 기호들과 그가 닮았기 때문에 세상 사람들이 그를 알아보는 것이다. 그리하여 그 두 권의 책 사이에 끼여 있는 돈 키호테는 그 책들의 힘에 의하여 자신의 현실성을 획득하게 된 것이다. 그 현실성의 토대가 되는 것은 언어이고 언어는 낱말 안에 들어 있다. 돈 키호테의 진실은 낱말＝기호와 세계와의 관계 속에 있는 것이 아니라 언어적 표지와 표지들이 서로 짜고 있는 지속적인 관계 속에서 찾아볼 수 있게 된다. 이러한 맥락에서 낱말은 기호로서의 낱말의 본성으로 환원된다.

결과적으로 푸코는 『돈 키호테』야말로 근대 문학의 효시가 된다고 지적한다. 왜냐하면 첫째, "통일성과 차이로 이루어지는 잔혹한 이성이 기호와 유사성을 끊임없이 농락하기 때문"이고, 둘째, "언어가 사물과의 오래된 친족 관계를 단절하고 자신의 고독한 주권(souveraineté) 속에 몰입했다가 자신의 생경한 존재를 문학으로서만 드러내기 때문"이며, 셋째, "그 작품 속에서 유사성은 비이성이나 몽상이 되는 시대로 접어들게 되기 때문이다."[44]

푸코는 다른 한편으로 『돈 키호테』를 광인의 문제와 관련시켜 설명한다. 1961년에 「고전주의 시대에서 광기의 역사」를 학위논문으로 연구·발표한 푸코는 광인이 본래 환자로서가 아니라 빗나간 특수한 인물이라고 간주한다. 마찬가지로, 돈 키호테 역시 단순히 유사성에 야성적으로 집착하는 인물이라는 것이다. 푸코는 18세기의 소설이나 연극에서 그리고 19세기 정신의학이 출현하기까지 광인은 유비 속에 자신을 소외시키는 인물이라고 보았다. 환언하면, 동일자(le Même)와 타자(l'Autre)를 뒤집어보는 인간이다. 그리하여 사물이 아닌 것을 사물이라고 보고 자기가 아는 사람을 다른 사람으로 본다. 친구를 알아보지 못하는가 하면 이방인들을 알아본다. 자신은 가면을 벗긴다고 생각하면서 사실은 또 하나의 가면을 덮어씌운다. 기호들을 해독한다고 하면서 모든 가치와 비례관계를 뒤집어놓는다. 이러한 점에서 돈 키호테와 광인 사이에는 어떤 공통성이 있다. 광인은 차이를 인식하

---

44) 같은 책, 62쪽.

지 못한다는 점에서 차별화된 인물(le différent)인 것이다. 그에게 모든 기호들은 서로 유사하고 모든 유사성은 기호로서의 가치를 지닌다.

시인은 문화적 공간에서는 다른 극단에 위치하면서도 대칭성을 통하여 접근하는 인물이다. 시인은 차이 속에서 사물들의 은폐된 친족성과 유사성을 들추어내는 역할을 한다. 시인은 자리매김된 기호 속에서 더 심오한 담화를 들을 수 있고, 그 담화는 낱말이 사물과의 유사성 속에서 광채를 발휘하던 시절을 회상시켜 주는 것이다. 푸코는 그러한 점에서 시와 광기는 서로 상통하는 면이 있다고 주장한다. 광인은 '동질의미주의(homosémanticisme)'[45]의 입장에서 "모든 기호들을 결집시켜놓고는 확산적인 유사성으로 그것들을 채운다. 시인은 그와 반대되는 우의적(allégorique)인 기능을 수행한다. 기호들의 언어 속에서 그리고 그들 상호 간의 뚜렷한 차별 속에서 그는 '또 하나의 언어', 말하자면 낱말이나 담화도 없는 유사성의 언어를 듣는다."[46] 그러나 시인은 기호로 하여금 유사성을 표현하게 하는 데 비하여 광인은 모든 기호를 유사성으로 채워버림으로써 기호들의 차별성을 말소해 버리는 결과를 만든다고 하면서 그들을 구분한다. 그리하여 푸코는 시인과 광인의 언어는 점점 낯설게 되고 양자 사이에는 유사성이 아닌 동일성과 차이에 의한 공간이 열린다고 결론을 내리게 된다.

푸코는 『돈 키호테』의 해석에서 주인공을 성격이나 심리 분석의 차원이 아니라 보다 근본적으로 인식론적인 차원에서 분석함으로써 독창적인 조명을 시도한다. 주인공의 기괴한 행동들은 유사성을 바탕으로 하는 책·사물·기호·세계와의 관계를 통하여 일관성 있게 분석되고, 그의 실패는 동일성과 차이를 토대로 하는 표상의 시대가 열린다는 것을 보여주는 것이다. 푸코는 특히 세르반테스가 제2부에서

---

45) 푸코가 만들어낸 신조어로서, 만물은 동질적인 의미를 지닌다는 주장을 담고 있다.
46) 같은 책, 63쪽에서 재인용.

210

작가 자신의 독특한 소설 기법까지 끌어들여 자신의 분석을 심화하고 있음을 보여준다. 한 걸음 나아가 푸코는 광인과 시인에 대한 관점으로 확대하면서 『돈 키호테』를 자신이 구상하고 있는 근대 이후의 인간의 상황과 연결시킨다. 이 점에서 그의 『돈 키호테』 해석은 매우 중요한 의의를 갖는다.

5 고전주의 시대와 표상

17세기에 들어서면서 다양한 분야에 대한 연구가 확대·심화되고 학문 연구에 새 이정표 역할을 하게 되는 저서들이 줄을 잇는 등, 서구의 지적 상황에는 여러 가지 변화가 생기게 된다. 이러한 상황에서 유사성이란 더 이상 통용될 수 없는 과거의 유물로 전락한다. 프랜시스 베이컨(F. Bacon)은 유사성을 우상(idole)과 같은 것이라고 했고, 데카르트(R. Descartes)는 모든 지식이 "둘이나 그 이상의 사물들을 서로 비교함으로써 얻어진다."[47]고 했다. 비교는 전체와 부분으로의 분할 그리고 어떤 질서에 따른 배열 개념을 끌어들이면서 인식의 영역에 새로운 변모를 일으킨다. 푸코가 언급하는 변모는 다음과 같이 집약될 수 있다.

첫째, 유비적인 위계 질서가 분석으로 대치된다. 16세기에는 하늘과 땅, 별과 얼굴, 소우주와 대우주는 유사 관계를 토대로 서로 상응한다고 믿었다. 그러나 이제부터 유사 관계는 분석에 의한 증명을 필요로 하게 된다.

둘째, 16세기에 유사 관계는 새로운 유사 관계를 무한히 발견해 나갈 수 있었다. 그러나 17세기에는 총체 개념을 토대로 완전한 열거가

---

47) R. Descartes, *Regulare*, XIV, 168쪽. 푸코, 앞의 책, 66쪽에서 재인용.

가능하다.

셋째, 완결된 목록의 요소들을 비교함으로써 확실한 지식을 정립할 수 있다.

넷째, 비교를 통하여 유사성이 아닌 동일성과 차이를 판별함으로써 연속 계열을 형성하는 요소와 요소, 사물과 사물 간의 필연적인 관계를 명시적으로 파악하여 확실한 지식을 정립할 수 있다.[48]

결론적으로 이제 인식한다는 것은 판별하는 것이고, 그러한 바탕 위에서 지식은 박학에 의하여 총괄되는 역사와 그에 대한 평가와 분석을 토대로 이루어지는 학문으로 구분된다. 그 결과 언어는 기호와 사물의 분리에 의하여 존재론의 중심에서 후퇴하면서 투명하고 중립적인 도구로서 분석을 위해서만 존재하게 된다.

이러한 전망과 함께 고전주의 시대의 지식에 대하여 전체적인 윤곽을 규정하는 분야로 등장한 것이 보편수학(mathesis), 분류법(taxinomia), 발생론(genèse)이다. 단순한 자연을 질서화할 경우에는 보편수학에 의존하고 경험 속에 주어진 표상 일반과 관계되는 복잡한 자연을 다룰 경우에는 분류법이 필요하다. 그런데 분류법은 사물들의 연속성을 논하면서 지식의 기원에 대한 물음을 제기함으로써 발생론과 만나게 된다.[49] 이 세 분야는 서로 분리된 것이 아니라 보완 관계를 바탕으로 상관관계를 지닌다. 예컨대 분류법은 그 역시 질서의 학문이기 때문에 수학과 대립 관계를 형성하지는 않는다. 단지 수학은 상등성(égalités)의 학문이고 귀속(attributions)과 판단(jugements)의 학문이다. 그에 비하여 분류법은 동일성과 차이를 토대로 존재의 분류를 다루는 학문이고, 발생론은 분류법 안에서 계기적인 연속 계열을 탐구한다.

보편수학과 발생론 사이에 기호의 영역이 펼쳐진다. 기호는 경험적

---

48) 푸코, 앞의 책, 69쪽 참조.
49) 같은 책, 86-87쪽 참조.

표상의 모든 영역을 가로지르지만, 그것을 넘어서지는 못한다. 인간은 인간에게 표상 작용을 가능하게 하는 지각이나 사유, 욕망 등에 대하여 기호를 부여한다. 기호들은 표상 전반을 특성에 따라 분절하고 표상들 상호 간의 근친 관계를 드러냄으로써 시간상의 전후 관계를 떠나 인접 관계와 질서 관계를 영속적인 공간 속에 망의 형태로 설정한다. 그러한 방식에 따라 동일성과 차이의 도표가 그려진다.

고전주의 시대에 들어서 기호는 유사성을 바탕으로 하는 사물 및 세계에 대한 지시 관계에서 벗어났으나 기호는 성격의 변화에도 불구하고 표상 작용을 토대로 지식의 획득과 정립에 핵심적 기능을 수행하게 된다.

5.1 기호의 표상 작용

고전주의 시대의 기호는 세 가지 변수를 토대로 정의된다.

첫째, 결연(liaison) 관계의 기원이다. 어떤 기호의 표상은 거울의 반영처럼 자연적일 수도 있고, 어떤 개념이나 이념에 대한 이해가 사회에 따라 상이한 것처럼 관습적일 수도 있다.

둘째, 결연의 유형이다. 어떤 기호는 그것이 지시하는 전체 속에 포함될 수도 있고, 전체로부터 분리될 수도 있다. 예컨대 건강한 모습은 건강함의 일부이지만, 구약성서에 등장하는 인물들은 그리스도 강생(incarnation)이나 속죄(rachat)로부터 분리된다.

셋째, 결연 관계의 확실성이다. 어떤 기호는 지속적일 수 있지만, 어떤 기호는 단순한 개연성만을 표상한다. 예컨대 숨을 쉬는 것은 살아 있음을 나타내지만, 창백한 얼굴이 반드시 임신을 나타내는 것은 아니다.[50]

---

50) 같은 책, 72쪽 참조.

기호를 정의하는 데 작용하는 이러한 변수들을 토대로 17세기에는 기호가 인식의 내부에 자리매김되어야 하고 사물의 비밀을 밝혀내기 위해서는 기호가 사물 위에 자리잡아야 된다고 생각했다. 기호는 인식 작용이 이루어지고 난 뒤 구성된다. 달리 표현한다면, 기호는 정신에 의한 분석이 이루어진 뒤 구성되고 분석이 없이는 기호의 성격이 분명해질 수 없다. 그리하여 분석의 결과로서 나타나는 기호는 다른 기호를 분석하는 도구로서 사용된다. 기호는 세계를 잘게 분할하여 인식을 심화시키기도 하고 인식의 결과를 종합할 수 있게 해준다. 그럼으로써 기호 체계는 모든 지식을 언어와 연결시켜 주고 인공적 상징과 그 작용의 체계를 언어로 대치하게 된다.[51]

17세기의 기호관을 집약하는 것은 장세니스트라고 불리는 얀센주의자들의 포르-루아얄이다. 『포르-루아얄의 논리학』은 기표, 기의, 지시 대상의 3항으로 이루어지는 16세기의 기호 개념 대신 2항으로 이루어지는 기호개념을 제시한다. "기호는 두 개의 관념을 내포한다. 하나는 표상하는 사물에 대한 관념이고, 다른 하나는 표상되는 사물에 대한 관념이다. 기호의 본성은 후자를 통하여 전자를 환기시키는 데 있다."[52] 그럼으로써 17세기의 기호는 '기호화하는' 시니피앙과 '기호화되는' 시니피에에 의하여 대치되고, 그 결과 기호는 이원적 표상 작용을 수행하는 단위가 된다.[53] 여기에서 기호는 반드시 언어 기호를 전제로 하는 것이 아니라 오히려 우선 공간적이고 회화적인 표현, 즉 지표나 그림 같은 것을 가리킨다. 그러한 기호 개념은 하나의 기호화하는 관념과 다른 하나의 기호화되는 관념 사이에 표상 관계가 성립된다는 것을 보여준다. 이 경우 표상은 "대상과의 관계에서 지시하는 작용이며 자기 스스로를 드러내 보이면서 나타나는 것"[54]이다. 때문에 고전주의

---

51) 같은 책, 77쪽 참조.
52) 푸코, 같은 책, 78쪽에서 재인용.
53) 시니피앙과 시니피에로 구성되는 소쉬르의 기호 개념과 같다.

시대 이래로 기호는 표상 가능한 것으로서 표상성(représentativité)을 나타내는 표상 작용(représentation)이 되었다.

이와 같은 기호관은 여러 가지 중요한 변화를 끌어들인다. 인식의 수단 겸 지식의 열쇠였던 기호는 이제부터 표상 작용과 동연적(coextensif)이 된다. 기호는 사고(pensée) 속에 들어 있으면서 사고의 모든 영역을 관류한다. 하나의 표상이 다른 표상과 연결될 경우에도 기호가 개입한다. 어떤 경우에는 추상적 관념이 그 자체를 형성해 준 구체적 지각을 기호화하기도 하고, 일반적 관념이 특수한 관념을 위한 기호로 사용되는 경우도 있으며, 감각들이 서로의 기호가 되는 경우도 있고, 그리고 마지막으로 감각 자체가 하나님이 우리에게 말씀하고자 하는 것, 즉 총체에 대한 기호가 되는 경우도 있다.[55] 그 결과 표상 작용의 분석과 기호 이론은 상호 침투하고 상호 의존하게 되며, 모든 표상들은 기호를 통해서만 서로 연결되면서 하나의 거대한 그물망을 형성하게 된다. 결국 기호화하는 시니피앙과 기호화되는 시니피에의 관계는 표상 작용을 통해서만 성립한다. 그리고 하나의 기호가 다른 기호를 위한 도구가 된다는 17세기의 기호관은 한편으로는 17세기 에피스테메의 출발이 되면서 또 한편으로는 20세기 소쉬르의 기호론의 토대가 된다.

물론 기호 없이도 사물은 존재할 수 있으나, 기호 없이는 어떤 사물의 표상도 불가능하고 어떤 의미 작용도 불가능하게 된다.

5.2 『일반문법』

포르-루아얄의 아르노(A. Arnauld)와 랑슬로(C. Lancelot)는 1660년

---

54) 푸코, 앞의 책, 79쪽.
55) 같은 책, 같은 쪽.

『일반문법』을 발간한다. 『일반문법』은 기호들에 대한 학문으로서, "인간은 기호를 통해서 지각의 특수성을 통합하고 그들 사고의 연속적인 움직임을 재단한다."[56]고 하면서 기호와의 관계를 강조한다. 동시에 "일반문법이란 그것이 표상해야 하는 동시성과의 관계 내에서 언어적인 질서를 연구하는 것이다."[57]라고 정의하면서 그 영역을 확대한다. 따라서 『일반문법』의 연구 대상은 사고나 어떤 개별 언어가 아니라 언어 기호가 만들고 연속체라고 이해되는 담화인 것이다. 일반 문법의 관점에서 언어활동(langage)은 "의사소통을 위한 도구라고 하기보다는 그것을 통하여 표상 작용이 반성 작용(réflexion)과 소통하는 도구였다."[58]고 평가한다. 언어활동이 지니는 "모든 반성 작용의 최초의 형식이면서 모든 비평 활동의 최초의 주제"[59]라는 위치는 그것이 지식만큼 넓으면서도 언제나 표상 내에서만 존재한다는 특성을 안겨준다. 그러한 사실로부터 푸코는 다음과 같은 몇 가지 결론을 끌어낸다.

1. 고전주의 시대의 언어과학은 한편으로는 언어가 언어 기호 내에서 공간화되는 방식을 논의하는 수사학을 통하여 문채(figures)와 비유법(trope)을 연구하고, 다른 한편으로는 분절과 어순——달리 말하자면 계기적인 계열체에 따라 배열되는 방식——을 연구하는 문법을 포함한다.[60]

2. 한편, 문법은 일반 언어활동에 대한 반성으로서 그것이 보편성에 대하여 지니는 관계를 드러내는데, 그 관계란 보편 언어(langue universelle)나 보편 담화(discours universel)의 형식으로 다루어질 수 있

---

56) 같은 책, 88쪽.
57) 같은 책, 같은 쪽.
58) 같은 책, 98쪽.
59) 같은 책, 같은 쪽.
60) 같은 책, 99쪽.

다. "보편 언어는 모든 가능한 언어 질서가 자리매김될 수 있는 기호, 통사법, 문법을 창안하는 것이다." 그럼으로써 언어 구성 요소들이 "어떤 방식으로 표상 속에서 구성되며 그들이 어떻게 서로 연결되는 가를 보여줄 수 있어야 한다."[61] 그에 비하여 보편 담화는 가장 단순한 표상으로부터 가장 세련된 분석이나 가장 복합한 결합에 이르기까지 정신의 자연적이고도 필연적인 발전을 규명할 수 있는 가능성인 것이다. 그 모든 인식과 지식의 토대로서의 보편적 담화가 바로 이데올로기인 것이다.

3. 인식과 언어활동은 서로 교차된다. 그들은 상호 의존하고 보완적이면서 언어활동은 "외부로부터 개인에게 부과된다"는 의미에서 비반성적 형식을 지닌 인식인 것이다. 그에 비하여 "안다는 것은 제대로 말한다"는 것이고, 그 반면 "말한다는 것은 가장 바람직한 의미에서 안다"는 것이다. "인식과 언어활동은 서로 같은 범주에 속하기 때문에", "말하기, 설명하기, 알기는 엄격히 말해서 동일 질서에 속한다."[62]

4. 언어활동이 분석과 질서가 된 이상 그것과 시간과의 관계에도 변화가 생긴다. 16세기에는 언어를 역사적인 관점에서 고찰한다. 태초에 모든 언어의 모체인 히브리어가 있었고 나중에 그 언어에서 시리아어·아랍어·그리스어들이 갈라져 나왔다고 생각했다. 그러나 17세기에는 언어를 역사적인 계기 관계에서 보는 것이 아니라 공시적인 관점에서 어순과 표상이 계기적인 순서에 의하여 전개된다고 본 것이다. 17세기의 발생론은 언어 면에서는 작용되지 않았다.

푸코는 포르-루아얄의 언어 이론을 중심으로 고전주의 시대의 언어관과 그 시대의 에피스테메와의 관계를 정립한다. 언어 기호는 사고를 표상하는 능력을 중심으로 새로운 기능을 수행하게 되고, 표상

---

61) 같은 책, 같은 쪽.
62) 같은 책, 103쪽.

은 그것을 표출하는 기호를 통하여 이루어진다. 그러나 기호는 다른 기호들과의 결합을 통하여 담화를 구성해야 통일적인 표상 작용을 이룰 수 있다. 일단 형성된 담화는 또 하나의 언어활동의 대상이 된다. 그러나 그것은 그 담화 속에 숨겨진 뜻을 해석하고 찾아내기 위한 것이 아니라, 그 담화가 어떤 방식으로 기능하느냐를 분석하는 것이다. 그것을 푸코는 '비판(critique)'[63]이라고 부른다.

　이러한 맥락에서 『일반문법』은 문법의 지배를 받는 "담화의 표상적인 기능"을 밝히려고 노력하고, "각 개별 언어로 하여금 담화를 가능하게 하는 것이 무엇인가"[64]를 탐구했다. 그리하여 『일반문법』은 "낱말 상호 간의 관계 속에서 낱말들의 표상 기능을 연구하게 되고"[65] 그것은 낱말들의 결합에 대한 연구로서 동사를 토대로 하는 명제(proposition) 연구로 이어진다. 또한 『일반문법』은 "낱말들의 다양한 형태 그리고 그 낱말들이 어떻게 표상을 재단하고 낱말과의 구별은 어떻게 이루어지는가"를 분석하기 때문에, 분절(articulation) 이론과 연결된다. 또한 담화가 단순한 표상의 총체가 아니라 "다른 표상을 지시하는 이중화된 표상이기 때문에"[66] 지시 작용(désignation)과 관계된다. 마지막으로, 낱말은 의미의 변화·확장·재조직에 대한 끊임없는 가능성을 보여주기 때문에 수사적 공간과 관계되는 파생(dérivation) 이론을 끌어들인다. 그리하여 명제, 분절, 지시 작용 그리고 파생은 17세기 언어 연구의 네 변형을 이루면서, 다른 한편으로 분류를 토대로 하는 박물학과 화폐분석을 바탕으로 하는 부(富, richesse)의 분석에까지 확장된다.

---

63) 같은 책, 94쪽.
64) 같은 책, 106쪽.
65) 같은 책, 같은 쪽.
66) 같은 책, 같은 쪽.

5.3 분류하기와 박물학

17세기 서양에서 박물학의 탄생은 구경 대상이던 기이한 동식물을 '도표(tableau)'로 정리하고 종합함으로써 가능하게 되었다고 푸코는 설명한다. 구경거리가 목록으로 전환된 것은 "지식에 대한 욕망이 아니라 사물을 새로운 방법으로 눈과 담화와 연결시키고자 했기 때문이다."[67] 이처럼 17세기 박물학, 즉 자연의 역사가 가능했던 이유로 푸코는 다음과 같은 두 가지를 꼽는다. 그는 첫째, 관찰되는 사물과 단어를 접근시키면서 그 두 가지 모두 표상에 의존하게 되었기 때문이고, 둘째, 17세기는 각종 기록물들의 정비를 위한 고문서 보관소의 건립과 도서관의 재정비, 각종 목록의 작성 등을 통하여 생물들 사이에 존재하는 형태의 질서를 언어 속에 도입하고자 했기 때문이라고 말한다.[68] 그는 17세기 박물학의 기술(description) 면에서의 특징을 구조화에서 찾는데, "구조는 가시적인 것을 제한하고 여과함으로써 가시적인 것을 언어로 바꾸어 쓰일 수 있게 해준다. 구조에 의하여 동물이나 식물의 가시성은 그것을 모두 기록하는 담화로 전환시킬 수 있게 한다."[69]고 하면서 언어와 구조 개념의 중요성을 부각시킨다.

푸코는 "박물학 이론과 언어 이론은 서로 분리될 수 없다."고 하는데, 그 이유로 박물학이란 "제 존재에 대한 인식을 명명 체계 속에서 그것들이 표상될 수 있도록 해주는 지식의 배치"[70]이기 때문이라고 설명한다. 따라서 박물학도 명명법의 과학이고 일반문법과 같은 법칙에 의존한다. 그리하여 박물학과 언어는 상동적(homologique)이면서 아울러 동시적(contemporain)이다. "기억 속에서 표상을 분석하고 표

---

67) 같은 책, 143쪽.
68) 같은 책, 144쪽.
69) 같은 책, 147쪽.
70) 같은 책, 170쪽.

상들의 공통 요소를 결정하고 그 요소들로부터 기호를 설정하고 마지막으로 명칭을 부여하는"[71] 언어의 자연스러운 행위는 박물학이 사물을 상대로 전개하는 추론 과정과 일치한다는 것이다. 그런데, "사물과 단어는 엄격하게 서로 맞물려 있다. 그 결과 자연은 오로지 언어의 명명의 바둑판을 통해서만 제시될 수 있다. 그러한 언어의 명칭이 없다면 자연은 말이 없고 볼 수도 없으며 언어적 명칭 너머 멀리서 반짝거릴 뿐이다."[72] 달리 말해서, 자연은 언어의 표상을 통하여 언어의 포로가 되고 언어적인 한계를 벗어날 수가 없게 된다. 그럼으로써 자연사에 대한 학문인 박물학은 생물학으로 발전할 수 없었고, 생물은 존재하되 생명에 대한 학문은 19세기의 숙제로 남게 된다.

5.4 부(Richesse)의 분석

푸코에 의하면, 고전주의 시대에는 생명에 관한 학문이나 문헌학이 없었고 오직 박물학과 일반문법만이 존재했다. 마찬가지로 지식의 개념 속에 생산의 개념이 없었기 때문에 경제학 역시 존재할 수 없었던 것이다. 단지 "가치, 가격, 상업, 유통, 수익, 이자" 등을 다루는 부에 대한 분석이 있었을 뿐이다.

고전주의의 부는 가치를 토대로 평가되고 가치는 교환 가치를 통하여 형성된다. 자기가 가진 것은 남에게 양도할 수 있을 때 가치를 만들어낸다. 마찬가지로 자기에게 필요가 없는 물건은 아무런 가치가 없게 된다. 이러한 가치의 분석에 개입되는 것 역시 언어이다. 결국 가치는 교환 내지 교환 가능성 속에서만 존재하게 되는데, 그것은 현재나 앞으로의 표상 속에서 갖는 가치를 의미한다. "이러한 사실로부

---

71) 같은 책, 171쪽.
72) 같은 책, 173쪽.

터 두 가지 독해 가능성이 제시된다. 그중 한 가지는 주고받는 행위의 교차 지점에서 이루어지는 교환 행위의 가치를 분석하는 것이다. 다른 한 가지는 가치란 교환에 선행하는 것으로서, 즉 교환이 이루어지기 위해서 반드시 필요한 일차적 조건으로서 분석되는 것이다."[73] 그런데 첫번째 분석은 언어의 본질을 명제 내에 두고 그 안에서 분석하는 행위에 해당하고, 두번째 분석은 언어의 본질을 본래적인 지시 작용의 입장에서 분석하는 것이다.

결과적으로 문법이 명제 또는 어근으로부터 출발하는 두 가지 분석 형식을 갖는 데 비하여 경제에는 그러한 구분이 없다. 왜냐하면 욕망에서 대상과의 관계와 대상을 갈망한다고 하는 태도의 표명은 결국 동일하기 때문이다. 그럼에도 경제의 가치 분석에도 두 가지 방법이 있음을 푸코는 상기시켜 준다. 그 한 가지는 "필요로 하는 대상과의 교환을 토대로 분석하는 것이고…… 다른 한 가지는 후에 가서 교환에 의하여 그 가치가 정해질 대상들의 형성과 기원이라는 견지……에서 가치를 분석하는 것이다."[74]

푸코는 부의 분석을 교환이라는 경제적인 차원에서 논하면서, 언어 및 담화와의 유비 관계를 통하여 현상을 논의한다. 언어와 경제는 각각의 논리와 체계를 지니고 있음에도 고전주의 시대라는 시공간적 공통성 속에서 양자의 상동성을 찾아낸다. 물론 사회과학에 관련된 방대한 저서들에 대한 지식을 토대로 한 것이지만, 언어적 환원주의(réductionnisme linguistique)이라는 비판을 받을 여지가 다분히 있다. 자연사 연구에서도 마찬가지의 접근 방법을 취했기 때문에 그 분야에서도 같은 문제가 제기될 수 있다. 그럼에도 푸코의 추론이 상당한 설득력을 보여주는 것은, 단순히 그의 해박한 지식 때문이 아니라, 전

---

73) 같은 책, 203쪽.
74) 같은 책, 204쪽.

문적 지식의 특징과 차이에 대한 기술로부터 언어 및 담화와의 상동성을 신중하게 추적하면서 모든 것을 인식론적 토대 위에서 논의하기 때문이다.

6 사드 읽기와 근대로의 전환

『돈 키호테』가 르네상스에서 고전주의 시대로의 이행에 이정표 역할을 한 것과 마찬가지로 사드(Sade) 후작(1740-1814)의 작품 『쥐스틴(*Justine*)』와 『쥘리에트(*Juliette*)』는 고전주의 시대로부터 근대로 옮겨가는 경계를 이룬다고 보는 것이 푸코의 관점이다.

본의 아니게 '새디즘'이라는 용어를 만들어내게 한 장본인 사드는 『돈 키호테』와는 다른 각도에서 오랫동안 많은 오해를 불러일으킨 작가이다. 사드의 『쥐스틴』에는 세 가지 다른 텍스트가 있다. 1787년에 쓴 『쥐스틴』의 원본은 『미덕의 불운(*Infortunes de la Vertu*)』으로서, 사드 생전에는 출판되지 못하고 1930년에야 푸르카드(Fourcade) 출판사에서 처음으로 출판되었다.[75] 사드 자신은 그 작품을 『쥐스틴』로 개작하여 몇 년 뒤에 출판했고, 그 뒤 다시 그 작품을 확대하여 『새로운 쥐스틴(*la Nouvelle Justine*)』으로 개작하면서 외설적인 면을 더 한층 부각시킨다. 아울러 그는 쥐스틴의 언니 쥘리에트를 주인공으로 하는 이야기를 쓴다.

『쥐스틴』의세 가지 텍스트의 이야기 줄거리는 비슷하지만, 뒤에 쓴 두 가지 텍스트가 점점 더 강렬하고 노골적인 면을 보여준다. 부유한 집안 출신의 두 자매는 부모가 사망하고 나서 불행이 닥쳐 거리로 쫓겨나는 신세가 된다. 그런데 두 자매는 각기 다른 길을 선택한다. 쥘

---

75) 1969년에 Garnier-Flammarion에서 다시 발간되었다.

리에트는 주저하지 않고 매춘과 고급 화류계로 진출한다. 그에 비하여 쥐스틴은 집안에서 교육받은 대로 어떤 어려움에 부닥쳐도 몸가짐을 단정히 하고 미덕을 지키려고 온갖 노력을 다한다. 그럴수록 쥐스틴은 점점 깊은 불행의 수렁에 빠지게 된다. 자기 교구의 사제를 찾아가지만, 그 사제도 그녀의 정조를 유린하려고 한다. 남의 집 하녀로 들어가지만 도둑의 누명을 쓰고 감옥에 갇히는 신세가 된다. 다행히 탈출하지만 도둑들 소굴에 끌려가게 되고, 거기에서 벗어나 젊은 귀족 동성애자의 집에 가 있다가 나중에는 수도원에 찾아간다. 그러나 그 수도원에 있는 네 명의 수도사들은 일종의 하렘을 만들어놓고는 성적으로 방탕한 생활을 한다. 그녀는 계속 폭행과 강간을 당하기도 하고 전혀 관계없는 범죄 행위를 저지른 범죄자로 체포되어 온갖 고초를 당한다. 법정으로 호송되어 가는 도중 어느 귀부인의 눈에 띄어 그 도움으로 풀려나는데, 그 귀부인이 다름 아닌 그녀의 언니 쥘리에트였다. 그러나 얼마 후 갑작스러운 폭풍우 속에서 벼락을 맞고 비극적인 생애를 마치게 된다.

두번째와 세번째 텍스트에서는 주인공들이 약간씩 달라지고 새 에피소드가 첨가되기도 하지만 큰 줄거리에는 별다른 변화가 없다. 단, 잔혹 행위가 더 강렬하고 노골적으로 묘사된다. 첫번째 텍스트의 특징은 쥐스틴 자신이 화자가 되어 이야기를 이끌어가고 그녀에게 방탕한 행위가 외부로부터 강요된다는 점이며, 그녀 자신은 그녀가 당하는 잔혹 행위를 전혀 이해할 수 없다고 생각한다.『새로운 쥐스틴』는 3인칭으로 기술되고 쥐스틴은 모든 발언권을 박탈당한다.

『쥘리에트』의 본래 책 제목은『언니 쥘리에트 이야기, 일명 악덕의 번영(*Histoire de Juliette sa sœur ou les prospérités du vice*)』이다. 책 제목이 알려주는 것처럼, 불륜과 악덕이 노골적으로 묘사된다. 미덕을 지키기 위하여 온갖 불행을 감수하는 쥐스틴과는 정반대로 쥘리에트는 극도로 곤궁한 처지에서 물질적으로 잘살기 위해서는 자진하여 몸을 팔기도 하고 수단과 방법을 가리지 않으면서 어떤 부도덕한 일도 서슴지 않는다. 그 덕분에 창녀에서 고급 매춘부가 되기도 하고 또 거기에서 만족하지 않고 돈 많은 귀족을 유혹하여 귀부인이 된다. 『쥘리에트 이야기』에서 중요한 것은, 쥘리에트가 창녀에서 출발하여 귀부인이 된다는 이야기보다는, 그 속에 작가 사드의 반기독교적인 메시지와 함께 그의 철학이 담겨 있고 또 새디즘의 모습을 적나라하게 보여준다는 점이다. 가령 그 작품의 제2부에서 사드는 기독교의 원죄 개념을 공격한다. 하나님이 진정으로 인간을 사랑한다면 선악과를 제거했어야 한다고 하나님에 대한 날카로운 비판을 가한다. 그런가 하면 제6부에서 쥘리에트는 클래르윌과 함께 가까운 여자친구 보르게스를 베스비우스 화산으로 데리고 가서 신체 여러 부분에 잔혹한 체형을 가하면서 즐기고 나중에 화산 속으로 밀어 넣는 장면을 사실적으로 묘사한다. 쥘리에트가 화자로서 모든 사실을 자신이 직접 서술하고 진술한다. 결국 『쥘리에트 이야기』는 근원적인 반기독교 사상과 새디즘적인 성격 때문에 사드 문학이 올바로 평가받을 수 없도록 만든 작품이다.

푸코는 사드의 작품, 그중에서도 『쥘리에트』를 두 단계로 나누어 분석하는데, 첫번째 단계로는 고전주의 시대의 언어 4변형과의 관계를 통해서, 그리고 두번째 단계로는 욕망 그리고 표상과의 관계를 중심으로 분석한다.

앞에서 언급한 것처럼 고전주의 시대의 언어관의 핵심은 명제, 분절, 지시 작용, 파생 등으로 이루어지는 4변형으로 집약된다. 이 4변형은 두 개의 대각선을 보여주는데, 그 하나는 분절과 파생 그리고 또 하나는 명제와 지시 작용에 의하여 구성된다. 첫번째 대각선은 "언어의 명시적 능력을 향상"하고 두번째 대각선은 "언어 행위와 표상 작용의 끝없는 감싸기(enroulement)"[76]를 보여준다. 환언하면, 전자는 언어의 구성 성분이 무엇인가를 보여주고, 후자는 낱말의 현실적인 표상 능력을 시현하는 것이라고 할 수 있다. 그런데 푸코는 그 두 대각선이 만나는 지점에 이름(le nom)이 있다고 말한다.[77] 푸코는 우선 그 '이름'을 '명명행위(nommer)'와 결부시켜 설명한다. "명명한다는 것은 표상에 대한 언어적 표현을 제공하는 것인 동시에 그 언어적 표현을 일반적인 도표 위에 자리매김하는 것"[78]이다. 그와 함께 "고전주의 시대의 담화를 조직하는 것은 바로 이름이다. 말하기 또는 글쓰기, 그것은 사물을 말하거나 자기표현을 하는 것이 아니라…… 그것은 명명이라는 지고의 행위를 향하여 나아가는 것이고 언어 행위를 통하여 사물과 낱말이 그들의 공통적인 본질 속에서 결합함으로써 그들에게 하나의 이름을 줄 수 있는 장소까지 가는 것이다."[79] 그런데 담화는 그 이름을 직접 제시하는 것이 아니라 다양한 문체적 표현을 통해서 예고한 뒤 그 이름을 밝히게 되고 그러한 의미에서 이름을 담화의 '종착역(terme)'이라고 규정한다. 그와 함께 "모든 고전주의 문학은…… 언제나 위협적인 이름에 도달하기 위한 움직임 속에 있고 그이름이 위협적인 것은 그것이 말할 수 있는 가능성을 고갈시키면서 말살시키기 때문이다."라고 설명한다. 그러한 맥락에서 라 파예트 부인의 『클레브 공작부인』에서 여주인공은 자기가 사랑하는 애인의 이름을 억누르다가 종국에 가서 발설하게 되지만, 사드의 『쥘리에트』에서는 즉각적인 난폭한 언어 행위를 통하여 그 이름이 무엇인가를 밝힌다는 것이다. 그리하여 『쥘리에트』의 경우 "명명행위는 마침내 완전히 벌거벗은 모습 속에서 이루어지며, 그때까지 명명행위를 허공에 띄워놓았던 수사적 비유들은 일시에 전복되어 끝없는 욕망의 비유가된다."[80] 결국 사드는 이름을 언어 행위의 성취이자 실체로 삼았고,

---

76) 푸코, 앞의 책, 132쪽.

77) 같은 책, 같은 쪽.

78) 같은 책, 132쪽.

79) 같은 책, 133쪽.

이름을 욕망으로 채운 작가로 평가되는 것이다. "모든 것을 물리치고 이름이 발설됨으로써 언어 행위는 사물로서의 난폭성과 함께 드러나게 된다.…… 그리하여 담화적이지 않은 담화가 출현하게 되는데, 그 역할은 원초적인 존재로서의 언어를 드러내는 데 있다. 언어 행위 특유의 그 존재를 19세기에는 말씀(le Verbe)이라고 불렀다.…… 이러한 존재로서의 언어를 담고 있으면서 그 자체를 위하여 그 존재를 해방시켜 주는 것, 그것이 문학이다."[81]

언어학에서 언어 4변형이 그 자체로 거론되지는 않는다고 할 수 있다. 명제, 분절화, 지시 작용, 파생에서 명제는 철학적인 개념을 내포하지만 언어학의 절과 대등한 의미로 쓰이고 있다. 분절은 절의 구성 성분의 의미론적 영역과 관계된다. 파생은 비유를 중심으로 하는 의미의 전용과 관계되고 지시 작용은 절 내지 명제가 구성 성분의 의미 조정 작용을 거쳐 최종적으로 지시 대상으로 귀착되는 현상을 가리킨다. 따라서 언어 4변형은 언어학적으로 어느 정도 근거를 갖는다고 할 수 있다. 명명 작용은 명칭을 부여하는 행위로서 언어학에서 다루어지지만, 푸코가 언급하는 이름(le nom)은 언어학에서 직접 다루어지는 개념이 아니다.

언어학에서 '이름'과 가까운 개념으로는 '화제(topic)'와 '주제(theme)'를 들 수 있다. 화제는 "이 자동차는 매우 빠르다"에서 '자동차', 즉 무엇인가에 대하여 이야기하는 대상이 된다. 그러나 화제는 '어떠하다'는 술어 부분이 되는 '평언(comment)'과 분리될 수 없다. 화제는 문장의 주어 개념과 반드시 일치하는 것은 아니지만, 대개 문장의 표면 구조에서 앞쪽에 나타나는 경우가 많다.[82] 이름은 화제와 상통하는 점이 있다. 그러나 화제가 평언과 함께 다루어져야 하고 문장 차원의

---

80) 같은 책, 184쪽.

81) 같은 책, 같은 쪽.

82) Charles Li(ed.), *Subject and Topic*(Academy Press, 1976) 참조.

226

개념인 데 비하여 이름은 텍스트 차원에서 부각되는 명사라는 점에서 차이가 난다. 또한 그루버(Gruber), 자켄도프(Jackendoff) 등 미국 언어학자들이 제시한 '주제' 개념은 행위자, 처소, 시발점, 귀착점 등의 개념과 함께 논의되는 의미론적 개념이다. 문장 차원에서 주제가 되는 것은 주어나 목적어인 경우가 대부분이다. 그러한 점에서 텍스트 차원의 이름과 구분되고, 무엇보다 중요한 것은 이름이 '여가 작용(valorisation)'에 의하여 정신분석적인 차원의 가치와 의미를 부여받는다는 사실이다.

푸코의 2단계 분석은 표상과의 관계를 고찰하는 것으로 시작된다. 푸코는, 17-18세기에는 언어나 자연의 사물들, 욕구와 욕망의 대상들이 표상의 양태를 토대로 이해되었다고 주장한다. 그러한 관점에서 "언어는 낱말들의 표상이고 자연은 존재들의 표상이며 필요는 필요의 표상인 것이다."[83] 그렇기 때문에 고전주의적 사고의 종말은 고전주의 시대의 에피스테메인 표상의 후퇴와 일치하게 된다는 것이다. 환언하면, 그것은 언어와 생명체와 욕구가 표상으로부터 해방되고 자유·욕망·의지와 같은 개념들이 표상의 공간을 차지하게 된다는 것을 의미한다.

푸코는 그러한 전환이 사드에 의하여 이루어졌다고 말하지는 않는다. 그 대신 그러한 변화가 사드와 같은 시기에 이루어졌고, 그의 작품은 욕망이라는 법칙 아닌 법칙과 담화적 표상의 세심한 질서 사이에서 매우 '불안한 평형'을 보여준다는 것이다. 그러한 면을 잘 나타내는 개념이 '방종(libertinage)'[84]이다. 방종한 사람은 욕망의 환상에

---

83) 푸코, 앞의 책, 222쪽.
84) 본래 기독교적인 종교관을 떨쳐버린 자유주의적 사고방식을 의미했으나, 점차 윤리·도덕적인 규범에서 벗어난 생활방식을 가리키게 되었다. 푸코는 성적인 방종을 나타내고는 있지만, 완전한 성적인 개방(sexualité)까지는 이르지 않는 상태를 의미하고 있다.

따르면서도 "선명하고도 의도적으로 계획된 표상에 의하여 그것을 조명할 수 있고 조명해야 하는"[85] 사람이다. 그에게 "모든 욕망은 표상적 담화의 순수한 빛 속에서 진술되어야 한다."[86] 그렇기 때문에 방종한 행위는 표상의 질서를 따르면서 문제의 '장면'을 만들고 그 장면들은 엄격한 계기적 순서에 따라 전개되면서, 그 장면들 속에서 육체의 결합과 이성의 연쇄 작용 사이에 조심스러운 균형이 이루어진다. 『돈 키호테』가 르네상스와 고전주의 시대의 문턱 역할을 한 것과 마찬가지로 사드 작품에 나오는 주인공들의 난폭한 욕망은 고전주의의 전유물인 표상의 한계를 분쇄하고 근대의 문을 여는 것이다. 푸코는 『쥐스틴』이 『돈 키호테』의 제2부와 상응한다고 본다. 마치 돈 키호테가 자신의 표상의 대상이면서 내면 속에서 그가 자신의 표상 그 자체인 것과 마찬가지로 쥐스틴은 끝없는 욕망의 대상이면서 아울러 그 욕망의 순수한 기원이기도 하다. 그녀에게 "욕망과 표상의 의사소통은 타자의 존재를 통하여 이루어지고, 그 타자는 그녀를 욕망의대상으로 표상한다. 그럼에도 그녀 자신은 자신의 욕망에 대하여 가볍고 소원하고 외적이며 냉정한 표상만을 가질 뿐이다."[87]라고 하면서 푸코는 쥐스틴의 표상을 정신분석과 연결시킨다. 결국 그녀의 순결성은 욕망과 표상 사이에 끼인 제3자가 됨으로써 자신의 욕망을 스스로 제어할 수 없기 때문에 불행에 빠지게 된다는 것이다.

그에 비하여 쥘리에트는 자신이 자기 욕망의 주체로서 기능한다. "모든 욕망은 남김없이 표상 속에 집약되고 표상은 합리적으로 그 욕망들을 담화로 정립한 뒤 그것을 의도적으로 장면으로 변환시킨다. 그리하여 쥘리에트의 생애는 욕망, 폭력, 잔혹행위, 죽음 등을 거치면서 찬란한 표상의 도표를 펼쳐 보인다. 그러나 욕망의 가능성을 모두 쏟

---

85) 푸코, 앞의 책, 222쪽.
86) 같은 책, 같은 쪽.
87) 같은 책, 223쪽.

아 부었기 때문에 표상의 두께는 역으로 얇아지고 기운이 빠지는 탈진 상태에 이르게 된다. 그 결과 고전주의 시대의 담화와 사고는 종말에 다다르게 된다고 푸코는 풀이한다.

7 19세기와 새로운 에피스테메

푸코는 18세기 말엽에 서양의 에피스테메에 중대한 변화가 생긴다고 지적한다. 고전주의 시대가 표상을 에피스테메로 삼은 형이상학 주도의 시대였는 데 비하여 새로운 시대적 에피스테메는 자연과학적 지식을 토대로 이루어지기 때문이다.[88] 그리하여 18세기 말에는 표상의 효력이 더 이상 통하지 않게 된다. 푸코는 그 이유로 먼저 대중의 목소리가 커지고 삶에 대한 욕구가 한층 격렬해진 것을 들고 있다. 또한 자유와 욕망의 분출이 전통적인 양심과 형이상학 그리고 윤리관을 대신하게 된 점도 빼놓을 수 없다.[89]

이러한 맥락에서 푸코가 계몽주의 철학자들의 역할에 대하여 언급하지 않은 것은 이해하기 어렵다. 그들의 활동은 민중에게 과학 지식을 보급하여 종교의 한계를 인식시켰고, 또한 민주주의가 절대 왕권보다 바람직한 제도이며 누구나 자유와 행복을 추구할 권리가 있음을 일깨웠던 것이다. 결국 그러한 변화는 고전주의 시대의 막을 내리게 했고, 그와 함께 "표상적 담화는 스스로 의미를 부여하고 낱말의 연쇄 속에서 사물들의 잠자는 질서를 발화하는 표상의 왕조"[90] 시대에 종지부를 찍게 했던 것이다. 푸코는 고전주의 시대의 종언이 문학 텍

---

88) 같은 책, 219쪽.
89) 같은 책, 222쪽.
90) 같은 책, 같은 쪽.

스트와 관련이 있다고 강조한다. 그는 16세기가 끝나고 고전주의 시대의 도래를 알리는 작품이 세르반테스의 『돈 키호테』라면 고전주의 시대의 퇴출을 알리는 것이 사드 후작의 작품들이라고 지적한다. 그는 육체와 욕망의 언어로 무장한 사드의 '자유 사상'이 고전적 질서의 파괴에 첨병 역할을 했다고 평가한다.

그러면 무엇이 고전주의 시대의 질서와 표상을 대체한 것일까? 한마디로 역사이다. 고전주의 시대에 "질서가 계기적인 동일성과 차이에 이르는 길을 열었다"[91]면, 19세기의 "역사는 개개의 유기체를 접근시켜 주는 유비 관계를 시간적 계열 속에서 전개한다. 생산의 분석, 유기체 분석, 그리고 언어군의 분석에 자신의 법칙을 적용하는 것은 바로 이 역사인 것이다."[92] 그러나 이 경우 역사는 단순한 사건의 계기적인 축적이 아니다. 그것은 경험적인 영역들의 근본적인 존재 양태로서 이들 영역은 역사에 의하여 명시되고 배열되고 다양한 학문 분야에 활용될 수 있도록 지식의 공간 내에 분포된다.[93]

역사와 역사 의식을 토대로 새로이 형성된 학문은 문헌학, 생물학, 경제학 등이다. 그들 분야가 떠오른 것은 지식의 객관성, 관찰의 엄밀성, 추론의 엄격성, 연구와 정보의 체계화와 축적 등과도 관계가 있으나, 푸코는 무엇보다 우선적으로 고전주의 시대와는 다른 지식의 실증성을 그 요인으로 들고 있다.[94] 철학의 발전 과정에 대한 자기 반성이면서 지식인 동시에 경험성의 존재 양태로서 역사의 등장의 근원이 되는 실증성이 어떤 이유에서 대두되었는가 하는 점에 대하여 푸코는 아직도 우리가 그 와중에 있기 때문에 그 전모를 명확히 파악할 수 없다고 겸손해 한다. 그러나 확실한 것은 문헌학, 경제학, 생물학의

---

91) 같은 책, 231쪽.
92) 같은 책, 같은 쪽.
93) 같은 책, 같은 쪽.
94) 같은 책, 233쪽.

저변에서 그러한 탐구 정신을 공통적으로 확인할 수 있다는 점이다. 그리고 그러한 역할을 담당한 인물로 경제학자 애덤 스미스, 프랑스 식물학자 다지르(Vicq D'Azyr), 영국의 동양학자 윌리엄 존스 등을 들고 있다.

푸코는 고전주의적 질서가 역사에 자리를 물려준 것이 크게 보면 시기적으로 1775-1825년경이지만, 1795년에서 1800년 사이에 단어 연구, 분류법, 부의 분석들이 새로운 존재 양태를 얻게 된다고 설명한다. 새로운 변화의 중요성이 우선 철학에서는 전개 과정에 부여되지만, 역사에서는 사건에 대한 경험적 탐구에 중점이 주어진다. 17-18세기의 자연에 대한 연구는 생물학으로 이어질 수 없었고, 일반문법은 문헌학으로 발전될 수 없었으며, 마찬가지로 부의 분석은 경제학으로 확장될 수 없었다. 왜냐하면 그 사이에 에피스테메의 단절이 생겨났기 때문이다. 19세기에 "분류한다는 것은 가시적인 것의 한 요소를 가지고 다른 것들을 표상하게 함으로써 자기 지시를 하도록 하는 것이 아니다. 그것은 분석을 회전시키는 운동 속에서 가시적인 것을 비가시적인 것, 즉 가시적인 것보다 더 심층적인 것과 연결시킨다는 것이며, 다시 그 숨겨진 축조물로부터 물체의 표면에 주어진 보다 명백한 기호들을 향해서 솟아오르도록 한다는 것이다."[95] 부의 분석에서도 "부가 여전히 표상적 요소로서 기능하기는 하지만, 부가 표상하는 것은 욕망의 대상이 아니라 그것은 노동인 것이다."[96] 애덤 스미스의 말대로 "노동은 모든 상품 교환 가치의 실제적인 척도인 것이다."[97] 언어적인 면에서 고전주의 시대에는 지시와 분절의 기능을 담당하는 명사와 이름이 왕자의 자리에 있었다. 그러나 담화의 차원에서 명사를 밀어내고 보다 중요한 위치를 차지한 것은 그 이전에 부수적인 요소

---

95) 같은 책, 242쪽.
96) 같은 책, 235쪽.
97) 같은 책, 같은 쪽.

라고 과소평가되던 굴절(flexion)과 관계되는 요소들이다. 굴절은 성·수·인칭·어간 등을 표시하는 문법 요소로서, 동사는 굴절에 의하여 시제, 양태(mode), 상(aspect) 등을 나타내고 담화를 구성하는 요소들의 통사론적 기능을 규정한다. 그러한 규정은 라틴어와 같은 격언어에서는 격이 담당했다. 그렇기 때문에 굴절에 대한 이해는 없이 담화의 의미를 정확히 파악할 수 없는 것이고, 굴절은 실제로 형태론과 통사론 형성에 중추적인 역할을 한다. 그러나 굴절의 중요성은 거기에서 그치지 않는다. 한 언어가 다른 언어와 다르다는 것을 논하는 것은 굴절과 같은 언어 내적인 요소에 의하여 결정된다. 담화는 표상이라는 관점에서 볼 때 공시적으로 이해되지만, 그것을 구성하는 굴절과 같은 요소는 역사적인 과정을 거쳐 형성된 것이다. 따라서 굴절은 언어의 역사성을 끌어들이게 된다.

역사 시대의 도래와 함께 언어는 한편으로는 더 이상 표상 체계가 아니라 행동과 상태와 의지를 표현하는 수단이 된다. 그러므로 단어는 고립적인 표상의 수단이 아니라 문법적 총체 속에 통합되어 고찰의 대상이 된다. 다른 한편으로 언어는 역사적인 변천 과정에 대한 추적과 연구를 촉진시켰다. 유럽 언어들에대한 역사-비교 문법적인 연구, 굴절에 대한 연구, 음성 체계에 대한 연구, 그림(Grimm), 슐레겔(Schlegel), 라스크(Rask), 보프(Bopp) 등에 의하여 이루어진 문헌학적 연구는 모두 실증적인 연구 방법을 적용하여 이루어진 결과이다.

푸코는 19세기에 새로 태동한 역사 언어학에만 집착하지 않고 음성학에서 이루어진 성과에도 주목한다. 특히 보프 같은 언어학자는 비교언어학과 함께 언어의 본질에 대한 탐구에서도 중요한 성과를 보여주었다. 그에 의하면, "언어란 다른 표상들을 재단하거나 재구성하는 능력을 갖는 표상 체계가 아니라 언어의 근간 내에서 가장 항구적인 행위와 상태와 의지를 지시한다. 언어는 우리가 보는 것을 표명한다고 하기보다 본래 우리가 하거나 받는 행위를 표현한다."[98] 훔볼트

와 함께 그의 연구는 언어가 문명의 수준과 관계가 있는 것이라기보
다는 그러한 문명을 만들어낸 민족의 정신에 의하여 이루어진다는 것
을 보여준다. 그러한 관점에서 몇 가지 결론을 이끌어낼 수 있다. 첫
째, 언어는 민족의 정신적인 특징이 형성한 소산으로서 역사성을 지
니며, 둘째, 그것은 소수의 엘리트 집단의 창안물이 아니라 모든 층위
의 집단들이 만들어낸 것이며, 셋째, 언어는 한 시대에 고정되지 않고
끊임없이 변화하기 때문에, 훔볼트의 용어를 빌리면, '생산물(ergon)'
이 아니라 '활동성(energeia)'인 것이다.

　푸코는 19세기 언어 연구에서 주로 독일 언어학자들의 성과를 부
각시키면서 언어의 위상이 고전주의 시대와 현격한 차이를 보이게 된
다고 설명한다. 17세기와 18세기에 언어는 세계와 사물들을 표상하는
특권적인 수단으로서 세계와 자연을 분류하고 재단하면서 질서를 부
여했다. 그럼으로써 언어는 인식의 형태이고 모든 사물과 존재는 언
어에 의하여 범주화된다. 따라서 고전주의 시대의 인식이 다분히 유
명론적이었다면, 19세기 이후 언어의 역사성과 변화의 법칙들이 밝혀
지면서 언어는 생물이나 부의 가치, 역사, 인간과 마찬가지로 동일한
수준의 인식 대상이 된다. 물론 언어가 고유의 개념들을 계속 지닌다
고 해도 그 성격은 중요한 변화를 겪게 된다. 우선 언어는 투명한 표
현 수단으로서 인식의 결과를 정확하게 반영하는 수단이 된다. 또 다
른 사실은 언어가 문명 비판적 가치를 갖게 되었다는 점이다. 문헌학
및 역사언어학의 발달과 함께 언어는 전통, 사고와 정신의 습성 등을
응축하여 보존하는 보물 창고가 된다. 사람들의 기억 속에서 사라진
사실들이 언어에 대한 역사적 발굴 작업을 통하여 그 모습을 드러내
게 된다. 그럼으로써 어휘 개념의 변천 그리고 고문헌에 대한 역사적
해석과 관련된 연구가 활성화된다. 마지막으로 언어 그 자체의 지위

---

98) 같은 책, 302쪽.

는 평가 절하되지만, 그것은 문학의 탄생이라는 중요한 보상을 안겨
준다. 그 점에 대하여 푸코는 특별히 주목한다.

　물론 그리스·로마 시대 이후 수많은 문학작품이 씌어졌고, 그러한
의미에서 문학의 역사는 매우 오래되었다. 프랑스어에서 'littérature'
는 라틴어의 차용어로서 12세기에 처음으로 쓰였으나, 그때는 '문자',
'책에 대한 연구가 부여하는 지식', '문자에 의한 책의 생산' 등의 의미
를 지녔다.[99] 글쓰기와 관련된 텍스트와 작품 그리고 그에 대한 연구
라는 의미의 문학 개념은 19세기에 생겨났다.[100] 푸코는 문학에 대하
여 우선적으로 "그 고유한 존재 양식이 '문학적인' 것으로 이루어지는
특이한 언어를 따로 떼어놓은 것"[101]이라고 정의한다. 문학은 문법의
언어를 순수한 담화 능력으로 돌려보내고 그 과정에서 단어라는 야성
적인 존재와 만나게 된다는 의미에서 문학은 '문헌학에 대한 이의 제
기'라고 말한다. 물론 19세기의 문학은 의례적인 것에 고착된 담화에
대한 반동을 보이기도 하지만, 확실한 것은 문학의 기능이 언어의 존
재 양식과의 관계를 통하여 이루어진다는 사실이다. 한마디로 "문학
은 관념의 담화로부터 벗어나 자신의 근원적인 자동성(intransitivité)[102]
속에 자신을 유폐한다. 그것은 고전주의 시대에 문학을 유통시키던
'취향, 즐거움, 자연스러움, 진실'과 결별하고 자신의 고유 공간 속에
서 그것들에 대한 유희적 부정을 보장할 수 있는 것들, 즉 '파렴치한
것, 추한 것, 불가능한 것'을 탄생시킨다."[103] 그리하여 새로운 문학은
그 이전의 문학 장르 개념과 단절하면서 언어활동의 순수한 표출 작

---

99) *Dictionnaire historique de la langue française*(le Robert, 1998), 제2권, 2040쪽.

100) S. Auroux 외, *Dictionnaire des Auteurs et des thèmes de la Philosophie*(Hachette, 1991), 279쪽.

101) 푸코, 앞의 책, 313쪽.

102) 언어의 자동성은 언어가 지시하는 것이 실제 세계가 아니고 언어에 의하
　　여 구축되는 세계 그 자체임을 의미한다.

103) 같은 책, 같은 쪽.

용을 수행하고 글쓰기의 주체는 끊임없는 자신으로의 회기를 통하여 자신의 실존을 표명한다.

주석학의 활성화와 문헌학의 발전 그리고 새로운 문학 개념의 출현은 고전주의적 사고의 질서를 물러가게 하면서 언어의 존재를 새롭게 부각시키게 된다. 한마디로 고전주의 시대의 표상 작용에서 벗어난 언어는 다양한 존재 양식을 갖게 된다. 우선 문헌학자에게는 역사적 과거를 조명할 수 있는 탐구 대상이 된다. 다른 한편으로 언어는 구체적 내용을 포기하고 형식화의 도구로 사용된다. 그리고 가장 중요한 것은 언어가 글쓰기 행위를 통하여 자신을 드러내는 기능을 수행하게 된다는 사실이다. 그러한 문제를 푸코는 말라르메와 언어의 문제를 통하여 구체적으로 논의한다.

8 말라르메의 언어 읽기

푸코에게 언어란 시대의 에피스테메를 규정하는 일차적인 요소로서, 16세기의 언어와 기호는 유사성을 토대로 그리고 17세기에는 표상을 토대로 이루어진다는 점을 앞의 고찰을 통하여 알 수 있었다. 표상을 중심으로 하는 언어관은 19세기에 들어서서 변화를 겪게 되고 이는 근대성으로의 전환을 촉진하는 계기가 되는데, 그러한 역할을 수행한 주역으로 푸코는 니체와 말라르메를 들고 있다. 푸코는 『말과 사물』에서 세 번에 걸쳐 말라르메와 언어, 현대 문학의 상관관계에 대하여 설명하고 있다.

우선 푸코는 17세기의 기호의 표상 작용은 언어와 사물의 이원화 현상을 통하여 양자가 분리되는 결과를 낳는다고 설명한다.[104] 그러한

---

104) 같은 책, 58쪽.

상황은 19세기에 접어들어 새로운 양상을 보이기 시작하는데, 언어는 무엇보다 문학의 토대를 이룬다. 먼저 "문학이 자율성을 획득하는 것은 하나의 '반담화(contre-discours)'를 형성함으로써"[105] 가능하게 되었고, 그 결과 문학은 언어의 표상 작용과 결별하면서 16세기 이후에 잊혀졌던 '원초적 존재로서의 언어(être brut du langage)'를 부각시키게 된 것이다. 따라서 "19세기 이후 문학은 자신의 존재 속에서 언어를 조명하기 시작했고"[106] "언어와 존재는 문학을 통하여 서구 문화와 외곽에서 ─ 그리고 중심부에서 ─ 점점 더 빛을 발하기 시작했다."[107]

이러한 맥락에서 "언어를 해석하고자 할 경우 단어들이 감추고 있는 다른 의미가 드러날 수 있도록 하기 위해서는 그 단어들은 깨뜨려야만 하는 텍스트를 이룬다."[108] 그리고 "언어는 오로지 자기 자신만을 지시하는 글쓰기 행위 속에서 자신을 위하여 모습을 드러내게 된다."[109] 본래 문헌학자인 니체는 누구보다 앞서 불가사의한 다양성과 함께 분출되는 언어에 대한 성찰을 철학적 과업과 접목시키는 역할을 했고, 말라르메는 평생 동안 조각난 언어의 존재를 불가능한 통일성으로 이끌고 가고자 하는 노력을 기울이면서 "모든 가능한 담화를 단어의 불안정한 깊이 속에 가두어놓고자 시도했다."[110]고 평가한다.

또한 언어와의 관계에서 니체는 질문을 던지는 역할을 맡았고 말라르메는 그에 대한 대답을 제시했다고 설명한다. "니체에게 문제가 되는 것은 선과 악이 무엇이냐 하는 것을 아는 것이 아니었다. 자기 자신을 지시하기 위하여 아가토스(Agathos)라고 하고 타인을 지시하

---

105) 같은 책, 59쪽. 담화가 주체의 생각을 표현하는 데 비하여 반담화는 존재로서의 언어가 담화의 주체가 된다.
106) 같은 책, 같은 쪽.
107) 같은 책, 같은 쪽.
108) 같은 책, 315쪽.
109) 같은 책, 같은 쪽.
110) 같은 책, 316쪽.

기 위하여 델리오스(Delios)라고 할 때, 그것이 누구를 지칭하고 또 말하는 것이 누구인지를 아는 것이다."[111] 그에 대하여 말라르메는 이렇게 대답한다. "말하는 것은 자신의 고독, 자신의 연약한 떨림, 자신의 허무(néant) 속에 있는 단어 —— 단어의 의미가 아니라 단어의 수수께끼 같고 불확실한 존재로서의 단어 자체이다."[112]

니체는 말하는 것이 누구인가 하는 질문에 계속 집착하는 반면, 말라르메는 "담화 스스로에 의하여 구성되는 '위대한 책(Le Livre)'의 순수한 의식에서 집행자로서만 자신의 모습을 드러내고자 할 정도로 자신의 고유한 언어로부터 자신을 계속 지워버린다."[113] 작품이 일단 완성된 뒤에는 작가 자신도 그 작품의 '첫 독자'일 뿐이다. 그와 함께 '문학'은 그것을 구성하는 언어라는 사실을 강조한다.

언어에 대한 말라르메의 관점은 결과적으로 푸코에 의하여 다음과 같이 집약된다. 첫째, 문학의 자율성은 언어 자체의 독자적인 담화 —— 그것을 푸코는 '반담화'라고 부른다 —— 를 통하여 가능하게 된다. 따라서 문학은 담화 내지 언어로 환원된다. 둘째, 언어는 자기 자신만을 지시하는 담화 행위를 통하여 드러나고 작가는 소멸된다. 작가의 소멸과 함께 스스로 구성되는 자율적 언어를 푸코는 '언어의 존재'라고 부른다. 대상으로서의 언어를 언어의 존재라고 부르는 데는 존재론적 가치가 개입된다. 셋째, '언어의 존재'를 드러내는 담화 행위의 핵심은 단어이다. 단어는 다양한 의미를 담고 있는 신비스러운 존재로서 그 안에 자신의 허무와 죽음까지도 포함하고 있다. 단어를 깨뜨려야만 그것이 내포하고 있는 의미를 드러나게 할 수 있다. 결국 문제가 되는 것은 자율성을 전제로 하는 문학과 언어의 관계, 존재로서의 언어의 성격, 그리고 단어의 신비로움 등이 된다. 그러한 문제는

---

111) 같은 책, 같은 쪽.
112) 같은 책, 317쪽.
113) 같은 책, 같은 쪽.

리샤르(J. P. Richard)의 『말라르메의 상상세계』[114]에 대한 비평을 통하여 구체적으로 드러난다.

푸코는 리샤르의 저서에 대한 비판을 두 가지로 요약한다. 첫째는 리샤르가 말라르메의 '심층(profondeur)'에 초점을 맞추어 그의 '내면을 조명'했다는 점이다. 그것은 영혼, 정신, 체험 등을 풀이하고, 200여 년 동안 계속된 심리주의의 전통을 잇는 방식으로서, 말라르메의 작품이 아닌 그의 인간, 꿈, 상상, 물질, 공간, 사물과의 몽환적 관계 등, 한마디로 인간 말라르메에 초점을 맞춘 것이라는 지적이다. 다른 한 가지는 보다 근본적인 문제로서, 말라르메 언어의 일관성의 원칙과 그 변환의 양상에 대한 연구에서 프로이트적인 방법을 동원했다는 것이다.[115] 그 결과 심리주의에서 비롯되는 애매함, 작품과 생애 사이에서 생겨나는 관점의 모호함, 시니피앙의 관점과 시니피에의 관점 사이를 오가면서 보여주는 일관성의 결여 같은 문제들이 생겨나게 된다.

위와 같은 면에서 리샤르의 말라르메 접근은 손쉬운 비판의 표적이 되고 있지만, 푸코는 리샤르 저서의 핵심이 사실상 다른 데 있다고 분석한다. "리샤르 저서의 영역은 말라르메의 저서(L'Opus)나 생애(La Vie)가 아니다. 보관된 채 잠들어 있으면서 소비되는 것이 아니라, 조명되어야 하는 말라르메의 총체라고 부를 수 있는 '부동의 언어체(bloc de langage immobile)'인 것이다."[116] 그것은 새로 발견된 의미가 거기에 언제든 새롭게 첨가될 수 있다는 사실에서 열려 있는 언어 구성체이지만, 그것은 말라르메의 시가 언어로서만 존재한다는 점에서 "절대적으로 폐쇄된 구성체"라고 설명한다. 푸코는 리샤르가 닦아 놓은, 말라르메로 다가가는 길을 다음과 같이 몇 가지로 정리한다.

첫째, 말라르메의 경우에는 내용과 형식을 대립시키거나 통일성을

---

114) J. P. Richard, *Univers imaginaire de Mallarmé*(Seuil, 1962).

115) M. Foucault, *dits et écrits*, I, 429쪽 참조.

116) 같은 책, 430쪽.

추구하는 것은 별 의미가 없다. 왜냐하면 대립되는 것은 내용과 형식이라기보다는 '형식'과 '비형식'이기 때문인데, 형식이란 결국 비형식의 출현 방식임을 강조한다. 이와 관련하여 푸코는 말라르메의 무덤에 대한 리샤르의 분석을 주목한다. 무덤이란 생동하는 말을 가지고더 이상 존재하지 않는 존재의 비석을 세우는 것이다. "무덤은 그것을 위한 말들을 조각하면서 그것들의 생명을 앗아감으로써 이중적으로 형식이 된다. 즉, 그 의미에 의하여 무덤은 무덤이지만 말에 의하여 기념비가 된다. 그러나 무덤이 죽음을 말할 때(무덤은 현실적으로 말로 구성되기 때문에) 필연적으로 언어 안에서의 부활을 의미하게된다. 그리하여 검은 비석은 사라져버리고 그 가치들은 역류된다. 푸른 하늘 밑에서 어두운 빛을 띠던 대리석은 밤의 무한한 섬광이 된다.이제 그것은 가로등의 혼탁한 불빛이 된다.…… 무덤의 기호 형식은스스로 소진되고 그 기념비를 형성하던 말들은 해체되지만, 죽음이현존하던 허무도 함께 가져가버린다. 그럼으로써 무덤은 다시금 언어의 속삭임, 언젠가는 없어져버릴 허약한 음성들이 만들어내는 소리가된다. 결국 무덤은 비형식의 번쩍이는 형식에 지나지 않고, 끊임없이무너져 내리는 언어와 죽음의 관계 그 자체가 되고만다."[117] 푸코는 형식과 비형식이라는 비유적 용어를 사용하여 말라르메에게 무덤·언어·죽음이 이루는 변증법적인 관계를 포착한 리샤르의 분석을 푸코자신의 관점에서 집약한다.

둘째, 속삭임으로 제시되는 언어체 속에서 말하는 주체가 누구인가하는 문제가 제기된다. 그것이 자신의 인생을 살았던 실제 인물 스테판 말라르메인가? 이 문제와 관련하여 반심리주의자들 쪽에서는 자서전적 요소들에 비중을 두어서는 안 된다고 주장하고, 정신분석가들의 깊이 있는 해석을 위해서는 어떤 제약도 있을 수 없다는 관점을

---

117) 같은 책, 431쪽.

유지한다. 그 문제와 관련하여 리샤르의 관점은 실제 말하는 주체는 문장의 주어나 심리적 주체가 아니라, 저서, 서간문, 수기 원고 등 다양한 자료에서 '나'라고 말하는 존재라는 입장이다. 그러한 '나'는 물리적 존재로서의 '저자'가 아니라 언술의 주체로서 이야기를 이끌어 나가는 주체로서의 서술자(narrateur)와 같은 개념으로서 글쓰기에 의하여 구성된다. 그러한 '나'의 임무는 "언어라는 안개 속에서 영원히 완결될 수 없는 미래의 작품을 시험하는 것"[118]이고 "작품 속에서 언어의 미래의 가능성을 발견하는 존재"[119]이다. 그러므로 그 '나'는 "통일성의 잠재적 정점이고 한없이 지속되는 유일한 수렴"[120]이 된다. 푸코는 기호학적인 언술 주체 내지 발화 주체(sujet parlant)의 개념을 도입하여 리샤르의 분석을 설명한다.

셋째, 리샤르는 말라르메의 체험이 '동굴(la grotte)'과 '다이아몬드(le diamant)'의 이미지로 집약된다고 본다. "다이아몬드는 남몰래 암담한 심정에서 비롯되는 주변의 공간을 비추어주는 것이고, 동굴은 바위들 내면의 가장자리에 목소리들을 메아리치게 하는 밤의 광활한 공간이다."[121] 그러나 푸코는 그 이미지들을 특별한 대상으로서가 아니라 다른 모든 말라르메의 이미지들을 수렴하는 이미지로 보아야 한다고 주장한다. 아울러 그 두 이미지에서 발원하는 말라르메의 상상력은 "생각과 세계의 접촉에 의한 행복한 표면이 아니라, 그보다는 그 세계의 경계 지점에서만 빛을 발하고 진동하는 밤의 공간"[122]이라고 설명한다. 말라르메는 "은유에서 출발하여 인상으로 가거나 감각적인 요소로부터 시니피앙의 가치로 가는 것이 아니다. 그는 문채

---

118) 같은 책, 432쪽.
119) 같은 책, 같은 쪽.
120) 같은 책, 같은 쪽.
121) 같은 책, 433쪽.
122) 같은 책, 같은 쪽.

(figure)의 명명으로부터 문채 안에서 표명되는 저자의 죽음으로 가고…… 그리하여 이미지 피안과 같은 죽음의 가시적인 면처럼 나타난다."[123] 그렇기 때문에 "상상하는 것은 자신의 죽음을 가로질러 멀리 떨어진 언어 속에서 자리매김하게 되는 사유의 행위"라고 설명하면서 상상과 자유가 죽음, 언어와 상관관계를 맺고 있다고 주장한다.

넷째, 말라르메가 즐겨 쓰는 '날개'와 '부채'는 양면성을 지닌다. 날개는 새의 몸을 하늘 높이 비상하게 하지만, 정작 그 몸은 가리운다. 마찬가지로 부채 역시 자신의 그림을 펼치면서 주인공의 얼굴을 가리게 된다. 같은 맥락에서 언어는 감각적인 요소와 함께 그것의 죽음을 명명한다. "이미지를 솟아오르게 하는 낱말은 화자 주체의 죽음과 언급된 대상과의 거리를 동시에 말한다."[124] 그것은 "사물들의 순결성 그 자체이고 그들의 명백한 온전성(intégrité)이며…… 동시에 접근 불가능한 거리감이다……."[125] 그런데 푸코는 언어와 낱말의 그와 같은 양면성을 말하면서도, 즉 의미와 무의미, 존재와 부재의 양면 사이에 존재하는 언어의 '현기증'을 언급하면서도 그것이 어디에서 비롯되는지에 대해서는 언급이 없다.

푸코는 리샤르 저서의 마지막 장에서 그가 언급한 말라르메의 낱말 개념을 소개한다. "낱말은 의미된 사물의 성질 속에 뿌리를 박고 있으면서 음향성의 작용을 통하여 무언의 존재를 제공하지만, 그것은 언어의 자의성에 의하여 지배된다. 낱말의 명명은 사물을 보여주면서 동시에 감춘다. 그것은 사물의 가장 가까운 형상이면서 사물로부터의 지울 수 없는 거리이다."[126] 그렇기 때문에 낱말은 사물의 '현존'이면서 그 '무덤'이라는 것이다. 그러나 계속된 일련의 고찰에서도 낱말의

---

123) 같은 책, 434쪽.
124) 같은 책, 같은 쪽.
125) 같은 책, 같은 쪽.
126) 같은 책, 436쪽.

양면성을 반복할 뿐, 위에서 말한 대로 그러한 성질의 근원에 대해서
는 별다른 언급이 없다. 푸코는 리샤르의 분석에 기본 법칙이 있다고
설명한다. 그것은 "(모든 수사학적 가능성까지도 포함하는) 언어의
구조도 아니고 (심리적인 필연성까지 포함하는) 체험의 연속도 아니
다. 우리는 그것을 언어에 대한 솔직한 체험, 화자 주체와 언어의 존
재 그 자체와의 관계라고 규정할 수 있을 것이다."[127]라고 하면서, "문
학자와 특정 언어의 관계가 아니라 화자 주체와 그 특이하고 난해하
며 복합적이고 대단히 모호한(왜냐하면, 그것은 자신을 포함하여 다
른 모든 존재에 대해서 그 존재를 지칭하고 존재를 부여하기 때문에)
언어라고 불리는 존재와의 관계이다."[128]라고 부연 설명을 하고 있다.

낱말을 포함하는 말라르메의 언어관은 두 단계를 거쳐 푸코에게
도달함으로써 모두 세 단계를 이루는 셈이다. 첫번째 단계는 말라르
메 자신의 언어관으로서 시인의 언어관은 시 창작과 밀접한 관계가
있다. 두번째 단계는 리샤르가 정리한 말라르메의 언어관으로서, 리
샤르는 "작품이 가시화시켜 주지만, 매 순간마다 번뜩이는 가시성과
함께 작품을 가능하게 하는 것은 바로 언어 존재와의 관계"[129]라고 본
다. 세번째 단계는 상상력을 중심으로 하는 말라르메에 대한 리샤르
의 연구를 푸코가 자신의 관점에 맞추어 정리한 것이다. 흥미로운 것
은 푸코가 『말과 사물』에서 피력한 말라르메의 언어에 대한 관점과
리샤르의 저서를 통하여 드러난 말라르메의 언어에 대한 관점이 보여
주는 상동성이다. 리샤르가 포착한 관점이 푸코가 보는 관점과 우연
히 일치한다고 하는 사실을 부인할 수는 없다. 리샤르는 '언어의 존
재'라는 개념을 만들어 말라르메에 대한 언어의 중요성을 강조하고
있지만, 그의 연구는 말라르메 시학에 대한 주제 비평적 해석을 토대

---

127) 같은 책, 같은 쪽.
128) 같은 책, 같은 쪽.
129) 같은 책, 같은 쪽.

로 이루어졌고, 그 안에서 언어와 관련된 부분은 일부를 구성한다. 그러나 푸코는 자신의 관심사에 맞추어 리샤르의 연구를 종합하면서 그의 연구를 자신의 관점으로 수렴한다.

푸코는 말라르메의 언어관이 니체의 관점과 함께 근대성으로 이행하는 데 중요한 이정표가 된다고 역설하면서 그 중요성을 부각시켰고, 그런 그의 주장은 상당히 설득력이 있는 것처럼 보인다. 그러나 그러한 말라르메의 언어관은 언어 자체에 대한 고립적인 성찰의 결과가 아니라 시 창작에 대한 자신의 관점을 수렴하는 과정에서 제기되었기 때문에 시 창작에 대한 말라르메의 견해가 그 전제가 된다. 그럼에도 푸코는 말라르메의 시 창작에 대한 관점과 그의 언어관을 별로 연결시키지 않기 때문에 우리는 어째서 그의 시에서 언어가 문제되는지, 언어의 양면성은 어디에서 비롯되는지, '언어의 존재'가 어떤 개념인지, 그리고 어째서 시는 무와 죽음으로 귀착될 수밖에 없는지에 대해서 쉽사리 이해할 수 없다. 직관에 의한 번뜩이는 기지에도 불구하고 푸코는 가장 핵심적인 문제에 대해서는 궁금증을 풀어주지 못하고 있다. 따라서 그의 관점을 보완하는 입장에서 그에 대한 해답을 말라르메의 시 창작 관념 안에서 찾아보도록 하자.

말라르메는 현상학적 환원을 통해서 순수시의 개념을 실현하기 위하여 시를 썼으며, 그러한 시도를 평생의 과제로 삼고 거기에 도달하기 위하여 노력했다. 현상학적 환원이란 외부 사물과 시의 관계를 도치시키는 현상을 가리킨다. 즉, 시인들은 일반적으로 외부 사물을 보고 그로부터 영감을 얻어 그것을 시로 옮기기 때문에 시가 외부 사물이 정착하는 귀착점이 된다. 예를 들어 꽃을 보면서 사랑에 대한 열정이나 피어나는 청춘을 생각한다든지, 꽃이 시드는 것을 보고 인생의 무상이나 허무를 느끼고 그것을 시로 나타낸다든지 하는 것 등은 외부 세계와 사물이 시의 출발점이 되고 시는 그것에 의하여 조건지어짐을 보여주는 것이다.

그러나 말라르메는 "태초에 말씀이 있었듯이" 시가 플라톤의 이데아와 마찬가지로 태초부터 존재했다고 생각한다. 이 세계는 완전한 이데아의 세계를 불완전하게 모방한 것인데, 시가 다시 그 불완전한 세계를 모방하는 것은 완전한 이데아의 세계로부터 영원히 멀어지는 것이기 때문에 시인은 오히려 외부 세계에서 비롯되는 요소들, 즉 그의 표현대로 우연(le Hasard)을 폐기하고 제거함으로써 완전하고 절대적인 순수시의 창작에 도달할 수 있다고 믿었던 것이다. 그는 그러한 맥락으로 「20대의 이상」이라는 글에서 "많은 사람들이 경험이라는 명목으로 끌어모으는 영감들은 그것이 아무리 아름답다고 해도 시에서 털어버리는 것이 시인의 임무이다."[130]라고 말한다. 그의 관심사는 외부로부터 받은 영감을 시로 옮기는 것이 아니라 정신의 내면에서 솟아오르는 순수한 상념들을 시로 승화시키는 것이고, 그러한 작업은 신의 창조에 버금가는 창조적 행위인 것이다. 그러한 의미에서 말라르메는 르네 길(René Ghil)의 『언어론(*Traité du verbe*)』에 대한 서론에서 "가까이 있거나 구체적인 것이 머릿속에 떠오르는 것을 없애고 오로지 순수 개념을 피어오르게 하는 것이 아니라면 언어의 유희에 따라 자연의 사실을 소리의 울림 속에 사라져버리게 하는 그 놀라운 기적이 무슨 소용이 있을 것인가?"[131] 하고 말한다.

언어는 말라르메에게 순수 개념을 표현할 수 있는 유일한 도구이다. 그러나 그의 언어는 일반적인 의사소통의 수단이 아니고 또 외부로부터 지각된 감각을 표현하는 수단도 아니다. "나는 말한다, '한 송이의 꽃!', 그러나 나의 목소리가 그 억양의 굴곡마저도 추방해 버린 망각의 저편에서 일상적인 꽃받침과는 다른 그 무엇처럼 어느 꽃다발에서도 찾아볼 수 없는 그 추상적 관념 그 자체가 음악적으로 솟아오른다."[132]

---

130) "Sur l'idéal à vingt ans", *Mallarmé, Œuvres Complètes*(Gallimard, 1945), 883쪽.

131) "Avant-dire au Traité du verbe", *Mallarmé, Œuvres Complètes*, 857쪽.

132) 같은 책, 같은 쪽.

말라르메의 시를 담고 있는 언어 속에서 낱말은 특별한 위치에 있다. 낱말은 시적인 맥락 내지 구문을 구성하는 요소이기 때문에 고립적으로나 단독적으로 사용된 요소가 아니다. 그리고 그 의미는 사전에서 정의되는 의미도 아니고 일상적인 의사소통에서 이해되는 의미도 아니다. 특히 외부적인 사물로부터 지각된 요소가 아니다. 예로 든 '꽃'은 하나의 시적인 구문을 구성하는 요소이면서 그 핵심을 이루는 요소이다. 그것은 이 세계의 '꽃'이 아닌 관념적이고 순수하고 절대적인 시인의 주관을 수렴한 요소로서 시적인 창조 행위의 대상이다. 그러한 의미에서 언어는 '언어의 존재'를 형성하게 되고 시인은 그 자신이 그 저자이면서 첫번째 독자가 된다.

그러나 시인은 자신이 추구하는 바의 시어와 시 세계의 구축에서 커다란 난관에 봉착하게 된다. 첫째, 외부 사물의 인상에서 비롯되는 영감 — 그것을 그는 우연이라고 부른다 — 을 제거하고 순수한 관념의 세계를 창조하는 작업은 쉽사리 이루어질 수 없는 것이다. 인간은 다양한 인연이라는 그물을 형성하면서 삶을 영위하고 또한 체험과 지각은 의식과 무의식을 토대로 이루어지기 때문에 정신은 그러한 여건으로부터 완전히 자유로울 수 없다. 그렇기 때문에 모든 외적 여건으로부터 완벽하게 벗어나고자 하는 말라르메의 시도는 도달할 수 없는 이상에 가까운 것이다. 둘째, 관념을 표현하는 수단인 언어가 지니고 있는 제약들이 시인의 의도를 충분히 나타내는 데 어떤 한계를 형성한다. 그것은 언어가 가지고 있는 '우연'인 것이다. 예컨대 프랑스어로 '낮'은 'jour[ʒur]'이고 '밤'은 'nuit[nui]'가 된다. 그런데 낮의 모음은 어두운 /u/이고 반대로 '밤'의 모음은 밝은 /i/가 된다. 그것은 시의 의미가 표현하고자 하는 것에 배치되는 언어의 우연인 것이다.

그러한 근원적인 우연을 제거하고 자신이 추구하는 완벽한 정신세계를 시어로 구현하고자 노력하다보니 시인은 약 2년 동안 실어증에 시달리기도 한다. 실어증을 극복하고 자신의 시 세계를 구축하는 과정에서 그는 '허무(Néant)'에 봉착하게 된다. 자신이 딛고 있는 경험적 세계를 '무화(néantisation)'하면서 도달하는 것은 불교적 의미에서 '유', 있음, 또는 존재와 반대되는 '무', 곧 없음 내지 비존재의 경지이다. 시인은 그것을 '부정적인 허무'로 인식하고 오랜 동안 절망에 빠지게 되지만, 나중에 그것을 '긍정적인 허무'로 발전시키게 된다. 그것은 불교적인 의미에서, '유'와 '무'를 모두 지양하면서 그 두 가지를 아울러 포괄하고 그로부터 새로운 창조가 가능하게 되는 '공(空)'의 경지인 것이다. 불교를 알지 못하는 상태에서 불교적인 경험을 했노라고 고백한 것도 그러한 연유에서였다. 자신이 "무로부터 무(ex nihilo nihil)"에서 "무로부터 총체(ex nihilo omnia)"로 전환했다는 표현 역시 불교적인 '무'에서 '공'으로 옮겨갔다는 것과 일치한다. 긍정적 허무 위에서 빛나는 '별무리(constellation)'가 있음을 보여주는 그의 시가 바로 「소네트 '9'(sonnet en 'ix')」이다.

「소네트 '9'」에서 제기되는 '폐기(aboli)'는 바로, 긍정적 허무에 도달하기 위한 '무화(néantisation)' 과정에서 현실 세계를 밝히는 태양을 포함한 모든 자연과 세계의 외부 사물들이 제거되고 무화될 뿐만 아니라 시인도 소진되고 죽음에 이르게 된다는 것을 뜻한다. 물론 이 죽음은 생물학적인 죽음이 아니라 철학적·정신적 죽음인 것이다. 그것을 시인은 "주인은 죽음의 삼도내에 갔다."고 표현한다. '이지튀르'는 바로 시간의 폐지 속에서 이루어지는 시인의 죽음에 대한 기록이고, '주사위 던지기'는 공간의 폐기 속에서의 시인의 죽음에 대한 기록이다. 그러니까 시인은, 불사조(Phoenix)가 자신의 재, 즉 허무 속에서 황금빛 재생을 이루듯이, 자신 속에 있는 모든 우연을 제거하고 모든 우연으로부터 자유로운 '보편 능력(Aptitude universelle)'을 얻기 위해서 정신적인 죽음을 통하여 재생되어야 한다.

말라르메가 무화 과정을 추구하는 것이 불교적인 참선 과정과 상통하는 면이 있음은 말라르메 자신도 의식하고 있었다. 그러나 그의 시와 창조에 대한 시각은 플라톤의 이데아관과 많은 공통점이 있음을 알 수 있는데, 그러한 문제가 말라르메와 리샤르 그리고 푸코 등에게서 언급되지 않은 것은 잘 이해되지 않는다. 말라르메의 언어관에 대한 푸코의 관점이 말라르메의 본질을 간파한 것이라고 생각되기는 하지만, 말라르메의 심리적 동기에 대한 설명이 없고 최종적인 귀결 —— 예컨대 시인의 죽음의 문제 —— 을 제시하면서도 그 배경이나 과정에 대한 해명이 없다는 점은 지적되어야 할 것이다. 흥미로운 것은 말라르메의 시, 구체적으로 시의 창조 개념과 푸코가 연구하게 될 루셀의 관점이 매우 가깝다는 사실이다.

9 인간과 유한성

앞에서도 언급했듯이, 푸코는 19세기 이전까지 인간 존재의 성격을 보여주기 위하여 벨라스케스의 그림, 「시녀들」을 예로 들었다. 그 그림에는 팔레트를 들고 있는 화가와 관객들이 있으며 넓다란 캔버스는 뒷면만 보이고 벽에는 그림들이 걸려 있다. 표상의 중심부에 표상의 대상들을 비추어주는 거울이 있으나, 그것은 희미한 반영을 보여줄 뿐이다. 모든 시선들은 그림 속에 드러나지 않는 어떤 것을 향하고 있다. 그것은 화가가 자신의 화폭에 그리고 있는 대상이면서 그림의 주체이다. 그 존재는 모든 시선을 수렴하는 중심이면서 자신은 표상되지 않은 채 그 그림 속의 모든 대상들을 표상한다. 그럼으로써 그림은 핵심이 결여된 표상에 지나지 않는다. 그림 속에서 실제로 그 자리를 차지하는 것은 왕이지만, 푸코는 거기에서 고전주의 시대에 인간이 그 그림 속의 왕이나 마찬가지로 언어를 도구로 만물을 표상하면서도 정작 그 언어의 주체인 자신은 표상할 수 없었던 인간의 비유를 찾아낸다. 그리고 19세기가 되면서 인간에 대한 보다 객관적인 표상이 생물학·언어학·경제학의 발달과 함께 가능하게 되었고, "나는 생각한다"에서 "나는 존재한다"로의 이행이 명증한 근거를 통하여 이루어질 수 있었다고 설명한다.

푸코는 인간을 새롭게 조명하는 데 기여한 것은 칸트나 헤겔 같은 철학자들보다 생물학자 퀴비에(Cuvier), 언어학자 보프, 경제학자 리카도(Ricardo)라고 말한다.[133] 퀴비에는 생물체 가능성의 조건들을 연구하면서 생명을 새롭게 규정하고자 했고, 리카도는 노동으로 하여금 교환 가능성과 이윤 및 생산의 조건 등을 밝히도록 했으며, 문헌학자들은 언어의 역사적 기원과 담화 및 문법의 가능성을 탐구했다. 이에 따라 표상은 생물체와 욕구, 어휘의 원초적 근원으로서의 역할을 더 이상 담당할 수 없게 된다. 그 결과 생물체, 교환, 어휘 등은 생명, 생산, 언어의 법칙에 따라 사물과 깊은 관계를 맺게 되고, 그러한 과정에서 인간이 지칭된다. 이러한 면에서 보면, 인간은 노동, 생명, 언어에 의하여 지배되고 "그의 구체적 실존은 노동, 생명, 언어에 의하여 규정된다. 왜냐하면 우리는 인간의 어휘, 그의 육체, 그가 생산하는 물건을 통해서만 인간에 접근할 수 있기 때문이다."[134] 그러한 연구는 뇌의 구조, 생산 원가의 메커니즘, 인도-유럽 계통 언어의 변화 체계에 대한 실증적 지식을 제공하면서 인간의 유한성을 드러낸다.

인간의 생명, 노동, 언어에 대한 경험적인 내용이 표상의 공간 속에 자리매김되던 때에는 무한의 형이상학이 필요했다. 왜냐하면 인간의 유한성은 그와 반대되는 무한(infini)에 의해서만 설명될 수 있기 때문이다. 그러나 19세기에 발견하게 되는 인간의 유한성은 무한성 안에 자리잡는 것이 아니라 유한한 지식이 구체적 형식으로서의 유한한 실존에 대해서 부여하는 내용을 토대로 이루어진다. 그렇기 때문에 "경

---

133) 푸코, 앞의 책, 317쪽.
134) 같은 책, 324쪽.

험적인 내용들이 표상에서 떨어져나와 경험적 내용의 존재 원칙을 그 안에 형성하게 되면서 무한성의 형이상학은 필요 없게 되었다.”[135] 그 결과, 현대적 사고는 생명, 노동, 언어에 대한 성찰을 토대로 인간에 대해서 어두운 환상을 드리웠던 형이상학의 시대를 마감하고 유한성에 대한 분석적 연구를 구축하게 되며, 그 중심에 인간이 자리잡게 된다.

유한성에 의하여 규정되는 인간에 대해서 객관적인 방법론이 적용되었고, 그러한 과정을 통하여 인간은 경험적-선험적 이중체로 이해되었다. 그리하여 한편으로는 인간의 지각, 감각 메커니즘, 운동신경, 분절화 등에 대한 선험적 미학으로서의 연구가 이루어졌고, 다른 한 편으로는 선험적 변증법의 연구를 통하여 “인간에 대한 인식은 역사적·사회적 또는 경제적 조건을 가지고 있고 그것은 인간들 사이에서 짜여지는 관계의 내부에서 형성된다.”[136]고 보는 것이다. 그런데 그러한 두 가지 분석은 아무런 상호 관계 없이 이루어졌고, 무엇보다 하나의 담화 형식 속에 수렴되지 못한다는 한계를 노출한다. 결국, 가장 바람직한 것은 경험적인 것과 선험적인 것이 서로 분리되어 있으면서도 서로를 목표로 하고 주체로서의 인간을 분석할 수 있는 담화의 정립을 모색하는 것이다.

그런데 경험적·선험적 이중체인 인간의 존재 양식은 경계가 확정될 수 없고 언제나 개방적이기 때문에 자신의 사유(cogito) 안에서 사색할 수 없으며, 그의 존재가 사유의 범위를 벗어난다는 데 문제가 있다. 데카르트는 우리가 오류 또는 환상이라고 부르는 것까지를 포함하는 모든 사고의 가장 보편적인 형식으로서의 사고를 밝히고자 하면서 오류와 환상의 위험을 최소화하고자 했고, 필요한 경우 그러한

---

135) 같은 책, 328쪽.
136) 같은 책, 330쪽.

위험에 대처할 방법을 찾아낼 생각이었다. 그러나 근대적 사고에서는 어째서 사고가 비사고의 형식 속에 들어갈 수 있는가를 알아보기 위한 의문이 지속적으로 제기된다. 데카르트의 주장과는 달리 "나는 생각한다"라는 명제는 "나는 존재한다"라는 명제를 명증적으로 이끌어 낼 수는 없다는 것이다. 왜냐하면 언어란 사고가 모두 현동화할 수 없는 두꺼운 퇴적층 속에서만 존재하므로 나는 내가 말하는 언어라고 하기는 어렵기 때문이다. 마찬가지로 나는 내 손으로 이룬 노동이라고도 할 수 없다. 왜냐하면 나의 노동은 그것을 끝내자마자 나에게서 빠져나갈 뿐만 아니라 아직 시작하기도 전에 나에게서 빠져나가기 때문이다. 또한 나는 내가 내 안에서 느끼고 있는 생명이라고 할 수 있을까? 그 생명은 자신과 함께 전개되며 나를 그 정상에 잠시 올려놓는 그 놀라운 시간으로 감싸면서 또한 나에게 죽음을 처방하는 절박한 시간으로 나를 감싸고 있는 것이다. 그렇기 때문에 결과적으로 "나는 이 모든 것이면서 또한 그 모든 것이 아니다. 사유는 존재의 단언으로 이어지는 것이 아니라 존재를 문제 삼는 모든 의문들을 펼쳐놓을 뿐이다."[137] 나는 내가 생각하는 '나'이면서 또한 내가 생각하지 않는 '나'이기도 하다.

이와 같은 사실을 가장 먼저 주목한 것은 데카르트의 사유와 칸트의 선험적 동기를 종합하고자 시도했던 현상학이고, 후설은 서구적 이성(la ratio)의 가장 심원한 사명을 활성화시키면서 그것의 방향을 반성 쪽으로 조정했다. 그러한 방향 조정을 통하여 "사유의 기능은 사고되는 경우에는 언제나 확인되는 사고로부터 명증적인 존재로 인도되는 것이 아니라 어떻게 사고가 자신으로부터 일탈하여 존재에 대한 다양하고도 풍성한 의문으로 인도되는가를 보여준다."[138] 서구적

---

137) 같은 책, 335쪽.
138) 같은 책, 336쪽.

이성에 대한 새로운 해석을 통하여 후설의 현상학은 19세기에 새로운 근대적 에피스테메의 형성에 크게 기여했다. 근대적 에피스테메는 생명, 노동, 언어에 대한 연구와 함께 인간의 존재 양태, 존재와 사고되지 않은 것과의 관계에 대한 의문을 열어놓았고, 그 결과 사고되지 않은 것의 존재론은 "나는 생각한다"의 우월성을 제도 밖으로 밀어내었다. 사고되지 않은 것은 나중에 인간 존재의 내부에 잠입한 것이 아니라 인간의 존재와 함께 생겨난 것이라고 주장한다. 그것은 사고가 자신의 안과 밖에서 발견하는 "어두운 부분"인 것이고, 정신분석에서 말하는 '타자(l'Autre)'인 것이다. 존재와 타자의 관계는 헤겔 철학에서 '즉자(An sich)', '대자(Für sich)'의 보완적 개념으로 나타나는데, 쇼펜하우어의 '무의식적인 것(Unbewusste)', 마르크스의 '소외된 인간', 후설의 '잠재적인 것', '비활동적인 것', '침전된 것', '비현실적인 것' 등의 개념으로 제시된 것과 관계가 있다. 19세기의 새로운 사고는 그러한 문제에 대한 성찰을 통하여 "무의식의 장막을 거두어내고 그 침묵 속에 몰입하거나 그 끝없는 속삭임을 향하여 귀기울이고자"[139] 노력하게 된다.

사고되지 않은 것의 부각은 세계의 질서에 초점을 맞춘 전통적 윤리관에 대한 재고로 이어진다. 사고가 '사고 밖'으로 뛰쳐나오게 된 이상 사고가 더 이상 이론이 될 수는 없었다. 왜냐하면 사고는 결합과 함께 단절, 해방과 함께 종속이라는 상반성을 그 속에 내포하기 때문이다. 그러한 사고는 새로운 행동, 위험스러운 행위를 유발시킨다. 사드, 니체, 아르토, 바타유의 사상은 그러한 관점에서 이해되어야 한다. 헤겔, 마르크스, 프로이트도 그러한 문제를 잘 알고 있었다. 일부에서는 그 문제를 '진보적'이냐 아니면 '반동적'이냐의 관점과 결부시키고자 하지만, 그러한 시도는 "모든 사상은 한 계층의 이데올로기

---

139) 같은 책, 338쪽.

를 '표현한다'"[140]고 믿는 어리석음을 드러내는 것이다. "근대적 사고는 인간의 '타자'가 자신과 '동일자'가 되어야 한다는 방향으로 전진하게 된다."[141]

인간의 존재 양태에 대한 근대적 성찰에서 마지막으로 드러나는 특징을 푸코는 기원과의 관계라고 지적한다. 18세기까지 기원의 문제는 표상의 문제와 동일시되었다. 가령 경제 문제는 당사자 사이의 이해가 서로 충족되어야 이루어진다고 보고 원시적 물물교환의 형태로 표상했다. 그에 비하여 자연의 질서는 세계를 구성하는 다양한 사물들이 일정한 위계질서를 형성하면서 도표화되는 방식으로 표상되었고 언어의 기원 문제는 의성어로부터 시작되는 소리가 어떻게 사물 표상과 결합되는가의 문제로 귀착되었다. 한마디로 지식의 기원은 표상의 순수한 연속 속에서 추구되고 이해되었다. 그러나 근대적 사고에서는 그런 방식으로 생각할 수 없게 된다. 왜냐하면 노동, 생명, 언어 등이 각기 그 분야의 역사성을 지니고 있음을 깨달았기 때문이다. 그런 맥락에서 "기원이 역사성을 부여하는 것이 아니라 역사성이 바로 그 짜임새 속에서 그것의 안과 밖에서 동시에 존재하는 기원의 필요성의 윤곽을 드러나게 한다."[142] 푸코는 기원을 원뿔의 꼭지점에 비유한다. 그 꼭지점은 동일자로서 시작과 함께 분산과 불연속이 이루어지고 내부의 파열에 의하여 타자가 생기게 된다. 그렇기 때문에 인간에 대한 새로운 개념은 19세기에 그러한 역사성을 토대로 형성된다고 설명한다.

이처럼 근대적 사고는 인간의 기원으로부터 거슬러올라가고 싶어하는 열정을 지닌다고 설명하면서 푸코는 그러한 특징이 유한성, 경험적-선험적 이중체, 사고와 사고되지 않은 것의 관계 등과 마찬가지

---

140) 같은 책, 339쪽.
141) 같은 책, 같은 쪽.
142) 같은 책, 340쪽.

로 19세기에 새로이 드러난 인간의 존재 양식을 규정한다고 지적한다. 그러나 거기에는 적어도 두 가지가 보충되고 추가될 필요가 있겠다. 그 한 가지는 기원으로부터의 회귀가 철학사에서 '역사 순환(palingénésie)'의 개념으로서 그리스 시대부터 알려져 있었다는 점이다. 본래 지질학에서 "화강암으로 되어가는 과정의 암석이 다시 용해되어 마그마가 생성되는 현상"을 가리키던 것이 철학사에서 '재생', '부활' 등의 의미로 사용되었고, 스토아 학파에서 "같은 사건들이 영원히 반복하여 회귀한다는 주장과 함께 거론되었다."[143] 아울러 '영원 회귀'의 개념은 종교적으로 아시아에서 가장 먼저 생겨났으며, 그 뒤 그리스의 헤라클레이토스 학파는 형이상학적인 차원에서, 만물은 몇천 년을 주기로 정확하게 반복된다고 주장했다. 그런가 하면 시인 하이네를 비롯하여 니체와 도스토예프스키도 같은 생각을 피력했고, 또한 블랑키(Blanqui), 내겔리(Naegeli), 르봉(Le Bon) 등이 물질에 대한 방사성 동위원소 측정을 통하여 과학적인 면에서 그러한 주장을 뒷받침했다.[144] 또 한 가지는 니체가 『권력 의지(Der Wille zur Macht)』에서 그 문제를 언급했다는 점이다. 우선 그것은 니체 사후 19세기가 아닌 20세기에 제기되었는데, 그는 '영원 회귀'의 개념을 시간적이면서도 윤리적인 문제와 관련시켰다. 한마디로 삶의 한 순간은 잠시 후 사라지는 것이 아니라 영원성의 가치를 지닌다는 것이다. 왜냐하면 그것은 이미 실제로 있었던 순간이고 따라서 그대로 영원히 다시 반복되고 회귀될 것이기 때문이다.[145]

푸코는 19세기 초에 있었던 유한성, 경험적-선험적 이중화, 사고되지 않은 것, 그리고 기원에 대한 분석 등을 언어의 현상과 결부시켜

---

143) A. Lalande, *Vocabulaire technique et critique de la Philosophie*(PUF, 1976), 729-730쪽.
144) 같은 책, 929쪽 참조.
145) 같은 책, 930쪽 참조.

검토한다. 『말과 사물』이라는 저서의 제목도 상기시켜 주는 바와 같이 푸코는 인간의 인식 현상을 언어 현상으로 환원시켜 분석하고 있다. 그러한 관점에서 그는 절과 분절, 지시, 파생 등의 개념을 언어활동의 '네 가지 전략 개념'으로 보고,[146] 그 개념들을 근대적 사고의 네 가지 개념들과 상응시킨다. 그는 절을 구성하는 핵심적인 기능을 맡은 것이 동사이고 동사가 전개하는 언어적 공간에는 존재를 나타내는 '이다(être)' 동사가 잠재되어 있다고 본다. 그런데 유한성의 분석은 인간의 존재가 인간 외부에서 사물의 밀집성과 인간을 연결시켜 주는 실증적 영역(positivités)에 의하여 한정되지만 또 한편으로는 그러한 한정을 가능하게 하는 것은 바로 유한한 존재라고 지적한다. 또한 분절은 낱말과 그것이 표상하는 사물이 어떻게 재단(découper)되는지를 보여주고 경험적-선험적 이중화에 대한 분석은 경험 속에 주어진 것과 경험을 가능하게 하는 것이 무한한 진동 속에서 어떻게 서로 상응되는지를 보여준다. 그런가 하면 언어의 활동에서 드러나는 지시는 낱말과 음절, 음성의 가장 은밀한 중심부에서 그것들의 잊혀진 일이라고 할 수 있는 잠자는 표상을 일깨운다. 그것은 사유 속에 사고되지 않은 것, 생각 속에 생각하지 않은 것이 들어 있는 것과 상통하는 면이 있다. 그와 같은 요소는 "나는 존재한다"가 표명하는 주권(souveraineté)에 통합되어야 한다. 그리고 파생은 낱말이 언어 공간 속에 원초적인 표상을 벗어나 수사학적인 새로운 문채들을 계속 생성하는 것을 가리키고 그러한 현상은 인간이 자신의 기원을 생각하고 추구하는 노력과 상통한다.[147]

푸코는 언어학자들의 좁고 경직된 언어관에서 탈피하여 생동적이고 능동적인 언어의 기능에 초점을 맞추어 자기 특유의 언어관을 형

---

146) 푸코, 앞의 책, 131쪽.
147) 같은 책, 347쪽 참조.

성한다고 할 수 있다. '파생', '지시', '경험적-선험적 이중화', '분절', '동사와 다른 존재' 등 그가 제시하는 문제들은 사용을 중심으로 하는 언어의 현실 또는 언어와 현실 사이의 문제들이다. 그것은 언어학적인 틀을 벗어날 뿐만 아니라 일반적인 성격보다 특수한 성격의 문제들이라고 하겠다.

언어적 요소와 근대적 사고에서 드러나는 특성 사이의 상호 관계에 대해서 푸코의 분석에 주관성이 드러나고 있지만, 언어의 존재와 인간의 존재에 대한 그의 철학적 성찰은 여러 가지로 음미할 만한 내용을 담고 있다. 중요한 것은 언어의 존재와 인간의 존재 사이의 불일치 관계이다. 왜냐하면 "인간의 사고는 경험 내용을 벗어나는 사고되지 않은 것에 미리부터 잡혀 있고 그것을 회복하기 위하여 노력하기 때문"[148]에, 다시 말하자면 인간의 사고 속에는 무의식의 부분이라고 할 수 있는 사고되지 않은 것이 잠입되기 때문에 인간의 언어는 그러한 부분까지 모두 드러낼 수 없으며, 따라서 언어의 존재와 인간의 존재는 공존할 수 없고 그것이 서양 사고의 기본적 특징이라는 것이다. 그런 문제에서도 고전주의 시대와 근대적 사고 사이에는 근본적인 차이가 있다는 것이다. 기호와 낱말에 대한 고전주의 이론에서는 언어가 만물의 표상을 통하여 안정적인 차이를 드러내는 도표로 귀결되었고, 거기에서 시간은 연속체로서 동시성을 형성하기 때문에 시간이 공간을 만들어낸다. 그에 비하여 근대적 사고에서는 간극이 동일자를 파고들어 차이를 만들어내고 차이가 동일자를 분산시키기도 하고 양쪽 끝에서 분산된 것을 집결시키기도 하기 때문에 "시간을 생각할 수 있게 하는 것은 바로 심오한 공간성"[149]이라는 것이다.

---

148) 같은 책, 350쪽.
149) 같은 책, 351쪽.

제3장 푸코 : 인간의 상황 그리고 소멸

1 인문학과 인간의 상황

언어의 존재와 인간의 존재 사이의 근원적 불일치는 결국 푸코를 인간의 존재 양태를 연구하는 인문과학자로 이끌고간다. 그런데 인간에 대한 새로운 개념이 19세기 이전에 존재하지 않았기 때문에 인문과학은 새롭게 구성되어야 하는데, 19세기의 인식론적 장은 다양하게 분할된다. 푸코는 근대적 에피스테메의 영역을 '열려 있는 입체적 공간'으로 보면서 거기에 세 가지 차원이 있다고 상정한다.

첫째는 수학과 물리학의 차원으로서, 그 분야는 연역적 질서와 확증된 명제에 의하여 이루어진다. 둘째는 언어와 생명, 생산과 부의 재분배와 관련되는 학문의 분야이다. 이들 분야는 불연속적이면서도 유비적인 요소들을 서로 연관시킨다. 이상의 두 차원은 경험적 과학에 수학을 응용한다는 점에서 공통적인 면이 있다. 그 결과, 그들 요소들 사이에 인과 관계와 구조적 상수(constante) 관계의 정립이 이루어진다. 셋째는 철학적 성찰의 차원으로서, 그 분야는 동일자에 대한 사고로 전개된다. 푸코는 그 분야가 언어학, 생물학, 경제학과 함께 생명과 인간의 소외, 상징적 형식에 대한 다양한 문제를 논의한다는 점에서 공통점이 있다는 점과, 또한 수학과 함께 사고의 형식화에 대한 문제를 논의할 수 있다는 점을 지적한다.[1]

이처럼 근대적 에피스테메를 세 가지 차원으로 설명하는 것은 포괄적인 면이 있으면서도 한편으로 근대적 사고를 생명·언어·경제 위주로 고찰해온 것을 확대시킨다는 문제도 있다. 또한 둘째 차원과 다른 차원과의 균형도 일정하지 않고 상호 관계의 설정도 추상적이다. 무엇보다 그들 세 가지 차원은 푸코 자신이 인정하는 것처럼 인문과학이 제외되는 영역이다. 푸코는 '그 분야 지식들의 사이', 정확히 말하자면 "그 세 가지 차원이 규정하는 입체적 공간 안에 인문과학이 위치한다."[2]고 말하면서, 인문과학은 수학적인 형식화를 활용하면서 다른 한편으로 이론적 모델이나 개념은 생물학, 경제학, 언어과학으로부터 빌려온다고 부연한다. 그러한 설명은 다양한 요소를 포함하고 있어서 인문과학의 성격을 명확하게 보여주지는 못한다. 특히 각기 성격이 뚜렷한 학문들 사이에 인문과학이 위치한다고 하는 것은 지나치게 막연한 생각이다. 대뇌피질 중추에 대한 해부가 인간의 언어활동과 관계가 있다고 해서 그에 대한 연구가 인문과학이 될 수는 없다. 왜냐하면 생물학적 기능 양태가 인문과학의 성격을 밝혀줄 수는 없기 때문이다. 기본적으로 인문과학의 성격은 인문과학에서 인간을 보는 관점과 관계가 있다. 푸코 자신도 그러한 문제점을 의식하고, 인문과학에서 "인간이란 (어느 정도 특이한 생리 구조와 독특한 해부 구조를 지닌) 특별한 형태의 생물체가 아니다.…… 그것은 표상을 구성하는 생물체로서 표상을 통하여 삶을 영위한다."고 보완한다.[3]

<hr>

1) M. Foucault, *Les Mots et les Choses*, 358쪽.
2) 같은 책, 363쪽.
3) 같은 책, 같은 쪽.

　경제학이 인문과학에서의 명분을 얻기 위해서는 "개인이나 집단이 생산 또는 교환에서 상대방을 표상하는 방식,…… 사회를 표상하는 방식, 그들이 사회와 통합되어 있는가 아니면 고립되어 있는가, 의존적이며 종속적인가 아니면 자유로운가 등을 느끼는 방식을 조사해야 한다."[4] 언어학의 경우도 "음성학적 변화나 언어 간의 계통 관계, 의미론적 변화 등에 대하여 아는 것"[5]은 인문과학이 아니다. 그 대신 푸코는 "한 개인이나 집단이 단어를 표상하는 방식이나 그 형식과 의미를 사용하는 방식, 실제 담화를 구성하는 방식, 그들의 담화 속에 그들이 생각하고 아마도 무의식중에 드러내거나 은폐하는 방식……"[6] 등은 인문과학에 속한다고 말한다. 그러한 관점에도 오해의 소지가 있다. 음성학적 변화나 언어 간의 계통 관계, 의미론적 변화 등은 전통적으로 언어학의 중요한 분야에 속한다. 그리고 언어학이 인문과학에 속한다는 사실은 재론할 필요도 없다. 그럼에도 푸코가 그 사실을 부인하는 것은, 그에 대한 지식이 인간의 존재 양태에 대한 이해에 별로 기여하지 못한다는 의미에서인 것 같다.

　푸코는 인문과학(sciences humaines)을 인간과학(sciences de l'homme)과 동의어로 사용하면서, 후자는 세 가지 인식론적 영역에 의하여 감싸인다고 말한다. 그 세 가지 영역이란 우선 표상의 가능성을 열어주는 '심리학적 영역'을 가리킨다. 그리고 '언어의 법칙과 형식의 영역'이 있다. 이 영역에서는 언어의 표상 작용을 통하여 문학과 신화에 대한 연구, 모든 구전 자료나 기록 자료의 분석이 행해지는데, 이는 한마디로 문화가 남길 수 있는 언어의 흔적에 대한 분석이다.[7] 이 세 가지 영역은 생물학, 경제학, 문헌학과 삼중의 관계를 통하여 그 성격을 표출

---

4) 같은 책, 364쪽.
5) 같은 책, 같은 쪽.
6) 같은 책, 같은 쪽.
7) 같은 책, 366-367쪽.

한다. 그런데 이 영역들은 모두 실증성의 형식에 대한 문제를 안고 있다. 인문과학에서 실증성의 문제는 발생론적 분석인가 아니면 구조적 분석인가, 설명인가 아니면 이해인가 등의 문제로 귀결된다. 인문과학은 그러한 문제를 연구하기 위하여 두 가지 모델을 끌어들인다. 또한 인문과학은 다른 분야의 지식에서 통용되는 개념들을 전용한다. 예컨대 사회학에서 사용하는 유기체적 은유, 자네(Janet)가 사용하는 에너지 관계 은유, 레빈(Lewin)의 기하학적·동력학적 은유 등이 그 예이다. 다른 한편으로는 지식의 범주를 설정하는 구성적 모델이 있다.

구성적 모델은 생물학, 경제학, 언어학의 영역에서 비롯된다. 예를 들면 다양한 자극에 대하여 반응하고 환경에 적응하고 변화해가는 인간은 '기능'을 가진 존재로서 자신의 기능을 행사할 수 있게 해주는 평균적 '규범(normes)'을 찾아낼 수 있다. 경제적으로는 인간은 필요와 욕구를 가지고 있고 그것을 충족시키기 위하여 이익을 추구하게 되며 그러한 과정에서 다른 사람들과 대립하여 '갈등'을 유발한다. 갈등을 최소화하기 위해서 규칙을 정하지만, 그것은 오히려 갈등을 더 격화시킬 수 있다. 언어학에서는 인간이 표현하고자 하는 모든 것은 어떤 '의미'를 내포하고 표현에 동원되는 의식, 습관, 담화 등은 모두 기호의 '체계'를 구성한다.[8]

그러나 기능이나 규범이 심리학에만 국한된 개념은 아니다. 그리고 갈등이나 규칙 또한 사회학에만 한정된 것도 아니다. 의미나 체계 역시 언어학 이외의 분야에서도 존재하기 때문에 인문과학은 서로 교차되고 목표로 하는 지식의 성격에 따라 그리고 일정한 형식적 기준에 따라 어느 분야의 모델을 적용하느냐가 결정된다. 정확한 시기와 연대는 밝히지 않고 있지만, 푸코는 이론적 모델이 생물학적 모델에서 언어학적 모델로 옮겨가게 되었고, 그 여파로 기능, 갈등, 의미보다도

---

8) 이러한 관점은 소쉬르의 언어관을 토대로 한 것이다.

규범, 규칙, 체계가 더 중요하게 부각되었다고 설명한다.[9] 규범, 규칙, 체계 위주의 분석은 정합성(cohérence)과 유효성을 토대로 하기 때문에 '병적인 의식', '원시적 심성', 또는 '무의미한 담화' 등의 개념을 사용하지 않는다. 모든 것은 체계, 규칙, 규범의 질서 속에서 사고될 수 있다. 푸코는, 체계는 고립적이고 규칙 또한 일정한 틀 속에서만 적용되며 규범은 자율성을 바탕으로 하기 때문에 인문과학은 복수화를 통하여 서로의 벽을 허물고 하나의 통일적인 분야로 발전할 수 있었다고 주장한다.[10] 이에 대한 좋은 예로 푸코는 프로이트를 든다. 문헌학과 언어학적 모델을 토대로 인간에 대한 인식을 추구한 그는 "기능, 갈등, 의미 중심의 분석으로부터 규범, 규칙, 체계 위주의 분석으로 옮겨갔다."[11]는 것이다.

푸코가 인문과학에서 기능보다 규범, 갈등보다 규칙, 의미보다 체계의 우위를 강조하는 것은 무의식과 사고되지 않은 것을 끌어들이려고 하는 의도가 있었기 때문이다. 그러한 의도를 정당화하기 위하여 그는, 첫째, 규범, 규칙, 체계 등의 우위는 "바로 그것이 의식의 소외가 아니고", 둘째, 이항대립으로 현상을 설명하기에 역부족이기 때문에 '제3항', 즉 무의식과 생각되지 않은 것을 도입해야 하며, 셋째, "체계가 의미 작용보다 선행하여 존재하기 때문에 체계는 언제나 무의식적인 것"[12]이라고 주장하지만, 그의 주장은 막연하고 설득력이 약하다.

하지만 비록 논리 전개 과정에서 의문이 제기되기는 하더라도, 푸코의 생각은 기본적으로 충분히 수긍할 수 있다. 그가 강조하는 것은, 첫째, 위에서 언급한 "큰 범주들이 인문과학의 장을 조직화할 수" 있고, 둘째, "인문과학은 인간에 대한 모든 지식을 특이한 방식으로 의

---

9) 같은 책, 371쪽.
10) 같은 책, 372쪽.
11) 같은 책, 같은 쪽.
12) 같은 책, 373쪽.

식과 표상으로 분해시키고 있으며", 셋째, 정신분석학에서 목격할 수
있는 "정상적인 것과 병적인 것의 이분법이 소멸되면서 의식과 무의
식의 양극성을 불러들인다."는 점이다. 그와 함께 인문과학의 성격을
생물학, 경제학, 문헌학 내지 언어학과의 관계 그리고 자연과학과의
관계를 통하여 규정한다. 먼저 생물학, 경제학, 문헌학 내지 언어학은
"인문과학을 가능하게 하지만" 그것은 어디까지나 '인접 관계'라는
점을 지적한다. 다시 말하자면 "인문과학은 그들 학문의 곁에서 또는
그들 학문의 저변에서 그들의 투사 영역 속에 자리잡는다는 조건에서
만 존재할 수 있다."[13] 그러나 그들 사이의 관계는 다른 학문 간의 관
계에서와는 달리 "외부적인 모델이 의식과 무의식의 차원으로 전이
되고 비판적인 성찰이 그 모델의 출발점으로 역류한다는 것"[14]을 전
제한다. 또 한 가지, 그는 인문과학이 진짜 과학이 아닐 뿐만 아니라
"전혀 과학이 아니다."라고 단언한다. 왜냐하면 "인문과학의 실증성
을 규정하고 그들을 근대적 에피스테메에 뿌리내리게 하는 형상
(configuration) 자체가 인문과학으로 하여금 과학이 되는 것을 불가능
하게 하기 때문이다. 푸코는 또한 유럽의 전통이 인간 존재를 '지식의
실증적 영역'으로 간직하지만, '과학의 대상'으로 간주하지는 않는다
고 그 이유를 덧붙인다.[15]

2 역사

  푸코는 심리학, 사회학, 문학, 신화 등의 분야가 인문과학의 영역에

---

13) 같은 책, 378쪽.
14) 같은 책, 같은 쪽.
15) 같은 책, 같은 쪽.

속한다고 하면서 역사에 대해서는 특별히 언급한 적이 없다. 그러나 그는 "역사야말로 인간에 관한 첫번째 학문이자 근원이 되는 학문"[16]임을 분명히 한다. 고대 그리스 시대 이후 역사는 "회고, 신화, '말씀'과 '본보기'의 계승, 전통의 전달, 현재에 대한 비판 의식, 인류의 운명에 대한 깨달음, 미래에 대한 예측 또는 회귀에 대한 약속"[17] 등의 기능을 수행했다. 일반적으로 말해서, "역사는 인간들의 시간을 세계의 생성에 따라 질서화한다(스토아 학자들이 말하는 거대한 우주적 연대기 속에서). 아니면 그와 반대로 (기독교적 섭리처럼) 인간 운명의 원리와 움직임을 자연의 작은 부분에까지 확대함으로써 하나의 평탄하고 단일한, 거대한 역사를 구성할 수 있다."[18] 그러나 그러한 역사는 19세기에 이르러 분해되어 자연을 구성하는 분야들이 각기 독자적인 진화의 역사를 추적하게 되었고, 노동이나 언어도 거대한 역사에는 들어가지 않는 별도의 역사성을 지닌다는 사실을 알게 되었다.

인간과 관련된 활동 분야들이 모두 독자적인 역사성을 갖게 되면서 인간은 '탈 역사적' 존재로 인식될 수 있다. 그러나 "인간은 존재들의 역사, 사물들의 역사, 말들의 역사의 중첩에 의하여 역사의 주체로 정립된다." 왜냐하면 "언어를 통하여 말하고 경제적인 면에서 노동하고 소비하며 인간의 삶을 사는 존재는 바로 인간이기 때문"[19]이다. 달리 말하자면 삶의 역사나 경제의 역사, 언어의 역사도 모두 인간으로 수렴되기 때문에, 인간은 자신의 역사성 그 자체인 것이다. 그러므로 역사는 인문과학에서 최적의 수용 분야인 동시에 위험한 수용 분야가 될 수도 있다. 그러나 인문과학과 역사는 유추적 관계를 지니고 있고, 따라서 전자에 사실인 것은 후자에도 사실로 드러날 개연성을 가지고

---

16) 같은 책, 같은 쪽.
17) 같은 책, 같은 쪽.
18) 같은 책, 379쪽.
19) 같은 책, 381쪽.

있다. 그런데 "인문과학은 무의식이야말로 가장 기본적인 대상임을 밝힘으로써 이미 명백하게 사고된 것 속에도 여전히 사고되어야 할 어떤 것이 있음을 보여주었다."[20] 마찬가지로 "시간의 법칙이 인문과학의 외적 한계임을 발견하면서 역사는 이미 사고된 모든 것을 아직까지 이루어지지 않은 사고에 의하여 다시 사고될 수 있음을 보여준다."[21] 푸코의 생각을 집약한다면, 인간의 존재는 합리적인 척도에 의하여 측정될 수 없는 면이 본래부터 잠재되어 있기 때문에 인간을 대상으로 하는 학문에도 불가피하게 그러한 문제가 투영된다는 것이다. 그것은 인문과학 전반에서 정신분석학의 부각을 의미한다.

3 정신분석과 인종학

푸코는 정신분석과 인종학이 "인간에 대한 모든 인식의 경계에 위치하면서 경험과 개념의 무진장한 보고를 형성하고, 이미 확고하게 보이는 것에 대한 불안과 의문의 제기, 비판과 반론의 끊임없는 원리를 형성한다."[22]고 평가한다. 그중에서도 정신분석은 인문과학 전반의 내부에서 '무의식의 담화'를 발화하게 한다. 아울러 "함축적인 것에 대한 점진적인 조명을 통하여 조금씩 명료해질 수 있고, 무엇을 행하는 것이 아니라 거기에 있으면서도 포착되지 않으며 사물, 폐쇄적인 텍스트, 가식적인 텍스트의 흰 틈새처럼 무언의 견고성을 가지고 실재하는 것을 조준한다."[23] 또한 정신분석은 인문과학과 같은 길을 가면서도 시선은 '반대 방향'을 바라본다고 설명한다. 구체적으로 말하

---

20) 같은 책, 383쪽.
21) 같은 책, 같은 쪽.
22) 같은 책, 385쪽.
23) 같은 책, 같은 쪽.

자면 "인문과학은 정신분석 쪽으로 가기 위하여 가던 길을 되돌아가면서도 언제나 표상 가능한 영역에 머물러 있는 데 비하여 정신분석은 표상을 뛰어넘기 위하여 전진하고 유한성의 견지에서 표상을 극복한다. 그리하여 우리가 규범을 내포하는 기능이나 규칙을 지니고 있는 갈등 그리고 체계를 형성하는 의미 작용을 기대하는 경우, 그곳에 체계(따라서 의미 작용), 규칙(따라서 대립 관계), 규범(따라서 기능)이 존재할 수 있다는 단순한 사실을 부각시켜 준다."[24]

정신분석에 대한 푸코의 관점은 프로이트 이론을 따르면서도 초점을 달리하는 면이 있다. 프로이트의 이론이 무의식 속에 억압된 성적인 욕망을 중심으로 전개되는 데 비하여 푸코는 성적인 욕망에 대한 언급은 거의 없이 죽음과 욕망, 언어 현상 등을 중심으로 자신의 생각을 전개한다. 왜냐하면 죽음이야말로 "유한성에서 인간의 존재 양태를 특징짓는 경험적·선험적 이중성의 형상"[25]이고 따라서 지식 일반의 출발점이 될 수밖에 없으며, 욕망은 "생각의 중심에 있으면서 언제나 '생각되지 않은 것'으로 남아 있는 그 무엇"[26]이고 정신분석이 발화시키고자 하는 언어 법칙은 "의미 작용이 그 안에서 보다 뿌리 깊은 '기원'을 갖게 되면서 분석 행위를 통하여 그 기원으로의 회귀가 약속되는 그 무엇"[27]이기 때문이다. 그러나 정신분석의 지식은 피분석자의 언어를 들어주면서 그의 욕망을 그가 상실한 대상으로부터 벗어나게 하는 실천에서 비롯되기 때문에 개별적이고 특수한 성격을 띠게 되며, 따라서 인간에 대한 '보편적 이론'을 추구하는 것은 아니라고 강조한다.

정신분석이 무의식의 차원에 자리매김된다면, "인종학은 역사성의

---

24) 같은 책, 386쪽.
25) 같은 책, 같은 쪽.
26) 같은 책, 같은 쪽.
27) 같은 책, 같은 쪽.

차원에 자리매김된다.”[28]고 푸코는 말한다. 그런데 인종학과 역사성의 관계는 언뜻 쉽게 납득하기 어렵다. 왜냐하면 푸코 자신이 설명하듯이, “인종학은 전통적으로 기록 역사를 지니지 못한 민족 등에 대한 지식이고”,[29] “그것은 여러 문화에서 사건들의 전개보다는 구조적인 불변소를 연구하기 때문”[30]이다. 그러나 경험 내용을 주체의 역사적 실증성과 관련시키는 심리학, 사회학, 문학, 신화 분석과는 달리, 인종학은 “각 문화의 특이한 형식, 그들을 서로 대립시키는 차이 등을…… 그것이 세 가지 큰 실증적 영역 —— 생명, 필요와 노동, 언어 —— 과 개별적으로 맺고 있는 관계의 차원에 위치시킨다. 그러므로 인종학은 각 개별 문화 속에서 대규모의 생물학적 기능의 규범화, 교환, 생산과 소비의 모든 형태를 가능하게 하고 의무화하는 규칙, 언어학적 구조 모델의 주변이나 그 모델을 중심으로 조직화되는 체계들이 어떻게 이루어지는가를 보여준다.”[31] 그러한 관점에서 볼 때, 인종학은 “자연과 문화의 관계”에 대한 문제를 연구하는 분야라고 규정된다.[32] 왜냐하면 사용되는 상징 체계, 규칙, 기능적 규범에 의거하여 하나의 문화가 어떤 유형의 역사적인 생성 과정을 따르느냐를 확인하게 되기 때문이다. 그리하여 어떤 문화는 ‘축적적’인 데 비하여 다른 것은 ‘순환적’이고, 어떤 것은 ‘점진적’이며 어떤 것은 일정한 진동에 의하여 자연스러운 조정 가능성을 보여주기도 하고 위기를 겪기도 한다. 인종학이 일종의 거시적 역사관과 관계가 있음을 보여준 것은 레비스트로스이고 푸코는 그러한 레비스트로스의 관점을 수용한 듯하다. 레비스트로스는 『역사와 문명』(원저 『인종과 역사』)에서 문명의

---

28) 같은 책, 388쪽.
29) 같은 책, 같은 쪽.
30) 같은 책, 389쪽.
31) 같은 책, 같은 쪽.
32) 같은 책, 같은 쪽.

형태를 '축적적'인 것과 '발산적'인 것으로 나누는데, 유럽의 성공은 다분히 그 문명이 전자의 성격을 지니고 있기 때문이라고 하면서도 유럽 문명의 우위는 200여 년의 역사밖에 되지 않고 앞으로 아시아의 황인종이 세계 문명을 주도할 수도 있기 때문에 거시적으로 볼 때 역사적인 주역이 계속 바뀔 수 있음을 지적했다.[33]

푸코는 정신분석과 인종학이 성격이 다른 분야이면서도 공통성을 갖는 것은, 두 가지 모두 '반과학(contre-sciences)'으로서 무의식을 중심으로 "인간을 해체"하기 때문이라고 주장한다. 그런데 푸코는 정신분석과 인종학보다 위에서 그 두 학문과 함께 '반과학'을 형성하는 학문이 있다고 상기시켜 준다. 그것은 언어학이다. 그는 언어학이 인문과학 분야 전반을 "관통하고 활성화시키고 동요시키면서 실증적인 면이나 유한성의 면에서 인문과학 분야의 한계를 넘어서서 포괄적인 이의를 제기한다."[34]고 말함으로써 언어학의 위상을 격상시킨다. 그에게 "언어학은 다른 분야에서 얻어진 지식을 이론적으로 재조작하거나 현상에 대하여 이루어진 해석을 재해석하는 것이 아니며, 인문과학에서 관찰된 사행 등에 대한 '언어학적인 번역'을 제공하는 것이 아니다."[35] "그것은 내용에 대한 구조화를 가능하게 하는 것"이며, "사물은 그것들이 의미 체계의 요소 등을 구성할 수 있을 때에만 자신의 실재에 도달할 수 있다. 언어학적 분석은 설명이라기보다는 지각 그 자체로서, 말하자면 언어학적 분석은 대상 그 자체의 구성 요소이다."[36] 따라서 "언어학은 기본적인 해독 원리이다."[37]라고 주장한다.

---

33) C. Lévi-Strauss, *Race et Histoire*(Unesco, 1952). 서정철 옮김, 『역사와 문명』(서문당, 1976), 44-54쪽 참조.

34) 푸코, 앞의 책, 392쪽.

35) 같은 책, 393쪽.

36) 같은 책, 같은 쪽.

37) 같은 책, 같은 쪽.

언어와 언어학에 대한 푸코의 관점이 언어학자들의 관점과 일치하는 것은 아니며, 일반적인 언어철학적 논리와도 일치하는 것은 아니다. 그에게 언어의 존재 문제는 언어의 주체 문제와 언어의 기능 문제로 나누어 고찰된다. "누가 말하는가"의 문제를 제기한 것은 니체이며, 말라르메는 그것이 '낱말' 그 자체라고 대답한 바 있다. 기능 면에서 언어는 논리학과 수학을 대신하여 사고와 인식의 보편적 형식화를 담당한다. 언어는 형식화를 통하여 "경험적인 낡은 이성을 순화시키고 수학의 선험적(a priori) 추론에 의한 새로운 형식을 토대로 제2의 순수이성비판을 수행"[38]하게 된다. 그와 함께 언어는 다른 한쪽에서 그 스스로 언어의 문제를 제기하는 문학과 만나게 된다. 현재의 문학이 언어의 존재에 매료되었다는 사실은 "문학의 종말이 가까워졌다는 징조나 극단화(radicalisation)의 증거도 아니다. 그것은 우리의 사고와 지식의 모든 뼈대(nervure)가 드러나는 거대한 윤곽 속에서 언어의 필요성이 뿌리내리고 있는 현상"[39]인 것이다. 그런데 언어로 귀착되는 문학은 무엇보다 "유한성의 근본적인 형태 등을 경험적이고 생생하게 부각시킬 수 있다."[40] 왜냐하면 "언어의 가능성을 최대한 확장할 경우, 체험된 언어 내부에서 언어에 의하여 관통되어 드러나는 것은, 인간이란 '유한하며' 가능한 언어의 정상에 도달하면 그것은 인간이 자신의 중심에 도달하는 것이 아니라 자신을 한정하는 가장자리에 다다르게"[41] 되기 때문이다. 그곳은 바로 "죽음이 맴돌고 사고가 소멸되고 기원에 대한 약속이 무한정 후퇴하는"[42] 곳이다. 아르토(Artaud)와 루셀(Roussel)의 문학이 그 좋은 예로 지적된다. 아르토의 경우, "담화

---

38) 같은 책, 394쪽.

39) 같은 책, 같은 쪽.

40) 같은 책, 같은 쪽.

41) 같은 책, 같은 쪽.

42) 같은 책, 395쪽.

로서의 언어는 배격되고 언어는 충격이라는 조형적 폭력 속에 재생되어 외침과 학대받는 육체와 사고의 물질성과 육체에 되돌려진다."[43] 루셀에게 언어는 "체계적으로 다듬어진 우연에 의하여 산산조각이 난 상태로 하염없이 죽음의 반복과 분열된 기원에 대한 수수께끼를 되뇌인다. 또한 어쩌면 언어에서 유한성의 형식에 대한 이러한 체험이 견딜 수 없기 때문인지(아마도 그 결함 자체가 견딜 수 없는 것이리라) 그 체험은 광기 속에서 그 모습을 드러낸다.…… 그리하여 문학은 이처럼 그 모습을 드러낸 공간 속에서 먼저 초현실주의(비록 은폐된 형식으로이기는 하지만), 그 다음 카프카, 바타유, 블랑쇼와 함께 체험으로서 제시된다."[44] 그 체험이란 죽음에 대한 정신적 체험, 사고될 수 없는 것에 대한 체험, 태초의 무구(innocence)에 대한 염원의 반복적 체험, 개방적이면서도 강압적인 면이 있는 유한성의 체험 등을 가리킨다.

푸코는 이러한 문학적 글쓰기를 '언어로의 회귀(retour au langage)'라고 부른다. 언어에 대한 그러한 관점은 말하는 주체가 누구인가 하는 질문에 그것은 '낱말' 그 자체라고 대답하는 말라르메의 관점과 관계가 있고 또한 그것은 체험으로서의 글쓰기가 언어의 본래적 기능을 드러낸다고 보는 관점이다. 다시 말하자면 언어의 중요한 기능은 일차적으로 사고와 인식의 형식화를 가능하게 하는 것이지만, 보다 중요한 기능은 극단적인 체험에 대한 글쓰기를 통하여 언어 본연의 모습을 복원하는 것이라고 푸코는 생각한다. 푸코의 관점에서 언어와 문학 텍스트는 불가분의 관계를 맺고 있다. 언어는 문학 텍스트를 생산하는 임무를 지니고 있고 언어의 본래 모습은 텍스트를 통해서 드러난다. 그러나 언어의 그러한 임무를 가능하게 하는 텍스트는 카프

---

43) 같은 책, 같은 쪽.
44) 같은 책, 같은 쪽.

카, 바타유, 블랑쇼 등의 실험적인 텍스트인 것이다. 그러한 텍스트들은 언어와 문학의 개념, 나아가서 전통과의 단절을 실현한다는 점에서 주목의 대상이 된다. 그러나 그는 그러한 텍스트들이 사고의 자폐성이나 문학의 내용으로부터의 해방을 보여주는 것이라는 견해에는 반대한다.[45] 또한 그 텍스트들이 "내용의 충만성을 포착할 능력이 없는, 고갈과 결핍을 보여주는 징표"라고 본다면 잘못이라는 것이다.[46] 그는 그 텍스트들이 보여주는 것은 "서양 문화가 감춘 것을 펴기"라고 평가하면서, 그것은 근대적 에피스테메를 생성한 움직임 속에서 이해해야 한다고 주장한다. 말하자면 언어와 문학 텍스트에 나타난 현상은 리카도, 퀴비에, 보프 시대에 경제학, 생물학, 문헌학, 그리고 칸트의 비판에 의하여 철학의 임무로 규정된 유한성의 사고와 맥을 같이 하면서 그 이전과의 단절을 보여준다는 것이다. 이러한 맥락에서 바타유와 블랑쇼 그리고 루셀은 어떤 의미를 지니고 있는지 알아보도록 하자.

4 바타유와 탈주체 작업으로서의 주체

1960-1970년대 이전까지 바타유는 철학과 문학의 주변을 맴도는 '잊혀진 작가', '저주받은 작가'에 불과했다. 이는 문학, 철학, 종교, 예술, 사회, 인류, 경제 등 여러 학문의 범주를 거스르며 동시에 포괄하는 그의 작품이 전통적인 분류 방식으로는 재단할 수 없고 내적 통일성이 결여된 채 이질적인 실체를 이루고 있기 때문이기도 하다. 그러나 그러한 현상은 보다 근본적으로는 경계 소멸의 독특한 글쓰기가

---

45) 같은 책, 395쪽.
46) 같은 책, 396쪽.

야기하는 극단적 언어 체험의 특수성과 관련이 있다. 허구의 양식으로 씌어진 이야기들이 그 내부에서 존재론적 물음으로 전환되고, 철학적 단상들은 또다시 파열하는 시어의 난무 속으로 흩어지며 새로이 '경험'의 영역과 합류한다. '사유'와 '허구'와 '경험', 이 세 개의 서로 다른 범주들이 끊임없이 교차하고 뒤섞이며 엮어내는 바타유의 이설론(異說論, hétéreologie)은 비지식 체계(système de non-savoir)라는 또 다른 이름의 역설이 말해 주듯이 기존의 사유 체계 내에서는 어떠한 형식으로도 소화해낼 수 없는 거북한 이물감으로 남아 있다.

바타유의 작품을 읽는 것은 쉽지가 않다. 비단 그의 작품에 묘사된 폭력과 악(惡), 끈끈한 관능만이 불편함의 요인은 아닐 것이다. 그의 작품은 읽는 사람을 두렵게 만든다. 그리고 그 두려움은 내용이 아니라 형식에서 온다. 바타유의 표현을 빌면, 이러한 독서의 어려움은 그의 텍스트가 작용하는 특유한 방식이다. "내 글을 읽는 사람들은 무섭다고 그래요. 아마도 내 글이 읽는 사람을 가만히 놓아두지 않기 때문일 것입니다."[47] 현기증으로 다가오는 그의 글은 고통 없이는 도달할 수 없는 찢기움의 체험, 주체 소멸로서의 '내적 체험'의 글이다. 그리고 이 체험의 장이야말로 사유의 한계를 넘어서서 언어가 도달할 수 없는 극단까지 다다르고자 하는, 푸코가 명명하는 '바깥의 사유'이다. 그의 언어는 가름과 배재라는 법칙을 버린, 죽음까지 포함하는 언어이다. 전부를 이야기하고자 하는 불가능의 언어, 그래서 합리성의 언어로는 더 따라갈 수 없는 침묵의 장광설과 같은 그의 글들은 그 자체로 언어의 한계에 대한 고발이며, 우리의 인식 조건을 규정짓는 앎의 한계를 넘어설 때만 가능한 '위반(transgression)'과 '주권(souveraineté)'의 역설적 언어 체험이라고 할 수 있다.

---

47) G. Bataille, "Expérience intérieure", *Œuvres Complètes*(Gallimard, 1970), 제5권, 54쪽.

바타유 없이는 푸코뿐만 아니라 데리다와 라캉도 존재하지 않았을 것이라는 철학사적 진단을 빌리지 않더라도, 바타유의 영향력은 갈수록 커져간다. 그러면 무엇이 푸코를 비롯한 현대 프랑스 사상가들을 사로잡은 것인가? 푸코는 여러 차례에 걸친 인터뷰에서 스스럼없이 바타유를 자신의 정신적 스승으로 내세운다. 그러나 그가 그토록 강조하는 중요성과 영향력에도 불구하고 푸코가 직접 쓴 바타유에 관한 글은, 바타유 전집에 붙인 서문을 제외하고는, 짧은 평론 형식의 「위반에 붙이는 서문(préface à la transgression)」(1964) 하나밖에 존재하지 않는다. 그렇다면 바타유는 어떤 방식으로 푸코의 문제 의식에 참여하고 있는 것인가? 푸코의 작업에서 바타유의 위치는 어떻게 되는가? 그리고 그 지점에서 어떤 질문을 끌어올 수 있는가? 여기서는 이러한 물음들과 관련하여 '주체'와 '글쓰기'라는 하나의 문제 틀로 정리해 보도록 하자.

바타유, 사드, 블랑쇼, 클로소프스키, 이들은 당시의 지배적이던 철학적 풍토에서는 전혀 낯선, 철학의 밖에 있는 담론들이었다. 그러나 푸코는 강단 철학에서 벗어나는 방편으로 이들의 문학을 접하고, 바타유를 경유하여 니체를 읽는다. 1950년대는 현상학, 마르크시즘, 실존주의가 소위 철학계에서 득세하던 시기였다. 주체의 형이상학에 대하여 제일 먼저 반기를 선언한 니체의 밀항 안내자격인 바타유는 프랑스에 니체를 소개하고, 당시로서는 유일하게 제도권 철학에 저항하여 니체적 단절을 내세운다. 푸코에게 바타유는 현상학으로부터 벗어날 수 있는 일종의 탈출구였다. "…… 현상학이 다루는 경험의 영역은, 어떻게 또는 어떠한 과정을 통하여 '나'라는 주체가 일상생활의 체험과 그 의미 작용의 주인이 되는가 하는 것입니다. 반면 니체나 바타유, 블랑쇼가 말하는 경험은 주체가 완전히 소진되고 사라질 때까지 주체를 그 자신으로부터 완강히 뜯어내버리는 경험이지요……."[48]

푸코가 그들로부터 물려받은 것은 회의의 사상, 의심의 통찰력이다. 의심은 언어에서부터 출발한다. 그는 니체로부터 현실을 나누고 가르고 재단하는 힘이 언어라는 것과, 언어는 정작 의미의 기원을 알 수 없는 은유의 총체에 다름 아니라는 사실을 배운다. 언어는 현실을 만들어낸다. 존재는 언어 안에서, 언어에 의해서만 드러날 수 있으며, 자연적인 본성조차도 언어에 의하여 지시되어서만이 존재할 수 있는 것이다. 또한 담론은 사물의 부정에 의해서만 발화되고 언어는 지시 대상의 소멸에 의해서만 기능하며, 언어의 존재는 주체의 사라짐 속에서만 드러난다는 사실을 블랑쇼와 바타유로부터 배운다.

그렇다면 언어는 죽음이다. 말은 사물의 살해자, 사라짐의 텅 빈 공간만을 지시할 뿐이다. 나의 죽음의 대가로 나의 의식이 존재하고 내 주체가 소멸됨으로써 내 자아가 존재한다면, 어떻게 다시 저 말과 사물 사이에 다리를 놓을 수 있는가? 어떻게 말의 질서에서 제외된 침묵을 드러나게 할 수 있는가?

바타유는 이와 같은 언어와 사유의 한계에 '경험'으로 맞선다. 경험이란 언어의 장벽을 넘어가는 것이다. 그러나 '넘어선다'는 것이 언어가 아닌 또 다른 지평으로의 이동을 뜻하는 것은 결코 아니며, 언어의 한계를 수직으로 극복한다는 의미는 더더욱 아니다. 언어 외에는 다른 도구가 없기 때문이다. 바타유의 경험은 '의식과 말의 주체'로는 다다를 수 없는 언어의 한계, 그 사유의 끝에 이르고자 하는 극단의 체험이다. 이 체험은 언어 내에서 언어를 갖고 언어를 위반함으로써만 가능하다. 다시 말해서, 주체 소멸의 대가를 치르고 자신의 전 존재를 내어버리는 위험 속에서만 순간적으로 주어지는 것이다. 푸코는 바타유에 관한 글 「위반에 붙이는 서문」(1964)에서 위반의 역설적 논리를 다음과 같이 설명한다. "위반과 한계의 법칙은 단순한, 그러나 집요한 숨바꼭질이다. 위반이 한계를 넘고나면 경계선은 다시 무심한

---

48) M. Foucault, *Dits et Ecrits IV*(Gallimard, 1994), 43쪽.

파도처럼 뒷걸음질치며 끝없는 지평으로 물러서고 위반은 다시 경계를 넘는다."[49] 이것이, 금기에 대하여 저항의 양태로서만이 성립하는 위반이, 금기의 단순한 부정도 단순한 제거도 아닌 이유이다.

광기, 죽음(질병), 죄악(범죄), 성(性)이라는, 푸코의 전 저작을 관통하는 이 네 가지 범주는 바타유가 말하는 안과 밖의 경계가 불분명한 한계 체험의 대표적인 예이다. 이들 내적 경험은 앎의 상투성이 안주하는 인식의 틀을 허물고, 우리들 자아의 동일성을 내면에서부터 위협함으로써 지식과 철학의 아성에 타격을 가한다. 물론 이 네 가지 범주가 바타유의 표현 그대로는 아니다. 바타유는 질병 대신 죽음을, 범죄보다는 죄악을, 성보다는 관능 혹은 에로티즘을 이야기했다. 그러나 질병이란 죽음을 유보하는 현대식 해석이고 범죄는 더 이상 신학적 설명이 필요하지 않은 현대 사회의 죄악에 불과하다. 성은 또 어떠한가? 관능을 표백하는 청결의 개념에 다름 아니지 않은가?

사물의 배후에는 말이 있다. 말은 사물들을 배치하는 고유한 질서가 된다. 현실을 재단하는 것은 언어이며 지식은 일체의 근거를 제공하는 주체성으로부터 분리된 상태에 있는 것이다. 이러한 말과 사물의 간극 속에 인간은 철저하게 찢기어진 채 존재한다. 주체는 사물들의 배후에서 실제로 그것들을 지배하는 것이 무엇인지 알지 못한다. "인간은 출고된 날과 어쩌면 다시 회수될 날까지도 고고학이 쉽게 알아낼 수 있는 하나의 산물"[50]에 불과할지도 모르는 것이다. 마치 그 배치를 무너뜨리면 "해변의 모래 위에 그려진 얼굴이 파도에 씻기듯이 이내 지워져버리게 될" 형상처럼 말이다. 이것이 그 유명한 '주체의 죽음'과 '인간의 종언'을 고하는 『말과 사물』의 마지막 진단이다. 그렇다면, 나를 이루는 인간이라는 개념이 동질성에의 믿음에 불과하다면,

---

49) M. Foucault, "préface à la transgression", *Dits et Ecrits I*, 237쪽.

50) M. Foucault, *Les Mots et les Choses*(Gallimard, 1966), 398쪽.

도대체 나는 무엇이란 말인가? 대상으로서의 인간을 제외한 나머지 몫은 어떻게 되는 것일까? 언어와 개념의 질서에 흡수되지 않고 질서에 저항하는 이질적인 것(l'hétérogène)의 자리는 어디에 있는 것일까?

일반화할 수 없고 보편화할 수 없는 개별자들의 특수성, 역사 속에 언급되지 않고 언급될 가치조차 없었을, 그러나 분명히 실재했던 이름 없는 많은 사람들의 각양각색의 삶과 먼지 속에 묻혀 있는 탄식과 분노와 원한의 담론들 등, 푸코가 고문서들을 뒤지며 대면했던 체험도 필경 이런 것이었으리라. 푸코는 묻는다. 날마다 이어지는 일상의 반복 속에서 우연이 차지하는 자리는 무엇일까? 예컨대 인간의 삶 속에서 혹은 한 사회 속에서——이 둘은 결국 같은 범주이다——광인이 차지하는 자리는 무엇일까?

『고전주의 시대의 광기의 역사』(1961)에서 푸코는 광기를 '작품의 부재(absence d'œuvre)'[51] 상태라고 정의한다. 역사는, 무슨 의미인지 알 수 없는 광인들의 괴상한 행동과 말들을 비이성의 영역으로 배제시킴으로써 자신들의 논리를 유지할 수 있었다. "정신병원은 시종일관 광인에 대하여 이성적으로 설명하고 있다. 내가 하고자 하는 작업은 이성의 언어에 대한 역사가 아니라 침묵에 대한 고고학이다."[52] 여기에서 푸코는 처음으로 '고고학'이라는 용어를 쓴다. 마치 그것이 이성의 언어인 '역사'와는 구별되는 것인 양 계속해서『임상의학의 탄생(의학적 시각의 고고학)』(1963), 『말과 사물(인간과학의 고고학)』(1966),『지식의 고고학』(1969)에 이르기까지, 각각의 부제목이 말해주듯이 고고학은 푸코의 연구를 대표하는 용어가 된다. 푸코에 의하면 역사는 근대 합리주의와 데카르트적인 주체 개념에 뿌리를 둔 인과율과 목적론의 연속성에 함몰되어 있다. 이 미래를 향한 탄탄한 역

---

51) M. Foucault, *Histoire de la folie à l'âge classique*(Plon, 1961), Ⅳ쪽과 *Dits et Ecrits I*, 162쪽 참조.

52) M. Foucault, *Histoire de la folie à l'âge classique*, Ⅱ쪽.

사의 지평에 푸코는 죽음과 광기로 얼룩진 비극의 벽을 가로 세운다. 그러나 합리주의와 근대 과학을 거슬러올라가서 광기가 지식에 의하여 규정되기 이전, 그 원초적 경험의 뿌리를 만지고자 하는 푸코의 의도는 출발부터가 불가능했다. 이미 광기는 역사 안에서만 접근될 수 있기 때문이며, 광기로 분류되어 있는 자체가 지식에 포섭되어 있다는 증거였기 때문이다. 광기에 접근하기 위해서는 이성 쪽으로 돌아서야 하는 전략적 우회가 필요했다. 푸코는 개념, 제도, 법률적이고 형사적인 의사 결정들, 과학의 개념들 간의 무수한 왕래 속에서 같음과 다름을 갈랐던 흔적을 더듬기 위하여 질서를 택한다.

고고학 시기가 끝나고 계보학 후기의 푸코는, 자신의 전 저작을 관통하는 문제들을 '주체'와 '경험'의 두 축을 중심으로 재조정한다. 인식의 조건으로서 앎의 체계와 지식의 형성에 대한 관심은 윤리적 행위의 주체로서의 '근대적 주체(cogito moderne)'가 발생하는 과정을 추적하는 욕망의 계보학으로 옮겨간다. 물론 푸코 자신은 이러한 방향 전환이 늘상 하던 작업의 연장에 불과하다고 주장하지만, 이 같은 전환은 많은 논란을 불러일으켰다. 여하튼 그의 입장에 변화가 생긴 것은 부인할 수 없는 사실이었다. 미리 말하자면 푸코의 주체 이론은 일관성 있는 완성된 체계를 갖추지는 못했지만, 한 세대를 풍미했던 여러 사상과 입장들의 지류가 교차했던 지대이며 어쩌면 푸코 자신의 어려움을 반영하는 풀기 힘들었던 난제였음이 분명하다.

앞에서 살펴보았듯이, 푸코의 주체 이론은 주체의 부정에서부터 출발한다.[53] 데카르트적인 의식의 주체, 경험과 지식을 구성하고 말과 담론, 의미의 근원이 되는 언제나 한결같은 자기동일성으로서의 본질적인 주체란 존재하지 않는다. 그러나 주체를 본질로서 생각하기를

---

53) "J'ai essayé de sortir de la philosophie du sujet en faisant la généalogie du sujet moderne……", *Dits et Ecrits IV*, 170쪽 참조.

거부한다는 것이 주체의 문제 자체를 거부한다는 뜻은 아니다. 그것은 오히려 이 주제가 그 어느 때보다도 철학적 도박의 출발점으로 삼아볼 만한 하나의 테마, 하나의 경계, 하나의 지평이라는 것을 긍정하는 적극적인 의미를 지닌다. 이 점에서 푸코는 바타유의 계승자이며 그의 '탈주체화 작업(entreprise de dé-subjectivation)'의 문제 틀에 맞닿아 있다고 볼 수 있다. 그러나 이 탈주체화를 과연 어떻게 해석할 것인가? 이에 따라 주체 이론의 가능성이 여러 방향으로 나뉘게 된다.

1960년대의 푸코는 주체를 언어의 법칙에 따라 작용하는 빈 공간, 중성의 공간으로 정의한다. 복합적인 담론의 상호 작용 속에 주체의 자리는 '결여(manque)'로서, 일련의 '기능(fonction)'으로밖에 존재하지 않는다.[54] 그러나 담론이란 무엇인가? 그것이 발화의 경험적 영역에 포함된 시사성의 산물이라는 사실을 고려할 때, 담론은 분명 순수한 언어의 구조로만은 설명될 수 없는 것이다. 푸코는 주체의 문제가 지식과 권력의 문제와 연관되어 있다는 가설을 세운다.

『감시와 처벌』(1975), 『성의 역사』의 첫번째 권인 『앎의 의지』(1976)를 선두로 하는 권력론에 이르러, 푸코는 새로이 '몸(corps)'의 개념을 도입하면서 주체의 문제에서 진일보한다. 푸코의 권력론의 가장 큰 특징은 권력의 부정적인 이미지를 버리고 권력의 다원적인 편재성을 주장한 데 있다. "권력은 제도가 아니며 구조도 아니며 어떤 사람에게 주어지는 힘도 아니다. 그것은 한 사회의 복잡한 전략적 정황에 부여하는 이름이다."[55] 권력은 제도화된 장치들을 통해서 개개인을 통제하고 억압하기도 하지만, 사물을 만들어내고 쾌락을 유발하며 지식을 형성하고 담론을 만들어내는 사회 전체에 둘러쳐진 생산망이다. 이런 권력과 지식의 관계는 인간의 육체를 억압이 아니라 '훈

---

54) M. Foucault, "Les unités du discours", *Archéologie du savoir*(Gallimard, 1969), 34-36쪽과 "Qu'est-ce qu'un auteur?", *Dits et Ecrits I*, 789-821쪽 참조.

55) M. Foucault, *Histoire de la sexualité*, vol. I, *Volonté de savoir*, Gallimard, 123쪽.

련'이라는 명목 아래 대상화시킴으로써 예속시키는 결과를 가져온다. 주체는 바로 이 예속화를 통하여 스스로를 하나의 개별자로, 한 개인으로 인지하게 되는 것이다. 이제 주체가 부재하던 빈자리는 힘의 역학이 결과를 창출해 내는 생산의 공간이 된다. 주체는 하나의 효과, 하나의 결과로서, 수동적으로 만들어진다.

권력론에서 푸코가 제기하고 있는 또 다른 문제는 권력과 저항과의 관계이다. 보이지 않는 제도와 훈련의 망에 의하여 인간은 대상화되고 자기동일성을 확립하기도 하지만, 예속에 의하여 얻어진 자기동일성을 거부하는 저항의 순간이 있게 마련이기 때문이다. "권력이 있는 곳에는 반드시 저항이 있다. 그러나 저항이 자리잡는 위치는 권력의 밖이 아니다. 오히려 저항은 권력의 다른 끝을 말한다."[56] 인간은 어쩔 수 없이 권력의 안에 있게 마련이고 권력과 맞선 여러 불규칙한 저항점들 그 자체로 권력의 망을 이루고 있기 때문이다. 이 저항점의 한 예로 푸코는 '참을 수 없는 것(l'intolérable)'이라는 범주를 든다. 마치 죄수들에게 어느 날 감옥이 더 이상 견딜 수 없는 것이 되듯이, 주체는 주어진 것을 거부하는 과정에서 그 거부와 부정의 값으로 형성된다는 사실이다. 새로운 자신을 발견하려는 의지에서가 아니라 지금을 거부하며 내딛는 불확실한 무작정의 한 걸음에서, 자기를 버려버림(déprise de soi)으로써 주체 형성의 체험이 이루어지는 것이다.

마지막으로 『쾌락의 활용』(1984)과 『자아의 배려』(1984)에서 푸코는 다시 한번 주체의 새로운 가능성을 자기 형성의 내적 공간인 윤리와 미학의 영역에서 찾으려고 한다. 이 새로운 주체는 "스스로를 변화시키고 각각의 독특한 존재 속에서 자신들의 삶을 어떤 미적 가치를 지닌 하나의 작품으로 만들고자 하는 신중하고도 자발적인 실천"의

---

56) M. Foucault, *Histoire de la sexualité*, vol. I, *Volonté de savoir*, Gallimard, 125-126쪽.

주체이다. 자아의 기술(technique de soi) 또는 존재의 미학(esthétique de l'existence)으로 명명되는 이러한 주체의 자기 실천은 문학과 예술에 대한 이해를, 주체가 표현이나 재현되는 공간으로서가 아니라 하나의 스타일 또는 하나의 유일성(singularité)으로서의 주체가 창조되는 공간으로서 접근할 수 있게 해준다. 그러나 불행하게도 이 마지막 단계의 작업은 미완의 작업이 항상 그렇듯이 단절이냐 연속이냐의 논란을 불러일으키고 있을 뿐이다.

이상에서 우리는 푸코와 바타유의 사유가 만나는 지점을 주체라는 문제 틀을 중심으로 더듬어보았다. 바타유의 탈주체화 작업으로서의 내적 체험의 범주가 과연 푸코가 말하는 자기 버리기나 자아의 기술로서의 주체 이론에 얼마나 관여하고 있는지는 정확히 가늠하기 어렵다. 그러나 예속과 저항이라는 대립적 이분법을 넘어서는 푸코의 권력론과 그에 따른 주체의 이론은, 바타유의 주권론과 위반의 논리를 바탕으로 하고 있음은 부인할 수 없는 사실이다. 잦은 주제의 변화와 이론적 방향 전환에 대하여 질문이 요구될 때마다 푸코 자신은 이렇게 해명하곤 했다. "저에게 책을 쓰는 것은 하나의 경험입니다. 경험이란 전과는 다른 새로운 주체로의 변화를 뜻하지요. 저에게 책을 쓴다는 것은 이전에 썼던 책을 버려버린다는(abolir) 의미입니다."[57] 사유는 이미 이론적인 것이 아니라 그 자체로서 하나의 실천, 자기의 전 존재를 내거는, 위험을 감수해야 하는 하나의 행위라는 사실을 바타유로부터 배운 것일까? 어쩌면 바타유는, 푸코라는 작품이 만들어질 수 있었던 하나의 동인, 수용과 저항의 방식으로 건설된 거대한 구조물의 한 가려진 지층인지도 모른다.

---

57) ed. Sylvère Lotringer, *Foucault Live*, *Semiotext(e)*, 1989, 303쪽.

5 푸코와 블랑쇼

푸코의 저작 속에서 블랑쇼에 대한 언급은 문학과 광기에 대한 관심이 사유의 주를 이루던 1960년대 초반에 밀집되어 있다. 그에 대한 직접적인 언급은 「바깥의 사유」(1966)라는 제목으로 잘 알려진 블랑쇼에 관한 한 편의 비평과 「위반서설」(1963), 「악테옹의 산문」(1964), 「아버지의 부정(否定)」(1962), 「다가오는 날을 기다리며」(1963)[58] 등, 몇 개 안 되는 문학 관련 글들에서 찾아볼 수 있다. 그러나 니체, 바타유 등과 함께 푸코의 사상적 틀을 형성하고 지적 자양분을 공급해 준 정신적 스승이라고 공공연히 일컬어지는 블랑쇼는 그 특유의 언어와 글쓰기에 대한 성찰로 인하여, 비단 푸코의 초기 글뿐만 아니라 훗날 가장 중요한 주제로 인식되는 주체의 죽음, 인간의 종언에 대한 선언과 담론, 언술 행위를 통한 지식과 권력의 관계 분석에 이르기까지, 푸코의 지적 여정 속에 늘 동행하는 보이지 않는 동반자였다고 할 수 있다. 그러므로 푸코와 블랑쇼의 만남을 가늠해 볼 수 있는 지점은 무엇보다도 『고전주의 시대의 광기의 역사』(1961)에서 다루어졌던 질문들의 연장선상에서, 즉 문학적 체험과 광기의 문제를 언어와 주체라는 두 개의 큰 축으로 재조명하며 사회와 개인, 억압과 복종의 단순한 이분법적 대립을 넘어서서 어떻게 근대적 주체(*cogito moderne*)의 역설적 변증법이 이루어지는가를 탐색하는 고고학적·계보학적 문제들 안에서이다.

푸코가 블랑쇼를 비롯하여 문학을 읽는 방식은 다분히 비정통적이다. 그의 책읽기는 작품이나 작가에 대한 해석을 중심으로 문학 평론을 하고자 함이 아니라, 문학이 언어로 구성된 사유의 한 양식이라는 전제하에, 작품 안에 구현된 언어 형식을 통하여 기존의 그 어떤 철

---

58) M. Foucault, *Dits et Ecrits I*(1954~1969)에 수록되어 있다.

학에서도 찾아볼 수 없는 사유의 결정체를 보고자 하는 사상사적 맥락 안에서의 책읽기이다. 철학적 담론의 질서를 깨뜨리는 문학의 언어체, 특히 바타유, 블랑쇼, 클로소프스키 등, 언어와 사유의 극을 탐색하는 그들의 모험은, 푸코에 의하면, 서구 문화를 형성해온 언어와 담론에 대항하여 하나의 거대한 단절을 이룬다. 주체에 대한 현상학적 인식과 함께 실존주의, 마르크시즘이 지배하던 당시 철학계의 시대적 분위기 속에서 이같이 제도권 담론의 주변부에 위치한 블랑쇼, 바타유, 사드, 니체 등의 독서가 푸코 자신에게 얼마나 큰 파급력과 영향력을 행사했는가는 그가 행한 많은 인터뷰를 통하여 잘 알려져 있다. 이 같이 문학을 가능하게 하는 철학 너머의 사유와 그 언어 체험을 일컬어 푸코는 바깥의 사유(*La pensée du dehors*)라고 명명한다.[59]

블랑쇼에게 바쳐진 글의 제목이기도 한 이 바깥의 사유란 주체가 자신의 사유 밖으로 추방되는 불가능의 체험, 사유불능의 극단적인 언어 체험을 뜻한다. 푸코는 문학 창작의 기본이 되는 이러한 극단의 언어 체험을 광기의 언어 체험과 동일시하여 **작품의 부재**(*absence d'œuvre*)라고 정의한다. 왜냐하면 문학에서 언어란, 의미의 주체와 대상을 재현하는 명료한 투명성이 아니라 오히려 의미를 밀쳐내는 공허한 울림, 불투명한 물질성이기 때문이다. 작품은 씌어지는 순간 지워지며 자기 자신의 부재로서만 존재하게 되고, 작품의 부재로서의 문학은 블랑쇼의 말처럼 죽음의 체험, 사유할 수 없는 사유의 체험, 유한성의 체험이 된다. 블랑쇼에 대한 언급에서 푸코의 강조점은 이같이 언어가 주체의 사라짐 속에서만 드러난다는 사실이다.[60] 마찬가지로 푸코에게 광기란 치료나 연구 대상으로서의 정신질환이 아니라 무엇보다도 언어의 문제이다. 착란의 언어, 배제의 언어, 그래서 일상적인 합

---

59) M. Foucault, "La pensée du dehors", Critique, no. 229, juin, 1966. *Dits et Ecrits I*, 518-539쪽에 재수록됨.

60) 같은 책, 521쪽.

리적 이성을 교란시키는 언어, 그러한 언어의 한계 체험이자 코기토에 포섭되지 않는 언어 밖의 언어적 체험이라는 역설에서 광기와 착란의 언어 체험은 문학과 예술의 언어 체험과 일치하게 된다. 푸코가 블랑쇼를 위시한 문학작품들에서 끊임없이 찾고자 하는 것은 시대를 따라서 계속적으로 되풀이되는 이러한 광기의 흔적이다.

배재된 광기의 언어가 되살아나는 문학의 공간은 블랑쇼가 즐겨 다루는 주요 주제이다. 문학은 무엇인가, 글쓰기란 무엇인가 등등, 문학 창작에 대한 비평적 성찰로 일관된 블랑쇼의 작업은 소설과 비평의 장르를 넘나들며 푸코가 광기의 체험으로 그려내었던 극단의 언어 체험을 또 다른 방식으로 끊임없이 질문하고 있다. 특히, 푸코가 언어의 존재 자체의 경험이라고 명명했던 바깥의 체험, 일상적 재현의 기능을 떠나 말의 주체가 사라지는 문학의 언어 체험은 블랑쇼의 작품 안에서도 집요한 추적의 대상이다. 그런데 언어의 존재란 무엇인가? 푸코가 "모든 문학은 언어 고유의 유희와 자율성을 통하여 언어 자체가 드러나는 체험이며 궁극적으로 사유와 지식이 얽혀 있는 언어의 문제"[61]라고 말할 때, 여기서 제시되는 언어란 과연 무엇인가? 언어의 존재 체험이 어떻게 사유의 체험이 되는가? 먼저 블랑쇼의 언어관을 살펴보자. 푸코의 언어관은 전적으로 블랑쇼에게 빚지고 있다고 해도 과언이 아니다. 그리고 블랑쇼는 말라르메, 헤겔, 니체 등, 각각 저마다의 방식으로 언어의 본질에 다가가고자 했던 철학자들을 바탕으로 자신의 독특한 언어관을 구축해 나간다.[62]

문학의 말라르메와 헤겔의 『정신현상학』을 바탕으로 하고 있는 블랑쇼의 언어관에서 언어란 서로 다른 두 가지 존재 양태를 지닌다.

---

61) M. Foucault, "L'homme est-il mort?", *Dits et Ecrits I*, 544쪽.

62) 블랑쇼 언어관의 철학적 바탕을 읽을 수 있는 글로는, *La Part du feu* (Gallimard, 1949), *Faux pas*(Gallimard, 1943), *L'Entretien infinie*(Gallimard, 1969) 등이 있다.

첫째로 언어는 지시적이다. 이때 언어는 의미를 만들고 메시지를 전달하는 도구적 개념, 동전과도 같은 효율성을 뜻한다. 두번째로 지시적 언어를 벗어나는 전혀 다른 언어, 언어의 투명한 담론성을 파괴하고 자신의 내부에 이질적 의미의 빈 공간을 기입함으로써 의사소통의 기능을 벗어나 독자적인 자신의 세계를 구축하는 물질성으로서의 언어가 존재한다. 첫번째의 지시어가 '담론'으로 지칭되는 일상적인 의사소통의 언어라면, 두번째 언어는 문학의 고유한 언어, 곧 '글쓰기'의 언어이다. 이러한 블랑쇼의 언어 구분은 문학작품이 외부 세계를 지시하는 모방이나 재현이 아니라 새롭게 독자적인 세계의 창조라는 말라르메적 관점을 다시 한번 부각시키는 것이기도 하다. 흔히 이와 같은 두 가지 언어태는 산문과 시 또는 일상어와 시어가 보여주는 장르의 차이라고 편의적으로 구분되어 왔으나, 블랑쇼에 따르면 이러한 양가성은 단순한 영역이나 용도 혹은 기능의 차이가 아니라 언어 자체에 내재한 모순되는 존재 양태이다. 즉, 한 언어의 이중적 바탕, 한 언어가 동시에 갖는 상반되는 움직임이라고 할 수 있다. 그래서 블랑쇼는, 언어를 일상어처럼 쓸 때와 문학언어로 쓸 때가 따로 구분지어져 있는 것이 아니라 모든 언어 작용에는, 그것이 일상의 대화이든 문학 텍스트이든, 이 두 가지 움직임이 동시에 작용하여 의미의 모호성을 만들어내며, 바로 그렇기 때문에 오히려 문학언어로서의 작용이 더 언어의 본질에 가깝다는 결론에 도달한다. '원초적 언어(parole brute)', '본질적 언어(parole essentielle)'로 일상언어와 문학언어를 나누고, 문학언어를 본질적인 말이라고 했던 말라르메의 구분처럼, 언어를 담론과 글쓰기, 일상언어와 문학언어의 양면으로 나누는 블랑쇼의 언어관은 무엇보다도 언어가 갖는 부정(*négation*)과 추상(*abstraction*)의 능력을 전제로 한 것이다.

　블랑쇼의 언어관에서 이 부정의 개념은 헤겔의 철학에 기인한다. 인간의 언어 행위가 갖는 근본적인 부정의 능력은 헤겔의 변증법적 과정으로 설명될 수 있다. 첫째로, 현실과 언어의 관계는 부정의 관계이다. 어떠한 경우에도 이름, 단어 등의 언어는 명명된 대상 그 자체를 전달해 주지 않는다. 오히려 언어로 대치됨에 따라 사물은 그 실존에서 완전히 부정되고 제거된다고 할 수 있다. 그러나 다른 한편으로 언어는, 명명 작용과 개념화를 통하여 물적 세계의 사물들을 부정하는 대신, 추상의 세계 안에 무화(無化)된 실재를 다시 태어나게 한다. 예를 들어보자. '고양이'라는 단어 속에 구체적인 이것(*le ceci sensible*)은 실재하지 않지만, '고양이'는 언어와 추상의 세계에 엄연히 하나의 개념이자 하나의 의미로 존재하게 되는 것이다.

이와 같이 변증법적 순환에 의하여 이루어지는 언어 작용이 블랑쇼가 말하는 담론이다. 이 담론에서는 변증법적 지향(*Aufhebung*)의 논리에 의하여, 언어에 내재한 부정의 능력이 다시 긍정의 과정으로 흡수되고 따라서 부정은 오히려 의미 창출의 필수 조건이 된다. 그러나 물적 여건의 세계로부터 추상과 개념의 세계로 옮겨오면서 잃어버린 몫이 있다. 구체적인 이것, 즉각적이고 유일한 것으로서의 사물 자체는 보편 안에 지시됨으로써 영영 사라져버리는 것이다. 언어는 이러한 사물의 고유성(*le singulier*)을 회복할 수 없다. 이 상실이 언어 자체의 가능 조건이기 때문이다. 이와 같이 언어가 갖는 부정의 논리적 힘을 인류학적이고 실존적 영역으로 옮겨오면, 블랑쇼와 푸코가 즐겨 말하듯, 궁극적으로 "언어는 죽음의 힘이고 말은 사물의 살해자"라는 명제가 성립되는 것이다. 헤겔에게 이러한 부정의 과정은 언어 작용에만 국한되지 않는다. 사물을 무화시킴으로써 나누고 가르며 명명하고 의미지우는 언어의 과정은 결국 사유 자체의 과정, 즉 우리 인간 오성(*entendement*)의 개념 작용이며, 따라서 사유와 언어는, 변증법적 부정에 의한 의미 창출 과정인 담론성(*discursivité*)을 공유함으로써 불가분의 것이 되는 것이다. 이 담론성이 인간과 세상을 연결시키는 유일한 끈이며, 우리에게 현실(*réalité*)을 만들어주는 유일한 매개체인 이상,

사유는 담론과 언어 그 자체라고 할 수 있다.

담론은 사물의 고유성을 제거하지만 또 하나의 언어태인 문학의 언어, 글쓰기는 그 잃어버린 몫을 찾아나선다. 담론이 사물의 고유한 물질성을 파괴하고 무화된 사물을 새로운 의미로 재포착하는 언어의 지시 작용이라고 보는 점에서 블랑쇼는 헤겔의 관점을 그대로 수용한다. 그러나 변증법적 부정이 언어라는 새로운 의미를 만들어냄으로써 결과적으로 부정을 긍정으로 전환시키고 부정의 힘을 단어와 의미 안에 가두어놓는다는 블랑쇼의 해석은 헤겔의 관점을 벗어나고 있다. 블랑쇼에 따르면 헤겔의 변증법적 부정은 언어에 내재한 부정의 힘을 오히려 약화시키고 거부하는 것이기 때문이다. 반면에 담론이 죽음과 부정을 거부하는 부정이라면 블랑쇼의 탐색 대상인 또 다른 언어태인 문학언어에는 죽음에 한 발 더 다가가는 언어의 필연적 움직임, 다시 거두어지지 않고 재활용되지 않는 끝없는 부정의 공간이 지속적으로 존재한다. 이 공간은 단선적 상승의 시간성이 단절된 공간, 끝없는 부재와 다름을 만들어내는 반복의 공간이며, 지향된 부정이 끝나지 않고 다시금 거듭되는 이중부정의 공간이다. 따라서 사물이 부정되어 의미가 되었다면(첫번째 부정), 문학의 언어에서는 이 지시된 의미 자체가 또다시 부정되어 불투명한 물질성의 사물이 되는 것이다(두번째 부정). 즉, 담론이 사물의 물적 여건에 의미의 현실을 부여하는 첫번째 부정이라면 문학은 또다시 의미 자체를 사물로 만들어 독자적인 단어들의 세계를 구현하고 지시된 대상과 의미를 일상의 현실에서 분리하여 탈 현실화(irréalisé)시키는 두번째 부정이라고 하겠는데, 이는 계속해서 거듭되는 부정에 대한 부정(*négation de négation*)이라고 할 수 있다.

일상의 담론에서는 변증법의 논리로 언어의 부정이 억압되지만, 한 없는 부정이 이루어지는 문학의 공간에서는 담론과 글쓰기, 일상어와 문학언어, 이 두 언어의 부정 작용이 끝없이 반복되고 교차하여 서로의 의미를 지연시키고, 블랑쇼가 '언어의 육체(*le physique du langage*)'[63] 라고 불렀던 단어들의 물질성 속에 이미 지워진 흔적과 부재로서 자신의 고유한 의미 작용의 연쇄를 만들어나간다. 문학은, 다시 말하면, 투명한 기호와 불투명한 기의 사이를 오가며 망설이는 중성(*neutre*)의 공간, 변증법적 부정의 순환으로는 결코 메꾸어질 수 없는 모호성(*ambiquité*)과 어긋남(*déchirement*)의 빈 공간을 끝없이 기입해 나가는 것이다.

블랑쇼에게서의 이 중성의 공간을 푸코는 긍정이라고 명명한다. 그러나 블랑쇼의 중성이라는 용어는 상반되는 양극 사이에서 절충적인 위치를 차지하는 제3의 평화로운 지대를 뜻하는 것은 결코 아니다. 서로를 밀쳐내는 종이의 양면과도 같은 두 언어 작용 사이에서 두 극을 다 거머쥐고 그 긴장을 견디어내는 것, 그 찢기움을 그대로 간직하는 것을 뜻한다. 그래서 대립과 갈등이 새로운 가치를 만들어냄으로써 해소된다는 의미에서의 긍정이 아니라 아무것도 만들어내지 않는 긍정, 푸코의 표현에 따르면 "아무것도 긍정하지 않는 긍정(*affirmation non positive*)",[64] 부정을 억압하지 않고 그대로 직시하는 항변의 몸짓, 전부를 잃는 재앙(*désastre*)을 회피하지 않는 윤리적·논리적 역설로서의 긍정이 되는 것이다. 블랑쇼를 이해하는 데서 이 중성의 논리는, 그의 글을 읽으면서 흔히 빠지기 쉬운 단순한 이분법적 대립 논리의 틀을 벗어나게 하기 때문에 중요하다. 안과 밖, 낮과 밤, 내재성과 외재성, 담론과 글쓰기, 일상언어와 문학언어 등, 그의 글에는 많은 이분법적 구분이 등장한다. 그러나 이 용어들은 서로 다른 것을 지시하는 것이 아니라 늘 한 사물의 양면을 뜻하며, 블랑쇼의 사유는 서로를 배제하는 상반되는 움직임 속의 그 얽힘을 주시하는 것이다. 바깥

---

63) M. Blanchot, *La part du feu*(Gallimard, 1949), 316–317쪽.

64) M. Foucault, "Préface à la transgression", *Dits et Ecrits I*, 238쪽.

(*le dehors*)이라는 용어를 생각해 보자. 담론이 의미의 현실을 만들고 인간과 세상을 맺어주는 언어라면 글쓰기는 그런 담론의 바깥, 언어 밖으로의 통로이고, 담론이 일상의 세계를 구축한다면 글쓰기는 그 일상의 세계가 완전히 지워지고 전혀 다른 세계가 펼쳐지는 공간, 세상 밖으로의 공간이다. 그러나 밖이라는 공간적 은유가 문학의 공간이 따로 존재한다거나 일상과 문학, 이 분리된 두 개의 세계가 따로 있음을 뜻하는 것은 아니다. 같은 세상이 전혀 다른 얼굴로 변하는 것, 마치 옷을 뒤집어 입듯이 안에서 밖으로의 전환을 뜻할 뿐이다. 그러나 이 밖이 실은 안이었듯이, 문학언어나 글쓰기가 일상언어와 담론의 파생물이 아니라 실은 더 본질적인 언어라는 블랑쇼의 주장도 바로 이런 맥락에서 볼 수 있는 것이다. 마지막으로 문학이 밖으로의 언어인 까닭은 그것이 자기 자신의 밖, 스스로에게조차 낯설어지는, 발원지를 떠나 유리하는 언어, 저자라는 주체성 바깥으로의 언어이기 때문이다. "작품이 존재하는 순간부터 저자의 죽음은 시작된다."[65]는 블랑쇼의 진단처럼 연속되는 부정의 논리를 가지고 글쓰기와 죽음을 연결시키는 블랑쇼에게 저자의 추방은 글쓰기의 언어 체험 자체에 내재된 필연적 움직임이다. 글을 쓴다는 것은 자신의 정체성을 버리는 것, 자신의 이야기 밖으로 밀려남을 뜻한다. 자신의 작품을 소유한 주관적이고 사회적인 한 개인으로서의 위치를 떠나, 저자는 더 이상 나가 아닌 주체, "주체가 부재하는 주체성(*subjectivité sans sujet*)",[66] 익명의 존재가 되어 비개성의 주어(*il*), 중성의 고유한 목소리에 자리를 내어주게 되는 것이다.

문학과 언어와의 관련성 여부, 작품과 저자의 새로운 관계 규정, 서술화자로서의 기능과 고유명사적 기능으로서의 저자 문제 등, 현대

---

65) M. Blanchot, *L'Espace littéraire*(Gallimard, 1955), 256쪽.
66) M. Blanchot, *L'Ecriture du désastre*(Gallimard, 1980), 53쪽.

문학의 모든 비평과 담론이 블랑쇼의 문제 제기에서부터 발원하고 있
다는 푸코의 평가는 결코 과장이 아니다. 물론 구조주의로 일컬어졌
던 대군단의 이론적 부침을 겪은 오늘의 시점에서, 작품이 더 이상
저자의 의도나 개인적 삶의 반영물만은 아니라는 사실은 새롭게 논할
필요도 없는 작품 읽기의 기본 전제가 되었다. 그러나 구조주의 이전
의 문학 비평 대부분이 작품을 통해서 자자의 흔적을 찾으려고 했던
시도였음을 상기할 때, 유일하게 그런 전통에 반(反)했던 블랑쇼의
선구적 작업들은 그의 뒤를 이어 펼쳐질 새로운 지평, 새로운 비평의
장(場)을 여는 이론적 초석이 되었다고 볼 수 있다. 푸코 자신의 작업
도 문제 틀의 큰 줄기에서는, 블랑쇼와 바타유에게서 받은 영향을 언
어학을 위시한 당시의 구조주의적 관점에 접목시킴으로써—— 블랑쇼
가 말하는 언어적 체험이나 바타유의 위반과 한계 체험은 말하는 주체
(*sujet parlant*), 성적 주체(*sujet sexuel*) 등, 주체를 부인하는 새로운 방식
의 용어가 만들어지는 배경이 된다—— 성립될 수 있었다고 그의 인
터뷰는 넌지시 암시하고 있다. 신비평 논쟁이 한창일 당시에도 무관
심을 표방했고 그 어떤 이론적이고 기능적인 분석 용어도 달가워 하
지 않던 블랑쇼였음에도, 푸코의 저서 『광기의 역사』에 대한 최초의
지지자였고 그에 관한 한 권의 책과 한 편의 글을 남기고 있음은 단
순히 개인적인 우정에서 비롯된 것만은 아닐 것이다.[67] 왜냐하면 블랑
쇼에게 우정이란 또 다른 문제틀, 어떻게 비개성과 중성의 나 아닌 주
체들이 글쓰기 안에서 만나 '우리(*nous*)'를 형성할 수 있는가를 묻는 '공
동체(*communauté*)'라는, 또 하나의 새로운 문제 틀을 향하는 첫걸음이
되기 때문이다.

---

67) M. Blanchot, *Michel Foucault tel que je l'imagine*(Fata Morgana, 1986).

6 푸코와 루셀

　　푸코가 단행본으로 남긴 유일한 작가 연구의 대상인 레이몽 루셀, 그가 누구인가 하는 문제는 정작 푸코에게 별로 중요한 문제가 아니다. 라루스 사전은 "파리 태생(1877-1933), 풍부한 상상력으로 초현실주의자들의 선구자였고 '누보로망' 쪽의 추종자들이 있다."고 소개하고 있지만, 그가 정신질환을 앓았고 이탈리아 팔레르모에서 자살했다는 이야기는 빠뜨리고 있다. 그는 사고방식이 기이하고 괴팍한 성격에 쌀쌀하고 무표정한 대인 관계 때문에 그를 이해하는 절친한 친구 몇을 제외하고는 인간적으로도 접근하기가 어려운 사람이었다. 그의 성격 이상으로 이해하기 힘든 그의 작품은 자비로 출판될 수밖에 없었다. 그는 그와 가까운 일부 초현실주의 계통의 시인들, 그중에서 앙드레 브르통과 미셸 레리스(M. Leiris) 등으로부터 인정을 받았고, 누보로망의 기수 로브그리예의 높은 평가를 받았다.[68] 로브그리예는 자신의 소설 미학과 루셀의 글쓰기가 공통적인 특징을 보여준다고 생각한다. 어쨌든 별다른 주목을 받지 못하던 루셀에 대한 푸코의 연구는 루셀에 대한 재발견의 기회를 마련했고, 푸코의 저서가 출판된 1963년에는 그의 전집이 발간되게 된다.

　　푸코 역시 루셀을 알고 있던 것은 아니었고, 우연한 기회에 루셀을 발견하게 된다.[69] 1950년대 말 어느 날, 그가 뤽상부르 공원 가까이 있는 죠제-코르티 서점에 들러 책을 뒤지다가 눈에 띤 루셀의 책을 보고 주인에게 루셀이 누구인지 묻자 그 주인은 "아니, 루셀을 모르

---

68) Robbe-Grillet, *Pour un nouveau roman*에는 「레이몽 루셀의 수수께끼와 투명성」에 대한 글이 들어 있다.

69) 푸코는 자신의 『레이몽 루셀』 영역본을 출간하면서 실었던 루아스(C. Ruas)와의 인터뷰를 통하여 레이몽 루셀과의 만남에 대해서 이야기했고, 그 대담은 1984년 *Magazine Littéraire* 221호에 전재되었다.

시나?" 하고 핀잔을 준다. 그것이 계기가 되어 그는 루셀의 작품들을 정독하고 몇 년의 여름방학을 그에 대한 연구에 할애하면서 그에 대한 연구서를 발간하게 된 것이다. 그는 개인적으로 루셀의 문학에 대해서 깊은 애정과 편안함을 느꼈고, 그가 자신이 생각하던 문학관에 부합하는 작가이며 현대 문학의 선구자라고 확신하게 된다.[70] 푸코의 루셀 연구는 1961년 박사 학위논문으로 제출된 「광기와 정신착란, 고전주의 시대의 광기에 대한 역사」의 준비와 거의 동시에 이루어졌는데, 이론적인 면에서 그 두 가지 저서는 광기가 정상인의 정신 상태 속에 포함되어 있음을 주장한다는 점에서도 밀접한 관계가 있다. 그가 학위논문에서 쓰고자 한 것이 루셀의 작품에서 발견되었고, 또한 루셀의 발견은 논문에 대한 생각을 뒷받침하는 역할을 한 것이다.

『담론의 질서』와 『저자란 무엇인가』에서 살펴본 것처럼, 푸코는 작가 개념을 인정하지 않는다. 둘째로 논평에 대해서 부정적이다. 그의 루셀 연구에서도 생애에 대한 소개는 거의 없으며, 작가의 문학을 어떤 틀 속에 넣어서 설명하고 있지도 않다. 그리고 논평을 피할 수는 없지만, 푸코는 그것을 텍스트 내용의 반복이 아니라 창조적 해석의 기회로 삼고 있다.

그러면 루셀을 알고 있던 사람들의 루셀에 대한 평가는 과연 어떠했는지 살펴보자. 그를 치료했던 정신과 의사 자네(P. Janet)는 그를 '사례' 연구 대상으로 삼아 『불안에서 무아경으로(*De l'agonie à l'extase*)』라는 저서를 통하여 자신이 관찰한 내용을 적었다. 자네에 의하면, 루셀은 누구보다도 작가로서 인정받기를 갈망하는 인물로서, 자기의 능력이 부당하게 평가절하되었다는 점 때문에 늘 괴로워 하는 것이 병이 된 환자였다. 그래서 루셀에 대하여 "그는 자그마하고 가련한 환

---

70) 그는 루셀 전집 발간에 즈음하여 1964년 8월 22일자 『르몽드』 지에 기고한 글을 통해서, 그가 현대 문학의 선구자임을 설명한다.

자이지요"라고 말했다고 한다.[71] 그러나 푸코는 자네의 평가를 별로 중요하게 생각하지 않는다. 물론 루셀이 떨쳐버릴 수 없는 불안으로 괴로워 하고 자살까지 하게 되지만, 정도의 차이일 뿐 그러한 성향은 누구에게나 있는 것이고, 그러한 관점에서 그의 문학을 논한다고 하는 것은 옳지 않다고 보는 것이다. 왜냐하면 그의 증상은 의학적인 것이 아니라 언어적인 것이고 '언어의 불안'이기 때문이다. 푸코는 그러한 관점에서 "루셀의 '정신착란', 그의 어처구니 없는 말놀이, 강박적인 집념, 터무니없이 꾸며낸 이야기들은 언어적 불안을 통하여 우리 세계의 이성과 아마도 소통하고 있다."[72]고 설명한다. 그 말은, 루셀의 광기가 그만의 개인적인 것이 아니라 우리 자신의 광기와 같은 것이고 그것은 우리 자신에게서 나오는 것이 아니라 세계로부터 그리고 세계와의 잘못된 의사소통 형식에서 비롯되는 것임을 의미한다.

루셀에 대한 또 다른 주목할 만한 관점으로는 초현실주의자들, 그중에서도 앙드레 브르통의 관점이 대표적이다. 초현실주의를 이끌었던 브르통은 루셀을 정신병 환자로 보지 않고 그를 '홀리는 사람(enchanteur)'이라고 보면서, 상식을 벗어난 그의 피조물들이 사실은 꿈과 상상력의 비물질화된 세계에 이르는 통로라고 파악한다. 그러한 관점은 루셀의 작품이 단순한 개인적인 상상력의 소산이 아니라 신비주의적 입문(initiation)의 결과라고 보는 것이다. 그러므로 루셀의 텍스트를 설명하기 위해서는 비교적(esotérique) 해석 모델들을 도입하여 다양한 모델들이 '언어의 연금술'을 통해서 어떻게 서로 얽혀 작용하는가를 밝혀야 한다는 것이다. 그것은 루셀의 작품이 내적으로 어떤 비밀을 담고 있으며 그 비밀이 무엇인지 밝히는 것, 이것이 곧 그의 작품을 이해하는 열쇠가 된다는 말이다. 푸코는 그러한 관점을 단

---

71) M. Foucault, *Raymond Roussel*, 195쪽.
72) 같은 책, 209쪽.

순화된 가설이라고 일축한다. "그러한 비밀과의 관계에 의하여 루셀의 모든 텍스트들은 수사학적인 기법으로서 깊이 있는 독서가 가능한 사람에게만 그 텍스트들의 의미를 드러낸다는 것이다……." 그렇게 볼 경우, "작품은 어떤 비밀을 감추고 있다는 말이다."[73] 그러나 그것은 너무 안이한 접근이라는 것이다.

루셀의 작품이 어떤 숨겨진 비밀을 지니고 있으리라는 생각은 비단 브르통을 비롯한 초현실주의자들뿐만 아니라 그의 문학에 대하여 관심을 가졌던 독자들이 그 작품의 난해성 때문에 자연스럽게 갖게 된 생각이면서 또 루셀 자신이 한편으로는 그런 생각을 갖게 하는 데 일조를 한 면이 있다. 푸코에 의하면, 『나는 어떻게 나의 일부 저서들을 썼는가』는 "자신이 밝히겠다고 하는 기법을 수수께끼로 변환시킴으로써", 한편으로는 "비밀을 제거시키는 열쇠를 주고 다른 한편으로는 사실상 또 다른 수수께끼를 보여주는 격"[74]이 되고말았다. "루셀이 스스로 '비밀'이 있다고 말한다면, 그가 그렇게 말하면서 또 그 비밀이 무엇인가를 말하면서 그는 그 비밀을 극단적으로 제거해 버렸거나 아니면 그 비밀을 복합화함으로써 비밀과 제거의 원리를 비밀로 남겨 놓았다."[75]고 푸코는 지적한다.

미셸 레리스는 또 다른 관점을 제시한다. 루셀과 가까운 사이였던 레리스는 루셀의 인간성을 깊이 있게 이해할 뿐만 아니라 문학적인 성향이나 탐구 방법에서도 상통하는 면이 있다. 그는 루셀의 작품을 해석학적으로 접근하는 철학적 관점뿐만 아니라 숨겨진 비밀을 드러내고자 하는 비의적 관점도 거부한다. 레리스는 "글쓰기 작업의 수행을 통하여 루셀이 비장해놓은 제2의 언어란 존재하지 않는다."[76]고 하

---

73) 같은 책, 18쪽.

74) M. Foucault, *Dits et écrits*, I, 206쪽.

75) 같은 책, 207쪽.

76) 같은 책, Présentation, XIX쪽.

면서, 루셀 작품의 의미를 내면적인 것에서 구하는 것이 아니라 작품 내부에서 찾아야 한다는 견해를 제시했고, 그런 점에서 레리스의 관점은 푸코의 시각과 상통하는 점이 있다. 그러나 그는 기본적으로 루셀이 "긍정적인 의미에서 순진무구한 인간이고 오늘날 사람들은 그를 칭송한다는 미명하에 그를 깎아내리며 그가 가진 놀라운 순진무구함을 그로부터 앗아간다."고 주장한다.

푸코는 루셀의 작품을 크게 세 가지 부류로 나눈다. 첫번째 부류로는 서술적 작품으로 『닮은꼴』(1897)과 그로부터 7년 뒤에 쓴 『경치』를 꼽는다. 거기에는 니스의 카니발 광경이나 편지지의 두서(*l'entête*), 에비앙 물병의 라벨, 시장에서 기념품으로 산 펜대에 박힌 유리알을 통해서 보이는 것 등등이 12음절의 시구로 담겨 있다. 푸코는 "그는 사물 위에 언어를 평평하게 올려놓았다. 그러고는 세심하게 세부 사항들을 관류하되 원근법이나 비례는 고려하지 않는다. 모든 것을 멀리서 보되 눈초리는 예리하고 당당하면서도 어느 쪽으로도 치우치지 않아서 눈으로 보이지 않는 것도 오로지 윤기 있고 일정한 빛 속에서 그 표면을 떠오르게 한다."[77]고 설명한다.

푸코는 특히 루셀의 『경치』가 로브그리예의 『변태성욕자』와 일맥상통하는 작품이라고 본다. 두 작품 모두에서 "서술이란 대상에 대한 언어의 충실성이 아니라 영원히 새롭게 탄생하는 말과 사물 간의 무한한 관계인 것이다. 앞으로 나아가면서 언어는 끊임없이 새로운 대상을 끌어 올리고 빛과 어두움을 불러일으키며 표면을 깨부수고 선을 흩뜨린다. 언어는 지각을 따르지 않고 지각이 나갈 길을 그린다. 그리고 그 지각을 따라가면서 침묵을 지키면 사물들은 스스로 반짝반짝 빛을 발한다. 그렇게 되기 이전에 그들이 '언어화되었음'을 망각한 채"[78] 말이다.

---

77) M. Foucault, *Dits et Ecrits*, I, 421쪽.

두번째 부류로는 『아프리카의 인상』과 『로쿠스 솔루스』에서 볼 수 있는 경이로움이 중심이 된다. 푸코는 이들 작품에서도 "식탁보처럼 팽팽하게 펼쳐진 동일한 언어는 불가능을 기술하는 데 쓰인다."[79]고 설명한다. 예컨대 "서랍 속에서 살고 있는 난쟁이는 젊은 남자로서 자신의 청록색 응고된 핏덩어리를 해파리와 냉동된 송장들에게 먹인다. 그 송장들은 냉동고 속에서 그들이 죽어간 순간을 기계적으로 반복한다. 그런가 하면 다른 통로들이 형성된다. 거기에서는 (초현실주의적인 멋진 소란스러움을 연출하는) 연극 장면들, 끼워 맞춘 여담으로 된 시, 짧은 자서전 토막 등이 있다."[80]

세번째 부류로 규정하지 않았지만, 푸코 자신이 실제로 그 두 부류와 별도로 구분하는 것이 루셀의 마지막 작품 『나는 나의 일부 책들을 어떻게 썼는가』이다. 그 책의 서두에서 저자 자신이 "나는 언제나 나의 일부 책들을 어떤 방식으로 썼는가를 설명하겠다고 계획했다."고 말한다. 자신의 난해하기 짝이 없는 저서들에 대한 해명을 위하여 구상하고 집필한 뒤 자신의 사후에 출판되어야 한다고 규정한 그 책은 그의 말처럼 그의 작품에 대한 알기 쉬운 길잡이는 아니다. 푸코는 그 책이 "자기처럼 글을 쓰고자 하는 사람들에게 주는 설명이고 충고"[81]라고 하면서 아무 생각 없이 한 문장을 뽑아서는 그것을 음성적인 요소로 환원시키고, 그 음성적인 요소를 가지고 다른 단어들을 재구축하며, 또 그 단어들은 필연적으로 같은 씨실 역할을 한다. "모든 미시적인 기적, 『아프리카의 인상』과 『로쿠스 솔루스』에 등장하는 덧없는 조작들은, 산산조각이 되어 공중에 뿌려진 언어 자료를 해체하고 재구상하여 이루어진 산물에 지나지 않는다. 그 산물들은 엄격

---

78) 같은 책, 422쪽.

79) 같은 책, 같은 쪽.

80) 같은 책, 같은 쪽.

81) 같은 책, 423쪽.

히 말해서 '잡다한' 문체로 다시 태어난다."[82] 그러나 그와 같은 잡다
한 요소를 특이한 상상력의 소산으로 보는 데는 동의하지 않는다.
"왜냐하면, 그것은 자기가 말하는 한도 안에서 전능성을 이룩한 언어
의 우연 그것이고, 그 우연은 단어들의 비개연적인 결합을 담화로 변
환시키는 방식에 지나지 않는다."[83] 푸코는, 루셀의 작품 가운데 약
절반 가량이 그러한 방식의 글쓰기에 의존하고 있으며 그 결과 언어
와 우연의 관계에서 비롯되는 말라르메적인 불안이 루셀에게서도 감
지된다고 설명한다.

루셀의 나머지 작품은 서술적인 성격으로서, 푸코는 "루셀의 서술
은 가면, 밑그림, 이미지, 복제화 등을 서술할 뿐이고, 그것은 결국 복
제품(doubles)[84]에 대한 언어이다. 그렇기 때문에 그의 기담들이 분열
된 언어에 대한 비현실적인 이미지들을 생성하게 한다는 점을 고려한
다면, 두 부분으로 나누어진 그의 작품에서 그것은 거울의 가냘픈 이
중화 작용에 의하여 이루어진 단일적이고 동일한 현상이 전도된 모습
인 것이다."[85]라고 말한다.

루셀의 작품에 대한 푸코의 관점은 결국 언어를 중심으로 이루어
진다. 그는 브르통이나 정신과 의사 자네, 심지어 루셀을 가장 잘 아
는 레리스의 관점에 대해서도 부정적인 반응을 보인다. 푸코가 유일
하게 공감을 표시하는 것은, 루셀의 작품이 시선과 언어가 만나는 '공
동의 장소'이며 그 너머에는 말할 것이나 볼 것이 없다고 하는 로브
그리예의 관점이다. 그러나 현실과 사물을 지각되는 대로 기술하는
로브그리예와는 달리 루셀의 문학 공간은 허구적인 상상의 공간이고
따라서 그가 기술하는 사물들 역시 상상의 산물이라고 하는 점에서,

---

82) 같은 책, 같은 쪽.
83) 같은 책, 같은 쪽.
84) '분신'의 뜻도 있음.
85) M. Foucault, 앞의 책, 같은 쪽.

294

그 두 작가 사이에는 근본적인 차이가 있다. 본래 루셀은 현상이나 사물을 관찰하는 데 별 관심이 없는 인물이다. 푸코에 의하면, 루셀은 세계 일주 여행을 하면서도 창문을 닫고 커튼을 내린 채 다녔다고 한다. 왜냐하면 그는 바깥 경치를 구경하고 싶은 호기심을 가지지 않았을 뿐만 아니라 작품을 쓰는 데 시간도 모자랐기 때문이다. 그래서 푸코는 루셀이 "시간과 공간을 단자(monade)의 구형 입자(globule) 속에 축약해 넣는다."고 설명한다.

푸코가 루셀에 대한 다양한 관점과 해석 그리고 루셀 자신의 해설까지도 부정하는 것은, 루셀의 언어는 그가 말하고자 하는 것 이외의 다른 것을 말하지 않는다[86]고 확신하기 때문이다. 그러니까 푸코에 의하자면, 루셀의 언어는 내면 깊숙이 비밀스러운 의미를 숨기고 있는 것이 아니며, 텍스트의 표면적인 언어에 대한 올바른 분석만이 그가 말하고자 하는 것을 밝힐 수 있는 원천인 것이다. 그러나 그의 언어 구사는 단순하지 않다. 가령 루셀의 젊은 시절 이야기 가운데 이런 이야기가 있다. 배를 타고 여행하던 백인이 조난을 당하여 흑인 추장에게 잡힌 사람이 있는데, 비둘기를 통해서 인육을 먹는 장면을 포함하여 그가 잡힌 이후에 목격한 기이한 장면들을 기적적으로 자기 부인에게 적어 보낸다. 그 상황에 대한 기술에서 루셀은 "les lettres du blanc sur les bandes du vieux pillard"라는 표현과 "les lettres du blanc sur les bandes du vieux billard"라는 표현을 쓴다. 두 문장의 차이는 전자의 'pillard(약탈자)'와 후자의 'billard(당구)'라는 단어뿐이다. 그러나 'les lettres'는 '편지'라는 뜻과 아울러 '문자'라는 뜻도 가지고 있으며, 'les bandes' 역시 '띠'와 '무리, 떼'의 두 가지 의미를 지니고 있다. 그래서 처음 문장은 "늙은 도둑의 무리들에 대한 백인의 편지"라는 뜻이 되고, 두번째 문장은 "낡은 당구대 가장자리에 백묵으로 쓴 문자들"

---

86) M. Foucault, *Raymond Roussel*, 210쪽 참조.

을 의미하게 된다.[87]

　루셀은 『로쿠스 솔루스』, 『아프리카의 인상』 등에서 언어 의미의
이중성을 이용하는 기법을 계속하면서, 다른 한편으로는 새로운 기법
을 개발한다. 그리하여 단어는 의미의 인접성을 통하여 많은 새로운
단어들을 만들어내고, 그 단어들의 결합을 통하여 픽션이 구성되기도
하고 문장을 구성하는 요소들을 해체하여 새로운 기호의 연쇄를 창출
하기도 한다. 가령 "나는 나의 담뱃갑 안에 질 좋은 담배를 가지고 있
다."를 나타내는 문장 "J'ai du bon tabac dans ma tabatière."는 해체되
어 "jade(옥), tube(튜브), onde(파도), aubade(아침 음악), en mat(무딘
소리), à tierce(제3시의 기도)"라는 구절이 된다.

　푸코의 견해에 따르면, 루셀의 글쓰기 체험을 통하여 드러나는 언
어는 독창성을 창조하는 것이 아니라 누군가가 이미 사용한 언어를
반복하는 것이고, 따라서 하나의 언어 이전에는 오직 다른 언어가 있
을 뿐이다. 그와 같은 한정된 테두리 속에서 언어는 보다 적합한 언
어를 추구하기 위하여 기력을 소진하게 되고, 저자는 결국 작품을 위
하여 자신을 희생하게 된다. 그렇게 볼 때 언어 기호가 서로 반복되
고 둘로 분해되고 서로 반사되는 공간은 공허 그 자체이며, 푸코는
그 공허가 죽음에 의하여 열려진 공간이라고 말한다. "일상의 언어
속에서 죽음이 만들어내는 갑작스러운 공허와 또한 그 순간 태어나는
별들의 생성이 시로부터의 거리감을 규정한다."[88]

　루셀의 언어에 대하여 푸코가 언급한 것을 종합적으로 수렴해본다
면, 언어의 형식에 대한 부분과 내용에 관계되는 부분으로 나누어 생
각해 볼 수 있을 것이다.

　형식적인 면에서 언어는 한편으로 단어들의 비개연적 결합을 통하

---

87) 같은 책, 21쪽.

88) 같은 책, 62쪽. F. Gros, *Michel Foucault*, Que sais-je?(PUF, 1988), 37쪽에서
　　재인용.

여 담화를 구축하며, 다른 한편으로는 가면, 밑그림, 이미지, 복제화 등에 의한 복제품을 토대로 자신의 정신이 투영된 복제품 내지 분신을 만들어낸다. 달리 말하자면 언어는 세계와 자신을 비추는 '거울'의 기능을 한다는 의미이다. 그 거울은 글쓰기에 의하여 만들어진 가상의 공간(espace imaginaire)을 통하여 다양한 복제품과 분신들을 보여준다. 그리고 결국 사물은 언어의 모조품(simulaire)이 되고만다. 그와 동시에 하나의 문장은 다른 문장의 먼 메아리처럼 존재하게 된다.[89]

그러면 루셀 언어의 내용은 무엇일까? 언어는 저자의 내면으로 가는 길이 아니라 밖으로의 열림이지만, 언어의 내부에는, 목숨을 담보로 하는 글쓰기를 통한 주체의 재발견이나 완성의 체험이 아니라, 찢겨지고 분산되고 끝내 사라지게 되는 주체의 숨결이 관류하고 있다. 그럼으로써 루셀의 언어적 공간은 '작품의 부재(absence d'œuvre)'를 시현하면서 어떤 비밀스러운 문턱을 가리킨다. "그의 언어는 문을 동시에 닫고 열 수 있는 손짓 직전에 정지한다.『나는 나의 일부 책들을 어떻게 썼는가』의 집필 계획의 중심에는 루셀이 갑작스럽게 그리고 고집스럽게 원하던 죽음이 들어 있고, 그 책은 바로 그러한 입구를 그린다."[90] 루셀은 자신의 마지막 책에 대하여 '비밀스럽고 사후의' 책이라는 표현을 썼는데, 그에 대하여 푸코는 "아마도 루셀은…… 죽음은 그 비밀의 의식(cérémonie)에 속하고 그것이 준비된 입구이며 장엄한 종말인 것이다. 아마도 그 비밀은 죽음 속에서 추가적인 억지 트집을 부릴 수 있는 도움을 찾아낸다. 그런가 하면 '사후의'라는 표현은 '비밀' 그 자체를 확대시킨다……는 것을 말하고 싶었던 것"[91]이라고 해석한다.

생전에 출판되어서는 안 된다고 못박은『나는 나의 일부 책들을

---

89) F. Gros, *Michel Foucault*, Que sais-je?(PUF, 1988), 32쪽 참조.

90) *Dits et écrits*, I, 211쪽.

91) 같은 책, 208쪽.

어떻게 썼는가』는 "저자의 죽음을 기다리지 않았다. 왜냐하면 그 죽음은 아마도 그 텍스트가 지니고 있는 계시의 심급과 연결되어 텍스트 속에 설정되어 있었던 것이다."[92] 그러니까 루셀의 마지막 저서의 내용이 죽음에 대한 계시라고 보면서, 푸코는 루셀의 저서와 그의 죽음이 서로 밀접하게 연결되었음을 다음과 같이 설명한다. 루셀은 1933년 5월 30일, 자신의 마지막 저서가 생전에 출판될 수 없다고 출판사에 통보하기 전에 이미 영원히 파리를 떠나기로 결심한다. 6월에 팔레르모에 가서 자리를 잡고는 매일처럼 주사기로 마약을 주입하면서 자살을 기도한다. 푸코는 본래 죽음을 두려워 하던 "그가 죽음에 취미를 느꼈던 것 같았다."고 설명한다. 그런데 그는 스위스의 크로이즈링겐(Kreuzlingen)에서 마약 해독 치료를 받으러 떠나기로 한 날에 자살한다.

　푸코는 루셀이 죽음을 맞이하는 태도와 그의 작품 사이에 어떤 상징적이고 유추적인 관계가 있다고 본다. 그의 팔레르모 호텔 방문은 그를 간병해 주던 샤를로트 뒤프렌(Charlotte Dufrenne)의 방과 연결되어 있고 언제나 잠그지 않은 채 열려 있었다. 그러나 루셀은 죽는 날 기력이 쇠진한 상태에서도 침대 매트리스를 끌고 가서 문을 폐쇄했다고 한다. 그에 대하여 푸코는 "죽음과 빗장 그리고 통로 폐쇄는 그 당시 그리고 아마도 영원히 루셀의 작품이 우리에게 넘겨졌으면서도 거부되었다는 수수께끼 같은 삼각형을 형성한다. 우리가 그의 언어로부터 들을 수 있는 것은 그가 문턱에서 말하는 것인데, 그 문턱에서 접근과 출입금지는 다르지 않다. 접근과 출입금지는 애매한 면이 있다. 왜냐하면 그것은 그처럼 오랫동안 두려워 했으면서도 순간적으로 욕망했던 죽음을 해방시키기 때문이 아닐까?"[93]라고 죽음과 작품의 의

---

92) 같은 책, 207쪽.
93) 같은 책, 같은 쪽.

미를 연결시킨다. 그러니까 루셀은 여는 시늉을 하면서 그것을 닫는 몸짓을 하고 있고, 죽음을 통하여 자신을 해방시킨다.

푸코의 루셀 연구는 방법론적인 면에서 독창적이고 무엇보다 루셀의 언어와 시 창작이 지니는 의미를 깊이 있게 해석했다는 점에서 커다란 성과를 이룩했다고 평가된다. 구체적으로 말하자면 푸코는 첫째, 루셀의 문학을 언어로 구성된 텍스트로 보고 있고, 의미는 문장의 차원에서 단어들이 내포하고 있는 다의적 요소들의 취사 선택과 상호 조절 작용에 의하여 결정된다고 보고 있다. 이러한 관점은 구문과 어휘의 유기적 결합을 전제로 하는 관점이며, 그의 관점은 문학 텍스트를 언어적인 요소로 환원시키는 것이 아니라 언어적인 요소가 어떻게 문학 텍스트로 전환되는가를 밝히는 데 초점을 맞추고 있다.

둘째, 텍스트에는 숨겨진 뜻이 없다는 것은 루셀 자신의 생각이면서 푸코의 생각이기도 하다. 푸코는 모든 의미가 언어의 표면에서 구해져야 하고 언어가 언어적인 차원에서 고찰되어야 한다고 생각한다. 언어나 단어는 추상적인 단위가 아니라 문학적인 구조물을 구축하는 재료이다. 기본적으로 루셀은 과거를 회상하는 것이나 삶에 대한 깨달음을 토대로 자신의 내면적 자아를 재발견하려는 시도는 하지 않는다. 그의 언어는 그의 관점에서 세계의 현실을 비추는 거울이고, 언어는 현실의 분신 내지 복제물이라는 점에서 그의 문학은 공간성을 본질로 하여 구상된다. '거울', '분신' 내지 '복제물', '모조품' 등은 그러한 맥락에서 이해되어야 한다.

셋째, 결국 루셀의 언어와 글쓰기는 공간으로서의 세계 보기(voir)와 관계 있다. 그러나 그에게 세계란 그가 살고 있는 현실 세계가 아니다. 루셀이 세계 일주를 하면서 커튼을 내리고 바깥을 쳐다보지 않은 채 여행을 했다는 것은 매우 중요한 의미를 지닌다.[94] 그는 경치를

---

94) M. Foucault, *Dits et écrits*, I, 423쪽.

구경하는 데 취미가 없었으며, 그가 묘사하는 세계는 축소지향적인 그의 상상력의 소산이다. 가령 호수의 수면이 바람에 떨리는 장면은 그러한 현상을 보고 묘사되는 것이 아니라 사실은 바닥의 대리석 무늬를 보고 얻은 이미지이다. 다른 한편으로, 우연히 접하게 된 언어의 단위에서 시니피에로부터 시니피앙을 분리시킨 채 그 시니피앙을 다른 시니피앙과 결합시켜 재구성하는 것이 그가 사용하는 기법이라는 점은 앞에서 지적한 바 있다. 이렇게 볼 때 그가 묘사하는 세계는 그가 보는 세계가 아니라 그가 상상이나 언어를 통하여 자의적으로 재구성하는 세계이다. 그러한 가상적인 세계의 구성에 자신을 소진시키기 때문에 그에게 죽음은 그가 부딪히게 되는 필연적인 귀결이 될 수밖에 없는 것 같다.

결국 루셀의 문학에 대한 푸코의 생각은, 그의 작품이 죽음을 그 시니피에로서 내포하고 있고 그 의미를 밝혀줄 수 있는 것은 텍스트뿐이라는 관점으로 집약될 수 있다. 그러면서도 한편 몇 가지 의문이 제기될 수도 있다. 예를 들면 루셀의 작품에서 '죽음'에 대한 언급이 직접 드러나지 않는데, 어떻게 그 죽음이 작품 전반과 개별 텍스트의 분석에 도입될 수 있는가? 또한 자살 직전에 자신의 방문을 폐쇄한 것을 작가의 텍스트 해석과 결부시키는 것은 텍스트 중심의 분석을 강조하는 푸코의 원칙 자체에 어긋나는 것인 아닌가? 하는 등의 의문이다.

위와 같은 의문과 관련해서 우선 이해해야 할 것이 있다. 우선, 푸코 자신도 죽음을 눈앞에 둔 루셀의 행동을 가지고 작품을 조명하고자 한 것은 아니라는 점이다. 푸코가 그의 죽음을 언급한 데는, 이러한 에피소드적인 것이 작가로서 자신의 작품에 대한 태도를 이해하는 데 도움을 줄 것이라는 단순한 의도밖에 없다고 생각된다. 보다 중요한 것은 그가 글쓰기를 통하여 사물과 세계에 부여하는 의미인 것이다. 가령 그가 세계 일주 여행을 하면서도 창문을 닫고 그 속에서 문학적인 현실을 창조하고자 한 것은 그의 문학이 세계의 재현이 아니라 지시 대상으로서의 현실을 언어로 대치하면서 세계의 부정을 실천한다는 사실이다. 그러니까, 글쓰기는 바타유나 블랑쇼의 경우와 마찬가지로 세상 밖으로의 통로이고 언어 밖으로의 통로가 되며 텍스트는 저자 밖으로의 통로가 되는 것이다. 그렇기 때문에 언어의 존재는 주체의 사라짐 속에서만 드러날 수 있고, 그것은 저자의 죽음까지도 포함하게 된다. 이러한 정황 속에서 글쓰기의 주체는 더 이상 일상적인 경험과 의미 작용을 주관하는 존재가 아니라 그 행위를 통하여 자신을 자신의 소멸로 이끌고가는 언어의 존재인 것이다. 그러한 의미에서 루셀은 글쓰기를 통한 주체의 소멸과 생명체로서의 자기 죽음과의 일치를 스스로의 의지로 실천한 인물이라고 할 수 있다.

외재성은 무엇보다 바타유와 블랑쇼 등의 글쓰기의 속성을 나타내는 '바깥의 사유'를 의미한다. 글쓰기란 내면적인 사유를 옮겨놓는 것이 아니라 사유의 한계를 넘어서 언어가 도달할 수 없는 극단까지 이르고자 하는 시도를 지칭하는 개념으로서 그 과정에서 주체가 자신의 사유의 밖으로 추방되는 불가능의 체험까지도 포함한다. 그 결과 주체는 사라지고 언어만 존재하게 된다. 결국 푸코가 『담론의 질서』에서 언급한 외재성이란 이같이 주체가 사유의 밖으로 자신을 추방하는 불가능한 체험을 의미하는 것이며, 저자의 죽음이란 그 과정에서 주체의 존재가 소멸함을 의미하는 것이다. 푸코는 말라르메로부터 아르토, 바타유, 블랑쇼, 루셀에 이르는 작가들의 연구를 통하여 그들의 텍스트가 내포하고 있는 이러한 의미를 깊이 깨달았던 것이다.

7 인간 상황의 마지막 단계

푸코는 자신의 시대가 하나의 종말에 가까웠음을 감지한다고 고백한다. 즉, "지평선 아래쪽에서 막연한 여명의 빛 같은 것이 시작되고 있다"[95]는 느낌을 받는 다는 것이다. 횔덜린, 헤겔, 포이어바흐, 마르크스도 하나의 사고, 하나의 문화가 종언을 고하고 있음을 감지했고 그것이 사실로 드러났지만, 그때와 지금은 또 다른 면을 지니고 있다는 것이다. 그들의 시대는 "신이 추방되고 소멸된 땅위에 인간을 위하여 안정된 거처를 마련하는 것"[96]이었지만, 현대의 상황은 그와 다르다는 것이다. 니체가 하나의 전환점을 마련하기는 했지만, 현대의 상황은 신의 부재나 죽음을 선언하는 것이 문제가 아니라 인간의 죽음이 우리의 앞에 있다는 것이다. "신은 죽었노라고 알리는 것은 바로 최후의 인간이고, 그러한 알림을 통하여 그는 자신의 언어와 사고와 웃음을 이미 죽은 신의 영역에 자리매김하면서 자신이 신을 죽였다고 자처한다."[97] 이제 신을 죽인 것이 인간인 이상 자신의 유한성에 대한 책임도 인간 자신이 져야 한다. "그러나 그가 말하고 사고하고 존재하는 것이 신의 죽음 안에서이기 때문에 신의 살해자 역시 죽을 수밖에 없다. 새로운 신들, 동일한 신들이 미래의 대양을 채우고 있고 인간은 사라져간다."[98] 푸코는 니체의 명제가 신의 죽음과 인간의 운명이 불가분의 관계에 있음을 함의한다고 보면서, 그것은 결과적으로 "신의 살해자의 종말"을 의미하는 것이라고 해석한다.

푸코의 표현은 서정성을 토대로 하는 비유와 예언적 비전을 담고 있으며, 그의 전개가 논리적이라고 하더라도 그의 주장은 물론 객관적으로 증명될 수 있는 사항이 아니다. 그러면 어째서 그는 인간의 죽음이 임박했다고 말하는 것일까?

푸코의 생각을 종합해본다면, 먼저 그는 인간이 19세기 이전의 철학의 소멸과 더불어 유한성의 사고와 함께 19세기에 출현했다고 생

---

95) M. Foucault, *Les mots et les choses*, 396쪽.
96) 같은 책, 같은 쪽.
97) 같은 책, 같은 쪽.
98) 같은 책, 같은 쪽.

각한다. 그런데 그 뒤 세 가지 변화가 생겼다. 첫째는 19세기에 근대적 에피스테메를 생성한 철학이 다시 소멸되고 있다는 점이다. 둘째는 시간의 분산이다. 인간은 "이제까지 자신을 품어주고 있다고 믿었으며 사물의 존재에서도 그 압력을 감지할 수 있었던 시간의 심층적 흐름이 분산되었다."[99]고 느끼는 것이다. 말하자면 인간과 사물을 관류하는 시간이 동질적이 아니라 이질적이 되고 연속적이 아니라 불연속적이 됨으로써 통일성과 단일성을 상실했음을 의미한다고 하겠다. 셋째는 가장 중요한 것으로 언어 존재와의 관계이다. "철학 안에서, 특히 철학 밖에서 철학과의 대립을 통하여…… 문학 안에서 언어의 문제가 제기되는 등의 사실은 아마도 인간이 사라져가는 중임을 증명하고 있다."[100]

구체적인 설명을 하지 않기 때문에 푸코가 밝히고자 하는 것이 무엇인지는 정확히 포착하기가 어렵지만, 언어의 존재와 인간의 출현은 상반적인 관계를 보여준다는 점이 강조된다. "언어가 분산될 수밖에 없었을 때 인간이 형성되었는데, 이제 언어가 자신의 통일성을 찾게 되었으니 인간이 분산되지 않겠는가?"[101] 그것은 가령 인간이 언어적 표상의 대상이었던 고전주의 시대에는 언어가 통일성을 지니고 있었지만 인간은 주체적인 존재가 아니었다가, 19세기에 들어서면서 유한성을 중심으로 하는 인간의 존재가 구체적으로 부각되면서 언어의 권위가 분산되었음을 의미한다. 그렇다면 "우리의 지평에서 언어의 존재가 더 밝게 빛을 발하는 것과 함께 인간은 소멸되어 간다."[102]든지 "언어가 다시금 여기 존재한다."[103]는 등의 표현이 함의하는 언어 존

---

99) 같은 책, 397쪽.
100) 같은 책, 같은 쪽.
101) 같은 책, 같은 쪽.
102) 같은 책, 같은 쪽.
103) 같은 책, 같은 쪽.

재의 힘과 통일성은 구체적으로 무엇을 근거로 말하는 것일까? 아마
도 푸코는, 언어와 주체의 관계에서 언어를 단순한 주체의 기능으로
보는 관점이 부정되면서 언어가 주체의 통제를 벗어나는 자율성과 독
자성을 가지고 있다고 보는 말라르메의 언어관을 염두에 두었고,[104]
특히 무의식 속의 타자가 언어활동의 중심이라는 이론을 생각한 것이
아닌가 싶다.

　물론 20세기에 들어서서 프로이트 정신분석의 발전과 함께 인문과
학 안에서 그리고 인식론적 측면에서 언어에 대한 관심이 커지고, 특
히 1950년대에 들어 언어학이 구조주의를 선도하면서 여러 분야의
학문에 이론적 모델을 제공하는 핵심 학문으로 부상했으며, 푸코가
자신의 저서를 쓰던 무렵은 그러한 분위기가 고조되었던 시대라는 점
을 생각한다면, 그의 주장을 이해할 수 있는 면이 있다. 그런데 언어
의 중요한 기능으로, 의사소통 도구로서의 언어, 사고와 지식을 담는
도구로서의 언어, 그리고 주관성 표현 도구로서의 언어를 든다면, 푸
코가 말하는 언어는 앞의 그러한 기능을 고려한 것이 아니라 글쓰기
를 통하여 드러나는 언어의 본질적 기능을 중심으로 하는 것이다. 푸
코가 '인간의 소멸'을 생각한 것은 아마도 바타유, 블랑쇼, 루셀을 잇
는 작가들의 언어관에 대한 고찰과 관계가 있다고 판단된다. 앞에서
살펴본 것처럼, 한편으로 그 작가들은 밖으로의 사유를 통하여 내면
적 성찰뿐만 아니라 세계와 사물을 부정하며, 다른 한편으로 주체는
글쓰기 과정을 통하여 소멸과 죽음에 이르게 된다. 물론 그 작가들의
체험이 정신적 모험을 통하여 현대인의 정신적 상황을 표상한다고 하
는 점에는 이의가 없다. 그러나 그들의 문학적 · 철학적 체험을 일반
화시켜 인간의 죽음을 예고하는 것은 지나치게 추상적이고 비현실적

---

104) 푸코는 콜레주 드 프랑스 교수 취임 강연인 『담론의 질서』의 서두에서도
　　그러한 언어관을 피력한 바 있다.

인 것이 아닐까?

우리는 푸코가 말하는 '인간의 소멸'을 그와는 다른 각도에서 생각해 볼 수 있을 것이다. 그러니까 인간의 주관성은 언어를 통해서만 포착할 수 있는데, 인간의 주체 자체는 정신분석을 통하여 타자, 즉 무의식의 지배 아래 있다는 것이 밝혀졌다. 이러한 상황에서 인간에 대한 일반적인 통념은 바뀔 수밖에 없고, 그러한 의미에서 인간이 소멸된다고 한 것이 아닌가 생각된다.

그러나 인간의 행위가 무의식의 소산이고 언어 면에서도 무의식이 주도권을 갖는다고 해서 인간이 필연적으로 소멸된다고 보는 것은 납득하기 어려운 논리이다. 왜냐하면 인간과 언어가 보편적인 의미에서 상극 관계에 있는 것은 아니기 때문이다. 무엇보다 언어의 존재와 인간의 존재를 반비례 형식을 통하여 논증하려고 하는 점에 대해서는 동의하기가 어렵다. 즉, 인간이 통일성을 이루었을 때 언어가 분산되었기 때문에 언어가 통일성을 이룬 오늘날에는 인간이 분산되고 소멸되어야 한다는 것, 이는 유비 관계를 토대로 하는 형식논리에는 부합될지 모르지만 인간과 언어에 대한 관계의 경우에서 필연성을 전제로 한 논증이 아니기 때문에 푸코의 주장이 설득력을 갖는다고 하기는 어렵다. 언어가 인간을 드러내는 것과 마찬가지로 언어활동은 인간의 존재의 표현 그 자체이기 때문에 언어와 인간은 서로 불가분의 관계를 맺고 있다.

그러나 '인간의 소멸'에 대한 푸코의 예언은 그가 미처 생각하지 못한 이유에서 현실로 다가오고 있다고 할 수 있다. 물론 '인간의 소멸'은 생물학적인 소멸이 아닌 인간에 대한 개념의 혁명적인 변화를 의미한다. 기본적으로 인간의 환경과 생태계 파괴는 인간의 삶에 커다란 위협으로 다가오고 있다. 또한 동물 복제에서 한 걸음 나아간 인간 복제는 인간과 생명에 대한 보편적·윤리적 개념을 송두리째 뒤집고 있다. 게다가 각종 폭력은 지구상의 모든 나라로 하여금 안전 문제에 최우선을 두게 만들고 있다. 무엇보다 20세기 말에 불어닥친 '인터넷 혁명'은 지금까지의 모든 관행과 생활 방식, 사고 방식까지도 급격하게 바꾸고 있다. 컴퓨터는 시간과 공간적 차이를 없애면서 모든 정보와 지식을 즉시 제공할 뿐만 아니라 가상세계, 즉 '사이버 세상'을 열어놓았다. 가상세계에 빠진 사람들에게 실세계와 가상세계를 구분하는 경계는 존재하지 않는다.

이러한 급격한 변화는 어떤 혁명보다도 인간에 대한 개념을 완전히 바꾸어놓는다는 점에서 지금까지 통용되던 보편적 인간에 대한 사망 신고 효과를 보여준다고 하겠다. 그렇다고 인간이 지구상에서 사라지는 것은 아니다. 물론 인간은 인간의 역사를 통해서 가장 근본적인 변화의 시대를 살아가고 있지만, 그러한 변화는 경쟁과 필요가 만들어낸 것이고 인간은 새로운 환경에 적응하면서 살아가게 되어 있다. 그렇기 때문에 인간에 대한 개념이 변한다고 해서 그것을 인간의 종언이라고 단언할 수는 없으나, 전통적인 인간관의 관점에서 본다면 인간이 소멸되고 있다고 과장하여 말할 수도 있을 것이다.

8 결론

흔히 푸코의 담론을 '거대 담론'이라고 부른다. 거기에는 적어도 두 가지 뜻이 있다. 그 하나는 푸코가 서구 역사적 흐름을 200년 이상을 단위로 나누어 거시적으로 고찰한다는 뜻이며, 또 하나는 그가 다양한 담론을 미시적으로 검토·분석한 뒤 그 결과를 종합하여 거대한 담론으로 바꾼다는 뜻이다. 전자는 후자의 결과를 토대로 이루어진다. 그가 검토·분석하는 텍스트는 크게 두 가지 범주로 나눌 수 있다. 첫째 범주는 각 시대를 깊이 이해하는 데 기여할 수 있는 저서, 문서, 자료들로 구성된다. 『담론의 질서』에서 언급한 것처럼, 푸코는 비판적 접근과 계보학적 접근을 통해서 그들 텍스트의 핵심을 담화와 언술로 축약·전환하여 각 시대의 에피스테메를 형성하는 토대로 삼는다. 둘째 범주는 문학 텍스트로서, 그것은 시대적 인식 방법의 변화를 미리 보여주는 역할을 한다. 그리하여 『돈 키호테』는 16세기에서 17세기로의 이행을 예고했고, 사드의 『쥐스틴』와 『쥘리에트』는 고전주의 시대의 종말을 알렸다. 또한 말라르메의 시는 19세기의 에페스테메인 역사와 직접적인 관계가 없으나 텍스트에서 말을 하는 것은 주체가 아니라 낱말 그 자체라는 것을 보여줌으로써 언어 중심의 텍스트관을 제시한다. 그러한 맥락에서 바타유, 블랑쇼, 루셀 등은 말라르메의 언어 중심 내지 시니피앙 중심의 관점을 이어서 심화시킨다.

그 두 가지 범주의 텍스트들은 결과적으로 서로 보완적이면서 상통적인 텍스트를 형성한다. 푸코가 다다른 종착점에서 뒤돌아보면, 푸코는 성격이 전혀 다른 두 가지 텍스트의 읽기를 통하여 그가 추구한 것이 '인간의 상황'이었음을 깨닫게 해준다. 『말과 사물』의 첫 장에서 벨라스케스의 「시녀들」을 통하여 보여준 분석에서, 화가가 실제로 그리고자 하는 대상인 국왕 부부가 그림 속에 나타나지 않고 화실의 거울에 반영된 모습으로만 나타난 것은 다양한 텍스트 속에 잠재된 인간의 형상과 상황을 상징한다는 의미를 지닌다. 푸코의 그러한 의도는 두 가지 범주의 텍스트 읽기에서 공통적으로 작용했다. 그가 『담론에 질서』에서 담론의 기본 성격 내지 원칙으로서 제시한 전복적 원칙, 불연속적 원칙, 특유성, 외재성 등은 그가 다양한 텍스트의 읽기를 통하여 집약한 원칙이면서 그 텍스트들을 읽어나가는 원칙이기도 하다. 또한 그러한 원칙은 비문학 텍스트이든 문학 텍스트이든 관계없이 모든 텍스트들을 검토하는 원칙이기도 하다. 그리고 『말과 사물』의 마지막 부분에서 그가 예고한 인간의 소멸 역시 그가 인문과학에 대한 종합적 검토를 토대로 내린 결론이면서, 말라르메 이후의 바타유, 블랑쇼, 루셀 등의 텍스트 분석을 통하여 도달한 결론이기도 하다.

이렇게 볼 때 「시녀들」은 비문학 텍스트, 문학 텍스트를 막론하고 모든 텍스트 읽기의 출발이었고, 인간의 소멸 역시 모든 텍스트 읽기를 통하여 얻은 어두운 결론이었다. 그러니까 비문학 텍스트와 문학 텍스트는 부채의 앞면과 뒷면을 이루면서 한 가지 점으로 수렴되는 셈이다. 필자는 푸코의 읽기에서 두 가지 문제를 다시 검토하고자 한다. 하나는 에피스테메와 관련된 문제이고, 다른 하나는 인간의 소멸과 관련된 문제이다.

푸코는 연구 영역을 언어, 생물과 생명, 부와 노동 등의 분야에 국한시킨다. 그의 관점은 기본적으로 관계되는 학문 분야에서 제시되는 역사관과 차이를 보여준다. 후자는 각 분야가 합리적인 연구를 토대로 어떻게 자연의 신비를 성공적으로 벗겨나갔는가 하는 성과를 보여주는 데 초점이 맞추어져 있다. 예컨대 생물학 분야에서 멘델이나 다윈은 생명체의 유전과 진화 과정에 대하여 혁명적인 이론을 정립했고, 그 이후 그 분야에 대한 연구는 한층 세분화되면서 새로운 발견과 이론이 잇따르게 되었다고 설명하는 것이 과학사적인 설명 방식이고 그것은 분야에 대한 지식이 연속성을 토대로 이루어졌음을 전제로 한다. 푸코의 접근 방법은 그와 다르다. 전통적인 역사적 방법은 오늘날의 시점에 입각하여 어떻게 지식이 점진적으로 발전하는가를 설명하는 관점이라고 한다면, 푸코는 당시대의 관점에 입각해서 연관 분야와의 관계를 통하여 검토한다. 예컨대 17세기의 생물체에 대한 지식을 규명하기 위해서 그는 오늘날의 생물학적 이론에 입각하여 당대의 생물체에 대한 지식을 분석하는 것이 아니라 당대의 언어와 부의 분석 방법과의 연관성을 중심으로 고찰한 것이다. 그렇기 때문에 푸코에게 "검토된 지식이 제시하는 과학적 진리라는 문제는 제기되지 않는다. 제기되는 것은 특정 시기의 지식을 구축하는 규칙이 어떤 것인가 하는 문제"[105]이다. 그 결과, 이성은 지식의 발전을 이끄는 주역이 아니라 규칙을 토대로 하는 자의적 체계 형성에 맹목적으로 작용하는 기능이 될 뿐이다.

푸코의 관점은 결국 각 시대가 지식의 구축 면에서 하나의 단층을 이루면서 그 이전 및 그 이후 시대와의 연속성이 결여된 채 단절과 불연속성을 보여주게 된다. 이러한 관점은 구조주의 언어학에서 통시성——즉, 역사성——이 공시성의 중첩에 의하여 이루어진다고 보는 관점과 상통한다. 즉, 역사가 일정한 단위로 분할된 각 시대에 대한 구조적 고찰의 결과를 이어놓는 것이라고 보는 관점과 상통한다. 단지 다른 점은, 공시적 구조의 중첩에 의하여 구성되는 통시성에서는 한 시대에서 다음 시대로 넘어가는 과정에서 필연성을 찾아볼 수 없는 데 비하여, 푸코는 엄밀한 추적 과정을 통하여 단층의 형성과 변화의 원인에 대한 나름대로의 분석을 제시한다는 점이라고 하겠다. 그러나 그가 각 시대별로 추출한 에피스테메들이 각 시대를 대표하는 에피스테메로서의 확고한 기반을 지녔다고 할 수 있는지에 대하여 많은 의문이 제기되었다. 가령 영미 학자들은 푸코가 16세기 유비성의 에피스테메를 보여주는 표본으로 간주한 라무스의 저서에 '비의적인 유사성'이 없다고 지적했고, 조류학자 벨롱의 업적 평가에 대해서도 이론이 제기되었다.[106]

우선 시대 구분에서 16세기 말까지를 하나의 단위로 볼 수 있느냐 하는 것이 문제이다. 라블레의 소설은 중세와 16세기의 차이를 교육·종교·문화 면에서 보여주고 있다. 몽테뉴의 『수상록』은 상대주의를 토대로 개개인의 '인간적 조건'을 부각시키고 교육에서도 개인적인 차이를 중심으로 하는 개별성을 강조하고 있는데, 이러한 것 등은 푸코의 생각과 일치되지 않는다. 17세기와 18세기를 하나로 묶은 데도 많은 무리가 따른다. 가령 계몽주의자들의 『백과사전』이 17세기

---

105) F. Gros, *Michel Foucault*, Que sais-je?(PUF, 1996), 40쪽.

106) 이광래, 『미셸 푸코』(민음사, 1989), 196쪽 참조.

분류학적인 원칙을 따라 편집되었다고 해서 18세기의 독자성을 인정하지 않는다면, 19세기와 20세기의 백과사전들 역시 17세기의 아류라는 주장이 가능하게 된다. 어째서 백과전서 학파의 혁명적인 사고의 전환에 대해서는 논의하지 않는지 이해하기 어렵다. 표상 역시 17세기적인 에피스테메라고 주장하는 데는 무리가 있다고 생각된다. 일반적으로 어떤 현상에 대한 서술은 표상을 토대로 이루어지는데, 그것을 17세기의 에피스테메라고만 규정지을 수 있을지는 의문이다.

19세기의 에피스테메를 역사라고 한 것은 학문적인 경향으로 볼 때 이해될 수 있다. 언어학을 비롯한 여러 분야에서 역사적 지식을 집중적으로 추구했다고 할 수 있기 때문이다. 그러나 "18세기 말 이전에는 인간이란 존재하지 않았다."[107]는 주장은 이해하기 어렵다. 물론 인간의 유한성에 대한 인식이 인간을 보는 관점을 바꾸었다고 하는 사실을 인정할 수 있다. 그러나 19세기 이전에는 인간의 유한성을 강조한 철학자나 학자가 없다고 할 수 있을까? 공간의 무한성에 두려움을 느끼면서 인간을 갈대에 비유한 파스칼은 어느 시대의 인물이란 말인가? 보다 중요한 것은 인간의 소멸 내지 죽음과 관련된 문제이다.

푸코가 인간의 종말을 예고하는 근거는 두 가지이다. 하나는 니체의 "신은 죽었다."라는 명제 속에는 "신의 살해자도 죽는다."는 시니피에도 내포되었다는 것이고, 또 한 가지는 언어와의 관계이다. 즉, 19세기에 표상 기능의 소멸과 함께 언어의 존재가 빛을 잃었을 때 인간이 출현했기 때문에 언어의 위상이 고도로 상승한 20세기 중반은 인간의 소멸을 예측할 수 있게 해준다는 것이다. 그러한 주장을 뒷받침할 만한 근거가 없다는 점은 앞에서 지적한 바 있다. 그러나 주목할 것은, 지식에 대한 역사적인 고찰과 각 시대를 열고 상징하는 문학 텍스트들, 특히 말라르메, 바타유, 블랑쇼, 루셀 등의 텍스트들이

---

107) M. Foucault, *Les mots et les choses*, 319쪽.

모두 인간의 죽음으로 수렴된다는 사실이다. 그렇다면 그것은 인간이 지구상에서 사라진다는 종말론적인 결론일까? 그렇지는 않다고 생각된다. 왜냐하면 푸코에게는 그런 예언자적 모습을 찾아볼 수 없기 때문이다. 그렇다면 그것은 무슨 의미일까? 우선 그가 쓰는 용어와 표현을 살펴볼 필요가 있다. 그는 '인간'이라는 표현을 직접적으로 쓰면서 인간의 출현에 대하여 '인간의 형상(figure de l'homme)'이라는 표현을 한 번 쓰기도 하고, 『말과 사물』의 마지막 구절에서는 서정적인 문체로 인간을 "바닷가의 모래사장 위에 그려진 모습"으로 표현하고 있다. 인간에 관련된 표현을 문맥을 통하여 이해한다면, '인간'은 생물학적 인간이 아닌 '인간에 대한 관념'을 의미한다는 것을 알 수 있다. 그렇다. 각 시대 사회는 각기 인간에 대한 다른 관념을 표출한다. 푸코가 생각하는 인간에 대한 관념은 19세기 전근대의 개막과 함께 출현한 것이다. 그런데 정신분석, 인종학, 인류학 그리고 언어학을 중심으로 하는 인문과학 내지 인간과학은 근대적 인간 관념에 대하여 중대한 의문을 제기했고, 푸코가 이 시대를 대표한다고 생각하는 작가들의 작품 또한 작가의 죽음과 함께 인간의 죽음을 함의하고 있다. 그러한 의미에서 인간의 죽음은 근대적 인간 관념의 실종을 의미한다. 그렇다면 이와 같은 인간 관념의 소멸이 인간에 대한 관념의 절대적인 종말을 의미하는가? 아니다. 시작이 없는 종말은 없다. 니체가 "신은 죽었다."고 했을 때 그것은 기존의 "신에 대한 관념"의 소멸을 의미하면서 아울러 새로운 신에 대한 관념의 필요성을 내포한 것이었다. 그와 마찬가지로 푸코는 종래의 인간 관념의 종말을 예고한 것이고, 그것은 인간에 대한 새로운 관념의 출현을 예고한 것으로서 받아들여야 한다. 그러한 예언은 20세기가 가기 전에 이미 실현되었고, 우리는 불가불 지난 세기의 인간 관념에서 탈피하지 않으면 안된다. 새로운 인간 관념이 구체적으로 무엇인가를 알기 위해서는 또 다른 푸코를 기다려야 할 것 같다.

크세주(Que sais-je) 시리즈의 『미셸 푸코』를 쓴 그로(F. Gros)는 그의 결론에서 "푸코는 사실상 처음부터 끝까지 역사-이야기를 이야기했다."[108]고 말한다. 프랑스어로 'histoire'는 역사와 이야기를 동시에 의미한다. 푸코 자신도 "나는 픽션밖에 쓰지 않았다."[109]고 말했다고 한다. 사실상 그의 모든 저서는 광기, 병원, 감옥, 권력, 성 등의 어두운 면과 지식을 중심으로 하는 서구의 역사를 이야기했고, 그 이야기를 문학 텍스트와 중첩시킨 것이다. 문학 텍스트들은 시대 정신을 시대에 앞서서 집약하고 상징할 뿐만 아니라 푸코 자신의 저작에 대한 길잡이 역할을 했다는 점에서 특히 유의할 필요가 있다. 무엇보다 중요한 것은 그가 도달한 결말이 아니라 그 결말에 도달하기까지 그가 추적한 과정이며, 그러한 과정을 통해서 그가 20세기 후반을 대표하는 창조적 학자임을 보여주었다는 사실이다.

---

108) F. Gros, *Michel Foucault*, Que sais-je?(PUF, 1996), 124쪽.
109) 같은 책, 같은 쪽.

제3부
시학적 이론과 텍스트 접근

제1장 바흐찐 : 다양한 삶의 목소리와 그 반향을 찾아서

1 바흐찐 연구의 현황과 그의 생애

1.1 바흐찐 연구 현황

프랑스에서 구조주의의 위력이 시들해가던 1967년, 줄리아 크리스테바라는 무명의 유학생이 문학지 『비평』에 「바흐찐, 단어, 대화, 그리고 소설」이라는 글로 바흐찐의 문학 이론을 소개했다. 그 글이 도화선이 되어 프랑스에서는 1981년 토도로프의 『바흐찐 : 대화주의의 원칙』이 출판되었고, 바흐찐에 대한 불길은 대서양을 횡단하여 미국에서는 '바흐찐 산업'을 낳게 되었다. 우리 나라에서도 바흐찐의 논문들이 1988년에 번역되었고, 종합적인 연구 단행본도 출간되었다.[1] 바흐찐이 서방세계에 알려진 지 30여 년이 지난 오늘날에도 셰필드 대학은 문학이론 연구분야에서는 유례가 없는 바흐찐 연구 센터가 창설되어 연 2회 『대화주의』라는 국제학술지를 발간하고 있다. 전세계적

---

1) 김욱동, 『대화적 상상력』(문학과 지성사, 1988).

으로 바흐찐과 관련된 연구 발표만 해도 매년 수백 건에 이르기 때문에 이제는 해마다 서지 목록도 별도의 책으로 발간하지 않으면 안 되는 상황이 되었다.

1997년, 바흐찐 탄생 100주년을 맞아 캐릴 에머슨은 『바흐찐의 첫 백 년』이라는 저서를 통하여 그간의 바흐찐 연구를 마무리하면서, 다음 세기에 가서도 바흐찐학(Bahktinology)과 바흐찐 산업이 번성할 것이라고 예상했다.

바흐찐이라는 명칭은 비단 문학 이론이나 텍스트 이론에만 국한되어 있지 않다. 인문과학의 테두리를 넘어서 사회과학이나 심리학 분야 등의 학제적 연구 대상이 되었고, 그의 생애과 관련된 전기 연구도 깊이 있게 연구되고 있다. 특히 정치적 문제 때문에 친지들 명의로 발표된 초기의 저작과 논문의 진짜 저자가 누구인가 하는 문제와 함께 저자의 모든 기록물에 대한 치밀한 검증과 정리 작업이 계속되고 있다. 그러한 현황을 감안하여 듀크 대학에서 발간하는 『더 사우스 애틀랜틱 쿼털리(*The South Atlantic Quarterly*)』[2]에서는 바흐찐의 저서를 포괄하는 '바흐찐'과 자연인으로서의 바흐찐을 구분하고 있다. 역설적이지만 바흐찐과 바흐찐 산업이 이처럼 번성하고 바흐찐과 '바흐찐'을 구분하게 된 것은 물론 그가 위대한 업적을 남겼기 때문이기도 하지만, 무엇보다 그의 생애와 진정한 저작에 대해서 알려진 것보다 아직까지 알려지지 않은 부분이 더 많기 때문이 아닐까 생각된다. 필자의 관심은 '바흐찐'과 더 관계가 있지만, 두 바흐찐 사이에는 밀접한 관계가 있기 때문에 먼저 그의 생애에 관해서 간단히 정리해 보기로 하겠다.

---

2) "Bakhtin : Studies in archive and beyong", *The South Atlantic Quarterly*, vol. 97, no. 3/4(Duke University Press, Summer/Fall, 1988).

1.2 바흐찐의 생애와 활동

바흐찐은 1895년 11월 16일 모스크바 남부의 오렐에서 태어났다. 그의 집안은 14세기까지 거슬러올라가는 귀족 가문이지만, 바흐찐 탄생 시 특정 작위를 지니고 있지는 않았다. 그의 할아버지가 은행을 설립하여 바흐찐의 부친은 은행에 다녔고 여러 지점으로 전근 다니게 된다. 그리하여 그는 리투아니아의 수도 빌니우스와 흑해 연안의 휴양지 오데사에서도 살게 되고, 형 니콜라이를 따라 그곳의 대학에 입학했다. 이러한 기본적인 사실은 바흐찐이 1960년대부터 러시아에서도 학자로서 주목받게 되면서 1973년 빅토르 드미트로비치 두바킨과의 인터뷰에서 밝힌 것이다. 그러나 최근의 면밀한 현지 조사에 의하면, 은행을 설립한 '바흐찐'은 그의 직계 할아버지가 아니라고 한다.[3] 또한 오데사 대학에 입학했다가 성 페트르부르크 대학으로 전학한 것은 바로 니콜라이이며, 바흐찐은 오데사 대학에 들어간 일이 없다고 한다. 그런데 그 인터뷰에서 바흐찐은 자신의 가문의 역사에 대하여 관심이 없고 그것에 관심이 있는 형 니콜라이가 그런 이야기를 들었을 뿐이라고 했다. 그러나 부친이 은행에 다녔다는 것과 바흐찐이 성 페테르부르크 대학을 졸업했다는 점은 틀림없는 사실로 보인다.

이러한 진위를 가릴 수 없는 일들의 사실 여부보다 흥미로운 점은 형 니콜라이와의 관계이다. 니콜라이가 화려하고 사교적이며 충동적인 데 비하여 동생 미하일은 냉정하고 쾌활하면서도 내성적이었다. 하지만 두 사람 모두 뛰어난 재능을 지녔고 지적인 토론에도 열정적이었다고 한다.[4] 두 형제에 대하여 상세히 연구한 클라크와 홀퀴스에

---

3) K. Hirschkop, "Bakhtin Myths, or, Why we all need alibi", *The South Atlantic Quarterly*, vol. 97, 3/4, 1998, 579-580쪽.

4) K. Clark & M. Holquist, *Mikhail Bakhtin*(Havard University Press, 1984), 16-34쪽.

의하면, 니콜라이는 미하일의 지적 형성에 영향을 미친 유일한 인물
이었다고 한다. 그러한 점으로 미루어볼 때 바흐찐의 대화주의 개념
의 태동에 일차적인 계기가 니콜라이와의 대화 관계가 아닌가 추정된
다. 러시아 혁명이 일어나자 볼셰비키와 대항하여 싸운 그는 해외로
망명하게 된다. 소르본에서도 수학한 니콜라이는 한때 실수로 프랑스
외인부대에 들어가기도 했지만, 1932년 케임브리지 대학에서 고전 연
구로 박사 학위를 받고 비트겐슈타인과도 교류했으며, 1950년 심장병
으로 사망할 때까지 그가 창설한 버밍엄 대학 언어학부에 근무했다.

　지적 형성 과정에서 주목할 수 있는 사항으로는, 두 형제가 러시아
정교회의 충실한 신자였지만 여러 인종·종교들과 접촉할 수 있었고,
중·고등 과정에서부터 라틴어와 그리스어 등을 비롯하여 독일어·프
랑스어 등을 익힐 수 있었다는 점이다. 또한 그들은 보들레르 등의
프랑스 상징주의를 비롯하여 바그너와 다 빈치 등에 심취했고, 마르
크스와 엥겔스의 사상에 빠졌으나 오래 지속되지는 않았다. 그들의
이러한 성향은 페테르부르크 대학에서도 계속되었으며, 그곳에서 그
들은 고전문학을 공부하면서 당시 새로운 예술운동인 아크메이즘과
미래주의에 대하여 상당한 관심을 가졌다. 클라크와 홀퀴스트는 특히
후자가 바흐찐에게 상당한 영향을 끼쳤다고 말한다.[5] 바흐찐이 대학
에 들어갔던 1914년에는 제1차 세계대전이 발발했고 졸업하던 1918년
이전 해에는 혁명으로 혼란스러웠기 때문에 대학의 학사 운영이 느슨
할 수밖에 없었는데, 바흐찐은 그러한 상황에서 자신의 관심사에 더
많은 시간을 할애할 수 있었다. 당시 대학에는 형식주의를 탐구하는
학생들과 교수들이 다수 있어서 자연히 그도 그에 대하여 공부할 기

---

5) 아크메(acme)는 '극치, 절정'을 의미하며, 아크메주의는 '아름다움 너머에
　　있는 것'을 추구하는 시의 유파이고, 시인 마야코프스키 등이 주도한 미래
　　주의는 초감각적이고 주관성을 지양하는 이미지를 창조하고자 했다. 같은
　　책, 28쪽 참조.

회가 있었지만, 학문적으로는 그에게 소설의 중요성을 일깨워준 젤린스키 교수의 지도하에 라틴 작가들의 희극성에 대한 논문을 쓴 것이 가장 중요한 과업이었다. 그때의 공부가 후일 라블레와 중세 16세기의 민중적 전통에 대한 연구로 이어진다.

혁명의 여파로 페테르부르크에 식량난과 더불어 혹한까지 몰아 닥치자 바흐찐은 네벨로 이주한다. 리투아니아와 폴란드에 속했던 그 소도시는 18세기 말부터 러시아령이 되었고, 주로 유대계가 주민의 다수를 점유하고 있었다. 바흐찐은 그곳에서 2년 동안 고등학교에서 가르치면서 유명한 '네벨 서클'을 형성한다. 주요 멤버로는 독일 마르부르크 대학에서 헤르만 코헨과 에른스트 카시러[6) 밑에서 공부하고 돌아온 카간과 시인 블로시노프 등을 비롯하여 엔지니어, 철학자, 음악가, 의사 등이 있었다. 그들은 담배연기 자욱한 방에서 밤새도록 차를 마시면서 철학, 문학, 예술 등에 대하여 폭넓고 깊이 있는 대화를 벌였다. 바흐찐은 다른 멤버들의 이야기를 듣는 편이었지만, 그의 대화주의, 상호주관성, 다성성 등의 핵심 개념들이 그 시절의 모임들과 관계가 있다는 사실을 짐작하고도 남음이 있다.[7)

1920년, 바흐찐은 그곳에서 70여 마일 떨어진 비쳅스크로 이사하게 된다. 비록 시골 소도시였으나 비쳅스크에는 샤갈 같은 화가들이 활동하고 있었고 다른 예술 분야의 활동도 활발한 편이었다. 물론 그곳에서도 바흐찐의 서클은 계속 모임을 가졌지만, 거리 관계로 카간은 가끔씩 참석했고 볼로시노프는 얼마 후 아예 비쳅스크로 이사했으며, 공산당 열성당원이면서 문학비평가인 메드베데프가 새롭게 합류

---

6) 브라이언 풀은 바흐찐이 주요 저작에서 시간적 복합형태를 시각적인 이미지로 기술하는 기법은 카시러의 영향이라고 하면서 카시러의 중요성을 부각시킨다. B. Poole, "Bakhtin and Cassirer", *The South Atlantic Quarterly*, vol. 97, 549쪽 참조.

7) C. Emerson, *The First Hundred Years of Mikhail Bakhtin*(Princeton University Press, 1997), 5쪽.

했다. 한편 바흐찐은 예술학교에서 토론회를 주도하기도 하고 도서관 강당에서 문학 강좌를 열기도 했다. 청중이 제한되기는 했지만, 글로 쓴 노트를 읽지 않고 직접 말하는 그의 강의는 청중들에게 감동을 주었고, 그들은 별도로 러시아 문학 서클을 조직하여 바흐찐의 가르침을 받았다.

네벨에서 바흐찐은 그의 아내가 될 엘레나 알렉산드로브나 오콜로비치를 만난다. 그녀는 부모의 뜻에 따라 대학에 가지 않고 비쳅스크 도서관에 다니면서 문학 서적 등을 읽으면서 교양을 넓히고 있었다. 결혼 뒤 엘레나는 평생 바흐찐의 수기 원고를 정리하고 옮겨 쓰는 동반자 역할을 충실히 했다. 그러나 바흐찐은 아내에 대한 감사하는 마음에도 불구하고 자신의 글에서는 아내에 대해서 한마디 언급도 하지 않았다. 오른쪽 다리의 골수염으로 다리 절단에서 비롯되는 육체적인 고통에 이어 1929년에는 아무런 이유 없이 체포되어 강제수용소에서 5년형을 언도받는다. 다행히 고리키를 비롯한 문단의 유력 인사들의 진정 덕분에 카자흐스탄에 가서 회계 일을 보면서 유배 생활을 하게 되는데, 이러한 모든 일들에 대해서도 아무런 언급이 없다. 모든 것을 운명으로 알고 감수하기로 했던 것인지, 아니면 사생활에 관계되는 일체의 신변잡기가 자신이 추구하는 본질적인 연구에 방해가 된다고 본 것인지는 알 수 없는 일이다. 그러나 확실한 것은, 그에게 정신적인 활동, 즉 연구는 그에게 생명력을 제공하는 유일한 원천이었으며, 고난과 역경도 그의 학문적 심화를 위한 계기가 되었다는 사실이다.

네벨과 비쳅스크에서 그는 자신의 연구에 초석을 다질 수 있었지만 일정한 수입을 보장하는 안정된 직장을 구할 수 없었기 때문에, 1924년 새로 레닌그라드로 명명된 성 페테르부르크로 돌아온다. 대부분의 서클 멤버들은 이미 레닌그라드로 돌아와 각자 직장을 구했다. 레닌그라드 모임에는 새 멤버로 생물학자 카나예프를 비롯하여 시인, 철학자, 동양학자, 소설가, 번역가, 생물학자 등이 참여하게 된다. 특히 중요한 사건은 1925년 카나예프와 함께 시공간의 지각, 즉 크로노 토프에 대한 생리학자 우흐톰스키의 강의를 듣는 기회를 가졌던 일이 다. 그것이 기회가 되어 나중에 소설 연구에서 크로노토프 개념을 도 입하게 된다.

공식적인 유배 생활을 마치고나서도 카자흐스탄에 머물던 그는 마 침 친구들의 도움으로 1936년부터 모르도비아공화국의 수도 사란스 크에 있는 교육대학에서 문학 교수직을 얻는다. 러시아 문학, 서구 문 학, 중세 문학 등 많은 강의로 고달팠지만, 가르치고 공부하는 보람을 만끽할 수 있었다. 그러나 이번에도 행운은 길지 않았다. 때마침 대숙 청의 회오리바람이 불어 위험을 느낀 바흐찐은 교수직을 자진 사임하 고 모스크바에서 100킬로미터 가량 떨어진 사벨로보에서 유배 경력 이 있는 인사들과 함께 '태풍'이 지나가기를 기다린다. 아무런 수입도 없고 친구들 도움으로 겨우 연명하는 형편이었지만, 그는 친구들을 통하여 레닌그라드 도서관으로부터 서구에서 발간된 다양한 서적을 비밀리에 빌려 볼 수 있어서 아무런 부담 없이 연구에 몰두할 수 있 었다.

1940년경부터 바흐찐은 학문적으로 높은 인정을 받지만, 유배 경 력의 전과 때문에 안정된 자리를 구하기는 여전히 어려운 형편이었 다. 그래도 친구들 덕분에 고리키 세계문학연구소에서 두 차례 특강 도 할 수 있었고, 제2차 세계대전이 격화되면서 다행히 독일어와 러 시아어 교사 자리를 얻을 수 있었다. 그리고 1940년에는 그동안의 연 구를 바탕으로 「리얼리즘 역사에서 프랑수아 라블레」의 제목으로 고 리키 연구소에 박사 학위논문을 제출한다. 그 논문은 우여곡절 끝에 1952년에야 후보 박사 학위논문으로 통과된다. 바흐찐은 전쟁이 끝난 1945년부터는 사란스크 교육대학의 교수직에 복직하여 1961년 건강 악화로 사임할 때까지 근무했다. 그 뒤 고리키연구소와 모스크바 대 학의 주선으로 『도스토예프스키, 예술의 문제점』을 『도스토예프스키 시학』으로 보완하여 출판했고,『리얼리즘 역사에서 프랑수아 라블레』를『프랑수아 라블레와 중세, 르네상스 시대의 민중문화』라는 제목으로 출판한다. 연이어 문학 및 미학 이론에 대한 저서들이 발간된다.

바흐찐이 사망하기 2년 전, 러시아의 기호학자 이바노프는 바흐찐의 75세 생일을 기념하는 모임에서, 1920년대에 바흐진의 측근 카나예프, 메드베데프, 볼로시노프 등에 의하여 출판된 저서와 논문들의 실제 저자가 바흐찐이라고 선언한다. 문제의 텍스트들은『프로이트주의』,『마르크스주의와 언어철학』, 「현대 생기론」, 「삶의 담론과 시의 담론」, 「서구 언어학 사상의 최근 경향」 등이다. 이 가운데 카나예프의 「현대 생기론」을 바흐찐이 썼다고 하는 사실에 대해서는 아무도 의심하지 않는다. 그 뒤 러시아의 출판관리 기관인 VAAP는 위의 저서와 논문의 출판에 바흐찐의 이름이 들어가야 한다고 공식적으로 요구한다. 바흐찐은 이 문제에 대하여 사적으로는 긍정하면서도 이를 기정사실화하는 서류에는 공식 서명을 거부함으로써 사실 규명을 더 복잡하게 만들고말았다.

1977년, 서방 세계에 바흐찐을 소개한 토도로프는 그 문제에 대하여 자세히 언급한다. 그는 바흐찐이 실제 저자라는 사실에 관계되는 이바노프의 선언과 슬라브 학자 윈너(T. Winner)의 증언 그리고 이에 대한 바흐찐의 부인 등을 전하면서도 몇 가지 문제점을 제기한다. 첫째는 바흐찐이 사석에서 발언한 것과 공식적 태도 사이에 차이가 있다는 것이며, 둘째는 이바노프도 바흐찐이 문제의 텍스트들을 전적으로 혼자서 집필했다고 주장하지는 않았다는 점이다. 셋째는『프로이트주의』에 관한 것인데, 프로이트에 대한 볼로시노프의 이전 글과 비교해 볼 때 내용에서 상통하는 점이 있다는 것이다. 넷째는, 문제의 텍스트들이 정신분석과 형식주의 그리고 언어학에 대한 논쟁적인 성격이 강한데, 바흐찐은 한번도 논쟁적인 성격의 글을 쓰지 않았다는 것이다. 그리고 다섯째로 지적하는 것은, 메드베데프나 볼로시노프의

322

명의로 된 글이 그 분야에 대한 바흐찐의 글과는 약간의 차이를 보인다는 것이다. 그러한 문제에도 불구하고 그는 넓은 안목에서 볼 때 문제의 텍스트들이 바흐찐의 사상과 동질성을 보인다는 점에서 바흐찐의 주도적 영향력을 인정한다. 아울러 메드베데프와 볼로시노프의 이름도 저자로서 드러내어야 한다고 밝히면서, 메드베데프/바흐찐, 볼로시노프/바흐찐으로 표기할 것을 제시한다.[8] 그런데 토도로프 자신은 그의 저서에서 메드베데프와 볼로시노프의 글들을 '바흐찐 서클(cercle de Bakhtine)'의 논문으로 분류한 뒤 저자명에는 바흐찐의 이름을 제외한 채 메드베데프와 볼로시노프의 이름만 적고 있다.

토도로프의 애매모호한 태도는 특히 영미 학자들 쪽에서 텍스트의 저자 문제에 대하여 다양한 반응을 일으키는 계기가 된 것 같다. 우선 미국에서 『프로이트주의』를 번역한 티투닉은 저자를 볼로시노프로 표기하고 바흐찐의 이름을 괄호 안에 넣으면서 볼로시노프의 역할을 부각시키고 있다.[9] 에머슨은 『미하일 바흐찐의 첫 백 년』에서, 1990년대에 들어서 바흐찐의 유작 관리자인 코지노프를 비롯한 연구자들이 문제의 텍스트들이 바흐찐에 의하여 구술되었음을 주장하고 있고 그러한 주장에 대하여 대부분의 바흐찐 연구자들이 동의하고 있으며 러시아에서 문제의 텍스트들을 '가명으로 된 바흐찐'이라는 이름 아래 문고판으로 출간하고 있다고 소개한다. 그러나 문제의 텍스트의 저자가 바흐찐임을 확실하게 밝히지 않은 점을 감안하여 볼로시노프, 메드베데프 등을 그 텍스트들의 저자로 간주한다는 입장을 분명히 했다.[10] 바흐찐이 그 텍스트들을 썼다는 데 이의를 제기하는 학자들은 어떻게 그가 1926년에서 1929년 사이에 각기 다른 분야의 책

---

8) T. Todorov, *Mikhail Bakhtine le principe dialogique*(Seuil, 1981), 16-18쪽 참조.

9) V. N. Voloshinov, trans. I. R. Titunik, *Freudianism*(Indiana University Press, 1986).

10) C. Emerson, *The First Hundred Years of Mikhail Bakhtin*(Princeton University Press, 1997), 74쪽.

과 논문들을 집필할 수 있었으며 왜 그것들을 타인의 명의로 출간했
느냐 하는 점을 문제 삼는다.

　바흐찐이 실제 저자임을 주장하는 데 선봉을 선 클라크와 홀퀴스
트는 여러 증인들의 증언을 수집하여 자신들의 주장을 뒷받침하면서
그 문제들에 대하여 집중 조명한다. 그들의 설명을 요약하면 대략 다
음과 같다. 첫째, 그 텍스트들은 3년 사이에 쓴 것이 아니라 그 이전
에 쓴 것을 출판한 것이라는 주장인데, 실제로 바흐찐이 도스토예프
스키에 대한 책을 1922년에 이미 써놓고 1929년에 출판한 바 있음을
지적한다. 둘째, 1924년에 출판 예정이었던 바흐찐의 「내용의 문제」
에는 메드베데프 명의로 된 「문학 연구에서 형식주의적 방법」의 주
요 내용이 이미 들어 있음을 지적한다. 셋째, 바흐찐은 평소에 자신의
생각을 메모하여 많은 노트를 작성하기 때문에 어떤 주제의 글이나
책을 쓰고자 할 경우 속성으로 쓸 수 있는 준비가 되어 있음을 지적
한다. 토론을 할 때도 메모를 하는 습관이 있고, 거기에는 자신의 생
각뿐만 아니라 토론 참가자들의 의견도 기록되어 있기 때문에 바흐찐
이 실제 저자라고 하더라도 메드베데프, 볼로시노프 등을 포함하는
동료·제자들의 생각 역시 충분히 반영된다는 것이다. 다양한 분야에
대한 백과사전적 지식은 평소 바흐찐의 관심과 독서의 광범위함을 반
영하는 것이며, 결과적으로 바흐찐이 여러 방면에 걸쳐 집필한 엄청
난 작업에 비추어볼 때 3년 동안에 문제의 텍스트를 썼다고 하더라도
거기에는 하등 문제될 것이 없다는 설명이다.

　어째서 타인의 명의로 출판했느냐 하는 문제에 대해서는, 우선 이
런 식의 출판이 러시아에서 흔히 있을 수 있는 일임을 들고 있다. 그
렇기 때문에 이런 배경하에 바흐찐 자신이 카나예프의 명의로 「현대
생기론」을 발표하는 것은 충분히 가능하다고 지적한다. 더 중요한 이
유는, 당시의 러시아에서 학술서적의 출판은 상당한 인세 수입을 안
겨주는데, 유력한 후원자나 조직의 지원을 받지 못하는 바흐찐은 자

신의 힘으로 그 책들을 출판할 수는 없었다는 것이다. 그리고 그는 재정적으로 메드베데프의 도움을 받는 입장이었다고 한다. 또한 유디나가 그 문제에 관하여 묻자 바흐찐은 "우리는 친구였고 늘 토론을 했지요. 그런데 그들은 직장을 가지고 있어서 바빴고 나는 글을 쓸 시간을 가지고 있었거든요"[11]라고 대답했다고 한다.

클라크와 홀퀴스트는 볼로시노프의 저서와 논문에 자주 등장하는 주제와 개념들이 바흐찐의 「체계적 구축론」에 포함되어 있고, 특히 접두사 '공동'이 첨가되는 '공동-선택', '공동-창조적', '공동-존재'를 비롯하여 '상호 작용' 등의 용어들은 바흐찐이 많이 사용하는 용어들이라고 지적한다. 또한 프로이트에 관련된 저서와 논문들은 바흐찐의 노트를 토대로 작성된 것이라고 주장한다. 또한 클라크와 홀퀴스트는 『프로이트주의』에서 나타나는 논리 전개 방식에 대해서도 주목한다. 가령 파블로프로 대표되는 객관적 심리학과 정신적 삶의 개인적인 특징을 과대 포장하는 프로이트의 주관주의적 이론을 대립시키고나서 각 이론의 한계를 부각시킨 뒤 그 두 가지 모순을 지양할 수 있는 제3의 길을 모색하는 방식은 헤겔적인 방법론에 익숙한 바흐찐이 자신의 논리 전개를 위하여 즐겨 원용하는 방식이라는 것이다.[12]

한편 「삶의 담론과 시의 담론」은 1920년대에 바흐찐이 집필한 글들의 핵심을 집약한 논문으로서, 실제 저자는 바흐찐이라고 단언한다. 1929년에 출판된 『마르크스주의와 언어철학』은 마르크스주의적 방법론이 언어의 본질을 밝힐 수 있다는 전제로부터 출발하여 '하부구조'·'상부구조' 등의 마르스크스의 용어를 사용하지만, 마르크스 이론과 관계되는 부분은 책의 앞부분 약 25쪽과 뒷부분, 즉 검열관이 눈여겨보는 부분으로 한정되어 있다고 분석한다. 반면 책의 몸통 부

---

11) K. Clark & M. Holquist, *Mikhail Bakhtine*(Havard University Press), 1984, 149쪽에서 재인용.
12) 같은 책, 176쪽 참조.

분에서는 마르크스와 관계없는 바흐찐 자신의 언어관을 전개하고 있어서 '틀림없는' 바흐찐의 저서라고 확언한다. 1928년 볼로시노프 명의의 논문 「서구 언어학 사상의 최근 경향」은 『마르크스주의와 언어철학』의 일부를 요약한 것으로, 아마도 바흐찐이 볼로시노프에게 요약 작업을 맡겼을 것이라고 추정한다. 나머지 논문들에 대해서도 볼로시노프의 역할을 일부 인정하면서도 『문학적 담론의 문체론』의 제2부 「언술의 구조」는 분명히 바흐찐이 집필한 것이라고 단정한다. 하지만 클라크와 홀퀴스트는 결론적으로 "누가 과연 문제의 텍스트들의 실제 저자인가?" 하는 문제에 대해서 확정적인 대답을 할 수는 없다고 한 걸음 물러난다. "언술이란 본래 공동의 텍스트"라는 것은 다름 아닌 바흐찐의 이론이기 때문이다. 그런 의미에서 메드베데프, 볼로시노프 등은 문제의 텍스트들뿐만 아니라 다른 텍스트들에서도 공동의 저자로 간주될 수 있다고 인정한다. 그러나 위에서 언급된 텍스트들에 대한 책임을 질 수 있는 저자는 바흐찐뿐이라고 규정한다.

유럽의 출판사들은 그 텍스트들을 번역·출판하면서 바흐찐 자신이 저자임을 내세운다. 예컨대 1977년에 프랑스어로 발간된 『마르크스주의와 언어철학』은 바흐찐을 저자로 표기하고 그 옆의 괄호 속에 볼로시노프의 이름을 써 넣었으나, 『프로이트주의』의 번역판에는 바흐찐만을 저자로 표기했다. 특히, 『마르크스주의와 언어철학』의 서문에서 언어학자 야콥슨은 이바노프, 코지노프 등의 주장을 토대로 몇 가지 보충 설명을 한다. 그는 바흐찐이 문제의 텍스트들을 실제로 집필했으나 당시 스탈린 체제가 요구하는 어법과 도그마를 받아들일 수 없었기 때문에 자신의 명의로 출판할 수 없었고, 볼로시노프는 책 제목과 내용에 약간의 수정과 보완을 가함으로써 자신의 이름으로 출판할 수 있었다고 설명한다.

이상의 다양한 주장을 참고로 필자는 다음과 같은 원칙을 정하고자 한다. 볼로시노프와 메드베데프 등은 최소한 문제의 텍스트들의 집필에 실질적으로 참여한 공동 저자들이다. 따라서 문제의 텍스트들을 인용할 경우에는 바흐찐/볼로시노프, 바흐찐/메드베데프처럼 사선을 이용하여 이름을 병기하는 것이 바람직하다. 단, 현실적으로는 인용되는 책에 표기된 이름을 그대로 받아들일 수밖에 없다. 저자의 명의를 병기한다고 하더라도 연구를 하는 데서는, 문제의 텍스트들의 실제 저자가 바흐찐이기 때문에, 그의 저서와 논문으로서 다루어져야 한다.

바흐찐의 생애에 대한 고찰에서 주목할 점은 다음과 같다. 첫째, 그의 이론은 그의 형 니콜라이, 문학 서클 내에서의 토론 및 만남 등과 밀접한 관계가 있다. 둘째, 그가 엄청난 역경을 구도자적인 자세로 일관했고, 따라서 학문 연구 자체가 그에게는 종교를 대신하는 정신력의 원천이었다. 그리고 셋째, 그의 이론은 학문의 불모지에서 갑자기 솟아오른 기적이 아니라 어린시절부터 꾸준한 정진의 결과이며, 가정과 학교 교육 그리고 서클 운동이 모두 그의 지적 형성에 중요한 기능을 했음을 보여준다. 러시아 형식주의가 바흐찐이 등장하기 전 유럽에 큰 영향을 미쳤다는 것은 러시아의 학문적 잠재력을 보여주는 것이라고 하겠는데, 바흐찐 역시 그러한 맥락에서 이해되어야 한다.

2 바흐찐과 당 시대의 이론

필자는 바흐찐의 연구를 텍스트에 초점을 맞추어 세 단계로 나누어 고찰하고자 한다. 이 장에서는 그 첫번째 단계로 그가 부정적인 시각을 가졌던 당대의 형식주의, 프로이트주의, 현대 언어학에 대한 그의 관점과 언어 이론에 대하여 살펴본다. 제10장에서는 두번째 단계로 바흐찐의 핵심 개념인 대화주의, 상호 텍스트성, 다성성 등에 대해서, 그리고 제11장에서는 세번째 단계로 시공간에 얽힌 바흐찐의 작품 분석, 즉 크로노토프의 지평에서 고찰되는 소설에 대한 그의 연구에 관하여 살펴보도록 하겠다.

2.1 형식주의와 바흐찐의 비판

1960년대 프랑스에서 소쉬르의 재발견과 함께 구조주의 열풍이 불면서 '언어에서는 모든 것이 형식'이라는 소쉬르의 인용과 함께 형식의 중요성이 부각되었고, 한편 문학 연구에서는 텍스트에 대한 객관적이고도 과학적인 접근이 강조되면서 바르트가 형식주의의 핵심 개념인 '문학성(littérarité)'이라는 개념을 그 원천에 대한 언급 없이 전매특허처럼 사용했다. 그리고 형식주의 운동에 참여한 바 있는 로만 야콥슨은 레비스트로스와 함께 보들레르의 시 「고양이」를 구조적으로 분석함으로써 구조주의적 시 분석에 모형을 제공했다. 토도로프는 러시아 원전에 대하여 궁금증을 가지던 문단과 독자들을 위해서 형식주의 선집을 출간하여[13] 러시아 형식주의에 대한 갈증을 어느 정도 해소시키는 데 기여했다. 바흐찐에 대한 크리스테바의 논문은 토도로프의 책이 출판되기 전에 나왔기 때문에 거기서는 바흐찐도 형식주의 계열로 간주되었다.

사실 바흐찐은 형식주의와 밀접한 관계가 있다. 앞에서 언급한 것처럼, 바흐찐이 성 페테르부르크 대학에 재학하던 시절, 그 대학은 형식주의자들의 요람이었다. 러시아 형식주의는 모스크바, 성 페테르부르크의 두 그룹으로 이루어져 있다. 전자 그룹에서는 1915년 로만 야콥슨 등의 언어학자들이 러시아 시와 민속문학을 언어적인 관점에서 연구함으로써 시어의 특성을 일상어와의 차이에서 찾고자 했다. 성 페테르부르크 대학의 슈클로프스키, 에이켄바움 등이 1916년 창립한

---

13) T. Todorov, *Théorie de la littérature*(Seuil, 1965).

328

후자 그룹은 '성 페테르부르크 시적 언어 연구회'—— 러시아어 약자 OPIAZ—— 라는 명칭으로 활동하면서, 언어학에 특별히 의존하지 않고 언어의 미학적 구사와 문학사를 관류하는 일반 원칙에 대해서 연구했다. 그러한 차이에도 불구하고 두 그룹은 서로 유기적인 연락을 취하면서 교류를 지속했고, 함께 연구하는 기회를 통하여 서로 이론적인 보완을 하고 연구 결과를 공동 출판하기도 했다.

그 두 그룹은 문학 연구의 접근과 전개에서 과학적이고 객관적인 방법을 추구하고, 문학이 현실의 반영이라든가 외부 상황과 밀접한 관련이 있다는 등의 생각을 거부하면서 작품의 내재적 특성을 발견해 내고자 했다. 이들은 텍스트의 내재성을 토대로 하는 문학성이나 문학작품의 낯설게 하기(défamiliarisation) 기능, 이야기와 플롯의 구분, 이야기체의 목소리(skaz) 등의 개념들의 중요성을 이론적으로 제시한다. 일상생활에서 우리의 행위는 습관적으로 이루어지고 그러한 행위들은 성찰의 대상이 되지 않는다. 그러나 예술작품—— 특히 산문—— 을 통하여 그러한 행위들이 재현될 경우 우리는 그것들을 자동적으로 받아들이는 것이 아니라 그것들이 지니고 있는 의미를 음미하고 자신의 인생의 테두리 속에서 어떤 깨달음을 얻게 되는 계기를 갖게 된다. 그것이 슈클로프스키의 낯설게 하기 개념이다. 그는 또한 이야기를 시간적 계기(succession)와 원인이라고 하는 측면에서 관찰하여 인과관계를 중심으로 하는 일련의 시간으로 분절시킨다. 그에 비하여 플롯은 텍스트라고 하는 틀 속에서 계기적 인과관계와 관계없이 시간성을 중심으로 재조직하는 것이라고 설명한다. 한편 에이켄바움은 슈클로프스키와는 달리 플롯이나 주제(motif)보다 중요한 개념으로 이야기 서술자(narrateur)의 목소리(voix)에 초점을 맞추어야 한다고 주장한다.

형식주의는 이와 같이 문학을 새로운 관점에서 이론적이고도 조직적으로 분석하는 기틀을 마련했다는 점에서 문학 텍스트 연구에 크게 기여했다. 바흐찐은 형식주의자들의 연구를 가까이에서 나름대로 흡수하고 그중 일부를 자신의 이론으로 발전시키면서도 처음부터 그와는 다른 길을 추구한다. 네벨에서 시작한 그의 서클은 형식주의자들과 비교도 안 되는 소박한 모임이었지만, 출발부터 그 방향이 전혀 달랐다. 형식주의는 저자 생애 위주의 문학 연구를 배격하면서 연구를 텍스트 안으로 끌어들였다. 후설과 하이데거 그리고 독일 미학 이론을 바탕으로 하여, 텍스트를 담화로 보는 것이 아니라 랑그로 보면서 의미 작용의 방식을 관념화하여 내재적으로 연구한다. 자신들의 연구를 시학(poétique)이라고 명명하는데, 그들은 텍스트의 언어를 탈시간적·탈공간적으로 접근한다. 가장 중요한 관점은 문학이 세계의 재현(représentation)이 아니라 형식(formes)의 수학화(mathématisation)를 언어예술의 구축이라고 보는 것이다. 바흐찐은 그러한 관점에 동의할 수 없었던 것이다. 문학작품이 기호의 결합체로서 구성 요소의 결합이 구조를 이룬다고 하는 점은 당연한 일이지만, 문학의 의미 작용 기능이 그것을 가능하게 한 역사적 환경과 주체로부터 분리될 수 있다는 점은 받아들일 수 없었던 것이다.

크리스테바의 연구를 토대로 바흐찐과 그의 그룹의 관점을 집약해 보면 다음과 같다. 첫째, 문학 연구는 이데올로기 연구의 한 부분이고, 따라서 시적 언어는 의미 체계의 역사성에서 차지하고 있는 위치를 중심으로 연구되어야 한다. 그리고 문학 연구는 다양한 문학 장르의 역사라는 테두리 속에서 이루어진다. 둘째, 언어학에서 랑가주는 기호 체계라고 정의하지만, 이데올로기학의 측면에서 볼 때 랑가주는 하나의 실천으로서, 화자 주체의 입지와 기호 체계의 재분배 방식에 대하여 고찰해야 한다. 특히 랑그와 이데올로기를 이원화하여 고찰하는 입장을 지양해야 한다.[14]

---

14) J. Kristeva, *Une poétique ruinée*(Seuil, 1970), 9-10쪽.

2.2 『프로이트주의』와 반(反)프로이트

1920년대 들어서 바흐찐은 그의 그룹 멤버들과 함께 세 가지 저서,
즉 『프로이트주의』(1927), 『문학 연구의 형식주의적 방법론』(1928),
『마르크스주의와 언어철학』(1929)[15]을 발간한다. 반프로이트주의, 반
형식주의, 반소쉬르 언어학을 표방하는 이 세 가지 저서는 그에 대한
찬반을 떠나 바흐찐의 사상적 기반과 지향을 이해하는 데 필요한 징
검다리 역할을 한다.

당시 러시아의 마르크스주의자들은 프로이트의 이론이 변증법적
유물론을 합리화할 수 있는 면이 있다고 보고 적극적으로 연구했으
나, 바흐찐과 그의 그룹은 그와 반대되는 생각을 갖게 되고 『프로이
트주의』는 강력한 반프로이트적 성격을 띠게 된다. 『프로이트주의』
에 앞서 바흐찐은 1925년에 볼로시노프의 명의로 「사회적인 것을 넘
어서」를 발표하고 나서 그 논문의 일부를 『프로이트주의』의 제9장에
삽입한다. 「사회적인 것을 넘어서」를 제일 먼저 실은 프랑스어 번역
본[16]의 본론에는 제1부로 「프로이트주의와 현대철학과 심리학 사상의
흐름」이, 제2부로 「프로이트주의 개요」가, 제3부로 「프로이트주의 비
판」이 담겨 있다.

바흐찐은 우선 당시 서구 현대 철학을 대표하는 사상가로 베르그
송, 짐멜, 곰페르츠, 실용주의자들, 슈펭글러 등을 들고 있는데, 그들
은 서로의 차이에도 불구하고 생물학적인 생명 개념, 의식에 대한 불
신, 사회·경제적 성격의 객관적 범주를 주관적 심리학으로 대체하고
자 하는 공통점을 지니고 있다고 비판하면서 정신분석학도 그에 포함
된다고 주장한다.[17] 아울러 프로이트의 정신분석학을 심리학적 맥락

---

15) 『문학 연구의 형식주의적 방법론』은 메드베데프 명의로, 나머지 두 권은
볼로시노프의 명의로 발간되었다.

16) M. Bakhtine, trans. G. Verret, *Le Freudisme*(L'Age d'homme, 1980).

에 자리매김하면서, 당대의 심리학을 크게 주관주의적 심리학과 객관
주의적 심리학으로 나누어 프로이트의 정신분석학을 전자에 포함시
킨다.

바흐찐은 주관주의적 심리학 가운데 가장 대표적인 것으로 실험심
리학을 꼽는데, 분트와 제임스가 그러한 경향을 대표한다. 그에 비하
여 파블로프와 베흐테레프 등이 대표하는 반사 이론과 행동주의는 객
관주의적 심리학에 포함된다. 전자는 "심리학이란 정신적 삶에 대한
직접적 관찰, 말하자면 내성(introspection)을 토대로 이루어질 수밖에
없고, 그 결과는 실험에 의한 외부적 관찰에 의하여 보완되고 통제되
어야 한다."[18]고 주장한다. 그러나 실험심리학에서 최종적인 열쇠를
쥐고 있는 것은 내성이고, 주관주의적 심리학의 그러한 성격은 실험
자의 실험이 지니고 있는 통일성이나 계속성을 훼손하게 된다.

객관주의적 심리학은 주관주의적 심리학의 내성적 방법으로는 과
학적 심리학과 같은 객관적 심리학을 정립할 수 없다고 반박한다. 왜
냐하면 과학적 심리학이 갖추어야 할 객관성을 결여하기 때문이다.
객관주의적 심리학은 "생명과 실천에 관계되는 모든 것은 외적이고
물질적인 양으로 포착될 수 있고 순수하게 물질적인 변화에 의하여
표현될 수 있다."[19]고 믿는다. 예컨대 자극에 대한 생물체의 반응이
물질적인 양으로 포착된다는 것을 보여주는 것이 그렇다. 외적이고
객관적인 실험을 통하여 드러나는 생물체의 행동 양태는 물질적 환경
의 조건에 대한 것과 마찬가지로 자극에 대한 원인-결과의 관계와 관
련이 있다. 그러나 주관주의적 심리학의 경우에는 실험적인 방법을
사용한다고 하더라도 그것을 내성적인 관찰과 같은 자료로서 검토하
기 때문에 객관성이나 정확성을 갖추지 못하기 때문이다. 바흐찐은

---

17) 같은 책, 91쪽.
18) 같은 책, 99쪽.
19) 같은 책, 100쪽.

주체의 '내적인 반향'을 측정할 수 있는 방법은 외적인 경험을 표현하는 언어뿐이고, 실험자는 언어를 분석하고 고찰함으로써 내적인 반향, 즉 내성을 가늠할 수 있다고 주장한다.

그리고 그 두 가지 방법 가운데 어떤 방법이 변증법적 유물론의 원칙과 보다 잘 부합하느냐 하는 문제에 대하여 바흐찐은 객관주의적 심리학이라고 말한다. 물론 마르크스주의가 생물체의 행동이 지니는 물질적인 토대로부터 분리될 수는 없지만, 그렇다고 주관성의 현실을 부정하는 것은 아니라고 부연한다. 단지 정신현상(le psychique)은 유기체의 여러 가지 속성 가운데 한 가지에 불과한데, 그것을 토대로 물질적인 것과 대립하는 원칙을 구성한다는 것은 불합리하다는 것이다. 오히려 그 반대로 외적이고 물질적인 실험을 통하여 물질의 속성인 정신현상을 연구해야 한다고 하면서 객관주의적 심리학을 긍정적으로 평가한다. 그러나 객관주의적 심리학은 반응에 대한 실험만을 통하여 인간 행동을 분석하고 판단할 경우 기계주의적 유물론의 오류에 빠질 위험이 있다고 지적한다.[20] 그러한 문제는 생물학 분야에서도 심각한 문제를 제기할 수 있다고 경고하면서 미국의 행동주의자들이나 러시아의 반사이론가들이 선호하는 극단적인 도식화(schématiser) 경향은 간략주의적인 물질주의로 귀착할 수밖에 없다고 선언한다. 결과적으로 객관주의적 심리학을 포함하는 심리학은 '사회학적'이 되어야 한다고 강조하면서, 그것은 인간 행동의 물질적인 면을 자연 환경 및 사회 환경의 조건들과 연계하여 연구하는 것이라고 설명한다. 인간이란 사회적 공간과 역사적 시간을 떠나서는 존재할 수 없다는 사실을 바탕으로, 바흐찐은 심리학이 변증법적이고 사회학적인 것이 되어야 한다고 설득한다.

그러면 바흐찐은 프로이트의 정신분석학을 어떻게 보는가? 정신분

---

20) 같은 책, 104쪽.

석은 인간의 정신적 특성을 분석하기 위하여 주관적인 방법론을 끌어
들이기 때문에 주관주의적 심리학으로서 객관성을 결여하고 있다. 그
러면서도 객관성을 보이고자 위장술을 쓰고 있지만, 인간의 행동 양
태가 보여주는 갈등을 내성에서와 마찬가지로 내면적으로 설명한다.
그러니까 프로이트의 문제는 본질적으로 사회적인 심리 현상을 개인
적 심리학으로 설명하고자 한다는 점이다.[21]

결과적으로 바흐찐은 주관주의적 심리학과 객관주의적 심리학을
모두 배격하면서, 한편으로는 연구 주제인 프로이트의 정신분석학을
공격하고 다른 한편으로는 변증법적 유물론의 관점에 입각한 사회적
심리학의 정립 필요성을 역설한다.

그런데 프로이트주의에 대한 바흐찐의 관점을 살펴보기에 앞서, 당
시의 심리학을 주관주의적 심리학과 객관주의적 심리학으로 나눌 수
있는지, 정신분석학이 주관주의적 심리학의 범주에 속한다고 할 수 있
는지, 바흐찐이 사회적 심리학을 처음 거론했는지 등의 문제를 중심으
로 당시 심리학에 대한 그의 지식에 대하여 알아볼 필요가 있겠다.

심리학사에서는 20세기 초의 심리학의 학파를 대체적으로 다섯 가
지로 분류한다. 첫번째로 분트와 티치너의 구조주의는 실험의 도움을
받아 내성적 방법을 통하여 정신의 내용을 연구한다. 두번째로 미국
시카고 학파의 에인젤, 듀이, 미드 등과 콜럼비아 학파의 카텔, 손다
이크 등의 기능주의는 정신의 여러 가지 행위가 어째서 발생하는가를
연구한다. 세번째로 와트슨, 스키너를 중심으로 하는 행동주의는 심
리학이 경험에 의존해서는 안 되며 실험을 통하여 행동을 연구하는
방향으로 진행되어야 한다는 입장이다. 네번째로 코프카, 베르타이머
등의 형태심리학은 경험과 행동 두 가지를 모두 연구하되 접근 방법
에 구애받지 않고 문제에 적합한 방법을 채택해야 한다는 입장이다.

---

21) 같은 책, 105쪽.

다섯번째로 프로이트가 중심이 되는 정심분석학은 자유연상과 꿈의
해석을 바탕으로 의식과 무의식의 심성에 관한 기본 과정 그리고 인
성을 구성하는 동태적 힘을 연구한다.[22] 이상의 다섯 학파들 가운데
행동주의를 제외한 나머지 학파들은 주관성을 토대로 정신주의적인
면에 초점을 맞추고 있으나, 그것은 이러한 학파들을 특징짓는 여덟
가지 항목 중 한 항목에 불과하다. 따라서 당대의 심리학을 객관주의/
주관주의로 나누는 것은 무리라고 하지 않을 수 없다. 아마도 바흐찐
이 그렇게 이원적으로 분류한 것은 러시아 심리학자 베흐테레프의 저
서 『객관적 심리학(*Objektive Psychologie*)』(1913)에서 암시받은 것이 아
닌가 생각된다. 공교롭게도 베르타이머나 그보다 더 확대된 켄들러의
『심리학사』[23]에도 베흐테레프의 이름은 거론조차 되지 않고 있다. 오
히려 『철학대사전』[24]에는 그가 본래 신경병학자・정신의학자로서 나
중에 생리적 심리학의 입장에서 반사학(réflexologie)을 수립했다고 설
명한다. 따라서 라랑드의 철학사전의 심리학 항목에서는 베흐테레프
의 『객관주의 심리학』과 코스티레프에 의한 프랑스어 번역판을 소개
하면서, 객관주의 심리학이라는 제목이 잘못 선택되었음을 지적한
다.[25] 모든 심리학 학파들은 정신분석학을 제외하고는 모두 실험을 도
입하기 때문에 나름대로의 객관성을 지향한다는 것이 그 한 가지 이
유이다. 결과적으로 당대의 심리학을 객관주의/주관주의로 분류하고
정신분석을 후자에 포함시키는 것은 심리학과 정신분석을 지나치게
단순화된 관점에서 본 바흐찐의 주관주의적 경향을 드러낸 것이라고

---

22) M. Wertheimer, *A Brief History of Psychology*, Holt, Rinehart and Winston, Inc.,
　　1970. 오세철・양창삼 옮김, 『심리학사』(연세대학교출판부, 1983), 166-167쪽
　　참조.

23) H. Kendler, *Historical Foundations of Modern Psychology*(The Dorsey Press, 1987),
　　이승복 외 옮김, 『심리학사』, 학문사, 2000.

24) 『철학대사전』(학원사, 1963), 408쪽.

25) A. Lalande, *Volcabulaire technique et critique de la Philosophie*(PUF, 1976), 855쪽.

하겠다. 또한 바흐찐이 그 필요성을 역설한 사회적 심리학은 분트가 1880년경부터 이미 연구해온 과제였다. 분트는 젊은 시절부터 심리학과 철학이 해결해야 할 가장 중요한 과제인 인간과 사회의 관계를 정립하고자 했다. 사회에 대한 관심 때문에 한때 현실 정치에도 참여했던 분트는 1920년에 『문화심리학』 총서를 완성했다. 이 총서는 언어에 대하여 2권, 신화와 종교에 대하여 3권, 예술에 대하여 1권, 사회에 대하여 2권, 법에 대하여 1권, 문화와 역사에 대하여 1권 등 모두 10권으로 이루어진다. 만약 바흐찐이 분트의 사회학적 심리학에 관련된 저서들을 알았다면 적극적인 관심을 표명했을 것이고, 아마도 그의 심리학에 대한 이해의 지평을 확대할 수 있었으리라 짐작된다.

프로이트주의와 직접 관련이 되는 책의 제2부를 보면, 바흐찐이 프로이트의 정신분석학에 대하여 상당히 깊이 연구했음을 확인할 수 있다. 모두 4장으로 구성된 제2부에서 바흐찐은 프로이트 연구의 초점이 되는 무의식에 대하여 프로이트의 이론이 세 단계를 거쳐 수정·보완되었음을 설명한다. 또한 억압과 욕동, 오이디푸스 콤플렉스, 자유연상, 꿈의 해석, 신경증세 등에 관련된 정신분석적 방법론을 자세히 소개한다. 아울러 제2부의 마지막 장에서는 문화, 신화, 종교, 예술, 사회에 대한 프로이트의 사상을 철학적인 관점에서 논의한다. 프로이트는 1927년에 출판된 『환상의 미래』에서 종교적 신앙에 대한 문제를, 그리고 1930년에 출판된 『문화 속의 불안』에서 인간에 대한 문화의 역할과 관련하여 자신의 사상을 상술했지만, 그것은 『프로이트주의』 이후에 출판되었기 때문에 바흐찐은 참고할 수 없었다. 그러나 바흐찐은 프로이트가 발표한 종교나 문화와 관련된 논문들을 읽었고, 1921년에 발간된 『집단심리학과 자아의 분석』에 대해서는 자신의 관점을 피력한다. 프로이트는 그 저서에서 종래의 개인적 심리학과 사회적 심리학의 구분을 거부한다. 왜냐하면 개인의 정신적인 삶 속에는 언제나 타인의 존재가 잠재적으로 도사리고 있기 때문이다. 따라서 개인적 심리학은 언제나 사회적 심리학의 성격을 띠게 된다는 것이다. 단지 프로이트는 인간 욕동의 활력의 근원은 리비도, 즉 성욕이라고 보고 그것을 개인뿐만 아니라 사회적 집단에 대해서도 확대한다. 말하자면 집단의 정신적 본질도 애욕 관계에서 그 실마리를 찾아야 한다는 것이다.[26]

바흐찐은 프로이트의 그러한 논리를 받아들일 수 없었다. 바흐찐은 논의의 초점을 리비도보다 이상적 자아와 동일시(identification)의 문제에 맞춘다. 동일시란 주체가 타인의 모습이나 속성을 동화하여 자신을 타인과 동일시하는 심리적 과정을 가리킨다. 그러나 바흐찐은, 이 동일시는 결국 '이상적 자아' 형성에 반하는 것으로, "우리는 대상을 우리 자신으로 동화해서 그로부터 어떤 내적 풍요로움을 얻어내는 대신, 반대로 우리 자신의 일부, 즉 우리의 '이상적 자아'를 대상에 합체시켜 그 대상을 풍요롭게 함으로써 우리를 빈곤하게 만든다."[27]고 한다. 그러니까 프로이트가 사회적인 조직을 개인의 정신적 기제(mécanisme)로 설명하는 것에는 동의할 수 없다는 입장이다. 결과적으로 바흐찐은 프로이트에 관련된 상당한 자료를 소화하여 객관적으로 소개하려고 하면서도 반프로이트적인 그의 관점 역시 분명하게 나타내고 있다. 바흐찐은 프로이트 정신분석의 성과와 업적을 인정하면서도 그 이론이 기본적으로 객관성·과학성·사회성을 도외시한다고 판단, 프로이트의 이론을 긍정적으로 평가할 수는 없었다. 그런데 그는 프로이트에 반대하는 중요한 이유를 프로이트의 핵심 제자 오토 랑크(1884-1939)의 저서 『출생의 정신적 외상(*Traumatisme de la naissance*)』(1924)에서 찾아낸다.

독학으로 문학과 철학을 공부하고, 특히 니체, 쇼-펜하우어, 입센

---

26) E. Roudinesco & M. Plon, *Dictionnaire de la Psychanalyse*(Fayard, 1997,) 836-841쪽 참조.

27) *Le Freudisme*, 151쪽.

등을 탐독한 랑크는 1905년 프로이트의 『꿈의 해석』을 읽고 정신분석학에 심취하여 프로이트와 만나게 된다. 랑크는 그의 인정을 받아 프로이트가 창설한 학회의 사무총장직도 맡고 논문과 『영웅 탄생의 신화』(1909)라는 저서도 출판한다. 그는 프로이트의 '양자'라는 별명이 붙을 만큼 그의 각별한 사랑을 받고, 제1차 세계대전 뒤에는 빈(Wien) 중심가에서 정신분석의로 개업하게 된다. 그러나 그는 평소 극심한 우울증 증세를 보인 환자였고 프로이트의 국제정신분석학회 안에서의 헤게모니 싸움에서 프로이트의 다른 제자들과 갈등을 보이게 된다. 그러한 과정에서 출판된 『출생의 정신적 외상』은 정통 프로이트 이론과 상당한 거리감을 보여주는 이론을 담고 있다. 바흐찐이 비교적 상세하게 요약하고 있는 랑크 이론의 핵심은, 인간은 누구나 태어나면서 충격적 외상을 받게 되고 태어난 뒤 인간은 무의식적으로 어머니의 자궁으로 돌아가기를 열망하면서 그러한 상처를 극복하고자 한다는 것이다. 다시 말해서, 어머니의 탯줄을 끊으면서 이루어지는 어머니와의 생물학적인 결별이 안겨주는 충격이 모든 정신적 고뇌의 원형이 된다는 것이다. 이러한 이론은 남아의 경우 동성의 경쟁자인 아버지의 죽음을 욕망하면서 이성인 어머니에 대하여 성적인 욕망을 품는다고 주장하는 프로이트의 오이디푸스 콤플렉스 이론과 배치되는 것이다. 결국 랑크는 아버지와 오이디푸스 중심의 이론에서 어머니와 모성 중심으로 이론의 축을 옮긴 것이 된다. 랑크는 그 뒤에 정신분석이 지나치게 과거의 유아기와 무의식의 해석을 중심으로 치료에 임하는 것에 반대를 표명하고, 그보다는 현재의 정신적 상황과 환자의 치유하고자 하는 의식의 활동을 고취해야 한다고 주장하게 된다.[28] 그런 일들이 복합적으로 겹치면서 랑크는, 정식으로 프로이트에 반기를 들었던 적은 없으나, 1926년 이후 프로이트와 결별하게 된다.

---

28) E. Roudinesco & M. Plon, 앞의 책, 877쪽 참조.

랑크의 저서를 통하여 프로이트주의 내부의 이론적 균열을 감지할 만
큼 바흐찐이 정신분석학계의 움직임을 정확하게 파악하고 있었다는
것은 상당히 놀라운 일이다 그렇다고 그가 랑크의 이론에 전적으로
찬동한 것은 아니다. 랑크가 병리학적 증세, 신화, 예술, 철학에 대하
여 논의하면서 "출생의 정신적 외상에 대한 객관적 생리학적 분석이
나 그러한 증상이 후일 우리 신체기관의 삶에 미치게 될 분석을 주지
못했다."[29]는 점에서 랑크 역시 주관주의적 방법론에서 탈피하지 못
했다고 평가한다.

프로이트 이론의 어떤 점에 대하여 바흐찐은 비판적일까? 클라크
와 홀퀴스트는 바흐찐의 비판을 세 가지로 집약한다. 첫째, 프로이트
의 정신분석은 주관적 심리학과 마찬가지로 정신이 감각, 표상, 욕망,
감정 등으로 구성된다고 보고, 그것들을 무의식에 넘겨준 것이 그가
시도한 새로운 점이다. 프로이트는 성 본능을 제외한 모든 본능을 자
아 본능의 한 가지 경향으로 환원시킴으로써 유기체적인 것을 심리학
적으로 해석했다고 공격하고, 그러한 관점이 베르그송의 '생의 약동'
개념보다 나은 것이었다고 지적한다. 둘째, 프로이트는 욕망과 의지
에 관련되는 전통적인 범주를 항구적인 투쟁의 시나리오로 바꾸어놓
았다. 프로이트는 심리적 삶 속에서 욕구와 자아의 끊임없는 갈등을
지나치게 강조함으로써 마지막 거점이라고 할 수 있는 자아를 제거하
고말았기 때문에, 결과적으로 남는 것은 인간의 발화에 대한 특별한
해석뿐이라는 것이다. 클라크와 홀퀴스트는 1927년 당시 프로이트의
이론에서 언어가 차지하는 중요성을 바흐찐이 포착한 것은 상당한 의
미를 갖는다고 평가한다. 셋째, 바흐찐은 프로이트가 언어의 중요성
을 강조하면서도 언어에 대하여 그릇된 생각을 가졌음을 가장 심각한
문제로 거론한다. 무엇보다 이데올로기로 충전된 언어 매체를 가지고

---

29) *Le Freudisme*, 155-156쪽.

객관성을 이룩할 수 있다고 생각하는 것은 착각이라는 것이다. 바흐찐은 프로이트가 객관적인 생물학을 "심리적 고찰을 통하여" 주관적인 것으로 만들더니 본래 주관적인 언어에 객관성을 부여한다고 이의를 제기한다.[30]

프로이트에게 언어의 문제는 물론 분석의와 환자가 치료 과정에서 주고받는 언어의 교환과 관련된다. 그런데 바흐찐은 프로이트의 의식과 무의식의 차이에 대하여 질적인 차이가 아닌 양적인 차이만 인정하고, 같은 맥락에서 의식의 언어와 무의식의 언어에 대해서 근본적인 차이를 인정하지 않는다. 의식은 다른 사람과 이데올로기를 자유롭게 공유하는 데 비하여 무의식의 경우에는 이데올로기가 공유되지 않는다는 점에서 개인적이라는 차이밖에 없다고 보는 것이다. 그는 의식을 '공식적 의식', 무의식을 '비공식적 의식'이라고 부르며, 언어적인 면에서 전자를 '외적 언어', 후자를 '내적 언어'라고 부른다.[31] 그런데 그는 두 가지 언어 모두 언어 행위의 일반적 규칙을 따르고 있고, 사회적인 요인에 의하여 조건지어진다고 설명한다. 그에 의하면, "내적 언어도 청취자를 필요로 하고 그 구성은 청취자 지향적이다. 내적 언어도 외적 언어와 마찬가지로 사회적 상호 작용의 산물이며 그 표현이다."[32] 그렇기 때문에 그 두 가지 언어 모두 개인적인 것이 아니라 사회집단에 소속된다는 것이다.

바흐찐은 정신분석 이론을 사회지향적인 자신의 관점에서 이해함으로써 정신분석의 틀을 벗어나고 있다. 프로이트는 의식에 대한 깊이 있는 논의는 제쳐놓은 채 무의식과 관련된 자신의 이론을 2차 이론에서 수정한다. 정신 연구에 대한 1차 지형학적 이론에서 무의식은 단지 의식의 영역 밖에 있는 의식이 아니라 억압에 의하여 의식으로

---

30) K. Clark & M. Holquist, 앞의 책, 176-179쪽.

31) *Le Freudisme*, 182쪽.

32) 같은 책, 180쪽.

340

부터 분리되어, 왜곡 없이는 전의식과 의식 체계로 들어갈 수가 없는 것이다. 그것은 욕동의 형성물로 이루어진다. 2차 이론에서 정신 구조는 자아·초자아·이드[33]의 세 가지 요소로 나누어진다. 물론 이드가 1차 이론의 무의식의 부분을 대부분 이어받았으나 자아와 초자아 역시 무의식적인 부분을 가지고 있다. 한마디로, 의식의 반대는 무의식이 아니다. 프로이트의 경우, 무의식은 환자의 치료 과정에서 드러난다고 보았고, 라캉은 "무의식은 대타자의 담론이다."[34]라고 하면서 무의식의 특징을 언어적인 것에서 찾고자 했다. 이러한 관점에서 보면, 무의식은 언어를 통해서만 알 수 있다고 하는 바흐찐의 견해[35]가 라캉의 이론과 상통하는 면이 있는 것 같은 인상을 주기도 한다. 그러나 바흐찐은 무의식의 언어가 의식에 의해서만 포착될 수 있다고 생각했는데, 라캉은 무의식이란 바흐찐이 생각하는 것처럼 내면적인 것이 아니라 인간의 의사소통 과정에서 드러나는 것이기 때문에 외면적인 것이고 상호 주체적인 것이라고 본다.

바흐찐의 프로이트 비판 가운데 가장 중요한 문제는 정신분석 치료 과정에서 분석의와 환자가 교환하는 언어의 성격에 대한 문제이다. 바흐찐은 분석의와 환자 사이의 관계를 '사회적'이라고 하면서, 모든 발화는 어떤 상황에서 이루어지든지 "화자들 사이에 이루어지는 상호 작용의 산물"[36]이라고 정의한다. 따라서 정신분석 치료 과정에서 환자가 분석의에게 털어놓는 담화 내용은 "개인적인 정신의 역동성이 아니라 의사와 환자의 관계에서 비롯되는 사회적 역동성"이라고 하면서 프로이트에 반대 입장을 표명한다. 물론 모든 관계에서와 마찬가지로 의사와 환자 사이의 관계도 사회적이라고 할 수 있겠으

---

33) 우리말로 '거시기'라고 번역되기도 한다.

34) J. Lacan, *Ecrits*(Seuil, 1966), 16쪽.

35) *Le Freudisme*, 117쪽.

36) 같은 책, 174쪽.

나, 그러한 관계를 치료 현장의 언어 관계로 확대시키는 것은 바흐찐
이 치료 현장의 언어를 일상적인 언어와 전혀 다를 것이 없다고 생각
한 데서 비롯되는 오류라고 하겠다. 왜냐하면 치료 현장의 언어는 의
사소통을 초월하는 환자의 억압된 무의식적 욕망의 치료를 위한 것이
기 때문이다. 이 치료는 어떤 물리적인 치료가 아니라 억압된 과거의
욕망을 현재의 의식선상으로 끌어올리는 혹은 재현해 내는 작업, 즉
욕망의 기원으로 거슬러 올라가야 하는 역행 분석이다. 따라서 이 분
석 과정에서 의사는 무엇보다 환자가 과거 그의 의식으로부터 망각되
거나 은폐된 욕망을 자발적으로 의사 본인에게 전이하도록 유도해야
한다. 우리는 소설이나 영화를 통하여 간접적으로나마 이 치료 내지
는 전이의 현장을 볼 수 있는데, 환자가 전이에 몰입한 경우 의사를
어린 시절 자신에게 절대적인 의미였던 특정 인물(흔히 부모)과 혼동
하는 경우를 자주 보게 된다. 일례로 여성 환자가 남성 의사를 자신
의 아버지나 연인으로 생각하면서 몽상에 빠지는 경우가 그것이다.
이를 통하여 알 수 있듯이 치료 현장의 언어는 의사소통을 목적으로
논리적인 유추를 기반으로 하는 일상 언어와는 달리 무의식 내지 욕
망에 따른, 따라서 그만큼 은폐되고 왜곡된 그리고 논리를 초월하는
충동적인 언어를 기반으로 한다. 그러므로 환자는 자신의 욕망을 때
로는 의식적으로 때로는 무의식적으로 부끄럽게 여기며, 현실에서처
럼 자신의 생각을 능동적으로 표현하거나 의사소통을 하려고 들지 않
고 오히려 거부하면서, 정신분석학적인 용어로 표현하자면, 저항하면
서 숨기거나 왜곡하려고 든다. 이상의 관점에서 우리는 이 치료 현장
의 언어를 본질적으로 '비합리적인', '비현실적인' 언어라고 표현해도
무방할 것이다. 동시에 이 언어는 일차적으로 현재가 아니라 과거 지
향적이다. 환자와 의사 사이의 관계가 궁극적으로 유아와 그의 오랜
사랑의 대상, 특히 그 부모 사이의 관계의 반복에 다름 아닌 까닭이
여기에 있다. 그래도 굳이 바흐찐이 일상 언어나 치료 언어나 다같이

의사소통을 지향하는 것은 동일하다고 주장한다면, 일상 언어의 소통 대상은 이해 가능한 부분의 언어이며, 치료 언어의 소통 대상은 이해되는 부분의 가장자리로 소외된 은폐되고 왜곡된, 그러니까 일탈적인 언어라고 표현할 수는 있을 듯하다. 이 일탈적인 언어는 과거에 채우지 못한 사랑의 빈틈을 메우는 욕망의 조각인 것이다. 치료는 이 욕망의 조각이 비로소 현실화될 때, 의식화될 때, 달리 설명하자면, 몽상의 아버지 혹은 연인이 비로소 의사로 보일 때 종료된다. 비로소 환자는 현실적인 의사소통에 이른 것이다. 바흐찐의 말처럼 종국에는 일상 언어이든 치료 언어이든 '나름의' 의사소통에 이르게 된다. 그렇지만 어떤 하나의 결과만을 들어 과정의 상이성·특이성을 무시할 수는 없는 일이다. 어떻든 이처럼 정신분석의 치료나 그 언어를 논할 때 전이는 매우 중요한 논리가 된다. 실제 전이에 대한 프로이트의 견해에도 많은 변화가 뒤따랐고, 현재도 전이와 관련하여 다양한 이론들이 계속 대두되고 있는데, 바흐찐의 정신분석 치료 및 그 언어에 대한 견해와 비교하여 많은 참고가 될 것이다.

결론적으로 바흐찐은 정신분석을 "퇴폐적인 자본주의 이데올로기의 피와 살이다."[37]라고 맹공을 가한다. 물론 그는 프로이트 이론에 대한 검토에서 변증법적 유물론의 관점을 몇 차례 강조하기는 했지만, 구체적으로 그러한 관점을 제시한 것은 없으며 단지 사회 지향적인 관점을 반복했을 뿐이다. 그러한 관점은 언어 연구에서도 반복된다. 그렇기 때문에 그러한 표현은 당시의 검열을 쉽게 통과하기 위한 '과잉 발언'이라고 생각된다. 특히 일부 마르크스주의자들의 프로이트 이론에 대한 환상을 그가 일관성 있게 반박했기 때문에 검열 통과를 위하여 '과잉 발언'이 필요했던 것 같다.

---

37) 같은 책, 212쪽.

3 바흐찐의 언어관

3.1 『마르크스주의와 언어철학』과 바흐찐의 언어관

바흐찐이 언제부터 언어학에 대하여 적극적인 관심을 가지게 되었는지는 확실하지 않지만, 네벨 시절부터 문학 텍스트에 대한 토론을 하며 자연적으로 언어적인 문제에 대해서 논의하게 되었을 것이다. 그리고 1924년 레닌그라드로 돌아온 뒤 형식주의자들의 언어 연구에서 상당한 자극을 받았을 것이라는 점을 앞에서 볼 수 있었다. 프로이트에 대한 고찰에서도 언어와 관련된 문제에 초점이 맞추어졌다. 그의 언어관은 볼로시노프의 명의로 발간된 『마르크스주의와 언어철학』(1929)[38]에 주로 담겨 있지만, 그 밖에 「삶의 담화와 시의 담화」나 도스토예프스키 및 라블레 연구 등에서도 볼 수 있다.

『마르크스주의와 언어철학』(이하 『언어철학』)은 전체 3부로 구성되어 있는데, 제1부에서는 언어와 이데올로기의 관계가, 제2부에서는 현대 철학의 두 가지 흐름에 대한 비판과 의미론적인 문제가, 제3부에서는 발화 이론과 통사론적인 문제 등이 고찰되고 있다.

이 서술에서 제일 먼저 거론되는 것은 기호와 이데올로기와의 관계이다. 바흐찐은 현실을 반영하고 굴절시키는 기호가 기본적으로 이데올로기적인 가치 평가를 내포하고 있으며 모든 이데올로기적인 것은 기호적인 가치를 갖는다는 전제로부터 출발한다. 그는 "말[39]은 뛰어난 이데올로기적 현상이다."[40]라고 하면서 또 한편으로는 "어떤 기

---

38) 바흐찐·볼로시노프, 송기한 옮김, 『마르크스주의와 언어철학』(한겨레, 1988). 불역본으로는 M. Yaguello가 번역한 *Marxisme et Philosophie du langage* (Minuit, 1977)가 있다. (이하 『언어철학』)

39) 우리말 번역본에서는 '말'이라고 나와 있으나, 불역본에서는 '단어(le mot)'로 번역되어 있다.

호는 어떤 독특한 이데올로기적인 기능에 의하여 산출되고 그것으로
부터 분리되지 않은 채 남아 있다. 이에 반하여 말은 이데올로기적인
기능에 대하여 아주 중립적인 입장을 취한다. 그것은 어떠한 종
류―과학, 미학, 윤리, 종교 등―의 이데올로기적인 기능도 수행
한다."[41]고 하면서 상반되는 진술을 하고 있다. 한 걸음 나아가 의사
소통에 대해서도 "하나의 이데올로기 영역에 전혀 소속될 수 없는"
일상적 의사소통의 영역[42]을 인정하는가 하면 다른 한편으로는 "의사
소통과 그 형태는 물질적 토대로부터 분리되지 않는다."[43]고 단언하
고 있다. 이러한 언어와 기호, 의사소통에 대한 모순을 어떻게 이해해
야 할까?

우선 바흐찐의 러시아어 용어가 번역되면서 원어의 개념이 정확히
반영되지 못한 면이 있지만, 어떻게 보면 바흐찐 자신이 구체적인 예
를 제시하지 않아서 발생한 문제라고도 할 수 있다. 언어 기호에는
도구적으로 쓰이는 기호와 가치 반영적인 기호가 있다. 일반적으로
문법과 문장 형성에 사용되는 대명사·전치사·부사·접속사 등은
어떤 이데올로기적인 가치와 무관한 기호나 단어들이다. 그에 비하여
추상명사들은 대체적으로 사회의 이데올로기적인 가치가 투영되어
사용되는 경우가 많다. 예컨대 '자유', '민주주의', '민족주의', '신' 등은
설사 같은 방식으로 정의된다고 하더라도 실제 언어 사용자들의 의식
속에 표상되는 내용은 무척 다양하고 크게 보아 각 사회의 가치관 내
지 이데올로기를 반영하게 된다. 의사소통 역시 가치 평가를 담은 어
휘나 기호를 포함하는 경우와 그렇지 않은 단순한 일상적 의사소통은
자연히 다른 성격을 띨 수밖에 없다. 따라서 바흐찐이 모든 기호, 모

---

40) 『언어철학』, 22쪽.
41) 같은 책, 23쪽.
42) 같은 책, 같은 쪽.
43) 같은 책, 같은 쪽.

든 의사소통을 이데올로기와 관계가 있다고 보는 것은 아니다. 또한 그것은 그가 사회적인 것을 모두 이데올로기적인 것으로 보는 것은 아니라는 의미도 담고 있다. 또 한 가지 유념할 것은, 변증법적 상호 작용 관계에 있는 심리와 이데올로기에서 '개인적인 것'의 개념이다. 통상적으로 '개인적인 것'을 '사회적인 것'과 대립적인 개념으로 이해 하지만, 바흐쩐은 '개인적인 것'이라는 말을 통하여 "스스로의 의식 내용의 소유자로서의 개인", "스스로의 사상과 감정에 책임지는 인격 으로서의 개인"을 의미하고 있으며, 이러한 개인의 심리 내용도 본질 적으로 이데올로기만큼이나 '사회적'이라고 강조한다. 한마디로, 바흐 쩐은 언어나 기호나 심리 등이 이데올로기적인 성격을 띠고는 있으나 그렇지 않은 부분도 있음을 인정하는 것이다. 그리고 그 모든 것에는 사회적인 면이 있다고 하면서 이데올로기보다 사회적인 것을 우위에 둔다.

『언어철학』은 그보다 2년 전에 발간된 『프로이트주의』와 두 가지 중요한 유사성이 있다. 논의 대상을 객관주의와 주관주의로 나누어 양자를 부정하면서 제3의 관점, 즉 사회 지향적인 관점으로 이끌고가 는 방식을 취한다. 그리고 그러한 방식을 따라 당대의 언어학을 개인 적 주관주의와 추상적 객관주의로 나눈다.

추상적 객관주의는 언어의 음성적·문법적·어휘적 형식들의 체 계로서의 언어 체계를 중심으로 내재적이고 규범적인 동일성을 탐구 한다. 바흐쩐은, 'rainbow'에서 /b/ 음의 발음이 그 단어를 발음하는 사 람들의 수만큼 다양하지만 그 단어가 발음되는 모든 경우에 그 단어 를 인지할 수 있게 하는 규범적인 동일성이 있다고 가정하고, 그것을 밝히고자 하는 언어학이 추상적 객관주의라고 설명한다.[44] 바흐쩐이 설명하고자 한 것을 언어학적으로 풀이해 보면, 개개인이 발음하는

---

44) 『언어철학』, 73-74쪽.

음은 음성학적인 [b] 음이고, /b/ 음은 실제로 개인의 발음과 관계없는 음운론(phonologie)적 체계에 입각한 음소로서의 음이다. 음운론은 랑그 중심의 연구를 강조한 소쉬르의 언어 이론의 영향을 받고 트루베츠코이와 야콥슨 등이 주축이 된 프라하 학파에서 정립한 이론이다. 주목할 사실은, 비록 정확한 용어를 사용하지는 않았으나 프라하 학파와 소쉬르의 관계를 정확히 알고 있었고 트루베츠코이가 1939년에 발간한 『음운론 원리』[45]의 핵심 이론을 바흐찐이 이해하고 있었다는 점이다.

그러나 바흐찐은 사회로부터 분리될 수 없는 개인의 언어 행위를 언어의 체계성이나 규범적 자기동일성을 연구하는 언어학이 밝힐 수는 없다는 이유에서 이를 받아들이지 않으며, 그 표적을 소쉬르에 맞춘다. 『일반 언어학 강의』[46]를 중심으로 하는 소쉬르의 이론에서 언어 현상은 '랑가주', '랑그', '파롤'로 구분된다. 파롤은 구체적이고 개인적인 언어 행위이고, 랑그는 규범적인 고유 형식으로서의 언어 체계이며, 그리고 랑가주는 언어 행위와 관련되는 물리적·생리학적·심리적 현상들을 포함하는 복합적이고 이질적인 요소로 구성된다. 그런데 랑가주는 "개인적인 영역과 함께 사회적인 영역에 속함으로써 우리가 그 통일성을 끌어낼 수 없기 때문에 인간적인 사실의 어떤 범주로도 분류할 수가 없다."[47]는 이유로 일차적인 연구 대상에서 제외된다. 또한 파롤은 사회적인 면이나 집단적인 성격이 결여된 개인의 언어활동으로서, 언어활동의 규범을 제시하고 연구 대상으로서의 영역이 분명한 랑그와 동시에 연구하기가 불가능하다고 지적한다.[48] 그러한 고찰을 근거로 언어 이론은 랑그 중심과 파롤 중심으로 나누어

---

45) N. Troubetskoi, *Grundzüge der Phonologie*(Prague, 1939).

46) F. Saussure, *Cours de linguistique générale*(Payot, 1916).

47) 『언어철학』, 25쪽.

48) 같은 책, 38쪽.

지고 이에 따라 선택이 불가피하게 되는데, 소쉬르는 그 영역이 명확히 드러나는 랑그를 연구 대상으로 삼겠다는 견해를 피력한다.[49] 그런데 바흐찐은 이러한 견해에 대하여 부정적이다. 우선 공시적 체계는 언어의 역사를 배제하는 데 비해서 언어 역사에 변화를 일으키는 파롤을 개인성과 우연성을 구실로 연구 대상에서 제외한다는 것은 납득하기 어려운 논리라는 것이다.[50] 사실은 앞에서 언급한 것과 마찬가지로 소쉬르는, 파롤을 연구 대상에서 제외시켰다기보다는, 단지 파롤과 랑그를 동시에 연구할 수 없어서 선택을 해야 하는데, 그 자신은 파롤 연구와 관련되는 복잡성 때문에 랑그에 대하여 우선적으로 연구하겠다는 의도를 밝힌 것이다. 또한 파롤이 언어 역사의 변화를 유발시킨다고 했을 때, 논리적인 판단을 통하여 그 발단을 볼 수는 있지만, 그러한 역할을 하는 파롤을 포착하는 것은 불가능한 일이며 단지 사후에 추정할 수 있을 뿐이다.

바흐찐은 랑그를 중심으로 하는 소쉬르의 언어 이론을 다음과 같이 크게 네 가지로 집약한다.

1. 언어는 개인 의식에 앞서 존재하고 개인 의식으로 논의할 여지가 없는 규범적으로 동일한 언어 형식들의 안정된 불변의 체계이다.
2. 언어의 법칙들은 주어진 폐쇄된 언어 체계 내부에서 언어 기호들 사이를 연계하는 특유한 언어학적 법칙들이다. 이러한 법칙들은 모두 주관적인 의식에 대하여 객관적으로 존재한다.
3. 고유한 언어학적 관련은 이데올로기적인 가치들(예술적이거나 인식적인 또는 그 밖의 다른 가치)과는 아무런 공통점을 갖지 않는다. 언어 현상은 이데올로기적인 동기에 기초하지 않는다…….
4. 언어 체계의 관점에서 보면 개인적인 언어 행위는 단지 우연적인

---

49) 같은 책, 38-39쪽.
50) 같은 책, 85쪽.

굴절과 변화이거나 규범적으로 동일한 형식들의 단순한 왜곡이다. 그러
나 이들 개인적인 담화 행위는 언어 형식들의 역사적인 변화 가능
성……을 설명한다. 언어 체계와 언어의 역사 사이에는 아무런 관계도
없고 공통의 동기도 없다……'.[51]

소쉬르의 공시태와 통시태의 구분 그리고 랑그 연구가 공시태 중
심이라는 부분은 뒤이어 언급되고 있다. 바흐찐은 소쉬르 이론의 원
전을 데카르트를 중심으로 하는 유럽의 합리주의와 라이프니츠의 보
편 문법에서 찾는다. 그리고 위와 같은 집약적인 정리는 소쉬르의 이
론이 한편으로는 샤를 발리와 세슈에에 의하여 계승·발전되고 다른
한편으로 뒤르켐의 사회학적인 전통에 입각하고 있으면서 소쉬르의
이론을 역사적 여건의 변화와 결부시키는 메이예의 학풍에 대해서도
바흐찐이 알고 있었음을 보여준다.

그러면 바흐찐의 소쉬르 이론의 어떤 부분을 비판하는지 종합적으
로 살펴보자. 여기에는 무엇보다 랑그의 실재성과 관련된 문제를 들
수 있다. 바흐찐은 "개인 의식으로부터 독립해 있고 그 의식의 외부
에 존재하는 객관적인 랑그"가 "불변하는 규범 체계로서 객관적으로
존재한다고 주장한다면 대단히 큰 실수를 범하는 것"이라고 지적한
다. 왜냐하면 공시적 체계로서의 랑그는 "역사적인 어떤 현실적인 시
기와도 상응하지 않고", 그것은 단지 "개인 의식에 대해서만 불변하
는 규범들의 체계로서 존재"[52]하기 때문이다. 물론 극단적으로 말하
자면 객관적인 실재로서의 랑그가 선험적으로 존재하는 것은 아니지
만, 공시적으로 어휘 체계와 문법이 랑그의 윤곽을 규정하고 있으며
개인의 언어 사용에 대한 검증을 통하여 상대적으로 그 실재가 입증
된다고 할 수 있다. 그런 문제를 모르는 것은 아니고 또 랑그의 실재

---

51) 같은 책, 79-80쪽.
52) 같은 책, 89-91쪽.

성 그 자체를 부정하는 것도 아니지만, 바흐찐이 추상적 객관주의 이론에 대하여 갖는 불만은 그 대표자들이 "규범적이고 자기동일적인 형태들의 체계로서의 언어가 지니는 무매개적(언어는 말하는 주체의식과 관련없이 직접적으로 실재한다) 실재성, 무매개적 객관성을 강조한다."[53]는 점이다. 또한 그는 소쉬르에 비판적인 메이예가 소쉬르와는 달리 "언어 체계가 지니는 추상적이고 전통적인 속성을 고려하려고 한다."[54]고 설명한다.

바흐찐이 거론하는 무매개적 실재성과 무매개적 객관성은 소쉬르와는 달리 그가 언어를 랑가주의 관점에서 보고자 함을 알려준다. 소쉬르 자신은 랑가주의 개념에 대한 설명에서 그러한 문제에 관하여 설명한 바 있다. 그리고 메이예에 대한 부분은, 그가 소쉬르의 강의를 받았던 제자로서 꾸준한 서신 왕래도 가졌던 언어학자였으나, 그의 전공 분야가 역사언어학과 비교언어학이었기 때문에 자연스럽게 소쉬르와는 다른 관점에서 언어를 보는 면이 있었던 것이다.

소쉬르의 이론에 대한 바흐찐의 비판을 통하여 그의 언어관을 집약해 보자.

1. 랑그를 이해하는 초점은 자기동일적인 요소를 인지하는 데 있는 것이 아니라 새로운 맥락상의 의미를 이해하는 데 있다.

2. 랑그 중심의 이론은 구체적인 것보다 추상적인 것을 우위에 놓으면서 발화를 독립적 독백으로 보게 되고 그 결과 역사적 현실과 단절된다.

3. 언어 이론이 추상적 체계화를 역사적 실제성보다 우위에 둘 경우, 살아 생동하는 언어에 대한 역사적 이해로부터 멀어지고, 결과적으로 언어를 사어(死語)로 간주하는 것이 된다.

4. 발화 내의 내재적 연관성에 대한 연구는 발화 외적인 사건들에 대

---

53) 같은 책, 91-92쪽.
54) 같은 책, 92쪽.

한 고려를 제외함으로써 발화를 구성하는 요소의 언어적 형태에만 집착하게 되고, 발화 전체에 대한 연구는 수사학이나 시학에 양보하게 되었다. 발화 전체를 구성하는 형태들은 특정한 이데올로기의 영역에 속하는 다른 발화 전체의 배경 속에서만 올바르게 해석될 수 있다.

5. 언어 형태는 단지 화행(話行)의 역동적인 전체 속에서 추상적으로 추출될 수 있는 요소이다.

6. 언어의 자기동일성은 말의 의미와 액센트의 생생한 다의성을 무시하고 단일화시킨다. 그런데 말의 의미는 그 말이 쓰이는 맥락에 의하여 결정된다. 맥락은 끊임없는 긴장, 쉴 새 없는 상호 작용과 갈등의 상태에 있다.

7. 언어는 한 세대에서 다음 세대로 전승되는 이미 만들어진 가공물이 아니다. 언어는 의사소통의 흐름 밖에 있는 것이 아니라 그 흐름과 함께 움직이며 그 흐름과 떼어놓을 수 없다. 개인은 이미 만들어진 언어를 그대로 받아들이는 것이 아니라 언어적 의사소통의 흐름 속에 들어가 자연스럽게 상대방의 생각을 이해하면서 거기에 맞추어 자기 의사 표현법을 배운다.

8. 언어에 대한 추상적·공시적 관점은 언어의 존재를 언어의 진화와 결부시킬 수 없고, 언어의 생성 과정은 언어사가가 사후에 추적할 수 있게 된다. 언어사가 대상으로 삼는 언어는 죽어 있고 이질화된 언어이다.[55]

이른바 소쉬르 중심의 추상적 객관주의 비판에 대한 여덟 가지 항목은 다시 네 가지로 축약될 수 있다. 첫째, 소쉬르 이론은 언어의 생성 과정과 역사성을 외면한다(2·8 항목). 둘째, 소쉬르 이론은 발화에 대하여 문장 차원에서 사후에 그 구성 요소를 검토·분석하기 때문에 결국 생동하는 언어가 아닌 죽은 언어를 연구 대상으로 삼는다(4 항목). 셋째, 말=단어는 다의성을 지니고 있고 다의성은 다양한

---

55) 같은 책, 106-113쪽 참조.

방법으로 표출되기 때문에, 화행에 대해서는 의사소통 상황에 입각하여 그것이 드러나는 맥락과의 관계를 통하여 파악해야 하는데, 소쉬르 이론은 그러한 사실을 도외시한다(1·5·6·7 항목). 그리고 넷째, 바흐찐이 서두에서 밝힌 말과 사회적 이데올로기와의 관계를 소쉬르가 다루지 않았다는 문제도 첨가되어야 할 것 같다.

첫번째 문제에 대해서 소쉬르는 언어의 발달·진화의 문제와 일정한 시점에서 운용되는 언어의 체계는 각기 통시적 연구와 공시적 연구의 대상으로서 동시에 이루어질 수 없다는 점을 분명히 밝힌 바 있다.[56] 앞에서도 언급한 것처럼, 소쉬르는 통시태 연구를 배제한 것이 아니라 통시태가 철저한 공시태의 연구를 통하여 구성될 수 있다고 생각한 것이다.

두번째 문제에 대해서 살펴보자면, 19세기의 언어학은 산스크리트어에서 시작되는 인·구어의 발달 과정을 추적했기 때문에 '죽은 언어'를 연구 대상으로 했으나, 소쉬르는 동시대의 언어의 체계를 연구했기 때문에 그가 '죽은 언어'를 연구한 것이라고 공격할 수는 없다. 단지 소쉬르는 개개인의 언어 구사에 초점을 맞추지 않고 개개인의 언어활동의 총화(totalité)에 대한 고찰로부터 공통분모를 찾아내는 데 필요한 이론적 토대를 구축하고자 한 것이다.

세번째 문제를 보자. 말=단어는 은유와 환유적 사용을 통하여 다의성을 지니게 되고, 억양·표정을 비롯한 신체적 움직임도 의미를 생성하며, 맥락은 발화의 의미를 가늠하는 중요한 요소이다. 한마디로, 하나의 발화=언술은 그것을 구성하는 요소들이 개별적으로 내포하는 의미의 전체 합을 넘어서는 의미를 갖게 된다. 이러한 발화 내지 언술의 의미는 의미론과 화용론 차원에서 분석되기도 하지만, 그 분야는 담화 분석에 속한다. 담화 분석도 문학적인 담화 분석에서부

---

56) F. Saussure, 앞의 책, 117쪽, 140쪽.

터 일상적 담화 분석에 이르기까지 몇 가지 하위 범주로 나누어질 수 있다. 이에 대한 연구는 경험론적인 전통을 이어받은 영국의 분석철학자들——오스틴을 중심으로 하는——이 시작했다. 그는 발화를 화행(speech act)의 관점에서 언표적 행위(locutionary act), 언향적 행위(perlocutionary act), 언표 내적 행위(illocutionary act)로 구분했고, 후자는 발화가 행위를 수반하는 경우를 일컬었다.

프랑스 언어학자로서 담화 문제를 깊이 있게 연구한 인물은 벵베니스트였다. 메이예의 제자이면서 소쉬르의 영향을 받은 그는 언술과 언술 작용의 개념을 심화시켜 담화 분석의 토대로 삼았고, 언어와 사회 제도와의 관계, 의사소통의 문제로부터 문학적 이야기와 담화의 관계에 이르기까지 많은 연구 업적을 남겼다. 그는 기호적 방식(mode sémiotique)과 의미적 방식(mode sémantique)[57]을 구분하면서, 전자는 기호의 결합으로 이루어지는 문장 차원의 의미를 그리고 후자는 담화 차원의 의미를 가리킨다고 했다. 뿐만 아니라 바흐찐이 관심을 피력한 의사소통의 상호 주체성의 문제에 대해서도 처음으로 깊이 있는 분석을 제시했다.[58] 그러나 잊지 말아야 할 것은, 이와 같은 담화 분석의 지평을 처음으로 연 것이 소쉬르의 파롤 개념이고, 제네바 학파는 대화 분석으로 이름난 학파가 되었다는 점이다.

네번째 문제를 보자면, 소쉬르는 말 내지 단어와 이데올로기에 대하여 직접 언급한 적이 없고, "랑그가 사회적 산물"이라고 지적은 했지만 랑그와 사회의 관계에 대해서도 깊이 있게 언급한 적이 없음을 주지할 필요가 있겠다. 그러나 그가 제시한 어가(valeur) 개념은 이데올로기 및 사회와의 관계를 함의하고 있는 개념이다. 그는 영국에서 식용 양고기를 'mutton', 살아 있는 양을 'sheep'으로 나타내는 데 반하

---

57) E. Benveniste, *Problèmes de linguistique générale*, II(Gallimard, 1974), 64쪽.
58) *Problèmes de linguistique générale*, I(Gallimard, 1966), 260쪽.

여 프랑스에서는 그 두 가지 모두 'mouton'이라고 함을 지적한다. 비근한 예로, 우리말에는 '모', '벼', '쌀', '밥', '죽' 등의 용어가 있지만, 영어나 프랑스어, 기타 서양 언어에는 한 가지 용어, 곧 'rice' 혹은 'riz' 밖에 없음을 들 수 있다. 우리에게는 내리는 '눈'을 가리키는 용어가 별로 없으나, 에스키모인들은 조금 전에 내린 '눈'과 어제 내린 '눈', 지금 내리는 '눈' 등을 모두 다른 용어로 표현한다. 그것은 문화권에 따라서 용어 개념이 다르게 분절된다는 것을 나타낸다. 소쉬르는 문제가 복잡하기 때문에 추상명사를 예로 들지는 않았지만, 그의 어가 개념은 이데올로기와 관계 있는 어휘 기호들을 분석하는 데 유용하게 사용될 수 있다. 그러한 점에서 소쉬르에 대한 바흐찐의 공격은 재고되어야 할 여지가 다분히 있다.

3.2 개인주의적 주관주의

개인의 발화 산출 행위를 언어의 근본으로 그리고 개인 심리를 언어 현상의 원천으로 간주하는 개인주의적 주관주의의 대표자는 훔볼트(W. Humboldt)이다. 그에게 하나의 언어 현상을 설명하는 것은 개인의 창조적 행위로 환원되는 것을 의미하고, 언어는 다른 이데올로기적 현상, 특히 예술적 활동과 유사하다. 바흐찐은 개인주의적 주관주의의 경향을 네 가지 원칙으로 집약한다.

1. 언어란 활동이다. 즉, 개인의 발화 행위 속에서 실현된 창조의 부단한 과정(energeia)이다.
2. 언어 창조의 법칙은 개인 심리의 법칙이다.
3. 언어 창조 행위는 의미 있는 창조 행위이다. 이 점은 창조적인 예술과 유사하다.
4. 이미 만들어진 작품(ergon)으로서의 언어, 고정된 체계(어휘·문

법·음성학)로서의 언어는, 말하자면 언어 창조의 퇴적층, 즉 응결된 용암과 같은 것이다. 그것은 언어를 이미 만들어진 도구로서 실용적으로 가르치려는 목적 아래 언어학이 추상적으로 재구성한 것에 지나지 않는다.[59]

개인적 주관주의에 대한 견해는 소쉬르 이론에 대한 바흐찐의 비판이 훔볼트 이론에 대한 성찰과 관련이 있음을 보여준다. 그는 보슬러(Vosseler)를 중심으로 하는 학파가 훔볼트의 이론을 이어 발전시켰다고 보는데, 이 학파의 구성원 가운데는 보슬러 외에 스피처(L. Spitzer), 로르크(Lorck), 레르크(Lerch) 등이 있다. 보슬러의 견지에서, 언어 현상에 직접적으로 영향을 끼치는 물리적·정치적·경제적 요인 등은 언어학자와 직접 관련이 없는 사항들이며, 그에게 중요한 것은 주어진 언어 현상의 미적 의미뿐이다. 그러한 맥락에서 그는 "언어 사상이라는 것은 본질적으로 시적 사상이다. 언어적 진실은 예술적 진실이고 의미 있는 아름다움이다."[60]라고 말한다. 언어를 발화에 대한 개인적인 창조 행위로 보는 보슬러는 언어를 문체적으로 개성화하는 것만이 역사적이고 창조적인 생산성을 갖는다고 확신한다. 그렇기 때문에 그는 문법적인 문제 이전에 문체적인 사실이 있고 문체가 문법에 선행한다고 믿는다.

개인주의적 주관주의를 낭만주의와 결부시키는 바흐찐은 그것이 개인의 발화를 연구한다는 점에서는 호감을 가지고 있으나, 그 발화의 성격이 '독백적'이라는 점 때문에 비판적인 입장을 취하게 된다. 왜냐하면 독백적 발화는 개인 의식과 야망, 의도, 창조적 충동, 취향 등의 표현으로 귀착되고, 결국 그러한 관점에서는 표현이 언어 행위

---

59) 『언어철학』, 69쪽.

60) 보슬러, 『문법과 언어의 역사』, Logos, I, 1910, 170쪽. 『언어철학』, 71쪽에서 재인용.

의 가장 일반적인 범주가 되기 때문이다.[61] 바흐찐은 표현을 두 가지로 나누는데, 하나는 표현 가능한 내적인 것이며 다른 하나는 외적으로 객관화되는 것이다. 그런데 그는 기호에 의하여 구체화되는 것 이외의 경험을 인정하지 않고, 따라서 내적·외적 요소 사이의 근본적인 질적 차이라는 개념 자체를 부정한다. 왜냐하면 경험이 표현을 조직하는 것이 아니라 표현이 경험을 조직하며, 표현＝발화는 주어진 발화의 상황, 즉 인접한 사회적 관계와 상황에 의하여 결정되기 때문이다. 다시 말해서, 표현이 우리의 내적 세계에 수용되는 것이 아니라 우리의 내적 세계가 표현에 의하여 수용되는 것이며, 주어진 표현은 언제나 일정한 전망 속에서 형성되는 것인데, 그것은 표현이 이데올로기적이고 사회적인 성격을 띠게 된다는 말이다. 그렇기 때문에 표현을 담고 있는 발화의 내용이나 의미는 사회적 상호 작용의 산물이다. 그러니까, 개인주의적 주관주의가 개인의 발화에 대하여 언어의 실제적 현실을 이루고 창조적인 의의를 가진다고 본 점은 옳지만, 발화의 사회적 속성을 도외시하면서 발화를 내적 세계의 표현으로 보고 그것을 화자의 내적 세계로부터 추론해 내고자 한 것은 잘못되었다는 것이다. 또한 개인주의적 주관주의가 언어 형태와 이데올로기의 실천이 분리될 수 없다고 본 것은 옳지만, 그와 같은 이데올로기적인 실천을 개인의 심리 조건으로부터 이끌어내려고 한 것은 잘못이라는 것이다.[62]

이상의 개인주의적 주관주의에 대한 비판과 관련하여 세 가지 사항을 말할 수 있을 것이다. 첫째, 바흐찐의 방대한 지식과 새로운 언어학적 분야의 필요성에 대한 통찰력이다. 훔볼트, 보슬러, 스피처, 오토 디트리히(Otto Dietrich) 등을 모두 개인주의적 주관주의로 묶어야

---

61) 『언어철학』, 116쪽.
62) 같은 책, 129-130쪽 참조.

하는가에 대해서는 논란의 여지가 있으나, 그들의 이론을 모두 섭렵하고 그에 대하여 일목요연하게 자신의 견해를 밝힌다는 것은 언어학자에게도 용이한 작업이 아니다. 더군다나 1960년 이후에야 활성화되는 대화 분석[63]에 대한 이론적인 문제점들을 제시한 것은 상당히 높이 평가되어야 한다. 둘째, 그러나 훔볼트 이론의 기초가 되는 언어 구조와 국민 정신(national mentality) 간의 관계에 대한 언급이 없는 것은 상당히 아쉬운 부분이다. 그는 언어를 "특정 국민의 정신이 구체적으로 발현된 것(a specific emanation of the spirit of a particular nation)"으로 보면서, 그것을 "세계관(Weltanschauung)을 나타내는 내면 형식의 외부적 표현"이라고 했는데, 그러한 부분에 대한 설명이 전혀 없다.[64] 셋째, 보슬러의 언어관이나 스피처의 표현 중심의 문제론과 관련된 이론은 순수 언어학적 상호 작용의 차원에서 논의하기보다 문학 텍스트 분석에 적용되어야 적합하다고 생각된다.

두 가지 언어학적 경향에 대한 비판을 통하여 바흐찐은 자신의 견해를 다음과 같이 정리한다.

1. 언어의 추상적인 체계를 규명하는 것이 언어학의 바람직한 목표가 아닌 것과 마찬가지로, 발화를 독립적이고 독백적인 성격으로 보는 관점 역시 올바른 관점이 아니다. 왜냐하면 언어의 기본적인 실재는 언어의 상호 작용에 있기 때문이다.

2. 아무리 완전한 발화라고 하더라도 그것은 의사소통의 지속적인 과정에서는 한순간에 불과하다. 마찬가지로, 개인 간의 의사소통 역시 주어진 사회집단의 지속적이고 생성적인 과정 속에서는 한순간에 불과하다. 다시 말해서, 구체적인 언어적 상호 작용은 언어 외적인 상황과

---

63) O. Ducrot & J. M. Schaeffer, *Nouveau Dictionnaire Encyclopédique des Sciences du Langage*(Seuil, 1995), 134-139쪽 참조.

64) W. Humboldt, *Über den Dualis*, 1827, Œuvres Complètes(Berlin, 1907), t. VI, 23쪽. O. Ducrot & J. M. Schaeffer, 앞의 책, 642쪽에서 재인용.

연계되어 의미를 부여받을 수 있다.

　3. 언어가 생명을 얻고 역사적으로 진화하는 곳은 추상적인 언어학적 체계나 화자의 개인적인 심리 속이 아니라 구체적인 언어적 의사소통 속에서이다.

　4. 언어의 창조성은 예술적 창조성이나 특별화된 이데올로기적 창조성의 유형들과는 일치하지 않는다. 그러나 그와 동시에 언어의 창조성은 그것을 구성하는 이데올로기적인 의미나 가치와 분리되어서는 이해될 수 없다.

　5. 발화의 구조는 순수하게 사회학적인 구조이다. 발화는 화자와 청자 사이에서 얻어진다.

　6. 언어의 생성 과정은 다음과 같은 순서를 밟는다.

　　(i) 토대로부터 유래되는 사회적 상호 관계 속에서 언어적 의사소통과 상호 작용이 생성된다.

　　(ii) 의사소통과 상호 작용으로부터 개인적 화행의 형태들이 생성된다.

　　(iii) 이러한 생성 과정은 언어 형태들의 변화 속에 반영된다.

　7. 언어 연구의 순서는 다음과 같이 진행되어야 한다.

　　(i) 구체적 상황들과 연결된 언어적 상호 작용의 형태와 유형들.

　　(ii) 밀접하게 연관된 상호 작용의 요소로서의 개개의 발화와 개개의 화행의 형태들, 즉 인간의 행위와 이데올로기적 창조성 속에서 언어적 상호 작용에 의하여 규정되는 화행의 장르들.

　　(iii) 이러한 새로운 기반 위에서 일반 언어학적 현상으로 출현하는 언어 형태들에 대한 재검토가 이루어져야 한다.[65]

3.3 소통언어학(translinguistique)

추상적 객관주의 언어학과 개인적 주관주의 언어학에 대한 바흐찐

---

65) 『언어철학』, 131-136쪽 참조.

의 비판적 고찰은 그가 생각하는 언어학적인 개념이 어떤 성격인가를 분명하게 보여준다. 이를 다음의 다섯 가지로 집약해 볼 수 있겠다.

첫째, 언어학은 구체적 언어 행위의 결과로 드러나는 발화에 초점을 맞추어야 한다. 둘째, 언어는 상호 교환을 위하여 존재하는 것이고, 따라서 발화는 언어의 상호 작용, 즉 의사소통 과정에서 이루어진다. 셋째, 구체적인 언어의 상호 작용 속에서 다양하게 해석될 수 있는 발화는 맥락 속에서 올바르게 이해될 수 있다. 넷째, 맥락은 대화의 흐름과 함께 발화가 이루어지는 상황 그리고 언어 외적인 상황을 모두 포함한다. 다섯째, 그렇기 때문에 발화는 개인의 언어 행위이면서 그것이 이루어지는 사회적·역사적 상황과 밀접한 관계가 있다.

이러한 사항들을 고려하여 바흐찐이 생각한 것이 소통언어학 개념이다. 바흐찐의 소통언어학의 문제를 제기한 것은 토도로프이다. 바흐찐은 언어에 대한 연구 방향에 통상적인 언어학적 방향과 메타언어학적 방향이 있다고 생각했는데, 토도로프가 그것을 'translinguistique'으로 번역했고,[66] 그 번역이 다른 언어로 옮겨지게 되었다. 그리스어 어원의 접두사 'meta'는 다양한 의미를 지닌다. 그것은 '~의 가운데', '~을 향하여', '~의 뒤를 이어', '공동의 행동', '시간적 후속', '변화', '초월', '인접·유사 관계' 등을 의미한다. 그에 비하여 'trans'는 '~을 넘어서', '경과', '변화' 등을 의미한다. 바흐찐이 생각한 것이 통상적인 언어학을 '넘어서' 발화를 중심으로 하는 의사소통 현상을 연구하는 언어학이라고 할 때, 'meta-linguistic'에도 그러한 의미가 있기는 하지만, 그럴 경우 그것은 "메타언어를 토대로 언어 체계 또는 언어와 문화 체계 간의 연관성 등을 연구하는 언어학의 거시적 분야"와 혼동될 수 있으므로 'translinguistique'라고 번역한 것 같다.[67]

---

66) T. Todorov, 앞의 책, 42쪽.

토도로프는 소통언어학에 대한 바흐찐의 생각이 분명하다고 생각하지는 않는다. 왜냐하면 바흐찐이 『언어철학』을 집필하던 시기에는 소통언어학이 언어학을 대체해야 한다고 적극성을 보이기도 했지만, 아울러 그 두 가지 언어학이 각기 다른 목표와 타당성을 가졌다고 생각했기 때문이다. 또한 바흐찐은 통사론·형태론·어휘론 등의 분야가 언어 형식과 내용을 추상적으로 연구하는 언어학에서 필요한 분야라고 긍정적으로 보았다.[68] 토도로프는 소통언어학이 오늘날의 개념으로는 화용론(pragmatique)과 가깝다고 하면서, 바흐찐이 남긴 유고집에는 「소통언어학 연구」라는 묶음이 있다고 소개한다.[69] 중요한 것은, 바흐찐이 소통언어학에 대한 생각을 하게 된 것은 물론 기존의 언어학에 대한 비판 과정에서 그러한 필요를 통감했기 때문이기도 하지만, 바흐찐 자신이 그 분야를 언어적으로 연구할 계획이나 시도는 하지 않았으며 대신 그 문제를 문학 텍스트 연구와 연결시켰다는 사실이다. 필자는 이 책의 다음 장에서, 소통언어학이 도스토예프스키나 라블레 등의 텍스트 연구에 지평을 여는 개념이라고 보고, 1단계로 그것이 도스토예프스키 연구에서 어떻게 제시되는가를 살펴보고 2단계로 문학 텍스트에서 발화의 문제를 논의한 뒤, 대화성을 중심으로 하는 도스토예프스키 텍스트의 구체적인 분석을 통하여 그 개념이 갖게 될 외연을 고찰하고자 한다.

그는 『도스토예프스키의 시학』의 제5장 「도스토예프스키의 단어」에서 추상적인 언어 체계를 연구하는 언어학과 '구체적이고 생동하는 언어'를 연구하는 소통언어학을 구분한다. 소통언어학의 영역이 분명하게 설정되지는 않았으나, 바흐찐은 "언어학의 틀을 벗어나는 단어[70]

---

67) 우리말로는 '초언어학'(김욱동) 혹은 '통언어학'이라고 번역되기도 하지만, 필자는 그것이 의사소통과 관련된다는 점에서 '소통언어학'이라고 번역한다.

68) T. Todorov, 앞의 책, 43쪽.

69) 같은 책, 16쪽.

의 다양한 양상을 연구하는 분야"[71]라고 정의한다. 바흐찐은 소통언어학이 언어학의 연구 성과를 활용해야 하며 그 두 분야는 각각 다른 독립성을 가지고 있고 상호 보완되어야 하지만 하나로 통합될 수는 없다고 말한다. 또 실제적으로 그 경계를 명확히 구분하기가 어렵다고 실토한다. 그러나 말을 분석하는 경우에는 뚜렷한 차이가 생긴다. "순수 언어학적 관점에서는 인문 분야에서 말에 대한 독백적 구사와 다성적 구사 사이에 아무런 뚜렷한 차이가 없다.…… 중요한 것은 순수한 언어학적 기준에 의하여 포착할 수 있는 개인어나 사회어를 찾아내는 것이 아니라, 한 작품 안에서 서로 대립적이고 나란히 놓여 있는 말들을 포용하고 있는 대화적 관점이다. 그러한 문제에 대하여 언어학적인 기준은 아무런 효과를 발휘하지 못한다.…… 대화적 관계(화자와 자신의 말과의 관계를 포함하는)는 소통언어학의 대상이 된다."[72]

그러니까 소통언어학의 핵심은 발화와 발화가 형성하는 대화적 관계를 연구하는 데 있다. 물론 언어학은 랑그의 차원에서 발화의 통사론적·어휘-의미론적 특성에 대하여 정확히 분석할 수 있다. 그러나 그것은 대화적 관계에 대한 분석을 대신할 수 없다. 대화적 관계는 단순한 논리적 관계나 객관적 의미 작용의 관계로 환원될 수 없다. 가령 "인생은 아름답다."와 "인생은 아름답지 않다."고 하는 두 개의 발화가 있다고 하자. 그 두 가지 견해 사이에는 후자가 전자의 부정이라는 논리적 관계가 있다. 그러나 그러한 논리적 관계가 대화적 관계는 아니다. 그 두 견해는 하나의 대화적 관계 속에 들어가야만 대

---

70) 러시아어로는 같은 용어가 '단어', '발화', '말'의 의미로 쓰이는데, 프랑스어 번역에서는 모두 'mot', 즉 '단어'로 번역했다. 보다 포괄적인 개념으로 이해되는 것이 바람직하다.

71) M. Bakhtine, trans. I. Kolitcheff, *Poétique de Dostoïevski*(Seuil, 1970), 252쪽.

72) 바흐찐, 앞의 책, 252-253쪽.

화적 관계를 형성할 수 있다. 동일한 주체의 텍스트 속에서 하나가
명제가 되고 다른 하나가 반명제가 되어 주체의 독특한 변증법적인
입장을 표명하는 데 쓰인다고 할 경우, 그것은 대화적 관계가 아니
다. 대화적 관계란 상이한 견해가 상이한 주체에 의하여 두 개의 상
이한 발화 속에 담겨져 하나의 발화에 대한 반응으로 이루어질 때 형
성된다.[73)]

　소통언어학이란 결국 대화적 관계를 연구하는 것이고, 대화적 관계
는 하나의 발화가 다른 발화와 필연적으로 갖게 되는 관계를 통하여
형성된다. 따라서 소통언어학과 대화 관계를 이해하기 위해서는 우선
발화의 속성에 대하여 알아보아야 한다. 한 가지 유의할 사항은, 바흐
찐이 언급하는 발화는 일상적인 발화를 의미하는 것이 아니라 문학
텍스트 속에서 이루어지는 주인공들의 대화를 통한 발화를 의미한다
는 사실이다.

3.4 발화의 유형

　바흐찐 언어관의 핵심은 발화[74)]에 있다. "발화는 (1) 현동화된
(actualisé) 언어적 표현부분, (2) 묵시적으로 암시된 부분으로 이루어
진다.[75)] 묵시적으로 된 부분에는 우선 언어 외적인 맥락이 있고, 대화
자들에게 공통적인 공간적 지평(예컨대 '방', '광장' 등 가시적 단위
체), 상황에 대한 공동 인식과 이해, 그리고 상황에 대한 공통적 평가
등이 있다."[76)]

---

73) 같은 책, 254-255쪽.

74) 'énoncé'는 일상적인 대화 상황이나 문학 텍스트의 대화 상황에서는 '발화'
　　로, 그리고 텍스트를 구성하는 단위로서는 '언술'로 번역한다. 'énonciation'은
　　마찬가지로 '발화 작용' 또는 '언술 작용'으로 번역한다.

75) 바흐찐, 앞의 책, 301쪽.

『삶의 담화와 시의 담화』(1926)를 발표한 뒤 바흐찐은 발화 작용의 맥락과 관련하여, (2)의 상황에 대한 공동 인식과 이해에 대한 부분을 삭제하고, 그 대신 (1)의 공동 지평 부분을 ① 시공간적 좌표, ② 지시 대상물로 나누어, ①은 발화 작용의 차원에서의 '언제'·'어디서'의 문제를 다루고 ②에서는 화자들 간의 논의의 대상이 되는 지시 대상물이나 주제와 그에 대한 화자들의 보고를 포함한다고 수정한다.[77]

바흐찐은 특히 도스토예프스키 작품 속의 발화에 초점을 맞추어, 크게 (1) 대상을 향한 화자의 직접적인 발화, (2) 작중 인물에 의하여 객관화된 발화, (3) 타인의 발화를 향한 이중적 발화로 나눈다.[78] 대상을 향한 화자의 직접적인 발화에 대해서는 별다른 설명이 필요없고, 작중 인물에 의하여 객관화된 발화는 사회학적 특성이 부각된 발화와 개인의 성격적 특성이 부각된 발화로 나뉜다. 그리고 타인의 발화를 향한 이중적 발화는 다시 세 가지로 세분된다.

첫째, 이중 목소리의 '수렴적(convergent)' 발화가 있다. 본래 두 가지 목소리에 의한 발화이지만 양식화에 의하여 한 가지 목소리를 다른 목소리와 일치시키는 경우로서, 이야기 속의 서술자에 의한 이야기와 저자의 의도를 대변하는 객관화되지 않은 발화를 말한다. 그래서 제1인칭 소설 등은 대상을 향한 화자의 직접적인 발화와 비슷한 발화가 되고만다.

둘째, 이중 목소리의 '이산적(divergent)' 발화가 있다. 다양한 패러디의 도입에 의하여 두 가지 목소리가 노출되는 경우를 말한다.

셋째, 타인의 발화를 감안한 발화가 있다. 타인의 발화에 은근히 대응하거나 상대방을 누르기 위하여 자신의 이야기를 하는 경우를 말한다. 여기에는 상대방의 눈치를 보아가며 일어나는 상대방을 향한 발

---

76) 같은 책, 190쪽.

77) 같은 책, 69쪽.

78) trans. I. Kolitcheff, *La Poétique de Dostoïevski*(Seuil, 1970), 255-274쪽.

화나 대꾸, 은근한 대응 등이 속한다.

바흐찐이 정리한 것을 다시 옮겨 보면 다음과 같다.

    (1) 대상을 향한 직접적 발화

    (2) 작중 인물의 객관화된 발화

        ① 사회학적 특성이 부각된 발화

        ② 개인의 성격적 특성이 부각된 발화

    (3) 타인의 발화를 향한 이중적 발화

    (보충) 발화의 유형

    A. 이중 목소리의 수렴적 발화

        ① 문체화(stylisation)에 의한 발화

        ② 서술자의 이야기

        ③ 작중 인물이 저자의 의도를 표출하는 비객관화된 발화

        ④ 제1인칭 서술에 의한 발화

    B. 이중 목소리의 이산적 발화

        ① 다양한 뉘앙스의 패러디

        ② 패러디적인 이야기

        ③ 패러디적인 제1인칭 발화에 의한 발화

        ④ 패러디화된 작중 인물의 발화

        ⑤ 말투를 변화시킨 타인 발화의 중계

    C. 타인의 발화를 고려한 능동적 발화

        ① 의도를 감춘 논쟁적 발화

        ② 논쟁적 색채를 띤 자서전적 또는 고백적 발화

        ③ 눈치를 살피면서 타인의 발화에 대응하는 발화

        ④ 대화에 대한 대꾸

        ⑤ 은근한 대화[79]

---

79) 같은 책, 274-275쪽.

이처럼 바흐찐이 작성한 발화의 유형은 특히 도스토예프스키 소설 속 주인공들의 일상적인 대화에서 논쟁에 이르기까지 다양한 발화의 형태를 참고로 하여 치밀하게 작성한 것이다. 그러나 실제 상황에서 어느 주인공이 한 가지 유형의 발화만을 구사하는 것은 아니다. 말하는 도중 한 가지 유형에서 다른 유형의 발화로 바뀌어가는 경우가 더 많다. 그리고 바흐찐이 작성한 목록은 일반 문학 텍스트와 대인 관계에서의 심리적인 이해에도 도움이 된다.

의미에 대한 바흐찐의 관점 역시 독특한 면이 있다. 크게 보아서 바흐찐은 랑그의 의미 작용과 담화의 의미 작용을 구분한다. 그는 전자를 단순히 '의미 작용(signification)'이라 부르고 후자를 '테마(thème)'라고 한다. 그러한 구분 자체가 독창적이라고 하기는 어렵지만, 후자, 즉 테마에 대한 개념은 주목할 만하다. 의미 작용이란 사전에 의한 것으로서, "반복적이고 자기동일적(identique)"[80]이며 의미의 잠재성(potentialité)을 지닌다. 바흐찐이 말하는 테마란 사전이 언어적 형식으로 구성된 문장에 부여하는 기본 의미, 즉 의미 작용과 발화 작용에 의한 문맥 의미의 결합으로서, 바흐찐은 "구체적 역사 상황의 표현"[81]이라고 부른다. "역사적 상황"이란 일차적으로는 '구체적'이라는 형용사가 암시하는 것과 같이 개인적인 상황과 관계되지만, 이차적으로는 모든 개인적 상황은 보다 넓은 사회적 상황, 나아가서는 이데올로기적 상황으로 이어진다. 바흐찐은 그러한 테마를 포함하여 발화의 총체적인 의미를 다시 '가치(valeurs)'라고 명명한다. 그는 비록 테마와 가치의 개념에 대해서 자세히 논의하지는 않았지만, 테마가 포용하지 못하는 의미론적 요소가 있다고 판단하여 보다 넓은 가치의 개념을 설정한 것 같다.

---

80) T. Todorov, 앞의 책, 72쪽.
81) 같은 책, 73쪽.

이와 같이 기본적인 언어 형식과 구체적이고 개인적인 발화를 구분하고 의미 면에서 사전적 의미 작용과 테마와 가치의 개념을 도입한 것은 벵베니스트의 기호적 방식(le sémiotique)과 의미적 방식(le sémantique)의 구분과 유사한 점이 있다.[82] 단지 바흐찐의 경우 특이한 점은, 그가 이미 1920년대 중반에 그러한 이론을 제시했다는 점, 전문 언어학자가 아니면서 언어학과 문학을 관계짓는 연구를 했다는 점, 그리고 의미 연구를 기호나 문장이 아니고 소쉬르가 포기한 파롤 개념과 가까운 발화로부터 시작했다는 점이다.

무엇보다 주목할 만한 사실은 발화의 구성 요소, 즉 가치 개념 속에 몸짓(le geste)과 '목소리(la voix)'를 포함하고 있다는 사실이다. 발화와 동시에 실현되는 몸짓과 목소리가 발화의 의미를 구성한다고 하는 점은 우리가 일상생활의 의사소통을 통하여 활용하고 인지하고 있는 사실이다. "잘한다!", "좋다, 좋아", "웬일이야" 등의 일상적 표현들은, 상황과 문맥도 중요하지만, 표정과 억양 내지 어조에 따라 긍정적인 의미를 담기도 하고 반대로 부정적인 의미를 나타내기도 하며 복합적이고 모호한 뜻을 드러내기도 한다. 한국인 내지 동양인의 언어 생활에서는 전통적으로 몸짓이 별로 중요하지 않으나 억양의 중요성은 보편적이라고 할 수 있다. 억양을 비롯한 음성·음향학적인 연구의 중요성을 제시한 것은 러시아의 시를 분석한 형식주의 언어학자들이고 바흐찐이 그러한 연구에서 시사받은 바가 있다고 추정되기는 하지만, 그 스스로 명확하게 밝힌 바는 없는 것 같다.

목소리와 관련된 요소 가운데 일차적으로 주목하는 것이 억양(intonation)이다. 그는 억양——크게 보아 소리——은 언어적인 것과 비언어적인 것의 경계에 있다고 본다. 억양은 담화가 삶과 직접 접합되는 요소로서 화자가 청자와 접촉을 이루는 것도 억양을 통해서라는

---

82) 서정철, 『기호에서 텍스트로』(민음사, 1998), 198-202쪽 참조.

사실을 지적한다.[83] 화자와 청자라는 관점에서 볼 때 억양은 사회적 의미를 함의하게 된다. '사회적'이라는 표현 자체도 복합적인 의미를 내포한다. 우선 발화가 특정 시공간 속의 특정 상황하에서 최소한 두 사람 사이에 이루어진다는 면에서는 사회적이라고 할 수 있다. 그러나 화자와 청자 역할을 하는 두 사람의 관계가 수직적 상하 관계 또는 대등한 수평적 관계를 지닌다는 점에서도 사회적 의미를 품고 있다. 이러한 사항들은 문학 텍스트에서도 문맥 상황, 문장이나 발화의 문체론적 특징, 어휘의 선택 등을 통하여 드러나게 된다. 바흐찐은 도스토예프스키에 대한 1차 연구에서부터 그러한 문제에 대하여 언급하고 있다.[84]

문학 텍스트 속에 포함되는 발화는 화자·저자의 이미지를 투영하게 되고, 그 결과 우리는 발화와 그 저자를 동일시하게 된다. 그러나 바흐찐의 입장으로는 설사 자서전을 쓴 저자의 경우도 자서전을 쓰는 '나'와 자서전 속에서 '나'라고 하는 '나'는 구분되어야 한다는 것이다. 이러한 문제는 1960년대에 이르러 벵베니스트, 바르트, 푸코, 주네트 등이 언어학, 문학, 인문과학 등의 테두리에서 활발하게 논의하게 된 문제이다. 바흐찐은 그 두 가지를 구분하면서 발화 속의 "나"는 홀로 존재할 수 없고, 그것을 듣고 함께 나누는 대상인 또 다른 "나"와의 관계를 통해서만 존재할 수 있다는 주장고 함께 자신의 의사소통 모델을 제시한다.

참고로 바흐찐의 모델[85]과 유사한 야콥슨은 의사소통모형[86]을 동시에 보자.

---

83) T. Todorov, 앞의 책, 74쪽.

84) 같은 책, 77쪽.

85) 같은 책, 86쪽.

86) R. Jakobson, *Essais de linguistique générale* I(Minuit, 1963), 213쪽.

바흐찐			야콥슨		
	대상			문맥	
화자	발화	청자	발신자	메시지	수신자
	상호텍스트			접촉	
	랑그			코드	

우선 야콥슨의 발신자-수신자에 비하여 바흐찐의 화자-청자 개념은 서로 상호적 관계가 있는 대화에서 출발한다. 야콥슨은 '접촉'을 별도로 설정하지만, 바흐찐은 화자와 청자가 주고받는 발화는 이미 접촉을 전제로 한 것이고 '상호 텍스트' 개념이 그러한 접촉을 강화시킨다고 보기 때문에 그러한 사항을 별도로 지정할 필요를 느끼지 않은 것 같다. 토도로프에 의하면 두 모델의 차이는 한쪽에서 발화와 랑그를 거론하는 데 비하여 다른 쪽에서는 마치 전신국을 통하여 보내고 받는 전보처럼 전언 내용을 특정 코드로 제시한다는 데 있다.[87] 그러니까 야콥슨은 의사소통을 특정 코드에 의한 기계적인 주고받기로 보는 데 비하여 바흐찐은 의사소통이 사회적으로 통용되는 랑그를 통하여 이루어진다고 보는 것이다. 주목할 사항은 바흐찐이 야콥슨보다 훨씬 이전에 자신의 모델을 제시했고, 그 동기가 러시아 형식주의자들의 언어관을 비판하는 일환으로 이루어졌다는 사실이다. 가장 큰 차이는 그가 소통언어학이라고 부르게 될 대화주의적 관점에서 그러한 도식을 작성했다는 점이다.

소통언어학의 대상이 되는 대화적 발화는 복수적 발화를 전제로 하지만, 대화 상대가 타인이 아닌 경우도 있다. 예를 들면 화자와 그의 파롤과의 관계로 대화적 관계가 될 수 있고, 의식의 내면 속에서 두 개의 자아가 이루는 '내적 담화(discours intérieur)'도 대화적 관계

---

87) Todorov, 앞의 책, 87쪽.

를 형성하고 저자와 그의 작품의 주인공도 대화적 관계를 이룰 수 있다.[88] 이렇게 보면 발화되지 않는 발화, 글로 쓰이지 않은 발화까지도 대화적 관계와 상호 텍스트를 만들 수 있다고 할 수 있기 때문에 혼란을 야기할 수도 있다. 그러나 발화 작용이 복수적 화자에 의하여 이루어지면서 발화되거나 발화되지 않고 생각 속에 있는 발화에도 복수적 화자의 흔적이 남아 있으며, 발화가 상대방을 향하여 생각되거나 발화된다면 대화적 관계와 상호 텍스트성이 형성될 수 있다. 말하자면 우리의 내면 속에서도 두 개의 상반되는 의식이 서로를 향하여 발화 작용을 펼친다면 복수적 화자의 상황이 충족된다는 것이다. 이러한 현상은 문학 텍스트를 쓰는 저자와 주인공 내지 작중 인물 사이의 관계에서도 마찬가지이다. 만약 주인공이 저자의 생각을 그대로 대변한다면 복수적 화자가 될 수 없다.

대화적 관계와 상호 텍스트의 개념이 많이 적용되는 장르는 소설이다. 소설의 성격이 대부분 복수적 화자의 주인공을 등장시키기 때문이다. 그러나 도스토예프스키, 톨스토이 등 다른 작가들의 경우를 통해서 살펴보면 차이를 이해할 수 있는 것처럼, 소설의 주인공들이 결코 모두 자동적으로 복수적 화자는 아닌 것이다. 그리고 소설이 대화적 관계나 상호 텍스트 개념의 수용에 가장 적합한 것이 사실이지만, 그러한 형식이 소설에서만 가능한 것은 아니다. 바흐찐은 "시인은 유일하고도 유니크한 관념의 언어에 의하여 규정된다. 그 언어는 독백 속에 밀폐된 발화로 이루어진다.…… 단일한 언어, 유일한 조망뿐이고 다양한 언어의 사회적 맥락은 없다", "시인은 결코 타인의 언어에 의존하지 않는다"라고 말한다. 하지만 시에 대한 바흐찐의 생각이 언제나 옳은 것은 아니다. 가령 중세 말의 프랑수아 비용(François Villon)의 「정신과 육신의 논쟁(le Débat entre le cœur et le corps)」은

---

88) J. Peytard, 앞의 책, 68-69쪽.

그 좋은 예이다.

LE DÉBAT DU CŒUR ET DU CORPS DE VILLON

I

Qu'est-ce que j'ois?

    – Ce suis-je.

        – Qui?

            – Ton cœur

Qui ne tient mais qu'à ung petit filet.

Force n'ay plus, substance ne liqueur,

Quand je te voy retraict ainci seulet,

Com povre chien tappy en reculet.

– Pour quoy est-ce?

    – Pour ta folle plaisance.

– Laisse m'en paix!

    – Pour Quoy?

        – J'y penseray.

– Quand sera-ce?

    – Quand seray hors d'enfance.

– Plus ne t'en dis.

    – Et je m'en passeray.

II

– Que penses-tu?

    – Estre homme de valeur.

– Tu as trente ans.

    – C'est l'age d'un mulet.

비용의 정신과 육체의 논쟁

I

누가 말하지?
              ― 나라구
                      ― 누구?
                              ― 너의 정신,
겨우 연명하고 있는
기죽은 불쌍한 개처럼
혼자 쭈구려 구석에 앉아 있는 것을 보면
기운이 쭉 빠지고 피골이 바짝 마른다구.
― 그건 왜?
              ― 모든 게 미친 듯이 즐겨댄 때문이지
― 그냥 놔두라고!
              ―어째서?
                      ― 내가 알아서 할 테니
― 어느 세월에?
              ― 나이 먹어 철들면
― 입 다물어야겠군
              ― 말할 필요도 없다구

II

― 무슨 생각해?
              ― 가치 있는 인간 되는 거
― 네 나이 서른이라구
              ― 노새만큼 살았다구 할까

비용의 시에서 '정신'은 내적 자아 내지 양심을 대변하고 있고 '육신'은 현실의 자아, 일상의 자아를 대표하고 있다. 전자는 이상주의적 삶을 갈망하고, 후자는 안이하고 타협적이며 육체에 대한 온갖 유혹에 쉽사리 빠져든다. 일상의 삶을 주도하는 육신에 대하여 정신의 자아는 불만과 비판을 토로하게 되고, 그에 대하여 육신의 자아는 불가피성을 앞세워 합리화하고자 한다. 이러한 두 개의 자아는 모든 인간에게 정도의 차이는 있지만 실제로 존재한다고 하겠고, 비용은 자신의 체험을 토대로 그 두 자아 사이의 대립을 실감 있게 묘사한 것이다. 그렇다면 비용의 시는 바흐찐의 이론과 대치되는가? 그 두 자아의 발화는 각기 상대방을 항하야 발화되었고 각기 화자와 청자의 역할을 바꾸어가며 대응적인 대화를 나누고 있으며, 그 두 자아가 저자-시인의 직접적인 통제를 받지 않고 자율적인 관점을 유지하고 있다는 점에서 바흐찐의 대화 이론에 부응한다고 할 수 있다. 단지 바흐찐이 비용의 시를 생각하지 못했을 뿐이고 소설과 시에 대한 그의 이론이 일반성이 없다고 할 수는 없다. 비용의 시는 바흐찐의 내면적 대화에 대한 언급을 정당화시켜 주는 좋은 예라고 하겠다.

3.5 이질어(異質語)와 언어적 차별성

인간과 관련된 현상에서 '단일'이나 '유일'은 신화적 차원에서나 거론될 수 있고 인위적인 체제에서 일시적으로나 가능한 현상이다. 같은 뿌리의 나무가 다양한 가지로 분화되는 것과 마찬가지로 동질적인 요소는 시간과 함께 이질적인 요소로 이행하게 된다. 물론 그러한 과정에서 이질적인 것을 동질적인 것으로 동화시키고자 하는 시도도 나타나게 된다. 그러나 대개 그러한 시도에는 한계가 있다는 것을 확인하게 된다. 바흐찐은 언어적인 측면에서 그와 유사한 현상을 찾아본다. 원심적 언어는 중심에서 벗어나 분화되는 양상의 언어를, 그리고 구심적 언어는 다양한 언어적 요소들이 단일어의 축으로 수렴시키는 언어를 지칭한다. 바흐찐은 『소설적 담화의 선사시대 이후』(1940)에서 그러한 문제에 대하여 역사적으로 고찰하고 있다.

고대 그리스인들은 자기들 언어만이 문명어이고 다른 민족들의 언어는 '브르브르' 하는 소리를 내는 'barbare', 즉 미개한 언어라고 믿었다. 또한 자기들 언어는 동질적이어서 이질적인 요소가 없고, 단어는 하나의 의미를 지니며 한 가지 지시 대상만을 지칭하는 기능을 가졌다고 생각했다. 고대 그리스 호메로스의 작품이나 아리스토텔레스의 『시학』을 비롯한 저서들, 로마 시대의 시인 호라티우스의 작품들, 그리고 17세기 프랑스 고전주의 스대의 시인이며 비평가인 부알로의 글 등은 중앙집권 하의 자기 언어 문화 우월주의를 바탕으로 동질적이고 구심적인 언어관을 보여주는 작품들이다.

그에 비하여 그리스어의 우월성과 로마가 정복한 넓은 지역의 다양한 언어 문화의 존재를 의식한 로마 작가들은 라틴어에 대하여 상대적 의미를 부여했다. 로마 라틴어와 문학이 그리스의 문학적 전통으로부터 여러 가지 영향을 받았고, 그와 마찬가지로 언어·문학이 덜 발달한 지역에 영향을 끼치지만, 그들 나라들은 역시 로마의 영향을 받으면서 각기 나름대로 독자적인 언어·문화를 형성해간다는 사실을 알고 있었다.

그러한 현상은 언어 상호 간에서만 일어나는 것이 아니라 한 언어 문화권에서도 일어난다는 사실을 바흐찐은 잘 알고 있었다. 그리하여 바흐찐은 언어들의 차이와 다양성을 나타내는 용어를 러시아어로 'raznojazychie' heteroglossia(이질어[異質語])라고 하고, 한 언어의 담화 차원에서 일어나는 차이와 다양성을 'raznorechie' heterology(언어적 차별성)라고 한다. 그 밖에 목소리의 차이에 의한 'raznogolosie' heterophony(이성[異聲])가 있다.[89] 담화와 문학 텍스트에서 주로 거론되는 것은 언어적 차별성의 문제이다.

화자와 청자가 대화에서 주고받은 발화는 화자와 청자의 직업, 세대와 연령, 출신 성분, 대화 주제, 상호 친밀도, 텍스트의 성격 등에 따라 쓰이는 어휘와 문장 구문 등이 달라질 수밖에 없다. 가령 우리말의 예로 '친구'를 쓸 때, 옛날 시조에서라면 '벗'이 되겠고, 한문 텍스트라면 '붕우(朋友)'를 쓸 것이고, 북한에서 쓴다면 '동무', 함께 공부한 사이면 '동학', 상말로는 '똥패' 또는 '패거리', 아주 어릴 때부터 친한 사이는 '빨가둥이 친구' 또는 '불알 친구'라고 할 수 있다. 문맥이나 경우에 따라 의미는 같으면서 어가(valeur)가 다른 단어를 써야 하고 언제나 같은 표현을 쓸 수는 없다. 바흐찐은 담화 장르, 직업, 사회 계층, 연령 등 다섯 가지 유형의 차별화를 언급하고 있으나,[90] 그것은 일반적인 고찰의 경우이고 더 세분화된 차별화가 있을 수 있다.

이러한 어휘와 발화의 차별화의 문제는 『소설에서의 담화』(1934-1935)에서 연구된 것으로 일차적으로는 소설의 연구와 관련되지만, 그 문제는 문학 텍스트와 의사소통에서 필수적으로 대두되는 문제이다. 바흐찐은 특히 소쉬르의 언어학에서 그러한 문제가 구체적으로 거론되지 않았음을 지적한다. "소쉬르는 랑그의 형식 너머에 그 형식들의 결합 형식의 문제로 존재한다는 사실을 간과했다. 말하자면 그는 담화적 장르를 무시했던 것이다."[91] 하지만 소쉬르의 『일반언어학 강의』에 담화에 대한 언급이 없다고 해서 소쉬르가 그에 대한 생각이 없었다고 단정할 수는 없다. 왜냐하면 화자와 청자 간의 대화의 도식을 구체적으로 제시한 것도 소쉬르이고, 랑그-파롤을 구분한 것도 그였기 때문이다.[92] 그러나 파롤의 연구를 랑그에 대한 여구 뒤로 미루었던 것은 파롤을 랑그로부터 도출하고자 한 것이 아닌가 하는 의구심을 갖게

---

89) T. Todorov, 앞의 책, 89쪽.

90) 같은 책, 같은 쪽.

91) 같은 책, 90쪽에서 재인용.

92) F. Saussure, *Couirs de linguistique générale*(Payot, 1972), 27-28쪽.

한다. 그리고 랑그와 파롤 사이에 어떤 단계를 설정하지 않은 것은 양자의 관계를 유기적으로 연결시켜줄 수 있고, 담화의 유형을 토대로 하는 중간 단계를 고려하지 않았기 때문이 아닌가 생각된다.

바흐찐은 담화와 의사소통의 일반 유형학을 시도했다. 그는 문학 예술의 담화 이외에도 다양한 생산 현장의 담화, 비즈니스 담화, 친교적 담화, 이데올로기적 담화 등을 구분하고 있다. 이데올로기적 담화에는 각종 선전물, 학문, 철학 등에 관련된 분야를 포함시킨다.[93] 이러한 분류는 불충분하고 만족스럽지 못한 면이 있지만, 그러한 시도는 이질어의 생성과 도출을 설명하는 데 도움이 된다. 랑그가 구심적인 역할을 한다면 다양한 담화들은 원심적인 기능과 함께 이질어를 만들어낸다는 그의 설명에는 일리가 있다. 문학 텍스트 중에서 소설은 시와 달리 개성과 출신 성분이 다른 등장인물 때문에 한 작품 속에서도 다양한 언어를 구사하기 때문이다. 그러한 의미에서 그는 "소설의 개화는 언제나 안정적인 언어 그리고 이데올로기 체제의 해체와 연계된다. 그와는 반대로 언어학적인 이질어는 강화된다."[94] 그는 문체론이 랑그의 구심적인 동일화 현상과 동시에 언어의 분화 현상 내지 이질어의 생성 현상을 분석해야 함에도 전통적인 문체론은 좁은 전문가의 시각에 입각하여 교향악을 피아노곡으로 축소하고 말았다며 개탄한다. 언어학의 소관이라고 생각되는 문제에 대해서 바흐찐이 전통적인 이론을 비판하고 새로운 시각을 제시할 수 있는 것은 그가 사회적인 관점과 담화·텍스트의 관점을 통합하여 언어의 문제를 창의적으로 고찰하기 때문이다.

---

93) T. Todorov, 앞의 책, 90쪽.
94) 같은 책, 91쪽.

3.6 발화와 타자의 말

언어학이 발화를 고립적 단위로 보는 데 비하여 바흐찐은 독립된 독백적 발화란 존재할 수 없고 모든 발화는 상호적 언어 작용의 일환으로서 사회성을 지닌다고 생각했음을 앞에서 살펴보았다. 그러나 바흐찐은, 그러한 상호성을 하나의 발화가 다른 발화에 대한 대응으로 제시되는 형식으로만 이루어지는 것이 아니라, 하나의 발화 속에 이미 타인[95]의 말이 잠재적으로 들어가 있다고 본다. 말하자면 타인의 발화에 대한 반응으로서 주체의 발화 속에 타인의 견해가 잠입하게 된다는 것이다. 바흐찐은 그러한 문제를 『언어철학』의 제3부에서 발화의 통사론적 문제로 다룬다.

화자와 청자는 언어적 상호 작용 속에서 서로의 입장을 교환한다. 화자는 자신의 발화에 대한 상대방의 응답이 나오는 순간 청자가 되고, 청자는 듣는 입장에서 말하는 화자의 입장이 된다. 이 경우, 화자가 청자가 되고 청자가 화자가 되면서 교환되는 발화에는 상대방의 말이 주체의 말 속에 이입되어 그의 발화에 반영된다. 그런 의미에서 "타인의 말은 발언 속의 발언, 발화 속의 발화이자 동시에 발언에 관한 발언, 발화에 대한 발화이기도 하다."[96] 바흐찐이 고찰한 이러한 문제는 보슬러 학파의 레르크를 비롯하여 극소수의 연구자들이 '준직접화법(quasi direct discourse)'이라는 명칭으로 연구하던 주제였다.

타인의 말은 이데올로기적인 해석에 의하여 평가되어 청자인 주체의 의식 속에 수용되는 과정을 거치며, 그의 발화 속에 들어가 발화를 통하여 밖으로 드러난다. 그러한 맥락을 고려하여 바흐찐은 주체

---

95) 라캉은 프로이트의 무의식을 '대타자(l'Autre)'라고 보고, "무의식은 대타자의 담화이다."라고 규정했다. 따라서 바흐찐의 'l'autre'는 타자가 아닌 '타인'으로 번역한다.

96) 『언어철학』, 158쪽.

의 발화가 단순한 주관성 내지 주관적 가치관의 표현이 아니라 사회적 상황 관계의 표현이라고 본다. "언어가 반영하는 것은 주관적·심리적 우유부단함이 아니라 화자들 사이의 확고한 상호 관계이다. 언어가 다르고 시대가 다르고 사회 계층이 다르고 목적이 다르고 맥락이 다르면 각각의 경우에서 이러한 상호 관계들의 언어 형태(정형)도 다르고 이러한 형태들의 변형(정형의 변형)도 다르게 나타난다. 이런 사실에서 화자 공동체의 사회적인 상호 지향의 경향이 약할 수도 있지만 강할 수도 있다는 것이 드러난다."[97]

3.7 주체의 발화와 타자의 발화의 상호 관계

주체의 의식 속에서 평가된 타인의 발화는 주체의 발화 속에서의 능동적인 수용을 통하여 두 가지 방향으로 진행된다. 첫째는 타인의 발화에 대한 주체의 주석 속에 타인의 발화가 수용되는 방향이며, 둘째는 타인의 발화에 대한 응답이 준비되는 방향이다.[98] 바흐찐은 이 문제에 대한 연구에서 타인의 발화를 그 맥락과 분리시켜 분석할 경우 오류에 빠질 수 있다고 지적하면서, 전달되는 타인의 발화와 그것을 전달하는 주체의 발화 사이에 형성되는 역동적 상호 관계에 초점을 맞추어야 한다고 강조한다. 그와 관련하여 다음과 같은 두 가지 양상이 정립될 수 있다.

첫째는 선적인 문체이다. 이는 타인의 발화를 고스란히 확실하게 유지하려는 경우를 가리킨다. 이 경우 주체는 타인의 말을 가능한 한 명확하게 부각시켜 자신의 억양이나 감정이 개입되지 않도록 유의한다. 타인의 말은 하나의 전체를 이루는 사회적 행위로서 주체는 자신

---

97) 같은 책, 162쪽.
98) 같은 책, 163쪽.

의 발화 속에 그 내용을 충실하게 반영한다. 선적인 문체라는 말은 미술사학자 뵐플린(Wölfflin)에게서 차용한 용어로서, 대상의 윤곽을 명확하게 표현하는 양식을 지칭한다. 발화에서 선적인 문체는 타인의 발화가 지닌 내적인 개성이 드러나지 않도록 하면서 그 윤곽을 명확하게 표출하게 된다.

선적인 문체를 바흐찐은 두 가지로 구분한다. 즉, 우선 타인의 발화를 수용하는 방식이 어느 정도 권위주의적인가 또한 그 이데올로기적인 확신의 정도가 어느 정도 되는가 그리고 그것이 지닌 교조성이 어느 정도인가를 평가한다는 입장에서 권위주의적 교조주의와 합리주의적 교조주의를 구분하는 것이다. 먼저 권위주의적 교조주의를 보면, 화자의 교조성이 강할 경우 타인의 말을 전달하는 화법의 형태가 비개성적이며 기념비 같은 문체가 생긴다. 이 경우 타인의 발화가 지닌 개성을 완전히 무시한다. 권위주의적 교조주의는 중세 프랑스나 고대 러시아 문헌에서 쉽게 찾아볼 수 있다. 합리주의적 교조주의의 유형은 17세기 프랑스나 18세기 러시아에서 찾아볼 수 있는데, 이는 타인의 말에 개성을 부여하지 않는다는 점에서는 권위주의적 교조주의와 일치한다. 이러한 경향에서는 타인의 발화가 지시하는 대상을 분석하려는 태도와 함께 그 발화에 수사학적 변형을 가하되 화자의 말과 타인의 말 사이의 경계를 분명하게 구분한다.

둘째는 회화적인 문체이다. 타인의 발화에 대하여 응답하고 주석을 달기 위해서 화자는 보다 섬세하고 유연한 수단을 모색해야 하는데, 바로 이것이 회화적인 문체이다. 화자는 타인의 말이 지닌 완결성을 분해하여 그 명확한 윤곽을 제거하고자 시도한다. 화자의 맥락은 "그 자신의 억양인 유머, 아이러니, 사랑이나 증오, 열정이나 경멸을 지니면서 타인의 말 속에 스며든다."[99] 16세기 프랑스어나 18세기 말에서

---

99) 같은 책, 167쪽.

19세기에 많이 볼 수 있는 이 유형은 타인의 발화가 표방하는 권위주의적 교조주의나 합리적인 교조주의를 약화시킨다. 이러한 경향을 회화적 문체의 현실주의적이고 비판적인 개인주의라고 부른다.

회화적 문체의 또 한 가지 유형은 상대주의적 개인주의이다. 이 경우에는 화자의 발화의 주도적 역할이 타인의 말로 옮겨가면서 화자의 맥락을 분해한다. 그 결과 화자의 맥락은 타인의 말과 비교할 경우 객관성을 잃게 된다. 소설에서는 작가를 대신하는 서술자가 개입함으로써 그러한 현상이 일어나는 경우가 많다. 서술자의 위치는 유동적이고 대부분의 서술자는 등장인물의 언어를 말한다. 그 결과 화자의 맥락도 이종의 '타인의 말'로 인식된다. 바흐찐은 도스토예프스키를 비롯한 20세기 러시아 작가의 작품에서 그러한 예를 많이 볼 수 있다고 지적한다.[100] 이러한 유형에서는 타인의 말을 전달하는 혼합화법이 많이 활용된다. 자유간접화법 내지 준직접화법의 탄력성을 최대한으로 살려 화자는 타인의 주관성을 유지하면서 자신의 응답과 주석을 제시한다. 서술자와 등장인물인 화자가 공동 화자의 역할을 맡는 자유간접화법에 대한 연구는 이야기 텍스트로서의 소설의 연구에 새로운 지평을 열었다.

바흐찐은 준직접화법을 연구한 학자들의 연구 내용을 검토·비판하면서, 준직접화법의 특징에 대하여 "정확히 작가와 등장인물 양자가 동시에 말하는 것이고 단지 하나의 구문 속에 엇갈린 지향을 지닌 두 개의 목소리의 액센트가 보존되어 있다."[101]고 말한다. 그는 특히 소쉬르의 제자로서 제네바 학파를 대표하는 샤를 발리(C. Bally)의 연구에 주목한다. 발리는 준직접화법은 고전적 간접화법의 변이체로서 "il disait qu'il était malade(그는 그가 아프다고 말했다)"에서 'que'가 빠진 형태, 즉 "il était malade, disait-il(그는 아프다고 말했다)"로 옮

---

100) 같은 책, 168쪽.
101) 같은 책, 200쪽.

겨지는 것은 종속접속사를 통한 결합보다는 수평적인 대등 결합을 선호하게 되었기 때문이라고 설명한다. 그러나 바흐찐은 발리의 설명에 이의를 제기한다. 바흐찐에 의하면, 발리는 언어 형식과 사고의 표상을 엄격히 구분하면서 언어 사용의 결과로부터 추상화에 의하여 얻어진 언어 형태를 언어의 본질로 보고 체계화한다는 것이다. 그런데 바흐찐은 언어 체계 속에는 그러한 언어 사용을 합리화하는 어떤 움직임이나 근거가 없다고 주장한다. 그는 언어 형식이란 "발화와 발화가 교차할 때, 즉 언어적 상호 작용이 시작되는 순간에 드러나는 형식일 뿐이다."[102] 결국 준직접화법이 형성되는 것은 "어떤 추상적인 형식이 다른 추상적인 형식으로 접근하는 문제가 아니다."[103]라고 규정하면서, 그거은 접속사 'que'라고 하는 "방벽이 터져서 작가의 어조가 인용되는 타인의 말 속으로 자유롭게 흘러 들어가는 경우"라고 부연한다.

준직접화법에 대한 바흐찐의 견해는 언어 현상에 대한 일관된 입장을 반영한다. 그의 입장에 따르면, 언어란 언제나 화자와 청자의 상호적 교환에 의한 사회적 관계를 통하여 드러나기 때문에, 그러한 관점에서 언어 형식과 그 변화를 이해해야 한다는 것이다. 그러한 입장에서 발리가 '자유간접화법'으로 명명한 준직접화법도 발화 현장의 화자-청자 관계로부터 자신의 견해를 연역해낸다. 그는 준직접화법의 형식을 개인의 상상력의 소산이라고 보는 보슬러 학파의 개인주의적 주관주의를 받아들이지 않는다. 같은 맥락에서 그는 발리의 견해를 계속해서 추상적 객관주의라고 비판한다. 그는 과거의 문헌 자료 속에서 목격할 수 있는 언어 형식을 '시체'에 비유하면서, 언어 형식의 변화를 현장의 사회심리학적 관점에 맞추어 형식의 변화를 통한 언어 체계의 변화를 외면하는 결과를 초래한다고 말한다. 그러한 입

---

102) 같은 책, 202쪽.
103) 같은 책, 203쪽.

장을 고수하는 것은 언어 체계의 변화 자체를 인정하지 않는 입장으로 귀착될 수밖에 없다. 역설적인 것은 바흐찐 자신이 고대로부터 중세, 르네상스, 17·18세기, 19세기 플로베르 등에서 화자의 말을 전달하는 기법과 준직접화법에 대하여 역사적인 고찰을 하면서도 자신의 관점을 언어 체계의 변화와 연결시키지는 않고 있다는 점이다.

결론적으로 『언어철학』을 중심으로 드러나는 언어 현상, 언어학파의 이론에 대한 바흐찐의 견해는 특유의 주관적 관점 때문에 언어학적으로 받아들이기 어려운 점이 없지 않다. 예컨대 소쉬르에 대한 평가나 준직접화법 내지 자유간접화법의 생성 과정에 대한 문제 등이 그렇다. 그러나 놀라운 것은 그가 자신의 모국어가 아닌 유럽 여러 나라의 문학·문헌 자료에 대하여 넓고 깊은 지식을 가졌을 뿐만 아니라 당대 최신의 방대하고 다양한 이론들을 꿰뚫고 있으면서 그것을 자신의 관점 아래 해석하고 평가하는 능력을 보여준다는 점이다. 그는 전문 언어학자가 아니면서 전문가의 견해를 넘어서는 직관을 보여주기도 했고, 그가 강조하는 사회적 관점은 사회언어학의 발전으로 이어졌다. 그리고 대화주의적 관점도 제네바 학파를 중심으로 하는 대화 연구의 활성화의 선구적 역할을 한 셈이다. 특히 자유간접화법과 관련이 있는 문학 텍스트의 등장인물의 발화가 지니는 다성성의 문제는 프랑스의 언어학자 뒤크로(O. Ducrot)의 연구로 직접 이어진다. 뒤크로는 그의 『말하기와 언술(*Le Dire et le dit*)』에서 자신의 연구를 "문학에 대한 바흐찐의 연구를 자유롭게 언어학의 영역으로 확대하는 것"[104]이라고 규정하고 있다. 중요한 것은 바흐찐이 언어학적인 관점을 문학 텍스트 분석에 적용한다는 점이고, 아울러 언어학에 대한 그의 견해를 배제한 채 소설을 중심으로 하는 그의 문학 텍스트 이론을 이해하기는 어렵다는 사실이다.

---

104) O. Ducrot, *Le Dire et le dit*(Minuit, 1984), 173쪽.

제2장 바흐찐 : 작품에 대한 접근 —— 대화주의와 다성성

1 도스토예프스키와 다성성의 시학

정신분석·언어학·시학 등에 대한 바흐찐의 연구를 토대로, 이제 바흐찐의 도스토예프스키와 라블레에 대한 연구를 중심으로 그의 텍스트 이론에 대하여 살펴보자.

알려진 것처럼, 1963년의 『도스토예프스키의 시학』이라는 저서는 1929년의 『도스토예프스키 작품의 문제점』을 수정·보완한 것으로서 라블레에 대한 연구와 함께 바흐찐의 대표작이다. 그의 저서는 1920년 대 이후 발표한 저자와 주인공에 관련된 글들, 즉 「창작에서 내용·자료·형식의 문제」를 비롯하여 「소설의 언술」, 「소설의 시간과 크로노토프의 형식」 등 일련의 논문에서 그가 제시했던 이론들을 수렴·종합하여 구체적으로 적용하고 분석했다. 그의 저서는 문학 이론의 황무지에서 갑자기 솟아난 이론서가 아니다. 그 자신이 자기 저서의 앞부분에서 밝히고 있는 것과 마찬가지로 도스토예프스키에 관한 그 당시까지의 이론들을 비판적으로 고찰한 뒤 그에 대한 성찰을 통하여 문제점을 극복하기 위한 방안을 제시했다는 사실에 유의할 필요가 있다.

『도스토예프스키의 시학』 프랑스어판 번역본에 「파산한 시학」[1]이라는 제목의 서문을 쓴 줄리아 크리스테바는 바흐찐의 도스토예프스키 연구가 형식주의자들의 비판적 검토에서부터 출발한다는 점을 잘 보여준다. 크리스테바의 관점을 요약하자면, 그들은 문학 텍스트를 역사와 관련시키지 않고 연구한다. 그러므로 그들이 제시하는 모델은 시간적으로 탈역사적이고 공간적으로 탈사회적이다. 그들은 시적 언어에 대한 탐구를 시도하지만, 그들의 시학은 지시 대상이 결여된 담화에 대한 시학이 되고말았다. 그럼으로써 문학 텍스트의 의미화 서법(mode de signifier)에 대한 형식주의의 연구는 기계적 관념론(idéalisme mécanique)에 빠지게 된다.[2]

바흐찐의 도스토예프스키 연구는 형식주의에 대한 반성에서 출발한다. 그에게 문학 연구는 이데올로기에 대한 연구의 한 분야이고, 문학 분석은 작품의 내재적 구조를 밝히는 데 있는 것이 아니라, 그것을 역사 속에 있는 의미 체계의 유형(typologie) 안에 위치시키는 것이다. 그래서 이러한 관점에 입각하여 소설의 구조를 '세계의 모델'로 간주하면서, 독자적인 의미 체계로서의 작품이 지니는 역사적 독창성을 부각시켜야 한다고 보는 것이다.[3]

그러나 바흐찐이 형식주의를 무조건 배격했다고 생각하면 잘못이다. 앞에서도 언급한 것처럼, 형식주의는 구조주의보다 한 세대 앞서 작품을 구조적으로 철저히 분석하는 방법을 개발했으며 무엇보다 언어 연구를 바탕으로 작품을 분석했다. 바흐찐은 형식주의자들과 마찬가지로 작품의 언어에 대한 연구로부터 출발한다. 작품은 언어로 이

---

1) J. Kristeva, "Une poétique ruinée", *la Poétique de Dostoïevski*(Seuil, 1970).

2) 같은 책, 6쪽.

3) 같은 책, 12쪽.

루어지고 특이한 언어 구사의 표출이다. 바흐찐의 도스토예프스키에 대한 첫번째 연구가 시작된 뒤 루나챠르스키의 호의적인 서평이 있었지만, 이데올로기에만 사로잡혀 있던 마르크스주의자들로부터 형식주의적이라고 공격을 받은 것도 바흐찐의 언어 중심적인 접근 방법 때문이었다.

언어가 중심이 된다는 공통성에도 불구하고 형식주의와 바흐찐 사이에는 근본적인 차이가 있다. 전자는 주체에 대한 고려를 배제한 채 표현-형식 관계를 토대로 하는 기호 체계의 기능 작용(fonctionnement)으로부터 의미 양식을 끌어낸다. 그에 비하여 후자의 견지에서 볼 때, 언술-담화는 특정한 역사적 시점에 위치하는 주체의 언어적 행위와 실천이고 텍스트 기호 체계는 주체에 의하여 재분배(redistribution)가 된 것이다. 주체는 단순한 저자-화자일 수도 있지만, 텍스트의 언술에 따라 그 언술을 발화한 주인공이 될 수도 있다. 말하자면 언술의 성격에 따라 텍스트는 고립적 주체의 독백이 될 수도 있고 대화적 주체들의 대화와 논쟁의 장이 될 수도 있다.

바흐찐의 도스토예프스키 연구는 성격 창조 혹은 이야기의 전개나 결말에 초점을 둔 것이 아니라, 작중 인물들 사이의 상호적 대화 분석에 중점을 둔다. 그는 도스토예프스키 소설의 대화적 성격을 밝히기 위하여 제3장 「구성과 장르」에서 소크라테스적 대화, 메니포스적 풍자와 카니발 축제, 기타 서양 문학의 중요 작품에 대하여 자세히 분석하면서 그러한 역사적 고찰에 대한 연장선상에서 도스토예프스키의 특성을 논한다.

1.1 소크라테스적 대화와 메니포스적 풍자

본래 어머니가 산파였던 소크라테스의 대화술은 '산파술(maieutique)'이라고 불린다. 그는 소피스트들의 궤변술에 익숙한 아테네의 젊은이들을 진리로 이끌기 위하여 대화에서 신크레스(syncrèse)와 아나크레스(anacrèse)를 자주 사용한다. 전자는 한 가지 문제에 다양한 관점을 대질시키는 방법이고 후자는 상대방이 속에서 생각하는 것을 다 털어내고 막다른 한계까지 가게 만드는 방법으로서, 소크라테스는 그 방법에서 대가였다.

소크라테스적 대화를 이은 것으로 메니포스적 풍자가 있다.[4] 저자의 이름을 따 바흐찐이 '메니페아(ménippée)'라고 부르는 그 풍자는 풍부한 해학적 요소와 함께 고대 기독교 문학과 러시아를 비롯한 비잔틴 문학에 큰 영향을 끼쳤다. 역사성이나 전통에서 벗어나 철학적이고 주제적인 창의성을 마음껏 발휘한 메니포스적 풍자는 철학적 대화와 함께 고상한 상징성, 모험적 환상, 그리고 어두운 자연주의적 성향을 혼합하고 있다. 도덕적·심리학적 실험과 함께 비정상 상태의 묘사나 기괴한 행위가 돌출되기도 하지만, 사회적 유토피아의 요소도 담고 있다. 짧은 이야기·서간문·웅변·논총 등에 의한 끼워 넣기 형식을 빌리면서, 마치 '일간지 성격'을 띠고 당대의 현실적인 문제를 다룬다.

아풀레이우스의 『황금당나귀』, 세네카의 『호박으로 변신』, 페트로니우스의 『사티리콘』 등은 메니포스적인 풍자를 잘 보여주는 작품으로 꼽힌다. 바흐찐은 도스토예프스키가 메니포스적 풍자를 현대화하면서 고대 작가들의 수준을 훨씬 뛰어넘었고, 그것은 후자들이 '다성성(Polyphonie)' 개념을 몰랐던 데 비하여 전자는 그 방법을 잘 구사할 수 있었기 때문이라고 설명한다. 결과적으로 바흐찐은 소크라테스적 대화나 메니포스적 풍자가 도스토예프스키에 이르는 길을 준비한 셈이라고 평가한다.[5]

---

4) 바흐찐은 *La Poétique de Dostoïevski*, 169-178쪽에서 메니포스적 풍자의 특징을 14가지로 자세히 설명하고 있다.
5) 같은 책, 179쪽.

소크라테스적 대화는 플라톤, 크세노폰, 안티스테네스 등에 의하여 적용되었다. 그들은 진리란 어떤 특정인의 전유물이 될 수 없다는 사실을 분명히 한다. 소크라테스가 아무리 훌륭하다고 해도 그만이 진리를 지니고 있다고 말하는 것은 대화적인 것을 벗어나는 독백이고 독설이라는 것이다.

1.2 카니발적 담론

메니포스적 풍자를 이은 것으로 바흐찐은 '카니발'을 들고 있다. 그는 카니발이 "문학적 현상은 아니다."라고 말한다. 그러면서 혼합적(synchrétique)인 홍행물로 이루어지는 축제가 문학에 어떤 영향을 끼쳤는지 자세하게 분석한다.[6] 카니발에는 공연자나 구경꾼이 따로 없다. 모든 사람이 광대이면서 동시에 구경꾼이다. 카니발은 모든 것을 함께 즐기는 삶 그 자체이고, 일상의 모든 것을 뒤집어볼 수 있는 데 그 즐거움이 있다. 천민을 귀족으로 만들고 귀족을 종으로 삼는다. 신하가 왕이 되고 그 왕이 다시 왕위를 박탈당한다. 그래서 카니발을 "뒤집어놓은 삶", "뒤집어놓은 세상"[7]이라고 부른다. 모든 사회적 위계질서와 불평등이 없어지고 자유로운 분위기에서 허물없는 사이가 된다. 그러한 상태에서 행위와 언어는 모든 구속에서 완전히 벗어난다. 신이든 제왕이든 무서운 존재가 없어지면서 그동안 억눌렸던 것을 토해내고 쌓였던 스트레스가 모두 해소된다. 웃음과 익살은 그러한 해방을 촉진하는 화약과 같은 역할을 한다. 상하가 전도된 상황에서 '절대'도 '유일'도 없다. '행복'이나 '불행'이 따로 떨어져 있지 않고 '출생'과 '죽음'이 별개의 것이 아니다.

---

6) 같은 책, 179-194쪽.

7) 같은 책, 180쪽. 원저에 프랑스어로 'vie à l'envers', 'monde à l'envers'로 되어 있다.

한 상태는 다른 상태로 옮겨가는 과도기일 뿐이고, 따라서 절대적인 가치를 가진 것은 아무것도 없다. 죽음은 모든 것의 마지막이 아니라 새 삶을 창조할 수 있는 가능성 그 자체이며, 삶은 죽음으로 가는 과정이다. 따라서 모든 것은 상대적일 뿐이고 모든 현상은 양가적 (ambivalent)이다. 다시 말해서, 모든 일이나 사실은 두 가지 면을 동시에 가지고 있고 상반되는 두 가지 현상, 예컨대 삶과 죽음, 성스러움과 속됨, 어리석음과 현명함 등은 별개의 것이 아니라 서로 보완적인 쌍을 이루게 된다는 의미이다. 바흐찐은 도스토예프스키의 소설에 등장하는 주인공들이 그러한 쌍을 이룬다고 지적한다. 예컨대『죄와 벌』의 라스콜니코프는 스비드리가일로포와, 루진은 레베지아트니코프와, 스타브로긴은 표트르 베르코벤스키와 짝을 이루고, 샤토프와 키릴로프, 이반 카라마조프와 스메르디아코프 등이 역시 쌍을 이룬다.[8] 이러한 카니발적인 특성은 카니발화 작용(carnivalisation)을 통하여 카니발적 담화와 텍스트를 만들어낸다.

결과적으로 도스토예프스키가 소크라테스적 대화나 메니포스적인 풍자, 카니발적 담화를 의식하고 글을 썼다는 주장을 할 수는 없다. 소크라테스적 대화나 메니포스적 풍자, 카니발적 글쓰기 등은 주인공의 목소리-언술과 관련된다.

1.3 대화주의와 다성성

한 가지 목소리는 한 사람의 것일 수도 있고 다른 사람의 목소리를 자기 목소리 속에 수렴시켰을 수도 있다. 반면 한 가지 목소리-언술의 이산화에 의하여 그 속에 또 다른 목소리를 들을 수 있고 주인공이 전략에 의하여 그러한 목소리를 낸다는 것을 알 수 있다. 바흐찐

---

8) 같은 책, 186쪽.

은 소설 장르가 지니고 있는 그러한 전통이 중세와 르네상스를 거치면
서 세르반테스, 라블레, 18세기의 볼테르와 디드로 등과 19세기의 러시
아 문학 대가들에 의하여 이어져왔고, 소설 장르 특유의 그러한 전통과
맥락 위에 도스토예프스키의 대화주의가 자리잡고 있다고 본다.

　다성성의 개념 : 그러나 바흐찐은 도스토예프스키 연구에서 대화주
의 대신 '다성성(polyphonie)'이라는 용어를 쓴다. 'polyphonie'를 번역
하면 복수적인 '다음성'이 되겠지만, 우리말로 '음성'이 음의 물리적
성격을 나타내는 데 비하여 '목소리'는 개성과 연관되는 뉘앙스를 지
닌다. 그러한 뜻에서 바흐찐은 도스토예프스키 연구의 제1장을 「도스
토예프스키의 다성성 소설과 그에 대한 문학 비평계의 분석」이라 명
명한다. 그는 서론에서, 러시아에서 도스토예프스크에 대한 요구가
이념 위주로 전개되는 것에 대한 불만을 토로하면서, 그가 철학자나
선동적인 신문기자이기에 앞서 예술가라는 사실을 지적한다.
　바흐찐은 서두에서 다성성의 성격에 대하여 설명하는 대신 도스토
예프스키에 대한 대부분의 러시아 비평가들의 연구를 비판적으로 고
찰한다. 엥겔가트(B. M. Engelgardt), 마이어그라페(J. Meir-Gräfé), 아
스콜도프(S. Askoldov), 로자노프(Rozanov), 볼린스키(Volynski), 메레
지코프스키(Méréjkovski), 세스토프(Chestov), 이바노프(Ivanov), 그로
스만(Grassman), 코마로비치(Komatovitch) 등의 연구를 세밀하게 분석
하면서, 그들의 오류에 대한 지적에서부터 자신의 논지의 근거를 찾
아낸다. 그는 대부분의 연구자들은 저자가 일정한 계획에 의거하여
주인공들을 객관화(objectivation)시키고 사물화(réification)시킨다고 생
각한다. '객관화'란 주인공들을 객관적 존재로서 부각시키고, '사물화'
란 저자의 관념을 현실에 투영시켜 지시 대상화한다는 말이다.
　그러한 관점을 바흐찐은 '주제적 실용주의(Pragmatisme thématique)'[9]
라고 부르면서, 그것은 도스토예프스키 소설의 핵심적인 사건을 해명

할 수 없다고 지적한다. 이는 한마디로 단성주의(monologie)적 틀과 인과성(causalité)의 관점에서 그의 소설을 보는 관점인데, 그렇게 본다면 도스토예프스키의 소설은 무질서한 혼돈 그 자체이고 아무 원칙 없이 이질적인 재료를 마구잡이로 쌓아 올린 것에 지나지 않는다는 뜻이다. 그러나 도스토예프스키의 예술적 목표를 중심으로 본다면, 그의 소설은 "조직적이고 논리적이며 동질적"[10]이고 "다성적 세계의 구축"이라고 하는 특징을 지닌다는 것이다. 바흐찐에 의하면 도스토예프스키 소설은 객관적으로 묘사된 세계 속에서 운명과 대결하는 다수의 성격으로 이루어지는 것이 아니라 다수의 목소리와 자립적인 의식이 만들어내는 다성성 그 자체이고, 소설의 주인공들은 소설 담화의 대상물이 아니라 자신들이 각기 독자적인 담화 주체가 된다.[11]

드러나는 주인공들의 심리는 이중적이고 자기 모순적인 경우가 많다. 따라서 그의 소설 속에는 변증법적 논리와 이율배반이 드러난다. 그러나 변증법적 논리나 이율배반이 주인공의 의식을 지배하지 않는다. 그들의 논리는 각자 자신의 의식 속에서만 머물러 있을 뿐, 사건 관계에는 별다른 영향이 없다. 의식은 주인공의 생동하는 목소리에 육화(肉化)되고, 그 논리 체계는 이벤트 속에 용해된다. 그럼으로써 주인공의 사상은 이벤트가 되고, 따라서 관념이란 이벤트를 연출하는 상호 작용의 테두리를 벗어나는 경우 한낱 한가한 철학적 사변에 지나지 않는다.[12]

결과적으로 도스토예프스키의 독창성은 주인공의 가치관을 단성적으로 창조한 데 있는 것이 아니다. 주인공의 가치관에 저자 자신의 가치관을 끼워 넣지 않으면서 타자로서 객관화하고 표상화했다는 것

---

9) 같은 책, 36쪽.
10) 같은 책, 37쪽.
11) 같은 책, 35쪽.
12) 같은 책, 39쪽.

이다. 그로스만은 지적하기를, 도스토예프스키가 자신의 소설 속에 구약의 욥 이야기, 요한계시록, 신약성서 등을 신문기사, 일화, 패러디, 거리 풍경 묘사, 쌍스러운 언사, 정치적 논설문 등과 뒤섞음으로써 온갖 잡스럽고 이질적인 요소들을 창작에 이용한다고 지적한다.[13] 또한 그로스만은 도스토예프스키가 대화와 토론 형식을 활용하여 대립적인 학설들을 개화시켰고[14] 대화가 연극적인 형식을 띠고 있다는 사실을 제시한다.[15] 그렇다면 그로스만의 연구는 바흐찐의 관점과 일맥상통하는 것이 아닐까?

바흐찐은 그로스만의 연구를 긍정적으로 평가하면서도 의견의 일치 여부에 대해서는 유보적 입장을 보인다. 가령 연극 형식의 도입이나 격렬한 논쟁도 그러한 과정을 통하여 저자의 단일화된 비연속성 속으로 수렴되거나 연극적인 행위가 통일적으로 표상된 세계에 뿌리박고 있다고 한다면, 그것은 다성성으로 귀착되기 어렵다고 바흐찐은 평가한다.[16] 왜냐하면 다성성이란 무엇보다 "이념적인 공통분모로 귀착되지 않으면서 의식의 다원적 중심"[17]을 바탕으로 이루어지기 때문이다.

이제 바흐찐이 말하는 다성성과 대화, 대화주의의 상호 관계에 대하여 다시 생각해 볼 필요가 있다. 앞에서 언급한 것처럼, 바흐진은 문맥상 반드시 필요한 경우에 그대로 쓰지만 대체로 대화와 대화적 관계를 다성성으로 대치하여 쓰고 있다. 그에게 대화와 대화적 관계란 저자의 의식이 아니라 저자 속의 타자가 작품에 등장인물로 투영되어 그 속에서 자립적인 삶을 살면서 다른 등장인물과 대등한 입장

---

13) 같은 책, 46쪽.
14) 같은 책, 48쪽.
15) 같은 책, 49쪽.
16) 같은 책, 50-51쪽.
17) 같은 책, 49쪽.

에서 대화를 나누는 것을 의미한다. 거기에 한 가지 조건이 있다면 양자 사이에 대화를 통한 상호 작용이 있어야 한다는 것이다.

상호 작용은 반드시 어떤 가시적인 영향을 조건으로 하지는 않는다. 그러나 자신의 담화를 상대방에 향하게 함으로써 그에게 자기를 향한 이해와 의미 있는 반응을 이끌어낼 수 있을 때 상호 작용이 이루어질 수 있다. 그런 의미에서 상호 작용은 어떤 주제를 놓고 진정한 교류를 통하여 주고받는 것이 있어야 가능하다. 일상적인 만남에서 의례적인 말을 주고받는다든지 어떤 이권이나 이해 관계를 놓고 자기 주장만 편다면 그것은 종류가 다른 대화일 것이다. 대화주의의 경우 크리스테바와 토도로프는 상호텍스트성과 같은 개념으로 해석하고 전자를 후자로 대체한다. 대화주의는 텍스트적인 차원과 함께 상호 작용의 면을 포함하기 때문에 상호텍스트성보다 포괄적인 의미를 내포한다고 할 수 있다.

다성성이 다수의 등장인물에 대한 복수적 목소리를 나타내고 대화 및 대화주의와 같은 의미임은 이미 설명했다. 본래 음악 용어이지만 바흐찐은 도스토예프스키의 소설에 적용한 그 개념이 "유추적인 비유에 지나지 않는다."[18]고 의미 확대에 한계를 긋는다. 음악에서는 다성성이 화음의 개념을 지니고 있는 데 반하여 문학에서는 그렇지 않다는 주장이다.

다성성은 중세의 다성음악에서 빌려온 용어이다. 중세 기독교는 예술 분야 중에서도 음악이 신앙을 고취하는 가장 효과적인 수단이라고 보았기 때문에, 음악은 교회를 토대로 발전했다. 교회음악은 하나의 선율로 이루어지는 단선율(monophonie) 음악으로부터 출발하여 두 개 이상의 복선율로 발전·진화되어 가고, 그러한 의미에서 고대에서 근세에 이르는 서양의 음악사는 다성음악의 발달사라고 할 수 있다.

---

18) 같은 책, 56쪽.

다성음악이 나오기 전까지 대략 다섯 가지의 단선음악이 교회음악의 주류를 이루고 있었다. 콘스탄티누스 대제에 의한 동방교회와 함께 발달한 비잔틴 성가, 4세기경 밀라노 주교 암브로시우스에 의한 암브로시오 성가, 서기 900여 년경에 스페인에서 인기를 얻은 모사라베 성가, 그리고 7세기경부터 교회음악을 대표하던 그레고리오 성가가 있다. 9세기경부터 다성음악은 오르가눔의 탄생과 함께 발달하게 된다. 그리하여 구조적으로 서양 음악에는 대위법과 화성법의 두 가지 법칙이 도입된다. 오르가눔에서 비롯된 대위법은 초기에 기존의 단선율에 대해서 5도 위 또는 4도 아래로 중복되거나 옥타브로 한 번 더 중복되는 현상을 지칭하는 것이었다. 그것을 평행 오르가눔이라고 한다. 11세기에는 기존 선율을 저성부에 놓고 대위 선율을 생성부에 위치시키는 자유 오르가눔, 그리고 12세기에는 화려 오르가눔이 등장하게 된다. 이렇게 볼 때, 바흐찐이 소설 분석에서도입한 다성성은 화성법과 관련이 된다고 하기보다는 평행 오르가눔과 결부될 수 있다고 생각된다.

대화가 쌍방의 관계이고 다성성은 동시 다발적인 다수의 대화라고 생각하는 것은 오류일 것이다. '대화'와 '다성성'은 단순한 '나무'와 '숲'의 관계가 아니다. 아무리 여럿이 같은 자리에서 대화를 한다고 하더라도 동시에 말을 할 수는 없는 없는 일이고 언제나 대화 형식을 취하기 때문에, 대화와 대화주의는 원칙을 나타내고 다성성은 그 결과에 의하여 드러나는 다양성과 다원성을 나타낸다고 할 수 있다.

저자와 작중 인물 : 목소리는 발성의 주체를 상정한다. 소설에서 그 주체는 작중 인물이다. 그러나 바흐찐은 도스토예프스키가 작중 인물과 저자의 관계에 대해서도 특이한 생각을 가졌다고 설명한다. 대화주의와 다성성에 대한 설명에서 작중 인물이 독립적인 인격체라는 점은 언급했지만, 그 자립성이 어떻게 형성되는지에 대해서는 별다른

해명이 없었다.

첫째, 도스토예프스키는 저자로서 작중 인물을 완전히 객관화시키지 않는다. '객관화'는 저자가 작중 인물을 미리 구상하여 그에게 성격을 부여하고 그에게 작가가 생각을 주입함으로써 그 인물을 특정화(déterminer)하고 묘사를 통하여 완결(achever)시키는 것이다. 그럼으로써 그 인물은 저자의 의도를 수행하고 대변하는 꼭두각시가 되고 소설은 단성적이 된다. 그렇기 때문에 단성적 문학에서 작중 인물은 폐쇄적이고 의미 작용의 윤곽은 확연하게 드러난다. 주인공은 행동하고 느끼고 생각하며 자신의 입지 내에서 자신의 이미지에 합당한 의식을 갖는다. 그의 이미지는 현실에 맞추어 정의된다. 그는 자신 이외의 인물이 될 수 없으며, 저자가 그에 대하여 가지고 있는 단성적인 개념을 깨뜨리지 않는 한 자신의 성격이나 특유의 특징 그리고 자신의 기질을 넘어설 수 없다.[19]

둘째, 작중 인물은 저자가 외적인 묘사를 통하여 단숨에 만들어내는 인형적인 인물이 아니라 꾸준하게 자신을 형성하는 인물이기에 자신의 시각과 관점에 따라 스스로를 다른 등장인물과 차별화한다. "작중 인물이 누구인가?"라는 물음에 대하여 토스토예프스키는 인물이란 "세계와 자기 자신에 대하여 가지고 있는 관점"이며 "자신의 존재이유와 주변의 실재 및 자신의 가치를 추구하는 인간의 입장"[20]이라고 정의한다. 그로부터 비롯되는 원칙은 자신은 물론 자신이 처한 역사적 상황을 판단하는 기준이 된다.

셋째, 그러한 시각과 관점은 어디에서 오는가? 그것은 자신의 내면 속에서 자신에 대하여 가지고 있는 자기의식으로부터 나온다. "따라서 우리가 반드시 밝혀야 되는 것은 인물의 주어진 실존이나 확고하

---

19) 같은 책, 93쪽.
20) 같은 책, 87쪽.

게 정착된 그에 대한 이미지가 아니다. 그것은 다름 아닌 주인공의 의식, 자신을 보는 관점인 것이다."[21] 그래서 도스토예프스키의 주인공들의 기능은 비한정적(infini)이다. 원인-결과의 필연성에서 벗어나 '자의식(conscience de soi)'에 따라 움직인다. 그들은 저자와 하나로 융합되지도 않고 저자의 대변자도 아닌 것이다. 그러나 극작가 라신의 주인공들은 작가에 의하여 부여된, 운명에 부대끼는 '인형' 그 자체이다. 그들은 작가가 빚어놓은 조각품에 지나지 않기에, 그들의 타고난 '사주팔자'로부터 한 발자국도 벗어날 수 없다.

넷째, 도스토예프스키는 주관적 낭만주의자나 심리분석가가 아니라 사실주의자로서, 그는 인간의 사물화(chosification)에 저항한다.

다섯째, 주인공이나 작중 인물의 시각과 의식은 언어를 통해서만 드러날 수 있다. 도스토예프스키 소설의 대화주의와 다성성은 그의 등장인물들의 핵심적인 특징이 나타나는 언어 구사에 토대를 두고 있는 것이다. "도스토예프스키의 주인공은 객관화된 이미지가 아니라 완벽한 의미에서 발화, 즉 현실적인 목소리이다. 우리는 그 발화를 볼 수 없고 오로지 들을 수 있을 뿐이다. 발화를 제외하고 우리에게 감지되는 것은 모두 별다른 중요성이 없다. 왜냐하면 발화는 모든 것을 그 자신의 소재로서 흡수해 버리고, 발화 외부에 있는 모든 것은 발화를 자극하는 선동적인 요소이기 때문이다."[22]

바흐찐은 대표적인 다성적 작가로 도스토예프스키를 들고, 대표적 단성적인 작가로 톨스토이를 들고 있다. 그는 자신의 저서 여러 곳에서 톨스토이의 소설을 분석하고 있다. 특히 『시학』의 제2장 「작중 인물에 대한 고찰」에서 톨스토이의 『세 죽음』이 지니는 단성적인 면을 자세히 분석하면서 그 작품을 다성적인 소설로 쓸 경우 어떻게 써야

---

21) 같은 책, 88쪽.
22) 같은 책, 96쪽.

할지에 대해서도 자세히 다루고 있다.[23] 그 밖에도 서유럽의 작가들에 대한 언급과 함께 러시아의 고골, 푸슈킨 등에 대해서도 도스토예프스키와 자주 비교 및 대조를 하고 있다. 예컨대 푸슈킨의 제1인칭 소설『대위의 딸』을 도스토예프스키의『지하실』과 비교한다. 이야기 서술자에 의하여 전개되는 전자에서 형식상으로는 저자가 나타나지 않으나, 주인공 그리뇨프에 대한 확고한 이미지는 그의 생김새에 대한 묘사로 그려지는 것이고 그의 언사에 의하여 이루어지는 것이 아님을 지적한다. "주인공의 언술에 대해서 말하자면 그것은 주인공 초상화의 일부이다.…… 그리뇨프의 세계관 역시 그의 초상화의 한 구성 요소일 뿐이다. 그의 세계관은…… 자율적이고 직접 의미를 지닌 해석적인 입장을 나타내는 것이 아니다. 오로지 전 작품의 토대가 되는 저자의 세계관만이 직접적이고 즉각적인 의미 작용을 갖는다.…… 이야기 서술자의 도입도 비전의 단성성을 꼭 유연하게 한다고 할 수는 없다."[24]

　도스토예프스키의 텍스트 가운데 특히『카라마조프가의 형제들』은 바흐찐이 가장 선호하는 작품이다. 따라서 작가의 대화주의적 성격을 잘 보여주는 대목도 많이 있다. 가령 슈네기례프 대위가 그에게 쥐어 준 돈을 물리치고 난 뒤 알로샤는 대위의 심리를 분석하게 되고 아마도 다음 번 그에게 돈을 주면 틀림없이 받을 것이라고 리사에게 말한다. 그러자 리사는 "명심하세요, 알렉세이 표도로비치. 우리의 생각, 말하자면 당신이 생각하는 것, 아니 사실 우리가 그렇게 생각하는 것이죠.…… 그런데 우리의 생각 속에 그 불쌍한 분에 대한 경멸감 같은 것이 들어 있는 것은 아닐까요!…… 왜냐하면 우리가 그 분을 내려다보면서 그 분의 정신을 해부하고 있으니까요." 작가는 대화 중에 대명사를 "우리"에서 "당신", 그리고 다시 "우리"로 바꾸는 것은 상대방

---

23) 같은 책, 116-120쪽.
24) 같은 책, 100-101쪽.

의 자존심을 건드리지 않으면서 그의 관점을 돌려보고자 하는 배려에
서 나온 것이고, 그것은 작중 인물들이 작가가 만든 언술 작용의 주
체로서 자신의 언술을 스스로 조정한다는 사실을 보여준다.

결국 도스토예프스키에게 작중 인물은 "자신의 자율성, 자유, 비종결
성 등을 확인시켜 준다. 작가에게 작중 인물은 3인칭의 '그', 또는 1인
칭의 '나'가 아니고 모든 자격을 갖춘 2인칭의 '너'인 것이다. 환언하
면 다른 사람과 동등한 자격을 갖추고 '나는'이라고 말하는 '너'인 것
이다. 그는 저자가 진지하게 대화를 함께 나누는 주체이다."[25] "저자
는 작중 인물에 대하여 말하는 것이 아니라, 그와 함께 말하는 것이
다."[26] 그렇기 때문에 도스토예프스키의 주인공은 객관적으로 묘사되
는 인물이 아니라 자신의 목소리를 내는 주체인 것이다.

2 라블레 연구와 카니발의 시학

라블레는 그의 소설 『팡타그뤼엘』 및 『가르강튀아』와 함께 웃음을
폭발시켜 중세의 폐쇄적인 권위주의를 붕괴시키고 새로운 시대——
르네상스——의 도래를 촉진시키고자 했다. 스탈린의 공포정치가 고
조되고 있고 파시즘이 제2차 세계대전을 일으킨 1940년, 바흐찐은 학
위논문 「리얼리즘 역사에서 프랑수아 라블레」를 제출한다. 그러나 여
러 가지 이유로 심사가 늦어지다가 결국 1946년에 이르러 심사가 이
루어지지만 통과하지는 못한다. 그것은 정치적 상황에서 내려진 불가
피한 귀결이 아닌가 생각된다.[27] 그러나 1961년 고리키 연구소의 젊

---

25) 같은 책, 108쪽.

26) 같은 책, 109쪽.

27) 바흐찐에게는 1952년에 박사 학위보다 한 등급 낮은 '후보 박사' 학위가
    수여된다.

은 학자 코지노프가 라블레 논문을 발견하여 재평가가 이루어진 뒤, 바흐찐이 자신의 논문을 수정·보완하여 『프랑수아 라블레와 중세 및 르네상스 시대의 민중문화』라는 제목으로 출판하고, 그것이 서방 세계에 알려지면서 그의 저서 가운데 처음으로 『프랑수아 라블레의 작품과 중세 및 르네상스 시대의 민중문화』가 1970년 프랑스 갈리마르 사에서 번역·출판된다.

그의 저서는 우선 라블레를 셰익스피어·세르반테스 등과 함께 세계 문학을 대표하는 작가로 부각시켰다. 둘째, 프랑스 문화계로 하여금 라블레의 재발견과 재평가의 기회를 가져다주었으며, 셋째, 바흐찐의 저서와 이론이 세계적인 각광을 받는 계기를 마련해 주었다.

그의 저서는 서문에 이어, 제1장「라블레와 웃음의 역사」, 제2장「라블레 작품에 나타난 광장의 어휘」, 제3장「라블레 작품에 나타난 민중 축제의 형식과 이미지」, 제4장「라블레의 향연」, 제5장「라블레에서 육체의 그로테스크한 이미지와 그 원천」, 제6장「물질적 그리고 신체적 '아랫부분(bas)'」, 제7장「라블레의 이미지와 그의 시대의 현실」, 이렇게 모두 7장으로 이루어져 있다.

바흐찐은 서문에서 라블레에 대한 자신의 관점을 총론적으로 집약하고 있다. 그는 라블레가 "세계 문학 사상 민중의 카니발적 웃음의 위대한 대변자이고 그것의 최고봉"[28]이라고 본다. 그 웃음은 전체 민중의 재산으로서 일반적이고도 보편적인 성질을 지니고 있으며 중세의 수직적 사회 구조를 수평적 선린 관계로 바꾸고자 하는 의도를 표출하고 있다.[29] 라블레의 웃음은 어디에서 나오는가? 그것은 다양한 민중적 행사와 축제를 통하여 드러나는 그로테스크한 이미지와 각종 상스러운 욕지거리, 신성 모독적인 표현, 패러디, 그리고 음담패설의

---

28) 바흐찐의 *l'Œuvre de François Rabelais*, 21쪽.
29) J. Peytard, 앞의 책, 85쪽.

표현으로부터 나온다. 웃음을 터뜨리게 하는 이 모든 수단과 방법을 집약적으로 드러내는 것이 카니발이고, 그러한 의미에서 그로테스크한 이미지와 상스러운 언동은 모두 '카니발적'이라는 메타언어와 관계가 있다. 그렇기 때문에 라블레를 이해하는 지름길로서 바흐찐은 카니발을 택하고 카니발의 특성을 다각적으로 고찰한다.

2.1 웃음과 풍자

웃음에 대한 역사적 고찰을 통하여 바흐찐은 라블레·세르반테스·셰익스피어를 포함하는 16세기와 그 뒤인 17세기 이후가 크게 다르다는 점을 지적한다. 먼저 16세기는 웃음이 세계관을 대신하는 시학적 가치를 지니고 있고 인생사와 역사 그리고 인간에 대한 진실 역시 웃음에 의하여 표현되는 시기였다.[30] 즉, 웃음은 어떤 철학의 표현에 다름이 아니었다. 그러나 17세기부터 웃음은 총체적인 세계관을 대신하기보다 오히려 부정적인 현상, 사회생활의 부분적인 현상만을 대변하게 되었다.[31] 한마디로 웃음에서 코믹한 것이 파생되면서 그것은 인간사나 세상사의 큰일들을 포괄할 수 없었고, 단지 개인이나 사회의 웃음거리를 비웃는 부정적 역할만을 맡게 된 것이다. 따라서 코믹과 같은 의미로 전락한 웃음은 가벼운 오락의 한계를 벗어나지 못했다는 것이다.

16세기에는 세계관의 보편적인 형식으로서의 웃음을 정당화하는 이론적인 토의들이 활발하게 전개되었다. 라블레는 웃음의 철학을 정당화하는 전거를 주로 고대 문헌에서 찾고 있는데, 제일 먼저 의사 히포크라테스로부터 끌어낸다. 히포크라테스는 웃음의 이론가이고

---

30) 바흐찐, 앞의 책, 75쪽.
31) 같은 책, 76쪽.

환자 치료에서 의사의 명랑성과 활기가 중요한 역할을 한다는 사실을 상기시켜 주었다. 또한 『히포크라테스 이야기』에서 웅변가 데모크리토스의 경우에 대하여 설명한다. 데모크리토스는 웃음을 통하여 내부에 쌓인 잔재물을 외부로 배출하는 '기인'으로 알려졌다. 그에게 웃음은 하나의 세계관이며, 그것은 인간의 공연한 두려움이나 제신과 저승에 관련된 인간의 부질없는 망상을 대상으로 한다. 그는 웃음이란 성숙하여 철이 든 인간의 정신적인 자리매김이라고 보았고, 그 점에서 히포크라테스는 데모크리토스에 전적으로 동의를 표한다.[32]

두번째 전거는 아리스토텔레스에게서 구한다. "인간은 웃을 줄 아는 유일한 존재"라고 하는 그의 명제는 널리 알려져 있다. 라블레는 『가르강튀아』의 모두(冒頭)에서 "눈물보다는 웃음에 대하여 쓰는 편이 더 나으리/왜냐하면, 웃음이란 인간에게만 고유한 것이니까"라고 쓴다.[33] 아리스토텔레스는, 어린아이가 태어나서 40일이 지나야 웃기 시작하는데, 배화교의 창시자 조로아스터는 태어나는 순간 웃었고 그로 미루어 주변 사람들은 그가 선견지명이 있는 인간임을 깨달았다고 한다. 바흐찐 역시 고전에 정통한 라블레는 이러한 사실들을 숙지하고 있었기 때문에 그의 작품에서 웃음을 부각시켰으리라고 본다.

세번째 전거는 르네상스 시대에 유명해진 그리스의 풍자 작가 루키아노스이다. 그의 『메니포스, 일명 네키오마니아』는 16세기에 널리 읽힌 작품이다. 주인공 메니포스는 저승에 가서 이승에서 세도를 누리던 인물들이 지옥에 떨어져 고생하는 것을 보고 웃음을 터뜨린다. 라블레가 『팡타그뤼엘』에서 등장인물 에피스테몽을 지옥에 내려 보내는 장면을 그린 것은 루키아노스의 영향을 받은 것으로 추정된다.[34] 『사자들의 대화』에서 메니포스는 배를 타고 저승으로 가면서 모든

---

32) 같은 책, 76-77쪽.

33) Rabelais, Œuvres, Pléiade, dizain aux lecteurs, 2쪽.

34) 바흐찐, 앞의 책, 78쪽.

사람들이 우는 것을 놀려대면서 웃을 수 있었던 유일한 인물이었다. 웃음은 메니포스를 정신적으로 그리고 자신의 자유로운 의사 표현 면에서 진정한 자유인으로 만든다.

바흐찐이 밝히는 것처럼, 라블레는 웃음에 관계되는 고전 문헌 텍스트에 대하여 소상하게 알고 있었고, 라블레가 바흐찐이 열거한 세 가지 텍스트로부터 여러 가지 시사받은 바가 있다는 점에 대해서는 재론의 여지가 없다. 그러나 바흐찐은 라블레의 고전에 대한 취향이 그의 작품을 민중과 유리시키고 본의 아니게 지식인 내지 상류층에 맞추고 말았다는 점에 대해서는 언급하지 않았다. 카스텍스(Castex)가 지적하는 것처럼, 팡타그뤼엘의 부조리한 변론들이나 파뉘르주와 토마스트 사이의 논쟁, 어린 시절 가르강튀아가 갑작스레 옛날 속담들을 외워대는 구절 등은 당대의 소수의 지식인들이나 이해하고 웃을 수 있는 소화하기 힘든 부분들이다. 또한 『가르강튀아』의 제19장에 나오는 자노튀스의 엉터리 라틴어가 뒤섞인 연설문을 즐긴다는 것은 상당한 식자층만에게만 가능한 일이다. 대학에서 학생들과의 대화나 대학의 묘사 장면도 마찬가지이다.[35]

웃음과 관련된 문헌 텍스트에 대한 언급에서는 프랑스의 중세 문학이나 민담·전설 등은 전혀 등장하지 않고 있다. 중세 프랑스의 중산층 문학과 귀족 문학의 차이는 후자가 운명적으로 이루어질 수 없는 사랑의 비극을 기본 테마로 삼는 데 비하여 전자는 현실을 주제로 그것을 웃음거리로 만들어 즐김으로써 현실에 찌든 생활에 활력을 되찾는다. 표면적으로는 동물 세계를 다루면서도 사실상 인간 사회를 재현한 『여우 이야기』에 대해서 문학사가 랑송은 이렇게 말한다. "이 중산층 작품에서 어떤 사회 계급이 패러디의 제물이 되는가는 곧 짐작이 간다. 그것은 귀족과 교회이다. 귀족적인 것과 교회에 관계되는

---

35) P. G. Castex 외, *Histoire de la littérature française*(Hachette, 1974). 94쪽.

것은 가차없이 조롱당한다.…… 교황 사절이든 사제이든 영주이든 간에 모든 사람을 조소하되, 그중 누구에 대해서도 악의는 없다. 오직 즐거움만이, 어떤 악의 없는 즐거움만이 만인에 대한 풍자를 자아낸다."[36] 또한 『파틀랭 변호사의 소극』도 중세 중산층 문학에서 웃음과 관계되는 연극이다. 별 볼일 없는 변호사가 법률 지식을 악용하여 나사점 주인과 푸줏간 주인을 등쳐먹고, 나사점 주인은 불쌍한 양치기를 보수조차 안 주고 부려먹다가 양치기가 먹을 것이 없어 양을 잡아먹는 장면을 포착하여 그를 법정에 고소하자 재판이 끝난 뒤 양치기의 변호를 맡은 악덕 변호사를 그 양치기가 골탕먹인다는 것이 이야기의 줄거리가 된다. 이 작품에 대하여 랑송은 "이렇게도 단순하고 보잘것없는 주제 속에 그렇게도 용솟음치는 즐거움이 있고, 성격의 표현에 그토록 섬세함과 정확함이 있으며 연극성에 직관적인 재질을 보여주고 강력한 생명력과 생기 발랄하고 신랄한 문체, 그처럼 풍부한 감명 깊은 진실이 있다……."[37]고 말한다. 단편적이지만 이와 같은 언급만 보더라도 라블레의 소설이 중산층 문학이 담고 있는 웃음의 맥을 잇고 있음을 알 수 있다. 바흐찐도 중세의 민중적인 문화의 바탕이 코믹한 문화임을 일반적으로 언급하고 있지만,[38] 중세의 중산층 문학과 라블레 소설의 관계에 대해서는 구체적으로 연결시키지 않고 있다.

또한 팡타그뤼엘과 가르강튀아를 비롯한 가문의 인물들은 모두 골루아(Gaulois) 족의 기질을 지니고 있고, 라블레 소설의 세계가 골루아적 세계임은 프랑스적인 상식에 속하며 보편적으로 그렇게 인정받고 있다. "gualoiserie"는 첫째, 명랑하고 개방적인 기질, 둘째, 쾌활한 음담이라는 사전적인 뜻을 가지고 있다. 그리고 이 단어에 가장 잘

---

36) G. Lanson, *Histoire de la littérature français*(Hachette, 1951), 99-100쪽.
37) 같은 책, 219쪽.
38) 바흐찐, 앞의 책, 81쪽.

어울리는 작품이 라블레의 소설이다. 『팡타그뤼엘』과 『가르강튀아』
에서 웃음과 관련되는 장면들은 대부분 골루아적인 기질의 발로이다.

　마지막으로 라블레 웃음의 성격에 대하여 바흐찐은 핀스키(L. Pinski)
의 견해를 소개하고 있다. 핀스키는 그의 저서 『르네상스 시대의 사
실주의』[39]에서 라블레의 웃음이 그 당시 사회의 부정적인 현실을 겨
냥한 것이 아니라, 단지 일부 부수적인 등장인물이나 에피소드만이
풍자적인 성격을 가지고 있다고 말한다. 그리고 바흐찐은 핀스키의 견
해에 전적인 동감을 표시하고 있다.[40] 이러한 핀스키의 견해는 1964년
트텔(M. Tetel)의 『라블레 코믹에 대한 연구』[41]와 맥을 같이한다. 핀
스키는 라블레의 웃음이 현실의 순수하게 부정적인 현상을 겨냥하지
않으며, 등장인물 가운데 풍자적인 성격의 인물들은 부수적인 장면에
나타날 뿐이라고 말한다. 그리고 라블레의 웃음은 긍정적이고 적극성
을 띠고 있다고 하면서, 그 예로 장 수사의 엄청난 폭식, 파뉘르주의
관능적 쾌락의 추구, 어린 가르강튀아의 야한 농담 등을 들고 있다.
그러면서 라블레의 웃음이 부정적이면서 긍정적인 양가성을 가졌다
고 지적한 데 대하여 바흐찐은 전적인 공감을 표시한다.[42] 한마디로
바흐찐은 핀스키의 연구를 직접 인용하고 집약하면서 자신의 관점과
일치함을 보여준다.

　그런데 이와 같은 바흐찐의 입장에는 몇 가지 문제가 있다.

　첫째, 라블레로서는 풍자를 부정하거나 극소화하기 위해서는 풍자
라고 알려진 장면에 대한 분석을 통하여 그것이 풍자가 아닌 웃음이
라고 설득해야 함에도, 일부 부수적인 장면만이 풍자이고 나머지는
모두 웃음이라고 하는 것은 납득하기 어렵다.

---

39) L. Pinski, *Le réalisme à l'époque de la Renaissance*.

40) Bakhtine, 앞의 책, 144쪽.

41) M. Tetel, *Etude sur le comique de Rabelais*(Olschki, 1964).

42) Bakhtine, *l'Œuvre de François Rabelais*, 144-145쪽.

둘째, 웃음의 성격이 '긍정적' 내지 '적극적(positif)'이라고 하면서,[43] 아울러 라블레의 웃음이 '부정적(négatif)'이면서 '긍정적(affirmatif)'이라고 하는 것은[44] 일관성의 결여라고 할 수 있다. 부정적 웃음과 풍자가 어떻게 다른 것인지에 대한 해명이 필요하다.

셋째, 풍자를 부정하는 것은 라블레의 소설에는 비판적인 의도가 없고, 웃음 그 자체가 목적이며 라블레가 살던 시대와 그의 작품은 아무런 관련이 없다는 점으로 귀결된다. 그러한 관점은 라블레의 작품이 담겨 있는 대학, 법원의 재판, 교회, 유명론과 실재론, 신학자 등에 대한 풍자적인 언급이 당시대에 대한 풍자를 제거한 웃음만으로 이해될 수 있다는 것과 같은 말이 된다.

넷째, 위의 관점은 문학과 문화 면에서 민중적 전통에 부합되지 않는다. 왜냐하면 중세의 중산층＝민중문학의 특성은 현실 속에서 드러나는 부조리를 웃음거리로 만들면서 풍자를 통하여 웃음을 이끌어내었다. 라블레의 경우 현실을 직접적인 표적으로 삼지는 않고 과장법과 그로테스크, 그리고 감각을 가지고 우회적으로 표현했으나, 거기에는 분명히 풍자적인 의도가 내포되어 있고 그러한 방법을 통하여 현실을 꼬집고 희화시켰던 것이다.

다섯째, 풍자의 부정은 바흐찐 자신의 언급을 부정하는 결과를 낳는다. 바흐찐은『도스토예프스키의 시학』에서 카니발과 메니포스적 풍자를 연결시킨 바 있다. 그는 메니포스적인 풍자를 진지하면서도 해학적인 장르 중에서 카니발화 현상이 가장 뚜렷하게 나타나는 장르라고 규정한다. 그리고 그 특징을 열네 가지로 설명하면서, 특히 해학적인 웃음을 토대로 제도화된 행동 규범이나 예절 등을 위반하는 기괴한 행동, 점잖지 못한 행위, 현자가 바보가 되고 왕이 노예가 되는

---

43) 같은 책, 144쪽.
44) 같은 책, 145쪽.

등 사회적 계급의 전도 현상 등이 일어난다는 점, 그리고 당대의 사회적 현실에 대한 관심 등을 표시한다.[45] 메니포스적인 풍자는 도스토예프스키보다 라블레에서 더욱 선명하게 드러나는 현상이다. 바흐찐 자신도 그의 『라블레』에서 루치아누스의 『메니포스 또는 네시오마니아』가 라블레에게 중요한 영향을 끼쳤다고 하면서, 『죽은자들의 대화』에서 메니포스가 나오는 대화를 적고 있다.[46]

라블레에게 풍자와 웃음이 반드시 일치한다고 할 수는 없다. 어느 한쪽이 강하고 다른 한쪽이 약하게 나타나는 경우들이 있기 때문이다. 그러나 많은 경우 그 두 가지는 서로 밀접하고 보완적인 결합을 보여주고 있다. 풍자적인 의도가 웃음을 유발하거나 웃음의 표출 뒤에 풍자적인 구도가 숨어 있는 경우가 대부분이다. 라블레가 자신의 소설이 '진수(substantifique moelle)'를 담고 있다고 강조하는 것도 그 때문이라고 하겠다.

이환은 자신의 라블레 연구에서 "라블레의 웃음 중에 아마도 가장 보편적인 것은 풍자일 것이다. 어떤 의미에서 그의 모든 웃음은 다소간 이 범주에 속한다고 할 수 있다.…… 가령 종교적 풍자, 정치사회적 풍자, 풍속적 풍자 등등"[47]이라고 함으로써, 웃음과 풍자가 밀접한 관계에 있음을 밝히고 있다. 라블레의 웃음이 풍자와 관계없다고 주장하는 학자들은 트텔 이외에도 문체론 연구로 유명한 스피체르(L. Spitzer)와 베를리오즈(M. Berlioz) 등이 있다. 그러나 더 많은 연구가들은 라블레의 웃음이 무상(gratuit)의 웃음이 아니고 당시 사회의 여러 정황과 연결되었다고 주장한다. 스크리치(M. A. Screech)도 그러한 주장을 하면서 문화의 기능을 강조한다. "코미디와 유머는 대부분

---

45) Bakhtine, *La Poétique de Dostoïevski*, 169-177쪽.

46) Bakhtine, *l'Œuvre de François Rabelais*, 78쪽.

47) 이환, 『프랑스 근대 여명기의 거인들, 라블레』(서울대학교 출판부, 1997), 146쪽.

종교적 신앙, 철학적 신념, 윤리적 규범, 도덕과 사회적 협약과 관련이 있다."[48] 스크리치의 논지를 따른다면 라블레의 웃음은 그 자체로서 무상의 웃음이 아니라 그의 철학 및 사상과 관련지어 그 시대의 문화적 맥락에서 이해해야 한다. 사실상 라블레의 웃음은 중세로부터 계속되고 있는 교육 방법·대학·교회·법정·정치 등의 현장에서 이루어지고 있고, 개혁이나 혁명을 직접적인 목표로 하지 않는다고 하더라도 시대적 현실에 대한 또 '하나의 목소리'와 관계가 있다. 그의 웃음은 정치적으로, 특히 종교적으로 박해를 피하기 위한 '연막'의 역할을 담당하고 있다. 이렇게 볼 때 바흐찐적인 의미에서 웃음을 통하여 라블레는 시대의 현실과의 '대화'를 시도하는 것이며, 나아가서는 시대적 현실을 웃음거리로 만듦으로써 그것을 꼬집고 풍자하고자 하는 의도가 있다고 말할 수 있다.

필자가 스크리치의 관점을 옹호하는 것은 아니다. 그러나 라블레의 웃음을 보는 관점에는 두 가지가 있다. 형식면에서, 즉 웃음이 텍스트에 의하여 만들어진다고 보는 관점과 내용 면에서 이를 통하여 라블레가 시대적 현실을 비판하고자 하는 의도를 제시한다고 보는 두 가지 관점이 있을 수 있다. 전자는 형식주의 내지 구조주의적 입장에 가깝고, 후자는 오히려 바흐찐의 대화주의적 관점과 연결된다고 볼 수 있다. 물론 단순한 풍자나 비판의 의도는 텍스트 그 자체만을 보는 관점보다 한 단계 낮은 평가 방법이라는 시각도 있을 수 있다. 여하튼 바흐찐이 자신과 가까운 관점을, 그러나 단일한 시각에서 텍스트를 본다는 것은 어떤 의미에서 하나의 자기모순이고 아이러니라고 할 수 있지 않을까?

웃음, 특히 터져 나오는 웃음은 인간의 내부에 쌓여 있는 정신적인 노폐물——스트레스, 한, 응어리, 근심, 걱정 등——을 일시에 밖으로

---

48) M. A. Screech, *Rabelais*(Gallimard, 1992), 12-13쪽.

털어버린다. 웃음의 치료 효과는 고대 그리스 시대부터 알려져 있지만, 현대 의학이 그 가치를 재발견하여 활발한 응용을 보이는 것은 그 때문이다. 또한 웃음은 모든 제도·규칙·틀에 억눌리고 갇혀 있는 인간을 그것들로부터 해방시킨다. 그 결과 웃음과 함께 내부에 잠자고 있던 자신의 본능적인 목소리가 터져 나온다. 그러한 언어는 대화적이기보다는 목청을 높여 불특정 다수를 향하여 지르는 큰 소리인 경우가 많다. 그렇기 때문에 도스토예프스키의 경우와는 달리 라블레에게는 대화보다 광장이나 장터의 여러 사람들을 향한 외침이 더 중요하다. 장터나 광장에서의 외침은 민중적 삶 속에서 빼놓을 수 없으며, 또한 그것은 더 큰 규모의 카니발과 같은 행사가 벌어지는 공간이기도 하다.

고대 그리스의 '아고라'는 광장과 장터를 동시에 나타내는 공간이다. 소크라테스를 비롯하여 모든 철학자는 아고라에서 대중들에게 자신의 이론을 설파했으며, 토론을 거쳐 인정을 받게 되면 제자들이 따라왔다. 또한 아고라는 온갖 식품에서 생필품들이 거래되는 장터였다. 바흐찐은 라블레에게서의 '광장'을 본래적인 '광장' 이외에도 '장터'나 '길거리' 등 열린 공간의 의미로 사용한다. 광장의 언어에서 제일 먼저 관심을 끄는 것은 '파리의 외침'이라고 부르는 각종 상인들의 목청을 돋운 상품 선전이다. 그러한 외침은 대부분 4행의 운율을 맞추어 이루어진다. 이에 13세기에 기욤 드 빌 뇌브는 '파리의 외침'에 대한 모음집을 낸 바 있고, 라블레 시대에도 그러한 모음집이 책으로 나왔다. 6·25 전까지만 해도 아침마다 "무우 두렁 사려" 하는 소리를 들을 수 있었으며, 밤이면 '군밤', '찹쌀, 모찌', '메밀묵' 등을 파는 다양한 장사꾼들의 외침을 들을 수 있었는데, 이는 서울 생활의 풍경에서 빼놓을 수 없는 것이었다. 1545년 트뤼케(Truquet)가 편집한『파리의 외침』에는 107가지의 상인들의 각종 외침이 포함되어 있었다고 한다. 바흐찐이 이러한 외침에 주목을 하는 것은 각종 채소와 육류를 비롯한 식품류, 포도주를 비롯한 음료, 옷가지 등, 그러한 외침에 관계되는 품목이 다양하고 그 품명의 목록은 훨씬 길기 때문이다. 따라서 그로부터 비롯되는 어휘들도 많다. 그 외침 가운데는 엉터리 약장사가 '카톨리콘 이스파뇬'이라는 약을 만병통치약이라고 선전하는 장면도 있다.[49] 이는 우리의 시골 장터에 가면 아직도 볼 수 있는 약장수의 광고를 연상시킨다. 외침의 멜로디나 어조 등 또한 각양각색이다. 그렇기 때문에 그러한 외침은 민중적인 삶을 보여줄 뿐만 아니라 프랑스어의 구어체 언어 정착, 언어 스타일, 언어 문화 발전에 중요한 기여를 했다고 바흐찐은 지적한다.[50]

그 외침의 또 하나의 특징은 그것이 모든 사람을 평등하게 만든다는 것이다. 외치는 사람들도 서로 평등하지만 그 외침에 끌려 물건을 사는 사람과 파는 사람도 평등하다. 외침이 모든 벽을 허물었기 때문이다. 전쟁에 대한 책임을 물어 아나르슈왕을 파뉘르주가 『초록 소스』 외침이로 만들었다는 일화[51]는 그러한 사실을 잘 보여준다.

라블레의 『팡타그뤼엘』은 광장에서 쓰는 형식의 언어로 서두를 시작한다. 그는 독자를 최상급으로 치켜세운다. "대단히 훌륭하신", "대단히 의협심이 많으신", "점잖으신", "위대하신" 등등의 최고급 찬사가 줄을 잇는다. 그러한 최상급은 진지한 인상을 주기보다는 인위적으로 과장된, 어떤 복선이 있을 보여준다. 그는 그 『연대기』를 읽기만 하면 매독과 신경통은 물론 모든 병을 고쳐준다는 말을 떠벌림으로써 그 자신이 바로 광장의 '외침이'가 되었음을 알려준다.

'파리의 외침'과 관련되는 언어는 모두 먹고 마시고 병을 고치고 정력을 보강시키고 회춘하는 것들과 연결되고, 그것들은 생을 긍정하는 행위들이기 때문에 모두 긍정적인 성격을 지닌다. 그러나 광장의 언

---

49) 바흐찐, 앞의 책, 189쪽.
50) 같은 책, 183-184쪽.
51) 같은 책, 185쪽.

어 가운데는 그와 반대로 부정적인 성격을 가진 것들이 있다. 질병, 욕설, 저주, 상말 등이 그러하다.『가르강튀아』는 서두 시작부터 '술 꾼'과 '매독 보균자'를 치켜세운다든지, 욕설, 악담, 저주 등을 퍼붓는 장면들이 많이 있다. 바흐찐은 라블레의 소설에 나타나는 '욕설'을 '욕 지거리(juron)'와 '모욕(injure)' 두 가지로 나눈다. 전자는 본래 '…… 이 름으로 맹세코'의 의미로 쓰던 것이 '불경스러운 말'을 거쳐 '욕지거 리'가 된 것인데, 때로는 단순한 감탄사적 의미만 나타낼 수도 있다. 그에 비하여 후자는 어원적으로 '불의', '불공평', '위반', '가해'의 뜻으 로 쓰이다가 '모욕', '모욕적인 언사'로 쓰이게 되었다.[52] 전자를 나타 내는 것으로는 신의 몸, 신의 피, 성인들의 이름을 거론하는 것들이 있는데, 바흐찐은 사회 계층과 세대에 따라서 사용하는 용어에 차이 가 나타나는 것을 지적한다.[53]

그러한 욕설은 교회와 국가 그리고 고전 학자들까지도 쓰지 말도 록 금지했음에도 점차 일반화되는 것을 막을 수는 없었다. 교회는 그 러한 욕설이 교회의 권위와 신앙에 큰 해를 끼친다는 점을 고려하여 그러한 용어를 금지시켜 달라고 국가에 요청했고, 샤를 7세, 루이 11 세, 프랑수아 1세 등이 포고령을 내렸음에도 아무 효과가 없었으며, 라블레의 소설에도 거리낌없이 나온다. 오히려 금지된 것은 언제나 더 구미를 돋우게 마련이다.

후자 'injure'는 죽음, 노년, 시체를 표상한다고 바흐찐은 설명한다.[54] 『팡타그뤼엘』의 서두 마지막 부분은 욕설과 저주 투성이다. 저주는 일차적으로 저자 자신을 겨냥한다. "만약 내가 쓴 이야기에 한마디라 도 거짓이 있다면 이 세상 모든 귀신들에게 내 몸과 영혼, 내장과 창 자까지 다 바치리라."[55] 마찬가지로 만약 독자들이 이야기를 믿지 않

---

52) *Dictionnaire historique de la langue française*(Robert, 1998) 참조.
53) 바흐찐, 앞의 책, 191쪽.
54) 같은 책, 199쪽.

는다면 일곱 가지 저주를 받을 것이라고 공언한다. 그중 다섯 가지는
(1) 성 앙투안 열병, (2) 간질병, (3) 다리궤양, (4) 이질, (5) 단독(丹
毒, érysipèle)으로 병과 관련이 있으며, 나머지 두 가지는 (1) 벼락맞
기, (2) 지옥불에 떨어지기이다.

　이러한 표현들은 당시 일반적으로 많이 사용되던 표현들이다.[56] 이
것들은 우리말 표현에서 당시 일반적으로 많이 사용되던 "급살 맞아
라", "벼락 맞아 싸다", "염병할" 등과 유사하다. 그러나 모두 저질스
럽고 그로테스크한 성격임에는 틀림없다. 바흐찐은 이러한 광장의 언
어는 "규율의 질곡, 위계질서, 그리고 일상적 언어의 금기 등에서 해
방된 특수어, 은어(argot)로 변질된다."[57]고 설명한다. "해방된" 언어임
에는 틀림이 없으나 그 언어가 갖게 되는 의의에 대한 분석은 없다.
광장의 언어는 웃음과 내부에 축적된 '응어리'를 밖으로 터뜨려 후련
한 카타르시스를 실현하듯이 욕설이나 저주 등도 그것들을 외부에 쏟
아버림으로써 속이 후련하고 편안해지며 안정을 찾을 수 있다.

　또 한 가지는 욕설이나 저주가 애정을 담고 있는 경우를 생각해 볼
수 있다. 아끼고 애정을 가지고 있기 때문에 욕을 퍼붓는 것이고 그
렇지 않은 때는 욕도 하지 않는 경우이다. "욕먹으면 오래 산다"는 우
리 속담에도 그런 해석이 가능할 수 있다. 프랑스 학생들은 시험을
보러 가는 친구에게 "merde!", 즉 "똥이나 먹어!" 하고 기원해 준다.
순진하게 "오늘 시험 잘 봐!" 하면 재수가 없다는 것이다.

2.2 카니발의 시학

　바흐찐에게 카니발은 대화, 다성성 등과 함께 문학 텍스트 분석에

---

55) Rabelais, *Œuvres Complètes*(Seuil, 1995), 304쪽.
56) 바흐찐, 앞의 책, 169쪽.
57) 같은 책, 190쪽.

핵심적인 개념 장치이다. 도스토예프스키의 소설 조명에도 카니발이 도입되었음은 앞에서 살펴보았는데, 라블레의 소설에서 카니발은 더 큰 비중을 차지한다. 그런데도 도스토예프스키의 소설에서는 물론이거니와 라블레의 소설에서도 카니발과 직접 관련이 되는 장면의 묘사는 없다. 그러나 카니발적인 장면의 묘사는 여러 번 나온다. 예컨대 『가르강튀아』의 제7장에서 어린 거인 가르강튀아가 술이 거나하게 취하여 불그레한 얼굴에 열여덟 개의 턱을 하고 특별히 제작된 마차로 시내를 돌아 다니는 모습은 거인의 형상을 한 가면을 쓴 사람들이 꽃마차를 타고 가장행렬을 벌이는 사육제를 연상시킨다. 또한『가르강튀아』의 제18장에 나오는 장면으로, 신학자 자노튀스가 괴상한 가면을 쓴 일당과 함께 가르강튀아가 말방울로 쓰는 노트르담 성당의 종을 돌려달라고 찾아가는 것도 카니발을 연상시킨다.

바흐찐은 카니발과 관련된 몇 가지 장면을 구체적으로 제시한다.

첫째, 『가르강튀아』에서 가르강튀아의 나라 유토피아를 아무 이유 없이 침공했다가 패망한 레르네(Lerné)의 피크로숄(Picrochole) 왕은 도망치다가 자기가 타던 말을 죽이고 남의 노새를 훔치다 붙잡혀 몰매를 맞고 왕의 의관도 박탈당하고 너덜너덜한 작업복을 입게 된다. 그는 결국 리용의 날품팔이로 전락한다. 둘째, 『팡타그뤼엘』에서 디프소드(Dipsode)의 왕 아나르슈(Anarche) 역시 유토피아를 침략했다가 패망한 뒤 팡타그뤼엘에 의하여 파뉘르주에게 맡겨진다. 파뉘르주는 그에게 헌 어릿광대의 옷을 입힌 뒤 서민들이 사용하는 녹색 소스 상인의 외침이로 취직시킨다. 그리고 늙은 악녀와 결합시킨다. 그녀는 걸핏하면 욕지거리를 퍼부으면서 아나르슈를 두들겨 팬다. 셋째, 『네번째 책』에 나오는 '쉬카누인들의 섬' 이야기이다. 이 섬사람들은 매를 얻어맞고 그 대가로 받는 돈으로 먹고산다. 피크로숄 왕의 침입을 막는 데 공헌을 세운 바 있는 장 수사는 붉은 수염의 쉬카누인 한 사람의 배, 팔, 다리, 머리, 그리고 온몸을 두들겨 팬다. 초죽음이 된 그 사람에게 장 수사가 20량을 주자 그 친구는 마치 왕이나 된 듯이 즐거워하면서 그 자리를 떠난다.[58]

바흐찐이 대표적으로 든 위의 세 가지 예들은 몇 가지 공통점이 있다. 두 경우에는 사회적 위계질서가 뒤집어진다. 왕이 잘못을 하면 평민 이하가 될 수 있다는 사례를 보여준 것이다. 그 정치적 의의를 강조하지 않고 카니발에서처럼 희화시켜 평소 걸핏하면 부당하고 억울한 일을 당하는 평민들을 즐겁게 해준다. 그리고 광대 같은 옷을 입혀 한층 더 우스꽝스럽게 만들기도 하고, 어설픈 역할을 맡겨 고소를 자아내게 한다. 거기에다 매맞기가 들어가는 경우가 많다. 이러한 몇 가지 요소는 중세 민담에서 17세기의 몰리에르, 18세기의 마리보(Marivaux) 연극에서도 등장한다. 라블레의 소설에는 그 밖에도 여러 장면이 카니발적인 모습을 보여준다.

카니발적인 장면의 백미는 라블레 자신의 죽음에 임박하여 연출된다. 라블레는 가면무도회나 가장행렬 때 도미노가 입은 울긋불긋한 분장을 해줄 것을 요구했다고 전해진다.[59] 그것도 성서의 권위를 앞세워, 즉 요한계시록에 "Beati qui in Domino Moriuntun"이라는 구절이 있으니 도미노로 분장해달라고 했다는 것이다. 'Domino'는 라틴어로 '주님'을 뜻하고 프랑스어로는 '가면무도회에서 두건 달린 광대 옷을 입은 사람'을 의미한다. 그 구절의 해석은 "주님과 함께 죽음을 맞는 자는 행복할지니"인데, '도미노'가 나오니까 옷을 입히라는 것이다. 얼마나 장난기 넘치는 장면인가! 그것도 죽음을 앞에 두고 말이다.

바흐찐이 라블레 소설에서 카니발과 카니발적인 요소를 부각시킨 것은 그것이 가장 민중적인 전통과 삶을 상징하고 있고 고달픈 일상에서 민중을 일시적으로나마 해방시켜 준다고 보았으며, 그러한 요소

---

58) 같은 책, 198-201쪽.
59) 같은 책, 201쪽.

와 장면이 카니발 내지 카니발적인 것에 많이 담겨 있다고 보았기 때문이라고 생각한다. 그러나 더 중요한 이유는 바흐찐이 도스토예프스키의 소설과는 달리 라블레의 소설을 유희(jeu, play)의 측면에서 보기 때문이라고 할 수 있다. 그러한 관점은 라블레 소설을 사상적인 측면에서 고찰하던 프랑스적인 연구의 전통으로부터 벗어나는 관점이다. 그러한 관점에서 라블레가 쓴 다섯 권의 이야기 가운데 『가르강튀아』와 『팡타그뤼엘』 두 권에 대하여 연구가 집중되었다. 왜냐하면 그 두 권에 교육, 법 제도와 운영, 교회와 신학, 대학, 전쟁과 평화, 여성 등에 대한 라블레의 사상이 많이 들어 있기 때문이다. 그렇기 때문에 바흐찐으로서는 참신성이나 독창성 면에서 그러한 주제에 대하여 연구한다는 것에 큰 의미를 느끼지 못하고, 그와는 전혀 다른 시각, 즉 유희 내지 놀이의 관점에서 라블레를 읽었다고 볼 수 있다.

유희의 시각에서 바흐찐이 라블레를 본 것은 괴테의 영향이라고 할 수 있다. 바흐찐은 괴테에 커다란 존경심을 가지고 있었고 또한 괴테 연구서를 쓰기도 했는데, 불행히도 원고는 소실되었다.[60] 바흐찐은 괴테를 눈에 보이는 현상과 가시적인 요소(le visible)에 큰 중요성을 부여한 작가로 본다. 가장 사변적이고 추상적 관념도 그것을 크로키나 데생으로 표상한다. 단어도 그 뜻을 의미하는 단위가 아니라 그것을 그림으로 전환하여 머리에 떠올린다.[61] 그러한 괴테가 『이탈리아 여행(Le voyage en Italie)』에서 로마의 카니발에 대하여 이야기한 것에서 바흐찐은 르네상스 시대의 문학, 구체적으로는 라블레의 소설을 괴테의 눈으로 보고자 한 것이다.

본래 괴테는 궁중의 축제와 가장무도회의 책임을 맡고 있었다. 그래서 로마에 갔을 때 그는 로마의 카니발에 관심을 가지고 관찰했다.

---

60) J. Peytard, 앞의 책, 92쪽.
61) 같은 책, 같은 쪽.

괴테는 "로마의 카니발은 민중에게 베푸는 축제가 아니고 민중이 스스로 민중 자신에게 베푸는 축제"라고 정의한다. 괴테는 로마의 축제가 사회적 위계질서에 의한 장벽과 계급, 개인적인 상황 등 모두를 더불어 살고 즐기는 친구와 이웃으로 만든다고 적었고, 무엇보다 민중적 축제에서 이미지에 의한 언어가 무엇인가를 깊이 이해하게 되었다. 괴테의 그러한 경험에서 바흐찐은 깨달음을 얻어 라블레를 카니발의 측면에서 읽고 해석했던 것이다. 그런데 그러한 카니발의 전통은 프랑스와 독일에서는 이어지지 못한다. 왜냐하면 카니발 행사에서 각종 프로그램과 연설들이 민중의 의식을 깨우쳐주고 질서와 체제의 전복을 당연시하는 분위기를 조성할 수 있기 때문이다. 북유럽에서는 통제 불능인 카니발 행사가 경제적인 면에서 많은 지장을 준다는 사실이 부각되었고, 또한 자본주의에 의한 개인주의의 발달이 상당 기간의 공동생활과 사생활의 중단을 어렵게 만들었다.[62] 이러한 제약들이 카니발의 퇴조를 가져왔고, 니스를 비롯한 일부 지방의 카니발이나 민중 축제는 "호랑이 이빨은 빠진 채" 상업주의와 야합하여 형식상의 명맥만 유지하고 있다.

3 그로테스크 미학

3.1 잔치와 그로테스크 미학

인간이 이 세상에 태어나면서 제일 먼저 찾는 것은 먹거리이고, 그것은 생존을 위한 가장 원초적인 행위이다. 그것을 제일 가까운 어머니의 젖에서 구하다가 음식물로 대체한다. 음식물은 자연에서 취한

---

62) D. Ménager, *Pentagruel et Gargantua*(Hatier, 1978), 66쪽.

다. 그것을 뜯어서 가르고 찢어서 익히며 굽거나 삶거나 때로는 날것
으로 씹어 삼켜 그 덕분에 성장한다. 그것을 바흐찐은 '인간의 세계와
의 만남'[63]이라고 부르는데, 그 만남은 입을 통하여 이루어진다. 음식
물의 성질에 따라 입의 크기와 놀림이 달라지고, 입을 통하여 인간은
세계의 맛을 음미하면서 그것을 자기 뱃속에 집어 넣어 자신의 일부
로 만든다. 그렇기 때문에 인간이 존재하는 것은 세계로부터 필요한
자양분을 탈취하여—— 돈을 주고 살 경우에는 간접적으로—— 살아
남는다는 것을 의미하고, 죽는다는 것은 그러한 행위를 그친다는 의
미라고 할 수 있다. 그럼에도 음식물을 먹는다는 것은 호흡을 통하여
대기중의 공기를 흡수하는 것과 마찬가지로 그에 대하여 특별히 의식
하지 않고도 일상적으로 반복된다. 우리는 음식에 대해서 따진다거나
필요 이상으로 말하는 것은 상스럽다고 보고 심지어는 식사도 떠들지
않고 조용하게 해야 한다는 가르침을 받으며 생활하는 문화권에 속해
있다. 서양 문학도 먹는 행위를 지나치게 과장하는 장면을 보여주는
경우는 드물다고 할 수 있다.

그런데 라블레 소설은 먹는 행위와 관련된 장면을 많이 보여준다
는 의미에서 특이한 면을 갖는다. 바흐찐은 그에 대하여 특별한 의미
를 부여한다. "슬픔과 먹는다는 것은 양립 불가능하다.…… 잔치는
언제나 승리를 구가하는 것이다.…… 잔치의 승리는 보편적인 것이
다. 그것은 죽음에 대한 삶의 승리이다. 그러한 의미에서 잔치는 수태
(conception)와 탄생 같은 가치를 지닌다. 육체는 승리를 통하여 패배
한 존재를 흡수함으로써 자신에게 새로운 활력을 제공한다."[64]

무엇보다 잔치는 개인적인 식사와는 다른 의미를 지닌다. 잔치라고
해도 귀족이나 상류층의 친분 관계 강화를 위한 축제와 집단이 참여

---

63) 바흐찐, 앞의 책, 280쪽.
64) 같은 책, 282쪽.

하는 민중적인 축제는 성격이 전혀 다르다. 후자는 누구는 빼고 누구만 참석하는 잔치가 아니라 누구나 당연히 참석할 수 있는 잔치이다. 분위기와 대화 내용도 다르다. 민중적인 잔치에서는 위협받지 않고 무슨 말이든 다 할 수 있고, 무슨 말을 해도 재미있다고 웃음을 터뜨린다. 그리하여 웃기는 재주를 모두 털어놓는다. 라블레 소설의 주인공은 일견 팡타그뤼엘이나 가르강튀아 등의 왕자는 물론 왕도 민중의 일원으로 참여하는데, 잔치 장면을 통하여 그러한 사실을 확인할 수 있다.

잔칫상에서 제일 중요한 요소는 포도주이다. 라블레에게 포도주는 식용기름(huile)과 대립된다. 현재에는 그렇지 않지만 과거에 식용기름은 집주인의 경제적 여유와 관계가 있었다. 초대받았을 때 식용기름이 아낌없이 쓰였는지 아니면 식용기름은 별로 없고 값이 싼 식초만 많이 쓰였는지가 부자와 가난한 서민을 가르는 잣대 역할을 했다. 그래서 라블레도 식용기름은 근엄한 모습의 공직자와 결부시킨다.[65] 그들의 권력은 자신도 모르는 사이 자기로부터 빠져나가고 자기가 믿는 진실이란 더 이상 가치가 없는 과거의 유물이 되었다.

라블레 소설의 침략자 왕들인 아나르슈, 피크로숄이나 현학적인 신학자 자노튀스, 기타 사형 집행인들, 위선자들, 염세주의자들은 식용기름 쪽이다. 그에 비하여 카니발이나 민중 축제의 잔치에서는 온갖 잡스러운 소리·어휘와 함께 웃음이 그치지 않고, 그곳에서는 유쾌하고도 대담스러운 진실의 꽃이 만발한다. "노동과 투쟁이 쟁취한 빵과 포도주[66]는 모든 두려움을 몰아내고 언로를 개방시킨다."[67] 그리하여 바흐찐은 "식용기름이 경건하고 공적인 근엄함 그리고 신앙과 신에 대한 두려움의 상징이라고 한다면, 포도주는 두려움과 경건성에서 해방시켜

---

65) 같은 책, 284쪽.
66) 기독교에서 예수의 육신과 피를 상징한다.
67) 바흐찐, 앞의 책, 284쪽. 원저에는 이탤릭체로 되어 있음.

주는 역할을 한다. '포도주에 담겨진 진실'은 자유롭고 두려움이 없
다."[68] 바흐찐은 포도주가 인간이 여러 가지 압력에 의하여 억제하고
있던 것——정신분석에서 억압——을 밖으로 쏟아내게 함으로써 감
추어두었던 진실도 그와 함께 노출된다는 것을 강조하고 있다. 물론
일반적으로 술이 그러한 기능을 한다는 것은 널리 알려진 일이다. 그
러나 라블레에게 포도주는 신학자들의 검열을 피하기 위해서 '술 취
한 사람의 짓거리'로 보이도록 위장한 연막이고, 독자들로 하여금 '취
중진담'으로 이해되고자 하는 전략이었다고 볼 수도 있지 않을까 생
각한다. 가령 소설 첫 권인『가르강튀아』에서 왕자 가르강튀아의 탄
생을 축하하기 위해서 잔치를 벌이고 있을 때 자기를 빼놓았다며 신
생아가 잔칫상 앞으로 걸어나가 "나도 한 잔"하는 장면은 그러한 속
셈을 짐작하게 한다.

한편 잔치는 먹고 마시는 사람의 신체적인 그로테스크한 이미지를
보여준다는 점에서 살펴볼 필요가 있다. 가령 도살장의 에피소드에서
는 죽이는 신체와 죽임을 당하는 신체 그리고 고기를 먹는 육신과 먹
이가 되는 신체가 뒤섞이는데, 그러한 장면 자체가 그로테스크하고
묘한 합성 이미지를 형성한다. 구약에서 아벨이 살해되고 난 뒤 돼지
가 그 피를 빨아먹고 풍요로워지거나 서양 모과를 따먹은 사람들의
몸이 부풀어오르는 모습은『팡타그뤼엘』에서 볼 수 있는 '크게 벌린
입'의 그로테스크한 이미지와 연결되고, 결국 잔치는 거기에 참여한
인간들의 그로테스크한 이미지로 초점을 옮겨간다.

3.2 신체와 그로테스크 미학

신체의 여러 기관 중에서 입은 "아랫부분과 육신의 막장(enfers)으

---

68) 같은 책, 285쪽.

로 이르게 하는 관문"이다.[69] 입을 통하여 음식물을 흡수하고 삼키는 이미지는 잔치의 이미지 중에서 빼놓을 수 없을 것인데, 카니발을 비롯한 민중 축제의 가장행렬에서 마네킨 인물들도 입을 크게 벌리고 있다. 또한 각종 도깨비 가면들이나 한국의 장승들은 이를 드러내고 있다. 모두 원초적 기능을 수행하는 입의 그로테스크한 이미지를 연출하여 코믹한 효과를 이끌어내고 있다. 소설 속의 주인공들 이름과도 밀접한 관계가 있다. 가르강튀아의 아버지 그랑구지에는 '목청 큰 사람', 그의 아내 가르가멜은 '목구멍', 가르강튀아는 '폭음 폭식가', 그의 아내 바드벡은 '입벌린 여왕', 팡타그뤼엘은 그가 태어날 무렵 굉장한 가뭄이 있었다고 해서 '대갈증'을 의미한다. 그러나 바흐찐은 '팡타그뤼엘'이 본래 라블레 이전부터 있던 마왕의 이름으로서 일반적으로 과음으로 인한 벙어리를 가리킨다고 말하고 있다. 그렇기 때문에 그러한 병의 이름은 입, 목구멍, 술, 병 등과 관계가 있는 것으로, 말하자면 가장 그로테스크한 것들의 모음과 관계가 있다고 지적한다.[70]

바흐찐은 팡타그뤼엘 탄생 시의 가뭄과 관련되는 구절에서도 입과 관련이 있거나 입을 상징하는 요소들을 찾아낸다.[71] 가령 가뭄 때문에 '아가리를 벌린 채 죽은 짐승들', '혀를 내밀고 헐떡이는 인간들', '우물 속으로 몸을 던진 사람들', 물을 한 모금씩 나누어주는 교회에서 '주둥이를 크게 벌리고' 차례를 기다리는 백성들 등은 모두 타는 목마름으로 정신을 잃고 발작하는 처절하고 그로테스크한 이미지를 보여준다.[72]

입과 관련이 있는 배에 대한 이미지들도 많이 있다. 앞에서 언급했던, 서양 모과를 먹고 배가 비정상적으로 부푼 모습은 아프리카나 방

---

69) 같은 책, 323쪽.
70) 같은 책, 같은 쪽.
71) 같은 책, 327쪽.
72) 같은 책, 같은 쪽.

글라데시의 어린아이들 모습, 즉 먹지 못하여 몸은 비정상적으로 오그라든 데 비해서 아랫배만 볼록 나온 아이들의 모습을 연상시킨다. 가르강튀아의 어머니 가르가멜은 내장을 지나치게 많이 퍼먹는다. 그 내장은 특히 기름진 초원의 풀을 먹은 소들의 내장이다. 남편 그랑구지에가 산달이 가까이 와서 너무 많이 먹지 말라고 충고를 했음에도 많이 먹은 것이다. 너무 맛있는데다가 남겨두면 쉽게 상한다는 것이 폭식의 이유이다. 그 결과 심한 복통을 겪게 된다. 가르강튀아는 세상에 나올 때 어머니의 뱃속에서 내장을 거쳐 혈관을 타고 위로 올라가 귓구멍으로 나온다. 이러한 묘사를 통하여 라블레는 초원의 풀→풀 먹은 기름진 소→소 내장 속의 풀→소 내장을 먹은 가르가멜→어머니의 뱃속에 든 가르강튀아→가르강튀아의 탄생으로 이어지는 먹이-죽음-삶의 연결 고리를 보여주면서 그로테스크한 이미지의 효과를 연출한다.

소의 내장만 먹는 것이 아니라 사람도 산 채로 불 위에 올려놓고 구워 먹는다. 파뉘르주는 터키인들에게 잡혀 바베큐 도중 요리사가 잠깐 잠든 사이에 옆에 있는 건초더미에 불을 붙여 그 터키인 요리사를 불에 바베큐시켜버렸다.[73] 바흐찐이 언급하지 않은 에피소드에서도 가르강튀아의 채마밭에서 밤을 지내려던 여섯 명의 순례자들이 가르강튀아의 샐러드 속에 끼여 그의 입속으로 들어간다. 그의 이에 깨물리지 않기 위해서 무던히 애쓰던 중 막 목구멍으로 넘어가기 전 그 가운데 한 명이 가르강튀아의 아픈 이에 부딪히는 일이 생겼고, 그 바람에 통증을 느낀 가르강튀아가 입속의 샐러드를 모두 뱉어내자 바깥 세상으로 나와 도망친다. 그런데 밖에 나온 가르강튀아가 오줌을 누자 그 일대가 오줌 바다가 되어 길을 갈 수 없게 된다.[74]

---

73) 라블레, 『가르강튀아』, 제14장의 이야기.
74) 라블레, 『가르강튀아』, 제58장의 이야기.

　오줌과 관련된 에피소드도 『가르강튀아』에 나온다. 가르강튀아가 파리에 도착하자 거인을 구경하기 위한 구경꾼들이 구름처럼 몰려든다. 그러자 노트르담 성당으로 피신하게 되고 그곳에서 파리 입성을 자축하며 성가신 구경꾼들을 흩어지게 하기 위하여 자신의 ‘포도주’를 선사하기로 한다. 그리하여 바지 끈을 내리고 자신의 ‘물건’을 꺼내어 소변을 뿌리자, 갑자기 홍수가 난 듯 26만 418명의 익사자가 나왔는데, 거기에는 여자와 어린아이들은 포함되지 않았다. 여자와 어린아이를 셈에 넣지 않은 것은 성서의 패러디라고 하겠는데, 이러한 배설 행위에 의한 ‘불상사’를 라블레의 사상과 직접 연결시키기에는 무리가 있다. 일차적으로는 그로테스크한 이미지를 토대로 웃음을 촉발시키고자 한다고 볼 수 있다. 그러나 한편으로 배설이 순수한 생리 작용이면서 심리적으로 어떤 시원함을 주듯이 라블레 또한 소설 속의 배설을 통하여 중세적인 잉여 노폐물을 신체 밖으로 배설함으로써 일종의 카타르시스 효과를 기대했다고 해석할 수도 있다.

　라블레는 금기를 깨고자 하는 결심을 소설을 통해서 보여준다. 배설의 문제도 그렇지만 성(sexe)과 관련된 사회적 금기도 통치자와 교회의 압력 수단이라고 보고, 그러한 금기를 깨고자 하는 여러 가지의 장면들도 나온다. 우선 신체 부분 중에서 밋밋하고 평면적인 부분에 대한 기술은 눈에 띄지 않는다. 바흐찐의 비유를 빌리자면, 솟아오른 ‘산’과 움푹 패인 ‘심연’[75]에만 관심이 있다. 왜냐하면 그 부분을 통하여 인간의 육체는 다른 인간의 육체와의 경계, 또 육체와 세계와의 경계를 극복할 수 있으며 교류를 이룰 수 있기 때문이다.[76] 성기를 지칭하는 용어도 200여 가지가 사용된다고 알려져 있는데, 그중 일부는 프랑스어 역사사전에도 수록되어 있지 않다.

---

75) 바흐찐, 앞의 책, 316쪽.
76) 같은 책, 315쪽.

바흐찐은 라블레가 성기를 인체의 다른 부분과 관련시키는 사항에 대해서도 언급한다. 그에 의하면 라블레가 코를 그로테스크하게 묘사하는 것은 라블레 당대의 명의 주베르(L. Joubert)의 저서[77]에서 영향을 받았기 때문이라고 주장한다.[78] 한 걸음 나아가 라블레는 수도원 교회의 첨탑을 남성 성기의 상징으로 만들고, 그 첨탑의 그늘에만 들어가도 여자가 임신한다고 주장한다.[79] 전쟁 승리의 수훈을 세운 수도사 장을 위하여 건설한 교회의 첨탑은 하늘을 향해서 '위'로 솟아오름으로써 남성의 성기를 상징하고, '아래'로 내려뜨린 그늘은 남녀관계에서 언제나 '아래'에 위치하는 여성을 임신시킨다는 논리인 것이다.

그러한 라블레의 생각은 동양의 음양 사상에 나오는, 양은 하늘로서 위에 있고 음은 땅으로서 아래에 있다는 관점과 상통한다. 라블레나 바흐찐은 그러한 동양 사상과는 관계없이 보편적인 생각을 표명한 것이다. 그리스 사상의 초기에 흙, 물, 불, 공기 등의 네 원소로 세계와 우주를 설명하고자 한 철학이 있었음은 널리 알려진 것이다. 바흐찐은 라블레가 신체 부분들을 그로테스크하게 묘사한 것은 그것 자체가 웃음과 연관되기도 하지만 아울러 우주론적인 철학과 관계가 있음을 표명하고 있다.[80]

바티칸에 있는 라파엘의 「아테네 학당」에서 플라톤과 아리스토텔레스는 상반되는 방향을 가리키고 있다. 스승인 플라톤의 손끝은 창공을 향하고 있고 제자인 아리스토텔레스의 손은 땅을 지시하고 있다. 한 사람은 우리가 살고 있는 세상은 완전한 이데아의 불완전한 모사이기 때문에 이 세상에서는 볼 수 없는 이데아를 찾기 위하여 하

---

77) L. Joubert, *Erreurs populaires et propos touchant la médecine et le régime de santé* (Bordeaux, 1579).
78) 바흐찐, 앞의 책, 314쪽.
79) 같은 책, 316-317쪽.
80) 같은 책, 같은 쪽.

늘을 가리키고 있다. 그런가 하면 다른 한 사람은 현실 속에서 진리를 찾아야 한다고 보고 보이지 않는 이데아보다는 눈으로 확인할 수 있는 세계의 다양한 모습을 관찰·분석·종합하고자 한다. 바흐찐의 라블레는 인간의 관심을 현실에서 저 세상으로, 땅위의 일상에서 하늘나라로 돌려야 한다고 강조한 중세의 공적(officiel) 제도 —— 교회와 국가에 의한 —— 와는 달리, 낮은 곳과 아래쪽을 지향하고 조명하고자 한다. 라블레의 『다섯번째 책』에서 파뉘르주와 장 수사는 신탁을 받기 위하여 손낭트 섬[81]으로 가서 성스러운 병(Dive Bouteille)으로부터 "마셔라(trinch)" 하는 소리만 듣고 여사제(pontife)인 바크뷔크(Bacbuc)로부터 "이 세상의 훌륭한 보물과 아름다운 보배는 모두 땅속에 있다."[82]는 말을 듣는다. 그 말은 라블레가 사람들의 관심의 방향을 '위에서 아래로' 바꾸려고 한다는 사실을 보여주는 것이다. 술과 음식, 입과 배, 배설 등에 대한 기술도 사실상 그러한 의도와 관계가 있다.

소설에서 관심을 아래쪽으로 돌린다는 사실을 추상적으로가 아니라 구체적으로 보여주는 예가 두 가지 있다. 그 하나는 '밑씻개(torchecul)' 사건이며, 다른 하나는 팡타그뤼엘, 에피스테몽, 파뉘르주의 지옥 여행이다.

가르강튀아가 다섯 살이 되던 때 부왕 그랑구지에가 원정에서 돌아오니 아들이 연구 끝에 드디어 새로운 밑씻개를 찾아내었다는 것이다. 화장지가 없던 시대이고 보니 무엇을 가지고 밑씻개로 썼느냐 하는 것이 호기심의 대상이 될 수도 있다. 사실 우리 나라 농촌에서도 한 세대 전까지만 해도 화장지는 없었고 그 대용으로 신문조차 귀하여 풀잎으로 대신했다. 여하튼 아들의 말을 신통하게 생각한 부왕은 그것이 무엇이냐고 묻자 그에 대한 대답이 간단하지가 않았는데, 66가

---

81) '종이 울리는 섬'의 뜻으로, 종은 교회를 상징하지만 기독교 교회를 의미하지는 않는다.
82) 라블레, 전집, 1358쪽.

지를 써본 뒤 67번째로 거위새끼를 밑씻개로 써보니 그것이 최고더라고 했다고 한다.[83] 너무 다양한 종류의 밑씻개 나열을 어떻게 생각해야 할지, 바흐찐의 분석을 살펴보자. 그룹별로 보면, 첫째, 홑이불이나 탁자보 종류, 둘째, 볏집이나 건초 종류, 셋째, 바구니 등을 포함하는 잡동사니, 넷째, 새로 유행하는 모자를 포함하는 각종 액세서리, 다섯째, 애완동물을 비롯한 다양한 동물들 등이 있다. 이들 중 상당수가 밑씻개에 부적합한 것으로서 독자의 웃음을 터뜨리게 한다.

어째서 그런 목록을 열거하는 것일까? 바흐찐은 일단 그것들을 그 당시 사람들의 생활 문화를 보여주는 것들로서의 의미가 있고 짓궂은 장난이라고 풀이한다.[84] 그는 그러한 것들이 우리를 즐겁게 하고 그에서 비롯되는 웃음은 우리를 근엄한 것으로부터 해방시켜 준다고 말한다. 그러면서 맨 마지막 거위새끼에 대한 언급은 "육감은 무상의 기쁨의 주제"를 제기한다고 본다. 왜냐하면 거위새끼의 부드러운 촉감이 항문에서부터 뇌신경까지 전달되어 무한한 만족감을 주기 때문이다. 그러한 논리를 바탕으로 "밑씻개의 에피소드는 우리를 지옥으로 안내한다."[85]고 결론을 내린다.

그런데 필자로서는, 바흐찐의 지적에는 공감하지만, 그 에피소드가 지옥으로 인도한다는 주장이 성급한 것이라는 느낌을 받는다. 보다 잘 이해해야 할 사항은 이 세상에서의 훌륭한 신앙 생활의 덕분으로 천국의 낙원으로 간 복자들에 대하여 언급한 부분이다. "그 복자들의 지복은 내 개인적인 생각으로는 그들이 거위새끼로 밑씻개를 한다는 점이고, 또 둔스 스코투스도 그렇게 생각한다." 이 부분은 일차적으로 웃음을 터뜨리게 하기 위한 것이라고 이해할 수 있지만, 아울러 복자들의 지복을 웃음거리로 만들고 아울러 후기 프란시스코 학파를 창설

---

83) 바흐찐, 앞의 책, 108-110쪽.
84) 같은 책, 373쪽.
85) 같은 책, 374쪽.

한 중세의 대표적 신학자 둔스 스코투스(1266-1308) 역시 웃음거리로 만들고자 하는 의도가 있음을 부인하기 어렵다. 스코투스에 의하면, "자연적인 지식은 감성적인 직관으로 거슬러올라갈 수 있을 때에만 확실한 것이다. 비감각적인 사물들의 세계는 우리들에게 감추어져 있고, 원인으로 거슬러올라가는 추리에 의해서만 파악될 수 있다."[86] 필자의 견해로는 웃음 그 자체가 중요하지만, 그것을 라블레의 깊은 의도로부터 분리시킬 수는 없다. 그가 『가르강튀아』의 서문에서 소크라테스의 얼굴이 흉하게 생겼지만 —— 즉, 그로테스크하고 웃기게 생겼지만 —— 그의 내부에는 엄청난 예지를 감추고 있다고 한 구절이나 또한 그 소설을 읽는 독자에게 '진수(substantifique moelle)'를 약속한 것은 코믹 너머에 있는 자신의 깊은 생각을 읽어달라는 주문이라고 하겠다.

지옥은 가고 싶지 않은 곳이다. 그러나 앙드레 지드는 천당에 가보아야 성스럽고 거룩하지만 재미없는 사람들뿐이고, 재미있는 사람들은 모두 지옥에 가야 만날 수 있으니 그곳에 더 흥미가 있다고 말한 적이 있다. 내려갈 수 있는 맨 밑바닥이 지옥이다. 그렇기 때문에 라블레의 주인공들은 그곳을 찾는다. 지옥에서 제일 먼저 나오는 것은 잔치의 장면이다. 그곳에는 모든 것이 이 세상과는 정반대이다. 이승에서 높은 자리에 있으며 영화를 누리던 인물들은 끌어내려져 바닥에 있고, 아래에 있던 사람들은 영화를 누리고 있다. 한마디로 카니발의 장면이 그대로 연출되고 있는 것이다. 그러니까 지옥이 보여주는 것은 라블레 소설의 핵을 이루는 카니발화, 잔치, 전쟁, 저주, 상스러움 등 모든 요소가 교차되는 사거리와 같다.[87]

물론 라블레의 지옥에 대한 지식은 고전에서 얻은 것이 많고, 특히

---

86) 힐쉬베르거, 강성위 옮김, 『서양철학사 I』(이문출판사, 1983), 621쪽.
87) 바흐찐, 앞의 책, 383쪽.

루키아노스를 참고했으나, 바흐찐은 이 세상의 세도가들의 전략 등을 제외하고는 라블레의 독창적인 비전에 더 비중을 두는 편이다. 단테의 지옥편도 어느 정도 영향을 끼쳤다고 평가된다. 종합적으로 고전은 에피스테몽의 이야기를 둘러싸고 있는 잔치에 관련된 이미지, 그리고 지옥의 카니발적인 성격에 대하여 라블레에게 영향을 주었다고 바흐찐은 평가하고 있다.[88] 그러니까 중세와 르네상스 시대의 카니발을 비롯한 민중 축제들은 라블레 소설 속의 지옥의 카니발화와 밀접한 상관관계가 있고, 지옥에 대한 그러한 비전은 국가와 교회의 지옥관에도 영향을 미치게 되었다고 본다.[89] 바흐찐은 지옥의 카니발화가 중세 위계질서의 붕괴, 수직적인 세계관의 종말 등과 함께 새로운 지식을 토대로 하는 새로운 세계관 형성의 필요성을 반영하는 것이라는 관점을 제시한다.[90] 아마도 그러한 의도도 가졌을 것이다. 그러나 그보다는 일상적인 삶이 고달픈 독자들에게 종교적인 믿음에 대한 심판과 관계없이 저 세상에서는 낮은 자가 높아진다는 희망의 메시지를 전하고자 하는 의지가 더 강했을 것이라는 생각이 든다. 다음 장에서는 라블레에 대한 바흐찐의 이러한 분석의 연장선상에서 크로노토프의 지평에서 바라본 라블레의 작품 분석을 다루어보도록 하자.

---

88) 같은 책, 386쪽.
89) 같은 책, 391쪽.
90) 같은 책, 399-400쪽.

제3장 바흐찐 : 소설의 장르와 크로노토프

바흐찐은 1920년대부터 소설에서 저자와 주인공의 관계를 비롯하여 소설의 공간적 형식, 소설의 언술, 서사시와 소설의 관계 등에 대한 논문을 지속적으로 발표했는데, 그중에서도 소설과 크로노토프의 문제에 대해서는 1937-1938년에 발표한 논문들을 보완하여 1975년 『소설의 미학과 이론』 속에서 종합적인 견해를 밝히고 있다.[1] 사실 그의 문학 이론의 핵심은 소설이라는 장르와 시간의 문제를 토대로 전개된다. 그는 시간이 텍스트를 어떻게 구조화시키느냐에 따라 문학을 서사시와 소설 두 가지 장르로만 구분한다. 모슨(G. S. Morson)도 "이야기 장르는 은연중에 각기 특수한 시간 모델을 표출한다."[2]고 설명하고 있다.

시간 구조가 연대순(chronologie)으로 되어 있는 서사시는 대개 국가 내지 민족의 성립 초기와 전성기를 재현한다. 시간적으로 과거를

---

1) trans. D. Olivier, *Esthétique et théorie du roman*(Seuil, 1978).

2) R. Falconer, "Chronotope and the short story", *The South Athlantic Quarterly* (Summer/Fall, 1998), 700쪽에서 재인용.

조명할 경우 모든 것이 지금보다 더 멋있고 웅장하며 깊은 의미를 담게 된다. 대개의 경우 서사시에서는 이야기 서술자가 있는데, 그 서술자는 과거의 이야기를 전달하는 기능을 담당한다. 그러나 근대 이후 소설은 내용이나 형식 면에서 고대 소설과는 아주 다른 차이를 보여준다. 소설이 이런 차이를 보이는 이유가 시공간의 개념이 고대와 근대가 서로 다르기 때문이라고 생각한 바흐찐은 시공간성의 개념이 소설에서 핵심이라고 보고 '크로노토프'라는 개념을 창안해낸다.

1 크로노토프의 지평

1.1 크로노토프의 개념

시간과 공간을 의미하는 두 개의 그리스어를 어원으로 하는 '크로노토프'는 시간과 공간이 불가분의 관계를 맺고 있음을 전제하고 있다. 시간과 공간의 불가분성은 아인슈타인의 상대성 원리의 기본 원칙이기도 하다. 시간을 나타내는 시계추의 움직임은 언제나 그 자체로서의 시간이 경과함으로 표시하는 기능만 하는 것이 아니라 시계 바깥 세계의 움직임과 연결되어 있다. 필요에 따라 시간이나 공간 중 한 가지를 기준으로 삼을 수는 있지만, 그 경우에도 그것은 단독으로 존재할 수 없고 반드시 다른 한쪽과의 상호 연결을 통해서만 의미를 지닐 수 있다.[3] 바흐찐은 크로노토프를 "재현된 시공간적 범주의 성질에 따라 텍스트를 연구하기 위하여 구분한 단위"라는 의미로 사용한다.[4]

---

3) M. Holquist, *Dialogisme, Bakhtin and his world*(Routledge, 1990), 116쪽.
4) K. Clark & M. Holquist, *Mikhail Bakhtin*(Havard University Press, 1984), 278쪽.

크로노토프라는 개념을 최초로 사용한 사람은 독일의 철학자 칸트와 러시아 생리학자 우흐톰스키이다. 클라크와 홀퀴스트는 지각의 일차 범주로서 공간과 시간의 중요성을 깨닫게 해준 이는 칸트이지만, "시간이 선험적인 것이 아니라 실재의 가장 직접적인 형식"임을 부각시킨 이는 바흐찐이라고 지적하고 있다. 인간이 시간과 공간을 아무런 매개 없이 직접 체험한다는 사실을 주창한 우흐톰스키는[5] "우리의 지배적 인식소(dominants)가 우리 몸과 실재와의 사이에 존재한다."[6]고 주장한다. 지배적 인식소는 실재, 즉 현실 세계를 우리의 의식 속에 표상할 수 있게 하는 기능을 수행하는데, 이 인식소에 의하여 표상된 내용을 크로노토프라고 한다. 다시 말해서, 물리적인 속성을 지닌 '실세계=실재'에 대한 표상을 통하여 '인간=주체'는 크로노토프라는 개념을 형성하게 된다는 것이다.

하지만 이러한 설명은 문제의 발단이지 종결이 아니다. 먼저 시간과 공간의 관계부터 살펴보자. 바흐찐 역시 그 두 개념을 분리할 수 없다고 주장하는 철학자들의 입장에 동조하지만, 그 두 개념을 하나로 통합시키기 이전에 분리하여 이해할 수밖에 없다는 사실을 잘 알고 있었다.

우선 공간 개념에 대한 서양 쪽의 인식을 살펴보자. 17세기에는 철학자 데카르트가 공간을 길이·넓이·깊이 등의 기하학적 연장(étendue) 개념으로 설명했고,[7] 18세기에는 칸트가 공간을 표상의 개념으로 설명했다.[8] 그리고 20세기에도 베르그송이 공간의 특징이 동질적이고 무한히 확장될 수 있으며 분할 가능(divisible)하다고 정의했다. 실용적

---

5) 같은 책, 279쪽.

6) 같은 책, 같은 쪽.에서 재인용.

7) R. Descartes, *Les principes de la philosophie*, 2ᵉ partie, in *Œuvres, lettres*, la Pléiade (Gallimard, 1960), 616쪽.

8) I. Kant, *Critique de la raison pure*(PUF, 1932), 55-56쪽.

으로는 방위나 점·선·면 등을 도입하여 공간의 성질을 한정하고
분석할 수 있을 것이다.

　시간의 경우에는 공간과 전혀 다른 문제가 제기된다. 공간은 시간
에 의존적이고, 시간은 공간의 전제 조건이다. 시간이 제거된 공간은
존재 의의를 찾을 수 없다. 그런데 시간의 속성이 무엇이고 그것을
어떻게 포착하느냐 하는 것이 문제이다. 아리스토텔레스가 시간이 연
속(continu)에 속하고 전에서 후로의 움직임의 수에 의하여 측정된다고
한 것[9]은 물리적 리듬의 측정을 통해서만 시간을 포착할 수 있다는 의
미가 된다. 그에 비하여 칸트는 시간이 체험에서 비롯되는 개념이 아니
고 표상을 통하여 동시성(simultanéïté)이나 계기성(sucession)으로 지각
된다고 설명한다.[10] 이는 체험에 의하지 않고 어떻게 표상할 수 있는가
하는 점과 동시성과 계기성을 지각할 수 있느냐 하는 의문을 남기지만,
칸트는 시간이 선험적 직관에 의하여 동시성과 계기성의 형식으로 포
착된다고 함으로써 시간 연구에 새로운 계기를 마련했다.

　베르그송은 시간은 기본적으로 연속체(continu)로서 연속적인 움직
임에 의하여 현재는 과거로 화하면서 미래를 끌어들인다고 본다. 그
는, 인간은 지성의 분절되지 않은 유체(fluide)를 포착하는 데 어려움
을 겪기 때문에, 우리가 사고를 통하여 실재의 시간을 포착하지 못하
고 체험을 통하여 시간의 경과가 있은 뒤 시간을 지각하게 된다고 주
장한다.[11] 그러니까 베르그송은 우리의 의식이 현재 상태와 그 이전
상태를 분리하여 지각하지 않을 경우 의식은 시간의 경과를 순수 지
속으로 파악한다고 하면서, 년·월·일·시로 시간을 표시하는 객관
적·물리적 시간과는 달리 우리의 의식은 시간을 순수 지속의 형식
으로 지각한다고 한다. 따라서 의식의 직접 소여(données)는 지속이

---

9) Aristote, *Physique*(Budé, 1950), 제1권, 151쪽.

10) I. Kant, 앞의 책, 61쪽.

11) H. Bergson, *L'Evolution créatrice*(PUF, 1907), 50쪽.

고, 베르그송의 시간 철학은 '순수 지속'의 철학이다.

그러한 베르그송의 이론에 대하여 반기를 든 것이 바슐라르(G. Bachelard)이다. 그는 베르그송의 시간 개념을 풀이하면서, "지성은 생명의 약동을 시간적으로 추적할 수 없어서 시간을 인위적인 현재 속에 묶어두기 때문에 순간은 인위적인 단절에 지나지 않는다. 현재란 과거와 미래를 분간할 수도 없는 순수한 무(無, néant)에 지나지 않는다.…… 그런데 모든 결정적인 진화는 창조적인 순간에 의하여 점철되어 있다."[12]고 지적한다. 바슐라르는 "순간이 지니고 있는 결정적인 실재성"을 바탕으로 순간의 역동성과 창조성을 크게 부각시킨다.

두 철학자의 시간관을 비교해 보더라도 어느 한쪽의 주장에 동조하기는 어렵다고 생각된다. 왜냐하면 지속은 순간의 연속으로 이루어지고 순간은 지속으로 귀결되며, 그 두 가지는 시간성을 구성하는 요소로서 서로 불가분의 관계를 맺고 있기 때문이다. 아울러 지속은 칸트가 언급하는 시간의 계기성과 연결되고 순간은 시간의 동시성과 연결된다.

바흐찐도 그러한 사실을 숙지하고 있었다. 그는 도스토예프스키에게서 시간은 "본질적으로 순간적인 것이고, 그 반면 톨스토이는 지속, 시간의 확장을 좋아한다."[13]고 지적한다. 시간성에 대한 다른 관점은 직선적 시간관과 순환적 시간관이다. 직선적 시간관은 인간이 태어나서 죽을 때까지를 출발지에서 목적지까지 이르는 직선으로 보는 것인데, 이는 인간의 죽음과 함께 믿음과 행적에 대한 재판 결과에 따라 천당이나 지옥으로 가게 된다고 보는 유대교나 기독교적인 관점에 다름 아니다. 예수의 재림, 메시아의 부활 등을 기다리는 것도 그러한 시간관과 연관된다. 그에 비하여 아시아 문화권의 인도나 중국 철학

---

12) G. Bachelard, *L'Intuition de l'instant*(Stock, 1932).

13) Clark & Holquist, 앞의 책, 280쪽에서 재인용.

을 비롯하여 중동의 사상들은 순환적인 성격을 가지고 있다. 그것은 삶과 죽음이 봄에서 겨울로, 또 겨울에서 봄으로 계절이 순환하듯이 커다란 우주적 생성과 파괴의 주기(cycle)의 한 부분이라고 보는 것이다.

바흐찐은 위의 두 시간관 가운데 절대주의적이고 목적론적인 직선적 시간관과 타협하지 않는 반면, 자신의 저서에서 순환적인 시간관에 큰 관심을 보여주고 있다. 그는 특히 라블레 소설의 미학적 토대가 되고 있는 그로테스크에 대하여 분석하면서 순환적 시간관을 설명한다. "그로테스크의 고전 시대 제1단계에서 시간은 처음과 마지막 두 국면에 대한 발전의 단순한 병렬로서 제시된다. 겨울과 봄, 죽음과 탄생 등의 두 국면의 동시적 병렬이 그 좋은 예이다. 이러한 초보적인 이미지들은 인간과 자연의 생산적 삶의 순환이 이루는 우주 생명의 순환 속으로 들어간다. 계절의 교체, 파종, 잉태, 죽음, 성장 등이 그 성분이 된다. 그러한 오래된 이미지 속에 들어 있는 함축적인 시간 개념은 자연과 생물의 삶의 순환적 시간 개념이다."[14]

순환적인 시간관은 곧 바흐찐의 양가성(ambivalence) 이론으로 이어진다. 겨울 또는 죽음은 그와 반대되는 봄, 새 생명과 대치되는 것이 아니라, 전자가 후자로 이어진다는 차원에서 순환적이다. 그러나 하나의 존재 속에 두 가지 요소가 함께 들어 있다는 차원에서 양면적 내지 양가적이라고 할 수 있다. 그러한 의미에서 바흐찐은 "그로테스크 이미지의 중요한 성향 가운데 한 가지는 한 몸 속에 두 몸이 있음을 보여주는 데 있다. 그 하나는 생명을 주면서 사라지게 되고, 또 다른 하나는 잉태되어 때가 되면 뱃속으로부터 이 세상에 나온다."[15]라고 말한다. 우리는 팡타그뤼엘의 탄생 장면에서 그러한 사실을 확인할 수 있다.[16]

---

14) M. Bakhtine, *l'Œuvre de François Rabelais*(Ballibard, 1970), 34쪽.

15) 같은 책, 35쪽.

16) F. Rabelais, *Œuvres Complètes*(이하 라블레 전집)(Seuil, 1975), 318-321쪽.

1.2 고대 소설의 세 가지 유형

바흐찐은 크로노토프를 설명하기 위하여 그리스 시대의 소설을 크게 세 가지 유형으로 구분한다.

그 첫째는 '모험과 시련의 소설(roman d'aventures et d'épreuves)'이다. 기원 후 2세기에서 6세기에 걸쳐 씌어진 작품으로 아킬레스 타티우스의 『뢰키페와 클리토폰』, 롱고스의 『다프니스와 클로이』 등에서 그 예를 찾아볼 수 있다. 이 작품들은 아름답고 순결한 남녀가 우연히 서로 사랑하지만 헤어질 수밖에 없는 현실 속에서 온갖 시련을 극복한 뒤에 부부가 되어 행복한 생활을 누리게 된다는 연애 이야기이다. 이들 이야기에서 처음의 만남과 끝의 결합 부분은 실제 생활의 시간이고 그 사이는 모험의 시간으로서, 그것은 실재적 시간이나 역사적 시간과는 관계가 없는 초월적이고 추상적인 시간이며, 우연성에 의하여 결정되는 비특정적 성질을 지닌다. 그 시간을 채우는 사건들은 정상적인 삶의 과정으로부터 떨어져 나온 상태에서 일어난다. 공간적으로도 어떤 특정한 장소에서 일어나야 된다는 필연성이 없다. 그리고 초인간적인 힘에 의하여 사태가 전개되고 통제되기 때문에 인간은 이리저리 끌려 다니는 꼭두각시와 같다.[17]

둘째는 '모험과 풍속의 소설(roman d'aventures et de moeurs)'인데, 아풀레이우스의 『황금 당나귀』나 페트로니우스의 『사티리콘』 등을 그러한 유형으로 들 수 있다. 주인공이 실제로 일상적 삶의 과정에서 돌발적으로 겪는 위기가 이야기의 기본 틀을 구성한다. 그러한 위기는 주인공의 삶에 극적인 변화를 가져다준다. 그러나 주인공이 이제까지 살아온 삶의 공간을 떠나지 않는다는 점에서 일상적 삶의 모험적 시간은 모험적 시간에 비하여 구체성을 띠게 된다. 그런 의미에서

---

17) M. Bakhtine, *Esthétique et théorie du roman*(이하 *Esthétique*)(Gallimard, 1978), 239-260쪽.

일상적 삶의 모험 시간은 극적인 변화와 함께 그와 모순되는 연속성을 동시에 갖게 된다.[18] 예컨대 헤시오도스의 『노동과 나날』에서는 봄에서 겨울로, 청동기 시대에서 황금 시대로 급작스런 변화가 야기되지만, 농사짓는 생활이나 자연의 순환도 계속된다. 그러나 오비디우스의 『변신』 같은 경우, 변화는 부분적이고 개인의 운명에만 관계된다. 개인의 운명은 우주나 역사적 전개로부터 단절된다. 연속성 역시 개인의 정체성과 연계된다. 결국 일상적 삶의 모험 이야기에서 보여주는 크로노토프는 차후 관계되는 주인공의 개인적인 삶에 지속적인 영향을 남기게 된다.[19]

셋째는 '전기와 자서전(Biographies et autobiographies)'이다. 전기와 자서전에서 두 가지 유형의 크로노토프를 찾아볼 수 있다. 그것은 '플라톤적 시간'과 '가족적 시간'이다. 전자는 진리를 추구하는 인물의 인생 여정과 관련이 있다. 플라톤이 『변명』 속에서 그려낸 소크라테스의 모습이 대표적이다. 이 경우 주인공의 정체성은 공적인 성격을 띠고 있고, 특유의 공간은 아고라이다. 아고라는 파르테논 신전 아래에 있는 시장터로서 동시에 광장 역할을 하기도 한다. 그곳에서의 주장에 대한 반론과 일반의 판정에 따라 그에 대한 평가가 결정된다. 시간적으로는 인간의 성숙 과정이 몇 가지 단계로 나누어진다.[20]

'가족적' 시간은 수사학적 내지 자서전적 서술에서 볼 수 있는 특정 가문의 인물들의 역사와 관계된다. '플라톤적 시간'에서와 마찬가지로 주인공은 외부적 관점에 의하여 기술된다. 그의 인생은 살아가는 과정에서 드러나는 중요한 사건들을 중심으로 구분된다. 그러나 그 두 가지 시간 이외에는 '활동의 시간(energetic time)'과 '분석적 시간(analytic time)'이 있다. 활동의 시간은 아리스토텔레스에게서 차용한

<hr>

18) Clark & Holquist, 앞의 책, 283쪽.
19) *Esthétique*, 261-277쪽.
20) 같은 책, 279쪽.

개념으로 잠재적 가능성을 구체적 현실로 전환하는 과정을 가리키며, 분석적 시간은 삶의 과정을 이야기체의 진행 과정으로 보고, 그것을 비시간적인 단계로 재단하여 각기 적당한 명칭을 붙이고 그것을 끼워 맞추어 연결시킨다.[21] 그 밖에도 바흐찐은 전기적 크로노토프의 변이형으로서 '풍자적-아이러니 시간'과 '서간체적 시간' 그리고 '극기적 자서전적 시간' 등을 들고 있다.

중세에 이르러 새롭게 유행한 '기사도적 사랑'은 우연에 의한 기적과 신비와 함께 특이한 크로노토프 개념을 보여준다. 기사도적 사랑에서 시간은 꿈에서와 마찬가지로 그 간격을 확대시키기도 하고 압축시키기도 한다. 기욤 드 로리스와 장 드묑 수사가 합작한『장미 이야기』[22]에서 주인공은 꿈속에서 사랑의 상징인 장미를 꺾기까지 겪는 과정을 통하여 우호적 존재들의 도움을 받으면서 그를 방해하는 존재들의 저항을 물리쳐야 한다. 사랑을 쟁취하는 과정에서 그와 관계되는 다양한 존재들의 담화-대화는 상징적이고 비유적인 의미를 지니고 있으며, 그 과정 자체는 바로 성취를 추구하는 인생 항로를 상징적으로 압축해놓은 것이다.

한편 중세 중산층의 경제적 성장은 귀족 취향의 문학과 완전히 다른 문학을 탄생시킨다. 중산층 문학은 '사랑'이나 '운명' 등 자신들과 동떨어진 세계를 거부하고 일상적인 현실의 모순과 부조리를 풍자하기 위하여 '건달 사기꾼', '광대', '바보' 등을 등장시킨다. 카니발 행사는 중산층 내지 민중이 귀족층과 경제·사회적 상류층에 대하여 평소 지니고 있던 비판 의식을 집약하여 표현함으로써, 서민층의 누적된 스트레스를 해소하고 보다 자유로운 르네상스를 여는 역할을 수행한다.[23]

---

21) 같은 책, 288쪽.

22) 13세기에 씌어진 *Roman de la Rose*는 약 2만 2,000행의 8음절 시로 구성되어 있다. 로망(roman)은 로망어로 씌어진 이야기를 의미한다.

그 밖에도 중세의 '기사도 소설(Roman de la Chevalerie)'이 있다. 중세 기사도 문학에서의 시간은 일견 고대 그리스의 모험소설 속에서와 같은 방식으로 움직이고 있다. 그러나 사실상 시간은 단편적 모험으로 세분되고 추상적인 기술에 의하여 조직화된다. 시간과 공간의 관계 역시 기술적이다. 그렇기 때문에 시간적인 일치와 함께 불일치도 가능하고 거리의 원근성이 조작되며, 시간적인 지연 등은 그리스 소설에서와 유사한 양상을 보이기도 한다. 예컨대 가상적 죽음이나 인지와 비인지 또는 이름의 변조 등 주인공들의 정체성과 성실성에 대한 시험이 이야기 구성에 중요한 역할을 한다.

그러나 기사도 문학에서는 그러한 사항들 이외의 일들도 일어난다. 즉, 우연과 운명 그리고 신들의 개입이 중요한 비중을 차지한다. 세계 전체가 기적에 의하여 변모한다. 기적적인 것이 통상적인 것이 되고, '갑자기' 혹은 '뜻밖에'가 일상을 대신한다. 주인공은 기적적인 삶을 통하여 영웅적인 행위를 수행하게 되며, 그의 행동은 그 자신과 그의 군주와 그 부인을 영예롭게 한다. 그러한 영웅적 행위는 기사도 문학과 그리스의 모험소설을 구분하면서 서사적 모험을 부각시키는 역할을 한다. 마지막에 주인공과 그의 활동 공간인 기적의 세계는 합일을 이룬다. 그의 혈통, 출생, 유년기, 청년기, 체격, 이 모두가 범상치 않기 때문에 그는 기적 세계의 실체이고, 기사도 소설의 크로노토프는 기적 세계 속에서 펼쳐지는 주인공의 모험적 시간으로 채워진다. 모험적 시간은 기적적인 성격에 의하여 늘어나기도 하고 압축되기도 한다. 따라서 시간의 원근법에는 독특한 왜곡이 생겨난다.[24]

마지막으로 '전원시적 시간'이 있다. 바흐찐은 고대 문학 이래의 전원시를 사랑의 전원시, 농업과 노동의 전원시, 공예의 전원시, 가족의

---

23) *Esthétique*, 305-312쪽.
24) 같은 책, 298-304쪽.

전원시로 구분하는데, 각각의 유형은 다시 하부 유형을 내포한다. 이러한 전원시들은 대부분 전 세대에서 다음 세대로 이어지는 동질적 공간을 터전으로 이루어지고, 따라서 모든 인간의 삶에 공통 사항인 출생에서 죽음에 이르기까지의 과정, 즉 성장, 사랑, 결혼, 노동, 식생활 등을 주제로 다루고 있다. 또한 '전원'이라는 주제가 시사하듯이 자연과 더불어 자연의 리듬을 따라 삶을 영위하는 인간의 모습을 취급한다. 이러한 전원적 시간은 18세기와 19세기의 낭만주의 소설에서 새로운 모습으로 재발견된다.[25]

1.3 시간 의식과 크로노토프

소설 장르에 대한 역사적 조명을 토대로 바흐찐은 자신의 크로노토프 개념을 여러 가지 유형으로 분류·종합했다. 그의 주된 관심은 삶의 지속으로서 체험한 시간 의식이 언제부터 어떤 방식으로 주인공들을 활성화시키느냐 하는 문제, 그리고 공간이 어떤 방식으로, 또 언제부터 공간이 관례적인 환경이기를 거부하고 인간들로 법석대는 사회로 변모했는지를 탐색하는 데 있었다. 그는 특히 일부 작가의 작품에서 볼 수 있는 '시간의 반전(inversion du temps)' 현상에 대하여 주목한다. 모든 것이 미래를 향하여 진행되고 미래 위에 투영되어야 함에도 그와는 반대로 관념화된 옛날로 방향을 바꾼다. 그러나 그것은 신화론적 세계로의 회귀가 아니고 민속적인 크로노토프의 재현을 위해서이다. 민속적인 것이 재현하는 인물은 "장래를 대비하고 자기 동포를 위한 용사가 되기 위하여 성장하는 인물이다."[26] 민속적인 전통은 사실주의를 위한 훌륭한 산실로서, 라블레의 작품은 모든 민속적

---

25) 같은 책, 367-377쪽.
26) J. Peytard, 앞의 책, 82쪽에서 재인용.

인 요소들이 수렴되는 대표적 작품으로 평가된다.

단테의 『신곡』은 시간의 흐름이 정지된 비전을 보여주는 대표적인 작품이다. "시공간에 의하여 구성된 작품 세계는 상징적인 해석에 위임되었다.…… 시간은 행동으로부터 제외되었다."[27] 시간의 정지는 '시간의 승화(sublimation du temps)'에 의하여 이루어질 수 있고 시간의 승화는 이상(idéal)의 세계에서만 가능하다. 그러나 시간 없는 공간과 행동이 어떻게 존재할 수 있을까? 그에 대한 설명을 대신하여 바흐찐은 단테가 "(본질적으로 역사적인 성격의) 세계에 대한 수직적인 확장"이라는 표현을 사용한다고 말한다. 즉, 지하에 있는 아홉 개의 지옥권, 그 위에 있는 일곱 개의 연옥권, 그리고 그 위에 있는 열 개의 천당권이 수평적인 공간이 아니라 수직적인 공간의 상하에 동시에 존재함으로써 영원의 시간 속에 공존하고 있다는 것이다. 바흐찐이 말하는 '통시태의 공시태화'란 이처럼 시간의 계기성을 무시하고 공간적인 배열을 같은 시간의 영역에 겹쳐놓은 것이다.

이야기는 모두 등장인물과 그들의 행위를 토대로 이루어진다. 그들의 행위는 일정한 순서에 의하여 전개되었고 또 그 사실들은 의식 속에서 시간적인 질서를 형성한다. 바흐찐은 그러한 현상을 '수평적으로 확장된 시간의 가지치기'라고 표현한다. 그런가 하면 단테의 『신곡』에서 볼 수 있는 시간의 수직적 병렬을 '단테적 세계의 비시간적 수직선'[28]이라고 부른다. 그는 그 두 가지의 이질적인 크로노토프의 공존이 작품을 뒤흔들어놓을 수 있는 '이례적인 긴장'[29]을 유발한다고 지적하면서 『신곡』의 특이한 크로노토프에 대하여 높이 평가한다.

---

27) 같은 책, 같은 쪽에서 재인용.

28) 같은 책, 83쪽.

29) *Esthétique*, 304쪽.

2 라블레와 크로노토프

2.1 『팡타그뤼엘』과 『가르강튀아』의 크로노토프

고대에서 중세를 거치며 근대에 이르는 작품 속에서 나타나는 크로노토프에 대한 바흐찐의 고찰은 매우 간략하다. 즉, 바흐찐은 모험적 시간, 우연, 공간의 추상성, 정체성, 변신, 운명, 반전, 급작성, 영예 등의 용어 개념을 바탕으로 한 약간의 추상적인 설명에 만족한다. 그에 비하여 라블레의 크로노토프에 대한 분석은 우선 양적인 면에서뿐만 아니라 구체적이고 세부적으로 고찰한다는 점에서 두드러진 차이를 보인다.

바흐찐 자신이 라블레의 『가르강튀아』와 『팡타그뤼엘』에 대한 분석을 통하여 이제까지의 연구에서 택한 기본적 방법론을 구체화하고 싶다고 말한 것은[30] 그 이전의 연구가 라블레의 크로노토프를 위한 준비 단계였음을 밝힌 것이다. 라블레의 크로노토프와 관련해서 바흐찐은 라블레 소설의 기원에 대한 고찰을 생략하고 그의 작품 전체가 작가의 이데올로기와 방법의 통일성을 보여준다는 점을 지적한다. 그러나 연이어 라블레 소설의 공간, 시간의 기이성(insolite)과 함께 시공간적 세계에서의 인간의 행위 및 우여곡절이 인간과 매우 특이한 연관을 맺는다고 설명하면서, 그것의 가치 또는 질적 수준은 시공간적 규모와 일치되거나 정비례한다고 말한다. 그러면서 질적으로 긍정적인 모든 것은 공간과 시간 속에서의 팽창을 가능하게 하는 힘을 필연적으로 갖고 있고, 그 반면에 질적으로 부정적이고 천박하고 가련하고 무능한 것은 완전히 말살되어야 하며 자신의 파괴를 막을 수 없다고 말한다. 그러한 연장선상에서 선한 것은 모든 측면에서, 모든 방향

---

30) 같은 책, 312쪽.

으로 성장하고 그와 반대로 악한 것은 내세라는 거짓 이상에 의하여
부정적으로 보상받는다.

　내세에 대한 부정적인 견해의 표출은 바흐찐이 어떠한 관점에서
라블레의 크로노토프를 대하는가를 암시해 준다. 그는 라블레 작품
세계의 시공간의 표현과 특성이 출발부터 등장인물과 불가분의 관계
를 맺으면서 그들이 중세 기독교 세계의 그릇된 비전에 대하여 반대
를 표명하고 있다고 본다. 그리하여 라블레는 격렬한 논쟁을 통하여
중세적인 수직성과 투쟁한다고 단언한다.[31] 라블레는 구체적으로 어
떤 이유로 중세 교회의 세계관에 대하여 반대하고 있을까? 라블레의
관점에서 보면, 인간의 세계는 끊임없이 동요되고 재앙에 취약하며
온갖 죄로 물들어 있다. 또한 같은 맥락에서 교회는 인간의 위대성을
예찬하기보다는 인간의 미천함과 무능을 강조하며 영원을 순간으로
상징한다. 그런데 교회의 수직성이란 구체적으로 무엇을 의미하는 것
일까? 수직성의 공격은 그 자체가 목적일까 아니면 다른 목적이 있는
것일까? 교회의 수직성은 가톨릭의 신관에서 기인한다. 가톨릭에서는
자신들의 신이 유일신이면서 하늘에 계신다고 믿기 때문에 하나님과
신도와의 관계 역시 수직적이다. 그러한 수직 관계는 의사소통 방식
에서 상의하달 형식만을 취하는데, 그것은 사실상의 형식이 아니고
신자에 의하여 자의적으로 해석된 결과이다. 이러한 의사소통은 주관
적이라는 특성 이외에도 횡적인 소통이나 상대방에 대한 배려의 부재
로 현실화된다. 따라서 가톨릭은 인류에 대한 사랑의 실천이라는 박
애주의의 전파를 표방하면서도 종교적인 우위를 과시하고 다른 종교
나 종파의 확산이나 도전을 응징하기 위해서는 전쟁을 불사한다. 중
세의 십자군 전쟁이나 프랑스 남부의 이단 정벌, 16세기의 신구교도
전쟁 등이 그러한 사실을 보여준다.

---

31) 같은 책, 314쪽.

교회의 수직성에 초점을 맞춘 이러한 공격에는 뚜렷한 목적이 있다. 그것은 인간관계에 대한 새로운 형식과 함께 새롭고 조화로운 총체적인 인간을 위하여 새로운 크로노토프에 적합한 시공간적 세계를 재구성하는 것이다. 이렇게 보면 라블레에게 바흐찐이 적용한 수직성의 개념은 고딕 건축양식이 상징하는 물질적 공간 방식을 정신의 차원으로 좌표 이동시킨 것이다. 라블레의 의도는 그러한 수직성을 사람 사이의 횡적 유대 관계 강화를 통해서 하나의 지평선으로 구축하려는 것이다. 넓은 의미에서 그리스·로마 문화의 영향에서 비롯된 라블레의 이러한 관점은 어떤 의미에서는 평등사회를 이상으로 하는 골 족의 전통과 관련이 있다. 그래서 바흐찐은 라블레가 민속 전통과 고대 문화에 의존하고 있다고 주장한다.

라블레가 민속 전통과 고대 문화에 의존하는 이유는 그 두 전통이 스콜라 철학의 허구성이나 궤변적 결의론(casuistique)으로부터 벗어나 있기 때문이다. 바흐찐은 스콜라 철학과 결의론의 영향을 받은 교리가 사물과 이념의 관계를 허구적으로 결합시켰다고 비판하면서, 종래의 사물과 이념의 관계를 깨버리고 양자 사이의 관계를 새로운 탈논리적 논리(alogisme)에 의거하여 새롭게 정립해야 한다고 보았다. 물론 바흐찐은 이와 관련된 사항들을 구체적으로 거론하지 않는다. 라블레는 오컴이나 스코투스의 이름을 들먹이면서 조롱거리로 삼으려는 의도를 보이지만 그들의 이론을 직접 문제삼지는 않는다. 바흐찐역시 사물과 이념의 관계를 말하면서 실재론과 유명론을 구분하지 않고 스콜라 철학의 허구성과 오류만을 강조하고 있다. 거명된 두 신학자가 유명론자임을 생각할 때 라블레가 유명론에 대하여 거부감을 보이는 것 같지만, 그렇다고 보편이 실체로서 존재한다고 보는 실재론(réalisme)——일명 실념론——쪽에 서는 것은 아니다. 당대의 교리가 절대 신앙의 관점에서 영혼과 정신의 가치를 우위에 놓고 인간의 삶에 필요한 물질과 인간의 육체 자체의 가치를 극단적으로 평가절하했

기 때문에 라블레는 비하된 인간의 육체와 물질의 가치를 회복시켜야
된다고 생각했다. 바흐찐도 라블레가 민속 전통과 고대 문화에 의존
하는 이유는 그 두 문화에서 사물들의 인접 관계가 그들 본연의 본성
에 더 적합했기 때문이라고 지적하고 있다.

라블레는 인간 사회와 세계를 구성하고 있는 사물들의 가치관이
교리에 의하여 왜곡되고 전도되었기 때문에 이를 바로잡기 위하여 기
존의 가치 체계를 붕괴시키는 전략을 가지고 있다. 그는 소설 속에서
악당과 바보들을 등장시켜 그들이 자아내는 웃음을 무기로 이런 전략
을 수행한다.

그와 같은 전망하에, 바흐찐은 공간과의 관련 속에서 라블레의 세
계를 구성하는 요소를 인체, 의복, 음식, 음료와 취기, 성, 죽음, 배설
의 일곱 가지 계열로 나눈다.

(1) 인체 계열 : 라블레는 자연철학적인 관점[32]에서 인체의 모든 부
분과 기관 및 기능을 해부학적으로 묘사하고 서술한다. 중세 교회의
이데올로기는 육체를 쇠퇴와 갈등 그리고 원죄에 물든 저급한 것으로
만 간주했다. 그러나 라블레에게 인체는 세계를 측정하는 구체적 척
도이자 세계가 개인에게 부여하는 가치를 측정하는 기준이 된다. 라
블레는 인체를 통해서 언어와 의미에 현실성과 물질성을 부여함으로
써 육체에 대한 고대의 이상을 되살리고자 시도한다. 그는 인체를 1단
계에서 해부학·생리학적으로, 2단계에서 냉소적이고 익살스러운 대
상으로, 3단계에서 유추적이고 환상적이며 기괴하게, 4단계에서 민속
적으로 그린다. 그러나 이러한 단계들은 서로 뒤섞여 엄격하게 구분
되지는 않고 있다.

---

32) 원칙적으로 자연철학은 고대 그리스 초기의 유물론자들의 세계관을 의미하
　　지만, 바흐찐은 보다 일반적으로 비기독교적인 사상과 자유사상(libertin)에
　　가까운 철학을 지칭하고 있다.

(2) 음식·음주 및 취기 계열 : 바흐찐은 인체 계열 다음으로 의복 계열을 들었으나, 그에 대한 항목과 내용은 모두 빠진 채 세번째 음식 계열과 네번째 음주 및 취기 계열을 다루고 있다. 제1권 『가르강튀아』의 저자의 머리말에서 자기의 작품을 술꾼들에게 헌정한다든지 자신은 음식을 먹거나 술을 마실 때에만 책을 썼다고 하면서 자기가 호메로스와 로마 시대의 시인 에니우스(Ennius) 및 호라티우스를 귀감으로 삼았다고 밝히고 있다.[33] 또한 제3권의 머리말에서 평생 통속에서 생활했던 그리스 철학자 디오게네스의 통을 술통으로 바꾸면서 취중의 창작력을 다시 강조한다. 소설의 주요 등장인물들의 이름도 음주 계열과 관계가 있다. 라블레는 갈증과 소금을 연결시킨다. 즉 땅이 뜨거워 땀을 많이 흘린 것이 바다로 모두 흘러갔고, 그 결과 바다가 짜게 되었다는 것이다.[34] 소금은 또 팡타그뤼엘의 탄생과 연결된다. 그리하여 가뭄, 삼복, 땀, 소금, 짠 요리, 갈증, 마시기, 취하기의 기상천외한 연결 고리가 형성된다. 이러한 연결 고리에는 매독 환자의 땀, 교회당의 성수, 은하수, 나일강의 근원, 성서 및 고전 신화에 대한 다양한 언급들이 포함된다. 바흐찐은 라블레가 "통상적으로는 성립될 수 없는 사물과 현상들의 괴이하고도 새로운 인접 관계를 형성"[35]한다고 설명한다. 그러나 그러한 연결 고리의 구성은 보다 깊은 의미를 지닌다고 볼 수 있다. 우선 소금은 성서에서 빛과 함께 삶에 가장 필수적인 요소이고, 물은 농업적인 유토피아에서는 사활이 걸려 있는 요소이다. 그 두 가지를 기본 축으로 술을 포함한 다른 요소들이 연결된다. 가장 해괴한 것은 저주받은 병이었던 매독 환자의 땀과 성스러운 교회의 성수를 같은 종류로 언급한다는 점이다. 이러한 라블레의 발상은 불경스러운 측면이 없지 않지만, 그보다 "모든 극단적

---

33) 라블레 전집, 50–51쪽.
34) *Esthétique*, 314–317쪽.
35) 같은 책, 같은 쪽.

인 것은 상통하는 면이 있다."[36]는 그의 자연주의적 철학관에서 이해되어야 할 것이다.

라블레의 음식물에 대한 바흐찐의 설명은 충분하나 음료와 취하기에 대한 문제는 제목과는 달리 별다른 설명이 없다. 포도주를 예로 들어보자. 유럽에서 포도주의 문화적 기원은 그리스 시대의 디오니소스 축제로 거슬러올라가며 그리스 전통에서 축제와 종교의식에 결부되어 있는 신과의 정신적 교류에 필수적인 요소였지만, 종교적 의식에 사용된 포도주의 의미는 라블레의 소설 속에서 탈색된다. 『가르강튀아』에서 피크로숄 왕국의 군대들이 유토피아 왕국의 포도주를 약탈하려고 하자 수도사 장을 비롯한 수도사들이 목숨을 걸고 적군을 물리친 것은 성찬식을 위해서가 아니라 자신들이 마실 목적이었기 때문이다. 라블레의 작품에서 포도주는 또 다른 기능을 행사한다. 물리적으로 존재하는 개체와 개체 사이의 벽을 허물고 정신적 공간을 확대시키는 기능이 포도주에 담겨 있다. 여하간 라블레의 소설에서 먹고 마시는 것과 관련된 계열은 다양한 양상으로 제시되고 있고 그 의미도 매우 복합적이다. 기본적으로 먹고 마시는 행위는 매우 중요하고 고귀한 일이다. 그래서 어떤 의도에서든 먹고 마시는 행위를 규제하는 것은 인간의 본성을 억압하고 왜곡하는 결과를 낳는다는 신념을 라블레는 피력하고 있다.

(3) 배설 계열: 음식과 음주 계열은 생리적으로 배설과 직접적인 관계가 있다. 그러나 라블레의 작품에서 배설 계열은 생리적인 의미를 넘어서는 해석을 요구하고 있다. 배설에서 빠뜨릴 수 없는 것이 소변이다. 소변과 관련해서는 세 가지 에피스도가 유명하다. 하나는 『가르강튀아』, 제38장에서 여섯 명의 순례자들이 샐러드에 끼어 가르강

---

36) 같은 책, 326쪽.

튀아의 입으로 들어갔다가 다행히 뱃속으로 떨어지지 않고 이에 매달려서 썩은 이를 건드리자 입안에 들어 있던 것들을 모두 뱉어내는 덕에 다시 세상으로 나온다. 하지만 길을 따라 달아나려고 할 때, 마침 가르강튀아가 퍼붓는 소변으로 홍수가 난다. 순례자들은 이런 홍수가 다윗의 시편에 예고되어 있음을 밝히면서 자신들이 겪은 상황을 시편과 대조한다.[37] 이 장면에는 그로테스크와 유머 그리고 아이러니가 혼재되어 있다. 다음으로는 팡타그뤼엘이 아플 때 본 소변이 뜨거운 온천의 근원이 되었다고 설명하는 파뉘르주의 장난 장면이다.[38] 파뉘르주의 짓궂은 장난으로 60만여 마리의 개들이 어느 귀부인의 뒤를 쫓다가 일제히 그 부인의 집앞에서 소변을 보는 바람에 성 빅토르 성당 곁으로 시냇물이 흘러들고 이를 이용해서 고블렝 양탄자들을 염색하게 되었다고 말한다.[39] 마지막으로 가장 유명한 소변 에피소드는 가르강튀아가 파리에 도착하자 그를 보려고 몰려든 군중 때문에 노트르담 성당으로 피신하는 장면이다. 탑으로 피신한 가르강튀아는 재미로 거대한 성기를 드러내고는 군중을 향하여 오줌을 힘껏 갈기자 여자와 어린이를 제외하고도 26만 418명이 익사했다는 부분이다.[40] 오줌 때문에 엄청난 인원이 익사한 것을 재미로만 보기에는 너무 심각한 일이 아닐 수 없다. 바흐찐은 이에 대해서 "오줌을 포함한 배설로 지방신화를 만들어 지리명의 연원을 설명하려는 것"[41]이라는 다소 궁색한 해석을 가한다. 그러나 그것은 지명에 대해서 학술적으로 살핀 것이 아니라 단지 재치를 위해서 지명의 어원을 밝힌 것이라는 점에 유의할 필요가 있다. 따라서 다른 분석도 가능할 수 있지 않을까?

---

37) 같은 책, 218-219쪽.
38) 같은 책, 502-503쪽.
39) 같은 책, 440-441쪽.
40) 같은 책, 126-127쪽.
41) 같은 책, 334쪽.

먼저 가르강튀아가 소변을 성스러운 노트르담에서 배설했음에 주
목할 필요가 있다. 이 장소의 선택은 단지 우연이 아니라 의도적인
선택이다. 다시 말하자면 성당의 성스러운 이미지를 훼손시키려는 의
도가 숨겨져 있다고 할 수 있다. 둘째, 소변에 의한 홍수를 통해서 노
아의 홍수를 떠올리지 않을 수 없다. 대홍수는 인류에게 있었던 대재
앙을 상징한다. 가르강튀아의 오줌도 같은 기능을 연상시킨다. 셋째,
노아의 홍수는 하늘에 의한 재앙인 데 비하여 가르강튀아의 오줌은
인간에 의한 재앙이자 대변혁을 의미한다.

(4) 성의 계열 : 성은 라블레 소설에서 커다란 비중을 차지한다. 성
은 노골적인 외설은 물론 미묘하게 은유화된 대화나 농담, 해설, 에피
소드 등 실로 다양한 형태로 나타난다. 성적 능력, 정액, 생식 과정,
결혼, 여성 차별[42] 등이 아무 거리낌없이 기술되고 묘사된다. 수도사
장과 파뉘르주는 외설적인 농담을 많이 한다. 한편 팡타그뤼엘은 여
행 도중 아리스마스피 족과 네펠리바트 족 간에 치열한 전투가 벌어
졌던 곳을 지나간다. 그곳은 빙하해 근처라서 사람들이 나눈 말들이
공중에서 모두 얼어붙을 정도였다. 그래서 팡타그뤼엘은 갑판 위에
얼어붙은 말들을 본다. 저자는 그중에서 상스럽고 외설적인 말들을
기름에 절여 오래 저장하고 싶다고 말을 하지만, 팡타그뤼엘은 그의
소망을 거절한다. 왜냐하면 "언제나 모자람 없이 충분히 가지고 있는
것을 저장해둔다는 것은 정신 나간 짓이기 때문"[43]이다. 이 에피스드
는 상스럽고 외설스런 말을 일상 생활에서 늘 사용하는 말이기 때문
에 그 사용을 금하거나 특별히 보호할 필요가 없다는 저자 특유의 속

---

42) 라블레가 특별히 남성우위론을 주장하고 있지는 않는다. 중세의 이야기나
　　기록들을 보면 사회적 신분에 관계없이 여성을 비하하는 경향이 일반화되
　　어 있음을 알 수 있다.
43) 라블레 전집, 1074-1075쪽.

생각을 드러낸 것이다.

바흐찐은 "성적인 외설 계열 역시 긍정적인 면이 있다. 중세인의 노골적인 외설은 성에 관련된 부분을 억압하던 금욕주의적 이상의 이면인 것이다."[44]라고 말한다. 물론 라블레는 중세 교회의 성에 대한 억압에 반발하는 입장을 취하고 있다. 그러나 오늘날의 관점에서 본다면 그는 중세 이전부터 내려오는 전통에 따라 여성과 여성의 성을 비하하는 경향이 있다. 그러면서도 다른 한편으로 그는 텔렘 수도원에서의 생활을 통하여 남녀의 성은 조화롭게 개화시켜야 한다는 이상을 실현시켜야 할 필요성을 보여주었다.[45] 억압에 반대하는 라블레의 입장이 성해방론으로 가는 것은 아니다. 라블레는 사회적·정치적·종교적 신분에 관계없이 인간은 성 문제에 관한 한 동등하다는 생각과 함께 교황 숭배를 조롱하는 의도를 담고 있다.

(5) 죽음의 계열: 성에 대한 욕망은 성에 대한 의지와 분리될 수 없으며, 삶의 궁극적 의미는 죽음이 모든 것의 종말이고 그 이후에는 아무것도 없다는 사실을 깨달음으로써 얻을 수 있다. 그렇기 때문에 많은 종교는 인간에게 희망을 주기 위하여 내세에서 천당이나 낙원이 있고 죄인에게는 지옥이 있다는 신앙을 만들어냈다고 할 수 있다. 라블레는 죽음을 종교와는 다른 관점에서 제시하고 있다.

바흐찐은 라블레에 대한 연구를 통하여 그는 죽음을 "현실 세계의 자기 자리에 갖다놓았고, 무엇보다 죽음이 삶 그 자체에 없어서는 안 될 요소임을 보여주고 있다.…… 죽음과 함께 저승의 심연 속으로 떨어지는 것이 아니라 태양 아래의 이승의 시간, 이승의 공간 속에 남아 있는 것으로 제시"[46]한다고 지적한다. 죽음의 계열에 속하는 에피

---

44) *Esthétique*, 338쪽.
45) *Gargantua*, 55-57장. 라블레 전집, 278-287쪽.
46) *Esthétique*, 339쪽.

소드들은 음식, 음주, 배설 등의 계열과 교차되면서 대부분 기괴하고 우스꽝스러운 양상을 띠고 제시된다. 라블레에게 죽음은 한편으로 씨 앗, 포도주, 또는 식음료, 가스 등 죽음을 유발할 수 있다고 생각할 수 없는 요소들과 결부됨으로써 우연적 성격을 띠고 있으며, 다른 한편 으로 독자에게 희화적인 상황의 연출과 관련이 있으면서 또한 웃음 그 자체가 죽음을 불러들이는 원인이 되기도 한다. 어쩌면 웃으면서 죽는 것은 가장 초월적이고 관조적 경지에 이른 인간만이 보여줄 수 있는 모습일 것이다.

죽음 자체에 대한 성찰에서 라블레는 죽음이 새로운 생명의 탄생 으로 이어짐으로써, 개체에게는 죽음이 있으나 그 죽음이 새로운 삶 의 근원이 된다는 순환적인 생명관을 지니고 있다. 그러한 예로 팡타 그뤼엘이 태어날 때 너무 커서 어머니 바드벡이 질식사하게 된다.[47] 또한 가르강튀아가 파리에 유학한 아들에게 보낸 유명한 편지 속에 그러한 생각을 자세하게 서술함으로써 기독교적 영생을 종의 계승 발 전이라는 패러다임으로 전환하는 데서도 확인할 수 있다.[48] 그러나 이 문제는 공간적인 문제라기보다 시간성과 관련된 문제이기 때문에 그 와 관련된 부분에서 다루어져야 할 것 같다.

2.2 민속적 시간과 그 형식

라블레의 크로노토프 개념은 창조→원죄→예수 탄생→대속(구 원)→예수 재림→최후의 심판으로 이어지는 중세적 세계관과 대립된 다. 바흐찐은 중세적 시간관에서 "현실적인 시간은 고려의 대상에서 제외되었고 초시간적인 범주 속에 해체되었으며, 시간은 파괴적이고

---

47) 같은 책, 314-317쪽.
48) 같은 책, 348-355쪽.

소멸적이며 비건설적일 뿐이다."[49]라고 규정하고 있다. 그에 의하면 라블레는 와해되는 중세적 세계관을 대체하기 위하여 새로운 물질적 기반 위에 새로운 세계를 자신의 소설 속에 건설하고자 한 것이다. 그가 만들어낸 기괴하고 환상적이며 기상천외한 이미지들은 현상과 사물, 개념과 어휘들의 가장 오래되고 자연스러운 인접 관계를 새롭게 복원하고 정립하는 데 기여하고 있다. 바흐찐은 라블레의 그러한 시도가 "민속적인 전통에서 유래한다"고 본다.[50] 민속적 시간은 역사적으로 세습사회 이전의 농경사회의 단계까지 거슬러올라가는 전통과 관련이 있다. 농사, 계절, 일과, 농산물과 가축의 성장과 연관되는 축제와 의식(儀式)의 형성은 농경사회를 구성하던 집단의 시간 흐름에 대한 지각이 구체화된 것이다. "이 경우 시간은 성장과 다양한 양상의 현상 사이에 존재하는 연관성 —— 즉, 시간의 통일성을 토대로 하는 인접 관계 —— 에 의하여 이루어지는 시간 관계가 표현하는 테마와 주제들을 통하여 언어 속에 반영된다."[51]고 바흐찐은 말하고 있다. 그러면 그러한 민속적 시간의 특징은 무엇인가? 바흐찐은 그 특징을 몇 가지로 집약하고 있다.

첫째, 집단적 삶 속의 사건들에 의하여 분절되고 측정되는 시간으로서 개인적인 삶의 내적 시간은 아직 존재하지 않으며 개인은 집단의 일원으로서만 존재한다.

둘째, 그것은 노동의 시간이다. 시간은 노동을 토대로 하는 삶과 다양한 농사일들의 단계들이 이루는 에피소드들에 의하여 측정된다. 시간에 대한 의식은 집단적 작업을 통하여 자연과의 투쟁을 전개하는 과정에서 형성된다.

셋째, 그것은 또한 생산적 성장의 시간이다. 생물이 성장하여 개화

---

49) 같은 책, 349쪽.
50) 같은 책, 같은 쪽.
51) 같은 책, 351쪽.

하고 열매를 맺어 익고 증식하며, 뒤에 만물은 다시 소생한다.

넷째, 그것은 최대한으로 미래 지향적인 시간이다. 모든 노동행위, 성행위는 미래를 목표로 한다. 소비는 생산적 노동과 분리되지 않았고 평생을 이루지도 않는다. 무엇보다 시간은 과거·현재·미래로 정확히 분화되지 않았다.

다섯째, 이러한 시간은 공간적이며 구체적이다. 시간은 대지나 자연과 분리되지 않았고 인간의 삶과 마찬가지로 외재화(extériorisé)된 모든 것이 밖으로 드러난다. 농업적 삶과 자연의 변화는 동일한 단위 시간에 의하여 측정되고 동일한 범주에 의하여 인식된다. 그러한 범주로 계절, 연령, 밤과 낮, 성행위, 임신, 성숙, 노령화, 죽음 등의 이미지를 들 수 있다.

여섯째, 시간은 총체적으로 단일화되어 있다. 개인의 사생활은 존재하지 않으며 삶은 총체적으로 하나이고 모든 것은 역사적 성격을 지닌다. 음식과 술마시기, 성교, 탄생과 죽음 등은 사생활의 국면이 아니라 집단의 사건으로서, 집단노동과 자연의 개발, 전쟁 등과 불가분의 관계를 맺고 있다. 해와 달, 대지와 바다 등 모든 자연물은 시적인 관조, 명상의 대상이 아니다. 자연물을 포함하는 모든 사물은 삶의 움직임 속에 생동하는 참여자로서 통합된다.

마지막 민속적 시간의 특성으로서 순환적 성격을 들고 있다. 바흐쩐은 이미 언급한 다섯 가지 특징을 '긍정적'이라고 규정하고, 반면 순환적 성격은 "민속적 시간의 힘과 이념적 생산성을 제한"하기 때문에 '부정적'이라고 생각한다. 순환성과 순환적 반복성은 시간의 전진을 제한하기 때문에 진정한 '성장'을 달성하지 못한다는 것이다.[52]

바흐쩐의 논지를 다시 요약하면, 라블레의 시간성은 민속적 시간을 토대로 그 전통을 이어받았고, 민속적 시간은 농경사회 이전으로 거

---

52) 같은 책, 351-354쪽.

슬러올라간다. 민속적 시간 형식의 특징은 크게 긍정적 면과 부정적 면이 있다. 전자는 집단적이고 노동을 토대로 하고 생물 성장과 관련되며, 미래지향적이고 자연의 시간과 분리되지 않았다. 아울러 외재적이고 총체적이며, 단일적이고 역사적이다. 그에 비하여 순환성은 후자에 속한다. 바흐찐의 민속적 시간에 대한 이론은 라블레의 소설 연구에 초점을 맞추었다고 하기보다 농경사회에서의 시간성에 대한 일반적 고찰이라는 인상을 준다.

가장 문제가 되는 것은 바흐찐이 순환성을 시간의 전진을 제한하는 부정적 성격으로 규정한다는 점이다. 그러나 긍정적 시간으로서의 공간적·구체적 시간, 즉 농업적 삶과 자연의 변화를 측정하는 범주인 계절, 밤과 낮, 탄생, 성숙, 노령화, 죽음 등은 순환성에서 비롯되고 순환성을 형성하는 범주들인 것이다. 가르강튀아가 팡타그뤼엘에게 보낸 그 유명한 편지[53]는, 인간의 죽음은 새로운 탄생을 통하여 가문과 종족의 영생을 가능하게 하고 역사 발전의 원동력이 되며 그러한 순환성을 바탕으로 원죄에서 최후의 심판으로 지향하는 직선적인 기독교적 시간관과 영생에 대한 교리를 대체한다는 생각을 보여주고 있다.

2.3 민속적 시간 모형의 생성과 변화

개인적 삶이 집단의 삶에서 분리되지 않은 채 시간의 통일성 속에서 인간은 탄생에서 죽음에 이르는 과정을 밟으며, 시간과 계절은 변화와 순환의 과정을 반복한다. 또 생물은 씨앗이 싹트고 성장해서 열매 맺은 것을 수확하는 주기를 마친 뒤 시들어버린다. 이러한 순환 과정 속에서 자연의 삶과 인간의 삶은 하나의 커다란 복합체를 형성한다. 그 복합체를 구성하는 요소들—— 탄생, 성장, 성행위, 죽음, 음

---

53) *Pentagruel*, 8장.

식, 술 등——은 모두 서로 불가분의 관계를 맺고 있으며 또 모두 동일한 가치를 지니고 있기 때문에 가치의 차별화는 불가능하게 된다.

그러나 공동체 사회가 사회적 계급의 형성과 함께 분화되어 가면서 이 복합체는 근본적인 변화를 겪게 된다. 그렇게 되면서 농사와 제사(culte)가 분리되고 음식이나 술, 성행위, 죽음 등의 요소들은 한편으로는 복합체에서 분리되어 일상생활의 영역 속에 자리잡게 되고, 다른 한편으로는 이러한 요소들은 제의(祭儀)의 영역에 속하여 제의적 의미를 지닌다. 같은 원료로 만든 빵은 일상생활의 영역과 제의의 영역에서 각기 다른 가치를 부여받는다.[54]

이처럼 고대 민속적 모형을 구성하고 있던 음식, 술, 성행위 등의 요소들은 분화과정을 통하여 개인적이고 일상적인 사건이 되면서 종교적 제의와 귀족적 문학 장르에서 엄숙하고 고상하게 각색되고, 성행위도 동물적 본능의 표출로 간주되어 추상적인 부호나 은유적 표현으로 대치된다. 그러한 과정 속에서 웃음은 죽음, 성, 음식, 술 등의 요소들과 결합되면서 웃음의 폭발은 다양한 제약 속에 억눌려 있는 인간을 해방시켜 본연의 인간상을 다시 회복할 수 있게 해준다. 바흐찐은 고대 그리스의 아리스토파네스(Aristophanes), 루키아노스(Lucien), 페트로니우스(Petronius) 등이 라블레의 글쓰기 작업에 큰 영향을 미쳤다고 설명한다.

아리스토파네스와 라블레는 웃음의 성격, 환상적 그로테스크, 성, 음식, 술과 인접성 등의 면에서 서로 밀접하게 상통한다.[55] 그에 비하여 루키아노스는 음식, 술, 성행위 등을 사적인 생활로서 천하게 그려냄으로써 허위에 찬 이데올로기적 고결성을 공격하고자 한다. 라블레는 에피스테몽의 '사자(死者)의 왕국' 방문 에피소드를 구성하는 방식

---

54) *Esthétique*, 356쪽.
55) 같은 책, 363쪽.

이나 이데올로기의 영역을 패러디를 통하여 파괴하는 기법을 그에게서 배웠다고 할 수 있다. 그러나 라블레는 루키아노스와는 달리 물질적 삶의 계열을 사적인 일상생활로서 다루지 않고 인간적인 의미 부여와 함께 민속적 시간의 테두리 속에서 그렸다는 점에서 아리스토파네스와 더 가깝다고 평가된다.[56] 페트로니우스의 소설 『사티리콘』은 음식, 술, 외설, 성, 죽음, 웃음이 서민 취향의 생활 풍습을 통하여 드러나고, 극단적으로 문란한 풍기, 상스러움, 냉소주의에도 불구하고 민속적인 전통의 흔적이 짙게 깔려 있다는 점에서 라블레에 영향을 준 것으로 추정된다. 특히 『사티리콘』에 들어 있는 「에페수스의 과부」는 고대의 복합적 요소들이 압권을 이루는 작품이다. 남편의 무덤 위에서의 음식과 술잔치, 무덤 옆에서의 성교, 시체가 십자가에 기어오르는 것을 보고 행인들이 놀라 자빠지는 우스꽝스러운 장면으로 끝난다. 이 이야기는 무덤→젊음→음식과 술→죽음→성교→새 생명의 잉태→웃음으로 이어지는 고대 복합체들이 고상하고도 신비로운 형식으로 드러난다.

마지막으로 바흐찐은 라블레뿐만 아니라 18세기 이후의 서양 문학에 커다란 영향을 미친 문학으로서 목가를 들고 있다.[57] 라블레의 크로노토프와 특히 관계가 있는 부분을 중심으로 요약해 보자면 목가에서의 시간은 공간과 밀접한 관계를 지닌다. 그 터전이 되는 산, 계곡, 들, 강, 숲, 집 등은 그것을 중심으로 전개되는 사건들과 함께 선조로부터 후손으로 이어지는 삶이 이루어지는 공간이라는 점에서 통일성을 지닌다. 이러한 공간의 통일성은 요람과 무덤을 가깝게 하고 결합시키면서 유년기와 노년기를 결합시키고, 삶은 사랑, 탄생, 죽음, 결혼, 노동, 음식, 술, 성장 단계 등 몇 가지 한정된 사실들만을 중심으

---

56) 같은 책, 364쪽.
57) 같은 책, 367-377쪽.

로 전개된다. 마지막 특징으로서 언어적인 면에서 인간의 삶과 자연
의 삶의 결합이나 그 리듬의 통일성, 그리고 자연 현상과 인생의 사
건 등이 대개 은유적인 표현이 풍부하게 도입되는 동질적인 언어에
의하여 서술된다는 점 등이다.

목가와 라블레 소설은 삶의 몇 가지 기본적 요소, 즉 탄생, 성장, 죽
음, 음식, 술 등을 공유한다는 점에서 공통성이 있다. 그러나 바흐찐
의 주장과는 달리 양자 사이에는 공통점보다는 차이점이 더 큰 것 같
다. 목가적인 이야기[58]들은 과장이나 적나라한 묘사를 피하며 성적인
묘사도 외설적으로 표현하지 않고 고상하고 승화된 형태로 이상화한
다. 또한 모험이나 격렬한 살상, 환상적이고 그로테스크한 장면도 찾
아볼 수 없고 웃음은 은은한 미소로 대신한다.

2.4 라블레의 웃음

웃음은 크로노토프를 구성하는 직접적인 요소는 아니고 그 요소들
이 유발하는 결과이자 효과이다. 그러한 의미에서 고대의 복합체 속
에 포함된다. 고대 복합체 가운데 웃음은 유럽에서 종교나 국가에서
사용되는 공식 장르나 문체, 예컨대 찬송가, 기도문, 고해문, 선언문,
성명서 등에서 용납되지 않았다. 그렇기 때문에 웃음은 비장함이나
진지함으로 위장된 공식적 허위에 공범자가 되지 않았고 따라서 오염
되지 않은 채 순수할 수 있었다고 바흐찐은 설명한다.[59] 바흐찐이 말
하는 웃음은 생물학적 현상이나 심리적 혹은 생리학적 현상이 아니라
사회·역사적 문화 현상이다. 그것은 일상의 언어를 통하여 드러나는
웃음을 의미한다. 바흐찐은 일차적 의미와는 다른 의미로 사용되는

---

58) 같은 책, 377쪽.
59) 같은 책, 378쪽.

452

시적 언어 이외에 라블레가 웃음을 표출하는 다양한 형식, 예컨대 아이러니·패러디·유머·해학·농담·다양한 코믹을 구사했고, 특히 민속적인 전통 속에서 언어의 비공식적 측면을 활용하고 부각시킨 작가임을 강조한다.[60] 비공식적 측면은 다양한 욕설, 외설, 음주와 관련된 표현들, 일상적 일화, 짧은 이야기, 격언, 말장난 등이 포함되는데, 이 모두 어휘 활용을 통한 민속적 장르에 속하는 것이다. 그 밖에 광대와 바보 이야기, 소극(farces), 우화시(fabliaux), 익살(facéties), 민담, 콩트 등 민중적 성격의 문학 작품들의 전통도 이어받고 있다. 그리고 앞에서 언급된 다양한 고전 작가의 작품들을 많이 참고했다. 라블레의 웃음은 즐거움의 원천이다. 그는 그 웃음을 통하여 세계 속의 부조리와 모든 부정적인 요소를 통합시키고 세계를 포용하고자 한 작가라고 할 수 있다. 그러한 의미에서 라블레의 웃음은 기괴함, 해학, 풍자, 아이러니 등을 주로 활용한 스위프트, 스턴, 볼테르, 디킨즈와 명확히 구분된다고 바흐찐은 분석한다.

등장인물에 관해서 바흐찐은 라블레의 개인에 대한 기술은 그 개인의 개별적인 성장의 한계를 넘어서 모든 것을 포용하는 인류 전체의 공동의 삶의 일부로 이해되어야 한다고 지적한다.[61] 그렇기 때문에 소설 전체를 통하여 등징인물 혼자만의 생각이나 내밀한 체험, 독백 같은 것은 찾아볼 수 없다는 것이다. 그리하여 내면적 세계는 직접 기술하지 않고 행위와 대화로 대치되며, 개인화되고 내면화된 시간의 시작이나 종말은 존재하지 않는다. 매 순간의 시간은 모든 사람이 공유하는 시간이 된다. 고대의 모형을 새롭게 재현한 인간 사회의 모형에서 라블레는 인간을 분열·왜곡시켰던 것에서 인간을 해방시키고 또한 종교적 금기와 초현실적인 승화를 해체하며 웃음으로 현실을 정

---

60) 같은 책, 379쪽.
61) 같은 책, 380쪽.

화시킨다. 라블레의 목표는 인간의 본성을 회복시켜 인간의 모든 가
능성이 자유롭게 실현되는 시공간적 사회를 건설하는 것이다.

3 결론

바흐찐에게 결국 문학이란 무엇인가? 그는 문학작품이란 언어가
"예술작품의 재료 속에 실현되어 고정화된 사회적 의사소통의 특수
한 형식"[62]이라고 설명한다. 부언하면, 문학은 사회적 의사소통을 위
하여 언어로 이루어진 담화 형식이라는 말이다. 아울러 그는 하나의
작품이 진정한 작품이 되기 위해서는 "창조적 작가와 수신자 사이에
상호 작용의 과정이 있어야 한다."[63]고 지적한다. 이 경우 작가를 대
표하는 것은 작품, 즉 텍스트이고 작품을 수용하는 수신자는 정신
적·물질적 삶의 상황에 의하여 자리매김되는 독자를 의미한다. 환언
하면, 독자는 자신의 삶과 삶에 대한 입장을 토대로 텍스트를 대하게
되고 텍스트를 통하여 깨닫고 얻은 것을 가지고 자신의 삶에 대한 지
평을 심화하고 확대한다고 이해할 수 있다.

이렇게 볼 때, 텍스트와 독자의 삶에 대한 철학의 상호 작용은 텍
스트 비평과 관련된 바흐찐의 이론 형성과 밀접한 관계가 있음이 드
러난다. 가령 주로 도스토예프스키에 대한 연구에서 부각된 다성성과
대화주의는 일차적으로 작가의 텍스트 속에서 드러나는 등장인물들
의 삶의 방식에 대한 성찰에서 비롯된다. 다양한 목소리들이 갈등에
도 불구하고 대화하고 화답하는 과정에서 작가는 자신의 목소리를 강
요하지 않으면서 등장인물들 개개인의 의식과 목소리가 자유롭게 표

---

62) T. Todorov, *Mikhaïl Bakhtine, le Principe dialogique*(Seuil, 1981), 187쪽.

63) 같은 책, 같은 쪽.

출되도록 작품을 이끌어간다. 저자의 목소리만 부각되는 단성적 소설과 뚜렷한 차이를 보여주는 다성성과 대화주의적 특성은 물론 도스토예프스키의 텍스트에 대한 연구를 통하여 얻은 결론이고, 그러한 관점은 당연히 바흐찐의 삶을 보는 관점에 영향을 끼쳤을 것이다. 그러나 그에 앞서 그러한 특성을 도스토예프스키의 텍스트에서 발견할 수 있었던 것은 바흐찐이 삶에 대하여 가지고 있던 철학과 관계가 있다고 볼 수 있다. 어떤 조직 사회에서든 하나의 목소리가 다른 목소리들을 누르고 지배한다면 지배되는 목소리의 주인공은 진정한 주체가 되지 못하고 객체로서만 남게 된다. 그러한 인물은 강압에 의하여 어느 정도까지는 복종할 수 있으나 주체로서의 그의 의식은 부정되고 왜곡되므로, 일정한 한계에 달하면 폭발하게 된다. 삶에 대한 성찰을 통하여 그러한 사실을 깨달았기 때문에 도스토예프스키의 텍스트 속에서 바흐찐은 삶에 대한 자신의 견해를 확인하고 재발견했다고 할 수 있다.

대화주의는 다성성과 거의 동일한 개념이다. 전자는 후자로부터 나오기 때문이다. 다성은 결과적으로 드러나는 양상이고 그 과정은 대화주의적 성격을 띤다. 왜냐하면 능동적 의식의 주체로서의 목소리들은 한꺼번에 쏟아지는 것이 아니라 대화적 과정을 통하여 드러나기 때문이다. 라블레에 대한 연구를 통하여 바흐찐은 대화주의와 카니발 등의 개념이 16세기 르네상스 시대의 삶과 특별한 연관성을 가지고 있음을 보여준다. 교회를 중심으로 하는 경건하고 경직된 공식적 언어와 폭발적인 유머를 보여주는 민중의 언어가 공존하고 있음을 부각시킨다. 교회 내부에서도 신학자 자노투스 브라그마르도의 현학적이고 형식주의적인 언어와 파계승이면서 적국의 침략을 저지하는 데 큰 공을 세운 수도사 장 데 장토뫼르의 스트레스 해소적 기능의 언어는 대조적인 대립을 보여준다. 특히 카니발은 중세와 르네상스 시대의 민중의 삶을 이해하는 관문 역할을 한다. 부활절과 관계되는 종교적인 행사의 일환으로 이루어지지만 본래 고대 그리스·로마의 이교도들의 축제의 전통을 이어받은 카니발은 그 당시 민중의 삶에서 매우 중요한 의미를 갖는다. 홍행적인 놀이의 기능을 떠나서 카니발은 16세기 당시에 권력과 교회에 의하여 억압받고 있던 민중에게는 모든 구속에서 해방되는 자유를 누릴 수 있는 기회였다. 모든 사람이 공연자이면서 구경꾼이 되는 카니발은 모든 사람에게 자유와 평등의 기회를 주면서 나아가서는 사회적 상황의 반전의 기회도 제공한다. 예를 들면 카니발에서는 지배자가 신하가 되고 귀족이 노예가 되며 부자가 거지가 되기도 하고 그 반대 현상도 얼마든지 가능한 것이다. 그러니까 카니발은 사회적으로 어려운 삶을 살아가는 민중이 잠시나마 누릴 수 있는 보상인 것이다.

크로노토프 역시 삶의 모든 형태와 직결되는 개념이다. 모든 세상사와 인간사가 시간과 공간 속에서 이루어진다는 것은 재론할 필요도 없다. 소설 속의 세계 역시 크로노토프의 틀 안에서 전개된다. 어떤 사건이나 인물의 행위를 논의하는 경우, 시간과 공간은 따로 분리시킬 수 없으나 어느 한쪽에 더 큰 비중을 두느냐에 따라 나누어 고찰할 수 있다. 라블레는 직선적인 기독교적 시간과는 다른 순환적 시간관을 가지고 있었다. 직선적인 시간관에서 시간은 천지창조→인간의 타락과 원죄→구원과 최후의 심판으로 마감되는 일직선으로 표상된다. 그러한 시간관에서 인간은 영혼의 구원을 위하여 자신의 삶을 희생해야 한다. 그러나 라블레의 시간은, 『팡타그뤼엘』에서 가르강튀아가 아들 팡타그뤼엘에게 보낸 편지[64]에 잘 나타나 있는 것처럼, 시간의 전개와 함께 역사와 문명의 진보를 믿으며 삶을 긍정하고 새로운 창조가 계속되는 시간이다. 기독교의 영생을 부정하는 것은 아니지만 라블레에게 영생이란 개체가 영원한 삶을 누리는 것이 아니라 자식의

---

64) F. Rabelais, *Oeuvres Complètes*(Seuil, 1973), 348-357쪽 참조.

출생을 통하여 한 세대에서 다음 세대로 삶이 이어짐으로써 이루어진다. 작품에 투영된 시간은 중세와 르네상스의 초기에 해당하지만, 공간적으로 주인공은 『오디세이아』의 율리시스의 모험을 상기시키는 탐험을 통하여 많은 섬들을 방문한다. 그 섬들은 모두 다양한 특성과 풍습을 보여주는데, 잘 살펴보면 중세 사회의 모습을 우스꽝스럽게 확대·재현하고 있다. 물론 신체의 한 부분——예를 들어 입속——의 확대를 통하여 그로테스크한 이미지를 만들어내고, 그러한 이미지를 통하여 단순히 웃음 그 자체를 이끌어내려 하기도 한다. 그러나 한편으로 그는 공간의 지리적 확장을 통하여 중세 사회의 모순과 병폐를 패러디화하고 있고, 거기에서 보여주는 웃음에는 중세 사회를 풍자하고 비판하려는 의도가 다분히 들어 있다. 바흐찐은 라블레 연구에서 중세 사회에 대한 라블레의 비판을 간과한 면이 없지 않다. 이는 중세 사회에 대한 비판을 강조할 경우 그것이 스탈린 체제에 대한 비판으로 비쳐지지 않을까 하는 우려와 관계가 있는 것이 아닌가 생각된다.

작품과 삶의 상호 작용에서 비롯되는 다성성, 대화주의, 카니발, 크로노토프 등은 도스토예프스키나 라블레 등의 작품에 대한 분석의 도구 개념으로서 유용할 뿐만 아니라 외연적 확장을 통하여 보다 중요한 의미를 얻을 수 있다. 가령 대화와 대화주의는 일차적으로 주인공과 주인공의 대화와의 관계를 지칭하게 되지만, 한 걸음 나아가 작가와 주인공의 대화, 작가와 독자의 대화, 주인공과 독자의 대화, 독자와 독자의 대화, 비평가와 비평가의 대화, 인간과 인간의 대화 등으로 확장될 수 있다. 그리고 등장인물의 대화를 구성하는 하나의 언술 속에 하나 이상의 목소리가 개입하는 경우가 많이 있다는 사실도 널리 알려진 사항이다. 또한 대화가 작품 속에서 상이한 요소 사이의 대립·공존·조화의 양상을 보여준다는 점 역시 동양의 문화적 맥락에서 유비적인 상통성을 찾아볼 수 있게 한다. 가령 텍스트→대화→다성성으로 전개되는 양상은 태극→음양→사상→오행 등으로 전개되는 동양철학의 핵심과 유사한 양상을 보여준다는 의미에서 보편성을 지닐 수 있다. 크로노토프의 개념 역시 미메시스의 관점에서 작품을 분석하거나 특정 사회를 분석하는 데 적용될 수 있는 개념이다.

한편 바흐찐이 대화주의, 다성성, 그리고 카니발 등에 특히 관심을 가지고 그것을 이론화한 것은 스탈린 체제 아래 살면서 그에 대한 필요성을 절감했기 때문이라고 볼 수 있다. 이론적으로 공산주의 원칙에 공감하는 부분이 있다고 하더라도 공산당만이 허용되고 스탈린의 무자비한 숙청이 벌어지던 시대 상황에서 바흐찐은 라블레 소설 속의 중세와 르네상스 시대가 보다 바람직한 삶의 터전이라고 생각되었을 것이다. 한마디로, 그는 텍스트 속에서 자신이 살던 사회에 결여된 것에 보다 민감했기 때문에 그러한 사실에 더 큰 중요성을 부여했다고 생각된다.

제4장 주네트: 열린 수사학을 위하여

1 이야기학과 이야기 담론

'무엇이 세상을 움직이는가?'라는 질문을 받을 경우 우리는 돈·권력·물리적인 힘 또는 여론 등을 생각하게 된다. 그러나 이 모든 것들에 선행하는 것이 있다. 그것은 '말'이고, 다른 것들은 모두 말을 뒷받침하는 수단인 것이다. 그 말이 보편성과 함께 역사 속에 자리매김될 수 있는 경우, 그 말은 형식적으로 구문의 확장과 함께 어떤 내용의 전개를 담은 '이야기'가 된다. 물론 그 '이야기'는 전설·신화·민담·역사·소설 등으로 부르는 것이 합당한 경우가 있다. 그러나 그것은 대체적으로 어떤 실마리가 시간과 함께 전개되다가 정점에 다다르게 되고, 그 뒤 여러 가지 우여곡절 끝에 어떤 결말에 도달한다는 공통점을 가진다는 의미에서 '이야기'라고 할 수 있는 것이다.

말은 행동을 수반하고 그에 대응하는 반응과 행동을 유발한다는 의미에서 우리는 "태초에 말씀이 있었다."는 『요한복음』의 첫 구절을 이해할 수 있다. 어린 시절, 산타클로스 할아버지가 성탄 전야에 착한 아이들에게 선물을 전해준다는 이야기는 그것이 거짓말이라는 것을 알게 된 뒤에도 뇌리에서 지워지지 않는다. 지난 세대들이 할머니 무릎을 베고 들었던 달나라의 계수나무와 옥토끼 이야기는 인공위성 시대에도 달을 쳐다보는 사람들의 눈과 마음을 지배한다. 단군 탄생 신화도 수천 년의 역사를 통하여 한국인들의 믿음의 세계, 즉 정신 세계를 지배하는 주요 요소가 되었다.

서양에서는 그리스-로마의 신화나 건국 설화, 성서의 이야기 등이 서양인들의 의식과 상상력을 지배한다. 그러나 신화나 설화들이 역사와 부합되는 경우도 있지만, 누구도 그것이 사실과 일치하지 않는다는 것을 증명하거나 폐기해야 한다고 주장하지 않는다. 머릿속에 각인된 이야기들은 그것이 만들어내는 이미지들과 함께 한 세대에서 다음 세대로 이어지는 믿음의 세계를 형성하고, 그 흔적들을 작가들의 작품 속에서 확인하게 된다. 다양한 신화나 설화의 소재들이 작품 속에서 새롭게 해석되는 경우도 있지만, 시지프스로부터 오이디푸스, 엘렉트라, 오르페우스, 에우리디케, 뮤즈 등은 문학 작품에서 다양한 형태로 언급되고 인용된다. 이러한 현상은 결국 이야기가 지닌 힘을 확인할 수 있게 해준다.

이야기의 힘을 웅변적으로 보여주는 것이 오이디푸스 이야기이다. 극작가 소포클레스가 신화를 비극 작품으로 만든 『오이디푸스 왕』의 주인공 오이디푸스는 테베의 왕 라이오스와 이오카스트의 아들로서, 그가 아버지를 죽일 것이라는 신탁의 예언 때문에 부왕은 신하에게 그의 발에 못을 박고 산에 가져다 버리라고 명한다. 그러나 그 신하는 그를 자식이 없는 코린트의 왕에게 데려가고 그 왕과 왕비는 그를 친자식처럼 기른다. 그러나 코린트의 왕이 자기 친아버지가 아니라는 소문이 돌자 오이디푸스는 델포이의 아폴로 신전에 가서 신탁을 청한다. 그러자 그는 아버지를 죽일 것이라는 신탁을 받고는 방황하다가 테베로 가는 도중 라이오스 일행과 부딪치게 되어 시비가 일자 그를 죽여버리게 된다. 그 당시 스핑크스는 자신이 내놓는 수수께끼를 사람들이 풀지 못하면 모두 죽여버렸으며, 이 때문에 테베는 공포에 싸여 있었다. 그런데 오이디푸스가 그 수수께끼를 풀자 괴물은 자살하게 된다. 그 뒤 오이디푸스는 왕비 이오카스트와 결혼하여 두 딸과 두 아들을 낳는다. 그러나 흑사병과 기근이 만연하면서 라이오스를 죽인 자가 추방되어야 나라가 안정을 되찾을 수 있다는 신탁이 내려지고, 결국 오이디푸스는 자신이 아버지를 죽이고 어머니와 결혼했다는 사실을 알게 된다. 이오카스트는 목매어 죽고 오이디푸스는 자신의 두 눈을 파낸 뒤 딸과 함께 유랑을 떠난다. 결과적으로 『오이디푸스 왕』은 신탁, 즉 이야기가 운명이 되는 이야기의 힘을 웅변적으로 보여주는 작품이다.

그러면 이야기란 무엇인가? 그런데 이야기의 성격 규명에 앞서 그에 대한 이론적인 틀과 토대에 관계되는 용어부터 이해하는 것이 필요하다. 이야기에 관한 학문을 '이야기학(narratologie)'이라고 하고 이야기적인 특성을 '이야기성(narrativité)'이라고 한다. 언뜻 보기에는 후자가 전자를 구성하는 토대가 되고 전자는 후자를 포괄하는 개념으로 생각되지만, 사실은 그 두 가지 용어는 서로 구분되는 개념으로, 이야기에 대한 이론의 전개 과정 중에 각각 다른 맥락에서 생겨났다.

알려진 것처럼, 현대적 이야기 분석의 실마리를 제공한 것은 1928년에 민속학자 블라디미르 프로프(V. Propp)가 고찰한 『민담의 형태론』이다. 그는 러시아 민담에 대한 분석에서 등장인물에 대한 고려를 배제하고 이야기를 조직하는 기본 개념으로 기능(fonction)을 부각시키며 그 개념을 중심으로 이야기를 형태적으로 분절한다. 그의 이론을 집약해 보면 다음과 같다.[1] 첫째, 민담을 구성하는 단위는 기능이다. 둘째, 등장인물과 행동은 다양하지만 기능으로 환원해 보면 그 수는

----

1) D. Bertrand, *Précis de sémiotique littéraire*(Nathan, 1990), 170-172쪽 참조.

제한적이다. 셋째, 기능들의 연계 순서는 일정하다. 넷째, 구조적으로 볼 때, 민담의 기능들은 단일적인 유형(type)으로 귀착된다.

러시아어로 된 원본은 1950년대가 되어서야 영역되었으며, 인류학자 레비스트로스는 1960년 「구조와 형식」이라는 논문을 통하여 프로프의 이론을 소개하고 그것을 신화 분석에 적용했다. 그 뒤 그레마스(Greimas)는 '기능'의 개념을 계열체적 행위소 개념으로 대치하면서 아울러 이야기 통사론(syntaxe narrative)의 개념을 도입하여 기능을 행위소 간의 관계를 나타내는 통사적 언술(énoncé syntaxique)로 환원시킨다. 그와 동시에 그레마스는 주체/대상, 발신자/수신자, 협력자/반대자 등의 언어적 요소를 도입하여 행위소 모델과 이야기 도식(schéma narratif) 개념을 설정하여 이야기성(narrativité)을 구성한다.[2] 이런 이야기성을 바탕으로 이야기의 기호학(sémiotique narrative)을 정립한 그레마스와 그의 그룹에서는 '서사학 내지 이야기학(narratoligie)'이라는 용어는 사용하지 않는다.[3] 기호학적인 방법론은 단순한 이야기 세계의 분석을 넘어서 모든 담화 형식을 분석하는 것을 목표로 하기 때문이다. 실제로 그레마스는 퐁타니유(J. Fontanille)와 함께 『정념의 기호학(*Sémiotique des Passions*)』(Seuil, 1991)을 썼고, 서거하기 전까지 자신의 방법론을 중세 미술 분석에 적용했으며, 그의 제자들은 의미 분석에 기호학적 방법을 응용하고 있다.

다른 한편으로는 프로프를 중심으로 하는 러시아 형식주의자들의 이론을 수용하면서 수정하여 이야기 분석에 적용하는 그룹이 형성된다. 토도로프(T. Todorov)는 1965년 『문학 이론(*Théorie de la littérature*)』(Seuil)의 번역을 통하여 러시아 형식주의자들의 이론을 프랑스어권에 알렸고, 롤랑 바르트(R. Barthes)는 토도로프 · 주네트 · 브르몽(Bremond)

---

2) 같은 책, 181-190쪽 참조.
3) 그레마스와 쿠르테스(Courtés)가 편찬한 『기호학 사전』에도 'narratologie'라는 용어는 들어 있지 않다.

등과 함께 『코뮈니카시옹』, 제8집의 특집으로 『이야기의 구조적 분석』을 발간했다. 실험 과학이 선호하는 귀납적 방법으로는 무수한 이야기를 분석할 수 없기 때문에 구조언어학의 연역적 방법론을 러시아 형식주의자들의 이론과 접목시켜 새로운 이야기 분석 방법을 제시한 것이다. 바르트는 기능과 행동 그리고 서술하기(narration)의 세 가지 개념을 중심으로 현대 소설 분석에 대한 적용 가능성을 설득력 있게 보여주었고, 토도로프는 문법적 범주를 끌어들여 문학 텍스트를 분석하는 모델을 개발했다.

그러나 롤랑 바르트는 자신이 제시한 구조적 이야기 분석 방법의 효용성에 대하여 회의를 갖게 되어 1970년대 후반에는 더 이상 그러한 방법을 적용하지 않는다. 구조적 이야기 분석에 이론적으로 중요한 역할을 한 토도로프 역시 90년대 이후 모든 방법론에 회의를 느끼게 된다. 그는 1993년 가을 필자와의 대화에서 "자신이 과거에는 텍스트라는 창고의 문을 여는 열쇠, 즉 방법에 대하여 꾸준히 모색해왔으나, 이제부터는 창고 안에 들어 있는 보물 —— 텍스트 자체 —— 에 대해서만 관심이 있다."고 하면서 이야기 분석 방법을 비롯한 모든 방법론과의 결별을 선언했다. 필자는 그에게 "당신이 추구한 것은 창고 속의 방대한 텍스트를 보다 합리적으로 정리하여 체계적으로 읽을 수 있는 방법이었고 단순한 창고 문을 여는 열쇠는 아니였지 않느냐?"고 반문하자, 필자의 견해에 동의하면서도 그룹 활동을 통하여 공동의 목표를 따르기보다는 독자적인 책읽기와 글쓰기에 열중하겠다는 결심을 반복했다.

결과적으로 러시아 형식주의자들의 이론을 소개하고 발전시키는 데 주도적인 역할을 수행한 롤랑 바르트는 불의의 교통사고로 1980년에 사망하기 훨씬 이전부터 구조주의적 이야기 분석 방법에서 이탈했고, 방법론적인 면에서 큰 업적을 남긴 토도로프 역시 그 뒤 새로운 길을 모색하게 되었다. 이야기 이론 개발 초기에 주목받는 업적을 남겠던 브르몽(C. Bremond)[4]도 그 뒤로 별다른 활동을 보여주지 못한다. 그러한 가운데서도 꾸준히 이야기 텍스트에 대한 이론적인 작업을 계속하고 있는 인물이 제라르 주네트(G. Genette)이다. 이러한 이유에서 필자는 이야기 텍스트에 대한 논의를 주네트로부터 시작하려고 하는 것이다.

주네트는 자신이 바르트의 영향을 받았고 이론적으로 토도로프에게 시사받은 것이 많다고 말한다. 1966년 『문채 I(*Figures I*)』을 낸 이후 2-3년마다 중요한 연구 결과를 출판했는데, 특히 1972년의 『문채 III』에 실린 「이야기 담론」은 오늘날까지도 이야기 분석의 기본 이론으로 참고되고 있다. 그레마스와는 달리 '열린 시학'의 개념을 바탕으로 '이야기 시학(poétique narrative)'이라는 새로운 길을 개척한 주네트는 언어학에서 빌려온 범주 개념들을 이야기 텍스트 분석에 성공적으로 접목시킨 대표적 인물이다. 그레마스와 그의 그룹의 '이야기 기호학'은 복잡한 메타언어와 추상적 이론을 도입하여 텍스트 연구의 수준을 한 단계 높였음에도, 난해하고 접근하기 어렵다는 이유로 일반 이론으로 발전되기에는 어려운 문제를 안고 있었다. 그에 비하여 주네트의 연구는 문학성이 강한 작품 —— 예컨대 프루스트의 작품 —— 을 연구하되 일반적인 연구에 적용 가능한 방법을 추구함으로써 모든 이야기 분석에 보편적으로 응용할 수 있는 성과를 내놓았다. 그러면 이러한 내용을 바탕으로 하는 주네트의 이야기 이론의 뼈대가 되는 부분을 살펴보자.

주네트는 『모사적 상상력(*Mimologiques*)』[5]에서 자신의 연구를 플라톤의 『크라틸루스(*Kratulos*)』[6]에 나타나는 언어의 기원에 대한 논의와 결부시킨다. 『크라틸루스』에서 헤르모게네와 크라틸루스는 단어를

---

4) C. Bremond, *Logique du récit*(Seuil, 1973).

5) G. Genette, *Mimologiques*(Seuil, 1976), 11-14쪽.

6) Platon, *Œvres complètes*, I(Gallimard, 1950), 613-663쪽 참조.

464

중심으로 하는 언어의 성격에 대한 두 가지 상반되는 견해를 주장한다. 전자는 단어의 성격, 즉 단어와 그것의 의미 내지 세계와의 지칭 관계를 자의적인 것으로 보고 그 의미와 쓰임새는 사회적 협약에 의하여 생활 습관에 뿌리내린다고 보는 협약설(thesei)의 입장이다. 소쉬르의 기호의 자의성과 관계가 있는 관점이다. 그에 비하여 후자는 단어가 그것이 지시하는 대상의 성질과 자연적인 정합성을 지닌다는 주장으로서, 단어의 형태가 그것이 가리키는 대상의 성질을 필연적으로 반영한다는 관점이다. 즉, 언어 기원에 대한 자연설(Phusei)을 나타내는 것이다. 플라톤은 자연설을 지지하고 소크라테스는 어느 쪽의 주장에도 동조하지 않으면서 처음에는 크라틸루스의 자연설을 지지하고 헤르모게네의 주장을 반박하지만, 나중에는 크라틸루스의 입장을 포기하게 되어 소크라테스가 협약설에 합류한 것으로 받아들이는 경우가 많다. 그러나 주네트는 소크라테스가 그 두 가지 주장을 중용적으로 조화시키고자 했다고 간주한다.[7]

자연설은 결국 언어가 대상의 성질을 반영·모방한다는 것을 토대로 언어의 미메시스적 속성을 표출하는 것이다. 협약설은 언어의 발생 이후 상당한 시간적인 경과가 있은 후 언어와 대상과의 사이에서 별다른 관계를 찾아볼 수 없을 경우 타당성을 인정받을 수 있는 주장이다. 그에 비하여 자연설은 언어의 발생과 관련되는 입장으로서, 이론적인 보편 타당성을 전적으로 인정받을 수는 없다고 하더라도 그 나름대로의 명분은 지닐 수 있다. 가령 음악에서 라벨의 「바다(La Mer)」나 헨델의 「수상 음악(Water Music)」이 물의 속성을 증명하지는 못한다고 하더라도 바다나 물의 어떤 특성을 반영하고 모방하는 것이라는 맥락에서 이해될 수 있다.

언어의 미메시스적 성격은 몇 가지 하위 범주를 포함한다. 주네트

---

7) C. Montalbetti, *Gerard Genette*(Bertrand–Lacoste, 1998), 21쪽.

는 이를 음악적 미메시스·문자적 미메시스·어휘적 미메세스·구
문적 미메시스 등으로 나눈다. 그중 구문적 미메시스는 응용과 실천
의 면에서 모사법(mimologisme)과 연결되고, 그것은 세 가지 단계의
모사법[8]을 비롯하여 주관적 모사법 그리고 허구적 모사법 등을 포함
하고 있다. 허구적 모사법은 문학과 예술의 성격을 규정하면서 작품
과 그것의 모델이 되는 세계와 대상의 관계를 규명하는 미메시스의
토대가 된다. 따라서 이야기도 미메시스의 테두리 안에서 논의되어
야 한다.

미메시스에 관련된 이론은 아리스토텔레스의 『시학』[9]과 플라톤의
『국가론』[10] 제3권에서 약간의 개념적인 차이와 함께 제시된다. 먼저
아리스토텔레스는 미메시스를 '이야기(diégésis)'와 연극 배우에 의한
사건의 직접적인 재현(représentation)으로 나눈다. 그럼으로써 미메시
스는 서술적 이야기와 연극적 공연 두 가지로 이루어지고, 그 두 가
지 모두 시의 범주에 포함된다. 플라톤에게 '로고스(logos)', 곧 '언어
화된 것'에 대립되는 '렉시스(lexis)', 곧 '표현 방법'은 본래적인 의미에
서의 미메시스와 이야기(diégésis)로 나누어진다. '이야기'란 시인이
다른 사람을 시켜 말하지 않고 '자기 이름으로' 말하는 것을 가리킨
다. 가령 호메로스의 『일리아드』에 등장하는 아폴론 신전의 사제 크
리에스에 대해서 작가가 3인칭으로 설명하는 경우, 그것은 이야기에
속한다. 그러나 크리에스가 사람들을 모아놓고 1인칭으로 자신을 지
칭하면서 사람들에게 말할 경우 그것은 연극에서와 마찬가지로 미메
시스가 된다.

---

8) 1단계 모사법(mimologisme primaire), 2단계 모사법(mimologisme secondaire),
혼합 모사법(mimologisme mixte) 등이 있다.
9) 아리스토텔레스, 윤영주 옮김, 『시학』(청년사, 1988), 제3장·제6장·제8장·
제17장·제23장 참조.
10) 플라톤, 이병길 옮김, 『국가론』(박영사, 1975), 110-113쪽 참조.

　　이렇게 볼 때 아리스토텔레스와 플라톤의 미메시스와 디에제시스
는 서로 대립되는 면이 있다. 그러나 주네트는 그 두 가지 견해가 차
이가 있다고 하기보다는 크게 연극적 요소와 이야기적 요소로 나눈다
는 점에서 공통점이 있다고 평가하면서, 두 사람의 차이를 그 두 가
지에 대한 플라톤의 가치 평가에서 찾는다. 왜냐하면 플라톤은 미메
시스에 주력하는 시인들을 평가절하하고 있고 호메로스까지도 그의
작품에서 미메시스적인 면이 강하다고 하면서 그에 대하여 비판적 입
장을 취하기 때문이다.[11]

　　플라톤과 아리스토텔레스는 연극이 이야기보다 더 미메시스적이
고 이야기가 한 단계 약화된 문학적 재현(représentation) 방식이라는
데 의견의 일치를 보여주고 있다. 그러나 주네트는 그 두 철학자가
미처 충분히 고려할 수 없었던 문제를 이야기가 안고 있다고 주장한
다. 미메시스가 비언어적 현실 그리고 예외적으로 언어적 현실을 언
어적 수단을 사용하여 재현하는 것이라고 할 때, 미메시스는 곧 행
위와 언어의 재현을 의미한다. 물론 행위를 재현하는 것에는 별 문
제가 없으나 언어적 재현이라고 할 경우에는 고려해 보아야 할 문제
가 있다는 것이다. 가령 등장인물이 실제 현실에서 말한 것을 그대
로 옮겨 쓴다면 그것은 조정과 창의적인 노력이 수반되는 재현이 아
니고 단순한 반복에 그치게 된다. 그런데 이야기에서는 담화의 직접
적인 인용보다 비언어적 현실을 효과적으로 재현하는 문제가 더 큰
비중을 차지한다. 왜냐하면 부분적으로든 전체적으로든 이야기는
허구적 작업으로서, 행위를 재현하는 것은 플라톤적인 의미에서 ‘말
하기(diction)’ 행위이다. 그러나 이런 ‘말하기’ 행위일지라도 등장인
물의 담화를 재현하는 것은 작가의 창의적 행위가 개입되지 않는 재
생 작업이 된다.

---

11) G. Genette, *Frontière du récit*, in *Figures II*(Seuil, 1969), 52쪽.

결국 이야기란 비언어적 사건들 그리고 담화를 포함하는 언어적 사건들을 언어적 등가물로 옮겨놓은 것이다. 그것이 바로 문학적 재현이고 그리스 철학자들이 말하던 미메시스가 된다. 그러한 맥락에서 주네트는 "미메시스, 그것은 디에제시스이다."[12]라고 결론을 내린다. 그러나 논리적으로 보면 미메시스는 이야기뿐만 아니라 시와 연극 등 문학 전반을 포괄하는 개념이고 디에제시스, 즉 이야기는 그것의 한 부분이기 때문에 전자를 후자로 축소시키기보다는 후자의 성격이 전자에 포함된다는 의미에서 "디에제시스는 미메시스이다."라고 바꾸는 것이 합리적일 것 같다.

그러나 문학적인 재현으로서의 이야기에는 순수한 의미에서 이야기적 요소만 있는 것이 아니다. 모든 이야기에는 행동과 사건의 재현과 함께 대상과 인물의 재현 부분이 포함되는데, 전자는 '서술하기(narration)'를 구성하고 후자는 '묘사하기(description)'를 이룬다.[13] 이러한 구분은 플라톤이나 아리스토텔레스의 저서에서 언급되지 않은 사항으로, 19세기 소설에서 묘사하기의 비중이 커지면서 그에 관한 문제가 부각되었다고 하겠다. 묘사하기는 원칙적으로 사건이나 행동이 아닌 대상을 공간적으로 표상하는 것을 목표로 한다. 그에 비하여 행동과 사건이 중심이 되는 '이야기하기'는 시간적인 차원에서 표상되어야 한다는 점에서 차이를 보인다. 두 가지 모두 이야기에서 불가결한 요소이기는 하지만, 이야기하기에는 반드시 서술적 요소가 필요한 데 비하여 묘사하기에는 이야기적 요소가 필수적이지 않다는 점 때문에 주네트는 묘사하기가 이야기하기보다 더 필요하다고 평가한다.[14] 그럼에도 묘사하기는 이야기를 한 상태에 머물게 하고 이야기를 전개하는 것은 이야기하기라는 의미에서, 이야기하기가 이야기에서

---

12) 같은 책, 56쪽.
13) 같은 책, 같은 쪽.
14) 같은 책, 57쪽.

468

보다 핵심적인 역할을 수행한다는 점을 인정해야 할 것이다.

지금까지 살펴본 미메시스·디에제시스·서술하기·묘사하기 등은 기본적으로 허구적인 이야기의 전망 속에서 검토되었다. 그러나 이야기에는 사실적 이야기(récit factuel)——즉, 실화적 이야기—— 들이 있고 위의 개념들이 허구적 이야기의 전유물은 아니다. 그러므로 이야기의 여러 가지 범주에 대하여 알아보기 전에 허구적 이야기와 실화적 이야기의 상관관계에 대한 주네트의 생각을 살펴볼 필요가 있다.

이야기를 연구하는 이야기학은 한편으로는 형식적인 면(rhématique)에서 이야기 담화를 분석하고, 다른 한편으로는 이야기 담화에서 드러난 사건과 행동들을 주제적인 면(thématique)에서 연구한다. 따라서 원칙적으로 이야기학이 허구적 이야기만 연구해야 할 이유나 명분을 가진 것은 아니다. 그러한 관점에서 리쾨르(P. Ricoeur), 화이트(H. White), 베인(P. Veyne) 등은 역사적 소설에 나타나는 시간성, 수사학적 문체, 인식론 등에 대하여 연구했고, 리오타르(J. F. Lyotard)는 이야기의 경계를 지워버리고자 했다.[15] 한편 설(J. Searl)은 허구적 이야기가 사실적 이야기를 '가장(feintise)'한 것에 지나지 않기 때문에 "하나의 텍스트를 허구적 작품이라고 단정할 수 있게 해주는 텍스트적·구문론적·의미론적 속성은 존재하지 않는다."[16]고 단언한다. 그에 대하여 함부르거(K. Hamburger)는 가장의 영역을 자서전적 이야기와 구분이 안 되는 1인칭 소설에 국한시키면서 3인칭 소설이 지니는 텍스트의 허구적 특성을 추출한다.[17] 이러한 연구를 참조하면서 주네트는 자신의 『이야기 담론』[18]에서 프루스트 연구에 적용한 방법론을 토대로 허구적 이야기와 사실적 이야기의 성격을 검토한다. 주네

---

15) 같은 책, 65-66쪽.

16) 같은 책, 68쪽에서 재인용.

17) K. Hamburger, *Logique des genres littéraires*(Seuil, 1982), 제4장 참조.

18) G. Genette, *Discours du récit*, in *Figure II*(Seuil, 1972), 67-267쪽.

트는 이야기를 분석·검토할 수 있는 범주로서 시간적 순서(ordre), 속도(vitesse), 빈도(fréquence), 서법(mode), 서술태(voix) 등을 제시하고 적용하는데, 이를 순서대로 간략히 살펴보도록 하자.

첫째, 시간적 순서 : 주네트는 민속적 이야기(récit folklorique)가 일반 소설보다는 사건의 시간적 연대기를 보다 충실하게 따른다고 생각했다. 그러나 헌스타인 스미스(B. Herrnstein Smith)의 연구 결과를 토대로 시간적 연대기를 엄격하게 따르는 것은 문학작품뿐만 아니라 민속적 이야기에서도 불가능하다는 사실을 받아들이게 된다.[19] 사실적 이야기에서도 회고법(analepse)과 예고법(prolepse)이 얼마든지 가능한 이상, 시간적인 순서를 중심으로 문학적 이야기와 사실적 이야기를 구분하기는 어렵다.

둘째, 속도 : 허구적 이야기 —— 주로 소설 —— 에서 발자크 같은 작가는 등장인물의 집안에 대하여 수십 년간의 역사를 단 몇 줄로 압축하기도 하고, 프루스트는 아침 나절에 있었던 이야기를 수십 페이지에 걸쳐 자세히 기술하기도 한다. 전자는 시간적인 가속성(accélé-ration)을 나타내는 것이고 후자는 완만성(ralentissement)을 나타낸다. 그 밖에도 생략(ellipse)에 의한 시간적인 뛰어넘기와 시간적 흐름의 정지 등이 속도와 관련하여 고찰될 수 있다. 물론 이러한 사항들은 허구적 이야기 내지 문학작품에서 자주 목격된다. 또한 함부르거는 '상세한 장면 묘사', 문자 그대로 남김없이 이루어지는 '간접 인용 대화', '폭넓은 서술' 등을 허구성의 징표로 제시한다.[20] 물론 글쓰기의 실제를 통하여 허구적 이야기와 사실적 이야기 사이에 어떤 차이가 드러나게 마련이지만, 그것은 정도의 차이이고 이론적으로 사실적 이야기 역시 시간과 관계되는 허구적 이야기의 장치들을 활용할 수 있

---

19) G. Genette, *Fiction et Diction*(Seuil, 1991), 69쪽.
20) 같은 책, 73쪽.

음을 주네트는 지적한다.

셋째, 빈도수 : 반복되는 사항들을 일일이 열거하지 않고 집약적으로 말하는 경우 거기에는 빈도수의 개념이 포함된다. 이는 이야기를 반복에 의하여 지루하게 만들지 않고 빠르게 진행시킬 수 있는 방법이다. 가령 "그는 일요일마다 교회에 간다."고 하는 문장은 그가 지난 일요일과 이번 일요일 그리고 다음 일요일 등, 매주 일요일에 교회에 간다는 말을 집약적으로 요약한 것이다. 이러한 수사법은 프루스트의 소설에서 콩브레 시절에 대한 언급에서 자주 이용되는 것으로, 자서전에서 드러나는 개인의 특성을 모방하는 표지로 간주될 수 있고, 아울러 허구적 이야기가 사실적 이야기로부터 빌려온 것으로서 두 가지 이야기 사이의 교류를 보여주는 것이라고 평가된다.[21]

넷째, 서법 : 허구적 이야기의 텍스트가 보여주는 특징은 서법 부분에서 두드러지게 나타난다. 그 특징들은 형태론적인 것이지만, 그것은 등장인물의 가상적 성격에서 비롯되는 결과로서 등장인물의 주관성 내지 주체성을 이해하게 해주는 유일한 수단이 된다.『전쟁과 평화』에서 나폴레옹 같은 역사적 이름이 등장할 경우 독자는 저자가 상상력을 통하여 빚어내는 등장인물의 생각을 접할 수 있다. 등장인물의 감정과 생각을 나타내는 동사들은 그 등장인물에 관한 지표 역할을 한다. 역사적 인물을 소재로 하는 이야기는 허구적 이야기와 사실적 이야기의 경계를 허문다는 점에서 그 두 가지를 엄격히 구분해야 한다는 주장은 설득력이 약화된다. 그러나 다른 한편으로 19세기 이후의 소설에서 저자들이 자유간접화법[22]을 창안하여, 이야기 텍스트 속에 저자와 구분되는 서술자의 개념을 도입해서 등장인물과 서술자의 주관성을 강조하던 기법은 주로 허구적 이야기에서만 볼 수 있는

---

21) 같은 책, 75쪽.
22) 자유간접화법에 대해서는 나중에 설명할 것임.

특징이다.

다섯째, 서술태 : 이야기의 서술태는 시간·인물·층위(niveau) 등의 문제와 결부된다. 이야기를 시간적인 면에서 볼 때, 지난 일을 이야기하는 차후적 이야기하기(narration ultérieure) 그리고 예견적 이야기하기(narration antérieure)와 동시적 이야기하기(narration simultanée) 등의 형식이 있다. 그중 가장 보편적인 형식은 차후적 이야기하기라고 하겠다. 물론 허구적 이야기에서 다양한 시간적 이야기 형식을 볼 수 있으나, 사실적 이야기에서도 그러한 가능성은 열려 있다. 그러나 '저자-서술자-등장인물'의 관계에서는 허구적 이야기와 사실적 이야기가 상당한 차이를 보이게 된다. 우선 역사가는 등장인물에게 자유로운 발언을 허용하지 않으며, 자서전에서는 저자·서술자·등장인물이 일치한다. 허구적 이야기는 이질적 이야기 체제(régime narratif hétérodiégétique)와 동질적 이야기 체제(régime narratif homodiégétique)로 나뉜다. 전자에서는 서술자가 등장인물이 아니기 때문에 서술자와 등장인물은 일치하지 않는다. 그에 비하여 서술자가 등장인물이 되는 후자에서는 양자가 일치한다. 이러한 특징은 허구적 이야기와 관련된다. 그러나 허구적 이야기에서와는 달리 사실적 이야기에서는 저자와 서술자가 완전히 일치한다. 이질적 자서전은 매우 특이하다. 이질적 자서전이란 저자가 자신의 생애를 다른 서술자의 명의로 쓰는 것처럼 만드는 경우이다. 이 경우 저자와 등장인물은 일치하지만 저자는 서술자와 분리되고 또 서술자와 등장인물도 일치하지 않는다.

이러한 사항들을 종합하여 저자(Auteur) 서술자(Narrateur), 등장인물(Personne) 사이의 관계를 정리한다면 다음과 같다.

$$
\text{자서전:} \quad
\begin{matrix}
& A & \\
/\!/ & & \backslash\!\backslash \\
N & = & P
\end{matrix}
\qquad
\begin{matrix}
\text{역사적 이야기} \\
\text{및 전기}
\end{matrix} :
\begin{matrix}
& A & \\
/\!/ & & \backslash\!\backslash \\
N & \neq & P
\end{matrix}
$$

$$\text{동질적 허구성 이야기}: \quad \begin{array}{c} A \\ \nmid \ \nparallel \\ N = P \end{array} \qquad\qquad \text{이질적 자서전}: \quad \begin{array}{c} A \\ \nmid \ \nparallel \\ N \neq P \end{array}$$

$$\text{이질적 허구성 이야기}: \quad \begin{array}{c} A \\ \nmid \ \nparallel \\ N \neq P \end{array}$$

위의 도식 가운데 저자 A와 서술자 N이 일치하지 않을 경우, 서술자가 등장인물 P와 일치하거나 일치하지 않거나 하는 것이 허구성(fictionalité)의 조건이 되는 것은 아니다. 그러한 예로 주네트는 유르스나르(M. Yourcenar)의 『하드리아누스 회고록(Mémories d'Hadrien)』(저자와 서술자의 일치)과 발자크의 『시골 의사(Médecin de campagne)』의 허구적 등장인물 구글라(Gouguelat)가 서술자로서 집필하는 나폴레옹의 생애(서술자와 등장인물이 일치하지 않는 경우)를 들고 있는데, 두 가지 모두 허구적 이야기이다. 또한 저자와 서술자가 일치하는 것이 곧 사실적 이야기라고 단정하는 것도 오류가 될 수 있다. 왜냐하면 단테의 『신곡』이나 보르헤스의 『알레프(L'aleph)』는 허구적이면서도 저자와 서술자가 일치하기 때문이다.

지금까지의 논의를 통하여, 허구성과 사실성의 변별적인 자질들이 이야기학적 성격을 띠고 있고 그 두 가지 분야가 엄격하게 구분되어야 한다는 생각은 일반적인 선입견일 뿐, 사실상 이론적으로 뚜렷한 근거는 없다는 점을 이해할 수 있게 되었다. 주네트는, 허구적 이야기의 전유물적인 지표는 없고 문체론적으로 자유간접화법이나 등장인물들의 고유명사의 성격, 작품 서두의 언급을 통하여 허구적 이야기를 구분할 수 있지만, 사실상 허구적 이야기임을 보증하는 것은 단지 표지에 '소설'이라는 '딱지'를 달고 있을 뿐이라고 지적한다.[23] 따라서

---

23) G. Genette, *Fiction et Diction*, 89쪽.

그 두 가지 분야를 이론적으로서 이야기학적으로 정의하기보다 두 분야의 상관관계를 이해하는 것이 바람직하다고 하겠다. 예컨대 1인칭 소설은 자서전적 이야기 방식을 빌리거나 모방함으로써 과거를 회상하는 경우에는 회고록적인 성격을 띠게 되지만, 그렇다고 해서 허구적 테두리를 벗어나는 것은 아니며 허구적 이야기의 범주에 속하게 된다.

그 반면 이질적 허구적 이야기 —— 즉, 저자가 이야기 속에 참여하지 않는 이야기 —— 는 역사·연대기·르포 문학 등의 사실적 형식을 모방한다. 그 경우 허구성을 드러내는 표지들은 파격적인 글쓰기를 허용하는 표지로 간주된다. 그런가 하면 사실적 이야기 또한 허구적 이야기 방식 특유의 형식들을 도입한다. 역사의 기술에도 픽션 특유의 플롯(intrigue)과 소설적 기법이 도입된다. 따라서 허구적 이야기와 사실적 이야기 사이의 구분은 허물어지고 상호적인 영향과 교류가 증대된다. 비허구적 이야기들은 허구적 이야기의 장치들을 도입하여 허구화하고, 다른 한편으로 허구적 이야기는 자신의 특성을 포기하면서 비허구적 성격을 띠게 되는 경우가 증가한다. 그러한 현상은 장르의 규범이 변할 수 있으며 따라서 상대적 관점에서 장르의 규범이 변할 수 있음을 보여주기 때문에, 상대적 관점에서 장르들을 고찰해야 함을 알려준다. 또 현실적으로 "고전적 소설과 현대 소설 사이의 이야기학적 차이가 현대 소설과 잘 짜여진 르포 문학의 차이보다 더 크다."[24]고 주네트는 지적한다.

---

24) 같은 책, 92쪽.

2 『이야기 담론』과 이야기 분석[25]

  이론상으로 허구적 이야기와 비허구적 이야기 내지 사실적 이야기를 절대적으로 구분할 수 있는 기준은 거의 없어졌다고 할 수 있다. 그 두 장르는 서로 영향을 주고받으면서 서로를 닮아가고 있기 때문이다. 그러나 그 두 가지 장르를 접근시키고자 하는 주네트의 노력에도 불구하고 그 두 가지는 근본적으로 동일시될 수 없는 부분이 있다. 우선 허구적 이야기의 저자는 자신의 상상력을 동원하여 전지전능한 관점에서 자신이 원하는 대로 이야기를 이끌고 갈 수 있는 자유를 보장받았다. 그에 비하여 사실적 이야기—역사물이든 르포 문학이든 간에—의 저자는 사실을 크게 벗어날 수 없다는 기본적인 제약을 안고 있다. 게다가 저자의 지식은 상대적이고 한정적인데, 독자들이 알고 있는 지식을 나열할 경우에는 진부하게 되고 그렇다고 허구적인 지식과 꾸밈을 과장할 경우에는 문학적인 품위를 높였다고 하더라도 본래 그 장르가 요구하는 사실성을 벗어나면 긍정적인 평가를 받을 수 없다.

  결국 새로운 기법을 도입하여 새로운 경지를 개척할 수 있는 자유에 관해서는 허구적 이야기—주로 소설—쪽이 폭넓은 가능성을 지니고 있다. 따라서 이야기 텍스트 연구의 입장에서는 허구적 이야기에 비중을 둘 수밖에 없다. 그러한 사실을 참작하여 주네트의 『이야기 담론』을 살펴보자.

  주네트는 『이야기 담론』[26]의 서두에서 두 가지 사항을 강조한다.

---

25) 프랑스어로 'récit'와 'histoire' 두 가지 모두 '이야기'로 번역되지만, 전자는 형식을 갖춘 이야기이고 후자는 내용 위주의 이야기이다. 따라서 두 가지를 대비시키는 경우에는 '이야기 형식'과 '이야기 내용'으로 번역한다.

26) 'discours'는 단순한 언어학적인 단위를 의미할 경우에는 '담화'로, 어떤 분야에 대한 논의를 의미할 경우에는 '담론'으로 번역한다.

첫째로 그의 작업은 프루스트의 『잃어버린 시간을 찾아서』의 최종본에 대한 연구로서 프루스트의 이야기학적 특성은 환원 불가능하다는 점이 강조되고 있고, 둘째로 『잃어버린 시간을 찾아서』의 글쓰기와 이야기 진행 방식의 특이성에도 불구하고 그 작품은 보편적인 요소를 지니고 있어서 특수성으로부터 보편성을 찾을 수 있는 가능성을 지니고 있다는 점이 강조되고 있다.[27] 그러한 전제로부터 그는 자신의 목표를 설정한다. 그것은 "특수한 대상에 대한 고찰을 보편적인 목표를 위하여 활용하고 비판적인 분석을 토대로 일반 이론을 정립하는 것이다."[28] 주네트에 따르면, 『잃어버린 시간을 찾아서』는 '장르의 법칙'을 설정할 수 있을 만큼 충분한 용례들을 지니고 있는 보고(réservoir)이다.

2.1 이야기-형식(récit)과 이야기-내용(histoire)

이야기-형식에는 세 가지 개념이 내포된다. 첫째는 이야기 관련 언술과 사건들의 관계를 담고 있는 담화이다. 둘째는 이야기 담화의 대상이 되는 사건들의 연속과 그 사건들 사이의 연결·대립·반복들이 보여주는 다양한 관계들이다. 이 경우 '이야기 형식의 분석'은 행동과 상황 그 자체를 총체적으로 연구한다. 셋째는 이야기되는 사건 그 자체가 아니라 어떤 방식으로 이야기하느냐에 대한 탐구이다. 모험담을 이야기하는 것, 그 자체도 행동이다. 왜냐하면 이야기 속의 담화와 이야기 속의 행동들이 구성하는 허구까지도 이야기하는 행위에 의하여 좌우되기 때문이다.[29]

한마디로 이야기는 표면에 드러난 언술이나 담화 내지 이야기 텍스트, 환언하면 곧 시니피앙이다. 그에 비하여 이야기-내용은 이야기

---

27) G. Genette, *Discours du récit,* in *Figures III*(Seuil, 1972), 67쪽.

28) 같은 책, 68쪽.

29) 같은 책, 71-72쪽 참조.

된 것의 내용 내지는 시니피에로서 주네트는 이야기-내용(histoire)이
라는 용어 대신 그리스어인 디에제스(diégèse)를 즐겨 사용한다. 처음
에 주네트는 디에제스에 단순히 '이야기된 내용'이라는 의미만을 부
여했지만, 나중에는 그 개념을 약간 확대하여 '이야기가 전개되는 시
공간이 형성하는 세계' 및 '이야기된 사건의 총체'라는 의미를 부여하
게 된다.[30]

2.2 서술하기

이야기하는 행위를 이야기하기라고 한다. 이야기하기는 이야기의
상황 총체를 만들어내는 행위이다. 그런데 이야기하기는 이야기를 만
들어내지만 이야기 형식이 드러난 뒤에야 논의될 수 있다. 이야기-내
용도 마찬가지로 이야기 형식이 있고 난 뒤에야 구성될 수 있다.

결과적으로 이야기학을 이루는 이야기 형식, 이야기-내용, 서술하
기는 서로 밀접한 상관관계를 형성하게 된다. 이야기 담화의 분석이
란 "이야기-형식과 이야기-내용의 관계, 이야기-형식과 서술하기의
관계, 이야기-내용과 서술하기의 관계"[31]를 의미한다.

3 시간의 범주

이야기-형식, 이야기-내용, 이야기하기 등으로 구성되는, 이야기에
대한 연구 영역을 어떻게 설정해야 하는가? 이 문제에 대하여 주네트
는 토도로프가 제시한 바를 먼저 검토한다. 토도로프는 이야기의 연

---

30) G. Genette, *Nouveau Discours du récit*(Seuil, 1983), 13쪽.
31) G. Genette, *Figure III*, 74쪽.

구를 세 가지 범주로 나누어 고찰한다.[32] 첫째는 시간(temps)의 범주
로서, 거기에서는 이야기-내용의 시간과 담화의 시간 사이의 관계가
드러난다. 둘째는 양상(aspect)의 범주로서, 서술자가 이야기를 지각하
는 방식을 추적한다. 셋째는 서술태의 범주로서, 서술자가 도입하는
담화의 유형에 관계된다. 이러한 범주들은 문법에서 빌려와 이야기
텍스트에 응용한 것이다.

이러한 세 가지 범주 가운데 첫번째 범주는 이야기의 전개에서 나타
나는 시간적인 왜곡, 즉 시간적인 순서의 뒤바뀜 그리고 행동과 이야기
의 연결·교차·끼워 넣기 등의 문제와 관계된다. 두번째 범주는 관점
의 문제이다. 그리고 세번째 범주는 보여주기(représentation 〔showing〕)
와 서술하기(narration〔telling〕) 또는 미메시스와 디에제시스, 즉 이야
기하기 사이의 대립 관계를 바탕으로 이루어지는 간격의 문제, 그리
고 등장인물 담화의 표상 유형의 문제, 서술자와 독자의 존재 방식
등의 문제와 관계된다고 주네트는 보충 설명을 한다. 그는 이야기란
결국 하나의 동사문을 복잡하게 팽창시킨 '언어학적 산물'이라고 본
다. 그러한 관점에서 『오디세이아』는 "율리시스, 고향 이타카로 돌아
오다."라고 문장을 확장시킨 것이고, 『잃어버린 시간을 찾아서』 같은
대하소설도 "마르셀이 작가가 되다."라는 문장을 확장한 것이라고 말
한다.[33]

주네트는 토도로프의 범주 등을 참고로 자신의 범주들을 설정하는
데, 이것들은 첫째, 이야기-형식과 이야기-내용 사이의 시간적 관계를
다루기 위한 시간의 범주이고, 둘째, 이야기 표상의 형식과 정도와 관
계되는 서법(modes)의 범주이며, 그리고 셋째, 이야기 속에서 이야기
하기가 어떤 방식으로 개입하느냐의 문제, 즉 이야기의 심급(instance)

---

32) T. Todorov, *Les Catégories du récit*, Communications no. 8, 1966.
33) G. Genette, 앞의 책, 75쪽.

과 관계되는 범주이다. 한마디로 문법에서 말하는 '서술태(voix)'를 가리키는데, 이 경우 '태'란 "주체와의 관계를 통하여 살펴본 동사적 행동의 양상"[34]을 의미한다. 시간과 서법의 문제는 주로 이야기-내용과 이야기-형식의 관계에서 제기되고, 그에 비하여 서술태의 문제는 이야기-형식과 서술하기, 그리고 이야기-내용과 서술하기의 두 가지 모두에 관계된다.

3.1 순서(ordre)

이야기의 시간은 두 가지 관점에서 고찰될 수 있다. 하나는 사건이 언제 일어났느냐 하는 것이고 또 다른 하나는 그것을 이야기에서 언제 이야기하느냐 하는 것이다. 주네트는 전자를 시니피에의 시간, 후자를 시니피앙의 시간이라고 한다. 다시 말해서, 전자는 이야기-내용의 시간이고, 후자는 텍스트로서 이야기-형식의 시간인 것이다. 이야기가 현실 시간의 흐름을 따르는 이야기-내용을 통하여 텍스트에서 전개된다면 시간의 순서를 지키는 것이다. 그러나 실제 이야기에서는 시간의 순서가 지켜지지 않는 것이 보통이다. 이야기-형식에서 시간의 순서가 뒤바뀌는 것을 '시간적 불일치(anachronie)'라고 한다.

주네트는 그러한 현상을 호메로스의 『일리아드』 첫 장에서 살펴본다. 그는 『일리아드』의 처음 시작되는 단락에서 아킬레스의 분노, 아카리아인들의 불행, 아킬레스와 아가멤논의 언쟁, 흑사병, 크리에세스에 대한 모욕 등 다섯 가지 사항을 순서대로 나열하면서, 그것들을 A, B, C, D, E로 배열한다. 그러나 실제 시간 순으로 보면 E가 가장 먼저 일어났고, 뒤를 이어 D, C가 일어난 다음 A가 일어났으며, 마지

---

34) 언어학자 방드리에스(Vendryès)의 정의를 프티 로베르(Petit Robert)사전이 그대로 받아들인 것이다.

막으로 B가 일어났다. 다시 정리해 보면, A4, B5, C3, D2, E1이 되는
셈이다.[35] 그러니까 이야기-형식, 즉 텍스트는 거의 시간적인 역순으
로 사건을 나열하는 셈이 된다. 이러한 현상은 고대 서사시에서부터
19세기 사실주의 계열의 소설, 나아가서는 프루스트를 비롯한 현대
소설에서 광범위한 예를 찾아볼 수 있다. 그러나 순수 문학작품이 아
닌 전설·신화·민담 등에서도, 정도의 차이는 있지만, 연대기적인 시
간의 순서는 지켜지지 않는 경우가 더 많다는 사실도 밝혀지고 있다.

  시간적인 불일치에는 두 가지 종류가 있는데, 예고법(prolepse)과
회고법(analepse)이 그것이다. 예고법은 다음에 일어날 사건을 미리
알려주는 것이고, 그와 반대로 회고법은 이전에 있었던 사건을 나중
에 상기시켜 주는 것이다. 예고법과 회고법은 어떤 기준 시간을 추정
할 수 있는 경우 그보다 앞선 사건을 말하거나 이전 사건을 말하는
것으로서, 비교적 단순한 현상에 속한다. 그러나 앞서 『일리아드』의
경우에서도 간단히 살펴보았지만, 한 단락에서도 시간 관계를 중심으
로 문장을 끊어 살펴볼 경우 매우 다양한 양상을 보이게 된다. 일반
적인 유형을 설정하기에는 너무 복잡하기 때문에 주네트는 유형화를
시도하지 않은 것 같다. 그러나 유형을 구체화할 수 없어도 몇 가지
사항을 정리해 볼 수는 있다.

  우선 시간적인 불일치의 문제에 대해서는 두 가지 차원에서 고찰
할 수 있을 것이다. 하나는 미시적 차원에서이고 다른 하나는 거시적
차원에서이다. 미시적 차원이란 문장 차원, 단락 차원에서 페이지 수
준까지 포함될 수 있다. 그에 비하여 거시적 차원이란 작품 전체의
차원으로서, 작품의 성격과 크기에 따라 복잡한 양상을 보일 수 있다.
한 가지 유의할 사항은 미시적 차원에서의 분석을 거시적 차원의 분
석에서 모두 고려할 수는 없다는 것이다. 거시적 차원에서는 미시적

---

35) G. Genette, 앞의 책, 80쪽.

차원에서 드러난 사항 가운데 가장 기본적이고 중요한 사항만 시간적인 이정표로 간주하고 보다 커다란 구분을 위한 단계를 설정한다. 주네트는 거시적 분석의 예로 프루스트의 『잃어버린 시간을 찾아서』를 제시한다.

주네트는 『잃어버린 시간을 찾아서』를 다음과 같이 모두 10개의 토막(segment)으로 나눈다. 1번 토막은 첫 6쪽으로, 주인공이 불면증에 시달리면서 과거를 회상하게 되는 부분이다. 시기를 확실히 알 수 없으나 주인공은 나이가 든 편이다(A5). 2번 토막은 9-43쪽으로, 서술자는 주인공의 회상을 토대로 '매개 주체(sujet intermédiaire)'의 기능을 수행하며, 유명한 '잠자리의 드라마(drame de 〔son〕 coucher)'라는 에피소드가 있다(B2). 3번 토막은 43-44쪽으로, 불면증 이야기가 담겨 있다(C5). 4번 토막은 44-48쪽으로, 불면증이 계속되지만 마들렌 과자를 홍차에 적셔 먹으면서 주인공은 자신의 유년 시절을 떠올리게 된다(D5'). 5번 토막은 48-186쪽으로, 콩브레로 다시 돌아가서 그곳에서 보낸 유년 시절을 전부 이야기한다. E2'에 속하지만 B2의 한계를 넘어선다. 6번 토막은 186-187쪽으로, 주인공이 태어나기 전에 있었던 일을 회고형식으로 이야기한다(F5). 7번 토막은 188-382쪽으로, 스완의 사랑에 대한 이야기로 가장 먼저 있었던 사건이다(G1). 8번 토막은 383쪽으로, 불면증이 잠시 재발된다. 해변도시 발벡에서 마르셀이 있었던 방의 회상이 이 부분을 이루고 있다(H5). 9번 토막은 회고적 이야기로, 발벡에서 체류하기 몇 년 전 파리로 여행하는 몽상들을 그린다(I4). 10번 토막은 파리에서의 청소년 시기로, 질베르트와의 사랑, 발벡 1차 체류, 파리로의 귀환, 게르망트가와의 친교 등이 이루어지면서 이야기는 연대기적 순서를 따라 작품의 끝까지 이어진다. 따라서 양적으로 비대한 분량이다(J3).

이처럼 양적으로 매우 다른 10개의 토막은 시간적으로 볼 때 다섯 시기로 나누어지고, 그중 2와 5의 시기는 각각 비슷하면서 일치하지는 않는 2'와 5'의 시기와 겹치는데, 전체를 정리해 보면 다음과 같다.

A5-B2-C5-D5'-E2'-F5-G1-H5-I4-J3

시간적인 순서 면에서 볼 때 작품은 일정한 규칙성을 지닌다. 즉 5의 시기와 다른 시기가 교체되면서 전개된다는 점이다. 5의 시기는 불면증이 있는 시기이고, 5'의 시기는 마들렌 과자의 에피소드가 있는 시기이다. 이렇게 볼 때 5와 5'는 일종의 중계 역할을 통하여 과거에 대한 기억을 되살려내는 기능을 담당한다고 할 수 있다. 마지막 10번 토막도 그 전의 H5에 의존하고 있으나, 다른 토막들과는 달리 그 뒤에 연속체적인 시간 전개를 보여준다는 점에서 주네트는 '개방적'이라고 부른다.

다시 앞에서 거론한 시간적 불일치의 유형에 대해서 생각해 보자. 주네트는 여러 가지 유형의 시간적 배열에 대하여 분석했다. 그러나 그는 회고법과 예고법의 다양한 종류[36]를 세분하면서도 유형화를 시도하지 않는데, 그것은 유형화가 일반화되기 힘들다고 생각했기 때문일 것이다. 그러나 이런 어려움을 인정하면서도 우리는 다음과 같이 가능한 몇 가지 유형을 생각해 볼 수 있다. 첫째로 불규칙한 유형이다. 즉, 시간적 배열 자체가 불규칙하여 어떤 규칙성을 찾아내기 힘든 경우이다. 가령 다섯 가지 시간적 구분의 배열이 3-1-5-2-4의 순서로 나타날 경우, 어떤 규칙성을 거론하기는 어려울 것이다. 둘째로 정향적(正向的) 배열 유형이다. 드물기는 하지만 시간적 배열이 연대기적 순서를 따르는 경우이다. 앞서 언급한 것처럼, 프루스트의 『잃어

---

36) 주네트는 회고법을 외적 회고법, 내적 회고법으로 나눈 후, 후자를 다시 이질 이야기적 내적 회고법과 동질 이야기적 내적 회고법으로 나눈다. 또한 예고법도 외적, 내적 회고법으로 나눈 후 후자를 이질적, 동질적 회고법으로 구분한다. G. Genette, 앞의 책, 90-101쪽 참조.

버린 시간을 찾아서』에서도 10번 토막 이후에는 마르셀이 파리에서 보낸 청소년기 이후의 이야기가 연대기적 순서를 따라 작품의 마지막까지 계속되는 경우를 볼 수 있었다. 옛날이야기나 전설이나 신화 등은 시간 면에서 정향적 배열을 따르는 경우가 문학작품보다 많다. 셋째로 역진적 배열 유형이다. 이는 5-4-3-2-1과 같은 순서로 배열된 경우인데, 『일리아드』 첫 구절에서 거의 같은 경우를 볼 수 있었다. 이 유형은 일정한 시기에서 출발하여 가까운 과거부터 가장 오래된 과거로 거슬러올라가는 시간적 순서를 따르는 것이다. 넷째로 혼합적 배열 유형이다. 정향적 배열과 역진적 배열이 혼합된 유형으로, 이는 1-2-3-5-4 혹은 5-4-1-2-3과 같은 유형을 이룰 수 있다. 다섯째로 교차적 배열 유형이다. 주네트는 『잃어버린 시간을 찾아서』의 거시적 분석을 통해서 시점 5를 매개로 하여 5-2-5-5'-2'-5-1-5-4 등과 같은 교차적 유형을 제시했다. 그러나 그와는 다른 교차적 유형도 가능하다. 가령 시간을 현재와 과거로만 나눌 경우 2-1-2-1-2-1 등과 같은 교차적 유형도 가능하다. 그러나 유의할 것은, 규칙성을 너무 엄밀하게 규정할 수는 없다는 점이다. 물론 앞의 예들을 통해서 확인할 수 있었던 것처럼, 한 두 가지 순서가 뒤바뀐다고 하더라도 일정한 시간적인 움직임을 포착할 수 있으면 규칙적인 움직임으로 간주할 수 있기 때문이다.

주네트는 프루스트에게서 보이는 시간의 불일치 현상이 회고를 통하여 현재와 과거를 종합하는 그의 소설의 성격에서 비롯된 것이라고 생각한다.[37] 그렇기 때문에 작가가 황홀감 속에서 지난날 자신의 이야기가 지닌 통일성을 깨달은 뒤 서술자-작가의 의식 속에는 자신의 과거가 매 순간 총체적으로 현존하기 때문에 과거의 모든 공간과 순간들을 동시에 감지하게 되고, 그는 그들 사이의 '원격적인 관계'를 다

---

37) 같은 책, 115쪽.

각적으로 재구성하게 된다. 그 결과 공간적으로뿐만 아니라 시간적으로도 동시에 나타나는 편재(遍在)성과 항시성(omnitemporalité)이 생겨나게 된다. 그리하여 주인공의 생애는 얽히고설킨 '회상의 망'처럼 된다. 그렇기 때문에 회고와 예견은 회고법과 예고법으로 끝나는 것이 아니라, 보다 복잡한 양상을 띠고 서로 혼합되는 현상을 보여준다. 그것을 시간의 불일치(achronie)라고 부른다.

시간의 불일치는 사실상 다양한 현상을 시간적으로 동시에 표상하는 것으로서, 어떤 사람과 식사를 하리라고 예상하면서 다른 사람의 죽음을 예견한다면 그것은 두 가지 예고법이 중복되는 2단계 예고법이 되고, 어떤 인물의 과거를 회고하면서 어떤 사건을 예견하는 것을 서술한다면 예고법이 회고법에 중첩되는 것이다. 그런가 하면 예상하던 일은 이루어지지 않고 일어나지 않았으면 하던 일은 일어나는 것이 인생이라고 했을 때, 인생사를 가능한 한 진실되게 그리려고 하는 작품에서 회고를 통하여 알게 되는 과거의 오류와 잘못된 예상은 언제나 현재의 개입에 의해서 그에 대한 평가를 받게 된다.

그런데 문제는 시간적인 배열의 복합성과 혼재 양상이 "돌이킬 수 없을 정도로 '단순한' 독자를 혼란스럽게 만든다."[38]는 데 있다. 그런데 그러한 지적을 하면서 주네트는 작가 의식의 명료성을 강조한다. 그러나 여기에 더하여 그는 "회고법과 예고법의 이야기적 범주를 '심리적'으로 구축해 주는 회고와 예견의 개념들은 현재·과거·미래 사이에 완전히 명료한 시간 의식과 어떤 애매성도 개입되지 않은 관계를 추정하게 한다."고 설명한다. 주네트의 그러한 설명은 자신의 지적과 상반될 뿐만 아니라 작가의 의식과 작가의 능력을 동일시하면서 문제를 지나치게 단순화한다는 느낌을 갖게 한다.

물론 시간적인 배열의 순서와 관련하여 작가의 의식 속에서 일어

---

38) 같은 책, 같은 쪽.

나는 문제를 규명한다는 것은 객관적으로 증명하기 어려운 문제를 주관적으로 추정하는 것으로 그치고말 수가 있다. 그러나 주네트 자신도 분석한 바 있는 시간적인 배열의 문제를 작가의 의식과 결부시켜, 의식 속의 어떤 움직임을 어느 정도는 이해할 수 있다고 생각된다. 이를 위해서는 문제가 되는 시간과 시간성에 대한 고찰이 필요한 것 같다.

시간은 그 자체로서, 즉 즉자(être en soi)적으로 포착 될 수 있는 현상이 아니라 "현상을 포착할 수 있게 하는 보편적인 형식"[39]으로서, 말하자면 이야기의 세계——디에제스——가 어떻게 이야기되는가——디에제시스——를 고찰하는 문제가 된다. 환원하면, 이야기하기 작용에 의하여 이야기-내용에서 이야기-형식으로의 옮겨가는 현상을 포착하는 것이라고 할 수 있다. 이 경우 작가의 자아를 두 가지로 나누어 생각해 볼 수 있다. 하나는 어떤 사건을 회고(과거)하고 예견(미래)하고 생각(현재)하는 자아, 즉 표상의 자아와 그러한 내용을 글쓰기로 옮기는 글쓰기의 자아로 구분할 수 있을 것이다. 표상의 자아가 떠올린 것을 이야기-형식으로 옮기는 것은 글쓰기의 자아가 지닌 몫이기 때문에 시간적 순서의 배열을 맡는 것은 후자에 의하여 좌우된다. 그러므로 시간적 순서, 즉 시간을 토대로 하는 이야기사건의 표상이 불규칙하다는 것은 글쓰기의 자아가 이야기를 이야기-형식으로 옮기면서 의식에 의한 조직화 작업을 게을리한 것이라고 해석할 수 있다. 그렇다고 시간의 순서 배열이 불규칙한 것이라고 보기는 어려울 것 같다. 왜냐하면 일정한 전략이나 의식적인 계산 없이 자기 나름대로의 순간적인 표상을 자연스럽게 따른 결과일 수도 있기 때문이다.

그렇게 볼 때, 시간 순서의 배열에서 어떤 규칙성을 찾을 수 있다

---

39) J. Russ, *Dictionnaire de Philosophie*(Bordas, 1991), 289쪽.

는 것은 작가-서술자의 전략에 의한 것이라고 볼 수 있다. 주네트가 분석한 것처럼, 『잃어버린 시간을 찾아서』를 거시적으로 볼 때, 10번 토막에 이르기까지 시간 순서 배열에서 불면증을 중심으로 회고를 반복하는 것은 시간 순서의 변화와 규칙성을 동시에 보여주면서 표상 작용의 자연스러움과 글쓰기 전략 사이의 균형을 보여준다. 아울러 글쓰기의 평면성을 탈피하고 입체적 구도를 실현했다면, 10번 토막 이후의 연대기적 글쓰기를 통하여 이야기의 정향적 전개를 추진한 것은 더 이상 시간적 순서의 복잡화를 추구할 필요를 느끼지 않고 글쓰는 자아가 기억의 물레를 일정한 순서에 따라 돌려내는 표상하는 자아의 질서를 그대로 받아들인 것이라고 볼 수 있지 않을까? 또한 미시적 분석에서 확인되는 역진적 시간 순서 역시, 덜 중요한 것에서 시작하여 점차 더 중요한 것으로 가는 하나의 전략과 관련하여, 작가-서술자의 심리적 동기를 이해할 수 있을 것이다.

3.2 기간과 길이(durée)[40]

　이야기-내용의 시간적 차원이 이야기-형식의 텍스트에 어떻게 나타나는가? 에피소드 A와 B 가운데 어떤 것이 먼저인가 또는 C가 몇 번 나왔는가 등을 알아보는 일은 앞에서 살펴본 것처럼 그다지 어려운 일이 아니다. 그러나 이야기-형식과 이야기-내용의 시간적 길이를 비교하는 일은 특별한 경우를 제외하고는 거의 불가능한 일이다. 왜냐하면 '등시(等時, isochronie)'[41] 개념이 부재하기 때문이다. 그러나

---

40) 'durée'는 일반적으로 '지속'을 의미하나, 여기에서는 시간적인 '기간'과 작품의 '길이'를 의미한다.

41) 등시란 물리학의 용어로 시간의 간격이 동일함을 나타낸다. 즉, 주기운동에서 각 주기의 진폭이 크거나 작거나에 관계없이 왕복 시간이 같은 경우를 일컫는다.

주네트는 등시성의 개념을 이야기-형식과 이야기-내용의 시간적인 길이가 아니라 시간적인 기간과 텍스트의 양적인 길이의 관계로 바꾸어 생각할 수 있다는 가능성을 제시하면서, 그것을 속도(vitesse)[42]라고 규정한다. 그리하여 "이야기-형식의 속도는 이야기-내용의 시간적 길이 —— 초·분·시·일·월·년 등으로 측정되는 —— 와 행이나 쪽 등으로 측정되는 텍스트의 길이 관계가 된다."[43]고 설명한다. 이러한 방식의 접근은 성격상 작품 전체를 대상으로 하는 거시적 차원에서 이루어질 수밖에 없고, 이 경우 이야기의 중요한 분절은 작품의 목차와 별로 관계가 없는 경우가 많다. 그러한 관점에서 주네트는 『잃어버린 시간을 찾아서』를 분석한다.

분절 1은 제1권의 3-186쪽으로, 일부 회고적 요소를 제외할 경우 콩브레에서 보낸 유년 시절에 관계된다. 분절 2는 제1권의 188-382쪽으로, 시공간적 단절과 함께 스완의 사랑 부분이 된다. 분절 3은 제1권의 383-641쪽으로, 시간적인 단절과 함께 파리에서 보낸 주인공의 청소년 시절과 질베르트에 대한 사랑이 추가된다. 분절 4는 제1권의 642-955쪽으로, 약 2년의 시간적인 단절과 파리에서 발벡으로의 이동한 이후 발벡에서의 1차 체류에 대한 에피소드이다. 분절 5는 제2권의 751쪽까지로, 주인공이 파리로 돌아온 뒤 게르망트가와 가깝게 지내는 시기이다. 분절 6은 「소돔과 고모라」 후반부와 제2권의 끝까지로, 새로운 공간적인 단절이후 발벡에서의 2차 체류기간을 다룬다. 분절 7은 제3권의 623쪽까지로, 파리로 다시 돌아온 뒤 알베르틴의 감금과 도주 그리고 죽음을 다룬다. 분절 8은 제3권의 623-675쪽으로, 베네치아에 체류한 뒤 귀환하는 내용이 담겨 있다. 분절 9는 제3권의 675-723쪽으로, 탕송빌에서의 체류 이야기이다. 분절 10은 제3권

---

42) G. Genette, 앞의 책, 123쪽.
43) 같은 책, 123쪽.

의 723-854쪽으로, 요양원에서 치료를 받은 뒤 파리로 귀환하는 이야
기인데, 이때는 제1차 세계대전 시기이다. 분절 11은 제3권의 854-
1048쪽으로, 다시 요양원에서 치료를 받은 뒤에 마지막 이야기 단위
인 「게르망트가에서의 아침 나절」 이야기가 나온다.

이제 주네트는 이 분절들이 언급하는 시기를 포착하여 연보
(chronologie)를 작성한 뒤 텍스트의 분량과 비교하여 이야기-형식의
속도를 측정한다. 텍스트의 연보를 결정하는 것은 상당히 까다로운
작업이지만,[44] 주네트는 관련되는 연구와 문헌 자료들을 종합하여 각
분절의 시기와 분량을 대비시킨다.[45]

분절 1은 1883년에서 1892년까지 약 10년에 걸친 것으로 180여 쪽
을 할애하고 있다. 분절 2는 1877년에서 1878년까지 약 2년 반에 걸
친 것으로 200여 쪽을 할애하고 있다. 분절 3은 1893년에서 1895년
봄까지 약 2년에 걸친 것으로 160여 쪽을 할애하고 있다. 분절 4는
1897년의 약 3-4개월에 걸친 것으로 300여 쪽을 할애하고 있다. 분절
5는 1897년 가을에서 1899년 여름까지 2년 반에 걸친 것으로 750여
쪽을 할애하고 있다. 그 가운데 약 10여 년 동안 계속된 세 차례의
만찬 이야기에만 360여 쪽이 할애되었다. 분절 6은 1900년 여름의 약
6개월에 걸친 것으로 380여 쪽을 할애하고 있다. 그 가운데 라스플리
에르가의 저녁 만찬 이야기에만 125쪽이 할애되었다. 분절 7은 1900년
가을에서 1902년 초까지 약 18개월에 걸친 것으로 639쪽을 할애하고
있다. 그 가운데 300여 쪽은 이틀간 있었던 일을 다루고 있고, 135쪽
은 샤를뤼스-베르뒤렝의 음악회에 대해서 쓴 것이다. 분절 8은 1900년
여름의 몇 주 동안에 걸친 베네치아 여행에 관한 것으로 약 35쪽을
할애하고 있다. 분절 9는 아마도 1903년의 며칠에 걸친 것으로 40여

---

44) 연보에 관한 연구에 대해서는 같은 책, 125쪽 참조.
45) 같은 책, 126-127쪽 참조.

쪽을 할애하고 있다. 분절 10은 제1차 세계대전이 발발한 1914년과 1916년의 몇 주에 걸친 것으로 130여 쪽을 할애하고 있다. 전쟁 시간에 대해서는 생략된 부분이 많다. 분절 11은 1925년경의 어느 날 오전 두세 시간에 걸친 것으로 190여 쪽을 할애하고 있다.

작품 『잃어버린 시간을 찾아서』의 분절을 통한 기간과 길이의 관계에 대하여 주네트는 두 가지 결론을 내린다. 첫째는 분절 사이의 변동 폭이 상당히 크다는 점이다. 예컨대 마지막 분절의 경우 두세 시간에 대해서 190여 쪽을 할애한 데 비하여 극단적인 경우로는 12년의 기간을 겨우 세 줄로 처리했다. 다시 말해서, 전자의 경우가 1분을 1쪽에 담았다면, 후자의 경우는 100년을 1쪽에 담은 셈이다. 둘째는 작품의 후반부 종말에 가까워질수록 진행속도가 늦어진다는 점이다. 즉, 짧은 기간을 다루면서 글의 길이가 길어지는 것이다. 그와 함께 생략되는 부분이 많아진다.[46] 말하자면 시간적으로 거슬러올라갈수록 기억의 영상은 뚜렷하지만 그에 대한 말수는 비교적 적고, 현재로 가까워질수록 일종의 원근법 효과에 의해서 모습이 더 확대된다. 그러나 "등잔 밑이 어둡다"는 말과 마찬가지로 에피소드가 확대되어 나타나면서도 한편으로는 비워두는 공백 또한 자주 나타난다고 할 수 있다.

그러나 한 가지 유의해야 할 사항은 작품의 내적 연대기를 기준으로 한 경우와 작품에서 언급되는 외적 세계-사회의 사건들에 대한 연대기적 기준에 차이가 있다는 점이다. 물론 위의 종합은 전자를 기준으로 한 것이지만 그것이 작품에 투영된 당시의 시대적 상황과 일치하지 않는 경우가 종종 있다는 말이다. 예를 들어 「스완의 사랑」에 투영되는 사회적 사건들을 보면, 작품외적 연대기를 기준으로 해서 1882년에서 1884년 사이에 있었던 일들이 언급되고 있다. 그러나 작품의 내적 연대기를 기준으로 하면 「스완의 사랑」은 1877년에서

---

46) 같은 책, 127-128쪽.

1878년 사이로 계산된다. 그 밖에도 두 가지 연대기 체제의 불일치
문제는 발벡에서의 2차 체류, 알베르틴과 관련된 문제 등에서 드러나
고 있다.

앞에서는 작품의 기간과 분절의 분량이 이야기의 속도를 형성한다
는 것을 거시적으로, 즉 작품 전반을 대상으로 살펴보았다. 그러나 그
러한 속도는 미시적으로 검토될 수도 있다. 마치 음악에서 안단테 ·
알레그로 · 프레스토 등의 개념이 있듯이, 작품에서도 생략(ellipse)의
경우에는 시간을 뛰어넘기 때문에 그것이 이야기-형식에서는 나타나
지 않지만 이야기-내용의 차원에서 보면 그것은 분명 어떤 기간에 해
당된다. 그런가 하면 그와 반대로 묘사적 쉬어감(pause descriptive)[47]의
경우에는 시간적으로 진행이 되지 않기 때문에 극도로 느린 편이다.
그 두 가지 극단 사이에 장면(scène)과 압축된 이야기(sommaire)는 시
간적으로 상당한 기간에 걸쳐 이루어지는 이야기를 간단하게 압축해
놓았기 때문에 시간적으로 생략과 장면 사이에 위치한다. 주네트는
이러한 관계를 다음과 같이 도식화한다. 'TR'을 이야기-형식의 시간으
로, 'TH'를 이야기-내용의 시간으로, '∞〉'를 훨씬 크다로, '〈∞'를 훨씬
작다로 할 때, 쉬어감은 TR=n이고 TH=0이므로 따라서 TR∞〉TH가
되고, 장면은 TR=TH가 되며, 압축된 이야기는 TR〈TH가 되고, 생략
은 TR=0이고 TH=n이므로 따라서 TR〈∞가 성립한다.

압축된 이야기(sommaire) : 프루스트는 『잃어버린 시간을 찾아서』에서
압축된 이야기를 거의 도입하지 않았다. 그에 비하여 발자크를 비롯
한 19세기 사실주의 계통의 소설과 19세기 말의 소설에 이르기까지
많은 근대 소설에서는 압축된 이야기가 회고법의 형식을 빌려 자주

---

47) 이야기가 시간적으로 진행되지 않고 정지상태에 있으면서 이야기-형식상
   으로 어떤 묘사가 계속될 경우를 가리킨다.

등장한다. 회고법과 생략법을 자주 사용하면서도 프루스트에게는 압축된 이야기를 거의 찾아볼 수 없다.

쉬어감(pause) : 많은 사람들이 프루스트는 길다란 서술적 묘사를 많이 하는 작가로 알고 있다. 주네트는 그러한 견해를 『잃어버린 시간을 찾아서』의 일부 장면들을 추려서 만든 선집을 읽고 갖게 된 착오라고 본다. 프루스트 특유의 긴 서술적 묘사는 30여 곳에 지나지 않으며 그 분량이 대개 4쪽을 넘기지 않기 때문에 그렇게 긴 편도 아니고, 발자크와 비교해 보았을 때 오히려 발자크의 작품에 서술적 묘사가 많다고 지적한다.[48] 그러나 프루스트의 서술적 묘사에는 그 나름대로의 특징이 있다. 첫번째 특징은 서술적 묘사들이 어느 한 순간에 포착된 것이 아니라 여러 차례의 시기에 걸쳐 포착된 것이기 때문에 반복적인 것을 종합하고 집약하는(itératif) 성격을 갖는다는 점이다. 예컨대 레오니의 방, 콩브레의 교회, 발벡의 바다 풍경, 동시에르의 여관, 베네치아의 풍경 등에 대한 묘사들은 동일한 대상을 여러 번의 관찰을 통하여 종합한 것이다. 두번째 특징은 이러한 쉬어감이 이야기 진행의 정지를 의미하는 것은 결코 아니라는 점이다. 말하자면 프루스트의 이야기가 어떤 대상에 머무르는 것은 주인공의 명상을 통하여 대상과의 합일을 이루는 것이고, 그러한 면에서 주네트는 "서술적 묘사 부분이 이야기-내용의 시간성을 벗어나는 일은 결코 없다."고 강조한다.[49]

프루스트의 서술적 묘사의 특징이 이 두 가지로 국한될 수는 없다. 특히 첫번째 특징과 관련하여 여러 번의 관찰을 종합한다는 것이 대상의 객관적이고 고정적인 이미지를 묘사하는 것으로 오해받을 수 있

---

48) 같은 책, 133쪽.
49) 같은 책, 134쪽.

다. 그러나 여러 번의 관찰을 통하여 생각하고 느낀 점들을 수렴하면
서도, 서술적 묘사가 이루어지는 순간에 자신의 감각이 포착한 영상
은 고립적인 것이 아니라 이미 우리에게 알려진 다른 영상을 연상·환
기시키면서 서술적 묘사를 한층 인상 깊게 한다는 점이다.

　서술적 묘사에서 프루스트는 스탕달이나 발자크와는 다르고 플로
베르와 가깝다고 하는 주네트의 설명은 쉽사리 이해할 수 있다. 그는
『마담 보바리』의 장면들을 예로 들면서, 텍스트의 전반적인 움직임이
주인공이나 등장인물들의 몸짓 또는 시선을 따라 움직인다든지 텍스
트의 전개가 그들의 움직임과 일치한다든지 하는 기본적인 원칙을 프
루스트에서도 확인할 수 있다고 설명한다. 주인공이 탕송빌의 산사나
무나 위디메닐의 나무들, 꽃이 핀 사과나무, 바다 경치 등을 앞에 두
고 황홀감에 빠지는 성향은 프루스트 특유의 습성에서 비롯된 것이라
고 한다. 중요한 것은 "프루스트의 '서술적 묘사'가 관조되는 대상에
대한 서술이라기보다 관조하는 인물의 지각 행위, 그의 인상, 점진적
인 발견에 대한 이야기이자 분석이며, 그것들은 거리와 관점에 따라
변화하고 착각과 정정, 열광과 실망 등이 엇갈린다. 사실상 매우 적극
적인 관조이며 거기에는 '일련의 이야기'들이 들어 있다."[50]는 사실이
다. 그렇기 때문에 프루스트는 서술적 묘사에서 "～이다" 또는 "～라
고 생각한다" 등의 단정적인 표현을 사용하지 않는다. 그러한 표현은
대상의 본질에 대한 확언과 관련이 있기 때문이다. 그 대신 "보인다",
"나타난다", "～ 모습이다", "느껴지다", "이해되다" 등의 표현을 사
용한다. 왜냐하면 그는 현상을 지각되는 그대로 옮겨놓고자 의도하기
때문이다.

　생략(ellipse) : 압축된 이야기는 거의 없고 서술적 묘사를 위한 쉬어

---

50) 같은 책, 136쪽

감도 별로 없다보니 남는 것은 장면 묘사와 생략뿐이다. 생략이란 '시간적인 건너뛰기'를 의미하는데, 어떤 시기의 이야기를 빼먹고 건너뛴다는 뜻이다. 일차적으로 알아볼 사항은 시간적으로 생략의 기간이 확정적인가 혹은 불확정적인가 하는 것이다. 또 한 가지는 형식적인 면에서 생략이 명시적인가 혹은 암시적인가 하는 것이다. 텍스트에 "이런 상태로 몇 년이 흘렀다."라는 문장이 나올 경우, 그 기간 동안에 대하여 아무런 언급이 없기 때문에 이런 측면에서는 생략에 해당하고, '몇 년'이라는 기간이 제시되기 때문에 이런 측면에서는 명시적이다. 그에 비하여 기간을 명시적으로 나타내지는 않으나 앞뒤를 비교하여 그 기간을 대충이나마 산출할 수 있을 경우에는 암시적이다. 그러나 불확실한 생략의 경우에는 생략이 있는 것은 확실하지만 언제・어디서・어떻게 되었는지에 대해서는 알 수가 없다. 생략은 다음과 같이 다시 정리해 볼 수 있을 것이다.[51)]

(1) 시간적인 면에서의 생략
① 확정적(déterminée)
② 불확정적(indéterminée)
(2) 형식적인 면에서의 생략
① 명시적(explicite)
② 암시적(implicite)
③ 가정적(hypothétique)

장면 묘사(scènes) : 생략은 텍스트에 나타나지 않는 부분이고, 또 프루스트의 작품에는 압축된 이야기나 쉬어감도 거의 없거나 극히 한정되어 있으므로, 이제 남는 것은 장면 묘사 뿐이다. 그러한 의미에서 주네트는 "프루스트의 이야기 텍스트의 전체는 장면 묘사라고 정의

51) 같은 책, 139-141쪽 참조.

될 수 있다."고 말한다.[52] 프루스트 이전의 소설에서 장면 묘사는 격
렬한 행동이 노출되는 극적인 내용을 담고 있어서 극적인 내용이 결
여된 압축된 이야기와 대조를 이루었다. 그러한 현상은 플로베르의
『마담 보바리』에서도 확인할 수 있다. 주네트는 프루스트의 『잃어버
린 시간을 찾아서』의 일부 장면 묘사에서도 그러한 양상을 관찰할 수
있다고 지적한다. '잠자리의 드라마', 몽주뱅의 모독, 카틀레이야 장
면, 마르셀에 대한 샤를뤼스의 분노, 할머니의 죽음 등의 에피소드들
이 좋은 예이다. 그러나 『잃어버린 시간을 찾아서』에서 장면 묘사는
더 중요한 기능을 맡고 있다. 가령 거대한 다섯 장면 묘사──빌르파
리시가에서의 아침 나절, 게르망트가의 저녁 초대, 대공 부인의 야회,
라스플리에르의 야회, 게르망트가에서의 아침 나절 등──가 모두
100여 쪽에 달한다. 그 가운데 중요한 장면 묘사는 빌르파리시가에서의
아침 나절(100쪽 중 34쪽), 게르망트가의 저녁 초대(130쪽 중 63쪽),
대공 부인의 야회(90쪽 중 20쪽), 게르망트가에서의 아침 나절(처음
55쪽)에 대한 것으로서, 주인공의 내면적인 독백과 서술자의 이론적
담론이 뒤섞여 있다.[53]

　이러한 장면 묘사는 양적으로뿐만 아니라 기능적인 면에서 중요하
다. 장면 묘사는 무엇보다 이야기에 새로운 차원을 열어주는 창시적
가치(valeur inaugurale)를 지니고 있다고 주네트는 강조한다. 말하자면
주인공이 새로운 환경이나 사회에 발을 들여놓게 된다는 것을 보여주
고 있고, 그와 함께 부수적인 성격의 유사한 장면 묘사들은 모두 생
략된다는 것이다. 또한 주네트는 휴스턴(J. P. Houston)의 연구를 토대
로 장면 묘사가 프루스트의 소설에서 '시간적 근원지(foyer temporel)'
역할을 한다고 주장한다. 다양한 정보와 연관되는 상황들이 수렴되는

---

52) 같은 책, 141쪽.
53) 같은 책, 142-143쪽.

중심부 역할을 한다는 것이다. 그렇기 때문에 프루스트의 장면 묘사
는 언제나 고무풍선처럼 부풀어서 회고와 예상, 서술적 여담이나 진
술자의 견해 등을 전개하게 된다는 것이다.[54] 아울러 주네트는 『잃어
버린 시간을 찾아서』의 마지막 장면에 대해서, 그것은 창시적인 가치
가 아니라 "이야기가 결말에 도달하여 점진적으로 해체되기 때문에
이야기의 종말이 지니는 계산에 의한 모호하고도 정교하게 꾸민 혼돈
의 영상을 보여준다."[55]고 설명한다.

프루스트가 그 이전까지 보여주던 소설의 이야기 리듬을 창조적으
로 혁신한 것은 여러 가지 면에서 논의되어야 하지만, 그중에서도 주
네트는 장면 묘사의 위치·기능·중요성 면에서 그에 대하여 참신한
견해를 제시하고 있다.

3.3 빈도수(fréquence)

주네트는 이야기에서 빈도수란 "이야기-형식과 이야기-내용 사이
에 형성되는 빈도의 관계"라고 설명한다. 다시 말해서, 사건이란 한
번 일어나고 그칠 수도 있지만 반복해서 일어날 수도 있는데, 그럴 경
우 이야기-형식에서 그 사건의 빈도수를 어떻게 표시하느냐를 알아보
는 것으로서, 주네트는 그 문제가 문법에서 논의되는 상(相, aspect)의
개념이라고 말한다.[56]

이야기-내용의 차원에서 이야기된 사건의 회수와 이야기-형식의
텍스트에 나타난 사건의 회수는 네 가지 유형을 보여준다.[57]

---

54) 같은 책, 143쪽.

55) 같은 책, 144쪽.

56) 같은 책, 145쪽.

57) 프랑스어 문법에서 빈도수의 개념은 동사의 시제와 관계가 있다. 과거분사
　　를 사용하면 완료상을 나타내고 동사 단독으로는 비완료상을 나타낸다.

첫째는 한 번 일어난 일을 한 번 이야기하는 것으로, R=이야기-형식, H=이야기-내용으로 표시할 경우 1R/1H가 된다. 가령 "어제 저녁 나는 일찍 잠자리에 들었다."가 이러한 유형에 속한다.

둘째는 n번 일어난 일을 n번 이야기하는 것으로, nR/nH가 된다. 가령 "월요일에 나는 일찍 잠자리에 들었다. 화요일에 나는 일찍 잠자리에 들었다……"가 이러한 유형에 속한다. 이야기-내용상에서 일어난 회수와 이야기-형식상에서 일어난 회수가 동일하다.

셋째는 한 번 일어난 일을 n번 이야기하는 것으로, nR/1H가 된다. 이는 동일한 사건이 텍스트에 여러 번 반복되는 경우인데, 로브그리예는 『질투』라는 소설에서 다족류(mille-pattes)의 죽음을 문체적인 변화를 통하여 여러 번 반복해서 언술로 나타내고 있다. 그러나 동일한 사건에 대하여 다양한 등장인물이 다양한 관점에서 이야기함으로써 반복되는 현상은 일본 소설 『라쇼몽』에서의 살인 사건에 대한 진술에서도 나타나고, 라클로(Laclos)의 서간문 형식의 소설 『위험한 관계』에서도 나타난다.

넷째는 n번 일어난 일을 한 번에 이야기하는 것으로, 1R/nH가 된다. 가령 월요일부터 일요일까지 매일 같은 일을 했다고 하자. 그것을 그대로 반복해서 쓴다면 두번째 유형, 곧 nR/nH가 될 것이다. 그러나 그것을 그대로 반복해서 쓰지 않고 '매일처럼', '일주일 내내' 등의 표현을 사용하여 한 번에 몰아서 표현할 수 있다. 이러한 이야기를 '집약적 이야기(récit itératif)'라고 한다.[58] 이에 반해서, 한 번 일어난 것은 '단일적(singulatif) 이야기'라고 한다.

집약적 이야기는 발자크를 비롯한 19세기 소설에서도 자주 목격할 수 있으나 대부분의 경우 집약적 이야기는 단일한 장면을 뒷받침하는 부수적 성격을 띠고 있어서 자율적인 성격을 결여하고 있다고 주네트

---

58) G. Genette, 앞의 책, 148쪽.

는 지적한다. 그러한 현상을 처음으로 타파한 작가가 플로베르이지만 집약적 이야기를 이야기의 정상에 올려놓은 작가로는 단연 프루스트를 꼽는다. 주네트는 『잃어버린 시간을 찾아서』의 콩브레, 스완의 사랑, 질베르트가 등장하는 이야기 등이 기본적으로 집약적 성격을 띤다고 설명한다. 그의 조사에 의하면, 콩브레에서는 단일한 것이 70쪽인 데 비하여 집약적인 것이 115쪽이고, 스완의 사랑에서는 103쪽 대(對) 91쪽, 질베르트에서는 145쪽 대 113쪽으로, 합해보면 단일한 것이 285쪽인 데 비하여 집약적인 것이 350쪽이다.[59] 주네트는, 주인공의 일차 발벡 체류 이후 단일한 이야기가 다수를 점유하게 되지만, 거기에도 두 가지 주목해야 할 사항이 있다고 지적한다. 첫째는 발벡에서 마담 빌르파리시와 산책한 일을 비롯하여 많은 에피소드들이 집약적으로 표현된다는 점이고, 둘째는 단일한 장면에서도 다양한 집약적 구절이 있다는 점이다.

"그는 언제나 ~하는 것이었다."와 같은 집약적 구절은 관계되는 장면이 내포하는 시간적 영역보다 넓은 영역을 포괄한다. 그러한 의미에서 주네트는 "집약적 요소는 어떤 면에서 외적인 지속에 대한 시야를 열어놓는다."고 말하면서, 그것을 일반적 집약성(itération généralisante) 혹은 외적 집약성(itération externe)이라고 부른다. 또 다른 집약성으로는 시간적 영역의 확대보다도 장면의 지속 그 자체에 초점을 맞춘 유형이 있다. 가령 "x는 ~할 때마다 반드시 ~하는 것이었다", 또는 "그곳에 모이는 사람들은 모두 ~한 사람이었다"라고 할 때, 이러한 집약성은 현장 중심이 되는 집약성을 나타낸다. 그것을 주네트는 내적 집약성(itération interne) 혹은 종합적 집약성(itération synthétisante)이라고 부른다.[60]

---

59) 같은 책, 149쪽.
60) 같은 책, 150쪽.

집약적 표현을 선호하는 프루스트의 글쓰기를 심리적 동기 면에서 습관적이고 반복적인 면을 좋아한다고 이해할 수도 있다. 그러나 프루스트가 판에 박힌 생활 자체를 좋아한 것 같지는 않다. 주네트는 그러한 현상에 대하여 시간적인 면과 공간적인 면을 구분하여 설명한다. "프루스트는 시간의 순간적인 개별성에는 거의 무관심한 데 비하여 반대로 공간의 개별성에는 많은 관심을 갖는다."[61] 가령 스완은 게르망트가 쪽의 풍경에 대하여 "밤에 꿈속에서 그 풍경의 특이성은 이따금 거의 환상적인 힘을 가지고 내 가슴을 짓누른다."[62]고 말한다.

그러니까 집약적 이야기는 동일한 반복 과정을 통하여 생성되고 재생되는 사건에 대한 종합적인 이야기하기인 셈이다. 그러한 계열의 이야기는 언제부터 언제까지라는 시간적 한계가 있게 마련이고, 그것을 주네트는 '한정(détermination)'이라고 말한다. 아울러 집약적 이야기는 그 기간 동안 어떤 간격으로 사건이 반복되었는가를 보여주어야 한다. 그것을 규정하는 것을 특화(spécification)라고 한다. 두 가지 모두 언어학에서 빌려온 용어이다. 한정의 경우 기간이 명시적이지 않고 암시적으로 나타나는 경우도 있다. 특화의 경우 역시 '매일처럼'이나 '일요일마다'에서와 같이 막연한 표현을 동반하는 수가 있다. 그리고 집약성에 대하여 하위 구분을 할 때 또 한 가지로 연장(extension)이 있다. 가령 언제부터 언제까지 얼마나 자주 사건이 일어났느냐 하는 것이 한정과 특화를 통하여 알아볼 수 있는 사항이라면, 그 사건이 얼마 동안 계속되었느냐 하는 것 역시 따져보아야 한다. 그것이 연장의 개념이다. 경우에 따라서는 하루 24시간을 나타내는 경우도 있지만 단지 아침에 일어나서 저녁 잠자리에 들 때까지로 끝나는 경우도 있다.

---

61) 같은 책, 154쪽.

62) *A la recherche du temps perdu*, I권, 185쪽. G. Genette, 앞의 책, 같은 쪽에서 재인용.

한편 하나의 집약적 계열은 외적인 한계에 의하여 구분되는 것으로 끝나는 것이 아니라 그 기간을 단계별로 구분해야 할 경우가 있다. 예컨대 콩브레의 일요일 오후 계열에서, 아돌프 아저씨 댁에서 장미꽃 부인과의 만남은 아저씨와 마르셀 부모 사이에 불화를 야기시킨다. 이와 같이 집약적 계열의 한계 안에서 드러나는 단계나 계기를 내적 한정(détermination interne)이라고 한다. 그러니까 내적 한정은 집약적 계열 안에 단일한 분할(section singulative)을 형성하는 셈이다. 같은 맥락에서 특화 역시 내적 특화를 구분하게 된다. 그러나 그것은 내적 한정과는 달리 한정 안에서 서로 교체되는 두 개의 변이(variantes)를 가리킨다. 가령 콩브레 생활에서 마르셀의 중요한 일과는 부모와 함께 일요일을 제외하고 매일 오후에 산책을 가는 일인데, 산책은 메제글리즈 쪽으로 가는 산책과 게르망트 쪽으로 가는 산책으로 이루어진다. 그 두 가지 산책을 동시에 하는 법은 없고 날씨 좋은 날은 게르망트 쪽으로 그리고 날씨가 좋지 않을 때는 메제글리즈 쪽으로 간다.

마르셀이 사랑했던 알베르틴의 모습에 대한 서술적 묘사는 내적 한정을 보여주는 좋은 예이다. "알베르틴도 그러한 면에서는 자기 친구들과 마찬가지였다. 어떤 날에는 여위고 핏기 없는 안색에 시무룩한 모습을 하고 푹 패인 눈에서는 때로 바다에서처럼 보랏빛 투명한 눈물이 비스듬히 흘러내렸으며, 그녀는 유배당한 여인의 슬픔을 뼈저리게 느끼는 듯했다. 다른 날에는 보다 윤기 있는 그녀의 얼굴이 번들거리는 피부에 욕망을 발라놓고 있었으나 그 욕망이 나아가는 것을 막고 있었다.…… 다른 때에는 양 볼에 행복이 젖어 있었고, 유체처럼 모호해진 살갗은, 눈과는 다른 질료가 아니라 다른 색깔로 된 것처럼 보이게 하는 감추어진 시선처럼, 양 볼의 변화무쌍한 밝은 색조를 통과하게 하는 것이었다.…… 하지만 또 대부분의 경우에 그녀는 더욱 홍조를 띠고 있었고, 그럴 때는 더 활기 있어 보였다. 때로는 핏기 없는 얼굴에 불그레한 것은 오직 그녀의 코끝뿐이었다. (……) 양 볼의 색조가 시클라멘꽃의 자색이 도는 연분홍색이 되는 때도 있었다. (……) 하나하나의 알베르틴은 모두 다른 사람이었다…….”[63]

'하나하나의 알베르틴'에서 '하나하나'는 물론 알베르틴의 변이체들이다. 그러나 그 변이체 하나하나는 각기 하나의 개체를 지시하는 것이 아니라 하나하나의 유형(type)을 표출하고,[64] 개개의 유형은 '어떤 날에는', '다른 날에는', '대부분의 경우에는', '때로는' 등의 부사 또는 부사구와 결부되어 있다고 주네트는 설명한다.[65]

그러나 한정과 특화가 항상 분리되어 있는 것은 아니고 어떤 경우에는 그 두 가지가 동일한 단원에서 동시에 나타날 수 있다. 그러한 예를 주네트는 콩브레에서의 산책에 대한 회상에서 찾아낸다. “우리는 레오니 고모님을 저녁 식사 전에 찾아뵙기 위하여 언제나 산책에서 일찍 돌아오곤 했다. 해가 일찍 저무는 초봄에는 우리가 생-테스프리가에 다다를 때 집의 창문에 아직 저녁 햇살의 반사광이 남아 있었고, 칼베르 숲 안쪽의 자줏빛을 띠는 날씨 때문에 내 머릿속에 통닭을 지글거리며 굽는 불의 붉은색을 연상시키는 것이었다. 불 위의 통닭은 맛있는 음식과 따뜻함 그리고 휴식의 즐거움을 산책이 안겨준 시적인 감흥과 이어줄 것이다. 여름에는 그와 반대로 우리가 귀가할 때까지 해는 아직 지지 않았다. (……) 그러나 매우 드물게 어떤 날에는…… 우리가 생-테스프리가에 도착할 쯤에 창문에 드리우던 저녁 햇살의 반사광은 전혀 남아있지 않았고, 칼베르 바로 아래쪽 연못의 붉은색도 사라져버렸다. 어떤 때는 연못은 유백색이었고, 길다란 달

---

63) *A la recherche du temps perdu*, I권, 946-947쪽. G. Genette, 앞의 책, 163-164쪽에서 재인용.

64) 유형은 일정한 형태들이 미리 규정되어 있을 경우 거론될 수 있는데, 시시각각 변화무쌍하게 변하는 모습을 유형으로 보기에는 어려움이 있을 것 같다. 필자의 생각으로는 소쉬르의 랑그/파롤의 관계와 마찬가지로 개체 알베르틴이 다양하게 변하는 것은 그 변이체라고 보는 것이 더 좋을 것 같다.

65) G. Genette, 앞의 책, 163쪽.

빛의 길이가 길어지고 물을 가늘게 주름지게 하면서 연못을 온통 가로지르는 것이었다."[66]

　첫 행의 '언제나'는 시간적인 집약성을 절대적으로 규정하는 기능을 맡고 있고, 초봄/여름은 그 다음의 문장들을 지배하는 내적 한정을 나타내면서 아울러 내적 특화를 표시하기도 한다. 그러나 '매우 드물게 어떤 날에는' 같은 경우는 내적 특화의 변이체로 나타난다. 이러한 사실들을 바탕으로 주네트는 위의 텍스트에서 나타나는 집약적 시간 체제를 다음과 같이 도식화한다.

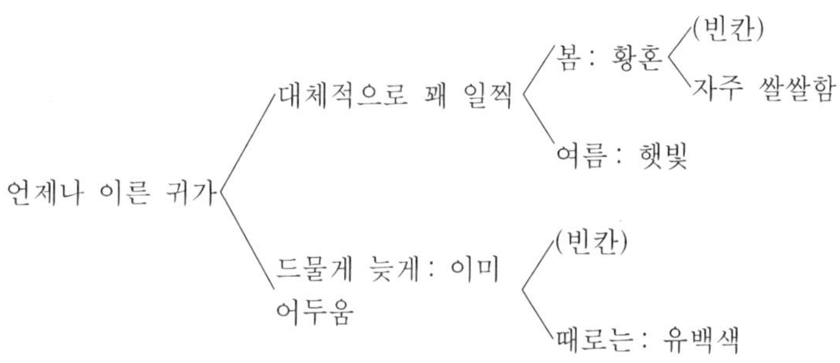

　그런데 주네트의 이 도표[67]는 몇 가지 문제점을 노출하고 있다. 첫 행의 '언제나'는 그가 말하는 것처럼 절대적인 원칙이라고 할 수 없다. 왜냐하면 하위 구분으로 '드물게 늦게'를 내포하고 있고 아울러 '대체적으로 꽤 일찍'과 중복되기 때문이다. 또 마지막 '때로는'은 문맥으로 보아 '여름'에 속해야 하기 때문이다. 그리고 '대체적으로 꽤 일찍'은 '봄'과 '여름'의 하위 구분이 있는데, '드물게 늦게'는 계절적인

---

66) *A la recherche du temps perdu,* I권, 133쪽. G. Genette, 앞의 책, 164쪽에서 재인용.
67) G. Genette, 앞의 책, 165쪽.

하위 구분이 없다. 그러면 이러한 점을 감안하여 다시 도표를 만들어
보자.

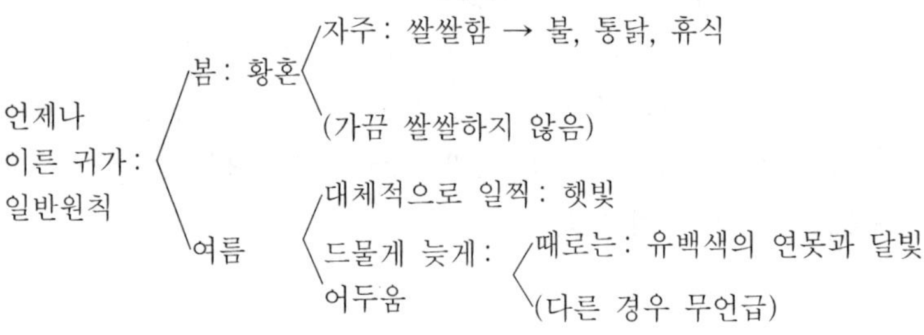

위의 도표는 산책 뒤 귀가와 관계되는 일들을 시간적으로 형식화
한 것이다. 집약적 이야기의 종합은 압축된 이야기와는 달리 시간적
압축을 통하여 이야기를 가속화시키는 것이 아니라 유사한 것을 동화
(assimilation)시키고 추상(abstraction)적으로 만드는 것이다. 그리하여
전통적인 소설에서는 압축된 이야기와 장면 묘사가 서로 교체되는 현
상을 보여준다면, 프루스트는 자신의 소설에서 집약적인 것과 단일적
인 것을 교체시키고 있다. 그러나 그 두 가지의 교체는 서로 밀접한
연관 관계를 보여주고 있는 경우가 많다. 가령 서술적이거나 설명적
인 집약적 토막이 단일한 장면 묘사에 끼어들어 그에 종속되는 경우
가 있고, 또 그 반대로 실증적인 기능의 단일한 장면 묘사가 집약적
전개에 종속되는 경우도 있다. 그러나 그 두 가지의 관계가 그렇게
단순한 것은 아니며 보다 복합적인 경우도 많다. 하나의 단일한 삽화
가 집약적 전개를 보여주지만 그 집약적 전개가 단일한 장면에 종속
되는 경우가 있다. 주네트는 게르망트가의 정신을 보여주는 마틸드
공주의 리셉션 장면을 그 예로 들고 있다. 그런가 하면 집약적 토막
에 종속된 단일한 장면이 다시 집약적 에피소드를 끌어들이기도 한

502

다. 주네트는 마르셀과 장미꽃 부인과의 만남이라는 에피소드에서 그
러한 예를 찾아낸다.[68]

「소돔과 고모라」의 끝 부분에 나오는 샤를뤼스의 여행과 다른 신
도들과의 관계에 대한 이야기는 집약적 요소와 단일한 요소의 교체와
연관성을 보여주는 좋은 예이다. "정기적으로 매주 세 번……"의 대
목은 집약적이다. 내적 한정을 나타내는 그 다음 "맨처음에는 매번"
의 뒤를 이어 세 쪽에 걸쳐 불확정적인 단일한 요소가 계속된다.[69] 그
렇기 때문에 계절과 시간에 따라 빛과 풍경의 다양한 아름다움 그리
고 작가의 시적 감흥을 그치지 않고 드러나게 한다. 우리는 작가의
감각에 의하여 포착된 서술적 묘사가 시간적인 부사 내지 부사구에
의하여 이끌어진다고 하는 사실을 다시 한번 확인할 수 있다.

집약적 이야기는 시간의 회귀성과 밀접한 관계가 있다. 시간·날
짜·계절이 되돌아오는 것은 우주적 시간의 순환성의 테두리 안에서
이해될 수 있다. 이렇게 볼 때 프루스트의 시간관은 인간이 태어나서
죽을 때까지의 행실을 평가하여 천국이나 지옥으로 가는 것으로 마감
된다고 보는 기독교적 시간관과는 다르다. 기독교는 인류의 역사도
아담과 이브의 원죄에서부터 시작하여 예수의 재림으로 막을 내린다
고 설명한다. 그러나 불교적인 윤회설은 인간의 전생·현세·내세가
이어지고 반복된다는 관념을 내포하고 있고, 중국의 음양과 오행 개
념을 토대로 하는 중국철학은 시간의 순환성을 전제로 하는 시간관을
제시한다. 프루스트 이야기의 집약성도 같은 맥락에서 이해될 수 있
다. '한번은', '어느 날에는' 등의 단일성을 나타내는 부사나 부사구들
도 사실은 그러한 예외를 제외하고 보면 그것이 반복적인 집약성을
나타내는 이야기임을 역으로 보여준다고 할 수 있다.

---

68) 같은 책, 170쪽 참조.
69) *A la recherche du temps perdu*, II권, 1037-1040쪽.

3.4 교체(alternance)와 이행(transition)

발자크의 작품을 포함한 전통적인 소설에서는 압축된 이야기가 자
주 등장한다. 이에 비하여 프루스트의 글에서는 압축된 이야기 대신
집약적 이야기가 많이 나타난다. 집약적 이야기가 종합적인 면이 있
기는 하지만, 집약적 서술과 단일한 서술이 뒤엉킨다는 생각을 갖게
한다. 그러나 주네트는 복수형으로 된 '맨처음에는 매번'을 단수 '제일
처음에'로 바꾸면, 집약적인 것이 단일한 것으로 전환되기 때문에 보다
일관성을 갖추게 된다고 지적한다. 필자는 작가가 머릿속에서 대상이
되는 기간을 몇 가지로 구분하고 있어서 '맨처음에는 매번'이라고 한다
고 생각되기 때문에 단수로 고치지 말고 그대로 두는 것이 합당하다고
본다. 그리고 집약적 서술과 단일한 서술은 교체나 상호 연관성에 의
하여 규칙적인 양상을 보일 수도 있으며 그렇지 않고 불규칙하게 뒤섞
일 수도 있기 때문에, 설사 작가가 부주의로 그렇게 했다고 하더라도
작가의 텍스트를 다시 고쳐 쓰는 것에 찬성하기는 어렵다.

어떤 경우에는 집약적 요소와 단일한 요소 사이에 불확정적 성격
의 중립적 토막이 개입될 수 있다. 주네트는 중립적 토막의 삽입이
독자로 하여금 양상의 변화를 쉽사리 눈치채지 못하게 하는 것이라고
해석하지만,[70] 고의적이지 않을 수도 있다. 『꽃다운 처녀들』에서 한
구절을 보자면 다음과 같다. "마차가 다른 길로 접어들면서 나는 그
들에게 등을 돌렸고 그들을 더 이상 마주보지 않았다. 그러자 빌르파
리지 부인은 어째서 내가 꿈꾸는 모습을 하는지(avait l'air rêveur), 어
째서 방금 친구라도 잃은 듯이(venais de perdre un ami) 슬퍼하는지
(était triste)…… 묻는 것이었다(demandait)(이상 단일한 반과거). 귀
가를 생각해야 했다(fallait)(모호한 반과거). 빌르파리지 부인은 발벡

---

70) G. Genette, 앞의 책, 176쪽.

으로 가는 옛길로 가자고 말하는 것이었다(disait)(집약적 반과거)."[71]

프랑스어 동사의 반과거시제는 확정적 과거를 나타내는 단순과거
와 대비되는 현재 이전의 과거를 나타내는 시제로서, 불확정성을 기
본 성격으로 갖는다. 문맥에 따라서 지속·반복·계속·상태 또는
일정한 순간을 나타내기도 한다. 그러나 문법적 가치가 주네트의 집
약적 요소, 단일한 요소의 구분과 자동적으로 일치하지는 않는다. 왜
냐하면 후자의 경우는 이야기 전개의 맥락에서 결정되기 때문이다.
가령 위 문장의 마지막 동사의 반과거가 집약적이라고 하는 것은, 동
사의 반과거시제 자체가 지니는 가치가 아니라, 이야기의 문맥상 자
주 다니던 '옛길'로 가자고 하는 것 때문에 집약적이라고 할 수 있고,
주인공이 '꿈꾸는 모습을 하는 것'이나 '슬퍼하는' 표정을 짓거나 '방
금' 친구를 잃은 듯한 태도 혹은 빌르파리지 부인의 질문 등은 모두
단일한 상황을 보여준다. 그에 비하여 '귀가해야 한다'고 생각한 것은
몇 번 생각한 것인지 혹은 한 번만 생각한 것인지 분명하지 않다. 결
과적으로 프루스트는 프랑스어의 반과거시제가 내포하는 불확정성의
미묘한 뉘앙스를 다양하게 조율하여 그 효과를 독창적으로 연출한다
는 사실을 보여준다.

4 서법의 범주

4.1 거리감(distance)

서법(mode) 역시 문법에서 차용한 용어이다. 본래 문법에서는 추상
적인 언어 형식인 문장이 구체적인 언어 상황에서 화자와 청자 사이

---

71) *A la recherche du temps perdu*, I권, 719쪽. G. Genette, 앞의 책, 176쪽에서 재
인용.

에 주고받은 언술과 관계되는 용어로서, 언술에 대한 화자의 태도를
표명하는 행위를 가리키며 그것을 서법(敍法, mode)이라고 부른다.
가령 화자는 어떤 사실을 단언할 평서법, 또는 의문을 나타낼 때의
의문법, 명령을 나타내는 명령법, 어떤 조건 아래 일어날 수 있음을
나타내는 조건법, 감탄사와 함께 쓰이는 감탄법 등을 구분한다.[72]

그러나 이야기 분석에 적용시킬 경우에는 화자 주체가 언술을 통
하여 드러내는 의도와 뉘앙스를 거리감(distance)과 시각(point de vue)
의 개념과 함께 표명하는 것을 의미한다.

주네트는 이야기에서 거리감의 문제를 가장 먼저 거론한 사람으로
플라톤을 꼽는다. 플라톤은 앞서 언급한 것처럼『국가론』, 제3권에서
두 가지 이야기 방식을 구분하고 있다. 그 하나는 시인이 자신의 이름
으로 직접 이야기하는 경우로서, 그런 이야기를 '순수한 이야기(récit
pur)'라고 한다. 또 한 가지는 시인이 자신이 말하는 것이 아니라 다
른 사람이 말한 내용을 그대로 옮겨 적는데, 주로 연극 대사가 그러
한 방식을 취하지만 호메로스는『일리아드』에서 그 두 가지 방식을
모두 보여주고 있다. 플라톤은 그것을 재현 또는 모방(mimésis)이라
고 한다.[73] 그 두 가지 방식 가운데 순수한 이야기는 서술자를 통하여
중개되었기 때문에 현장을 그대로 재현한 경우보다 더 거리감이 있는
것으로 평가된다. 그러니까 순수한 이야기가 서술자의 주관에 의하여
여과된 것이라면 재현의 경우에는 서술자의 주관이 거의 개입되지 않
는다. 그러나 이러한 구분은 발화된 언어의 경우만을 놓고 구분한 것
이다. 발화된 언어만을 놓고 볼 때 그것이 간접적 화법에 의한 것이
냐 아니면 직접적 화법에 의한 것이냐를 논할 수 있다. 그러나 사건
또는 무언의 행동의 경우에는 어떻게 생각할 수 있을까? 사건이나 무

---

72) D. Denis & A. Sancier-Chateau, *Grammaire du français*(Librairie Générale Française,
    1994), 325쪽 참조.
73) 플라톤,『국가론』, 110-112쪽 참조.

언의 행동은 스스로 말할 수 없는데 어떻게 다루어야 할까? 그러한 문제를 고찰하기 위해서 주네트는 사건의 이야기와 언어에 의한 이야기를 나눈다.

먼저 사건의 이야기(récit d'événement)를 보도록 하자. 사건의 이야기도 이야기임에는 틀림이 없다. 그것은 비언어적 사실을 언어적 형식으로 옮겨놓는다는 것을 의미한다. 그렇기 때문에 사건의 이야기를 재현하는 것은 재현에 대한 환상을 만들어내는 것이다. 그리고 그 효과는 독자에 의하여 측정된다. 동일한 텍스트가 어떤 독자에게는 대단히 재현적인 데 비하여 다른 독자에게는 전혀 그렇지 않다고 생각될 수도 있다.

플라톤의 견해를 참고하여 주네트는 텍스트의 재현적 요소를 두 가지 측면에서 검토한다. 첫째, 재현적 이야기에서는 이야기가 더 자세하기 때문에 이야기 정보의 양이 증대된다. 둘째, 반면에 서술자의 존재는 부재에 가깝다. 그에 비하여 이야기는 정보의 양이 상대적으로 적어지고 서술자의 존재가 더 확대되는 현상을 보여준다.

이러한 사실은 시간적인 측정과 관계된다. 가령 이야기 정보가 많은 경우 이야기 속도는 시간적으로 서서히 진행되고, 이야기 심급(instance)의 존재는 약화된다. 그런데 『잃어버린 시간을 찾아서』에서는 이러한 사실과 역행하는 현상이 일어난다. 프루스트의 이야기에서는 장면 묘사가 대부분을 이루기 때문에 정보가 많고 따라서 재현적 성격이 강하다. 그런 경우에는 이야기의 심급으로서 서술자의 존재가 약화되는 것이 통례이지만, 그와 정반대로 이야기의 구성자이자 현상의 분석자이면서 해설자인 서술자의 역할과 개입이 중요한 위치를 차지한다. 프루스트의 이야기에서 그러한 성격이 특히 잘 드러나는 부분이 콩브레에서의 '잠자리의 드라마'와 관계되는 에피소드이다. 『잃어버린 시간을 찾아서』는 2중·3중으로 과거를 돌아보는 회고적인 이야기이기 때문에 이야기를 이끌고가는 주인공의 심급과 이야기-내

용 사이에 어쩔 수 없는 거리감이 생기게 된다. 그럼에도 그러한 거
리감은 이야기-내용과 이야기-형식 사이에 서법 면에서의 거리감을
전혀 만들지 않는다. 그렇기 때문에 미메시스적 환상은 조금도 약화
되지 않고 오히려 강화된다. 결과적으로 프루스트의 경우 작가의 개
입이 극대화되면서 오히려 그와 비례하여 텍스트의 현장감이 증대되
는 이례적인 효과가 생성되는 것이다.[74]

두번째, 언어에 의한 이야기-형식을 살펴보자. 비언어적 사건이나
현실을 언어로 재현한다는 것이 환상이라면, 언어에 의한 이야기는
절대적인 재현이 될 수밖에 없을 것이다. 왜냐하면 그것은 언어로 하
여금 세계를 복제하는 수단으로 만들기 때문이다. 주네트는 그러한
예를 「소돔과 고모라」의 마지막 장에서 찾는다. 주인공 마르셀이 어
머니에게 "나는 반드시 알베르틴과 결혼하고말 거예요"라고 말할 때,
텍스트의 언술과 실제로 발화된 문장의 차이는 음성으로 발화한 것을
글로 옮겨 썼다는 차이 밖에 없다. 이 경우 서술자는 주인공의 말을
이야기하는 것이 아니라 그대로 글로 재현하고 있다. 다시 말해서 복
사하는 것이다.

결국 주인공의 담화는 이야기에서 두 가지 방식으로 텍스트화될
수 있다. 그 하나는 말해진 것을 그대로 옮겨놓는 '재현된' 담화이고,
또 다른 하나는 '이야기화된 담화'이다. 전자는 등장인물의 담화를 그
대로 재생하여 직접 인용하는 경우이고, 후자는 담화를 '사건'으로 보
고 그것을 서술자가 정리하여 자신의 언어로 옮겨놓은 것이다. 이 경
우 등장인물의 담화는 그의 몸짓이나 자세와 마찬가지로 언어로 옮겨
놓아야 하는 행위일 뿐이다.

주네트는 이러한 사실들을 참작하여 등장인물의 담화를 '거리감'이
라는 관점에서 세 가지로 나눈다.[75]

---

74) G. Genette, 앞의 책, 189쪽.

첫째는 이야기화된 담화로, 이는 가장 거리감이 있는 담화 방식이다. 가령 "나는 알베르틴과 결혼하고말 거예요."라는 담화를 "나는 어머님에게 내가 알베르틴과 결혼하기로 결정했음을 알려드렸다."라고 옮겨보자. 그러면 그것은 "나는 알베르틴과 결혼하기로 결정했다."는 사건과 가까워지면서 본래 발화된 담화와는 거리를 두게 된다. 또한 등장인물의 언어를 생각으로 옮길 경우 내면적 심리 분석의 적용과 함께 이야기화된 담화로 길게 전개될 수 있다.

둘째는 간접화법으로 옮겨놓은 담화이다. "나는 반드시 알베르틴과 결혼할 것이라고 어머님께 말씀드렸다."라고 하는 경우, 발화된 것을 간접적으로 비교적 충실하게 전달하는 문장이 된다. 이와 같은 간접화법 문장은 이야기화된 담화보다 더 재현적인 면이 있으나, 서술자의 존재 때문에 현장감은 약화된다. 자유간접화법의 경우에는 진술 동사가 들어가는 주절을 생략함으로써 직접화법과 간접화법의 특징을 동시에 보여줄 수 있다. 가령 "나는 어머님을 뵈러 갔다: 나는 알베르틴과 꼭 결혼해야 해요"라고 할 경우가 그런 예이다.

셋째는 직접 인용 담화이다. 이는 서술자가 등장인물에게 발언권을 주고 짐짓 그의 발언을 그대로 옮겨놓는 듯한 인상을 주는 방식으로서, 가장 '재현적'이다. 그러나 바로 이러한 이유에서 플라톤의 부정적인 견해로는 미치지 못한 부분이 있으며, 반대로 재현적 언어의 수월성을 주장한 아리스토텔레스의 주장은 문학 장르 발전에 크게 기여하게 되었다. 그 결과 비극은 최고의 장르가 되었을 뿐만 아니라 재현적 언어는 소설 발전에 커다란 전기를 마련하게 된다.

재현적 언어 내지 직접 인용 담화는 등장인물들 사이에 이루어지는 대화 장면의 재현에 국한되지 않는다. 그보다 중요한 것은 이것들이 주인공의 생각을 그대로 옮기는 데 쓰이면서 그 진가를 발휘하게

---

75) 같은 책, 191쪽.

되었다는 사실이다. 가령 "나는 반드시 알베르틴과 결혼하고 말 거예요"라고 할 때, 그것은 주인공의 생각과 확신 그리고 행동의 차원에서 이루어진 것을 그대로 보여주는 것이다. 그리고 독자는 첫 구절부터 주인공의 생각 속에 들어가 그 흐름과 전개를 추적할 수 있게 된다. 그러한 언어를 흔히 '내적 독백'이라고 부르지만, 주네트는 그보다 매개 없이 이루어지는 언어라는 의미에서 '직접 담화(discours immédiat)'라고 하는 것이 좋겠다고 제의한다.[76]

직접 담화가 소설에서 차지하는 중요성은, 프루스트는 물론이고 조이스, 베케트, 나탈리 사로트, 포크너 등의 작품을 보면 잘 알 수 있다. 통사적 형식 면에서 보면 직접 담화와 직접 인용 담화의 차이는 후자가 진술동사를 포함하는 도입부를 가질 수 있다는 점밖에 없다. 그러나 도입부를 제거하여 간접화법의 담화로 만들면 그러한 형식상의 차이가 없어진다. 그럼에도 그 두 가지 담화에는 근본적인 차이가 있다. 직접 담화가 주인공 내면의 생각을 직접 옮겨놓는 것인 반면, 자유간접화법은 등장인물의 담화를 서술자를 통하여 말한다. 그렇기 때문에 그 두 심급, 즉 서술자와 등장인물이 뒤섞이게 된다.[77] 그런데 담화에서 서술자는 등장인물에 자리를 양보하고 물러난다.

이론적으로는 이야기화된 담화와 간접화법 담화 그리고 직접 담화 등이 서로 분명히 구분되지만, 실제 텍스트에서는 그 세 가지가 서로 섞여 사용되는 경우가 많다고 주네트는 지적한다. 가령 「스완의 사랑」을 보면, 스완은 오데트의 집에 다녀와서 그녀에 대한 사랑의 감정을 느끼게 되는데, 그것을 표현하는 것은 서술자이다. "그러자 오데트에 대하여 가지고 있던 견디기 힘들고 불안정한 생각들이 사라져버리고 자기 앞에 있는 매력적인 육체와 하나가 되는 것이었다." 그러고나서 등

---

76) 같은 책, 193쪽, 주네트는 그렇게 제의하면서도 그 자신은 '직접 담화'라는 용어보다 '직접 독백' 또는 단순히 '독백'이라는 표현을 대신 쓰기도 한다.
77) 바흐찐은 『언어철학』에서 그 문제에 대하여 언급했다.

장인물은 자신의 생각을 간접화법의 3인칭을 빌려 나타낸다. "어쩌면 오데트네 집 램프불 아래에서 보낸 한 시간은 무용한 시간이 아니었던 것 같아.…… 만약 그가 그곳에 없었더라면 그 안락의자를 포르슈빌[78]에게 내어주었겠지……." 그러다가 마르셀은 자유간접화법으로 자신의 목소리를 낸다. "아! 만약 운명이 그(스완)로 하여금 오데트와 같은 집에 살도록 했더라면…… 그처럼 시시하게 보이던 삶의 일상적인 것들이…… 넘쳐나는 감미로움과 신비스런 밀도를 지닐 수 있었을텐데!"[79]

이처럼 여러 가지 담화 형식을 섞어 쓰고 있지만 프루스트는 내적 담화에 더 큰 비중을 둔다. 등장인물들이 감정적으로 고조되어 있을 때는 어김없이 내적 담화를 사용한다. 가령 오데트가 스완의 돈을 가지고 다른 사람들과 여행하고자 한다는 계획을 알고나서 자신의 생각을 연극적인 독백 형식으로 표현한다. "아니, 내가 너무 멍청하지, 다른 인간들의 즐거움을 위하여 내가 돈을 쓰다니, 하고 생각했다. 그 여자, 나를 너무 바보로 만들면 안 되지. 왜냐하면 내가 돈줄을 콱 막아버릴 수도 있으니까."[80] 이러한 내면적인 생각을 그대로 글로 옮기면 담화가 된다. 그러나 그러한 담화는 '우회적(oblique)'인 면과 함께 실제로 느낀 진실을 그대로 드러내지 않는 위장적인 면을 노출하고 있다. 그러한 의미에서 주네트는 "떠오르는 생각을 꾸미지 않는다는 것이 '의식의 흐름' 또는 무의식의 가장 깊숙한 소용돌이를 충실하게 반영한다는 것을 보증한다고 보면서 내면적 독백에 대한 진실성에 대하여 환상을 갖는 것은 프루스트의 심리학과 거리가 멀다."[81]고 말한

---

78) 오데트의 연인 중의 한 사람.

79) *A la recherche du temps perdu*, I권, 298-300쪽. G. Genette, 앞의 책, 195쪽에서 재인용.

80) *A la recherche du temps perdu*, I권, 300-301쪽. G. Genette, 앞의 책, 196쪽에서 재인용.

다. 물론 예외가 없다고 할 수는 없으나, 심지어 꿈에서 본 것조차도
깨어난 뒤에는 이해가 되지 않는 부분들을 의식의 논리에 따라 해석
하고 재구성하기 때문에 그 진실성이 훼손된다는 것이다.

주네트는, 등장인물들의 담화를 중심으로 프루스트를 플로베르와
발자크 등의 대가들과 비교할 때, 프루스트는 플로베르보다는 발자크
쪽에 가깝다고 설명한다. 왜냐하면 플로베르 특유의 자유간접화법에
서 볼 수 있는 서술자와 등장인물의 관점이 뒤섞이는 담화는 프루스
트와 거리가 있다는 것이다. 그에 비하여 등장인물들의 담화는 직접
인용 담화를 중심으로 이루어져 있어서 등장인물들은 언어적인 면에
서 자율성을 지니고 있다고 평가한다. 주네트는, 물론 발자크의 소설
에 등장하는 인물들의 언어가 그 인물들의 사회적 계층이나 출신 성
분 등을 보여주는 것이기 때문에 사회어(sociolecte)의 성격이 있기는
하지만, 등장인물들이 개개인의 특성을 보여주는 언어를 구사하기 때
문에 개인어(idiolecte)의 성격이 부각되고 따라서 그 이전의 어느 작
가보다도 현실성을 지닌 재현적 효과를 표출한다고 지적한다.

프루스트는 등장인물들의 재현적 언어를 보다 철저하게 구축하고
자 노력했다고 평가된다. 물론 주네트도 프루스트의 등장인물들이 모
두 개인어를 구사한다고 말하기는 어렵다는 점을 인정한다. 그러한
전제하에서 그는 일차적으로 대부분의 등장인물들이 부정확한 표현,
잘못된 어투나 방언적인 티, 사회적 출신 성분을 드러내는 어법, 말실
수 등을 보여준다는 것이다. 그에 비하여 주인공 마르셀은 말수가 적
은 가운데 다른 사람들을 관찰하면서 배우고 그들의 심리를 읽고자
노력하고 있다. 이차적으로 일부 등장인물들은 개인적이거나 사회적
인 출신 성분과 관련이 있는 언어적 습성을 보여준다. 가령 영어적
표현을 즐겨 쓰는 오데트, 부정확한 언어표현을 쓰는 바젱, 억지로 호

---

81) G. Genette, 앞의 책, 199쪽.

메로스를 흉내내는 블로크의 언어, 고풍스런 언어를 쓰는 사니에트,
연음을 잘못 발음하는 프랑수아즈, 험담과 촌티를 보여주는 오리안,
문자를 쓰면서 횡설수설 늘어놓는 생루, 고전적인 언어의 세련미를
추구하는 주인공의 어머니와 할머니, 발음을 정확하게 하지 못하는
세르바토프 대공부인, 브레오테, 파펜엠 등이 그렇다. 이들의 언어는
발자크의 소설에 등장하는 인물들의 언어 구사 방식에 가장 가까운
편이다. 삼차적으로 가장 높은 층위에는 엄격한 의미에서 개인적으로
가장 특징 있는 언어를 구사하는 인물들이 있다. 가령 선동적인 교수
특유의 현학적이면서 무례한 언어를 휘두르는 브리쇼, 외교관 특유의
완곡어법과 뻔한 이야기를 일삼는 노르푸아, 고전적인 순수성을 추구
하는 쥐피엥, 퇴폐적인 표현을 쓰는 르그랑뎅, 격렬한 장광설을 쏟아
놓는 샤를뤼스 등이 그렇다.[82] 이들 인물들의 '양식화된' 담화는 현장
재현적 담화의 극치를 보여주는 것이고, 저자의 역할은 등장인물의
담화뿐만 아니라 특이한 엑센트까지 그대로 재현하는 데 있다.

그러나 한편으로 그러한 재현성을 극단적으로 추구하다보니 두 가
지 문제가 생긴다. 한 가지는 등장인물이 각기 자기 특유의 언어만을
재현하다보니 인물과 그의 언어 사이에 완전한 일치관계, 즉 순환성
(cicularité)의 문제가 생긴다는 것이다. 등장인물에 대하여 알 수 있는
유일한 수단은 그가 쓰는 언어이고, 그의 언어는 담화 텍스트에 의해
서만 구성된다. 또 한 가지는 그럼에도 등장인물의 언어적 특이성과
자율성이 그들의 성격을 규정하지 못한다는 사실이다. 다시 말해서,
언어에 의해서만 포착할 수 있는 그 인물들이 실제로는 규정할 수 없
고 '종잡을 수 없는 존재'라는 점이다. 왜냐하면 그들의 태도와 처신
이 변화무쌍하기 때문이다. 그런 의미에서 주네트는 "그 등장인물들
은 언어로 환원될 수 있을 정도로 언어와 일치한다. 그 경우 가장 강

---

82) 같은 책, 201-202쪽 참조.

력한 언어에 의한 실존은 그것이 사라지고만다는 징후이자 실마리인 것이다. 문체론적인 '객관화'의 한계에 부딪치면서 프루스트의 등장인물은 고도로 상징적인 죽음의 형태와 만나게 된다. 그것은 자신의 담화 속에 함몰된다는 것이다."[83]라고 결론을 내린다.

주네트의 분석은 쉽사리 납득하기 어려운 점을 내포하고 있다. 등장인물들과 그들의 언어가 순환성을 이루면서 등장인물들은 언어로 환원되는 데 비하여 그들의 언어는 등장인물로 환원되지 않는다는 모순을 노출하기 때문이다. 주네트 분석의 핵심은 먼저, 등장인물들은 언어를 통해서만 존재할 뿐이고 그들의 언어가 너무 완벽하기 때문에 언어는 현실을 재현하지 못한다는 것이며, 아울러 그들의 언어 내용은 끊임없이 변하기 때문에 언어가 그들의 존재에 대하여 안정적인 심상을 제공하지 않는다는 것이다. 그러나 모든 문학적 이야기는 언어를 통하여 인물과 사회를 표상하고 재현한다는 기본 속성을 지니기 때문에, 브리쇼, 노르푸아, 쥐피엥 또는 르그랑뎅 같은 등장인물들의 언어는 그들의 성격을 표출하면서 그들을 현실 속에 자리매김하고 현실적인 인물로 표상한다. 주네트는 등장인물과 그들의 언어와의 관계를 순환성으로 설명하면서도 등장인물에서 언어로만 갈 수 있고 언어에서 인물로는 도달할 수 없기 때문에 순환성이 일방통행적인 성격을 지녔다고 지적하지만, 사실 그것은 양방향통행이 가능한 순환성이라고 말하고 싶다. 등장인물들의 언행이 가변적이고 논리적 일관성이 없기 때문에 '종잡을 수 없는 존재'라고 지적한 것은, 구체적인 예를 제시하지는 않았으나 이해되는 면이 있다. 그러나 현실 속에서든 작품 속에서든 인간은 일정한 자극에 기계처럼 일정한 반응을 보이는 것이 아니라 상황의 변화에 따라 다양한 반응을 보이며 그러한 인간의 모습이 특별히 놀라운 일은 아니다. 한 사람의 인간을 규정한다는

---

83) 같은 책, 203쪽.

것은 그의 다양한 변화까지도 포함하여 이해할 때 가능한 것이다. 그리고 이야기 속의 인물은 지극히 한정된 상황에서의 행동을 통하여 재구성되는 것이고, 어떤 경우에도 그의 인간적인 본질을 포착하는 것은 불가능한 일이다. 마지막으로, "강력한 언어에 의한 실존은 그것이 결국 사라지고만다는 징후이자 실마리"라는 주네트의 지적, 즉 프루스트의 인물이 결국 언어 속에 함몰된다는 주장을 음미해 보자. 그 주장은, 완벽한 언어는 현실을 재현하거나 반영하는 것에 그치지 않고 그것 자체가 완벽한 창조이기 때문에 그것이 재현하는 현실을 압도한다는 의미라고 이해할 수 있다. 또한 같은 맥락에서 인물이 언어 속에 함몰된다는 것 역시 언어적 구축이 너무 완벽하여 인물의 표상이나 재구성을 압도한다는 설명으로 받아들일 수 있다. 결과적으로 프루스트의 언어에 대한 주네트의 통찰력은 매우 깊이가 있으나 그가 도출한 결론에는 보완적 설명이 필요하다고 생각된다.

4.2 초점(focalisation)

발자크, 스탕달, 플로베르, 톨스토이 등의 작품과 관련하여 이야기 관점(perspective narrative)에 대한 연구는 많으나, 주네트는 그러한 연구들이 서법과 서술태를 구분하지 않음으로써 혼란이 생긴다고 지적한다.[84] 서법이란 이야기를 이끌고가는 관점이 누구의 관점이냐 하는 문제와 관계가 있고, 서술태란 누가 서술자이냐 하는 문제와 관련된다. 다시 말해서, 전자는 보는 사람이 누구냐 하는 문제이고, 후자는 말하는 사람이 누구냐 하는 문제이다. 그러나 그 두 가지를 동시에 다루면서 생기는 혼란을 피하기 위하여 주네트는 초점의 개념을 중심으로 이야기의 유형을 세 가지로 나눈다.

---

84) 같은 책, 203쪽.

첫째 유형은 초점의 부재(non-focalisé, focalisation zéro)이다. 이는 '서술자〉등장인물'의 경우로, 서술자는 등장인물이 아는 것보다 많은 것을 알고 있고 등장인물이 아는 것보다 많은 것을 말한다. 이러한 유형은 사실적인 계열의 이야기에서 많이 볼 수 있다. 졸라의 『목로주점』의 한 대목을 보자. "콜롱브 영감의 목로주점은 푸아소니에가와 로슈아르가가 만나는 모서리에 위치하고 있다. 간판 전체에는 푸른 글씨로 '증류수'라는 단어만 씌어 있었다. 문가의 반쪽으로 된 두 개의 나무 술통에는 먼지 덮인 월계수와 장미꽃이 있었다." 이 텍스트에는 특정한 시각이나 관점이 없이 서술자가 모든 정보를 제공한다.

둘째 유형은 내적 초점이다. 이는 '서술자＝등장인물'의 경우로, 서술자는 등장인물이 알고 있는 한도 내에서 말한다. 이 유형에는 초점이 특정 등장인물에 고정된 경우와 가변적인 경우가 있다. 전자는 모든 이야기의 전개가 특정인물로 한정되어 있을 때 서술자는 그 인물을 통하여 이야기를 전개시키게 된다. 후자는 플로베르의 『마담 보바리』에서처럼 처음에는 샤를에 맞추었다가 후에 엠마 그리고 다시 샤를로 옮겨가는 경우를 가리킨다. 『위험한 관계』와 같은 서간문 형식의 소설에서는 다수의 초점이 존재한다.

셋째 유형은 외적 초점이다. 이는 '서술자〈등장인물'의 경우로, 등장인물이 서술자보다 많은 것을 알고 이야기의 주도권을 잡고 이끌어 간다. 눈앞에 나타난 등장인물은 자신의 생각이나 감정을 쉽사리 털어놓지 않고 일종의 신비로움을 연출하고 있으며, 서술자도 그의 생각이나 감정을 전혀 알지 못한다. 이른바 '행동주의(behavioriste)' 문학에서 볼 수 있는, 등장인물의 행동 방식을 기술하는 작품이나 세계의 부조리와 무의미를 그리는 『이방인』 같은 작품에서 택하는 유형인데, 서술자는 눈에 보이는 광경만을 옮겨 적는 글쓰기 방식이다.[85] 주네트

---

85) D. Bergez 외, *Vocabulaire de l'analyse littéraire*, Dunod, 100쪽 참조.

는 롤랑 바르트의 연구[86]를 토대로, 제임스 본드의 이야기 가운데 "유리잔을 부딪쳐 난 땡그랑 소리가 본드에게 어떤 즉각적인 영감을 불어넣어주는 것 같았다."를 예로 들고 있다. 서술자는 영감이 어떤 종류의 것인지 구체적으로 알지 못하고 있고, 본드는 자신의 추후 행동을 통하여 독자에게 그것이 어떤 것인지 알게 해준다는 의미에서 외적 초점에 해당한다고 할 수 있다.

4.3 초점의 변이(altérations)

작가는 이야기의 일관성을 유지하기 위하여 어떤 한 가지 초점을 택하는 것이 원칙이라고 할 수 있으나, 글쓰기 과정을 통하여 부지불식간에 거기에서 일탈하는 경우를 흔히 볼 수 있다. 주네트는 두 가지 변이(altération)를 지적한다. 그 하나는 수사학에서 전용한 용어로 말 아끼기(paralipse)이고, 또 다른 하나는 말 더하기(paralepse)이다.[87]

말 아끼기는 내적 초점에서 초점 주인의 행동이나 생각을 잘 알고 있는 주인공 자신 혹은 진술자가 그에 대하여 입을 다물고 독자에게 말해 주지 않는 경우를 가리킨다. 주네트는 장 푸이용(J. Pouillon)의 연구[88]를 참고로 하면서, 스탕달의 『아르망스(Armance)』를 통하여 그러한 예를 찾아낸다. 주인공은 여러 번의 독백과 자신의 핵심 생각을 밝히는 과정에서 자신이 성적 불능자라는 사실을 감추고 있다. 물론 작가가 그를 외부 시각에서 바라본다면 그럴 수도 있겠으나, 작가는 주인공의 심리 분석에 몰두하면서 왜 그가 늘 슬픔에 잠겨 있는지에 대해서는 입을 다문다. 그렇기 때문에 독자가 그러한 사실을 깨닫게 되면서 더 큰 놀라움을 느끼게 된다.

---

86) R. Barthes, *Introduction à l'analyse structurale des récits,* Communications 8, 20쪽.
87) G. Genette, 앞의 책, 221쪽.
88) J. Pouillon, *Temps et Roman,* 90쪽.

그와 반대로 말 더하기는 외적 초점을 내적 초점으로 전환하고 등
장인물의 의식 속에 파고들어가 그를 조명함으로써 이루어진다. 주네
트는 그러한 예로 발자크의 『졸아드는 가죽(*Peau de chagrin*)』의 처음
부분을 들고 있다. 이 예는 외적 초점 관점에서 서술되다가 "그 젊은
이는 자신의 몰락을 깨닫지 못했다."[89]라고 하면서 자신도 알지 못하
는 주인공의 상황을 독자에게 알려주며 점차 내적 맞추기로 옮겨간
다. 그러한 방법을 통하여 서술자는 자신이 알고 있는 정보를 독자에
게 추가로 제공한다.

4.4 복합적 서법(polymodalité)

1인칭 이야기는 서술자와 주인공이 일치되는 경우이지만 그것이
반드시 이야기의 초점을 주인공에게 맞춘다는 것을 전제로 하지는 않
는다. 프루스트는 『잃어버린 시간을 찾아서』에서 대부분의 경우 주인
공의 내적 초점 위주의 글쓰기를 전개한다. 따라서 주인공의 관점은
그것이 내포하는 한계와 함께 이야기를 주도한다. 서술자와 일치하는
작가의 속생각은 이야기의 전개 과정에서 가능한 한 노출되지 않도록
억제하다가 때가 되면 밝히게 된다. 예컨대 「스완의 사랑」 마지막 부
분에서 드러나는 주관적이고 도락가(dilletant)적인 생각은 그 단계의
생각을 표출하는 것일 뿐이고 최종적인 생각은 『잃어버린 시간을 찾
아서』의 마지막 부분에 가서야 보여준다. 또한 「스완의 사랑」에 들어
있는 홍차에 적셔 먹는 마들렌 맛의 체험과 관련된 회상의 즐거움은
금방 설명되지 않고 제3권의 끝에 가서야 설명된다. 이러한 것은 작
가인 프루스트 자신이 밝히는 것이다.[90]

---

89) G. Genette, 앞의 책, 213쪽에서 재인용.
90) 같은 책, 215쪽 참조.

주인공과 스완의 사랑에 대한 기술은 내적 초점을 통하여 심리 분석을 깊이 있게 보여주는 에피소드이다. 그러나 등장인물 가운데 한 사람의 시각에 맞추어 전개하다보니 상대방의 감정은 어떤지 드러나지 않은 채 베일에 가려지고, 그러한 의미에서 주네트는 '종잡을 수 없는 존재'라는 표현을 사용한다. 그렇기 때문에 스완에 대한 오데트의 사랑이나 마르셀에 대한 알베르틴의 사랑이 진정으로 어떠했는지에 대해서는 알 수 없게 된다. '어쩌면', '아마도', '~인 듯이', '~인 것처럼' 등의 양태화 표현들은 서술자로 하여금 내적 초점을 포기하지 않은 상태에서 자신이 확언할 수 없는 사항을 가설적으로 말할 수 있는 가능성을 부여한다. 결과적으로 가설의 증가는 진심을 보여주는 말 더하기의 기능을 약화시키게 된다. 그것은 무엇보다 주인공이 내적 초점의 관점에서 상대방 인물들의 내면 속에 파고들어가 자신의 호기심을 충족시키기에는 한계가 있음을 보여주는 증거이다.

주인공의 인지 능력 면에서의 한계와 함께 말 아끼기 차원에서 언급되지 않고 지나쳐버린 에피소드들의 진실은 결국 서술자에 의하여 나중에 밝혀지게 된다. 이러한 사실은 1인칭으로 씌어진 이야기들이 실제로는 서술자에 초점을 맞춘 이야기임을 보여주는 것이다. 주네트는 "내가 뒤에 가서 알게 된 것은……"[91]이라는 표현은 주인공이 나중에 경험하게 될 사항을 서술자가 미리 말하는 것으로서, 그것은 '전지의 작가'에게 돌릴 수 없는 것이라고 지적한다. 이렇게 볼 때 모든 것을 알고 있는 작가의 전지와 주인공의 정보 사이에 서술자의 정보가 있음을 인정하지 않으면 안 된다. 다양한 정보들을 텍스트화하는 것은 서술자의 몫이다. 주네트는 "확실하게 서술자의 몫으로 돌릴 수 없는 것만을 소설가의 몫으로 돌리는 것"이 가장 바람직한 방법이라

---

91) 주네트는 이와 같은 표현이 『잃어버린 시간을 찾아서』에서 적어도 다섯 번 사용되었음을 밝히고 있다. 같은 책, 220쪽 참조.

고 주장하면서, 작가의 몫이라고 알고 있는 것 가운데 일부는 서술자의 몫이라고 설명한다. 또한 주인공이 그 현장에 있었다는 확실한 증거가 없는 대화나 인간관계 등도 서술자의 몫으로 돌리면서 그의 역할을 확대시킨다. 이 경우 문제는 서술자와 작가의 역할 분담을 어떻게 하느냐하는 것이다. 물론 작가가 모든 것을 구상하고 서술자는 현장의 집행자일 뿐이라고 설명할 수도 있겠으나, 이는 추상적인 설명이지 구체적인 설명은 아니다.

이 문제에 대하여 주네트는 주인공 마르셀이 현장에 없었다고 하더라도, 그가 짐작하고 재구성할 수 있는 부모나 친지들 사이의 대화 혹은 그들과 관계되는 정보들은 서술자의 몫이라고 간주한다. 그에 비하여 서술자가 직접 알기 어렵다고 생각되는 인물들의 감정, 예컨대 자기 부인에 대한 스완의 심정, 라셀에 대한 생–루의 감정, 임종을 맞이한 베르고트의 생각 등은 현실적으로 마르셀이 알 수 없는 것이고, 그것들은 분명 전지의 작가의 몫으로 돌려야 한다고 설명한다. 그리고 이러한 숨겨진 생각이나 감정을 표명하는 것은 말 더하기 차원에서 이루어지는 것이고 말 아끼기나 말 더하기 등의 실천은 서술자와 작가, 등장인물 등의 관점과 함께 프루스트가 필요하다고 느끼는 경우에는 언제나 자신이 생각한 이야기 체계의 한계를 벗어나 자유로운 글쓰기를 추구한 증거라고 그는 지적한다.[92]

---

92) 같은 책, 220–221쪽 참조.

5 이야기의 심급과 서술태(voix)

5.1 서술하기의 시간(temps de la narration)

"오랫동안 나는 일찍 잠자리에 들었다." 이 문장은 『잃어버린 시간을 찾아서』를 시작하며 나오는 널리 알려진 언술이다. 여기에서 '나'라는 대명사는 '나'라고 말하는 서술자를 가리키는 용어이고, 이야기의 성격을 분석하기 위해서는 그러한 대명사가 누구를 지시하는지 알아보아야 한다. 그러한 의미에서 벵베니스트는 이야기-내용(histoire)과 담화(discours)의 상호 관계에 대하여 연구했다.[93] 이러한 문제는 작품의 성격에 따라 그 중요성이 달라질 수 있다. 그러나 프레보의 『마농레스코』, 발자크의 몇몇 소설, 프루스트의 『잃어버린 시간을 찾아서』 등과 같은 19세기 이후의 작품들뿐만 아니라 호메로스의 『일리아드』와 『오디세이아』 같은 고전에서도 상당한 중요성을 지닌다. 이러한 문제와 관계되는 영역이 문법에서 태(態)의 문제이다.

주네트는 언어학자 방드리에스(Vendryès)를 따라 태를 "주어와의 관계를 통하여 고찰한 동사의 행동이 보여주는 상(aspect)"이라고 정의한다. 통상적으로 태는 "동사, 주어, 동작주(agent), 그리고 목적어 사이의 문법적 관계"를 가리키고, 타동사를 중심으로 능동태와 수동태 그리고 '중간태(voix moyenne)'라고 할 수 있는 대명동사의 재귀적 용법 등이 있다.[94] 그러나 주네트는 이야기 분석에 태의 개념을 도입하면서 단순히 행동을 능동적으로 수행하거나 행동을 수동적으로 받는 주체의 문제보다도 그것을 "누가 이야기하는가"의 문제를 중심으

---

93) E. Benveniste, *Problèmes de linguistique générale*, I(Gallimard, 1966), 260쪽 참조.

94) J. Dubois et al, *Dictionnaire de linguistique et des sciences du langage*(Larousse, 1994), 509쪽.

로 고찰한다. 그렇게 볼 때 'voix'는 일차적인 뜻, 곧 '목소리'와 주로
관계가 되지만, '서술태'라고 번역하는 것은 그 용어가 이야기와 관계
되는 시간·충위·서술자·수신자(narrataire) 등의 개념들과도 관계
되기 때문이다.

　기본적으로 서술자와 저자가 구분되는 것처럼, 이야기의 심급(in-
stance narrative)은 글쓰기의 심급과 구분되어야 하고, 또한 이야기의
수신자는 단순한 독자와도 구분되어야 한다. 이러한 문제는 이야기-
형식 분석에서 필수적이다. 가령『마농레스코』의 저자는 아베 프레보
이지만, 저자는 그 작품이『품격 높은 한 인물의 회고록(Mémoires d'un
homme de qualité)』을 쓴 르농쿠르 후작에 의한 것이라고 주장한다. 그
러나 그 이야기를 하는 것은 주인공 데 그리외이고, 이야기 속에서
'나'는 데 그리외를 지칭한다. 마찬가지로『고리오 영감』의 서술자는
발자크가 아니다. 물론 여기 저기에서 발자크 특유의 견해가 표출되
기는 하지만, 서술자는 보케르 하숙집과 그 집 모두를 상상 속에서
구상한 인물이다. 이렇게 볼 때 허구적 이야기의 이야기 상황은 모든
것이 작가로 환원되는 글쓰기 상황과 동일시될 수 없다.

　이러한 사실들을 생각할 때 이야기 심급에 대한 고찰은 이야기-형
식에 대한 연구에서 반드시 짚고 넘어가야 할 문제인 것이다. 그렇다
고 이야기 심급이 처음부터 끝까지 단일하다고 할 수는 없다. 예컨대
『마농레스코』의 대부분은 데 그리외에 의하여 이야기되지만 일부는
르농쿠르 후작이 맡고 있고, 또한『오디세이아』의 대부분을 이야기하
는 것은 호메로스이지만 9장에서 12장에 이르는 부분은 율리시스가
이야기하고 있기 때문에 결국 두 서술자가 있는 셈이다. 그에 비하여
『잃어버린 시간을 찾아서』에서는 스완의 사랑과 마르셀의 사랑 모두
같은 서술자에 의하여 이야기된다.[95]

---

95) G. Genette, 앞의 책, 227쪽.

522

서술태의 문제를 중심으로 하는 이야기 상황에 대한 분석은 이야기 행위, 등장인물, 시간-공간의 한정, 이야기 속에 내포된 이야기 상황과의 연관 등과 같은 상호 관계를 밝혀야 한다. 그러한 관점에서 주네트는 이야기하기의 시간, 이야기에 관계되는 서술자-피서술자와 이야기의 차원 등의 범주들을 규명한다.

이야기의 필수적인 세 가지 요소를 꼽는다면 언제, 어디서, 무엇이라고 할 수 있다. 즉, 사건과 함께 시간적인 요소 및 공간적인 요소가 필수적으로 거론되어야 한다. 그러나 시간과 공간 두 가지 문제만 놓고 볼 때, 주네트는 공간적인 요소보다 시간적인 요소에 더 큰 비중을 둔다. 왜냐하면 "나는 이야기가 전개되는 장소를 명시하지 않고, 또 그 장소가 내가 이야기하는 장소로부터 얼마나 떨어져 있는지를 밝히지 않고 이야기를 할 수 있는 반면, 이야기를 이야기 행위와의 관계를 고려하여 시간 속에 위치시키지 않고는 이야기 할 수 없다. 이야기란 어쩔 수 없이 현재, 과거, 미래의 시간으로 이야기해야 하기 때문이다."[96] 그는 자신의 주장을 뒷받침하기 위하여 프루스트의 경우를 예로 든다. 프루스트가 『잃어버린 시간을 찾아서』를 어디에서 썼는지는 대충 알 수 있지만, 마르셀이 자신의 생애 이야기를 어디에서 서술하는지는 알 수 없다. '잠자리의 드라마'가 처음으로 일어나서부터 그것을 회상할 때까지 얼마나 시간이 흘렀으며 그 시간적인 간격을 채우고 활성화시키는 것이 무엇인가를 알아보는 것은 이야기의 의미 작용을 밝히는 데 중요한 역할을 한다는 것이다.[97]

물론 기본적으로 시간의 역할이 중요하다는 것은 『잃어버린 시간을 찾아서』의 제목만 보아도 알 수 있다. 그러나 주네트의 설명에는 몇 가지 문제가 있다.

---

96) 같은 책, 228쪽.
97) 같은 책, 같은 쪽.

첫째, 시간과 시제의 개념을 혼동한다. 이야기를 시간 속에 위치시키는 것은 동사의 시제에 관련된 통사론적인 문제이고, 그것은 시간의 본질적인 문제와는 관계가 없다. 둘째, 통사적 문장을 형성하는 데는 동사가 필수적인 요소이고 동사는 법과 시제를 표시하기 때문에 시제는 필연적으로 불가결한 요소인 데 비하여 부사적 상황보어의 기능을 수행하는 공간적 요소는 문장의 필수적인 요소가 아니라 수의적인 요소이다. 따라서 "이야기가 전개되는 공간"은 문장에서는 문법적으로 문제가 없으나 이야기에서는 문제가 다르다. 셋째, 이야기-형식과 이야기-내용을 구분하지 않는다. 주네트가 말하는 것처럼 "이야기-내용(histoire)을 이야기할 경우"에는 공간을 반드시 명시하지 않아도 되지만 그것은 구어체 요약의 경우이고, 이야기-형식에서 공간의 표시가 빠질 수는 없다. 왜냐하면 이야기를 구성하는 핵심이 되는 사건·사태·존재의 상황이나 변화는 공간 속에서 이루어지게 되고, 시간은 그것을 표시하는 분절적 단위이다. 따라서 공간이 없으면 시간도 없다. 시제는 시간적인 것을 표상하는 데 필요한 수단일 뿐 이야기의 근본적 원천은 아니다. 프루스트의 경우, 시간이 중요한 실마리를 제공하지만 그것은 공간 속에서 이루어진 일을 기억의 회상을 통하여 되살려내는 역할을 할 뿐 이야기의 대상 자체는 아니며, 공간과 분리되어 시간이 독립적으로 존재하는 것도 아니다. 『잃어버린 시간을 찾아서』에서 공간적 표상의 중요성은 재론의 여지가 없다. 주인공의 일과인 산책의 방향을 어느 쪽으로 택하느냐 하는 것은 그의 심정이 표상하는 공간의 상징성과의 관계를 통하여 이루어지고 모든 움직임이나 변화는 공간 속에서 이루어진다. 그것은 그에게 깊은 영향을 끼친다. 거의 모든 서술 작용은 그가 감지하는 현실이 그의 심상에 투영된 모습인 것이다. 따라서 시간과 관련된 문제에 치중된 주네트의 연구는 공간에 대한 고찰에 의하여 균형을 취하는 것이 바람직하다. 그러나 우선 시간과 이야기에 대한 그의 성찰을 살펴보자.

서술하기(narration)는 이야기의 내용보다 뒤에 이루어지는 것이 원칙이다. 어떤 일이 일어나고 난 뒤에 이야기되기 때문이다. 그러나 이야기에는 예언적이거나 계시적인 것, 신탁에 의한 것, 점성적·점술적·해몽적인 것들처럼 미래 예측적인 것들도 있고, 또 현재시제로 이루어지는 것들도 있다. 그리고 과거로 이야기하는 경우에는 과거의 시간이 여러 토막으로 분할되어 이야기에 삽입되는 경우도 있다. 가령 서간문 형식의 소설이나 일기 형식의 소설 등은 그때그때의 현장감을 표출하는 데 적합한 형식이다.

주네트는 시간적인 관점에서 서술하기의 유형을 네 가지로 분류한다. 첫번째는 차후에 서술하기인데, 이는 과거시제로 이야기하는 것으로서 가장 널리 쓰이는 유형이다. 두번째는 예측적 서술하기인데, 예언적 이야기로는 미래시제를 주로 사용하지만 현재시제를 사용할 수도 있다. 세번째는 동시적 서술하기인데, 사건 등을 행동과 동시에 현재로 이야기한다. 네번째는 끼워 넣기 서술하기인데, 행동의 사이사이에 다른 이야기의 심급들이 개입하여 이야기를 이끌어간다.[98]

위의 네 가지 유형 가운데 네번째 유형이 가장 복잡한 양상을 보인다. 왜냐하면 다수의 이야기 유형이 가장 복잡한 양상을 보이며, 다수의 이야기 주체들이 개입하기 때문이다. 그 결과 다양한 서술하기가 이야기 내용의 해석에 영향을 끼치게 된다. 『위험한 관계』처럼 여러 명의 편지들이 이야기의 매체이자 줄거리를 구성할 경우 그러한 사실을 목격하게 된다. 일기 형식의 이야기도 이야기의 진행과 함께 긴장이 느슨해지면서 일종의 독백으로 흐르는 경향이 있고, 시간적인 개념도 모호해지고 일관성을 잃게 되기 쉽다. 주네트는 무엇보다 이야기-내용이 일어난 시간과 그것을 이야기하는 시간이 가깝고 보니 미묘한 마찰이 생긴다고 설명한다.[99] 일기와 서간문은 현장의 직접성과

---

98) 같은 책, 229쪽.

시차에 의한 차이를 동시에 실현한다. 그날그날에 있었던 일은 저녁에는 이미 과거의 일이 되고 그에 대한 느낌이나 평가가 달라지기 쉽다.

세번째 유형은 이야기-내용과 서술하기가 일치하기 때문에 가장 간단한 것처럼 생각된다. 그러나 이 경우에는 이야기-내용과 이야기하기가 동시에 이루어짐에도 이야기-내용이 주가 되느냐 아니면 서술하기가 중심이 되느냐에 따라 차이가 생기게 된다. 이야기-내용이 주가 되는 경우, 누보로망, 특히 로브그리예의 초기 소설에서 볼 수 있는 것처럼 이야기는 투명성을 띠게 되고 모든 것은 객관적으로 있는 그대로의 모습으로 드러난다. 그에 비하여 서술하기에 초점을 맞출 경우 내면적인 독백으로 이루어지는 이야기에서와 마찬가지로 행동은 단순한 소재로 환원되다가 결국 소멸되며, 등장인물들의 담화만이 남게 된다. 사무엘 베케트, 클로드 시몽(C. Simon), 로제 라포르트(R. Laporte) 등의 작품이 그러한 성격을 잘 보여준다.[100]

두번째 유형인 예측적 서술하기는 이제까지 별다른 연구 대상이 되지 못했다. 웰스(H. G. Wells)에서 브래드버리(Bradbury)에 이르는 작가들의 공상과학 소설들은 예언적 장르에 속하는 작품들이다. 그 작품에서 이야기의 심급은 언제나 날짜를 실제보다 늦추어 표기하기 때문에 이야기보다 뒤로 날짜를 정한다. 이러한 예언적 이야기는 문학사에서 부수적인 위치를 점유할 뿐이며, 생 타망(Saint Amant)의 『구원받은 모세』, 아롱(Aron)의 예언적 이야기들이 그나마 명맥을 유지하고 있을 따름이다. 그들의 이야기는 모두 이야기의 심급을 기준으로 볼 때 예측적이다.

추후에 서술하기는 대부분의 이야기를 포괄하는 유형으로서, 전형적인 이야기-형식으로 자리 매김한 '3인칭' 주어의 이야기에서는 이

---

99) 같은 책, 229쪽.
100) 같은 책, 231쪽.

야기-내용과 이야기하기의 순간의 간격이 일정하지 않으며, 동사의 단순과거가 과거의 시간을 대표하는 시제로 쓰인다. 발자크의 경우 이야기-내용은 어느 시대임을 표시하기도 하지만, 서술하기의 시간은 표시되지 않는다. 그리고 현재시제를 사용하여 서술하기와 이야기-내용이 거의 동시에 이루어진다는 것을 표출하기도 한다. 발자크의 『외제니 그랑데』와 『마담 보바리』의 경우에는 이야기의 끝 부분에 가서 현재시제가 쓰이는데, 그것은 이야기의 지속과 함께 이야기와 서술하기 사이의 거리가 점차 좁혀진다는 것을 의미한다.[101]

추후의 이야기에서 고려되는 것은 대부분 이야기-내용과 서술하기의 시간적인 간격이지만, 서술하기 자체의 시간적 지속에 대해서도 관심을 가질 필요가 있다. 『천일야화』에서 서술하기의 시간은 곧 세헤라자데의 생명과 동일한 연장을 갖게 되는데, 일반적으로 작가 자신이 그에 대하여 구체적인 언급을 하지도 않기 때문에 이야기하기의 시간에 대한 분석은 거의 없는 형편이다.

『마농레스코』의 제1부에서 주인공은 자신의 이야기를 한 시간 남짓 지속하고 나서 저녁을 먹고 쉬어야겠다고 말하지만, 그가 한 시간 동안 이야기한 분량이 100여 쪽이 넘는 것을 보더라도 작가가 그것을 쓰는 데 한 시간이 걸렸다고 믿을 사람은 없을 것이다. 플로베르는 『마담 보바리』를 쓰는데 5년이 걸렸다. 그러나 집필은 순간적인 글쓰기 행위로서 시간적인 지속의 차원이라는 개념을 갖지 않는다. 이야기가 언제 씌어졌다고 추정은 할 수 없으나, 이야기의 처음 글쓰기와 끝의 글쓰기를 갈라놓는 것은 시간의 지속으로 표시될 수 없는, 이야기-형식이 드러내 보여주는 비시간적인 텍스트의 공간인 것이다. 그런 의미에서 추후에 이야기하기는 이루어진 이야기-내용과 시간적 지속의 개념을 갖지 않는다는 점에서 비시간적 본질을 지닌다는 역설

---

101) 같은 책, 232쪽 참조.

적인 모순을 내포하고 있다.

프루스트는 약 13년에 걸쳐 『잃어버린 시간을 찾아서』를 썼다. 그러나 그의 이야기 행위는 순간순간 이루어지기 때문에 지속이나 시간적 구분의 표지를 보이지 않는다. 다양한 과거시제와 함께 쓰이는 서술자의 현재 시제 하나하나는 각기 고유한 순간을 나타내는 것이고, 거기에는 점진성이라는 개념이 들어 있지 않다. '오늘'이라는 단어도 그것이 언제를 가리키느냐 하는 점에서는 모두 다르다. 작품의 후반부로 갈수록 이야기-내용의 시간과 이야기하기의 시간 사이의 간격이 좁혀지면서, 집약적 글쓰기가 사라지고 단일한 장면 묘사가 길어지며 텍스트의 단절이 더 부각된다.[102] 그와 동시에 마르셀은 작가로서의 수업을 하면서 작가가 되어가는 과정을 보여주지만, 주인공이 서술자와 일치하기 전에 이야기는 끝이 난다. 따라서 『잃어버린 시간을 찾아서』는 작가의 형성 과정을 보여주는 이야기로서 그 주제는 '작가 마르셀'이 아니라 "마르셀이 작가가 되어간다."[103]라고 하겠다.

5.2 이야기의 층위(niveaux narratifs)

이야기의 층위를 구분하는 데 가장 적절한 작품으로 『마농레스코』를 들 수 있다. 실제 저자는 아베 프레보이지만, 그는 작품을 르농쿠르 후작이 썼다고 주장한다. 르농쿠르 후작은 황금사자 호텔의 응접실에서 우연히 알게 된 데 그리외로부터 마농과 얽힌 사랑의 대서사시를 듣게 된다. 그러니까 데 그리외는 화자-서술자가 되고 르농쿠르는 청자가 되지만, 르농쿠르는 데 그리외의 이야기를 『품격 높은 한 인물의 회고록』이라는 책 속에 끼워 넣는다. 그의 이야기는 데 그리

---

102) 같은 책, 236쪽 참조.
103) 같은 책, 237쪽.

외의 이야기를 듣고나서 즉시 그의 이야기를 그대로 옮겨 적은 것이
다. 그러고 보면, 르농쿠르 후작은 데 그리외의 이야기를 도입하는 서
술자 겸 형식적인 저자가 된다. 주네트는 일차적으로 이야기의 층위
를 두 가지로 나눈다. 데 그리외의 이야기를 도입하여 그것을 틀로
삼는 르농쿠르의 이야기는 일차적 층위로서, 그것을 이야기 외적
(extradiégétique) 층위라고 한다. 주인공 데 그리외의 이야기 행위에
의하여 제시되는 사건들의 층위는 이야기 내적(intradiégétique) 층위
라고 한다. 그리고 데 그리외의 모험담은 실제로는 이야기의 주제가
되지만, 형식상으로는 『품격 높은 한 인물의 회고록』 속에서 파생되
는 이야기라는 의미에서 '이차 이야기(récit métadiégétique)'[104]라고
부른다. 그런데 르농쿠르는 『품격 높은 한 인물의 회고록』의 저자로
서는 외적 이야기 층위에 속하지만, 그 『품격 높은 한 인물의 회고
록』에서 등장하는 인물의 역할을 하는 동안에는 데 그리외 그리고 마
농과 함께 내적 이야기 층위를 구성한다. 그러나 자기 자신의 이야기,
즉 이야기 속에서 주인공이 되는 데 그리외와 그 여주인공 마농은
'이차 이야기' 층위에 속한다. "이러한 용어들은 존재를 지시하는 것
이 아니라 관계되는 상황과 기능을 지시한다."[105] 그렇기 때문에 같은
인물은 상황에 따라 역할이 달라지고 따라서 그를 지칭하는 용어도
달라지게 된다.

이차 이야기(récit métadiégétique) : 이차적 이야기로서 우리가 파생
이야기라고 부르는 이야기 형식은 호메로스의 『오디세이아』로 거슬
러올라간다. 『오디세이아』의 9장에서 12장까지는 앞에서 언급된 것
처럼 율리시스의 연설로 이루어진다. 그러한 형식은 비르길리우스를

---

104) 접두사 'méta-'는 시간적으로 후속성, 계승 등을 나타낸다.
105) G. Genette, 앞의 책, 239쪽.

비롯한 로마 시대의 작가들에 의하여 이어지고 18세기 소설의 발달과 함께 『마농레스코』와 스턴(Sterne)의 『트리스트럼 샌디(*Tristram Shandy*)』, 디드로(Didrot)의 『운명론자 자크(*Jacques le fataliste*)』, 그리고 19세기의 발자크의 소설에서도 자주 쓰인다. 주네트는 이러한 새끼 이야기를 세 가지 유형으로 나누어 설명한다.

첫째, 이야기의 사건과 이차 이야기의 사건 사이에 직접적인 인과 관계가 있고 이차적 이야기가 설명적 기능을 수행하는 경우, 대체로 인물 가운데 한 사람이 문제의 배경에 대하여 밝히는 것이다. 『오디세이아』의 율리시스나 『마농레스코』의 데 그리외 같은 인물이 그러한 역할을 한다.

둘째, 두 이야기의 관계가 단순히 주제적인 면에 한정되는 경우이다. 따라서 이야기와 이차 이야기 사이에는 시간-공간적인 계속성이 결여되고 대조적 차이나 유추적 관계가 부각된다. 주네트는 이야기 속에 그 이야기의 구조와 줄거리를 가진 이야기가 또 들어 있을 때, 즉 격자 구조(structure en abyme)가 있을 때 이는 이러한 유형의 극단적인 경우에 해당한다고 지적한다.[106] 격자 구조의 형식은 앙드레 지드의 『위폐쟁이들』이나 누보로망에서 찾아볼 수 있다.

셋째, 두 이야기의 층위 사이에 아무런 명시적인 관계가 없는 경우이다. 이차 이야기와 관계없이 이야기 자체가 행위로서의 기능을 수행한다. 가령 『천일야화』에서 셰헤라자데는 매일처럼 이야기를 계속하면서 자신의 생명을 연장시켜가는데, 이 경우 이야기가 어떤 이야기인가는 별다른 중요성이 없고 그것이 술탄의 관심을 끄느냐 아니냐 하는 것만이 문제가 된다.

이 세 가지 유형의 이차 이야기 가운데 이야기의 심급의 비중은 셋째 유형이 가장 크다고 하겠다. 그에 비하여 첫째 유형은 이야기의 중

---

106) 같은 책, 242쪽.

재 없이도 연계관계가 성립되기 때문에 심급의 중요성은 낮은 편이다.

　의사(擬似) 이야기(pseudo-diégétique) : 이차 이야기는 일 단계 심급의 분화를 통하여 파생되는 심급에 의하여 주도된다. 그와 같은 이야기 형식에 대해서 프루스트도 잘 알고 있었던 것 같다. “소설가들은 흔히 머리말에서 어느 고장에 여행하던 중 어떤 사람을 만나 어떤 인물에 대한 이야기를 들었다. 소설가들은 그 어떤 사람에게 발언권을 주면서 그의 이야기가 바로 그들의 소설이 된다. 그런 방식에 의하여 파도바의 어느 참사원은 스탕달에게 파브리스 델동고[107]의 생애를 이야기해 주었다. 우리가 좋아하는 경우, 즉 어떤 사람의 실존이 신비스럽게 보일 경우 우리는 그 사람에 대하여 정통한 서술자를 얼마나 만나고 싶어하는지!”[108] 이렇게 말하는 프루스트 자신은 그의 첫 소설 『장 상퇴유(*Jean Santeuil*)』에서 그와 같은 수법을 적용한다.

　그러나 『잃어버린 시간을 찾아서』에서는 이차 이야기가 거의 자취를 감춘다. 왜냐하면 어디에서 어떤 원고를 찾아냈다는 식의 허구 대신 주인공 겸 서술자가 자신의 이야기를 작품으로서 이야기하고 작가로서 처신하기 때문이다. 그 대신 도입한 것이 의사-이야기이다. 의사-이야기도 2단계 이야기라는 점에서는 이차 이야기와 같으나, 2단계 이야기로 구분되지 않고 다시 1단계 이야기로 환원되어 원래의 주인공 겸 서술자가 이야기를 이끌고 간다.[109] 가장 쉽게 접할 수 있는 의사-이야기는 과거의 회고로 시작하다가 그것을 회고가 아닌 현재에 전개되는 이야기로 바꾸어버리는 것이다. 주네트는 『꽃다운 아가씨들』의 마지막에서 그러한 예를 들고 있는데, 여기서는 “내가 발벡

---

107) 스탕달의 『파르마의 수도원』의 주인공.
108) Proust, *A la recherche du temps perdu*, 제Ⅲ권, *La Fugitive*, 551쪽, G. Genette, 앞의 책, 247쪽에서 재인용.
109) G. Genette, 앞의 책, 249쪽.

에 대하여 생각할 때마다 언제나 변함없이 눈에 떠오르는 것은 봄부터 초가을까지에는 아침마다…… 한 순간들이었다.”[110]라고 하는 식으로 회고적 서술 대신 직접적인 이야기 전개가 이루어지고 있다. 주네트는『잃어버린 시간을 찾아서』의 거의 전부를 ‘매개 주체’의 회고를 토대로 하는 광범위한 의사-이야기적 회고록으로서 최종적인 서술자는 그 회고가 자기 것임을 주장하며 이야기-형식으로 받아들인다고 주장한다.[111] 그는 가장 특징적인 부분으로서「스완의 사랑」을 들고 있다. 그 이야기는 이중적인 면에서 이차 이야기라고 할 수 있는데, 첫째는 다른 서술자가 언제인지 모르는 과거에 마르셀에게 그 이야기를 해주었다는 점에서 그렇고, 둘째는 마르셀이 불면증이 시달리던 날 밤에 그 이전에 들었던 그 이야기들을 기억하고 그것을 외적 이야기의 서술자로서 자기가 태어나기 전에 있었던 그 이야기를 이야기한다는 점에서 그렇다.

그러면 프루스트는 어째서 그 이야기를 의사-이야기 형식을 빌려 서술했을까? 그 문제는 왜『장 상퇴유』에서처럼 스완으로 하여금 서술하게 하지 않았을까 하는 문제로 귀결된다. 그 문제에 대해서 주네트는, 만약 스완을 서술자로 만들게 된다면 그것은 “심급의 통일성과 주인공의 독점권을 위태롭게 했을 것”이라고 주장한다.

5.3 인칭(personne)

미셸 뷔토르(M. Butor)의『변모(*Modification*)』는 제2인칭 복수 ‘vous’를 주어로 사용하여 심리적으로 특이한 효과를 드러내지만, 이는 예외적인 경우라고 하겠고, 대부분의 소설은 1인칭이나 3인칭으로 이루

---

110) 같은 책, 같은 쪽에서 재인용.
111) 같은 책, 같은 쪽.

어진다. 그러나 주네트는 인칭 사용에 의한 구분을 평가절하한다. 왜냐하면 중요한 것은 작가가 등장인물 가운데 한 사람으로 하여금 이야기하게 하는가 아니면 이야기의 내용과 직접 관련이 없는 별도의 서술자를 택하여 그로 하여금 이야기하게 하는가 하는 것이기 때문에, 이것에 중점을 두어 따져보아야 한다고 주장한다.[112] 따라서 1인칭을 주어로 택하는 경우 두 가지 다른 상황이 생기게 된다. 그중 한 가지는 객관적인 서술자가 이야기를 전개하는 경우이고, 또 한 가지는 서술자가 이야기의 등장인물 내지 주인공으로 나오는 경우이다. 구체적으로 살펴보자면, 서술자가 이야기의 현장에 개입하지 않는 경우로서 『일리아드』의 호메로스나 『감정교육』의 플로베르가 그에 해당한다. 이런 유형을 이질적 이야기(hétérodiégétique) 형태라고 부른다. 그런가 하면 서술자는 자신이 이야기하는 이야기 속에 등장한다. 예컨대 르사주(Lesage)의 『질 블라스(*Gil Blas*)』 또는 에밀리 브론테(E. Brontë)의 『폭풍의 언덕』이 그러하다. 이런 유형을 동질적 이야기(homodiégétique) 형태라고 부른다.[113]

물론 동질적 이야기 형태에도 서술자가 『질 블라스』에서처럼 단순한 등장인물이 아닌 주인공의 역할을 하는 경우와 『모비딕』의 이스마헬처럼 단순한 관찰자·증인의 역할만을 맡는 경우가 있다. 그리고 『잃어버린 시간을 찾아서』에서 볼 수 있는 것처럼, 주인공-서술자가 자신의 서술 기능을 독점할 경우는 자율적 이야기(autodiégétique) 형태라고 부를 수 있다. 이러한 부수적 분류는 제쳐놓고 중요한 범주를 중심으로 정리하자면, 서술자의 지위를 이야기의 층위를 기준으로 외적·내적 이야기 층위로 나눌 수 있고, 이야기 현장과의 관계를 기준으로 이질적·동질적 형태로 나눌 수 있다. 그들 범주들의 결합에 의

---

112) 같은 책, 252쪽.
113) 같은 책, 같은 쪽.

하여 네 가지 유형을 만들 수 있다.

첫번째는 외적 이야기-이질적 이야기 유형이다. 1단계 이야기의 서술자인 호메로스는 자신이 직접 참여하지 않는 이야기를 전개한다. 두번째는 외적 이야기-동질적 이야기이다. 1단계 이야기의 서술자가 자신이 참여한 이야기를 전개한다. 시저는 자신이 참전한『갈리아 전기』를 3인칭으로 이야기한다. 질 블라스 역시 1단계 이야기 서술자로서 자기 자신의 이야기를 들려준다. 세번째는 내적 이야기-이질적 이야기이다. 2단계 이야기의 진술자인 세헤라자데는 자신이 참여하지 않는 이야기를 전개한다. 네번째는 내적 이야기-동질적 이야기이다. 율리시스는 2단계 이야기의 진술자로서 자신의 이야기를 전개한다. 이러한 분류를 도표로 표시하면 다음과 같다.

관계 \ 층위	외적 이야기	내적 이야기
이질적 이야기	호메로스	세헤라자데, C.
동질적 이야기	시저, 질 블라스, 마르셀	율리시스

C.는 프루스트의『잃어버린 시간을 찾아서』보다 먼저 쓴 자서전적인 소설『장 상퇴유』에 나오는 작가 지망생으로서, 말하자면 이차 이야기의 주인공인 셈이지만, 자신의 이야기에 참여하지는 않는다. 그에 비하여 마르셀은 등장인물인 동시에 서술자이고 작가가 된다.[114]

주인공과 서술자(héros/narrateur) : 주네트는 스피처(L. Spitzer)를 따라『잃어버린 시간을 찾아서』에서 '이야기하는 나(Je narrant)'와 '이야기되는 나(Je narré)'를 구분한다. 전자는 서술자에 해당하고 후자는

---

114) 같은 책, 256쪽 참조.

주인공인 셈이다. 후자는 먼저 등장하고 전자는 보다 성숙한 입장에서 후자를 다룬다. 물론 후자가 인생의 숙련 과정을 거쳐 점차 전자와 합치되는 과정에 다다르게 되지만, 그럼에도 양자 사이에는 중요한 차이가 있다고 주네트는 지적한다. 서술자는 단순히 주인공보다 아는 것이 많은 인물이 아니다. 그는 주인공이 점진적으로 깨달을 수 있는 어떤 진실과는 다른 차원의 진리를 갑작스럽게 터득할 수 있는 것이다. 그렇기 때문에 양자의 담화에도 차이가 있다. 주인공의 담화에서 볼 수 있는 오류와 고뇌의 목소리는 세상을 알고 지혜의 목소리를 담고 있는 서술자의 담화와 같아질 수 없다. 그러나 주네트는 두 인물의 목소리가 「소돔과 고모라」, 제1권의 '최후의 계시' 이후 하나로 용해되고 합류하거나 동일한 담화 속에서 서로 교대되는 양상을 보여준다고 지적하면서, 그 증거로 『잃어버린 시간을 찾아서』의 후반부에 갑작스럽게 간접화법이 증가한다는 사실을 들고 있다.[115] 그와 함께 주인공이 주로 쓰는 반과거와 서술자가 쓰는 현재시제가 한 문장 속에서 아무런 충돌 없이 뒤바뀌는 현상도 그와 관계된다.

서술자의 기능(fonctions du narrateur) : 주네트는 『잃어버린 시간을 찾아서』를 통하여 고찰한 주인공과 서술자의 관계를 토대로 서술자의 기능을 다음과 같이 다섯 가지로 정리하고 있다.

첫째는 서술하기의 기능으로, 서술자의 가장 중요한 기능은 말할 것도 없이 이야기를 이끌어가는 것이다. 둘째는 이야기 텍스트화 기능으로, 이야기를 텍스트로 만드는 기능, 환원하면 이야기-내용을 이야기-형식으로 조직하는 기능을 가리킨다. 주네트는 블랭(G. Blin)의 말을 빌려 그것을 '관리 기능(fonction de régie)'이라고 부른다. 셋째는 의사소통 기능(fonction de communication)으로, 서술자는 현장에 있을

---

115) 같은 책, 260쪽.

수도 있는 피서술자와 이야기 상황을 형성하면서 야콥슨이 언급한 친교적 기능(fonction phatique)과 능동적 기능(fonction conative)을 수행한다. 어떤 의미에서 그러한 기능은 이야기하기 기능보다 더 중요할 수 있다고 본다. 넷째는 정서적 기능(fonction émotive)으로, 서술자가 자신이 전개하는 이야기에 대해서 갖게 되는 정서적 관계를 비롯하여 정신적·지적 관계를 나타낸다. 그러한 관계는 이야기의 출처를 밝히거나 자신의 추억의 정확도를 알려주거나 특정 에피소드가 불러일으키는 느낌을 토로한다는 점에서 단순한 증언적 형식을 띠게 된다. 그러한 의미에서 증언적 기능(fonction testimoniale)이라고도 할 수 있다. 다섯째는 이념적 기능(fonction idéologique)으로, 이야기 진행과 내용에 대한 서술자의 개입은 전개되는 행동에 대한 권위 있는 논평이라는 계몽적인 성격을 띨 수 있다. 발자크는 그러한 방법을 사용하여 자신의 생각을 자주 표출한 작가이고 다른 작가들도 정도의 차이는 있으나 자신의 주관 내지 이념을 서술자와 작중인물을 통하여 드러낸다.[116)

　주네트가 그의 『이야기 담론』의 말미에서 논의하는 서술자의 기능은 서술자의 성격에 대해서 이해의 폭을 넓히는 데 도움이 되는 내용을 담고 있다. 그러나 몇 가지 분명하지 못한 부분도 있다. 우선 셋째 기능은 야콥슨의 언어 기능에 의존하고 있는데, 친교적 기능·능동적 기능·의사소통 기능을 이야기 상황과 뒤섞어놓은 채 명확한 논지를 이끌어내지 못하고 있다. 또한 넷째와 다섯째 기능에 대해서는 명확한 구분 없이 정서적 기능과 증언적 기능 그리고 이념적 기능 등을 단편적으로 설명하고 있다. 이와 같은 체제와 제시 방법에 대한 문제보다도 내용과 관련된 문제들도 재고해 보아야 할 것이다. 가령 서술하기 기능과 이야기 텍스트화 기능을 분리해야 하는지 생각해 볼 필요가 있다. 전자는 이야기-내용과 관계 있고 후자는 이야기-형식과

---

116) 같은 책, 261-263쪽 참조.

관계 있다. 두 가지 모두 넓은 의미에서 이야기하기 기능에서 비롯되는 것이지만, 서술자에 의하여 형식을 갖춘 후자가 이루어진 뒤에 전자가 거론될 수 있다. 다시 말하자면 서술자의 서술하기 기능이 글쓰기를 통하여 이야기-형식을 형성한 뒤 이야기-내용으로 (주로 구어체 형식으로) 다시 요약될 수 있다고 하겠다.

의사소통 기능과 관련하여 주네트는 서술자와 함께 있는 피서술자와 그곳에 부재하는 독자를 한데 묶어 친교적 기능과 능동적 기능이 수행된다고 말하고 있으나, 피서술자와 현장에 부재하는 독자를 같이 취급하는 데는 무리가 따른다고 생각된다. 현장에서 서술자의 이야기를 들어주는 피서술자의 역할은 대체로 수동적이다. 일반적인 의사소통 상황에서는 화자와 청자는 교대로 입장을 바꾸어가면서 이야기를 주고받지만, 이야기 속의 의사소통에서 서술자와 피서술자는 입장이 고정되어 있어 피서술자는 처음부터 끝까지 듣는 역할밖에 하지 못한다. 그렇기 때문에 피서술자는 이야기의 형식적 요소에 지나지 않는 경우가 대부분이고, 따라서 그는 피상적인 의사소통 상황에서 서술자와 친교적 기능을 수행할 따름이다. 그러나 독자는 그와 다르다. 서술자-작가는 보이지 않는 독자를 상대로 이야기를 전개한다. 독자는 이야기 속의 형식적인 의사소통의 회로에는 참여하지 않지만 실제적인 이야기의 청자가 된다는 점에서 그에 대한 기능은 친교적 기능을 넘어서 어떤 능동적 기능을 수행하고자 계획한다. 물론 독자에 따라 이야기가 일으키는 반응은 다르지만 서술자의 성패는 독자의 정신적 표상 능력에 호소하여 어느 정도의 영향력을 행사할 수 있느냐에 의하여 결정된다. 그러한 맥락에서 서술자는 작가의 의도를 반영하여 독창적 세계와 인물을 창조함으로써 독자의 심상에 공감과 감동을 일으켜 정서적인 기능을 수행할 수 있어야 하고 인생에 대한 인식의 폭을 확대·심화시킴으로써 인지적 기능을 강화시킬 수 있어야 한다. 또 다양한 깨달음을 통하여 독자로 하여금 정신적으로 보다 높은 이상을 갖도록 그리고 실천하도록 자극을 줄 수 있어야 한다. 그런 의미에서 서술자는 독자에 대하여 능동적 기능을 행사하게 된다고 할 수 있다. 한마디로 서술자는 작가가 문학의 기능에 대해서 지니고 있는 생각을 텍스트를 통하여 실천하는 아방 가르드(avant garde)의 기능을 맡는다고 하겠다.

주네트가 말하는 증언적 기능과 이념적 기능은 통합되는 것이 좋을 것 같다. 서술자의 이념이 다른 등장인물들의 이념과 다른 경우가 흔히 있고 또 그러한 갈등이 표면화되지 않는 경우에도 어디까지가 서술자의 이념이고 작가의 이념인지 면밀하게 검토해야 할 것이다. 그런 점에서 서술자의 이념적 기능은 보다 중요한 소재로서 논의되는 것이 바람직하다고 본다.

6 결론

주네트는 『문채』 I · II · III · IV 등을 비롯한 다양한 저서와 논문을 통하여 문학 텍스트에 대한 수사학적 연구에 새 지평을 열었다.

그의 『허구와 말하기(*Fiction et diction*)』는 기본적으로 창작으로서의 소설과 자서전 · 전기 · 역사물 등을 포함하는 이야기를 엄격하게 구분할 수 있는 기준이 없음을 보여준다. 오히려 그 두 가지 이야기들은 서로의 특성을 주고받으면서 함께 발전할 수 있음을 지적한다. 그러면서도 그의 주된 관심은 창작 소설에 있다. '소설'이라는 용어를 '이야기'로 대체하면서 내놓은 『이야기 담론』은 데카르트의 『방법론(*Discours de la Méthode*)』을 연상시키는 제목과 함께 자신의 이론에 대한 자신감을 반영한다.

프루스트의 『잃어버린 시간을 찾아서』에 대한 연구를 바탕으로 하는 그의 책은 동시에 모든 이야기에 적용할 수 있는 일반 이론을 모색한다는 야심을 보여준다. 그러한 관점에서 그는 이야기-형식과 이야기-내용을 구분하고 그 두 가지 이야기와 이야기하기의 관계를 논의한다. 그는 이야기-형식에 연구의 초점을 맞추면서 연구를 시간적 순서, 기간과 길이, 빈도수, 서법, 서술태 등의 다섯 가지 범주로 나누어 고찰한다. 이야기의 층위, 서술자 및 주인공 등과 관계되는 이야기의 심급에 대한 그의 연구는 이야기의 성격을 규명하는 데 크게 기여했다.

그러나 그가 집중적으로 연구한 다섯 가지 범주를 보면, 시간적 순서, 기간과 길이, 빈도수, 그리고 태와 관련된 이야기하기에 이르기까지, 세 가지 범주 이상이 시간과 관련된 문제들임을 알 수 있다. 그에 비하여 공간과 관련된 문제들은 거의 논의되지 않았다. 물론 프루스트의 텍스트에서 시간의 문제가 더 큰 비중을 차지한다고 하더라도 시간-공간은 불가분의 관계에 있고, 어떤 사건과 관련되거나 단순한 관찰 대상으로서의 내적 공간과 외적 공간이 서술과 표상을 통하여 서술자 내지 주인공의 의식과 갖게 되는 문제들은 소홀히 넘길 수 없는 주제이다. 주네트는 프루스트의 『잃어버린 시간을 찾아서』를 토대로 한 자신의 이론을 통하여 일반 이론을 정립하고자 하기 때문에 공간 문제에 대한 배제는 무엇보다 아쉬움이 남는 부분이라고 하겠다.

결과적으로 그러한 아쉬움이 있지만, 주네트는 이야기에 대한 수사학적인 연구에서 중요한 기념비를 세웠고, 주네트에 대한 단행본을 쓴 몽탕벨티가 책의 부제를 '열린 시학'[117]이라고 한 것은 바로 그러한 의미에서라고 하겠다.

---

117) C. Montanbeltti, *Gérard Genette, une poétique ouverte*(Bertrand-Lacoste, 1998).

맺으며

    필자는 지금까지 벨멩노엘에서 주네트에 이르는 저자들의 이야기 텍스트에 대한 분석과 그 이론에 대하여 살펴보았다. 그러나 "모든 것은 이야기로 환원된다."는 화두는 우선적으로 지금까지 살펴본 일부 저자들의 삶에도 적용된다는 사실을 실감할 수 있었다. 물론 특정 인들의 삶만이 이야기로서의 소재가 되는 것은 아니지만 우리의 저자들의 삶은 끊임없는 내적인 고뇌와 주위와의 갈등으로 점철되었고, 그들은 숱한 기복과 우여곡절 속에서도 자신이 세운 목적을 추구하기 위하여 끝임없이 고군분투했음을 실감할 수 있다. 그러한 면에서 그들의 삶은 그들이 연구한 이야기들과 평행을 이루는 이야기라고 할 수 있을 것이다.

    우리의 저자들은 출신 성분이나 성격 형성 과정 등의 여러 면에서 차이가 있으며, 따라서 문학을 보는 관점 역시 다를 수밖에 없다.

    벨멩노엘은 프루스트의 『잃어버린 시간을 찾아서』에 나오는 작은 에피소드인 「스완의 꿈」에 대한 정신분석을 통하여, 텍스트 속의 인물의 꿈도 현실 속의 인간의 꿈과 마찬가지로 분석될 수 있으며 그러한 꿈 역시 프로이트의 응축과 이동을 토대로 하는 억압된 욕망을 비유적으로 드러낸다는 사실을 잘 보여주었다. 물론, 프로이트 자신이 옌센의 『그라디바』 연구를 통하여 작가의 작업과 정신분석의의 작업이 상동적임을 언급한 바 있다. 벨멩노엘의 분석은 그러한 프로이트의 이론을 토대로 이루어진다. 그의 작업은 정신분석이 문학 텍스트 분석에 이용된다기보다는 문학 텍스트가 정신분석 이론에 명분을 주고 나아가 그 이론을 정당화시킴을 보여준다는 점에서 흥미롭고 유익하다고 할 수 있다.

　포의 「도둑맞은 편지」를 분석한 라캉은 벨멩노엘의 접근과는 다른 방법을 보여주었다. 우선 그는 포의 텍스트를 문학 텍스트로서 구조적으로 분석했다. 그리고 무엇보다 그 텍스트에 정신분석의 이론을 적용하면서 그 텍스트가 상상계·상징계·현실계를 중심으로 이루어지는 자신의 정신분석 이론을 수렴하고 있다는 점을 부각시켰다. 그는 방법론적인 면에서 야콥슨, 레비스트로스, 벵베니스트, 그리고 소쉬르에게서 시사받은 바가 많다는 사실을 잘 보여준다. 그는 편지＝레트르를 소쉬르의 시니피앙으로 대체하여 설명하면서, 시니피앙으로서의 편지가 욕망과 무의식을 표상하면서 주체를 결정하는 요소로서 기능한다는 사실을 설득력 있게 보여주었고, “무의식은 언어처럼 구조화되었다.”는 자신의 명제를 합리화시켰다.

　라캉의 분석에 이의를 제기한 데리다의 글은 포의 텍스트의 구성에 대하여 그리고 등장인물의 복제 관계에 대하여 라캉이 생각하지 못한 문제들을 지적했다는 점에서 긍정적인 의미를 찾아볼 수 있겠다. 그러나 데리다의 분석이 라캉의 「세미나」를 대신할 수 있다고 생각되지는 않는다.

　푸코는 다양한 분야를 섭렵한 학자로서 필자는 담론 연구가로서의 푸코에 초점을 맞추어 살펴보았다. 그는 그 자신이 정립한 고고학적 방법과 계보학적 방법을 바탕으로 다양한 텍스트들의 핵심을 담화와 언술로 축약한 뒤, 한편으로는 각 시대의 에피스테메를 추출하고, 다른 한편으로는 문학 텍스트를 통하여 시대적인 전환을 조명한다. 그의 텍스트 읽기에는 네 가지 원칙, 즉 전복적 원칙, 불연속적 원칙, 특유성, 외재성 등이 적용된다.

그러한 시각에서 그는 텍스트를 뒤집어 읽으면서, 학문 분야의 역사적 전개를 점진적 발전의 틀 속에서 보는 것이 아니라 당대의 언어 분석 방법과의 연관성을 토대로, 지식을 구축하는 규칙이 무엇이고 그 이전의 시대와 어떻게 구분되는가를 밝히고자 했다. 그리고 그 결과로 한 시대에서 다음 시대로 이행하면서 나타나는 단층 현상의 형성 원인을 규명하고자 노력했다. 그는 모든 시대의 다양한 텍스트와 문학 텍스트에 대한 검토를 거치며 20세기 후반의 상황에서 인간 현상의 소멸에 대한 결론에 도달하게 된다. 결과적으로 그가 도달한 그러한 결론에서 뒤돌아보면, 그가 두 가지 종류의 텍스트, 즉 비문학적 텍스트와 문학적 텍스트 읽기에서 처음부터 그가 추적한 것은 인간의 상황이 아니었나 생각된다. 이른바 그의 거대 담론에서 약 200년을 단위로 하는 시대 구분과 그가 추출한 에피스테메가 과연 적절한 것인가, 그리고 그가 도달한 인간 소멸에 대한 예고가 납득할 수 있는 성격인가에 대하여 필자는 이론이 있을 수 있음을 지적한 바 있다. 그러나 그가 추적한 과정 자체는 역사와 문학 텍스트를 새롭게 읽을 수 있는 방법을 제공했다는 점에서 우리의 지적 욕구에 대한 참신한 자극이 된다고 하겠다.

20세기의 가장 뛰어난 문학 이론가라는 평가를 받고 있는 바흐찐은 주로 도스토예프스키와 라블레의 텍스트에서 삶의 다양한 목소리들이 만들어내는 대화성 내지 다성성과 카니발적인 웃음을 깊이 있게 조명했다. 그의 분석은 언제나 문학 텍스트에 대한 역사적인 지식과 연관되면서 다른 한편으로는 다양한 분야에 대한 폭넓은 지식이 수렴된다. 우리는 바흐찐이 문학 이론·철학·심리학·정신분석학·언어학·마르크스주의 등에 대하여 새롭고도 해박한 지식을 가지고 있었음을 확인할 수 있었다. 물론 부분적으로는 그의 관점에 이의를 제기할 만한 여지가 있음을 지적한 바 있다. 그러나 그것은 바흐찐 자신의 주관성에 대한 문제이다. 중요한 것은 다양한 지식들이 그의 문학 이론 형성에 개입된다는 점, 그리고 그가 필요성을 역설한 언어에 대한 사회적 관점에서의 연구나 소통언어학은 그후 사회언어학과 의사소통 이론으로 발전하게 되었다. 그의 준직접화법에 대한 관심과 연구 역시 자유간접화법과 텍스트의 다성성 연구로 발전하게 되었다.

이야기-형식과 이야기-내용의 구분을 통하여 주네트는 소설 창작을 중심으로 하는 허구·자서전·역사물·전기 등을 이야기 텍스트라는 관점에서 검토하고 그들 장르 사이의 근본적인 차이를 부정하는 결론에 도달하게 된다. 그러한 사실을 전제로 그는 프루스트의 『잃어버린 시간을 찾아서』에 대한 체계적인 분석을 시도한다. 그 목적은 프루스트의 텍스트에 대한 규명과 함께 다른 이야기 텍스트 내지 소설 일반에 대한 적용 가능한 모형을 구축하기 위한 것이다. 그러한 목적에서 그는 이야기-형식의 시간적 순서, 기간과 길이, 빈도수, 양태, 태 등의 범주 등을 집중 분석했다.

아쉬운 것은 그의 연구가 시간 개념을 중심으로 이루어졌기 때문에 공간적인 연구가 배제되었다는 점이다. 그러나 그의 연구는 문학적인 이야기 텍스트를 어떻게 접근해야 하는가에 대한 수사학적인 모범 답안과 같다고 해도 과언이 아닐 것이다.

우리가 살펴본 저자들은 크게 보면 인문학적 이론을 바탕으로 이야기 텍스트들에 접근하고 있지만, 각기 나름대로의 관점을 고수하고 심화시킴으로써 이론적으로 상당한 차이점을 보여주고 있다. 그러나 이러한 차이에도 불구하고 그들이 이야기 텍스트를 읽어나가는 자세를 통하여 몇 가지 공통점이 있다는 사실을 확인할 수 있다.

첫째는 자율적 세계로서 이야기 텍스트를 보는 관점이다. 그들은 대부분 이야기 속에서 보여주는 세계를 일정한 시공간 속에 자리매김된 세계로 파악하고, 이를 실제 세계보다 더 현실성을 갖춘 자율적인 세계로 본다는 점이다. 따라서 그 속에 등장하는 인물들 역시 각기 다른 개성을 가지고 다른 등장인물들과 화합·갈등하면서도 자신의 소신대로 자신의 삶을 개척한다고 보는 것이다.

둘째는 작품의 구조적 읽기이다. '구조적' 읽기가 '구조주의'와 관계가 없지 않기 때문에 그 두 가지를 엄격하게 구별하는 것은 쉽지 않다. 그러나 우리의 저자들은 텍스트 그 자체를 대상으로 삼고

텍스트를 유기적인 총체로 간주하면서 체계적이고 조직적인 읽기를 통하여 텍스트의 의미 작용을 깊이 있게 해석한다고 할 수 있다.

셋째는 언어 문제를 중시한다는 점이다. 구조 개념이 언어에 대한 성찰에서 출발했음은 잘 알려진 사실이다. 우리의 저자들의 언어학에 대한 이해나 기반은 각기 다르다. 그러나 대부분의 저자들, 그러니까 주네트, 바흐찐, 뒤셰, 벨멩노엘, 라캉, 푸코 등은 언어와 언어학의 이론에 대하여 일가견이 있으며, 텍스트 분석에서 언어와 관련된 문제에 특별한 중요성을 부여하고 있다. 주네트의 이야기 분석이 언어학적 개념을 토대로 이루어지고 있고, 바흐찐의 대화성·다성성도 등장인물들의 언어 분석을 토대로 한 것이다. 라캉은 물론이고 벨멩노엘역시 언어학 이론을 연구했으며, 푸코에 대해서는 재론할 필요가 없을 정도이다.

넷째는 이야기 텍스트를 메타텍스트로서 바라보는 것이다. 우리의 저자들은 이야기 텍스트를 인간과 사회를 이해하기 위한 메타텍스트로 간주하고 있다. 언어를 연구하기 위한 도구 언어가 메타언어인 것과 마찬가지로, 이야기 텍스트가 인간과 사회를 분석하고 파악하는 데 필요한 토대를 드러낸다고 보는 것이다. 메타텍스트 개념은 문학이 사회를 반영한다고 생각하는 반영 이론과 배치된다. 인간이나 실제 사회는 너무나 개별적이고 막연하기 때문에 무정형적이고 연속적

이면서 시작과 끝을 종잡을 수 없는 현실일 뿐이다. 세계를 아무리 정밀하게 촬영한다고 하더라도 그것이 인간과 사회를 드러내는 텍스트가 될 수는 없다. 그에 비하여 문학 텍스트는 우리가 살고 있는 세계를 분절하여 특정한 인물과 그의 주변적인 삶을 부각시킴으로써 인간과 사회의 특수성을 통하여 그 보편성을 이해할 수 있게 해준다. 발자크의 소설이 그 무대가 되는 시대와 사회를 반영하는 면이 없지 않지만, 그것은 작품이 사회를 재구성함으로써 결과적으로 그 사회를 재발견하게끔 해주기 때문에 발생한 결과이다. 그러한 의미에서 단순한 통속소설이나 일일연속극에 이르기까지 문학 텍스트는 인간과 사회에 대한 메타텍스트로 기능할 수 있고, 훌륭한 작품일수록 서술 대상의 특수성과 함께 보편성을 깊이 있게 보여줄 수 있는 것이다.

그러나 이야기 텍스트를 메타텍스트로 보는 관점은 다양할 수밖에 없다. 푸코는 문학 텍스트가 변모하는 사회의 에피스테메를 표출한다는 관점에서 연구했고, 라캉은 포의 「도둑맞은 편지」를 자신의 정신분석 이론을 구체적으로 보여주는 메타텍스트로서 해설하고자 했다. 그런가 하면 벨멩노엘은 『잃어버린 시간을 찾아서』에 나오는 등장인물의 꿈을 실제 인간을 대상으로 하는 것처럼 정신분석했고, 바흐찐은 대화성과 시·공 개념을 중심으로 소설 속에 생동하는 현실을 포착하고자 했으며, 주네트는 몇 가지 중요 범주를 바탕으로 텍스트의 형식적인 특성을 객관화시키고자 했다.

이렇게 볼 때 우리 저자들의 서로 다른 이론과 접근 방법은 우리가 이야기 텍스트를 바로보는 데 어떤 도움을 줄 수 있을까? 우리는 두 가지 방향에서 도움을 받을 수 있을 것이다.

첫번째 방향은 우리가 대하는 텍스트의 성격에 따라 가장 적합한 접근 방법이라고 생각되는 저자의 관점을 도입·적용하여 우리의 분석을 심화시키는 것이다. 두번째 방향으로, 우리 저자들의 접근 방법을 상관텍스트성(intertextualité)[1]의 관점에서 적용할 수 있을 것이다.

그러나 상관텍스트성은 단일적인 개념이 아니고 그것 자체가 복합적
인 개념이다.

그 한 가지 예로 대화주의적 상관텍스트성을 들 수 있다. 크리스테
바와 토도로프는 바흐찐의 대화주의를 상관텍스트 개념과 같은 것으
로 보고 있지만, 필자가 보기에 그것은 그 개념을 지나치게 확대한
것이라고 생각된다. 왜냐하면 바흐찐의 대화주의는 일차적으로 텍스
트에 등장하는 작중인물들 사이의 대화적 의사소통을 지칭하기 때문
이다. 넓게 볼 경우, 그 개념을 작가와 독자와의 대화까지 확대할 수
있겠지만, 우리는 작품 내에서 등장인물들 사이의 교류를 대화주의적
관점에서 이해할 수 있을 것이다.

이와 같이 이야기 텍스트에 접근하는 여러 저자들의 방식과 그에
대한 해석은 그 나름대로 분석을 심화하는 계기를 마련해줄 수도 있
고, 상관텍스트성의 개념을 중심으로 비교·분석하여 새로운 관점을
제시할 수 있는 방법을 시사한다는 점에서 우리 자신의 읽기에 도움
이 될 수 있을 것이다.

---

1) 상호텍스트성 내지 간텍스트성이라고 번역되기도 한다.

후기

삶을 산다는 것은 텍스트를 만드는 과정이라고 할 수 있다. 단지 우리 대부분은 삶을 그냥 살아갈 뿐인데 비하여 우리가 '작가'라고 부르는 사람들은 그것을 글로 옮겨놓음으로써 인생을 두 번 산다: 자신의 생활로 한 번, 그리고 자신의 텍스트로 또 한 번.

나의 삶이 짜나가는 텍스트는 복합적이다. 나는 우리의 삶을 부모님이 만드신 텍스트 속에서부터 시작한다. 그것을 전(前)텍스트(avant-texte) 내지 호적 텍스트라고 할 수 있으리라. 그러나 삶을 살아가는 과정에서 만난 친구들, 중요한 영향을 준 사람들, 또 배필이 된 사람과 자식들 속에서 더불어 나는 다양한 텍스트들을 짜게 된다.

내가 글로 된 텍스트가 무엇인가를 배운 것은 대학에 들어가서부터라고 하겠다. 초급 프랑스어 강독, 플로베르 단편, 사르트르의 『존재와 무』를 열강해 주신 손우성 님, 자신만만하게 제출한 불작문 숙제를 온통 빨간 글씨로 고쳐주시고 생 텍쥐페리를 강의하신 안응렬 선생님, 알퐁스 도데의 단편을 가지고 19세기 말 남프랑스 지방의 풍물을 구수하게 강의하신 이진구 선생님, 졸라의 소설을 세련된 언어

로 해석하시면서 상상력을 자극하신 이환 선생님, 프루스트의 『잃어
버린 시간을 찾아서』를 흥미진진하게 강의하신 김붕구 선생님의 말
씀이 언제가 귓가에 쟁쟁하게 남아 있다. 나에게 특별한 가르침을 주
신 선생님은 정명환 선생님이시다. 강의를 수강한 것은 모파상 단편
과 카뮈의 『이방인』과 「노벨상 수상 연설」뿐이지만, 댁에 가서 앙드
레 지드의 『좁은문』, 사르트르의 연극과 단편, 몽테를랑의 작품들을
무보수 개인지도로 여러 해 공부했으니, 그 빚을 어떻게 갚아야 할지.
가장 큰 깨우침은 문장을 분해하고 논리적으로 분석하는 방법을 통하
여 프랑스적인 합리 정신을 익히도록 해주신 것이다.

이 책을 쓰기 위하여 나는 벨맹노엘에서 주네트에 이르는 텍스트
들을 읽어야 했다. 저자들은 모두 나의 지적인 지평과 이해의 폭을
확대해 준 스승이다. 우리말 저서 가운데 김욱동 교수의 바흐찐 연구,
임진수 교수의 라캉 연구는 이 책을 쓰는 데 큰 도움이 되었다. 또 이
책을 쓰면서 후배·제자들의 많은 도움을 받음으로써 또 하나의 텍
스트를 짠 셈이다. 김희영 선생님은 책 전반과 배열에 대하여 좋은
지적을 해주셨고, 1년 반 동안 프로이트와 라캉 세미나를 이끈 류은
영 선생님은 정신분석학과 관계되는 부분을 꼼꼼하게 검토해 주셨으
며, 황수원 선생님은 푸코 부분에 많은 도움을 주셨다. 아울러 최석
선생님은 말라르메 부분을 읽어주셨고, 이상빈 선생님은 바흐찐 부분
을, 박사과정의 공나리 선생님은 주네트 부분을 검토해 주셨다. 물론
이 책에서 드러나는 오류가 있다면 관련한 모든 책임은 나에게 있지
만, 이 모든 분들은 나의 텍스트의 공동 저자이시고 언제나 그 고마
움을 잊을 수 없을 것이다.

아울러 이 책의 출판을 추천해 주신 원윤수 선생님의 우정에 감사
드리고, 이 책의 편집을 맡아 많이 수고해 주신 이경희 선생님에게
고마움을 표하고 싶다. 무엇보다 어려운 시기에 이 책의 출판을 선뜻
받아주신 인문학 출판의 대부이신 민음사 박맹호 사장님께 깊은 감사

를 드린다.

　이 책을 준비하고 쓰면서 언제나 행복했는데, 막상 출판을 하게 되니 아쉬움과 허탈감도 느끼게 된다. 그것이 삶의 텍스트가 나에게 주는 몫인가 보다.

2002년 10월, 서정철

인명 찾아보기

552

사항 찾아보기

인문학과
소설 텍스트의
해석

1판 1쇄 펴냄 2002년 10월 10일
1판 2쇄 펴냄 2003년 11월 1일

지은이 서정철
펴낸이 박맹호
펴낸곳 (주) 민음사

출판등록 1966. 5. 19. 제16-490호
서울 강남구 신사동 506번지 강남출판문화센터 5층 (우)135-887
대표전화515-2000 팩시밀리 515-2007

www.minumsa.com

값 18,000원

ISBN 89-374-1177-6 93800